小说月报

原创版

2023年精品集

《小说月报·原创版》编辑部 /编

天津出版传媒集团

百花文艺出版社

图书在版编目（CIP）数据

小说月报原创版2023年精品集 /《小说月报·原创版》编辑部编. -- 天津：百花文艺出版社，2024.1
ISBN 978-7-5306-8679-9

Ⅰ.①小… Ⅱ.①小… Ⅲ.①中篇小说–小说集–中国–当代②短篇小说–小说集–中国–当代 Ⅳ.①I247.7

中国国家版本馆 CIP 数据核字(2023)第 231817 号

小说月报原创版 2023 年精品集

XIAOSHUO YUEBAO YUANCHUANGBAN
2023 NIAN JINGPINJI

《小说月报·原创版》编辑部　编

出　版　人：薛印胜　　选题策划：汪惠仁　韩新枝
责任编辑：刘升盈　张　烁　助理编辑：张凡羽
装帧设计：郭亚红
出版发行：百花文艺出版社
地址：天津市和平区西康路 35 号　　邮编：300051
电话传真：+86-22-23332651（发行部）
　　　　　+86-22-23332656（总编室）
　　　　　+86-22-27862135（邮购部）

网址：http://www.baihuawenyi.com
印刷：天津新华印务有限公司
开本：787 毫米×1092 毫米　　1/16
字数：470 千字
印张：29
版次：2024 年 1 月第 1 版
印次：2024 年 1 月第 1 次印刷
定价：68.00元

如有印装质量问题,请与天津新华印务有限公司联系调换
地址：天津东丽开发区五经路 23 号
电话：(022)58160306　邮编：300300

目 录

蓝色泪滴

汤成难

1

　　玉珍在梭磨河桥下了车,两个背包同她一起迫不及待从驾驶室滚落出来。司机咂着嘴说,这里离马尔康还有十几公里呢。他已经说了三遍,他不明白这个女人为什么非要在这里下车。

　　玉珍向司机鞠了躬,表示感谢,便急匆匆向前走去。她是从成都搭乘的这辆车,整整一天的行程几乎没说话,司机在这条路上走过十五六趟,他在马尔康跑业务,他是这么跟玉珍说的,也搭乘过不少进藏的人,像玉珍这样拒绝聊天的倒是第一个。对于司机来说,路上多个聊天的对象,正好可以打发行程中的寂寞,至于收不收车费,看心情。也许他不缺钱,只缺个说话的人,有好几次他向玉珍抛出话题,比如"去西藏是旅游吧""走了多少天啦""你是哪里人啊",玉珍像没听见,仍然木木地看着窗外,要不是上车时她对他说"去马尔康",司机或许以为搭乘的是个哑巴呢。

　　从梭磨河桥到马尔康有十六公里,玉珍知道,她不光知道路程长度,还知道这段路上有几座桥,有几处弯——这些都是本子上写的,本子上还说,"在梭磨河桥不得不下车,因为搭乘的汽车要从这里去芒多乡"。本子里写得很详细,就连梭磨河桥的半拱形状都写到了。此时,那本黑色皮封面的本子正装在背包里,背包正被玉珍抱在怀里。

水泥路沿着梭磨河曲曲折折向前,路面被太阳晒得发白,在远处偶尔露出一小截,像破折号,便隐入树丛中了。这是川藏线,317,从马尔康到邦达,再经八宿到波密,与318会合至拉萨。玉珍徒步进藏,准确地说,以步行为主,一些路段需要搭顺路车。这类徒步者还有另外一个名字,路搭。玉珍今年五十一岁,大概是年龄最大的路搭了。她一个人,两个背包,一根手杖,背包里该有的都有了,睡袋、帐篷、冲锋衣、酒精炉、干粮、手电,等等,尽管是第一次徒步,准备工作倒是做得充分。当然,这些也是从本子上学来的。

她在马尔康找了个小面馆,要了碗面,面被端上来时老板问她是不是进藏去?玉珍没说话,她怕回答一个问题后会有一连串的问题要回答。她不想说话。往碗里滴几滴辣椒油,辣椒油迅速漾开,每根面条都裹上红色。她将面条嗍得一根不剩,面碗见底时竟有点头疼。她记得本子上也是这么写的——大概嗍面用力大了,脑袋有点疼,好像缺氧了——她为自己获得与本子上同样的体验而感到欣慰。

天黑前她又走了一段路,在远离城市的草地上扎营,山腰上有一些民居,土头土脑的房子里缀着一两盏昏黄的灯。头顶的星星很多,密密匝匝,给人一副很吵闹的感觉。说真的,这样的景色她欣赏不来,星光、雾霭、山林、草原、冰川,等等,她也欣赏不来,她不喜欢这些,甚至带有某种仇恨。

临睡前,她拨了个电话,铃声嘀了三声后,出现一个男的声音,挺干净的,男声说,嗨,我是致远,我现在不在家,有事麻烦给我留言——

她握着手机愣了好一会儿,等男声重复了三遍后才挂断。

2

早晨是被冻醒的,风从帐篷下面蹿进来,后背凉凉的,玉珍翻了个身,把睡袋往脖子里掖了掖。远处有不知名的叫声,又像是汽车的鸣笛,一声追着一声,她竖起耳朵听,这样的声音并不使她想到城市的喧嚣,相反,因为遥远,反而有种亲切和渴望。帐篷里有股奇怪的味道,空气不流通,她感到呼吸不太顺畅。她并不喜欢睡在帐篷里,尤其睡袋,令人胸闷,前一晚将自己塞进去时,玉珍觉得一定挺不到天亮就会憋死。这是她第一次在外露营,也是第一次睡睡袋,没想到在自己五十一岁的时候会睡在这鬼东西里。很多年前——真的是很多年前了，家伟买回来第一个帐篷，家伟和儿子迫不及待支起来在客厅里度过了一夜。他们邀请玉珍，玉珍不愿意，她说她讨厌帐篷。她知道自己讨厌的并不是帐篷，而是家伟旅行这爱好。玉珍想，如果那时，她也钻进帐篷，和他们一起，那么，以后的日子又会发生什么变化呢？

她将帐篷拉开一条小缝，外面的草叶染上了一层莹白露水。山腰上房子里的灯早已熄灭，门打开着，像一张张打哈欠的嘴。

从睡袋里钻出来便收拾上路了，走了一会儿，玉珍看见两个精瘦的女孩守在路边，大概是等待由此经过的车辆。她们也是背包客，戴着头巾，穿着紫色防晒服，两只硕大的背包勒在身后像将她俩劫持了，纤细的身子用力弓着，仿佛与背包进行较量。

玉珍已经走过了，却又反身回来，问她们是不是进藏去，两个女孩迫不及待地点头，说，是呢，是呢。又问玉珍是不是也进藏，玉珍没回答，继续问她们是学生吧？出来父母知道吗？

我们，我们，还是学生，一个女孩嗫嚅着，暑假没有回家，想去西藏，没有——没有告诉家里哎。

暑假为什么不回家？为什么一定要去西藏？你们知道父母多么担忧吗？玉珍连珠炮似的发问令女孩们目瞪口呆。

这是要徒步去吗？玉珍继续说道，你们知道徒步到那儿需要多少天吗？路上要经过多少高海拔的山口吗？在哪些地方露营知道吗？遇到泥石流怎么办？遇到暴风雨怎么办……

玉珍有点激动，她感觉每个字都像石子一样从嘴里飞奔而出，她把问题一一抛向她们，并不需要得到回复，说完最后一个字头也不回地走了。

几分钟后她看见两个女孩还站在原地，瘦小的身子像两个茄子支在路边，太阳已经出来了，路面升腾着热气，她想到刚刚自己的行为，有些错愕。她很少这样情绪激动，平日里与人说话总是细声细语，她的母亲常责怪她说话像蚊子叫。也很少有人见到玉珍发火，她只会生闷气，即使遇到令她情绪崩溃的事也就一个人默默垂泪而已。她觉得刚刚自己有点过分了，感到很歉疚，但她不想再回去了，因为她要赶路。

那一天，玉珍遇到越来越多进藏的人，有的骑行，有的自驾，有的徒步，她没有像对待那两个小女孩那样劝人们回家,她只是离这些进藏的人远远的,也不接受他们的搭讪或问候。她加快步伐,生怕走慢了一步就会染上他们身上的戾气,是的,戾气,玉珍认为这些人身上都有股说不清的坏毛病。

3

次日,玉珍坐上了去邦达的班车。是一辆中巴,车身已看不出原本的颜色,车顶堆着大大小小的包,用一张网罩着。中巴在玉珍跟前摇摇晃晃很久才停下来,门砰地打开,狠狠撞在两侧,震得灰尘四起。车上人很多,挤挤挨挨,过道里也坐满了。售票员从人群中递来一只矮板凳给玉珍,让她往过道后面走,兴许那儿还能坐下。这段路正在修建,一侧被挖空,使得原本不宽的路面更窄了,每逢对面来车,都要来来回回倒几次。外面灰尘大,看不远,窗户被关上了,又关不牢,玻璃叮当直响。车内闷热,汗味混合着说不明的气味直往鼻孔里钻,四周汗湿又黏滞的身体紧挨着,玉珍有意避让,像条件反射似的缩回身子,即使困乏无比的时候,玉珍都能将脑袋用力轴着,以使自己不碰到任何一个汗津津的胳膊。

醒来时车停了,不少乘客正站在外面,原来是挖土机将桥面挖断了,一时无法通过。此刻车上人少,腾出大片空间,她正好可以将酸疼的腿伸展会儿。车外的人一脸焦躁或无奈,一口接一口狠狠抽烟,玉珍发现有一张脸像极了家伟。她很奇怪这几天为什么总是想起他。

家伟曾经骑行过川藏线,她想家伟大概也走过这条路、经过这座桥吧。家伟走川藏线那一年他们已经有了儿子,两人的关系并不太好,所有矛盾都跟旅行有关,婚前她似乎并没在意这些,或者说,是婚后他才开始的爱好。家伟喜欢旅游,喜欢探险,喜欢极限运动,这一点,玉珍恰恰相反,她胆小,喜欢宅,喜欢安稳,喜欢一切都在自己的计划和控制范围内。其实这些并不是矛盾的主要原因,一个普普通通的工人有这些爱好也没什么错,婚姻里的双方可以有各自的爱好,互不干扰就行。但问题出在有了儿子后,家伟总是向儿子讲述关于探险的故事,带儿子去旅行、攀岩,似乎立志要在儿子身上培养出同样的爱好来。

中巴车在路边等了两个钟头,没有等到路面恢复,倒是等来了乘客之间的争吵。后面积压的车辆越来越多,不少车掉头而去。司机跳上驾驶座,点火,启动,他决定换一条山路去邦达。车内又恢复到之前的拥挤,准确地说,比之前更拥挤,几个乘客实在塞不回原处,好比电器拆卸又重装后总会多出的零件。

儿子十一岁那年他们离婚的,没有争吵,没有埋怨,心平气和地结束了这段婚姻。家伟在机械厂上班,他搬了出去,用一个睡袋就把自己全部衣物装走了。玉珍继续在超市上班,她做理货员,这个工作非常适合她——秩序、有条不紊地把每个物品摆放于各自的位置上。至于儿子,毕竟十一岁了,他们尊重儿子的选择。令玉珍感到难过的是,儿子选择了父亲。

中巴车一进入山林,路况就不好了,气温变低,窗户不断起雾。司机开得很快,似乎要把之前耽搁的时间给追回来。车上的人正在酣睡,他们都是本地人,好像已习惯这样的路况和车速,所以并不担心安全,只有玉珍和一两个脑袋默默地看着外面。

玉珍没有再婚,这其间也有人给她介绍过,两个人处了一个多月,有一天,对方说自己喜欢旅游,玉珍突然很反感,这么多年过去了,她仍然没有平复内心,对每个喜欢旅行探险的人带有敌意,好像是她和家伟之间的一场比赛,所有爱旅行的人都是家伟的啦啦队。家伟后来结婚了,又生了个女儿,她见过他送儿子上学时两人狼奔豕突的样子。玉珍找家伟谈过几次,希望把儿子接回来,跟她生活,但儿子不愿意,他已经是个有主见的少年了,说话腔调和走路姿势,跟他的父亲如出一辙。

车颠得要命,车轮不像是在地面滚动,而是在跳跃,车身很响,每个零件都在声嘶力竭。路上散落着大大小小的石头。是从山上滚落下来的,司机机敏地避让石头,有时没避开,猛地一顿挫,腾空出去。玉珍的心提到嗓子眼儿,抓住靠背的手攥出汗来,这么提心吊胆了一会儿,玉珍心想,自己怎么会害怕死亡呢——

家伟死于一场车祸,他开车去山里,撞在山崖上,如他曾期望的,终是"死于旅途"。丧礼玉珍没参加,一是他们早已离婚,二是她接受不了这死亡方式,好像家伟连死都在向她挑衅。那一年,儿子考上了大学,在外地读书,后来四年里只回来过一次,假期都用在旅行上了。儿子对旅行探险更加狂热,好像以此来怀念自己的父亲。

车突然猛地一颠,车轮被什么硌住了,车身一个趔趄,熄了火。所有人都由于惯性向前撞去。司机下车查看情况,在车底捣鼓了一阵告诉大家,水箱坏了,得等维修厂的人来,时间不能确定。

玉珍感到头疼,耳朵里嗡嗡的,有人叫骂,用手掌拍着玻璃;有人用力往外挤,车内吵吵闹闹,仿佛所有的零件都在松动。

4

这条路一侧是山体,一侧是汹涌江水,因为不常通车,路面极其糟糕。山上植被少,石头裸露在外,不少地方塌方了,沙石滑落。山里没信号,但玉珍不担心走错,进藏路上,只要挑大路走就不会有问题。这也是本子上写的。

起风了,远处突然有了雷声,玉珍抬头看天,北方有沉沉乌云。刚刚还走在她前面的人早已不见踪影,往回看,也不见人。雷声滚滚,不再是闷闷的声音,而是脆的,在头顶突然炸响。玉珍打了个喷嚏,加快步伐,她有点后悔从车上下来,尽管自己有帐篷冲锋衣,但暴雨后山里随时都有泥石流的危险。

一辆越野车在她前面刹住,一个女孩伸出脑袋朝她喊,快上车,快上车。还没等玉珍反应过来,女孩已经跳下来,不由分说帮她把行李背了过去。

车上有三人,一个司机,一对年轻男女,加上玉珍,正好四个。女孩说他们也是那辆中巴车上的,尽管玉珍混杂在一群本地人里,尽管戴着头巾,她也能一眼分辨出玉珍是个背包客。女孩说他们刚下车就搭上了这辆车,司机人好,愿意捎他们一程。所以他们想起玉珍,可当他们回头找玉珍时,她已经不见了。

她说自己在马尔康见过玉珍,一定是的,没错的,因为像她这样独自徒步的非常少,总会让人印象深刻。女孩很健谈,好在她并不抛出问题,玉珍只需要点点头或者适时笑一笑,表示礼貌就行。女孩说不知道称玉珍是大姐还是阿姨,或者就叫独行侠吧。她让玉珍叫她薯片,当然了,这是绰号,真名叫黄黎曙,黎明的黎,曙光的曙。唉,太难记了,也不好听,什么黎明曙光的,记不住,所以大家都叫我薯片。她又指着副驾驶的男生说,他是我对象,叫伍一,一二三的一,真的,这真是他的名字,就这么简单。

这时伍一转过身来和玉珍打招呼,他很内向腼腆,低着头,又深深一点,脸便红了。

玉珍不由得想起自己的儿子,大概也是这样的内向吧。不知道这遗传的是家伟还是自己,总之,又不完全像他俩。玉珍想,人的内向分很多种,他们的内向各不相同。

儿子大学毕业后回到县城,他不愿跟继母生活,也不愿住到玉珍这儿,固执地租了个小阁楼。住处离玉珍很远,一个在城西,一个在城东,好像故意保持着某种距离。玉珍有时坐车去看他，他便一脸的为难和不自在，说不用来的，真的，不要来的，他喜欢现在的生活，喜欢一个人的空间，不被打扰的空间。玉珍愣住了，把儿子的话反复咀嚼。之后，玉珍便去得少了，只偶尔给他打个电话，儿子装了个座机，电话拨通后，听筒里会传来儿子的声音——嗨，我是致远，我现在不在家，有事麻烦给我留言。

薯片正在滔滔不绝，她的声音很好听，仿佛带着薯片的脆感。薯片是南方口音，不翘舌，也不分前鼻音后鼻音，每个字的发音都短短的，像小青豆在唇齿间蹦跳。薯片正说着话，车后突然一声轰鸣，她们不约而同转过去——在他们车后，一处山体滑坡了，沙石从半山腰迅速流坠，几块大石头滚下来，砸在地上，一棵大树被泥石流冲倒。

她们都吓坏了，发出尖叫。司机从后视镜里瞟一眼，脚下的油门迟疑了下，又猛地踩死，迅速向前冲去。

玉珍想，如果薯片没有及时把自己拉上车，这时会不会被大树击中，或者，没有被击中，也一定被困在山里了，什么时候才能走出去还真不好说。

车开得飞快，顾不得避让石头，好像此刻比任何时候都知道直线距离最短这个道理。车里的人不再说话，尤其是薯片，四个人均目不转睛地看着前方，耳边只有汽车的呼啸声。很久过去了，大家都像在憋气，直到汽车开出山林，走上一条新的水泥路，才松了一口气。

薯片称赞司机的车技，又快又稳，稍慢一点儿都会走不出来。她说发生泥石流也是常见的，每年的六七月份是这里的雨季，山体吃满了水，沙石就容易坍塌。在路上遇到这样的情况，也算是一种经历吧。

既然知道危险，为什么还要进藏呢？玉珍刚说完，自己也惊愕了，因为这是放在她心里的话，并没想说出来，好像句子自己蹦跶着就出来了。

薯片笑了笑，她有两颗白白的大门牙，说话的间歇两只大门牙便咬住下嘴唇，她将脑袋一歪，马尾柔顺地流到一边。这个季节有泥石流的危险，但这个季节的草原也最好看，薯片笑着说，所以，不能因为危险而错过美景呀。

5

这天晚上，玉珍在业拉山下的草原上扎营，离她帐篷不远的是薯片和伍一的帐篷。这是薯片的意思,她要玉珍和他们一起在这里过夜。玉珍发现有一种人的热情你无法拒绝,当然,玉珍难以拒绝的原因,还因为要感激薯片把她带出了山。

薯片说,以后走川藏线就再也不会经过业拉山垭口了,因为这里将要建高架和隧道。玉珍认真地听薯片说话,她不知道这些,对于川藏线她所有的知识只限于那个本子。很难说清那是一本日记,还是旅游攻略,或者是记录心情的小随笔。本子上关于业拉山的记载并不多,只说这是著名的"七十二拐"。

薯片说,我们可以躺在草地上,看"之"字形路上卡车的车灯,夜幕之中,你什么也看不见,只有兽脊一样的山的剪影和一束微茫灯火在群山中游移,来来回回,反反复复,好像在挣脱什么,当你注视很久,便发现它在一点一点向上,一点点靠近山顶。

薯片停顿了下,抿了抿嘴,黑暗中,似乎能看见她眼睛里有东西在闪烁。是的,这个时刻我总是会想起很多,薯片说,会想起自己,想起那些正在黑暗中孤独行走的人们……

伍一轻轻捉住薯片的手,并在她的指头上捏了捏,每当这个时候,伍一总会做出这样的动作,这大概是他对感情的表达方式之一。

山中升起夜雾,裹着淡淡的腥气。玉珍看向四周,近乎无边的寂静笼罩而来,她看不见山路,那些曲折的呈"之"字形的路正藏在黑暗之中,她一眨不眨地看着,多么希望能有一束微茫的灯火在黑暗中出现。

气温越来越低,风也大了,在草地上坐了很久,伍一提议赶紧回帐篷,这山风吹久了,指不定明天会头疼。

玉珍的帐篷离他们的有几十米距离,这是玉珍的意思,她还不习惯与人靠近,包括帐篷。

她躺在睡袋里,一时毫无睡意,便坐起来拨电话,仍然是那个语音提示,响了三遍后,挂断了。致远也曾徒步过川藏线,那是一年前,从成都开始徒步,玉珍不知道那时候致远经过业拉山的时候是在哪里扎营的,是不是看到过这黑暗中慢慢移动的灯火呢。

天刚亮,薯片突然挤进帐篷,不由分说地在玉珍旁边躺下,哈着手说,冷死了,冷死了。玉珍赶紧挪到一侧,让出空间,她不习惯与人如此亲密。薯片又挪过去,说挤在一起才暖和呀。

外面的风吹过山谷,在远处发出尖啸之声。此时的风似乎不只是单纯的自然现象,而是曾被囚禁在山中的困兽,现在,整个山谷都交给了它,它在狂欢,在撒野,在嘶吼,它成了天地的主人。薯片说,当我们投身在大自然之中,便会觉得人类是多么渺小啊。

独行侠,你为什么一个人徒步进藏?薯片突然问道。

玉珍愣住了,不知道该如何作答。薯片又说,嘿,这也不算什么问题,很多事情是没有为什么的。就像伍一问,为什么我们一次次地来到高原呢?我也不知道怎么回答,或许,我们想在这样的旅程中找点什么,找到志同道合的人,找到自我,找到信仰,或者,找到走出困境的方法吧。

玉珍陷入沉思,她想,那么致远一次次地来到高原想找到什么?这个问题也正是玉珍进藏的原因。她想知道答案。

家伟去世后,她和致远说话的机会很少,他变得更内向,有一次她去看致远,致远正要出远门,他们是在去站台的那几十米的路上完成的告别。临上车时,她想跟致远靠近一点,但被他身上的两个背包挡住了,她站到左边,背包也在左边;她站到右边,背包也在右边。那一瞬间,玉珍似乎明白了横亘在她和致远之间的是什么了。

薯片的手突然搭在她的睡袋上,玉珍连忙翻了个身,将手躲开。薯片向她这儿挪了挪,玉珍便让一让,再挪,再让,直到玉珍将脸紧贴到帐篷才停下。

刚离婚的那几年,玉珍偶尔会把致远接回来住几天,也仅是几天,致远就要回去。她想帮致远做点事,比如整理书包,比如系个鞋带,致远总是不情愿地避开。有一次,她看见致远头发上沾了个小纸屑,想帮他掸去,手还没碰到头发,致远便像弹簧一样弹得远远的。回去的时候,玉珍和致远坐公交,临窗处正好空着两个位子。致远靠窗坐着,恨不得把自己变成一片树叶紧贴在玻璃上。为了不与她眼神相遇,更是一刻不离地看着窗外。下车后,致远往巷子里走,玉珍止步,她只送到这儿。致远离开前突然对她说,你的家里就容不下一个睡袋吗?说完头也不回地跑走了。

薯片伸了个懒腰,说刚刚居然睡着了,她问玉珍有没有睡着,玉珍含糊应着。薯片说,我们在一个帐篷睡觉,算是帐友了吧。说完笑起来,白白的大门牙咬住下唇。她说自己有过四次进藏经历,有好几个"帐友"呢……

玉珍抿了抿嘴,声音很小地问,这么多次进藏,不会腻吗?

不会不会,怎么会腻呢,薯片说,每一次的经历不一样,每一次的感触也不一样。她说印象深刻的是第一次的骑行，若干年前了，那时她和伍一刚毕业，没有经验，把干粮都装在了一个背包里，伍一为了减轻她的负担，将帐篷锅灶放在自己自行车后座，而将装着食物的背包放在她后座，经过通麦天险时，因为刚下过雨，路很滑，她摔了出去，一同摔出去的还有那个背包。幸好人没事，而背包却掉进一侧的怒江。那时离下一站还有四天的路程，没有食物，根本无力骑行。路上车辆少，即使遇见一辆，他们两个人两辆车，根本无法搭乘。有的司机会从自己的口粮里匀出一点给他们，但那点食物哪够呢。到了第三天，两人已经饿得两眼冒星，更别说骑行了。他们把自行车扔在路边，躺在草地上祈求有车经过。

他们听见水流的声音，原来离他们不远的地方有一条小溪，弯弯曲曲，溪水倒映着蓝天白云。伍一去喝水，突然尖叫起来，有鱼。他哭喊着，这是高原冷水鱼，细瘦的身子闪着银白的光。两人在溪水里扑棱半天都没能捉到一条，这种鱼游得快，也相当机敏。他们把衣服做成渔网，把背包做成渔网，都无济于事。这使薯片很泄气，感到绝望。但伍一不罢休，他提议打坝截流，工作量虽大，但也是一线希望啊。他认真地刨土，垒土，好在这是小时候常玩的游戏，上游下游的土终于垒成了，再另外挖一条小道，让溪水分流，分流的河道很小，用一件毛衣兜着。一个下午，他们就这样收获了上百条鱼，薯片一边流泪一边帮伍一擦汗，晚上他们就吃上了烤鱼，剩下的几十条再收拾干净，用绳子穿着，挂在车龙头上。一路骑行一路晒着鱼干，这些鱼干帮他们渡过了难关。薯片有些哽咽，她说虽然过去很多年了但每次回忆起都会很感动，这件事对她的触动很大，让她觉得，每一个人，都能够找到走出困境的方法。

6

第二天玉珍就和薯片伍一分开了，她执意要这样。薯片说，好吧，独行侠，那期待我们的再次相遇吧。

玉珍目送他们离开，当两个身影消失不见了才收拾行囊出发。她走得有点慢，她不需要那么快到达，薯片说他们到了拉萨后将前往冈仁波齐，参加一年一度的转山。而玉珍不去冈仁波齐，她只想走一遍川藏线，到达拉萨，或者，不会到达。

她从业拉山口前往八宿，傍晚在一个卡口处被拦下，道闸横在路上，几个士兵守着，问其原因，说路况极其不好，天黑了看不见，危险。有司机上前与士兵斡旋,希望能通融一下。但士兵说,肯定不给走的,快去找地方住下吧,明天再通过。

路边停了很长的车队,都是因为不能通过而积压的,接二连三有司机上前据理力争——开夜路没事的,再危险的路也没事的。他们说自己着急赶路,出了事自己负责。士兵们脾气挺好,但也不松口,只说,哪有那么多急事嘛,人哪有那么多急事嘛。

玉珍退到一边,打算就地落脚,她想到薯片他们应该通过了,想到和薯片他们之间的距离将越来越远时,心里竟闪过一丝难过。

司机们掉头去找住宿的地方,或者留在车里过夜,骑行或徒步的便在草地上扎营。玉珍草草吃了点东西,钻进帐篷里,她不愿走到外面去,不想被搭讪。

天还没黑,有的车灯便亮了,人们似乎不喜欢黑暗。车灯将树的影子打在帐篷上,从模糊到逐渐清晰,每当有人穿过灯光,人的影子也在玉珍的帐篷上飘过。男人、女人、小孩,有时是一只狗,尽管玉珍与他们不相识,但他们的影子却离她那么近。

玉珍照例拨了电话,毫无悬念地,仍是那段语音留言。玉珍长舒一口气,挂了电话,倚在睡袋上看帐篷上的影子。草、树木、人、宠物,来来回回,帐篷像是一块幕布,放映着人的一生,所有的事物一一经过,最终谢幕。

这时候,玉珍看见一个奇怪的影子,它像狗,又不像狗,头上多了角一样的东西,玉珍猜不出来,影子越来越近,好像就在她的帐篷边上,玉珍拉开拉链,探出头。原来是一只羊。

玉珍看向它的那一瞬,羊也抬头看过来,它右眼上有一小撮黑毛,抬眼时黑毛便向前凸出,仿佛皱眉,又好像不屑一顾。它年岁应该不小了,从犄角上可以看出,卷了两卷,耳朵上挂着彩色耳坠,很华丽似的。羊看了一会儿玉珍又低下头啃草,边啃边移动,弄得耳坠叮当响。玉珍发现这只羊一直在她帐篷四周,好像对这里的草情有独钟。

玉珍很快就进入梦乡了,羊是什么时候离开的,又去了哪里,她也不知道了。一整天的徒步是最好的催眠药。

次日早晨玉珍起来时,周围的汽车和帐篷都不见了,人们急迫地奔赴下一站。她想起士兵的话,哪有那么多急事嘛——

过了关卡,路立即窄了,如士兵所说,路况极差。翻了两座山,身上汗淋淋的,前后都没有人,也不见车辆,耳朵里隐约有轰轰的声音,玉珍觉得奇怪,不知道声音来自哪里,她一度怀疑是不是自己出现了幻听。

拐过一个大弯,声音更响了,像是江水的声音。路一直向下,声音也越来越重。果真,玉珍看见翻腾的江水了,狂暴得很,奔涌着,鼓噪着,呐喊着,撞击在崖壁上,发出天崩地裂的吼声。怒江在此处拐弯,江水汹涌,撞击山崖后又跌跌撞撞往下游冲去。玉珍明白昨晚为什么封路了,夜晚行经此处,的确非常危险。玉珍加快步伐,轰鸣的江水声令她战栗。

转过一个弯,看见前面一个老人牵着一只羊。玉珍与他越来越近,发现原来是昨天的那只羊,右眼上面是一小撮黑毛,耳朵上的坠子正叮当响呢。

唔,朋友,去拉萨嘛。牵羊人热情地和玉珍说话。

玉珍放慢脚步,说,是的,去拉萨。

老人说自己叫扎西,又指着羊说,它叫德吉,他要和德吉去强觉林寺呢。

玉珍问,为什么带一只羊去寺庙?

嗨,朋友,羊有名字的嘛,它叫德吉嘛。

玉珍连忙改口,问,为什么带德吉去寺庙呢?

唔,扎西老人指着德吉说,它不是普通的羊嘛,它是放生羊。他说德吉为他们的牧场贡献很大,一生共生下三十一只羊崽。所以把德吉选作放生羊,是他们全家人的意愿。羊一旦被放生,便不能作为牲畜再被屠宰了嘛。

玉珍看着德吉,它的脑袋向前倾着,背微微弓起。它明显老了,但这些衰老迹象都是它的勋章。

不过,扎西老人又说道,德吉的两个孩子上个月被狼咬死了,可怜的德吉很伤心。他决定带德吉去强觉林寺转经,煨桑,磕头,祈福德吉那两个死去的孩子能尽早转世。

这里离强觉林寺还有很远,德吉正低着头走路,四只瘦瘦的蹄子在水泥路上发出嗒嗒的响声。玉珍看向德吉,心猛地一沉,仿佛也感受到了德吉的巨大悲伤。她问扎西老人,去强觉林寺转经能帮德吉祈福吗? 德吉是不是就不再悲伤了?

扎西老人点点头,转动着手上的念珠,他说经书上讲,一个人的一世,其实就像一条河流过,河水把自己的少年、青年和以后都冲走了,只不过剩下了一些念想和一些牵挂罢了。起初,他不懂这句话的意思,太深奥,就向尊者去求证。尊者便说,扎西啊,等将来某一天,河水打湿了你的脚脖子,你就觉悟了。尊者又说,每个人都会失去,所以要学会和"失去"共存嘛。

7

一年前,玉珍接到一个陌生电话,电话里的人自称西藏林芝巴宜区派出所的李警员,问玉珍和吴致远是不是母子关系。玉珍说是的,对方便开门见山地说吴致远徒步经过林芝八一镇尼洋河时不慎溺水,事发时间为七月十一日下午四点,警方已经进行了打捞,但并未有结果。

玉珍脑袋嗡地一下,整个人瘫了下来。

警察说那段河水很深,很急,据三名目击者反映,他们看见死者去河边舀水时不慎跌入,因为事发当时三人正在事发地的斜对面,当他们赶过去时,死者已不见踪影。警察说他们接到报案后第一时间便进行搜救,但是,尼洋河是通向雅鲁藏布江的——电话里的声音打住了。

对方问她打算怎么处理吴致远的遗物。

她问是什么?

一双耐克鞋和一个小包,包里有身份证、一个本子、一支笔、一把钥匙,还有两块小石头,警察说。

这些遗物很快就到了玉珍手上。除了那个本子,其他没有什么秘密可言,本子的扉页写着“永远自由自我,永远高唱我歌”。玉珍并不知道这是一句歌词,心里无比难受。高唱我歌,她张开嘴,感到呼吸困难,是啊,致远也终于“死于旅途”了,他和家伟的死亡仿佛是对她这个人的否定,他们在高唱我歌,自由自我。她笑了,发出干呕一样的笑声,笑声里带着哭腔,嘎——咯——嘎,她蹲在地上,干涸的眼睛里又渗出泪来。

她把本子合上,不想再往下看,每个字都如同利剑一样刺痛着她。

丧事很简单,由玉珍的堂姐帮忙操办,只在殡仪馆设了半天灵堂,因为没有遗体,向殡仪馆购买一个穿西装的纸人,代表是男性吧,就这样,草草做了个告别仪式。玉珍几次休克过去,于是被抬到旁边的椅子上歇着,醒来后也不哭,看着来来往往的人发呆。她瘦瘦的,衣服大了一圈,坐在椅子上像件衣服摊在椅背上。

堂姐只比玉珍大一天,两个人的性格截然相反,堂姐活泼开朗,说起来炸炸的,每个字都像一个小鞭炮。家伟就是堂姐介绍的,他们在同一个单位同一个车间。堂姐说家伟话不多,跟玉珍倒是般配呢。堂姐说的前半句倒不假,家伟比较内向,讷言敏行,不知道是否跟他独自旅行有关系,但后半句"般配"就不言而喻了。玉珍想,如果当初堂姐没有介绍家伟给她,就不会有致远了,那她的人生是不是就另一个样了——

堂姐忙歇下来的时候就来安慰玉珍,她的嗓门儿很大,鞭炮阵阵,玉珍感到头昏脑涨。堂姐将手搭在玉珍肩上,两只手又宽又大,像沉沉的梧桐叶,玉珍好几次想把叶子掸掉,都没有力气。

丧事结束,亲眷们都走了,如同一阵风将他们吹来又将他们吹走。玉珍也回到家中,她坐在床头想白天发生的这一切,十分恍惚,好像什么都没有发生一样,时间从几天前跳跃过去,直接连接到现在。

一连几天玉珍没去上班,躺在床上,眼睛愣愣地盯着天花板,不再流泪。泪早流干了,眼睛像干涸的河底,血丝纵横交错。

一天傍晚,玉珍突然从床上爬起来,脸也没洗就往外走,下楼时两腿软绵绵的,差点踩空。她知道这是很久没下地的缘故。玉珍从车库里推出自行车,蹬了几脚才跨上去,歪歪斜斜地出了小区。

傍晚橙色的阳光涂抹在人们的脸上,使得每一张迎面而来的脸都神采奕奕。穿过一条巷子,就到了广陵路,沿着广陵路向前过两个十字路口就到了银杏大道,再往前五百米,向左拐弯,再走三百米,就是玉珍工作的超市了。这条路玉珍闭着眼睛都不会走错,她喜欢这种熟悉而稳固的路径。

超市的前身是人民商场,千禧年后被一个商人收购,原本商场的员工可以选择买断工龄后离开,但玉珍没有,她选择留了下来。说真的,她很害怕改变,包括每天行走路线的改变。超市来了新的同事,好在玉珍原本就不爱说话和交际,她每天戴着工作帽,戴着口罩,这样似乎就有理由不开口说话了。她仍然负责理货,这个工作让她感到心安理得。

玉珍把自行车停进车棚,从员工通道进入,在休息室里找到自己的工作服,套上,拿上工作簿和笔去检查货架。有同事跟她打招呼,她也没听见,兀自往货架处走。此时的超市人流量较大,这是一天里最繁忙的时刻。玉珍先去了零食区,这时候的零食售出量极大,她发现两包薯片被挤掉在地上,气鼓鼓的,好像和谁在生气。玉珍捡起来,打算放回去,却发现放薯片的地方被别的零食占去了。玉珍将它们拿出来,刚一碰到包装袋,整个人弹跳起来。

是一包牦牛肉干,包装上赫然印着"西藏林芝"。这几个字仿佛烫得很,灼痛眼睛,玉珍失声叫着,啊——啊——啊,她弯着腰,跺着脚,好像要从胸腔里用力挤出什么。

超市里一片混乱,不少人拥过来,慌乱中挤倒了一个货架,顿时一片狼藉。同事们不得不迅速将玉珍抬进休息室。

8

德吉吃草的时候,玉珍也不走了,和扎西老人一同坐下来等它。

扎西老人说,嗨,我的朋友,你不赶路了吗,不早点去大昭寺向菩萨祈福吗?

玉珍笑了,说不着急,早晚都会到的嘛。她掏出一块压缩饼干给扎西老人,对方也从布袋里倒出青稞面,教她如何捏成糌粑。吃吧,这可是好东西,扎西老人说。

他问玉珍家里有没有兄弟姐妹,玉珍说没有,父母老来得子,就生了她一个,两个老人早就过世了。她也问扎西老人,对方说,他有一个漂亮的妹妹,嫁到玉树去了,嗬,那可过上了好日子,因为玉树的牧草可好了嘛。他还有一个弟弟,叫强巴,很小的时候就死了。弟弟跟他最要好,一起骑马,一起放羊,不过,弟弟比他聪明多了。有一年雪顿节,活佛来昌都讲经,活佛说,泥土把所有的美好事物都赐予了我们。弟弟强巴便说,唔,至高无上的活佛啊,照你这么说,所有的美好事物也都要归于尘土嘛。

活佛称赞了强巴,说他一定是智者转世。

玉珍问弟弟是怎么死的?

扎西老人说骑马摔下来,又被后面的马踩死的,都快被踩进泥巴里了。

你现在还很想念他吗? 玉珍问道。

扎西老人笑了笑,眼睛四周的皱纹沟壑纵横。他答非所问,说强巴说得多好,所有的美好事物也都要归于尘土了嘛。

德吉已经跑出很远了,它的嘴巴总是能找到最嫩的草尖。德吉耳朵上的坠子很鲜艳,由一缕流苏和一个铃铛组成,那是自由的象征。扎西老人说给德吉穿耳的时候,德吉仿佛听懂了,一动不动地站着,等待着。动物和人一样,都喜欢自由的嘛。

这时,玉珍便想起本子扉页的那句话,永远自由自我,永远高唱我歌。她不知道究竟是什么吸引着致远,是什么使他一次次到来。

她记得很多年前,家伟从川藏线回来的那些天,整个人处于一种亢奋和疲惫之中,亢奋是发自精神,疲惫来源于身体,平时寡言少语的家伟话变得多了,可每次他刚要打开话匣子,玉珍便朝他淡淡看一眼,家伟很知趣,立即住了口。现在她多么想知道家伟被噎回去的话究竟是什么。她也知道那些欲言又止的部分他一定和致远说过,分享过,那是他们父子之间的秘密。玉珍的眼睛有些潸然,远处的天地没有尽头,面前青青的草地和云朵都变得虚晃起来,难道这就是致远和家伟为此高歌的自由?

这一年来,玉珍每天如同行尸走肉,在超市里几次失态,她无法控制自己,好在超市并没有开除她,只让她回去多休息。有一次,她从超市出来,一时想不起回家的方向,街上很多人,像雨前匆忙的蚂蚁,每个人都仿佛被一根无形的线牵连着,赶赴各自的方向。有一阵,玉珍停下来,怔怔地站在车水马龙中,她被迎面而来的自行车剐蹭到一边,又被一个冒冒失失的小孩撞了一下,玉珍不知道自己的方向,她想找到牵连自己的那根线。

玉珍没有回家,而是向着另一个地方去了。沿着盐阜路,到达运河,再顺着运河堤岸北上,直到看见了一群青灰色外墙的房子才停下。从一个窄门进去,最西边楼道上六楼。这条路玉珍也烂熟于心,尽管她走的次数不多,但在心里却走过无数次。

用钥匙打开门,一股味道扑面而来。那是人的味道,是一个人和一个屋子相互作用的味道。玉珍的眼泪出来了,她从一股密不透风的霉腐气味中捕捉到致远的气味,她立即将门关紧,生怕气味不胫而走。

床上的被子靠墙卷着,枕头有点歪,仿佛主人刚刚起床还没来得及归整。屋子不大,客厅也即是书房,靠窗的地方放了一张书桌、一把椅子。书桌上堆了一些书,靠墙的那侧有一块白板,上面写着要做的事和一些莫名其妙的词语。比如,榆树、石康、纹路、适应证、可燃……玉珍看不懂,她为自己看不懂而感到难过,仿佛这是致远留给她的最后一封信,而她却揣摩不出他的意图。

玉珍拿起电话,这是两年前致远去办网络时电信公司赠送的,电话机是绿色,呈梯状,很有年代感。玉珍将听筒靠近耳边,"嘀——嘀——"像一个活物,它是这个屋内唯一能发出声音的东西了。玉珍掏出手机,拨通电话,听筒里出现了忙音。以往也有这样的时候,玉珍打电话过去,听筒里也是忙音,很久之后才回过来。玉珍一般不会问致远是在和谁通话,她想到自己的儿子还有个可以说这么长时间话的人,便感到一丝欣慰和嫉妒。

从屋里出来，玉珍去找了房东，他们住在致远的楼下，是一对退休的老人。她对房东说自己是楼上租客吴致远的母亲，问房租什么时候到期。老太说下个月就到期了，不知道要不要继续租了。

要呢要呢，玉珍连忙说，要继续租呢，一直租下去，房租她来垫付。

9

扎西老人与玉珍在丁字路口分开，扎西老人说，嗨，我的朋友，我和德吉要往这个方向走了嘛，你继续向前，走不了多远就能看见然乌湖了，记得用然乌湖的水洗一洗脸嘛，清澈的湖水能带给你好运的嘛。

玉珍笑笑说，好啊。又说这两天已经习惯和德吉一起赶路了，她会很想念它的。

德吉也会想念你的，扎西老人说，下次来牧场吧，我们的牧场可是昌都最漂亮的牧场，草长得非常好，肥得很，在那儿你会见到德吉的。不过嘛，扎西老人看着德吉说，德吉是放生羊了，所有的草原都是它的嘛。

玉珍是在傍晚到达然乌湖的，在远处就看见翡翠一样的湖面，水波轻漾，闪着细碎的金光。玉珍放下背包，找了块平坦的草地坐下，风从湖面掠过，带着清凉。

湖的北面是一长列重叠起伏的雪山，山顶终年积雪。雪山间流动着冰川，其中最著名的是拉古冰川，像数百条巨龙般的冰舌一路延伸到湖面。湖边有人在拍照，是进藏的游客，一波波地停下，又一波波地离开。

天光渐暗，暮色从山的皱褶里慢慢渗出。玉珍不打算继续赶路，就在此处扎营过夜吧。致远在本子里也写到然乌湖，这一晚他也在此度过。他说然乌湖湖水的蓝与纳木错湖水的蓝是不一样的，前者是湖蓝，后者是宝蓝。他说纳木错又被称为上帝的一颗"蓝色泪滴"，当然，这一趟的目的地不是纳木错，时间原因，他不得不到达拉萨后就返回。致远说他去过一次纳木错，当他从盘山路转过去看见纳木错时，整个人都震惊了，宝蓝色的湖在他的下方，湖上飘着几朵洁白的云，湖面圣洁，如同上帝的一滴眼泪……关于纳木错，致远写了好几页纸，每个字都洋溢着兴奋，他说有生之年一定要再去一次。

玉珍看了会儿天空，眼皮已经抬不动了，困意汹涌。醒来时，已是凌晨，星星很亮，仿佛因为寒冷，也拥挤在一起。树在雪山的映衬下呈白色，像覆了一层薄雪。树影婆娑，湖水静默，世界静悄悄的，只有远处的山路上，货车像一颗小小星粒正慢慢移动。

她很久没有睡过如此酣然又饱满的觉了。这一年来，她的睡眠像游丝一样，轻飘飘的，断断续续的。她多么渴望有一场轰然倒塌的睡意，将她掀翻在床，沉沉地压住。但睡意变得孱弱，像与她相隔两岸，远远地、坚定地，不向她靠近。黑夜变得难以度过，她不知道如何消磨时光，常常在半夜，她起身去那个租住屋，打开门，气味淡了很多，这使她很自责，她知道正是自己频繁出入的缘故。玉珍不知所措地站着，不敢触碰任何一个物件，更不敢呼吸，生怕致远的气息逐渐消失。

她越来越瘦，可谓形销骨立，她已经不骑车了，那辆自行车不知忘在了何方。丢三落四成了她的日常。一天晚上，她又去租住屋，经过十字路口时，差点被一辆汽车撞倒。她闯了红灯。汽车里的人摇下玻璃，伸出脑袋骂道，找死啊——玉珍怔怔地立在马路中央，直到汽车一阵烟似的消失。是啊，她真想告诉那个司机，她很想死。

玉珍从帐篷里走出来，天明亮得像块琥珀，她在湖边坐了一会儿，很凉，一片宽厚的叶子悠悠扬扬落在身上，她的心颤动了下。玉珍将叶子往心口按了按，顿时感到丝丝的暖意。她又睡了一觉，就这样坐着睡着，直到太阳从雪山后面爬上来，直到世界一片透亮，才睁开了眼睛。

10

过了然乌湖，路就好走了，一路平坦，路两侧偶尔会出现两三抹浓荫。按照本子上记录的，玉珍也搭了车，但从色季拉就下来了，她不想太快到达，因为下一站是林芝八一镇。

是的，她还没有做好准备，就像这一年来她还没接受致远的死亡一样。致远离开的这一年里，她憎恨家伟，比任何时候都更憎恨他，似乎也比任何时候更想念他。

云，低得压得人难受，阳光暴烈，两边的树蒙了一层灰尘。玉珍停下来休息，她感到胸口难受，有小石头偶尔从头上飞过，玉珍却不想挪动位置，她不怕危险，甚至不畏惧死亡，这一年里，不知道有过多少次想死的决心。本子上说经过垭口时一定要注意，因为会有石头从山上飞下来，很危险……当致远写下这段话的时候不会知道自己就要死去,好像他的提醒正是为了一年后经过此处的玉珍。想到这一点,玉珍更加难受。她不停地喘息,感到浑身战栗,所有的悲伤在此时重叠,她蹲在地上,急促的呼吸使得尘土轻扬,白色的死灰一样的尘土在她四周轻舞着,像要将她吞没、掩埋。是的,所有的事物都将归于尘土。她想起了这句话。

最后一次见到致远是在超市里,那天玉珍是晚班,她看到致远的同时,致远也看到了她,对于两个人来说这似乎有点太突然了。他们正站在出售水产的区域,地面湿滑,玉珍想,要不是碍于地面不太好走,致远会不会就迅速逃开了呢?超市离致远住处很远,她不知道他为什么会出现在这里,像是老天的有意安排。致远比她高出一个脑袋,由于身高的缘故,总是习惯性地低着头,好像对一切都报以羞愧。有人从他们身边经过,使得他们不得不各自退让到一边。吃过饭了吗?玉珍问。致远动了动唇,玉珍却没听清,太嘈杂了,她后悔问了这样一个没有意义的问题,可一时又想不出该说些什么。玻璃缸里的鱼正张开着嘴,吐出一串串泡泡,玉珍觉得自己也像一尾鱼,张开嘴,却发不出声音。致远要走了,可能是有急事要赶回去,可能是站在这里使他不知所措。下班的时候,收银处的小杨叫住玉珍,说是她儿子买了一点儿牛奶放在这儿麻烦交给她。玉珍很意外,这使她既感到欣慰又无比失落,欣慰的是儿子懂事;失落的是,他不会当面交给她。

垭口处挂着五彩经幡,被风吹得啪啪作响。很久过去了,玉珍的哭声也像雨点一样渐止,浑身精疲力竭,很多东西从身体里慢慢游离出来,包括悲伤。她把那个黑色本子紧贴在胸口,似乎这样能给她安慰。然而在一年前,她都不敢打开它,纸上的每个笔画都如刀枪一样,割碎了视线。但此刻,玉珍多么渴望看到更多的字。致远的字很干净,笔画绵软,像河水飘飘忽忽向前流去,她想,如果就这样流淌下去,永没有尽头该多好。

这段文字结束,再往后就没有写字了,像一片深阔的山谷,苍白荒凉,玉珍一页一页往后翻,极其缓慢地,她多么希望白色纸张上能慢慢浮现出一些字迹,哪怕是一两个笔画也好。她抽出封底的硬纸,似乎不死心地将软皮剥开。视线和手指同时颤抖了一下,她又看见了字。

11

黄昏时,已经隐约能看到远处的八一镇了,灯光一盏盏地亮了,星星点点,从前,这黑暗中远处的灯光代表的是人烟,是希望,是指明灯,但现在,玉珍多么害怕这灯光,它提醒她八一镇就在那儿。

嗨,独行侠。一个人影从一侧的树林里蹦出来,玉珍吓了一跳,原来是薯片,几日不见,她瘦得像只小黑猴。薯片拉住玉珍,像第一次那样不由分说背起玉珍的包,往树林里他们的帐篷走去。

薯片说自己和伍一在这儿等了一天半了,终于把她等来了。

独行侠,你这样一个人徒步让人挺担心的。薯片说,每经过一个垭口伍一都会念叨玉珍,伍一说到拉萨还有最后一个米拉山口,五千多米海拔,徒步过去是很费力艰难的,所以,他们决定在这儿等她一起经过。

他们的帐篷就在路边,薯片放下背包便开始收起帐篷。问她为什么收帐篷,她嘿嘿一笑,用大门牙咬住下唇咻咻地笑。

今晚不在外面过夜。薯片告诉玉珍,因为离这里不远有个漂亮的牧场,她的藏族朋友欧珠就住在那儿。欧珠是她和伍一第一次进藏时认识的,以后每次经过这里都会绕道去看望他。

你们不急着到达目的地吗?错过转山怎么办?玉珍问。

没有目的地,路上才是目的。薯片狡黠地一笑。

在薯片的催迫下,玉珍没来得及歇一歇就继续上路了。

他们沿着一条曲径穿过树林,眼前顿时很开阔,草地波浪似的向远处延展,暮色正一点点笼罩下来。山坡上散落着黑黑的牦牛和白白的羊,像小花一样点缀着。黑色越来越浓,将天地模糊成一片。远处的山坡摇摇晃晃着一点亮光,薯片说一定是欧珠,她刚刚给他打电话了,欧珠正在迎接他们的路上。

嗨——薯片朝着亮光喊,对面的人也在回应。欧珠骑着一匹马赶来了,他四十多岁,牙齿在黝黑皮肤的映衬下尤显白亮。欧珠帮大家把行李绑在马背上,牵着缰绳一起向前。

很快就看到亮着灯火的帐篷了,像通体发光的硕大琥珀,帐篷顶上有白白的炊烟,夜晚的炊烟是亮的,像一缕清亮的河水向更深的夜空流淌而去。

帐篷里炖着羊肉,香气四溢,酸奶盛在小碗里,上面撒上一层白糖,几个人围坐在火炉边,袅袅热气将一切都变得朦朦胧胧。欧珠不爱说话,总是露出牙齿笑,看得出他对他们的到来感到高兴。他挑出肥瘦相间的羊肉递给大家,吃嘛,吃嘛,他不停地说。欧珠的老婆是个瘦小女人,一根麻花辫拖至后腰,她不停掀起门帘进进出出,好像有干不完的活儿,添柴、倒水、揪面片,做起事来十分麻利,歇下来的时候就坐在欧珠旁边听大家说话。

薯片问现在的牧场里有多少头牦牛多少只羊?

欧珠说一百零一头牦牛,一百五十九只羊,还有十几匹马。他一边说一边伸出紫薯一样的指头比画。不过,欧珠又说,马上有四只母羊要产子了,那样,就有一百六十多只羊了嘛。

这时欧珠的老婆更正道,是五只嘛,不是四只。

欧珠便把指头来回掰了又掰,在"四"和"五"上琢磨很久。欧珠老婆笑起来,欧珠也笑起来,大家也跟着笑起来,笑声伴随着帐篷外面牦牛的叫声,此起彼伏。

这是一个很奇妙的夜晚,大家聊了羊、马、牦牛、狼、藏獒、旱獭、裂腹鱼、重唇鱼,还有秃鹫、老鹰……地上跑的、水里游的、天上飞的全都聊了个遍。不知不觉中玉珍喝了好几碗酥油茶,她起身和欧珠老婆去帐篷外小解时,脑袋不小心碰到灯泡,灯泡在空中摇晃了几下,每个人的影子也跟着晃动起来,玉珍觉得这一切恍若梦境,几个小时前她还站在垭口不能自已,而几个小时后,竟在这个灯光明媚的帐篷中感受着陌生的一切。

酒足饭饱后,各自睡去,床是新铺的,有软软的垫子,垫子下面是草地,如果掀开帐篷,就能看见星空。玉珍感到身子越来越轻,眼皮越来越重。临睡前,玉珍又想起黑封面本子里写在封底的字,那是家伟的字,是他曾写给致远的信,被致远用胶水粘在封底,文字很简短,那年致远正读大学,家伟得知致远独自进山攀岩后写了一段话:在极限攀岩后你会感受到更多的东西。我很感激你在离开前或决定做这些事之前没有先告诉我,不然我会出于担心而阻拦你。这样的话我们就会变得疏远,因为这也是你的选择,你的生活。我深知在旅行或极限运动时,你最能感受生命的活力和价值,那一定是你感触最多的时候,而我,怎么能从一个人那里夺走这样的东西呢。

12

半夜,风很大,牲畜们在围栏里一声接一声地叫,玉珍被一阵急促的脚步声惊醒了,欧珠和欧珠老婆正往帐篷外走。

他们的六匹马丢了。

大家都起身出去寻找,玉珍也不例外。

薯片问欧珠老婆马为什么跑了?这个瘦小女人想了好半天才说,唔,马是要跑的嘛。

玉珍和薯片、欧珠老婆去往一个方向,欧珠和伍一往另一个方向寻找。草原黑乎乎的,风在大地上奔走,深夜的草原仿佛换了面貌,变得凶悍。出门时衣服穿少了,此时风直往脖子里灌。欧珠老婆打着手电筒,玉珍和薯片也打开手机电筒,孱弱的光束跑不远,只在前方一两米处缩停。

他们翻过一个土坡,四周黑黢黢的,黑暗层层叠叠,欧珠吹起哨子,也传不远,被风撕得七零八碎。大家弓身前行,又翻过一个土坡,风将身上的温度都搜刮干净。天上原本还能看见一两个星粒,像黑黑的锅底偶尔蹦出的火星儿。再往前走,星星也看不到了,头顶上黑沉沉的。

风越来越大,他们像钻进一个黑色麻袋。有一刻,玉珍忘记自己在找寻什么,只是在黑暗里坚定地走着。

哈——嗦——嗦——欧珠的老婆在叫唤,好像某种暗语,又像通关密码。薯片也跟着叫唤,哈——嗦——嗦——

玉珍也叫唤起来,尽管并不知道是什么意思。

哈——嗦——嗦——

哈——嗦——嗦——

哈——嗦——嗦——

唤得大朵大朵的黑云被扯成碎片,唤得风倦倦地拂动衣襟。

她们又向黑暗深处走了很远,终于,后半夜,找到了两匹马,马正躲在一个山坳坳里呢。

欧珠他们也找到了一匹,正一动不动地立在风中。

马儿们像是赌气出走的孩子,跑累了,又一时不想回去。

两路人马在南边的小坡上相遇了。几个人分别骑在马背上,朝着帐篷的方向返回。欧珠说不找了,马如果想回来过几天兴许就会回来的。

好马知途往返啊,薯片说,可是,如果不回来呢?

唔,那就不回来了嘛。欧珠回答,他说每年都会丢失几匹马,这是再正常不过的事了,马和其他牲畜不一样,不老实得很。

身下的马打了两声响鼻,仿佛听不得这样的评价。

欧珠说其实也不叫丢失,对于马来说,只是离开而已。马离开牧场,人离开家,差不多是一样的意思嘛。他说小的时候,都是阿爸去找马,他一走就是七八天,有时候是半个月。阿爸爱喝酒,在草原上跑了一天,就在小酒馆里喝酒,喝得酩酊大醉继续找马去。常常马都自己回来了,阿爸还没回来。阿妈就说阿爸不愿放牧,偷懒去了。有一次,父亲去找马,离开了半年多才回到家中,回来时给我带了一支鹰笛,给妹妹带回一本书。谁也没有问阿爸从哪儿弄来的,又是去了哪里。我们发觉阿爸总想试图离开,想挣脱掉什么,可又被什么牵连着。最后一次,阿爸最喜欢的枣红马不见了,阿爸很难过,他一夜未眠,第二天一早就背着一件羊皮袄和一袋青稞面出发了。

马找到了吗?薯片问。

没有。

阿爸回来了吗?

没有。欧珠说,阿妈叫我们不要去找了,每个人都要接受别人的离开。

这时候,风渐渐止住,草尖停止了摇晃,肃穆无边的寂静倾覆下来,他们坐在马上,随着马背在一耸一耸。

欧珠打开手电筒,光束虚浮于半空。玉珍想起小时候住在乡村,每月月中都会有个货郎挑着担子过来,货郎仿佛是与月亮一同出现的,一盏煤油马灯挂在货担上,肩膀以下都是黑的,只有一张淡金色的脸虚浮在扁担之上,货郎伸手调亮马灯,这盏灯的明亮,却让周围陷入更深的黑暗。孩子们喜欢跟在后面追一阵,只有玉珍盯着那马灯看,货郎穿过村庄,直到摇曳的黄晕的光也被黑暗吞没。

她的思绪飘了很远,徜徉在童年的光阴中。这时,薯片打破了沉寂,唱起了歌,她的声音如她的大门牙一样洁净明丽,一曲结束,薯片说昨天她把自己的名字送给一只山羊,山羊也接受了她的名字,因为当她用这个名字唤它时,山羊把脸转了过来。

伍一说,这就是人类的自以为是啊,总是喜欢给所有事物命名——

嗨,你这是在说我吗?薯片说。他们骑在一匹马上,小声地说笑与争论。

有一瞬间,玉珍觉得伍一和致远很像,连说话的语气都像,她想,如果致远还在,过些年会不会也和自己的女朋友一起进藏,一起徒步呢?

薯片和伍一已经更换了话题,正在谈论有关生命和死亡,薯片说每个人都会死去,死并非生的对立面,而是生的一部分,是我们返回了大自然的循环之中而已。她说人类基因里有智慧的倾向,香烟与烟草,速度与激情,每一个里面都暗藏着危险。坠落于山崖与病榻上老死,哪一种更圆满呢——

伍一似乎很赞成薯片的观点,他说登山、攀岩、极限运动,它们的尽头或许就是死亡或恐惧,当你眼里没有这两样东西的时候,那就会是无尽的星空。他们又谈到各自的未来,谈到工作,谈到孩子,他们在轻声交流,玉珍很想听却听不清楚了。

玉珍想起黑色本子上家伟和致远的文字,似乎突然明白,一年前致远的川藏之行并非孤单,因为他们父子俩一直走在同一条道路上。玉珍看向前方,黑黑的夜空里高耸的马背,她看见家伟和致远正骑着马慢慢前行。她似乎又闻到小出租屋里的气息了,那是致远的也是家伟的气息,此刻,那样的气息萦绕在她的四周,缓慢的,悠扬的,像游丝一样穿过她的身体。

玉珍扬起眉毛, 也想赶上去——马突然一个趔趄,使得马背上的她向外一歪,黑暗中有几只手同时扶住了她。

几匹马向她靠拢过来,一会儿又分离出去,马背上的人便跟随马的靠近而靠近,有几次,快要触碰到彼此了,马又躲闪开去。

浮云散去,月亮跑出来,溪水在漫无边际的草原上流淌,不知名的虫子在幽幽鸣叫。渐渐地,马越来越近,好像马儿们也找到了某种节奏,相依而行,使得马背上的人仿佛骑在同一匹马上。

这个夜晚很特别,玉珍记不得出发时走了多远,回去的路竟如此之长。每个人都好像不着急赶回去,他们只是坐在时间的坐标上慢慢前移。

13

到达帐篷时,正赶上母羊分娩,欧珠是从母羊的叫声中分辨出的,他说声音里有求助的信息。欧珠提着马灯进了羊圈,欧珠老婆立即去烧水,玉珍和薯片他们帮忙打下手。

玉珍和欧珠老婆把装着温水的木盆抬进羊圈,伍一提着一盏马灯,羊圈里阵阵气味,浓烈得使人眩晕,玉珍竟想到了那间出租屋,她被自己的联想弄得哭笑不得,她使劲吸了吸,有一种满足之感。

母羊躺在草地上,放在它嘴边的鲜草并没有动,间隔张开嘴叫两声,有气无力。

羊水已经破了，地上淌着淡淡的血水。血水浸湿了身下的甘草，草屑糊在羊腿上。

一只羊羔腿先出来了，看来是难产。

欧珠不得不将小羊腿慢慢推回去，母羊奄奄一息地叫着。

欧珠轻轻推着母羊腹部，他不是第一次帮牲畜生产了，看起来极为沉着冷静。母羊的叫声急促起来，时长时短，慢慢地，尾音像走调一样，拖曳出去。每个人都在焦急又耐心地等待，仿佛分娩的疼痛也能感同身受。

玉珍的头上渗出了汗，手背上也全是汗珠，随着母羊的叫声，有一阵她紧张得喘不过气，手也不住地颤抖。她站起来，连忙走出羊圈。

外面天已大亮，一直在羊圈里，不知道日光早已替代了月色。阳光驱散团雾，草原将一切都袒露无遗地展示出来。

这时，身后突然传来一声叫唤，妈妈——细细的一声。

玉珍一惊，再细听，是"咩咩"，咩——咩——妈——妈——咩——咩——妈——妈

是小羊羔的叫声。一个新生命的诞生。

玉珍半天没回过神来，眼睛突然模糊了，她说不清是哭还是笑。她咬着嘴唇，任凭眼泪恣意流淌。

她向着东边走去，向着快要升起的太阳走去，远处的草原裹着松黄的阳光和雾气，每一个草尖都变得亮莹莹的。也许正如薯片所说，七月的草原最漂亮，坡上开满蓝色的龙胆花和舌头一样的黄色囊吾，狼毒草粉色的小花紧紧挤在一起，风一吹，晃动着，像一只只弹跳的水晶球。牦牛们已经走向溪水，它们从玉珍身边经过时，还能感受到它们鼻腔里粗重又平稳的呼吸。一缕阳光斜斜地照耀着，在它们的脸上涂上一层淡淡的光辉。

流水呈"S"形绕过土坡，在前方打了个弯又向东流去。玉珍随着牛群走到溪边，流水清澈又冷冽，实在是平平常常，可只要低下头来细看一会儿，就会发现流水的从容不迫，它们很容易注满一个坑儿再不疾不徐流走。若是石头或土块拦住它们，它们半点也不慌张，近乎深情地绕着它们流过去了。在水面开阔的地方，水流速度明显缓慢了，甚至会显出倒流的假象。但是，没有一滴水因此留下来或返回去。一切眼前的水都流走了，流远了。

玉珍坐下来，掏出手机，拨通那个熟悉得不能再熟悉的号码，听筒里的留言提示刚响了一遍玉珍就说话了：致远——玉珍擦掉眼泪——致远，我正在草原

上——她继续擦着眼泪——我要去纳木错——眼泪刚擦去，又溢出来——我要去看纳木错，妈妈想代你看一看纳木错——她不停地擦着泪水——是的，致远，你没听错，是纳木错——

太阳从云层里完全挣脱出来，世界顿时一片明亮。阳光似雨点一样稠密，寂静地照耀着这广阔草原。

【作者简介】汤成难，小说散见于《人民文学》《中国作家》《钟山》《作家》等，著有短篇集《月光宝盒》《一棵大树想要飞》《J先生》《寻找张三》；著有长篇小说《一个人的抗战》《只有一个乳房的女人》。获得百花文学奖、紫金山文学奖、梁晓声青年文学奖、汪曾祺文学奖等。

玉是石头的心

李知展

1

不能用小来形容它,可城区确实不大。蒲天丽开车绕了几个圈,仍没有物色出一处合适的角落将后备箱里的东西扔掉。这时她才觉得,城市还是小了,到处都熟门熟路,没个躲避处。蒲天丽停了车,蓦然一惊,不觉竟开到了董广川的店铺旁边。想想前因后果,她长长叹了口气。

曾以为这个不大的城区,对她来说足够了,可以安放她平庸的余生。泛起这个念头时蒲天丽哑然失笑,她算个什么呢,无名之辈。这小城多她一个不多,少她一个不少,大家热热闹闹的,过得好着呢,倒是她,成了闯入者。

准确地说,蒲天丽是从大城市败退下来的。毕业后,她先是在省会上了一年班,觉得工资低,没出息,辗转到南方沿海城市工作了六年,其间换了好几份工作,公司文案、策划、行政主管助理,再到小部门的二把手,蒲天丽不可谓不努力,她所能依靠的,也只有自己沉默刻苦的身体。如此辛劳六年,她存了近四十万元,对网络上动辄年入百万元的精英来说可能不值一提,对她来说,很可以了。一个普通工薪族,存下的每一分钱,都要在吃喝拉撒房租中精打细算,每一块钱都是她和生活斗智斗勇的胜利结余,带着沉甸甸的成就感。可眼见房价直蹿云天,蒲天丽站在出租屋的阳台上,望着远处城市地标楼宇滚动的霓虹,再看看自己银行账号里缓慢增长的存款和日益攀升的年龄,朱颜辞镜花辞树,树留不住花,这城市也留不下她。

先是与处了三年断续同居了两年多的男友分手,再是工作上换了个部门领导。男友分手时他终于遇到了个本地女生,一见钟情,无非想走点捷径。男友辩解"恋爱和结婚不是一回事",不辩解还好,一辩解更显薄情无耻。再说这个领导,排挤掉原领导上位的,带着尊贵的派头,业务上没见得多出奇制胜,小官僚习气倒挥洒自如,媚上者必欺下,她从上司讨好得来的那点儿权力,必然对下属无所不用其极,从上任之初,就处处刁难蒲天丽,一个方案改来改去,总难令她满意。部门例会上,将她打印的讨论稿,两根手指夹着,悬在半空,轻轻摇动,几张无辜的纸哗啦啦地扑扇,领导斜着眼,说了句:"小蒲,这就是你做的方案?"蒲天丽低着头,涨红着脸,职业尊严就此碎一地,再也拾不起。同事们眼观鼻,鼻观心,纷纷夹紧无形的尾巴,装作恭敬地看笔记,内心难说不窃喜。蒲天丽反思,自己因是原部门领导一手提拔的,一朝天子一朝臣,自然难被现任视为"自己人"。上一任领导对她充分信任,在她曾是领导跟前的红人时,以为是自己能力所得,并没顾忌同事的敌意,如今新领导将她和上一任绑在一起,也算咎由自取。事后她才知,也不单是她之前被重用,现在打压她,能更好地树威信;还有一点,她还是名义上的小组长,挡着领导安插亲信了。她的存在就是错的,再怎么努力,也于事无补。

重新规划办公室之际,蒲天丽的工位被调到最前面门口位置,隔壁挨着茶水间,人来人往,脚步杂沓,常有异响;新领导的工位在最里面,与她成斜线,只需眼角略一扫,蒲天丽一举一动都逃不掉。领导到办公室换下高跟鞋,常踩着软缎拖鞋,悄无声息突然出现在蒲天丽身后,借布置工作,探向她的电脑桌面,看她到底是在"划水"还是在做方案。那种得时刻夹住绷紧、如芒在背的紧张感,孤立无援的凄惶感,怎么努力都不被信任的徒劳感,被领导以大义凛然的借口排挤的委屈感……蒲天丽怆然一叹。

她恨自己,为什么没能坚持忍住?领导再一次在例会上自吹自擂,并顺带羞辱她时,蒲天丽拉开椅子,从会议室直接出去,当然,门摔得有点响。可视化的写字楼触目都是玻璃墙,她其实无处躲藏,冲了一杯速溶咖啡,靠在茶水间走廊尽头。窗户没关,风灌进来,楼下人来人散,蒲天丽忽然觉得真没意思,一切都没意义,她想哭一场,又怕同事看到,牙齿哆嗦着,抱着马克杯,回到了工位。杯子被她攥得太过用力,勺子在杯壁磕得叮当响,咖啡洒了出来,她喝了一口,真苦,得咽下去。蒲天丽甚至都想着该怎么送点礼,以作缓和。

私下里,她给以为交好的同事吐槽新领导,其中有一句:"既无作品又无人品,装什么狗屁前辈,无非先死先退,有什么可傲娇的?"

这吐槽断送了她的前程。同事也可能对新任心怀不满,将对话框截图给另外的同事,她给自己打了码,却让蒲天丽无遮无挡。截图传播开来,必有心腹向领导告状。新领导气得一蹦三尺高,直接杵到总经理跟前,扬言让经理在她和她之间选一个:"这样的下属,我是没能力管得了了。"

蒲天丽出局。

数年里,她一直为公司尽心尽力,熟谙那些口号:公司给了你事业平台啦,以公司为家啦,感恩啦……打工几乎打成了精神股东,到这时,才发现,没人为她说一句话,都装不认识。公司对她,弃之如敝屣。

那段时间,蒲天丽内分泌失调,满嘴起泡,总觉得有一口气堵在胸口那儿,有时午夜梦回,脑海里盘旋的都是领导刻薄的嘴脸。蒲天丽无助地哭了,哭着又忍不住攥紧拳头,杀心顿起。为了一份小小的工作,想杀人,她想,至于吗?事后当然觉得可笑,可自己就如一只蚂蚁,当时的一粒石子就横亘如大山,她翻不过去,何况还有那么多隐形的壁垒。

关隘重重,路路不通。

积郁已久,生了一场病。她一个人,顶着张惨白的脸,捂住两个多月来血污淋漓的裤裆,掐着断续疼痛的腹部,在妇幼保健院四楼排队做彩超。她总怀疑肚子里长了个什么东西,要不然怎么月经动辄几个月不来,一来就持续不止,像轮胎在慢慢漏气。排队的间隙,看见检查完从彩超室出来的人,有的一脸轻松,有的垂头丧气,竟然有那么多年轻的女性身怀暗疾,甚至有个女生刚拿到结果,就扑在男友怀里哭了……蒲天丽一颗心提着,人家哭还有男友陪着,又是递热水又是拎包,自己呢,死活都无人问。透过医院的窗口,她回望公司的方向,近处的天桥下,仍然车水马龙。到这时,她才发现,如果此刻得了绝症,这偌大的城市,繁华也好热闹也罢,再与自己无关。城市的光鲜亮丽,不是为她准备的。蒲天丽灰了心,局外人似的,盯着奔忙的人们,有多少人能在此扎根?不过都是一节节电池,供养了这个城市的声色辉煌,等电力耗尽,就被淘汰出局,如丢一件垃圾。

漂泊异地,冷漠的人际关系里,无数个被孤独啃噬的夜晚,蒲天丽时时涌起逃离的想法,可真决定卷铺盖走人,也就在一刹那。稻草一根根堆积起来,在临界点,骆驼倒了。

幸好是虚惊一场,诊断结果是体虚,饮食不规律,说起来,都是气的。医生让她好好调养,再这样糟蹋身体,将来生育都是问题。出院后,她辞了职。缴械投降,我认命,行了吧?

真正的离别是无声的,连个再见都不会说,事实上真到离开,也没有几人让她有说再见的冲动。蒲天丽特意选了慢车的卧铺,蓄意酝酿一些伤感,毕竟在这个城市待了六年多,不为别人,为自己抛掷的年华势必也要感伤一下子。

可惜没能如愿。车里同坐的乘客带着孩子,一路上倔强地哭笑吵闹,耳机也不起作用,她那点离愁别绪被冲得溃不成军。蒲天丽一路坐下来,只有一个最直观的感受:小孩子是什么奇异的物种,怎会有如此旺盛的精力?让人抓狂!

那位挺着孕肚的年轻母亲也处在崩溃的边缘,疲倦油黄的脸,向对面的蒲天丽抱歉连连。倒弄得她不好意思了,扯下耳机,主动帮她接热水冲奶粉,拿出零食哄住幼童。在他终于止住哭声时,蒲天丽适时夸奖:"真棒,好可爱啊。"违心又郑重。做母亲的疲惫的眼睛里溢出笑容,认领了赞誉,也适当地表示了谦虚:"性子倔,有时调皮得很呢。"

蒲天丽的热情是带着目的的。此番回去,不免被亲友诱导步入相亲、结婚、生子的通用程序里,和这位已做母亲的同龄女性聊聊,算是课程前的自主预习。得了样式精美的巧克力,男孩未长齐的牙齿专注地、参差地开垦,她们正好有聊天的空隙。攀谈下来得知,她叫"姐"的这位母亲,比蒲天丽还小两岁,二十七,同行的儿子刚满三岁,肚里还有已满六个月的硕果,这次就是把儿子送回老家一段时间,以便生养老二。蒲天丽佩服又困惑:在压力如此大的城市,有必要连续生育吗?她阴暗地想,或许这位家里老公有钱,她不用上班,可以安心回归家庭。可从她的言谈来看,她也是工薪阶层,还在担心产假能不能得到保证。

得知蒲天丽比她还大,尚未婚育,她似乎有了优越感,好像一场游戏,她比蒲天丽早通了几关,觉得有资格以过来人的身份对她指点:"女人嘛,还是要结婚生子的。"

"现在都流行'躺平',谁还愿意辛苦结婚生育呢?"蒲天丽小心回应。

"那还不是自私?"她说,"我一点也不羡慕那些女生,喝个咖啡啊看个展啊旅游打卡个景点啊,自由自在似的,那种虚假的自由,可太容易了。不用抚养孩子,谁做不到呢?"她说,"她们不想想,她们的父母当初也这么想,哪有她们现在的潇洒呢。"

这打击面实在有点大,将蒲天丽也裹挟进去了。蒲天丽觉出她层层的"重",同时也觉出自己的"轻",她似乎要为这轻愧怍,又不知愧怍什么。对面的小母亲好像气不忿于单身年轻女性的轻,要把她这样的重加诸所有女性才觉得心意能平。蒲天丽感到一种无端的惶恐,不敢再搭话,戴上耳机,默默去追喜欢的悬疑小说新更篇章。

小说里有一段,说有一种铁线虫寄生于蝗虫体内,蝗虫看似能自主活动,神经系统其实已被铁线虫控制,它不停地觅食喝水,似乎为了自己吃饱喝足,其实都是铁线虫在发出指令,它一生奔波劳碌,供养的不过是体内的寄生虫。到最后,蝗虫会在神经系统的指挥下,"自愿"奔赴河流,将自己淹死,以便让铁线虫钻出体外。

蒲天丽移开手机,叹口气,谁的一生不是在做着辛辛苦苦走向河流的徒劳的努力呢?

…………

正在驾驶座上胡思乱想,她隔着车窗,依稀望见董广川从"石之心"走来的身影。蒲天丽笑了笑。很苦。

2

虽早有预料老家也非逃避之地,有件事还是始料未及,先是亲戚的不解、轻蔑,嘴里说着"回来也挺好",眼里却尽是"混不下去了吧",她自觉低矮一截,如宴席上欲坐贵宾席而没抢到位者,讪讪退回,同桌的虽都为普通宾客,看她的眼神意味可就复杂了。她并没有因为降尊纡贵,而被他们视为同类,在将她视作上蹿下跳的"不安分子"同时,因他们在下等桌占位已久,根系牢固,彼此熟络,觉得颇有资格对她进行提点、说教;她作为闯入者,只好唯唯诺诺,灰头土脸地承接着丰沛的唾沫星子。

在镇子上,一个将近三十岁还没婚嫁的女性,是食物上的霉斑,喉咙里的鱼刺,全家人的心病。母亲一辈子强势,此时也不得不点头哈腰,对前来串门的亲友顺势央求:"她姨,有合适的,帮着介绍一下啊。"

当确定她不再返回后,亲友们爆发出的婚介热情,她招架不住。蒲天丽恶毒地想,她的出现,如天上突降一具鲜活的女性,雨后蘑菇似的,谁采到算谁的。七大姑八大姨将身边能搜罗到的单身男性一股脑介绍来了。她充分认识到了男人的多样性,歪瓜裂枣会集。有加了微信没聊几句,就让她"发张照片看看",还要求"素颜"的,理由也给得充分,"不爱那浓妆艳抹'P'得亲娘都认不出的不过日子的女人",一副点菜的口吻;有一上来为表示跟她是同路的,说自己也在大城市打拼过,挣过大钱,见过世面,意即不憷她这样的女人,蒲天丽刚试探地问他年收入多少市里有房吗,他就恼了,说"小姑娘不要这么势利";也有张口就问什么工作工资多少的,虽没教养,也还能忍;入夜就问得深入了,也问得花样翻新:"年纪这么大了,之前处过几个男朋友啊?""真就一个?分手这么久了,那个……怎么解决啊?""没流过产吧?哈!"……哈你妈呢,蒲天丽真想大吼一声,热情问候他八辈祖宗,一颗心气愤起伏,久难平息。

一圈下来,她悲哀地意识到,唉,也不全怪介绍人,在媒人眼里,自己也不是什么新鲜货色了:二十九岁,非倾国倾城色,无稳定工作,眼界被养得虚高,不接地气,家境普通,还有个弟弟,不愿伺候丈夫公婆……镜花水月,都是空。她自取其辱。不该回来的,至少,不该相亲。

在家两个月,见了几十个,都是浪费时间,一通忙乱,蒲天丽将这段时间介绍来的微信全部拉黑,唯独一人,犹豫很久,蒲天丽不敢断,一因他是亲戚介绍的,再就是他下手快,已经被母亲掌过眼。小伙儿名叫陈威,矮矮的,胖胖的,就显示出了忠厚之相,每次来她家,都带着不菲的礼品。贵重的东西母亲当然不会收,几趟下来,得到了母亲的首肯。"这孩子,实诚",让她,"正经处处看"。

蒲天丽不置可否。以为能敷衍过去呢,他却带着介绍人,按规矩送来礼品,这就如两国正式建交前的会晤。她这才发现没有明确回绝就成了默许,对方已按部就班启动聘娶流程了。

这场会面,像是拍卖展,蒲天丽不尴不尬的,像件静默的货品,被两方暗中估价交易。在她的阻拦下,母亲倒是没收男方的见面钱。介绍人脸上有点难看,所以他们走后,母亲立即卸掉脸上招待的笑容,语带愠怒:"不满意,你倒是自己找啊,这么些年,也没见你带来一个男的。这托人给你介绍的,都知根知底,你又嫌弃,这事那事!"母亲抛掷手里的抹布,喊出:"反正辛辛苦苦把你养大啦,你想咋的就咋的吧,我不管了!"熟悉的路数。

母亲最擅长内疚型控制的招数，先历数其辛苦，让你感到愧疚，觉得忤逆她简直没良心，她再循循善诱，以此达到控制的目的。尽管路数谙熟，蒲天丽还是不禁为自己的挑剔感到羞耻，为自己如此年纪还没完成世俗任务感到羞愧，为母亲心焦而她仍不领情感到羞惭。蒲天丽内心一叹，矮下身，柔声哄母亲，直到表了态："那不得再处处看嘛，再说，我爸还没回来，总得也让他过过眼。"

"他回来能怎么着？他见了也得觉着好！"母亲当家做主惯了。

"好啦，妈，别生气啦，是我不对，你歇着，屋子我来收拾。"

母亲又一次胜利。可样子犹气哼哼的，坐在沙发上，边查看留下的礼品边自言："你看陈威多懂事，带这么重的礼，隔三岔五就送吃的喝的，你还想要什么样的？"母亲已站在钦定的未来女婿立场，瓦解她的防线。翻开一封果子，母亲喊了一声"呀"，礼盒里是三沓钱，崭新的三万。敌方还是暗戳戳地将见面钱强给了。

蒲天丽软磨硬泡，让母亲打电话给介绍人，把见面钱收回。介绍人老奸巨猾，在电话里笑嘻嘻的，说："钱，什么钱？我不知道啊，不就几盒果子嘛。要说，小威这孩子真有心，专门开半天车去开封老街上定做的喜馍，好吃吧？丽儿要喜欢的话，让小威以后常给她买。"又说，"他姨，赶快让俩孩子定下来吧，彩礼才是大头，更让你惊喜呢。"

母亲放下电话，摊开手，表示事已至此，她也没法回转。脸上却笑意难掩。

程序还是启动了。

蒲天丽寄望于父亲回来能扭转败局，可想到父亲在家里惯常的地位，回来了也无改大势，最多只能提供劝慰情绪。

得知父亲的归期，陈威及几个兄弟早就在车站外等着，一俟接上，"叔，叔"喊个不停，又是点烟又是递水，热情得起腻，弄得父亲一个在物业做绿化养护的园丁如将军凯旋，在陈威和朋友的护送下，几辆豪车开往城郊饭店，接风洗尘。

这处依托莽山风景区的农家乐风格餐馆，是他的底气，是他一米七不到想娶和他同样身高女生的"内增高"。陈威背着手介绍，派头便出来了。蒲天丽得承认，如果他稍微降低要求，他在婚姻市场上会很抢手。

入得前门，一块凸出的红漆牌匾：乾坤炖。两旁镌联：一锅炖乾坤，三杯倾日月。横批：吃好喝好。雅俗相映，倒是应景。一顿饭下来，将父亲服务得勤恳周到。父亲望着陈威的个头儿，态度虽保留，可也不敢一票否决，只说："随你们年轻人吧，处得好了就谈，处不好也不能强求，是吧，小？"长辈称不熟而又要表示亲昵的后生为"小",初次见面,也算认可了。陈威眉开眼笑,说:"叔叔说的是。"不拘老头儿说什么,他都郑重地点头,表示"叔叔说的是"。蒲天丽暗自冷笑。

等回到家,父亲刚当着母亲的面商量性地说一句:"那小伙子,确实是矮了点……"他还要说什么,母亲一眼瞪过去,父亲就只好改口:"人倒不错,看这小孩,挺实在。"又说,"妮儿,你可要好好定夺。"很语重心长了。从这句里,她读出父亲的意见。

"她定个屁!"母亲开宗明义,"她有什么主心骨,咱关上门说,妮儿,你之前谈的,倒是长得好,可除了让人白睡几年,到最后,落到什么了?"母亲说得伧俗直白,"听我的,不会错,我打听过了,他家就他一个,父母都是可靠人家,除了这爿饭馆,县城里还有处门面。这小孩我也观察很久了,错不了,放心吧。"母亲一锤定音。

唯独不说,这个男人,圆墩墩的,两只眼睛,小,圆,闪闪有光,局促中透着莫名的张皇,让她常联想到某种鼠类。

3

月亮被云层遮挡,呈现一小汪模糊的暗黄。

蒲天丽睡不着,披件衣服到院子里。父亲正站在迎门墙的一丛竹子旁抽烟。父亲多年养成的习惯,从不敢在母亲跟前抽烟。从后面看,父亲佝偻枯萎,年纪不过才五十五六,好像就已是残垣颓壁,背不动时间的重量。她想起以前公司的经理,同样的年纪仍西装革履争权夺利……黑蓝的烟在青竹叶间寂寥盘旋。父亲一阵剧烈咳嗽,扶住墙壁,往旁边洗手池吐了一口。蒲天丽隐约看到池中泛着猩红。见她过来,父亲急忙拧开龙头,哗哗的水流,什么也没有。

"乖怎么也出来啦?"

"睡不着。"

"还在想相亲的事?"

"爸,你觉着他合适吗?"

父亲不吭声,只低头抽烟。良久,憋出一句:"乖,你先和他处处看哈,"他说,"我再慢慢和你妈说说。"

蒲天丽有点恼火,说也白说。她烦躁地跺了下脚。

父亲歉疚地笑笑："乖,你不该回来呀。"父亲宠溺她的能力有限,可在口头上,从来都是温软地叫她"乖",洋溢着宠爱;不似母亲,高门大嗓叫她"大妞""妮子",难听得要死,稍敢不应,一连串"死丫头死妮子",如一声声夺命令。

"你不也回来了?"

"爸爸是没地方可去了,"父亲说,"要到头的人啦,在世上还能有多少日子呢,也该回来了。"

"说啥话呢,爸,你才多大……"

"老啦就是老啦。"父亲说,"还好,你们都长大了。"

她偎近父亲,亲昵地喊了声"爸"。父亲想像小时候那样揉揉她的头发,发现女儿比他还高一点,蒲天丽弯下腰,靠在父亲肩膀上。

黑暗里,父女俩一时无话,看向不分明的月亮。

父亲想起什么,拉她坐下,从上衣内兜里掏出一张被塑料袋重重包裹的银行卡。"乖,这是这些年交给你妈妈以外,爸爸私下接点装修之类的活儿存下来的,不多,就七八万。乖,你拿着,遇到什么事了,应个急。"父亲把着她的胳膊,不容她拒绝。

"你弟不成器,别听你妈的,你以后不用管他。上学供他上了,没考上公立高中,就上私立的,他瞎混;大学没考上,送他去铁路技校学技术,他不好好学,毕业证还是托关系才给的;后来把他分到西南山区修路架桥,干了不到俩月,他嫌苦,工资都没来得及结就跑回来了……不说操心,单说钱上,他可费得太多了,爸能做的都做了,也不再觉得欠他了……"

她不知道父亲何以存了这么多体己话,可父亲交代什么似的,还在说:"你妈这个人,嘴硬心软,看似强梁,其实呢,眼窝子浅,遇到大事,看不远……爸爸不说,爸爸都知道,乖这些年给家里省心,委屈我乖了……"父亲抽了几口烟,烟雾遮住他的脸。

蒲天丽靠在他狭窄的肩上,眼泪无声无息,一个劲地流淌。

"爸爸一辈子没出息,乖,对不起哈……"

蒲天丽后悔多年,当时她就应该读出父亲欲言又止的隐语的,可她仅理解为一位没能力的父亲对女儿的亏欠,不能为她的人生助一臂之力。

"爸,以后别出去干活儿了,我给你养老,好不好?"

"傻姑娘,你有自己的生活,不要管爸爸……"

"小乖长大了……能挣钱了,我有钱,爸……"

"你有是你的,爸给你就拿着……爸就这么大本事,乖不要怪爸爸就好。"

"爸,你别说啦……"蒲天丽又要哭。

"嗯,不说了,不说了……"父亲望望天上,"月亮出来了。"

挣脱了云层的遮挡,月光明亮,落在地上,如一层白霜。她真想回到小时候,就坐在这里等父亲回来,父亲兜里藏着点心,喊她小乖,避开母亲和弟弟,塞给她点心吃……她说:"爸,还记得不,街角那家点心铺做的糖馃子,可甜了……"

父亲眯着眼,忘了抽烟,脸上掠过怅惘的神色,兀自笑了,喃喃地说:"多少年了……"

月偏西了。

父亲掐灭烟蒂:"凉了,回屋吧,乖。"

"再坐一会儿吧,爸。"她拉住父亲的手。父亲的手干燥、粗粝、温暖。

"嗯,那就再坐一会儿。"

也没什么话,他们继续看月亮。

没多久,父亲还是拉着她回到屋里,怕久在外面,母亲责怪。果然,刚进屋,母亲就低斥一番:"说好明个请陈威来咱家,你爷儿俩还不睡,在那叽叽呱呱嘀咕什么,就显得你俩亲?都赶快给我睡,明儿早起好帮我准备酒菜。"

礼尚往来,母亲做了丰盛的午餐,说是招待陈威做客,实则明摆着撮合,因为饭吃到一半,母亲接了个电话,说句:"你二姨邀我去有点事。"并朝父亲使眼色,"老头子,你送送我。"

家里就剩他和她了。

他的诚意和朴实,是放大的,亦假亦真的,因为诚实这种传统的品质在老人家那里有市场,装一段,是要有物质兑现的。拖了两个月,他就不想装下去了,撕破面具,露出本性。不时投来一瞥,又匆匆收回,期待回馈。

开始还好,云山雾罩地讲述他开饭店的艰辛和现在的辉煌,后边,他说着话,挨近她一点,和她越挨越近。在她看来,他每一句话都声如雷震,她的心脏为之一紧。那种被陌生人挨着,却不知他下一步会有什么突发的动作,随时被胁迫的惊恐感,空间被侵犯的窒息感,如此强烈,如异物扎入身体一般。她装作玩手机,打电话给父亲,央求他快回。电话刚接通,父亲的手机却被母亲劫持了去,她大声武气地说了声:"和你爸得一会儿才能回去呢。"陈威听到了,这句话透露的信息让他喜不自胜。他的行为，即便小小出格，也被家长默许。蒲天丽在心底对自作主张的母亲骂了一句："蠢死了。"他带着被怂恿的热情，拉了拉她的手，笑嘻嘻的。

蒲天丽躲开，在聊天里说他："不老实，动手动脚的。"

母亲笑了，当是什么事呢。"傻闺女，亏你还恋爱过呢，年轻人要朋友，不都这样嘛。"

她后悔那天按照母亲的要求穿了裙子。只顾回复信息，长裙露出后颈和一小片裸背，他在她身后，趁她低头对着手机打字求救，忽然凑上去，亲了一口。带着丰沛的口水，几乎是啃，还暗戳戳说了一句："露出来的地方，真白呀。"他转动眼珠，眼里盛着两窝笑，舔舔嘴唇，意思很淫亵：没露出的区域呢，是不是更白？

一股子浓重的恶心和惊恐，冲决而出，蒲天丽捂住胸口，干呕了一声，慌忙拽开门，跑到院里……

蒲天丽思忖良久，不甘按部就班步入婚姻的泥潭，她不能再等了，得先逃离，喘口气。

喘口气的办法，就是还得和家庭疏离。

多荒谬啊，原想回到老家，会有稳固的亲情，她可以身心放松，过一个从容的人生。现在看，还得离开，保持距离。

她仍然是只蚂蚁，在热锅上打转，只不过换了一口小点的锅而已。

蒲天丽去了市里，她一刻都不能忍了。她发微信给父亲："爸，你说得对，我不该回来的。你照顾好自己哈，等我安定了就来看你。"父亲回复一个微笑，不知老头儿从哪儿学的，还连发了几个"欧耶"的胜利手势。

她先入住酒店，拉紧窗帘，沐浴时，勾着手给脖子和后背擦了多遍肥皂，皮肤都擦红了……洗完澡，吹着空调，躺在床上，喝着汽水，那一刻，狭小的空间里，都是自由的味道。

命运却没给她回来再看父亲的机会。

4

"美女，我看过了，咱们实话实说，你这个镯子，先上了仪器，折射率1.65，不太对；咱打白光灯看，这上面能看见很明显的酸蚀痕迹，里面色泽漂浮在表面；咱再打紫光灯看，里面充满荧光……我觉得是翡翠里B+C的货，经过酸洗、充胶、做色……"

"啊,这可是我最好的朋友送的……你看现在能值多少钱?"

他伸出一个指头。

"一万?"

他摇摇头。

"一千?"

他摇摇头。

"一百!"来人终于目瞪口呆。

一百还不一定值呢。他微微一笑,见惯不怪。"物无美恶,爱者为珍,很多东西,有时也不是价钱能衡量的。"这当然是安慰的虚辞,不为问价值,大老远来你这里鉴定什么呢,他又指着什么挣钱呢?

蒲天丽很难说清她的回来是否因为他,甚至所有的相亲对象她都在暗自和他做参照。人最怕比较,心里有了情感投射,觉得那些小男生跟他比,怎么都显得浅薄。他叫董广川,年已四十余,在市里开一间玉器店,闲暇时帮人鉴定玉石翡翠。鉴定为真的就适当收费,假的则免费,然后推荐在他店里买相应的玉饰,保证真品。

董广川顺应潮流,将鉴定的场景拍成短视频,发在平台上。短短的视频里,言谈之间,由玉石真假,可以折射出世间百相:有的是男友送的,信誓旦旦,东西却是假的;有的是朋友抵债,有所谓大师亲笔背书,东西也经不起推敲;有的是民间捡漏,却价值不菲……一方小小的石头,放大了人心和欲望,就像小小的锅里,烹出活色生香。这些视频里,他隔着铺就绿绒布的案桌,和鉴定人似是隔河相望,水面上浮着的是生死未卜的各色玉石。他眯着眼睛,专注地盯着玉石,笑眯眯的,不悲不喜,如端坐在审判席,身形圆圆胖胖,低眉含笑,如弥勒状。好像他是这形形色色欲望天平另一头的压舱石。

蒲天丽追着看完这些视频,如看了一系列连续剧,得知结果时瞬间的惊喜或沮丧,都那么真实而集中。有人鉴定为真,一开心,多给他一点费用,他也不喜;有人鉴定为假,直接对某人破口大骂,他也不劝;有人要在他店里买一方贵的玉饰,他觉得佩戴不合适,反而推荐顾客一件价低的。总之,生意做得很佛系,却因为巨大的诚意,他的视频号关注人数和实体店的生意渐渐风生水起。

蒲天丽是最早关注他的那一批"粉丝"。何时加的微信已想不起了,想必是看了他视频,又是老家同城的,她在异乡,心生亲近之意,留言让他鉴定一枚玉牌,就留了联系方式。按照他的要求拍了玉饰的照片,可她出租屋不朝阳,拍出来光度不够,她索性开了视频,让他仔细给"上上眼"。

他看了一圈,说出结果:"姑娘,假的。"

玉牌是前男友送的。那时,她在市区工作,他在城市边缘。那么大的城,她要倒两趟地铁再坐一班漫长的公交才能见到他。他做市场,休息时间不固定,她一般情况下休息日是正常的,为了他能多睡一会儿,都是她去找他。有次,她周六加了一天班后往他那里赶,而他周日一早就要出差,那天早上他走时,一关门,她就号啕大哭——跑了这么远,这么辛苦,还没跟他抱上一会儿呢,他已经走了,她又要背着包回市区了。

就这样付出了两年,换句话说免费送人上门两年。她记得清清楚楚,情人节那天,照例是品尝完她送来的身体之后,他献上了这枚玉牌,言之凿凿多少多少钱买的……董广川说出鉴定结果那一刻,蒲天丽虽能预料到人性的凉薄,可还是承受不住,也不是被欺骗的愤怒,就是觉得可笑,没意思,一切都是假的,都是玩玩的。她想笑,一撇嘴,却沁出两股子泪,真没意思,真没出息,有什么好哭的呢,可就是情难自已……她甚至忘了还开着视频。等她渐至平息,手机里才轻轻传出一声叹息。蒲天丽意识到失态,赶忙揩去残泪,却也不解释,说句:"谢谢您了。"就要挂断视频。他摇着手里的玉饰,和她这枚式样相似:"我店里的,可能没你那个好看,但能保证是真的。送给你吧,姑娘,你会遇到更好的。"

蒲天丽中了邪似的,"哇"的一声,哭得他措手不及。

就此认识。

都市是滋生大剂量寂寥空虚的温床,特别是一个女子,背井离乡,再忙,一回到出租屋,蒲天丽就莫名心慌,似乎空间和时间都带着咬噬的重量压来……他是那根稻草,是她精神的寄托,她迫不及待地找他的对话框。

他耐心。像是稳坐钓鱼台,耐心是他可忽略不计的成本。机会难得,只需一点细水长流的饵料,放长线钓年轻的美人鱼。她又饥又渴,势必逐渐将钩咬紧。这场围猎也好攻破城池也好,他始终是站在她这边战线的,至少她这么觉得。他们说了多少话啊,每一次都高质量,意犹未尽,言犹在耳,那些灵魂里电光石火的对谈,比性更难得。她信了,人这一生,遇到性遇到金钱,都不稀奇,难得的是,遇到懂的人。

她说:"一个女生,到了一定年龄,如果没驯顺地结婚生子,你尽可以有一万个理由:为了事业,为了保持美丽和自由,为了不降低生活品质……可在他们眼里,你就是自私。"

他说:"不如把'自私'换成另外一个词,'自我意识'。文化程度越高,自我意识觉醒越彻底。"

她还说:"你跟父母聊事业有成终身不婚的名人,他们说啊这么好的基因怎么没有孩子?或者,那么多钱有啥用,都留给谁?"

他还说:"在这个国度,结婚生育跟宗教一样的。你没有办法的,姑娘。"

她又说:"最近好烦哦……吧啦吧啦……"

他又说:"平凡的我们,本来就是漫长的重复和无聊里,夹杂一些小快乐小幸福小伤感和小痛苦,庸常的生活里注定没有那么多惊天动地。"

她接着说。

他也接着说……

每一句都到心坎上,心如一堵墙,被攻破后,她的心就是一张床。床上,他端坐中央,笑眯眯的,等她下了班卸了妆洗完澡不设防地和他言语间你来我往。他欣赏她身上的光,也指导她的迷茫;看到她的能力,也理解她的困境,他们说啊说啊,说不够,一夜又一夜,一场又一场,一波又一波,手机按键起伏涨落,渐入佳境,风光旖旎,高潮迭起。既是精神导师,又是知心大哥,不管她吐槽什么,工作的烦琐、同事的甩锅、上司的白痴,他都听着,不是敷衍地只听不顾,他帮她参谋,哪怕不同意她的思路,也先顺着她的情绪,让她发泄出来,等她冷静,再提出建议。

这种棋高一着的处理和性格上的体贴,让她沉迷。

她能做点设计,常帮他做一些视频剪辑和后期处理,他很感谢,只要是个节日,都会转给她一个红包,不是钱多钱少,是那种被人挂念的感觉,让她觉得美好。

聊了小半年,在她和领导发生冲突的那晚,她和他语音了很久。他耐心地听完,给她建议,直到最后说出:"真不想干了,也没啥,回来帮我拍视频吧。"

在他,或许只是安慰的话,蒲天丽却当真了,甚至都想好怎么分镜头怎么写文案,才能更好地在平台上引流了。她搜了和他类似的做得很火的账号给他,分析他们火起来的原因。她条分缕析时,发现他眼神迷离,只是在听着她的声音,似乎她年轻的声音才是主要部分,至于说了什么,并不重要。她提醒他注意时,他微微一笑,说:"我就是闲着,录着玩呢,没想过能火。""现在要想啦。""好,那就想。听你的。"语气里分明有点耍赖。蒲天丽微有点气:"打起精神啦,要不收益都不够我工资呢,怎么给你打工?"

他这才明白她当了真。

沉默许久,才给她回复:"刚我静下来算了算,目前的积蓄,除去店面正常运转之外,还可以给你开四年工资的,四年之后,就不知道了。"他又调皮道,"兴许那时,世界已经崩塌了呢。"

她看了,心中一恸。半夜,发了一条朋友圈:人世浮沉,我们好像曾经离得那么近……

仅他可见。

他及时评论:不是好像,是真的;不是曾经,原来是梦,现在,竟然,未来可期。

蒲天丽又是几欲涕零。

所以,刚从家里逃离,蒲天丽就奔他而去。至于为何不从海城回来就去找他呢?自有原因,正值假期,他要陪女儿。他已婚,他说他离了。这就是蒲天丽为何只敢迟疑地"好像"和"曾经"。

可他们,还是将网络上的虚无在现实里落实了。

他帮她在店面附近租了个小公寓,买了比较专业的拍摄设备。在她的积极敦促下,视频拍得多了,她剪辑、配乐、撰文,基本做到了一天一个更新,一段时间内,关注量有所上升,到了一个临界点,她还是那么勤勉,可收效就没那么显见了。有时她愁眉苦脸,为一句文案绞尽脑汁,为一个镜头补拍半天,他会觉得,有必要吗?本来是为随手记录的,却有被绑架的趋势。店铺确实在市区更知名了,蒲天丽还跃跃欲试地要"直播带货",董广川哭笑不得,他盈利的主要部分并不是常规卖货,可不能说。事情有点本末倒置了。更不能说"不用这么当回事的",成年男女,从一开始,其实就心照不宣,可必得有拍摄这个事,哪怕在中间做个幌子。她这么卖力,就是不想单纯是"那个事",要凸显自己的价值,可她越起劲,事情便越吊诡。

人跟人啊,真到了一起,以为是"离得那么近"了,还是得山重水复。

董广川反而坦然了,就像是一条河,想翻个水花,旁逸斜出一股,被岸阻拦了一下,就算了,还是倦怠地继续流吧。中年男人的无欲无求,是懒得费力,顺带手能捎带一朵花就顺流而下,捎带不了也就懒得强摘。

这个时候的董广川,在蒲天丽眼里,持续显示的是美好的一面:他的懒散和谈及玉器鉴定时的专业干练;他庞大的身形,却没有侵略性,颓丧里偶尔的幽默和抒情。诸多特点,矛盾又迷人地统一在一起。

比如,她嚷着减肥,也建议他多锻炼,他笑呵呵地一句话挡回去:不重不威嘛。酒局上有人恶意劝年轻人酒,他一句话也能解围:"这么好的酒,给他喝多浪费,来,我们几个好好喝点。"

且常有警醒之语:"肉身,不过是时间的标点。""一不小心投胎做人,在人间混闹一场而已,几十年后都是一把灰,风一吹就散了,别想那么多。""都是第一次做人,自个儿还活不明白呢,谁有资格给谁建议啊,是吧?"

你说不清他是庸俗的市侩哲学还是看透后对肥皂泡的戳破,或是为自己陷入中年境地的开脱。他迷人的地方就在于,说这些颓丧的话时,笑呵呵的,一脸真诚地望着你,眼睛都不带眨的,要把心底全敞开给你看的样子。真诚是动人的,哪怕他曾俊朗的脸形已经臃肿,哪怕他音色带着被烟酒和生活腐蚀的沙哑,哪怕他髀肉复生的腿根和微凸的肚腩已攒射不出有力的箭,她得承认,他仍然值得她沦陷,或者说,她的能力范围内就这么一片水潭,她累了,热了,可以在潭里玩会水。闲着也是闲着呗。这么想,她笑了,不知不觉中似乎她也习得了他的处世哲学。

那一刻,终于还是来了。

是个周末。黄昏,他开着他的破车带她到水库边,坐在乱草上,欣赏鲜艳的落日,感受水面吹来的幽幽凉风。是她未曾有过的体验。微小、廉价,但珍贵、新鲜,有务虚的美感。

水库旁边是一座封建割据王朝残存的帝陵,封土高隆,古木披拂,曾经的悲喜静默地封存其中,陵墓外的岁月汩汩流逝。在这时间不停地流逝之中,他们忽而无言,看落日。

天地都静。

水库浩渺的水面托住斜阳,余晖笼罩的人间,一切都水润润的。有细微的风,从水上带来丝丝清凉。几乎不约而同,他们凑近嘴唇,亲吻。吻得小心又凶狠,沙漠里跋涉遇到一捧水,或苦海里泅渡的人得到一颗糖,每一下,是珍惜,也是报复。甜蜜而悲哀的报复,为何这命运到迟暮,才吝啬地送出礼物?

夕阳涌动,水在流,在这似乎亘古不变又时刻更新的风景里,他们两人共振得越发生动,美好正在铺开,龃龉还未显现。后来想,时间该在那一刻停下来,世界静止,所有的声音都消失,就此死了,才是好的。

夜色铺盖下来。

转移到车里,他节奏放慢了,闲庭信步似的,一双手,在她身上游走。闭着眼,她有一刹那逃离,她复习了一遍前男友的手,小,白皙,软绵绵的,看不到骨节,是养尊处优男人的手,但抓握她的时候,手上青筋凸起,都是年轻的力。他的,则是匠人的手,粗拉拉的,每一把落下来,有质感,粗糙中透着细腻,有重点,有分寸,好像她也是一块玉,他在把玩,在查验,鉴别真伪。

她甚至不愿计较他上身前吞了两粒白色药丸。"消炎的,这几天上火,喉咙疼。"背对着她,他脱去衣服,不让她看到凸起的腹部。过分漫长的前戏,不是他不心急,是缓兵之计,以期真正短兵相接时能省点力。真正上得身来,时间并不长,冲撞也显凌乱,毕竟四十多的人了。岁月暗河一样,正在从他的身体里抽走力量。

"早认识你几年就好了。"他指体力方面。她见过他年轻时的照片,棱角分明,目光炯炯,隔着衣服,肌肉也呼之欲出。她说:"现在也不晚。"她确实挺满足,被他厚重的身体包裹着,大动物热辣辣的汗酸味,她有一份实在的安全感。蒲天丽抵在他胸口,听着他有力的心跳。她对性没有那么大的期待,说起来还是因为前男友的滥用无度,提早消耗了她的激情。那几年,他开心或者失落,都会兑现成性上的飞扬跋扈。他年轻、灵巧、身体好,打桩机似的,她的青春是裸露的矿藏,他是小煤窑老板,滥开滥采。

在这个时候想起前男友,真是悲哀。

"没事的,"她说,说了一句她正在编辑的短视频文案,"不管我们是沙子还是珍珠玉石,时间会吞噬一切。不紧不慢。"

5

向阳桥下,每到晴天,一溜打卦算命的,摸骨、麻衣神相、测字、摇签,也有吹得厉害的,说是擅用易经蓍草占卜。卦师术业不同,却如盗墓贼的各法打洞,都能勘破命运之井。蒲天丽被区域内最有名的大师摸了骨,看了相,测了字,得出判语:美女今年竹节运,此前安稳了六年,到了结节,合该有此一劫。

"有法子破吗?"

大师恰到好处地停顿。蒲天丽立刻奉上现金。大师略一沉吟："今年务必远离男人。"

后续围观而来的大叔先"扑哧"笑了，来了个金句："现在的小姑娘，你让她不吃饭行，不招惹爱啊情啊，难哪。"很感慨了。

蒲天丽讪讪走掉。一转头，她可以不招惹男人，男人却来招惹她了。陈威在不远处，倚着车门，微微笑，朝她招手。她刚要扭头就走，陈威喊了一声："大妞……"大妞是她在家的小名，下面有个弟弟，可不就是大妞。可大庭广众喊出来，尴尬得像吃了只苍蝇。蒲天丽噔噔噔噔，怒气冲冲，杵到他跟前："有什么事？"

"你妈，我姨，病了……"

蒲天丽扬起唇角，挂着不屑，还用这么蹩脚的招数诈我："我知道啊，被我气的嘛。不听她安排的婚事，她不气才怪呢。"

"那你也不该拉黑她微信，不接她电话。"

她心说，那是我妈，不需劳驾你来指导，我自然熟谙她的亲情高压道德绑架。"还有什么事吗？"

"我大老远来一趟市里，找到你也不容易，不请我吃顿饭？"陈威笑嘻嘻的。许是做惯了生意，他擅长带着一份自来熟的喜气。见蒲天丽不理，又说："看你抠的，我请你也行。上车，走吧。"说着，就要上手来拉她。

蒲天丽甩开。"陈威，我们真的不合适。"她一脸郑重，"你条件挺好的，应该不难找，放过我吧，真的，我不想耽误你。"

陈威有瞬时的愣怔，略带被拒绝的羞恼，可很快就一笑带过："我们不是耍朋友玩哦，结婚，要实打实的。"他收起笑，"你也不小了，觉得还能找到比我更好的吗？"

蒲天丽压住恼火："陈威，我知道你条件优渥，我确实年龄不小了，可我们不是玩游戏，随便捉对凑在一起。正因为是结婚，才认真地跟你说，我想过了，我们不合适。"

"你是嫌我矮吧？"

蒲天丽无语。"我可没这个意思。"

"那你觉着跟现在那个老男人就适合？"他又眯着眼笑了。

"你跟踪我了？"蒲天丽一惊，"陈威！"

"既然做了，害怕什么？"他说，"你以为市区有多大呢，你以为你藏得很严实呢?"他冷笑,说,"其实,前天就打听到你在哪儿了,观察了两天,发现你挺会玩嘛。"

"我的生活,轮不到你管。"

"我哪能管得了呢,是吧?"他抽了支烟,晃下手机,意思不言自明,他可以拉来她的母亲、弟弟、七大姑八大姨,总有能管住她的。小小的猴子,还妄想逃出五指山?

"也就我不计较你到底和他是什么关系,我是想着和你结婚的,你别真觉得自己多金贵。是你妈让我来找你的,彩礼她都收下了……我劝你,还是回家吧。"

蒲天丽脸色红涨,强撑着没出恶言,跑出去一段,觉得陈威看不到她了,扶着墙角的栏杆,才一下子泄了气,浑身瘫软。她细细想了一遍,和董广川在公共场合很少有亲密动作,怎会这么巧就被他拍到呢?他无非在吓唬她。可她转念又想,前天晚上,和董广川在一家新开的田园风格的餐馆里,灯光摇曳,音乐暧昧,气氛烘托得到位,喝了点红酒,老董心情好呀。出门时,掠过一阵晚风,天上有好大月亮,月亮旁有颗小小的亮亮的星。她一时动情,说了句:"月亮真满呀。"老董情绪到了,幽幽接了一句:"也真寂寞,"他说,"幸好,有颗星陪它。"他即兴篡改了几句俄罗斯诗歌,低吟给她:

> 我独自一人走在路上,
> 一条石子路在雾中发亮。
> 夜很静。荒原面对着太空,
> 星星与月亮互诉衷肠。
> 天空是多么庄严而寂寞,
> 大地在蓝蓝的光影中沉睡
> 而你,亲爱的姑娘
> 悄悄来到我身旁……

蒲天丽怦然心动。任他拥着,人呈柔软的攀缘状,耳鬓厮磨,酒意的嘴给道行浅薄的耳朵下蛊。人被自以为是的爱情架着,如提线木偶,脚步轻盈,醉上加醉,两人都有些忘情。天地辽阔,宇宙洪荒,人间烟火,都是背景,他们互拥着,亲吻着,走了一段……蒲天丽想,好像那时对面树丛边有人影呢。

6

在她家里,母亲是舵手,是强光,是方向,弟弟为虎作伥。她和父亲是弱势的一方,自然组成联盟,可有时父亲都难以自保,对她也是爱莫能助。按说,父母一个强势,一个软弱,他们的性格应该互补的,可别扭在哪里呢?母亲的强势是不得已的,家里家外,柴米油盐人际运转,都需要操持,男人唯唯诺诺,办个什么都不利索,至少她觉得不利索,只好自己抛头露面,打点一切。如果办得圆满,再看男人那副熊样,更是气不打一处来。

母亲心性虽强,其实有个小女人梦想,总想有个大包大揽的男人,伸开胳膊,为她圈出一方港湾,所有的风雨都由他扛,她只需无忧无虑,幸福地做个温柔的女人……是以,每次唠叨,母亲常拿某某有出息的男人怎样怎样,来和父亲对比;父亲呢,由于性格内向,做事温暾了些,被母亲压着,言语刺激着,就算是块铁,被母亲拿捏几十年,也成了泥团。夫妻关系里,父亲一生不得舒展。所以他常年在外打工,也是眼不见心不烦。

父亲沉默寡言,常陷在一个人的世界里,抽支烟,喝杯酒,有烦心事也不说,有开心事就自得其乐。母亲最恨的就是他这一点,他内心的世界,始终和她无关。骂起父亲时,她言语凌厉,手势翻飞,恨不能剖开他心肺,摧毁他内部那独自陶然的小花园。

蒲天丽总以为父母是性格不合,才一辈子过得别扭。直到她初三那年,父母爆发了史无前例的争吵,母亲不依不饶,一哭二闹三上吊。事后蒲天丽隐约明白了,父亲在外面"有人了"。母亲颇有策略,只在亲戚邻居跟前表演,眼泪一把鼻涕一把,拍打着地面,节奏感十足,逐一控诉:"嫁到你们蒲家多少年了,你没本事我也不说了,里里外外我一个妇道人家操持,哪一点没让你满意?你倒好,做着甩手掌柜还不满足,竟然有脸在外面和别的女人眉来眼去,你对得起我吗,你对得起这个家吗,你对得起孩子吗……"父亲低着头,不吭声。有人围观,母亲就如是表演一番。看客兴致减了,散开了,母亲一骨碌起身,掸掸浮土,喝口茶,该干啥干啥。

突击了几回,母亲也没抓到实质性证据,要真捉奸在场,以母亲的性格,早就敢手起刀落。

其实，父亲只是喜欢去街上点心铺里坐坐。卖点心的女人丧夫，叫红，有着安宁的面容和一双羞怯的眼睛。一个成年女性，似乎对人世仍然懵懂，开了几年店，她也没学会别的小商贩那份圆滑和世故。红算不上美，与母亲的张牙舞爪纵横捭阖相比，有一份矜持的静气。从脾性上，她和父亲是同类。她明白小时候为何父亲舍得常给她买甜食了，她曾以为是父亲额外的宠溺，现在来看，不单是这样的。

父亲常去红姨店里，有时帮着卸卸面粉，有时什么也不做。红姨忙着做糕点、炸馃子、包礼盒，父亲就静静坐着，看她忙活。红姨忙起来身段灵活，熟能生巧的动作里有轻盈的观赏性，父亲总看不够。两人共处一室，实则什么也没干，可母亲说："孤男寡女，在一屋里，还掩着门，拉下帘子，是想干什么，能干什么？就在那儿扯闲话吗，放他妈狗屁，骗鬼呢！"母亲的推论不错，可父亲确实还真是"清谈"，有时候也称不上"谈"，就两个人沉默着。这沉默也是好的。

"就你那上阵三两下的能耐，自己家的还没本事耕好呢，还想去外面开荒……"母亲以前常说父亲"不中用"，父亲循例不吭，低头吸烟。她当时以为母亲嫌弃父亲的社会功能，没本事，现在想来，都是另有所指。蒲天丽感到一种深沉的悲哀，细究下来，谁的人生不是另有隐情，不是千疮百孔？

蒲天丽还是回了家里。因为父亲死得措手不及。

非年非节父亲就回家，一方面是他年龄大了，打工的物业公司不景气，早有辞退他之意，但更像是一种冥冥中的召唤，让他叶落归根，不做孤魂野鬼。他是去给小姑家帮忙秋收，干活儿累了，喝了一顿大酒，不听劝，到了傍晚，非要跄跄跄跄地往回走，骑车路过个小沟，摔了一下……到死都说不清父亲是摔着了，还是酒后心梗猝死。奇怪的是，父亲的身边留有一地烟头，而事后她询问父亲相熟的工友，父亲没辞职前公司组织的例行体检里，父亲的肺部"有问题"。

灵床上的父亲，清寂安详，刮干净的胡子一夜后泛着青霜。父亲瘦小的身体裹在祥云团花的寿衣里，真像是睡着了。蒲天丽哭不出来，她一遍一遍整理灵堂。这个时候她就恨，恨父亲的性格，恨父亲到头来什么也不跟她说，恨父亲这么突兀和决绝……可她更恨的，还是自己，恨自己上次没听出父亲的弦外之音。

父亲这样死去，算不算临终命运对他网开一面？没有痛苦，走得安然。火化后，蒲天丽将父亲常戴的那枚小玉坠放在骨灰盒里。疫情下丧事从简，亲族一起吃了白事饭，就埋入村里的祖坟了。蒲天丽没有一滴泪，自始至终有一种悬浮的不真实感。

父亲的去世，像是经历一次渡河落水，刚上岸的他们短暂地有一种格外珍惜的血脉相连，连平常看不顺眼的弟弟，都觉亲近了不少。

弟弟在清点收的奠仪。每家每户都有一笔人情账，婚丧嫁娶你随了多少，我便只多不少地还回去。可人心人情就分轻重，因为父亲至死一文不名，有的人还按多少年前他家收到的金额来还，就不地道了。弟弟一边清点，一边骂骂咧咧，刨去花销，所剩无几，烟酒钱还欠着呢。弟弟将零钱往兜里一揣，抽着烟，踩上摩托，发动机轰鸣着，临末，冲蒲天丽喊一声："姐哎，镇子上的烟酒寿衣账，记得还啊。"弟弟从来不惮于问她索要，似乎做姐的天生欠他，或者在他看来，姐姐比他能挣，一个女生，存那么多钱干吗呢，将来还不是要出嫁，钱都留着给他才是对的。他早就怂恿母亲劝说姐姐帮他在县城出个首付，母亲也暗示了多次，蒲天丽没搭理。在钱上，她被母亲以爱施压，历数她操持一个家的不易，蒲天丽上当次数太多了，不会再掉以轻心。

她拦住弟弟，甩了一句："又不是我一个人的爹，你赊的账，你还去。"

弟弟瞪眼，拧了下油门，摩托喷出的狼烟如他的怒气，蓄势待发，他近乎吼道："可谁都知道，咱爸疼的是你啊。"

"那咱俩换换，好吗？"被一个不能当家做主的父亲疼着，就像她现在和董广川的私情，都有着难以言说的尴尬。可疼爱和私情又都是真的，她被自己的喊声呛出泪意。想起那些场景，父亲眨眨眼睛，示意她出来，从兜里掏出几块馃子，让她吃完，帮她擦了嘴巴，再回家……这样可怜巴巴的爱，再也没有了。

母亲看不下去："你们的爹刚死啊，小狗日的，都给我消停会儿！"

弟弟出去后，母女俩没心思吃晚饭。蒲天丽和衣躺在床上，回复董广川的问询信息。母亲在隔壁破口大骂一番，蒲天丽以为她又和谁置气呢，也没在意。母亲就有这样的本事，猛地想到之前的某件事，惹了她的、得罪她的，回想一下，又能把自己气着，得骂一骂，发泄出来。母亲骂了一会儿，大约睡下了，没多久，忽地一声尖叫，蒲天丽吓了一跳，趿拉拖鞋跑到她卧室时，母亲脸上的惊恐仍未消失。

母亲指着灯泡："我关了开关的，刚才，它一闪一闪！"

蒲天丽望着蒙尘的旧灯泡，25瓦苦巴巴的光，憔悴的黄亮。她开了又关，灯泡好好的，再没母亲说的"一闪一闪"。"咦，你爹到底疼你，你一来，就好了。"母亲吁一口气，"你爹和我闹呢，"月光照在床边的窗户上，泛着阴森的白光，"刚才我迷迷糊糊一睁眼，就看到你爹披头散发穿件白衣服，没有脚，身子飘着，站窗户跟前,在正上方看着我的脸,眯着眼,笑啊笑的……做人时没出息,做鬼倒出了奇,以为我怕他呢,被我吐了一脸,骂了一顿,又拿灯泡捣鬼,"母亲冲着屋子里某处,似乎真有人站在那里,"做了一辈子夫妻,你狗日的死了,还不安生,就会作弄我……"母亲竟然抽抽搭搭地哭了。她一时不适应母亲陌生的哭声,这次的哭和之前以眼泪要挟的撒泼手段不同,哭得委屈,委屈里又带着愠怒。

昏黄的灯光下,母亲鬓角银点闪动,随着她的肩头松动,银色呈现小股的波涛汹涌。原来母亲的头发灰白这么多了……从她褪色起皱的背心口,可以一览无余母亲枯瘦下垂的胸脯,随着她的哭,乳袋干瘪地起伏……蒲天丽眼角发黏,喉头潮涌,血脉里本能的呼应,让她情难自已。这是她的母亲,她是从她身体里来的,每一滴血每一滴泪,她是她的发源地……可是,这给她性命给她肉身的母亲,又在算计女儿。父亲的死,不耽误她极力撮合。她为什么一定要她嫁给陈威呢?还不是想着对方条件好,她攒下的钱可以支援弟弟。她咳嗽一声,压下去这股情绪。蒲天丽响亮地开阖几下开关,言不及义地劝道:"兴许是开关接触不良呢,明天找电工来看看。"她说,"睡吧,妈。"

母亲没理会,还陷在自己的情绪里。蒲天丽进退失据,只好抱来枕头,缩在床的一侧。

"熬了我一辈子,什么都没弄成。"母亲还在絮叨,愤愤不平,"我图他什么,要钱没有,要人指不上,最可气的,他和那个女人坐在那里,叽叽呱呱,一说半下午,一说半下午啊,跟我,就没什么可说的!"母亲拍着床铺,"做那个事的时候,他都能咬着牙,不吭不哈,弄完了,从脚头爬下去,像块死木头……"那个叫丈夫的男人,爬上去,再下来,盖章似的,履行他们的婚姻,过程无趣,程序刻板,像是去灶台添一碗饭或是去井边提一桶水,饭吃完了,水打上来了,就算完。

母亲又哭:"他就这么烦我,就这么恨我吗?"母亲说,"他这一撒手,倒是轻松了,剩下的一摊子,还不得我来苦撑。"母亲恨恨的,"我当初怎么就瞎了眼,跟了你爸,还不如我一个人过素静呢。"

良久,等母亲平静下来,她悠悠地回了一句:"那你还逼我结婚,不怕我也陷在这样的婚姻里吗?"

母亲一愣。没想到自个儿的气话授人以柄。"你爹和陈威,哪能一样?妈妈辛苦帮你选的,肯定是为你以后好啊。"

又是这一套。

"睡吧,睡吧。"

父亲没了,以后她没事应该不会回来了吧,蒲天丽松了一口气,母亲的绑架随时可以解套,她离自由很近了。母亲唠叨就让她唠叨吧。

7

回市区之前,她专门去了镇子以前的那家点心店。那个叫红的女人已经不干了,她辗转打听,才找到她。红姨苦尽甘来,儿子成器,在县城有几处铺面,红姨含饴弄孙,安享晚年。见了她第一面,红姨就以叹息般的语气说道:"和你爸真像,特别眉眼那里。"她说,"你爸那时候总提你,可宝贝他这个女儿了。"红姨笑的样子,静静的,河面上现出水花的样子。这是一个耐看的、有韵味的女人。她为父亲的审美感到欣慰。

"你爸走了,也没能去送送他……"

"他是心梗,走得急,也好,没受罪,我也没赶上最后和他说说话。"她说,"姨,就想来看看你。我听过你们的故事,不知道为什么,也不知道说什么,替我爸给你说声谢谢吧。"她弯下腰,鞠个躬,眼泪不由自主,落在地面。也不知为何,就是忽然心口一恸。

"傻孩子,哭什么,都过去了,"红姨拉过她,坐沙发上,"不知道是不是感应,你爸死的那个晚上,我刚睡下,却翻来覆去睡不着,以为晚上贪吃了两块糖糕胃不舒服呢,刚要起来找药,就听'啪'的一声,很轻,可又听得分明,是这枚玉坠子,从中间裂了个纹……人走了,玉随主人,就碎了……"红姨抚着心口的水滴形玉坠,上面有一道清晰的裂纹。这种莽山产的岫玉,在玉石里,不算名贵,难得因形寓意,雕工好。

红姨和父亲戴着的,是一对。

蒲天丽握着玉坠,父亲葬礼上没有哭出的眼泪,一下子决了堤。她抱着红姨,哭得打嗝……红姨也哭了,给她倒水,拍背,让她倾泻。

"每个人都在世上孤独地做自己,事实上,自己也做得三好两歹的。到最后,没顾上亲人,也辜负了自己。"

泪眼迷糊中,她望着红姨,讶异她何以能说出这样的心语,也更确信父亲为何一下午一下午地流连在红姨店里。红姨眼神迷离,如蒙了一层糖浆,陷在往事的回忆里,怅惘里,有甜意。

"后悔的是,没和你爸好一回,"她微微而笑,意态羞怯,神色坦然,"白担了坏名誉,其实什么都没做,手都没拉一下,"她说,"你爹胆子太小了。"她转过头低语,"当然,姨也胆小。"

那晚,回到市区,在董广川那里,两人小别胜新婚,在要紧处,蒲天丽将董广川箍得紧紧的,几乎让他喘不过气。她眼泪热滚滚的,就那么缠绕着身上的这个男人,一直在索取,一直让他嵌进自己心碎的身体……她说:"哥,我就你一个亲人了,就一个了……"说得肝肠寸断,哭得梨花带雨。董广川也疼惜得泪眼迷离,不停地回应她:"哥会好好疼你的,疼你,疼你啊……"两个人从没这么好过,到了新天地,那种赤诚相见,灵肉合一,性命相亲,如人生沙漠里奔跑的孩子,向着对方,在大孤独里,欢天喜地。

董广川睡后,蒲天丽做了个梦,梦到父亲站在房间里,母亲依然年轻,他们的婚姻还没出现终成深渊的裂缝,弟弟刚长成,而她中学暗恋的男孩子,正在巷子口等着她上学。她和他走在路上,朝阳隔着树权洒下来,都如星光……然后,梦醒了。

董广川的手机在振动,因为刚才过分的欢好消耗了体力,董广川鼾声打得酣畅。出于好奇,蒲天丽拿过他的手机。

8

梁园夜宴,汉宫秋月。这夜梁王大邀群臣,赏鉴的是一块巨大的心形碧玉。莽山蜿蜒连绵,东南有处偏峰独立,高耸入云,上下笔直,是时连日暴雨,忽地从峰顶落下这块玉石。山民献给梁王,王大喜,以为吉利,命玉工精雕细镂,因形赋意,琢一男一女立于两侧,中间捧着一颗心,凤鸟祥云,碧色莹润。这位窦太后最宠溺的封王,汉景帝酒后失言要传位的胞弟,平定七国之乱的功臣,在沃野千里的封地内,负爱矜功,钟鼓馔玉,富庶奢靡,和王后过着神仙般的日子。所以,有人说这块精美碧玉是要献给窦太后的,寓意母子连心;也有人说是送给美丽的王后的,良辰佳期,欢好永续。

这枚玉现在董广川手里,是他反复强调的镇店之宝。关于它的故事,董广川每次讲起来都神采奕奕,如此美玉什么机缘流传到他手里的,汉玉朴厚里的灵动之气，连同楚汉相争时那几个英雄人物的传奇，莽山汉玉所处的地理位置，集燕赵侠气与楚地灵秀，玉和人都有情有义……董广川讲起来，滔滔不绝，真假莫测。

有一次，激动了，也是欢爱情浓，董广川指着玉上的男女，笑呵呵地说："一个是你，一个是我，这辈子，续前缘来了。"将她上辈子比作死时身着金缕玉衣承恩受宠的王后，蒲天丽也入了戏："据说梁王可是痴情种子，你也要只爱王后一个哦。"董广川携起她的手："一生一人，一生一心。此玉为证。"欢爱时的言语，如戏剧中的痴男怨女，至少那一刻，投入了全部情绪。

回到现实里，最近短视频的拍摄陷入瓶颈期，粉丝增长有限，她精心剪辑制作的视频，还不如董广川架起手机自拍时信口而谈时显得自然，好容易有个游戏广告找上门来代言，董广川还瞧不上，空余她转圈着急。她早想围绕这枚传奇碧玉做一系列故事，由董广川讲解，她来配图文，连相关影视剧涉及梁王、王后、窦太后等片段都搜集好了，董广川却总是笑笑，大约不舍得外露此宝。蒲天丽不死心，还想软磨硬泡，把这个系列做起来，说不定就是流量爆款呢？

还有一件事，让她头疼，陈威步步紧逼，他要是没拍到点什么实质性的东西，肯定会继续躲在阴暗角落里跟拍，不然怎么敢来明目张胆要挟她呢？

午休后，蒲天丽循例从公寓出来，买了杯奶茶，漫步在林荫道上，越想越乱。蒲天丽步子飘飘摇摇，就这么晃到了"石之心"玉器店。

门虚掩着。

董广川在里间，和一位女性低语浅笑。他有几个固定客户，前来找他或买玉器或鉴定时，请进里面的小屋，泡茶拿点心，严阵以待，恭维小心。从她们的穿戴气质判断，非富即贵。每次她们来，董广川都要把蒲天丽支开，大约不想让她见到他圆滑奉承的一面。

能听得出来，他在卖力展示幽默，殷勤地逗弄女人发笑，掌控着节奏，调整着语流，像一个渔获高手，撒网下钩，先是一条一条，后边猛一收网，捞上岸来一堆鱼，活蹦乱跳。这鱼，就是伊人的笑。两人的谈话到了兴处，小高潮推着大高潮，滔滔不绝。隔着不到五米的距离和门帘，蒲天丽凭笑的声量和幅度，能想象到女人从矜持，到扑哧，到花枝乱颤，再到娇笑连连的全过程……这个调情高手，还是那平日懒洋洋、坦诚中带着狡黠、人畜无害的中年大叔吗？

一股酸辣的感觉上涌，几乎是本能，蒲天丽咳嗽了一声。石破天惊。云收雨散。笑声没了，浪没了，高潮也没了，一切归于平静。狭小的店铺里，一下子繁殖了太多的静,压在所有人心上。里间的谈话恢复了正经的正常,公事公办一样,寒暄几句,两人就出来了。经过蒲天丽时,女人眼风一扫,其实都没看她就掠过去了,扬着头,踮着脚,高跟鞋噔噔叩击,轻挥一下右手,赶苍蝇似的,随口嗑瓜子一样吐出一句:"董儿,这就是你新招的小店员哪。"

哼,小店员哪,多没眼力见儿!

"刚才看的几个镯子,都包起来吧,"女人朝蒲天丽的方向递过去信用卡,两根手指夹着,姿势傲慢又好看,轻飘飘里,都是金钱。女人的卡被怠慢了几秒钟,她以为蒲天丽会屁颠屁颠跑过来,双手接圣旨一般,小碎步退着,虔诚地去刷卡。她预估错了。蒲天丽坐在那儿,八风不动,还陷在想生气又被女人的华丽和气焰打击的情绪中,气也不能,不气也不能。

董广川包好镯子,没刷卡,说:"姐,您先拿着戴,玩儿一段,真喜欢了再付款,不急的。"女人笑了,"还是董儿会做生意。放心,姐再介绍几个闺密来你店里。"董广川自是千恩万谢。蒲天丽本想给她一个对视的,落空了。贵妇袅袅娜娜,董广川又是开门,又是搀扶,终于护送到车里,绝尘而去。

等他折返回来,吁出一口气,想对她笑笑,却笑得跟肇事现场似的,五官都错位。他不尴不尬地说:"老主顾,某某的太太,得伺候好。"某某是本地电台报纸常露面的人物。

蒲天丽没看他,逐一收拾拍摄工具,收拾完了,装进包里,脸上冷冰冰,嘴唇紧抿,耷拉着眼皮。直到这时,董广川才意识到她决意要走,不再笑嘻嘻了,问她:"嗨,你至于吗?"他拉她,"我不也是为了这个店嘛,不奉承好这些有钱的女人,指着扫大街的阿姨来买吗?"这句话里的势利和恶臭,一下让蒲天丽倒足了胃口,这还是那个颓丧却不失体面的男人吗?

董广川也自觉失言,赔上更饱满的笑脸:"没办法,这是小地方,有时不得不放下身段。"他哄着她说,"这个世界就是这样,你想要点什么,就得付出,哪能都像你这么纯善呢。"

"也是,我要不是这么傻,会被你玩弄于股掌间?"蒲天丽质问他,"董广川,你到底还有几个暧昧的女人?"她说,"能告诉我吗,你不能把我当傻×玩儿还把我蒙在鼓里自己在那儿偷着乐呵吧?"

董广川脸色急转直下:"你查我手机了?"

"无意间看到的。"

还不是撕破脸皮的时候。他过来揽她,压着怒,柔下声,说:"我也没别的能耐,就会卖个玉,卖烟酒你得巴结官商,卖玉器首饰你不得讨好这些官商的太太、情人?都是些逢场作戏,哪能当真呢。"他揉着她头发,"小涵在私立学校一年学费好几万,另外,我还想给你买辆车,都要钱呢。"

　　蒲天丽还是为之一软。她这个人可以承受风霜刀剑,就是受不了这些带着爱意的许诺、誓言,她一边骂着自己没出息,一边眼泪迷离。他最后又来了一句,让蒲天丽心软了。他说:"我当你是我另一个女儿呀。"

　　董广川趁势抱住了她。她不再反抗,什么是真,什么是假,她只觉得虚空。在他看来,是平息了,乖乖地被他紧紧拥着,揉着头发,说些甜蜜的胡话。她望着他的脸,他眯着的眼睛里,又是诚恳的、寂寞的、深情的海。

　　云开雾散后,两人都有些如从泥沼里上来,带点小小的重生感觉,温暖从身体里溢出,情和欲是浑然一体的,情的波动更需要欲来补充,来确证。几乎不约而同,两人相拥着进到里间。这一次来得汹涌,似是以一种情绪掩盖另外的情绪,都有点扑腾上岸的意思。甚至来不及闩上门,他就撩起她的棉裙,褪下保暖丝袜,从后面进入了她。蒲天丽被他压着又揽着,弯着腰,半跪在沙发上,以屈辱的姿势,用流水的身体,承受他的力。而在这小小的空间里,刚才那位女人的脂粉香气,还顽固地缭绕。随着他的冲击,蒲天丽开始长叫,孤狼似的,从胸腔里倾倒出来的嘶嚎,叫得莫名伤心、委屈,又快意。董广川始料不及,总体温婉的她怎么有这么大的"浪"意。他已经力不从心,房板也不隔音,董广川捂住她的嘴,祈求她:"姑奶奶哦,小姑奶奶,亲人,别,别叫,别叫啦……"

　　窗户大概是没关严,风吹得窗帘一开一阖,外面青白的阳光便一晃一晃地,鬼鬼祟祟照进来,似是窥探的复眼。蒲天丽想起陈威的眯着的小眼睛,她想象他就在对面偷看。因为恐惧,或是报复,蒲天丽攥住他腰间的赘肉,在他龇牙咧嘴的冲锋下,她正要汪洋大海地叫将开去……忽然,门被踹开。光浩荡地灌了进来。站在明亮处,披着一身光芒的,是刚才那位妇人。车行一站,她忽而想起包里还有件祖母绿翡翠挂件忘了让小董掌掌眼,按说打个电话让他屁颠屁颠跑到府上鉴定就是了,可最近老头子管得严,她不好让陌生男人再来,反正也无事,她在下个路口折转回来,到了店里,却不想,兜头撞见风流债……

　　但则见,妇人肥硕的手臂铿锵地指点着,唇红齿白,立眉竖眼,叫一声:"好啊,董广川!"端的修养好,只这一句,不屑于再出恶言,董广川已经浑身打战,早从蒲天丽那里翻身下马,唯诺着,抖动着,趋附到贵妇跟前。几乎半跪着,就差涕泪交加了,带着惭愧和懊悔,伸着手,落水的人喊救命一样,喊一句:"华姐,我跟她……跟你才是……"随着他的乞求,胳膊上的卡地亚超薄玫瑰金腕表华丽而风骚地抖动着。华姐见状更气,表是她送他的。不容他再分说,华姐兜头扇了他两个嘴巴子,一甩风衣,将拎着的玉器盒子掷向他,扬长而去。

霎时,静极。

玉镯玉佩落到地上,玎玲玎玲,发出惊心的玉碎之声。董广川的嘴脸半红半绿又青又紫,脑子里乱哄哄的,脑门上汗涔涔……满脑子想起的都是俗语:偷鸡不成蚀把米,赔了夫人又折兵……

蒲天丽裸着身子,忽然不可遏制地笑起来,越笑越厉害,身体抖着,光在她年轻的身体上弹跳出好看的斑点,她笑得要喘不过气了……这荒诞的人间,多么可悲,多么可笑。她笑出一脸眼泪。

董广川怒气四起,踢了她一脚,却也蹲下来,抱住头,叹了口气。

9

陈威越来越肆无忌惮。他认定了,她会是他的盘中餐。亲朋看过蒲天丽的照片,听他说了她的情况,给他的建议是,脸皮再厚点,死缠烂打,早晚是你户口本上的人。有的哥儿们酒后说得直接:"就你矮墩墩黑团团的尊容,能娶到这身高盘亮的姑娘,算你家烧了高香,为了给后代改良基因,也得冲一把,加油吧,威哥。"

陈威端着酒,咂摸咂摸,也觉得是这个理儿。他后边也陆续相了不少女生,他能看上眼的,对方基本看不上他;对他热情的,身高长相和他不相上下,图的是他家境殷实点儿。相来相去,还是觉得蒲天丽是上佳人选:有学历,有模样,有身高,更好的是,家庭没依没靠,且准丈母娘全力支持,唯一不好的就是年龄稍大,转过年三十了,可想想自己也已过三十:"哥们儿凑合下吧,就她了。"陈威合上手机相册,笑呵呵的,势在必得。

蒲天丽拉黑了董广川的微信、电话,从他租的公寓搬了出去。父亲留给她的八万存款,她再加十二万,凑够二十万,办了张新卡给了母亲,这是她能为家做的最后奉献。父亲那张空了的银行卡,她一直带在身边,似乎仍带着父亲的体温。蒲天丽买了辆车,她想的只是,至少跑起来更快捷。她想起看过的一句话:有的女人,一生都在时刻准备着逃离。她想,自己就是这样的吧。

开着车,转遍市区,终于找到了一处称心的房子,南北通透,面积不大,私密性好,她最满意的是房子有一方大阳台,闲了,可以放个懒人沙发和茶几,对着晚霞,喝着茶,直挨到城市灯火连片。她再没理会董广川的信息,什么话似乎都不必说了,缘尽至此,就到这里了。她要安静地待上一段时间,想想自己的人生,再决定接下来该干些什么。

短短几个月,从南到北,从心里到身体,蒲天丽有了沧海桑田的感慨。还好,终于,又静了下来,虽然兜兜转转,还是一个人。

过了几天,夕阳正好。人世寂寥,内心荒芜,都被此时斜阳的光线包裹住,红彤彤的晚霞里,好得让人闭上眼,觉得就这样温暖地死掉也挺好。蒲天丽泡了杯茶,还没喝上一口,一转眼,陈威赫然出现在楼下。他眯着眼,盯着阳台上的她,一支烟抽得天威莫测。

蒲天丽措手不及,茶洒了,杯子掉了,她刚恢复平静的生活又得掀起涟漪。

再一转眼,人不见了,车停在路边。他应该是进了小区内,不知跟随别人还是搞定了门卫。蒲天丽的一颗心如走在布满地雷的战场,不知接下来哪一步就会炸响。她听到了,在走廊上,门没擂响前,陈威先笑了两声,逃不出掌心的笃定。

然后,门外传来喊声。

蒲天丽不应。

他更大声地喊,拍门,咳嗽。陷入一个循环,他砸门,蒲天丽不开,咣咣的砸门声越来越响,一下一下,像在夯击她的心脏。砸了一通,门没事,感觉心都要被捶出个裂缝时,她的神经绷到了极点,却突然,不砸了,不喊了,风平浪静。蒲天丽的心跳落下去,人仍是绷紧的弓,弦上的惊恐一触即发。

等了一会儿,门外没了声息,她以为人走了。没敢开门,从猫眼里往外看,视线里黑漆漆的,还以为门外的孔被他贴住了。她倚住门,让自己平复下来,刚要打开门看看情况,却忽然想,那黑漆漆的,是因为外面正好被他同时贴在猫眼的眼珠子堵上,她看到的黑,是他的眼仁!

蒲天丽崩溃,嗷嗷尖叫。

他在门外呵呵冷笑。

他开始新一轮的拍门喊叫,喊声越来越大,已有邻居探头探脑,能听到他在解释:"我媳妇儿,生气呢,把我关在门外了,嘿嘿。"

邻居关上了门,大约从猫眼里看戏。

蒲天丽不好报警,他会狡辩成家务事,解释不清。还有一点,从董广川那儿离开时,她卷走了所谓的镇店之宝,那枚碧绿的心形大玉。董广川指不定气急败坏成什么样子呢。

喝完杯子里的残茶,蒲天丽决定了,抓住那件碧玉,去开门。放他进来。

陈威刚探出头,笑咧咧的,还没出声,"砰"的一下,眼冒金星,他便如一摊肉泥,端直倒地。

那枚珍贵的、寄寓董广川无数传奇故事的心形碧玉,落在地上。

玉,碎。

蒲天丽掩上门。坐在沙发上,凝视白色大理石地板上逐渐洇染的血迹,花朵般艳丽盛开。躺在地上的陈威,不知是昏迷还是死了,暂时不会骚扰她、跟踪她、半夜用不同的手机给她打电话了……终于清静了。

抬头望户外,已是天黑。她编辑了一条信息,却心头茫茫,不知发给谁:

"爸,你在哪儿? 小乖想你……"

【作者简介】李知展,男,1988年生,河南永城人,现居东莞。中国作家协会会员、鲁迅文学院34届高研班学员。在《小说月报·原创版》《中国作家》《江南》《钟山》《北京文学》《青年文学》《芙蓉》《作品》等刊发表小说两百余万字,多篇被《小说选刊》《小说月报》《北京文学·中篇小说月报》《长江文艺·好小说》《作品与争鸣》等选载,短篇《明月怆》被《人民文学》外文版译为英、法、意语。曾获第二届"紫金·人民文学之星"短篇小说佳作奖、广东省有为杯小说奖、《莽原》《红豆》《黄河文学》等杂志奖。发表长篇小说《平乐坊的红月亮》《芥之微》,另出版小说集《孤步岩的黄昏》《只为你暗夜起舞》等。

蓝色橙子

顾拜妮

a.从这里出去

7：35

　　秋日寂静的早晨,张放放被摔落的东西惊醒,那是只使用多年的没电了的儿童挂钟,表盘中心画着米老鼠。母亲想让父亲下楼去买几节新电池,父亲要先睡一觉,母亲说不行,必须现在。母亲喜欢因为一些有的没的小事吵个不停,比如他和妹妹衣服上的油污,比如父亲没有及时上缴的工资,又或者是擅自丢掉她攒了很久准备卖钱的破纸箱。她总认为所有人都应该帮助她,因为她是个吃苦耐劳善良的人,她过得不好,都是别人的错。如果不是过早地怀上他,她会继续念书,会考医学院,而不是在收费窗口做一名工资不高的护士。每次他惹她不高兴,她就会这么说,好像她把他生下来是他的错。

　　面对母亲的抱怨说教,父亲清醒时会保持沉默,如果一夜未归又喝了酒,就会骂骂咧咧,同时摔些不值钱但能发出声音的东西。放放对此十分惊叹,因为无论多么醉、多么愤怒,父亲从没摔坏超过一百块的东西,迄今为止,最贵的是一个九十八块钱的宝宝奶瓶。为此,母亲骂了有一个月,只要看见宝宝就会想起奶瓶。

他希望他们能快点闭嘴,但如果真叫他们闭嘴,他们就会把矛头对准他,反过来叫他闭嘴,然后支使他做这做那,他不想没事找事。儿童挂钟躺在地上,米老鼠开怀大笑,玻璃已经被摔碎,指针停在7点35分。

"去吧,去喝死吧。"他从他俩的中间安静地走过,母亲站在洗手间的门口对父亲说。

父亲单位有一次发了一箱烂杏,大概由于囤积了太长时间才发下来,基本上都臭了不能吃。母亲刚开始指责单位:"怎么坏了还给别人发?"后来开始指责父亲:"是不是只有你的坏了?就是因为你太不上进了,太好说话,你就是个老好人,所以人家才敢这么明摆着欺负你。你怎么不去和给你发烂杏的人吵?你只敢对我吼,你就是这样一个软柿子,任人捏的软柿子,老婆孩子只能跟着你吃烂杏。"如果父亲这时候还嘴:"本来连烂杏也没得吃。"一定会触发一次家庭大战。

母亲说得没错,父亲的确是害怕人际冲突的老好人,秉持着"多一事不如少一事"的原则,回避一切需要正面解决的问题。也因此,多年没有得到任何升迁的机会。遇到困难就喝酒,喝完酒就睡觉,睡醒又是新的一天。

刷完牙,放放来到餐桌前,四岁的妹妹正在用手指戳一块正方形的豆腐乳,弄得哪儿都是,桌上、脸上、头发上,红色的狼藉的一片,像案发现场。小女孩乐此不疲,她想给自己涂个红嘴唇,顺便在盘子里画一只猫咪。张放放觉得那是一只四不像,或者一只被剥了皮的猫。趁母亲还没发现,他用纸快速把妹妹不小心弄到自己这边来的红汤擦掉。他把煮熟的鸡蛋在桌角上轻轻敲击两下,接着放在桌面上滚动几圈,然后用手抠开一小块,从头到尾小心翼翼扯落,碎鸡蛋皮几乎完好地粘在白色薄膜上,这是他的拿手绝活。父亲对这个绝活嗤之以鼻,觉得他净擅长些没用的东西。

他扭头看着这个满脸酱豆腐的小女孩,尽管有几分可怕和滑稽,但这些咸中带甜的红汤无法遮蔽她的天真和美好。紫色的发卡随时可能从她稀疏的头发上滑落,钻石般闪耀的眼睛、长长的睫毛、富有弹性的玫瑰色小脸,都让他感到无地自容。他看看自己脚上好几天没洗的袜子,胳膊上两只磨损的卫衣袖子,还有一些淡黄色隐约可见的狗毛(来自一只柴犬和土狗生的串串),没有镜子,但他还是从脑海中反复看见自己那张长着青春痘的执拗的脸。他想不到自己身上有什么闪光的东西,学习成绩不好——数学、英语经常不及格,体育也不好,不擅长交际,又总爱干些平庸的蠢事——有时会把笔记本上的纸一页页撕下来,再重新装订成一个新的笔记本。他常常觉得自己像个不明生物一样,无法被命名和归类。初中时,还经常有人模仿他说话的声音,叫他娘娘腔,坏男孩们恨不得脱下他的裤子好好瞧瞧,他们也确实这么做了。

小女孩会知道吗?——她的到来或许只是为了掩人耳目,为了弥补她愚蠢的哥哥所带来的某种秩序的失衡。他的耳朵浸润在父母的相互指责中,他们憎恨彼此的平庸,而他是他们平庸的结晶——每次犯错,对他的批评最终都会转为父母之间的相互指责,仿佛没人想要认领他身上那些灰色的部分,他们甚至不愿意责怪他,而是责怪彼此创造了他。眼前的芝麻饼、稀饭和苹果变得模模糊糊,白色餐盘的边缘有些弯曲,他产生剧烈的耳鸣,仿佛无数只蝉在他的耳朵里。他突然像被一道无形的闪电击中,如果闪电看得见,应该是蓝色的。张放放产生了一个不大不小的念头:从这里出去,去一个没有人认识他的地方。

他不能理解他的父母为什么不能好好交流?他们最初是如何爱上对方的?愉快和平静从来不会超过三天,生活总会创造出一些事情供他们愤怒和指责。他厌倦了不协调不和谐,厌倦了自己面对这种不协调不和谐的无能为力。不能一直待在这个让彼此感到痛苦和烦躁的地方,没有他,爸爸妈妈妹妹,他们三个或许会其乐融融(妹妹在他们的争吵里玩得不亦乐乎)。而他,应该去寻找属于自己的生活。

在母亲把妹妹收拾干净之前,他快速吃完早餐,一颗鸡蛋、半个芝麻饼、一块氧化的苹果。走进洗手间,把母亲的抱怨关在门外。耳朵里的蝉安静下来,他看着镜子,离家出走的念头在放放的头脑中逐渐酝酿发酵,直到以一种不可抗拒的形式遍布全身,驱动他的身体和四肢。

b.暗影

9∶42

25路公交车从城西一直开往城东,会经过妇幼医院、全市最高的楼、电视台、绿洲公园、火车站。张放放坐在倒数第二排,书包放在膝盖上,阳光洒在书包上,他没想好在哪一站下车。深灰色的书包里装着一部山寨的苹果手机、充电器、一些零食、一件牛仔外套、一把雨伞,并且他把自己这些年攒的零用钱全都带上了,他早就觉得自己迟早会有一场出走,一直在等待。

一只昆虫撞向左手边的玻璃,发出轻轻的嘭的一声,似乎只有他听得见。行道树的树叶已经发黄,一些坠落,一些摇摇欲坠,一些仍然坚挺地贴紧枝头。他试着想象刮起一阵轻微的风,想象它们在风里抱紧自己摇晃的样子,全都拒绝离开一棵稳定的大树。这时,突然有一片叶子决定主动坠落,它在空中晕头转向,不知道自己将会去往哪里,不知道独自存在的滋味,不晓得离开大树后能够撑多久,但它想要勇敢一次。这让他莫名有些感动,这是一片多么好的叶子,他想打开车窗透透气。

一只粗壮的蓝紫色碎花手臂从他的太阳穴处伸过来,把刚打开一半的窗户又严严实实地推上,是个上年纪的老太太,用带着口音的普通话说道:"不要开,冷。"

他不说话。

老太太看看他的书包,问道:"礼拜天,要走哪里去嘛?补课班?"

他本来想解释什么,最后看着怀里的书包点点头,想让她快些闭嘴,不要打扰他。老太却没有闭嘴的意思,转而说起自己的孙子,和他年纪差不多大,学习成绩很好。本来要陪他过完年再走,但是最近和儿媳频繁吵架,儿媳说她做饭太油太咸,嫌弃她小便完总是忘记冲。"尿尿也要冲,太浪费水。"她也看不惯儿媳大手大脚花钱的习惯,看不惯她倒掉隔夜的剩饭。"昨天中午好好的烧茄子,我都放冰箱里了,她今早都给倒掉嘞,茄子就算啦,连里面的肉也倒嘞。我儿一个月能挣多少钱啊?说了几句她就不高兴,还给我摆起脸色。我儿耳根啪唧唧的,耙耳朵,"怕他听不懂,她又解释了一下,"就是怕老婆。"

老太太的眼睛有点红,她不想让儿子为难,准备提前回重庆老家,她的丈夫五年前死于脑溢血,她在老家还有个女儿,去年刚离婚。张放放不明白她为什么要对他说这么多话。看着老太太手边的行李箱和蓝色纹路编织袋,觉得她和自己的处境有几分相似——都准备要离开某种生活了。他没去过重庆,只知道那是一座奇特的山城,地理课本里形容它是雾都,很少能见到太阳。

老太太不再讲话,沉默下来,眼睛里隐约有一只小飞虫飞过,留下一片淡淡的暗影,似乎有很多不能说的故事和秘密,藏在那片不易察觉的暗影里。张放放好奇这个其貌不扬的老太太经历过的人生,他扫视一眼车里稀稀拉拉的乘客,似乎每个人的眼睛里都有这样一片阴影。他的或许也有吧,随着时间沉淀,它或许还会慢慢扩大轮廓，边缘变得不规则，深深浅浅，像眼泪打湿的作业本上的钢笔字迹。

9点42分，公交车到站了，张放放把书包背好，决定在这里下车。

蓝绿色的公交车屁股渐渐驶出他的视线，今天的阳光可真好，暖融融地照在他身上，让他感受到一种自由的感觉。这会儿，父亲应该正在睡觉，母亲在洗衣服或者擦地板，妹妹在沙发上和小狗玩滚来滚去的游戏，她喜欢把脸埋在它的肚子上，闻它身体的味道。他其实不理解，那味道有什么好闻的？刚洗完澡的小狗是沐浴露的味道，过后会有种温暖的腥味。他本应该待在他狭小的卧室做数学作业，现在却走在充满阳光的大街上，如果他一直没有回去，学校会开除他吗？像他这样的学生，老师应该会松口气吧。目前还没人察觉到他已经离开原有的轨道，他有些兴奋。但他不确定自己能够坚持多久，一天？一周？一个月？他曾在网上看过一个关于流浪汉的纪录片，国外的一个名校毕业的学生放弃体面的身份，宁愿选择过一种流浪的生活，并且他在这种选择里品尝到了快乐。没人会雇佣童工，他并不想成为真正的流浪汉，只是想独自生活一段时间。家里大概会报警，不过他留下一张纸条给他们，告诉他们不用担心，等他找到落脚的地方会给他们打电话。

他突然有点想念妹妹，她拥有和这阳光同样灿烂的笑容。

c.疯子和恋人啊

10：59

绿洲公园大门的右侧，挨着一栋五边形的四层楼建筑，每一面墙壁都从第三层伸出一个小小的露天阳台，上面是一家西餐厅，里面的服务生礼貌周到得让你不好意思。有一次母亲带他进去过，但最终因为牛排太贵，又把他领出来，去隔壁吃了一碗牛肉面，母亲骄傲于自己会过日子。护栏外悬挂着一些深粉的仿真吊篮，白色云团从它尖尖的屋顶上空轻轻滑过。这是无比寻常的一天，又是不同寻常的一天。

卖冷门宠物的商店里有一对母子，一个七八岁的男孩正在模仿松鼠如何跳跃，母亲捡起孩子掉落的帽子，用温柔的言语阻止他，让他不要跳了。张放放想，如果小时候他做了类似的事情，母亲才没那么多耐心，一定会粗暴地把他拎出去，或是说些能让人一辈子回想起来都难受的话。除了松鼠，这里还有圆滚滚的小蛙、小蛇、蜥蜴、寄居蟹，还有一些仓鼠。墙上的小电视里正在播放蜥蜴的科普介绍。蜥蜴大多为杂食性或肉食性动物，只有2%是植食性的。它们一般会在春末夏初进行交配繁殖，研究资料显示，一部分蜥蜴是孤雌生殖的，这类蜥蜴的染色体往往是异倍体，为了利于全体成员都参与繁衍，占据生存领域，在一定的环境条件下，有些原本两性繁殖的蜥蜴也会改成孤雌繁殖。

张放放盯着这些冷血动物看了会儿，它们总是一动不动，和家里的玩具差不多。从宠物店出来，他漫无目的地散步，在一块铺满落叶的空地上发现一只秋千。昨晚下过一场大雨，座位上的木板还是潮湿的。

母亲再次怀孕对他来说并不意外，谁都明白他的父母为什么打算再要一个孩子。他觉得自己应该高兴，毕竟有个弟弟或者妹妹，多一个人陪他玩有什么不好？但他敏锐地察觉到来自这个小孩的威胁和质疑。母亲只有面对妹妹时，才会展露出难得的耐心与温柔。他有时甚至怀疑所处世界的真实性，这一切或许只是一个巨人做的梦，一觉醒来，所有秩序都会回来。他常常和别人打架，在疼痛中，他感受到活着的真实感。并且当他穿着有脚印的衣服，带着一点点轻伤回家时，母亲才会把对妹妹温柔的关怀分一些给他，虽然仍会骂骂咧咧，但会叫他放放，而不是张放放。

张放放离开秋千，用一根捡来的树枝去戳身边经过的树干，用它抵住白色泛黄的桥身，从这头划到另一头，发出微小刺耳的声音。这样做，仿佛能让他的行程变得丰富有趣些。他站在白色的石桥上，岸边停靠着一些动物形状的小船，湖面上只有零星的两三个人在划船。他把粗糙的树枝抛进暗绿色的混浊的人工湖里，遗憾的是，它没有带来预期中的波澜，只是不痛不痒地漂浮在水面。他双手抱住桥栏杆上的一只石狮子，将下巴放在手背上，开始感到无聊。

这时，张放放注意到湖中央停着一艘绿色的鸭子船，里面的短头发女人穿了一条芥末黄的半身裙，上面是一件黑色的针织衫，戴手套的手正悠然地将烟灰弹落进水中。她看见他，看见他正在看她，而他看不清她面部的细节和神情。绿色塑料船周围的水开始波动，这只样貌呆滞憨厚掉漆的鸭子逐渐靠近他，从石桥下穿过时，女人探出半边身子，仰头看了他一眼。除了在妹妹的脸上，他还从未见过如此明亮的眼睛，她的眼神里是有光的。

她刚刚为什么要看他,他不明白。她是谁?看起来有二十岁出头。为什么一个人来划船?他想去租一艘船。

"就你一个人吗?多大了?"窗口里售票的是个五十岁左右的女人,她透过眼镜上方的边缘瞟了他一眼。

"十八。"好在自己个子不算矮,大概有一米七,他有信心能够蒙混过关。

"有身份证吗?"

"忘带了。"

"自己注意点儿安全,别去桥那边。"她噘了噘嘴,似乎有些怀疑他的实际年龄,但也不准备拆穿。女人熟练地扯下一张粉红色的船票,顺便递给他一件橙色的救生衣。

两人座的卡通脚踏船每小时四十元,押金一百五元。他挑了一艘蓝色的海豚,似乎是这里唯一的海豚。他跳上船,把书包放在旁边的座位上。工作人员解开缆绳,他尝试用脚去蹬下面的两块踏板,小海豚游动起来。他把身上这件破卫衣脱下来,从书包里翻出T恤和牛仔外套换好,他不希望被她看见那两只磨损得可笑的袖子。他还不知道她叫什么名字,他想再看看她的眼睛,那双藏着他不曾见过的光芒的眼睛。

岸边浮动着枯黄的落叶和一些昆虫的尸体,隐约可以看到鱼游动的身影,它们像一些见不得光的小小幽灵,没有鲜艳的颜色,看起来灰蒙蒙的,不会跃出水面,偶尔浮现,很快又消失。他甚至不太确定湖里到底有没有鱼。对面的过山车偶尔传来尖叫声,蓝色海豚在脏兮兮的湖面上移动,船桨摆动时发出哗啦哗啦的水声。他来到桥下,在刚才她看他的地方,到处寻找那艘绿色的鸭子船,但是没有找到。附近只有一艘四人座的大白鹅,上面有两对情侣在划船。

他觉得自己一定是疯了,竟然如此好奇那女人,他将独自在这里度过一小时,并且不会再见到那么漂亮的一双眼睛。他放慢船的速度,观察周围的景色、远处的楼房、岸上的人。他有点不耐烦,发现自己的踏板有些问题,无论如何也蹬不快。

这时,那只酸橙绿的鸭子突然冒出来,经过他的左后方。

在学校,他从没有追求过哪个女孩,初二时暗恋隔壁班一个姓叶的女生,每次课间操他都会尽力捕捉她的身影,想多看她一眼。有时她会用余光发现他,就会加快脚步,他知道她并不讨厌他,至少没有投来白眼。他对女性的一些幻想来自生物书和那些网页弹窗里蹦出来的色情广告，他不知道其他男生都是从什么地方搞来的小电影，他也不敢问。他喜欢爱笑的女生，像新垣结衣那样的，但他觉得自己一辈子可能也交不到女朋友了，没人会爱上他。

他现在离开了过去的身份，不是谁的孩子，没人知道他滑稽又无聊的过往。他是他自己，以一种不被命名的方式活在世上，哪怕只是这一刻。他想追过去，问问她叫什么名字，告诉她，她的眼睛看起来非常美丽，他会永远记得。

短发女人放慢速度，像是在故意等他，当他划到她旁边停下来时，她也停下来。他看清楚了她的样子。她的眼角有一小块浅浅的胎记，即使用粉底遮盖，还是能够看出来，但不影响她的美。黑色短发像绸缎一样顺滑，闪动光泽，雪白的脖子上悬挂着一条晶莹剔透的瓢虫项链。那双眼睛好奇而认真地看着他，他感到自己的心跳正在加速。他注意到她手里的烟盒，他不明白她为什么要戴手套，今天并不冷，至少没有冷到需要戴一副手套的地步。

"你想要一支吗？"她说。

他傻了一会儿，本以为她会说别的，比如"不要跟着我"，或是"为什么跟着我"之类的话。

他点点头，其实他不会抽烟，有一次在男厕所和别人蹭过一根，但觉得没什么意思，那是他碰过的唯一一支烟。

她从烟盒里取出一支狭长的香烟，右手伸向他的海豚，他注意到在她露出的手臂上有一串英文文身。但是他的英文很烂，不知道那是什么意思，他后悔没有好好学英语。他尽可能让自己看起来不露怯，学着电影里演员的样子，放在两片嘴唇之间，点燃。装模作样地吸了两口，想让自己显得成熟点儿。当他将一口烟吞入肺里时，一阵猛烈的咳嗽出卖了他。

女人被他的样子逗笑，他觉得自己看上去一定非常傻。

"原来你不会啊。"她说。

他有些尴尬。

女人笑起来有两个梨涡，眼睛也笑笑的，在那笑容里，似乎也能瞥到她眼底闪过的一簇阴影，他不确定阴影里究竟藏着什么。他努力让自己放松，又试着吸了一口，然后慢慢呼出。淡白色烟雾将他和她笼罩起来，形成一张半透明的网，从他嘴巴里呼出的烟雾拂过她右侧的脸颊、耳朵、头发。她像一位仙女，他一边这样想，一边想着也给她分享一点什么。

他从书包里拿出三块球形巧克力,分别是蓝色、金色、紫色,送给她,他突然有些后悔自己没把装巧克力的罐子一并带过来,它至少能让"礼物"看起来相对体面些。她只选了其中一块,用紫色铝箔纸包裹的。

"你还是学生吗?看起来年纪不大,让我猜猜看你到底多大了。"她把巧克力放入嘴里,没有马上咀嚼,而是试图用口腔的温度焐化它。

他等待她嘴里的巧克力完全融化,从来没有哪一刻像现在这样耐心过,他对此刻的自己感到有些陌生。他看着她,看着湖面,尽管只是象征性地吸进去再吐出来,但让他感觉非常好,甚至希望那块巧克力融化得慢点儿,再慢点儿。

他显然没有预料到事情接下来的转折,女人接到一个电话,不知道是什么人打给她的,使她眼底的阴影变浓重。几乎没怎么回应就挂掉电话,甚至没有和他告别,还没来得及问她叫什么名字,她就把船划走了。等反应过来,她已经划向岸边。他把烟屁股丢进湖水里,跟上去,她已经上岸,很快从他的视野里面消失。他站在岸边,看着那只仍在水面上轻轻晃动的绿头鸭,仿佛刚才发生的一切都只是他一个人的幻想。

d.阳光照亮那些旖旎的小道

11:58

肚子有点饿,张放放想要随便吃点什么东西。他从公园出来,沿着马路的反方向走,前面有一家快餐店,刚才来的时候他看到了。路边的花丛已经干枯,他想喝一杯可乐,最好能是冰一点的可乐。他努力回想一些美好的事情,最好让自己开心一点,可悲的是,他的生活里竟然想不起来有什么美好的事情。

生日!妹妹三岁生日!

去年妹妹过生日的一些情景从他的记忆中慢慢苏醒,那天似乎是他能想到的这一年里最温馨的时刻。前一天打游戏很晚才睡着,第二天十点半起床,虽然那时已经立冬,但太阳穿过玻璃,把整个屋子烘得温暖无比。他被一阵小东西的嘤嘤叫声给吵醒,父亲抱回来一只小狗。他以为母亲会把它送人,因为她讨厌带毛的活物,家里已经有三个需要她照顾的活物,不需要再增加一个了。如他所料,母亲确实为此絮絮叨叨了一会儿,责问父亲为什么不打招呼就把它带回家。父亲说想给孩子们一个惊喜,这是送给妹妹的生日礼物,还有一个写着祝福的水果蛋糕。尽管这不是一只纯种的柴犬,但依旧非常可爱,金灿灿毛茸茸的背毛,白色的嘴巴和前腿。母亲无论怎样指责,它都表现出一脸无辜和懵懂,摇动小尾巴,去闻母亲的拖鞋和脚踝。它是那么弱小可怜,需要被人照顾和疼惜,作为护士的母亲勉强同意饲养。

张放放从母亲脸上看到罕见的舒展和喜悦,她和父亲没时间争吵,顾不上对彼此挑三拣四,母亲忙着准备生日午餐和晚餐,父亲忙着给小狗喂奶、安置小窝,全家人的注意力都给了它和这一天,小狗带给全家人一整天的平静和欢乐。

这会儿,他们应该正在家里一起吃午饭吧?为了不被找到,他把手机开启飞行模式。现在,他想看看他们有没有发什么消息给他。一条来自10086的消息,班级群里发起一个关于创意黑板报的投票,母亲发消息问他要不要回家吃饭。他把手机重新调整为飞行模式,放回口袋。

快餐店里吃堂食的人很少,他点了一个鳕鱼汉堡、一杯中杯冰可乐、一对鸡翅。旁边的电影院最近恢复营业,但是看电影的人依然很少。他觉得自己十五年的人生就像这屏幕上的菜单,只有几种简单固定的模式,没太多营养,但也能管饱,仔细品尝也有些滋味,但天天吃就非常没劲了。戴小红帽的服务员脸上没有任何表情,坐在角落的一个男人一直在看他,但他并不认识他。

那个男人吃完自己的套餐,仍坐在那里直勾勾地盯着他,张放放心里有些发毛。他低着头,加快吃东西的速度,他很讨厌被人这样一直盯着,但是他不善言辞,尤其是面对这样来者不善的陌生人,他想让他别他妈看了,但不知道如何做才能不让他这么盯着。那个男人的脸上有一道疤,看起来大约四十多岁的样子,很瘦,如果真打起来他还是有些胜算的,但他不想打架,他长大了。

对方不肯罢休,还在朝这里看。

他决定与他对视,如果男人先开口,就问问他想做什么。

与他对视几秒,男人没有退缩的意思,他也不打算退缩,反正看是不会把人给看死的。男人动动身子,张放放突然冒出一些勇气,眼神里有了自信,他就想看看对方到底要干什么,他已经做好报警被送回家的准备。男人移开目光,拿起桌上的鸭舌帽和手机,朝出口的方向走去,靠近他时对他笑了笑。那个笑容无比诡异,又让人感到恶心,他难以想象人类可以发出这种笑。至于男人的笑容是什么意思,他不想知道。

e.大地蓝得像一颗橙子

电影院里有一股淡淡的霉味,和爆米花的玉米奶油味混杂在一起,一排排红色座椅上只稀稀拉拉坐着几个人,互相隔着距离。过于耀眼的黄色灯光从头顶的四面八方照下来,他迈过一个个台阶,7排12座,找到自己的位子坐下。拿出一颗口香糖放进嘴里,四处看看,等待电影开始。父母从来不愿意来电影院,觉得没必要,为什么要花钱看这个? 母亲只愿意看看电视里播放的那些长长的国产剧,有时也挺好看的,但大部分时候很无聊。

一个中年离异的男人遇到几个女人,最终却孤独终老的故事。其实张放放很恐惧衰老,尽管他也不知道衰老究竟意味着什么,只知道会变得可怜、可悲,不受人爱戴,身上甚至还会出现难闻的气味。在他七八岁的记忆里,姥爷还挺可亲的,可是最近两三年,他变得谁都不认识,甚至无法辨认镜中的自己,有时会突然发脾气,逮谁骂谁,常常走丢。母亲很关心他,可是每次看望他回来,又总会带着许多抱怨。说什么再也不去了,太难伺候了,同时她的胳膊上会有一些被拧青的痕迹。小舅在深圳,不常回来。母亲有时想起以前的时光会落泪,落泪后想起姥爷如何偏心小舅,又开始骂。循环往复。他希望自己的子女不要像母亲一样,或者自己不要变成某种"累赘",只要看到母亲这副样子,他就非常恐惧变老。

幕布上的老男人坐在酸橙绿的餐桌前,牛奶装在一个透明的玻璃杯里,他一小口一小口地呷着牛奶。他不明白导演为什么要一直拍他喝牛奶,而且如此细腻仔细,装牛奶的纸盒就放在旁边,这或许是一支被植入的广告。他爱过的人全都离开他,只剩下回忆和这杯喝不完的牛奶,如果导演不移开镜头,张放放感觉他能把那杯泛着一点点蓝光的牛奶喝到电影结束。

这时,突然有人轻轻拍打他的肩膀。他转过身,尽管影院里的光线昏暗,可还是认出了她,她的短头发、她的眼睛、她的笑容。

"怎么是你?"他说。

她做了一个噤声的动作。

"没想到真的是你。"她说。

"你一个人吗？"他说。

"对，我想去外面透透气，你要一起吗？"她说。

他不想继续看这个男人喝牛奶了，他要拿着那杯没喝完的可乐，追随眼前的这位仙女。

透过大理石墙壁的反光，他偷偷去看他们不清晰的倒影。她比他矮一头，如果他们拥抱，她的头顶会刚好挨着他的下巴，她会发现他异常的身体吗？他感到痛苦。他猜测她不会超过二十五岁，身上依然保留着小女孩的气息，只是对他来说年纪还是太大了。很快，他觉得自己不该想这些，这是一次美好而单纯的邂逅，他不能亵渎它。

他们站在两栋楼之间一线天的走廊，旁边放着几个没用的旧纸箱，这让他想起母亲，如果被她看到，她一定会把它们带回去，和已经攒的一大摞纸箱一起卖掉。假如仙女知道他是个成天打架、成绩不及格的笨蛋，还会愿意搭讪他吗？她比那些学校里的女生更懂得如何撩拨男人的心，也比她们更有趣。他看着印有她口红唇印的烟嘴，脸颊发烫，心跳加速，同时头晕目眩，想要逃跑。

"你有十八岁吗？我觉得没有。"她仔细打量他。

"你叫什么名字？"他问道，他不敢直视她的眼睛，而是看向她眼角浅浅的胎记。

"你还没回答我的问题呢。"她说。

"你也没告诉我你多大了。"

"至少比你大。"

"你有二十五岁吗？"他说。

女人突然笑起来，笑得合不拢嘴，她摇了摇头。但他不确定这摇头的意思是自己猜错了，还是她没有二十五。

"算了，知道大崎娜娜吗？我最喜欢的动漫，我也叫娜娜。"

"我叫张放放。"

"好特别的名字。放放？"

她眯着眼睛吐出烟雾，他再次看到那串墨蓝色的英文文身。

"中文是什么意思？"他突然问道。

她看了看自己的手腕，看了看他，笑容从她的嘴角渐渐消失，眼里像是有一只小飞虫飞过，留下闪动的阴影。

"那是英文吗？"他看着她的手腕问道。

"不是，是法语。"

"什么意思？你会说法语吗？"

"La terre est bleue comme une orange。大地蓝得像一颗橙子。一个法国人写的。"她说。

"法国的橙子是蓝色的吗？"他觉得自己非常无知。

"这是一句我很喜欢的诗，蓝色不过是一种人为的命名，你也可以说天空是绿色。不要被这个世界告诉你的一切束缚。"她说。

他觉得她太美好了，从内而外，她会法语，她还读诗。他努力不去想自己那些难堪的过往，却不小心把可乐洒在衣服上。

f.娜娜

17：43

"用不着换鞋，这不是我家，下周就搬走了。"娜娜一边把钥匙挂在衣帽钩上，一边侧过脸对他说道。

他站在客厅，观察这间一室一厅的房子。客厅中央有块不规则的黑白毯子，像是把一头奶牛去掉脑袋和四肢平铺在地板上，红色沙发上随意丢着一些穿过的衣服和几本旧书，黑色茶几上满是各式各样的充电器和数据线，花瓶里插着即将枯萎的鲜花，墙上有一幅装饰小画。他没想到她住在附近，掀开落地纱帘，从窗户甚至隐约可以看见公园里的人工湖，说不定还能看到那艘绿色的鸭子船。倒有些感谢那杯冰块早已融化的可乐，让他有机会看一眼她的生活。窗户下面放着一个充满垫料的透明箱子，她养了一只卡其色的大老鼠作为宠物。

"它叫吱吱，你不用害怕，花枝鼠的性格很温和，你可以和它打个招呼。"她说。

他蹲下来，手放在箱壁上，这个毛茸茸的家伙慢慢凑上前来，隔着塑料板缩动鼻子和胡须闻他的手指，对这只陌生的手感到无比好奇。在她看来，他大概也是个呆头呆脑充满好奇和懵懂的傻东西。

"我前夫送的，还有一只母的，后来生病挂了。你想放在手里玩会儿吗？"

原来她已经结过婚了,婚姻对他来说太过遥远,张放放感到一阵不适。他理解的婚姻停留在父母的层面,那是另外一个星球的事情。他有些失落地摇了摇头,他可不想把一只老鼠放在手心里,他联想到下水道和动画片里的反派。

"我有过八个月的婚姻,一个礼拜前,它从法律意义上走到了尽头。"她说,"你要喝点什么吗?咖啡、橙汁、可乐、香槟,香槟是我专门买来庆祝的,庆祝一段错误的关系终于结束。你还在上学吗?"她看了一眼他的书包。

"我什么都不喝。"他说。

"既然你不打算告诉我你的年纪,那我也不能告诉你。你不想问问我为什么带你来这里吗?"

张放放摇头,他注意到沙发扶手上耷拉着一条黑色的蕾丝胸罩,仿佛能猜出它们的大小。他随便拿起一本放在旁边的书开始翻阅,试图让那些乱七八糟令人脸红的念头消失。是一本外国小说,他被故事简介吸引。这是一位即将离开人世的牧师写给幼子的家书,向他解释他从何而来,将生活在一个什么样的世界,在漫长孤独的人生中,应该如何面对不幸的过往和对上帝信仰的冲突。

"别胡思乱想,我只是想聊聊天,你挺有意思的。你对这个世界是敞开的,没有被规则和恐惧规训。但如果你是我弟弟,我一定告诉你,你不该和陌生人回家。"她把胸罩收起来,那副黑色丝绒手套像乌云一样包裹着她的双手。

"但你看起来不像坏人。"他说。

"不一定哦,坏人可不会写在脸上。"她说。

"你觉得我是坏人吗?"他说。

"哦,你是吗?"她笑了笑,"快去洗一下衣服上的可乐吧,洗衣液在卫生间墙角。"

他来到洗手间洗了洗脸,他倒希望自己能够坏一点。洗漱台上放着各种彩色塑料瓶和玻璃罐,是她的护肤品和化妆品,这是一个让他感到陌生和产生遐想的世界。她比他接触过的女孩都要成熟,但又不是来自母亲所处的那个世界,介于两者之间。她所经历的人生阶段对他而言存在巨大的吸引力,那正是他向往的,像是薛定谔的猫,存在无数可能,既年轻,同时也品尝到一些成熟的滋味。

"我帮你找了件你能穿的T恤,放在沙发上。"她已经准备好一些切开的水果,火龙果、草莓、橙子,放在一个茶色透明的玻璃盘里。茶几上的数据线、杂物都被收拾起来,藏到他看不见的地方。"哎?你怎么还穿着脏衣服?"她说。

“我不想洗了。就这样吧。”他说。

“那就来吃水果，你一个人背着书包上公园做什么？不要告诉我你只是想划船。”娜娜问。

“你有没有那种时候，就是觉得待在一个不属于你的地方，过着别人的生活。”他没打算得到她的理解，像她这么完美的人不可能真正明白他的痛苦。

“我每天都想，所以我离婚了。可能有一天你会发现，这世上任何地方都不属于你。所以你是离家出走吗？如果不愿意透露年龄，跟我说说你的爱好吧。”

他回忆起小学四年级时父亲带他去水库钓鱼，那时妹妹还没有出生，虽然那天只钓上来一条不太大的鱼，但那是为数不多和父亲花时间相处的记忆。父亲教他如何选择钓位，如何投放诱饵，持杆的技巧，父子俩坐在青山绿水间，听着水声与虫鸣，偶尔会互相看看对方的钓钩。那仿佛是一个不一样的父亲，耐心的、清醒的、慈爱的。没有喝酒，没有争吵。

“我喜欢钓鱼，和我爸钓鱼。还喜欢爵士乐，喜欢一些可以拆卸的电器或者小玩意儿，拆开，再把它们装好。”他说。在她的问题下，他开始认真地思考起自己。

“那你讨厌什么？我讨厌别人命令我，讨厌一成不变，讨厌自作聪明实际上很傻的人。”她说。

“我讨厌酸豆角，讨厌漫长的时间（比如上课），讨厌我妈没完没了的抱怨……”他说。

“酸豆角挺好吃啊，不觉得有什么讨厌的。在我这里应该不会太漫长，你可以待到七点半，然后我要出门见一个朋友。”她说，“不要搞什么离家出走的小把戏了，很幼稚，外面的世界没有你想象得那么美好。”

他看了看墙上的时钟，已经六点半了。

“我是认真的，你就很美好啊，如果不离家出走也不会遇见你。”他说。

“那你敢不敢让我看看你的书包，看看你都带了些什么东西出门。”她说，“你知道独自在社会上生存都需要什么吗？你打算靠什么养活自己？”

“我还没想好，”他抱紧自己的书包，有些没了底气，“但我肯定会找到办法的。”

她笑了，笑得合不拢嘴，这让他非常难堪。他确实不知道，究竟可以做什么来维持接下来的生活，甚至没想好今晚在哪里过夜。

“好啦，没人抢你的书包。你想看变魔术吗？”娜娜突然提议，她站在他的面前,站在那盘色彩鲜艳的水果面前。

"魔术?"他的注意力暂时离开自己的思绪,一个漂亮的女人要给他表演节目,人生中第一次有异性对他发出类似的邀约。

"对,猜对了有奖励。"她说。

"什么奖励?"他说,他不关心猜什么。张放放突然有了一些坏的念头,但他并不想真的冒犯她,那个念头只是一闪而过而已。

"什么奖励都可以,只要别太过分,你可以随便提。"她说。

娜娜甚至特意放了抒情音乐,为了使气氛放松一些。他好奇并期待着她的魔术,但他更期待奖励,虽然不知道究竟要猜什么。

娜娜做了一些魔术师经常做的开场手势,双手在空气中来回晃动,像是在召唤一些不可见的神秘力量,她的眼睛时而望向他,时而回到自己的手上,她的左手看起来要笨拙一些。突然,一朵紫色的花出现在娜娜的右手,很明显,那是一朵假花,但这并不影响魔术的效果。虽然是个很一般的魔术,张放放仍然感觉到有趣。

"我要猜什么?猜你把它藏在袖子里吗?我竟然完全没看出来。"他说,"可以再变一次吗?刚才太快了。"

娜娜十分得意地摇摇头,把这朵假花送给张放放,说:"不在袖子里。"

她的双手再次在空中摆动,这一次,她变出来一堆红色的海绵爱心,他觉得她一定是把爱心藏在手套里了。娜娜将这些爱心放进一个黑色不透光的盒子里,示意张放放将一只手握拳伸向空中,并在他的手背上吹了口气。张放放不确定是不是心理作用,他觉得掌心变得很痒很胀,他努力不让自己笑场。她离他很近,有那么一刻,他产生了想要吻她的冲动。

"好了,猜一下你的手里现在一共有多少爱心。"娜娜说。

"你是怎么把它们放进我手里的?"他说。

"快猜猜看。"她说,"给你几个选项,四颗、五颗,还是六颗?"

"五颗。"他想了想,鼓起人生中最大的勇气回答道,"猜对了能让我亲你一下吗?只亲一下脸而已。"他尽量让自己的要求听起来不那么得寸进尺。

娜娜突然停下手里的动作,站直身体看着他,像是要把他的那些坏心思给连根拔起。张放放紧张到不敢直视娜娜的眼睛,他不想让娜娜不开心,但也不想被拒绝,于是又用一种小海豹般茫然又可怜的眼神望向娜娜。

"你确定？"娜娜似乎并没有生气，她说，"猜错可就没机会喽。"

"等等，我感觉我的右手更胀一些，应该有很多，六颗，我猜六颗。"他的胸口仿佛揣了一只兔子，马上就要从嗓子里蹦出来。

"不改了？"

"不改了。"

他按照她的指令，缓缓打开手掌，原本被压缩的海绵爱心纷纷从他的手心里跳落，手里剩下两枚爱心，其余三枚掉在他和娜娜的脚边。

"太神奇了！你到底是怎么把它放进我手里的？"他惊讶地去查看那个黑色的盒子，里面还藏了三枚。

"神奇吧！"娜娜哈哈大笑说，"但是猜错了哦。"

他后悔改变最初的选择，感到无比失落，而娜娜看起来更美了。

"再变一次好吗？"张放放恳求道，"最后一次，再给我一次机会。"

"不行，结束了。"她说。

但魔术表演似乎并没有结束，娜娜的神情重新严肃起来，两只手继续在空中舞动。这一次，她没有变出任何东西，而是更高难度地将自己的左手给变没了：摘下左手手套的同时，她的左手也一起消失了。

"你是不是用了什么道具？"他彻底看糊涂了，"你肯定藏在袖子里。"

娜娜微笑着摇头："再猜一次，这是你最后一次机会。"

他不信，于是站起来，准备亲自"拆穿"她的魔术。找来找去，他发现她的手臂末端是光秃秃的球状，上面还有一些陈年的伤痕，像一根粗糙的小树桩，或是被狗啃坏的棒球棍细的那端。他将手套抢过来，或许因为动作太莽撞，突然从手套里掉出一只手。张放放吓得跳起来："这他妈是什么玩意儿啊？"

空气凝滞了许久，紧接着，他抱歉而惊诧地看向娜娜的眼睛，似乎是在向她求证，而娜娜的眼底布满阴影。

"是的。"她扶起弯下腰的他，自己将触感逼真的假手捡回，重新戴在那只光秃秃的手臂上，"好啦，魔术这次真的结束了，希望没有吓坏你。你可以回家了。"

"为什么会这样？"张放放无法接受这个残酷的事实。

"不为什么。"娜娜并不想解释。

"到底为什么？你的手去哪儿了？"他说。

"上中学时跟我爸怄气，一个人跑出去很多天，后来发生意外。"她轻描淡写地说，"抱歉，我不该带你来这里。"

他像是受到某种严厉的警告和羞辱，一双无情手紧紧握住他的肠子拧在一起，带来痉挛般的疼痛。她为什么要让他知道自己的秘密？他明明想吻她，她却想教育他吗？他本来可以有一次美好的邂逅，一次接近完美的相遇。

他分不清是自己的委屈还是她的委屈让他哭出来，他的眼泪让她不知所措。娜娜把音乐关掉，坐在他的旁边，给了张放放一个拥抱。她允许他在自己的肩膀上哭泣，他闻到她的衣服上有一股甜甜的樱花味，而此刻他完全没有任何亵渎她的想法。像母亲安慰儿子、妻子安慰丈夫一样，娜娜轻抚着他的后背。

张放放突然将娜娜轻轻推开，一股说不清的力量促使他站起身，让他想要马上从这个地方离开，离开这个美得让人心碎的女人。他想让时间倒退，退到那个平庸而安全的世界里去。

g.所有的秘密，所有的微笑

21：57

张放放不记得自己究竟走了多久，大街上的车和人越来越少。他吃完一块硕大的三明治，路过礼品店时给妹妹买了一只毛绒蝴蝶，他已经想象到她把它抱进怀里的样子，一定是又亲又闻，就像对家里的小狗一样。他想回家了，想马上见到妹妹。看着街边的落叶，他感受到深入骨髓的疲惫。

打开手机，发现没有任何人给他发任何消息，他有点怅然若失。甚至没人好奇他这一天都去了哪里，为什么不回家，更没有人报警。虽然他有时也会去台球厅或是唯一的朋友家里打游戏，父母大概过于信任他和他的运气了，觉得不会有什么意外。再或者，他们觉得像他们这样的人，生活就该是平庸的，不该存在任何意外。他会按部就班地上学、毕业，学习不好也不会死，一样会变得既老又悲。

父亲为他打开门，母亲做了一天家务，已经睡着了。

"下次再这么晚回来，就别他妈回来了。"父亲叼着烟卷说道，"厨房里有剩菜，自己用微波炉热一下。"

"我吃过饭了，准备早点洗漱睡觉。"他说。

"你吃什么了？"

"就随便吃的。"

"你背着书包去哪儿了？"

"磊磊家。"

"这是什么？"

"蝴蝶。"

"磊磊送你的？"

"我自己买的。"

"净他妈瞎花钱，我们的钱都是大风里逮的！"父亲把他给妹妹买的玩具蝴蝶拿在左手，仔细端详了一会儿。

他太累了，什么都不想解释，更不想注意任何人的左手。可怜的父亲还没有意识到，他已经不是今天早上的那个他，不是昨天的他，不是过去任何时候的他了。

洗漱完，张放放躺在熟悉的床上，发现对面墙壁挂上了新的钟表。陪伴多年的米老鼠彻底退出他的生活。此刻已经十点多，看着那个早就看腻的吊灯，张放放枕着自己的手臂，悲伤地意识到，这一天发生的一切，似乎已经忘得差不多了。他甚至想不起娜娜的模样，只记得那双明亮的眼睛，她的左手渐渐变得透明，乌云正在散开。

"干吗不关灯？"父亲从门缝探进来半截身子问道。

"你见过蓝色橙子吗？"这句话突然从张放放的嘴里滑出。

"什么橙子是他妈蓝色的？"父亲说，"赶紧睡觉吧。"

张放放满意地闭上眼睛，一些忧愁拂过心灵的山谷，他轻轻地扬起嘴角。他觉得他有了属于自己的秘密——父亲不懂的秘密，这些秘密正在构成一个独属于他的精神世界，将他与其他人区别开。在这个世界里，父亲似乎也不是从前的父亲了。

"没事，"他说，"关灯吧。"

【作者简介】顾拜妮，1994年生，中国人民大学文学院研究生在读。14岁开始发表小说，20岁时小说《请你掀我裙摆》在《收获》杂志刊发，著有小说集《我一生的风景》。曾从事写作教师、图书策划等工作，2018年起在《山西文学》策划并主持新锐栏目"步履"。

奎宁

吴向东

引子

我爷爷名叫廖川北,曾是卫生部门主要负责人之一。唐山大地震的那一年,爷爷因操劳过度导致心梗,在一个本是阳光明媚的清晨去世了。

闻之爷爷去世的消息,家里来了一大批他生前认识或已记不清的战友。这里面有些还曾是高级将领。我的奶奶告诉我,他们中的许多人,要不是因爷爷的存在,可能都已经牺牲在了战争年代。

爷爷去世时,京津唐大地余震依然频现,可这一圈老战友们还是提出要为爷爷举办一个简朴而庄重的葬礼。我的奶奶委婉却坚决地拒绝了这一提议。她对爷爷的战友们说,有关川北的身后事,川北在十多年前就做了安排:身后不搞遗体告别,不开追悼会,也不去八宝山。

奶奶说罢,从家里的五屉柜里拿出一张折叠整齐却已经缺边发黄了的地图,在战友们面前小心翼翼地展开。这是一张爷爷战友们非常熟悉的红军时期的作战地图。在众人一片疑惑不解之中,奶奶戴上老花镜,伏下身子,手指在地图上缓缓滑过众多高山沟壑,最后颤巍巍地停在了四川西部一个名叫嘎拉山的北坡:

"这……这就是川北给自己定的归处。"

奶奶说罢,不由得转身摘下眼镜,掩面唏嘘起来。

在一阵长时间的沉默之后,一位头发稀疏穿着一身发白军装的老人,凑近地图仔细看了会儿,边看边喃喃道,没道理,没道理。从瑞金我就和川北在一起。我们没去过嘎拉山。一方面军是从阿坝县附近进入草地的,而这个嘎拉山在松县噶尔玛附近。

像爷爷这一辈从战争年代走过来的老军人,许多人有把自己的骨灰撒到曾经战斗过地方的遗愿。可是爷爷这位战友说得没错,爷爷并没有在嘎拉山战斗过,甚至直到去世前,他都从来没踏足过嘎拉山……

1

一九三六年七月二日,红四方面军负责后卫任务的独立师三团接到师部的命令,集结于川西松县嘎拉山下洛木村一带。

那几日,村口的大路,黄尘纷扬,马蹄急碎,各路红军昼夜不停地匆匆而过。从路过的红军战士口中,不断传来同一个不利的消息:马尔康方向的川军正向松县古城方向运动,欲与固守松县古城的胡宗南独立旅合围红军。

七月十三日的早上,一个身穿灰黑色军服的战士,骑着一匹瘦马跑进了村子。他不顾路人的目光,径直向村西头三团团部奔去。在团部前的一块空地,战士一跃从马背上下来,一边从衣服口袋掏出个信封,一边向团部跑去。

三团团长从战士手里接过信,迅速地扫了一眼后,不禁用手背搓了一下右眼,向左歪着头凑近信纸,又将信看了一遍,然后缓缓抬头,看了看一脸风尘的战士,轻叹口气说,你回去吧,告诉师长和保卫处处长,一定完成任务。

送信的战士走了。团长拿着信在手里掂了一掂,走出房门。门口的警卫战士挺直身体向他敬礼,他也没理会。他看着村口不停扬起的土尘,又回头看了看村后的嘎拉雪山,蹙了蹙眉,转身和警卫员低语了一会儿,就回到了屋里。

没过一会儿,一个背着汉阳造步枪,脸色红黑,身体精瘦,还带着些许稚气的战士走进屋子。战士想冲团长敬礼,团长冲战士摆摆手,示意他坐在桌边一张凳子上。团长瞅了战士一眼问,你叫王红军?

团长,这是保卫处处长给我起的名。我过去的名字叫平央宗措,我阿妈是羌族阿爸是藏族。战士说到这儿,低头轻声补充了句,可我从没见过我阿爸,他在我出生前就被土司逼死了。我是被汉人阿爸养大的。

哦……难怪……

团长向王红军走了两步后说,我知道你刚从收容队调来。保卫处处长同师长说,你在救援队很有名,驮着粮食,带着伤员来回爬了好多次夹金山。在百丈关战役,你还领着伤员走了一条人迹罕见的小路,穿过了敌人的封锁线。所以前几日师长才调你到了侦察连。呃……你听说过侦察连过去的连长周显德吗?

听说过,战友们说周连长犯了错误,被看押了。

团长低头暗忖片刻,便带着王红军出了门,走到屋后的栅栏前,指着不远处的嘎拉雪山说,那闪着金光的是朵多寺,朵多寺背后再往西北方向走两里,有一个山洞,周显德连长现在就在山洞里,由保卫处的战士看押着。

王红军疑惑地看了看团长。团长没理他,从兜里掏出信递给王红军。王红军连忙摇头,说他不识字。团长说,那我就转达给你吧。这是师保卫处给你下的命令。你的任务是接替保卫处的战士,继续看押周显德连长。

团长,不是马上要北上了吗?

团长搂了搂王红军的肩头说,看样子你要先留下。保卫处的命令是,从今天起半月内,你要死盯着周显德,不能让他离开洞口一步,也不能告诉他,我们即将离开这里,以及北上的行军路线。王红军沮丧地看着团长,喃喃道,这就是说,我要离开咱们红军了?那半个月后呢?王红军有点急了。

团长也有些烦躁,他在栅栏前来回走了几步后说,和周连长在一起,不就是和红军在一起嘛。你们虽是两个人,可走到哪儿,也都是一支红军队伍。半个月后,想尽办法带着他去陕北。你是康巴人,熟悉路线,这就是师里会把这个任务交给你的原因。

团长说完,从腰间拔出驳壳枪,递给王红军说,用过这种枪吗?王红军接过驳壳枪,拿在手里看了一眼说,用过,这是20响驳壳枪,和保卫处首长用的枪一样,也是没有准星。

知道为什么把准星锯掉吗?团长问。

王红军说,是为了拔枪快,防止准星钩住腰带。一般人用这把枪射击时,枪身要侧过来。不过我的臂力大,不需要侧,射击时也可以拿稳。王红军说罢,迅速用手撩开保险栓,半蹲下身子,伸臂做了一个标准的射击动作。

团长定神看着王红军手里驳壳枪稳定的枪身,不由得点了点头。他缓缓伸手把驳壳枪拿回，重新插进自己的腰间，说了声，跟我进屋吧。

团长进屋后，命令警卫员给王红军泡杯红糖水。警卫员站在原地没动。团长又冲警卫员狠狠地瞪了一眼。警卫员悻悻地转身进了另一个屋子。

没一会儿，警卫员端着一个冒热气的茶缸出来。王红军见状起身接过茶缸，有些惶恐地看着团长。团长没看他，而是示意警卫员出去。待警卫员出去后，团长拿起一个凳子，坐在王红军对面。团长歪着脑袋，瞅了瞅门口，然后靠近王红军的身边说，刚才在外面说的是保卫处的命令，下面说的是我的命令，也是咱师长的意思。周显德是红军的一名老侦察员，也是很能打仗的一位连长。我们原本是要带他一起北上的，可军团保卫局刚刚接到情报，周显德这小子有个哥哥，在胡宗南部队还是个团长，现在就驻扎在松县。你该知道，驻扎在松县的国民党部队，可是我们红军的死敌。

团长说罢，又压低嗓音说，有些事凑到一起就复杂了。你知道，周显德之前犯了什么错吗？在你去看押他前，我必须把这件事完整地告诉你。

团长欠了欠身体，向王红军又凑近了一点说，二过草地时，我们师长得了疟疾，身体寒战个不停，正好被路过的周显德看到。他从怀里拿出一小药瓶，神秘兮兮地递给师长说，瓶里装的两粒药片是奎宁。师长不信，拿过药瓶看了看，果然见到上面手写着"奎宁"二字。奎宁这玩意儿可是个稀罕物，是卫生处严加控制的药品。在一边的保卫处处长见状就问周显德，你哪来的这个药。周显德说，第一次过草地时，他也得了疟疾，是兄弟部队一个熟悉的医生给他的，他没舍得吃，最后自己扛过来了。

这有啥错？王红军说。

谁说不是呢。团长无奈地看了王红军一眼，可师长也舍不得吃，就给了警卫员。没过几天，师部有个女战士也患了疟疾，倒在草地上了。师长让警卫员把药给了女战士。女战士吃药没一会儿，忽然睁大眼睛，腾地一下从草地上站了起来。没等她的战友高兴地喊出声，女战士就先大喊大叫起来，然后撕扯着衣服在草地上跑，没多久就陷入沼泽被淹没了。

那两片药不是奎宁？

肯定不是。重要的是，药只经过了师长和警卫员的手。保卫处认为周显德嫌疑最大，马上派了一个班的战士追捕周显德。周显德走得很快，快出草地时，保卫处的人才把他抓住。保卫处处长说，周显德当时很冷静，什么话都不说。待把他放在黑屋里关了一天后,他才说,这药是在松县战役前,他潜入松县侦察时,从一个国民党士兵手里买的。

王红军在救援队和医生、伤员经常接触。红军的药品许多是从国民党部队缴获的,国民党士兵也常有把部队药品偷出去换钱的现象。为了买卖方便,有些违禁药,比如吗啡等,他们会换个瓶子,写上其他的药名。

听说周连长是老鄂豫皖的人。王红军看着团长说。

这还用听说吗?团长拿过王红军手里的茶缸,喝了一大口后说,松县战役前,是我命令他进松县古城侦察敌情。可他回来后却没和我说过他和国民党士兵有接触,更没有向我汇报他哥哥就驻扎在松县古城。

团长,这任务有点重。王红军不停搓着双手说,我和周连长在一起,是我听他的命令,还是他听我的命令?

团长把茶缸塞回王红军手里说,嗯……不愧是保卫处首长招进来的兵。周显德是被关押的嫌疑人,当然要听你的命令。但我个人也给你下个命令,想办法弄清那两粒药究竟是从哪儿弄的。嗯……不过他被关了这么久,松县战役又没有打好,也许会耍驴脾气。你要适应,生活上多照顾他,但在原则问题上决不能让步!

什么是原则问题?

嗯……团长蹙眉想了一会儿说,比如说,他打听部队的行踪,甚至……甚至可能投奔他的大哥。团长说罢,用些许忧虑的口吻说,我们将要三过草地,从哪儿进,在哪儿出,这都是极高的军事秘密。如果走漏风声,国民党在草地那边等着我们,部队就可能全军覆没。

团长说罢,从口袋抠搜出一支皱皱巴巴的香烟,用手将了将,说,周显德是精明的人,换一种说法是很狡猾。所以师长说,最好的办法就是把他捆起来,捆他半个月,当猪养半个月,让他长长记性。

捆起来?王红军有点为难地看着团长。

不会捆人吗?团长向左侧过脸,用右眼盯着王红军。

报告团长,这是我强项。我外公是炉霍马贩,拴绳扣那可是祖传秘技。嗯,团长,为什么一定是半个月?

唉,这你就别问了。团长说完,拿出盒火柴,把手里那支皱巴的香烟点燃,用力吸了口烟,随后从腰间拔出驳壳枪,在自己眼前慢慢晃了晃,递给王红军说,这把驳壳枪给你,德国造的,从鄂豫皖时期就一直跟着我。团长说罢,又解下系在腰间的一排弹匣,放在王红军的手里说,注意,这把枪和其他的驳壳枪不同,枪把上刻有9字,说明是用9毫米的子弹,威力大得很呢。

王红军既惶恐又喜滋滋地接过驳壳枪和弹匣,说,团长,半个月后我一定带周连长北上来见你。团长似乎没在意王红军说什么,起身向窗户走了几步,看着嘎拉雪山自言自语,川军离这里只有一天的路程,你们的处境会变得很艰难。

王红军挺直身体说,我能应付得了。团长眯着眼看着王红军说,我相信你应付得了敌人,可我是担心……担心你能否应付得了他。

团长将烟头用力扔在地上,用脚尖旋转着使劲蹾了一下说,想了半天,我还是不能漏掉保卫处命令中另一个重要的内容。那就是在你认为的危急时刻,你……可以开枪!

2

傍晚,王红军换上藏族人喜欢穿的一件白色长袖上衣和一条黑色宽松的粗布裤子,背着一个大布兜,向嘎拉山走去。

经过尕多寺,王红军不由得放下布兜,凝神望了望。尕多寺旁有一排僧舍,却没见有僧人活动,只有寺的正门高台上,有个穿绛红色僧服的老僧在扫地。老僧看到王红军,停止了扫地动作,冲王红军笑了笑。不知为什么,王红军忽然想起自己从未见过面的藏族阿爸。

王红军背着布兜继续往山上走,他能感觉到,身后那个老僧还在看着自己。王红军拐了一个弯,走进了一片原始树林。他在树林里大约走了一袋烟的工夫,迎面看到前方有一个陡直的山体,他知道,他要找的山洞就在那里。

离山洞差不多还有五十米,他看到一个背枪的战士站在洞前。战士也看到了王红军,高兴地冲王红军招手。看着战士高兴的模样,王红军心里有些不是滋味。他走近战士后,不由得嘟囔一句,你知道要下山归队了? 战士说,是的,你们团长下午专门来看过周连长。

团长来过?王红军心里在说,嘴上却没吭声。他没再理会这个战士,径直走到洞口往里看了一眼,心想,保卫处选的山洞真不错。洞口虽小,要弯腰才能进去,可里面的空间差不多有三人高。洞的左侧有一个隆起的石台,石台上铺着些枯黄的青稞秆,显然这是周连长睡觉的地方。

周连长呢？王红军环顾了洞内四周后，没发现洞中有人。

没等战士回答，王红军就听耳边传来一个有些含混不清的声音：个哈儿，我在这儿呢。

王红军顺着声音望去，只见从洞口外一块硕大的落石背后，走出来一个身材高大，穿着灰黑色军装，有着满脸胡须的壮汉。壮汉一边双手系着裤腰的皮带，一边向王红军走来。壮汉走到王红军面前，系皮带的双手还用力耸了耸。

见此架势，王红军不由得挺直了身体，向壮汉行了一个军礼，报告周连长，战士王红军向您报到。周显德冲王红军摆了摆手说，是我向你报到，命令上说，从此刻起，我归你领导。知道你要来，我赶忙去拉了一泡屎，起码让你少给我擦一次屁股。

周连长，这话是什么意思？

什么意思？不是说要把我捆起来当猪养嘛，我和团长说了，绑我没问题，关键要看藏族小伙子愿不愿意为我扶尿擦屁股。

周显德说的事，王红军还真没想过。如果说要王红军背着连长爬两个来回的夹金山，他都觉得没问题，可扶尿擦屁股的事，王红军还真有点发怵。

怎么？还要捆我吗？周显德看着愣神的王红军说。

扶尿擦屁股喂饭，王红军没问题。王红军说完，转头看了看身边的战士说，你走吧，这一切都交给我了。战士拉着王红军走到洞口说，连长的话你别介意。团长前几日答应过他，让他回部队，可今天中午却突然变卦了。

战士说完，手搭在王红军肩头上又说，临走前我要交代你一件事，洞里还有些酥油，那可是用来点酥油灯的，不是用来吃的。别看周连长是个粗人，可在部队上学过文化，能咬文嚼字呢。另外往洞子深处走不远有股山泉，你们喝的水就在那儿取。火嘛，就别生了。树枝湿，一点着尽是烟，山下老远能看见，会暴露目标。战士说到这儿，低头暗忖了会儿后说，让我看，用大棒赶他离开部队，他都不会走，所以就别绑他了。

王红军本来就觉得这战士话有些多，又听他建议不捆周显德，不满地瞅了战士一眼说，亏你还是保卫处的。王红军的话，让战士觉得有点没趣，悻悻地说了一句，好吧，我走了。

就在战士欲再转身走时，王红军身后传来一个低沉而有些许嘶哑的声音："站住，我命令你，把枪留下！"

王红军回头一看，只见周显德一脸铁青地站在洞口盯着他们。

王红军在回身的那一刻,感到战士下意识有卸枪的动作。当他再转过身时,果然见战士已经把枪端在手上了。战士凑到王红军耳边说,来之前,首长有过这方面交代吗?王红军说,命令上清楚地说他是被关押的人,怎么能配枪?

战士歪着脖子,目光越过王红军的头,看了看连长。周显德读懂了战士的意思。他大步走到王红军面前,用果断的语气说,部队要走了,敌人就要来了,军人没有枪,还能算是军人吗?周显德见王红军没吭声,接着又说,我知道,你在尽你的职责。这样吧,退出枪里的子弹,枪留下,子弹归你保管。

此刻的夕阳已经落山,远处西边的云层折射过来一缕暗红的光线,照在周显德的脸颊上。王红军发现周显德的嘴有点歪,一侧腮帮有处凹陷,那应该是一粒子弹穿透后留下的伤疤。

把枪留下,我就让你捆了。否则就你们两个,还真捆不住我。周显德开始说一些赌狠的话了,可他眼中依旧掩饰不住用一种乞求的目光看着王红军。王红军心想,他周显德现在可不是连长,是被他看管的人,他不怕周显德尥蹶子,他手里可是有驳壳枪。

王红军伸出胳膊,接过战士已经递到面前的步枪,熟练地退出五发子弹,把子弹放进自己的衣兜,问了问战士,连长吃过晚饭了吗?

吃过了。战士说完,冲周显德敬了一个礼,转身消失在不远的林子里。

王红军和周显德回到洞里。周显德瞅了一眼王红军,觉得这个藏族小伙子有点个性。他一只手搭在王红军的肩头说,谢了,小同志!嗯……枪挂我书包旁边吧。虽然枪里没子弹,可万一敌人来了,我端起空枪也可以吓唬吓唬他们。周显德说完,指了指自己铺位的上方。

王红军顺着周显德所指的方向看去,只见周显德睡觉的石台上方,从石缝里伸出一根胳膊粗的树枝,树枝上挂着一个绣有红五星的灰色书包。他沉思了会儿,把枪递给了周显德。

周显德接过枪,在手里掂了掂,枪栓发出哗啦啦一阵响声。周显德朝王红军笑笑说,真不错,说完就爬上石台,把枪挂在了树枝上。

周显德从石台上下来,走到王红军身边,将双手伸到王红军鼻子底下说,趁洞里还没有全黑,把我捆了吧,让你也尝尝绑自己人的滋味。不过两只手之间要留些空隙,好让我写字。

王红军俯身打开带来的布兜,一边拿出事先准备好的麻绳,一边走向周显德。

连长,你也绑过自己人?

周显德说绑自己人的话是下意识说出口的,没想到王红军专门把这句话挑出来问他。他一下子显得很烦躁,别啰唆,快捆吧。

王红军心里不太痛快,心想,又不是我说你绑过自己的同志。王红军瞅了周显德一眼,用祖传拴马腿最厉害的方法,利索地把周显德双手捆了起来。

周显德见过许多捆人的绳扣,可王红军的绳扣他还真没见过。他有些诧异地说,你个哈儿,真捆我啊。你这扣是捆人的吗?怎么没见过。

王红军没有理会周显德,他环顾了下四周,选中了一个自己睡觉的地方,叫周显德回到他睡觉的位置,根据绳子的长度,选了一块结实的石柱,把绳子牢牢拴上。

王红军这一串操作,周显德看得很清楚。他从石台上跳下来,朝着王红军准备睡觉的位置走去,当距离王红军睡觉的地方还有一米左右,绳子拉直了。周显德心想,这小子还真是个当侦察兵的料。

王红军看着周显德的举动,心里有了小得意。他打开布兜,把准备的一些用品拿出来。他扯出一套黑色粗布衣,朝周显德抖了抖说,要不你把这件衫穿上?周显德瞥了一眼王红军手中的衣服说,我刚才听你兜里有两块大洋的撞击声,是不是我穿了这衣服,咱们就可以下山去松县古城侦察点小情报,再喝点小酒?

周显德一提到松县,王红军心就一拧。他没理会周显德,把一袋青稞炒面放在自己睡觉处的附近,然后拿起两只碗,去洞口深处的山泉处取了两碗水,给周显德的身边放了一碗,又把另一碗放在自己睡觉的地方。

做完这一切,王红军就准备躺下,忽听周显德问他,你身边的口袋装的是青稞炒面吧?王红军看了周显德一眼,照旧躺下,然后说,如果你要去撒尿,可以叫我。周显德没理会王红军的话,继续追问道,冲这炒面的分量,咱俩在这儿最多也就待半个月就可以走了?

王红军这回认真地转头看了周显德一眼,灰暗中,他看到周显德的双眼闪烁出一道诡谲的光。王红军心里还真有点忱了。

3

王红军是第一次独自承担这样的任务,也许白天神经太紧张,王红军倒下后很快就睡了。不知道睡了多久，王红军感觉有人在用一个硬东西戳他。他睁开眼睛，洞里已经灰蒙蒙了，自己身边正立着一个黑影，定睛一看，黑影是周显德。只见周显德正用捆着的双手握着那把步枪，用枪口对着他。王红军一骨碌起身，伸手拔出腰间的驳壳枪，同时摸了一下自己的衣兜，他摸到了那五颗子弹。

王红军心定下来，厉声问周显德要干什么。周显德瞅了一眼黑洞洞的驳壳枪枪口，脸色一下沉了，他眼中射出一道冷光的同时，用手中的步枪猛地一磕王红军的手腕。

周显德的动作太快，王红军的手都没来得及有痛感，驳壳枪就飞了出去。

周显德看着王红军慌慌张张捡起驳壳枪，欲要再举枪对着他时，顿觉胆边升起一股怒气。他冲王红军吼道，部队昨晚走了，我们被甩了。你个哈儿。洞口北面有个高坡，快带我去看看我的战士。

王红军昨晚上是呼呼大睡，可周显德是一夜未眠。昨晚洛木村的野狗叫了一晚上，可到了早上，村里半个月没打鸣的鸡竟然打鸣了。周显德知道，部队走了。团长中午来看他，他就知道情况不妙。团长嘴上虽没说什么，但他知道团长这是来向他告别的。老红军战士谁不知道，离开部队的人多半是九死一生。

王红军听周显德说要离开洞子去看看远行的部队，心里淡定了许多。他收枪插回腰间说，走了就走了。我会带你赶上我们部队的。团长说了，不能让你离开洞口。

周显德没心情和这个新兵蛋子再拌嘴，况且部队半夜就走了，现在早就没影了。周显德举着枪回到自己的铺位，把枪挂了回去。

王红军看了看挂在树枝上的步枪，心里隐约觉得不安全。从刚才周显德撩驳壳枪的动作看，他感觉应付周显德有点困难。

连长，把枪给我保管吧，我怕万一出事，刚才就差一点。

这个你别想。你打不死我，我要是被你打死了，我周显德就成了天大的笑话。真不知道你是什么玩意儿转世投胎的，昨晚喊了你无数个哈儿，你都没醒。不行，屎都被你气出来了。快带我去洞外面。

王红军起身走到洞口，看到洞口那块落石边有一棵碗口粗的松树，便转身回到周显德身边说，我可以解开你，不过出洞口后，我会把你拴在那棵树上。另外不要再拿步枪戳我，我折一个树枝放你床边，有事你用树枝拨我。你也别喊我哈儿，我以为你在喊别人。只要你喊我王红军，我肯定就醒了。

王红军解开拴在石柱上的绳索，带着周显德出了洞口，然后把绳子拴在树上。王红军说，需要我等在这儿帮你擦吗？周显德瞥了王红军一眼说，擦什么擦，都离开部队了，还怕臭谁，等赶上部队后，一起擦了。你走远点，你在旁边老子不自在。

周显德说完就转到石头背后去了。王红军在远处等着。没一会儿周显德别扭地拎着裤子从石头后面出来了。他看了王红军一眼说，弄点土来，把刚刚拉的东西埋了。土司的探子和黑熊就喜欢这气味。然后你该干啥就干啥去，让我自己在洞口坐会儿。

王红军按周显德的意思把活儿做完，就回到洞里开始准备弄饭。他一边用水搅拌着青稞面，一边不时向洞口张望。他看到周显德一动不动的背影立在那棵松树下。王红军觉得，周显德那张利嘴喜欢乱说，可这背影应该不会说谎。周显德的背影是失落的，瞅的次数多了，王红军觉得这背影好像离自己越来越近了。

饭弄好后，王红军端着碗走到周显德的跟前，把碗递到周显德被捆住的手里。

周显德木讷地接过碗，眼睛依旧盯着山下洛木村的方向。王红军说，连长，要不我喂你？周显德低头看了一眼手中的碗，又抬头望着山下说，你告诉我，究竟发生了什么事，让师长和团长会撇下我。

王红军想了想后说，团长昨天不是来看过你嘛。

周显德听罢，绷紧的脸上忽然呵呵笑了。他心想，别看这是个藏族小伙子，弯弯绕可不少。虽然王红军不讲，可周显德也猜到个八九不离十。那两片奎宁已是过去的事。前不久，团长已经答应带他北上。部队现在不带他走的唯一原因，该是和军事方面的情报有关。保卫处肯定是知道了，驻守松县的国民党团长是他大哥。此次松县战役国民党布置那么严密，抵抗程度也超乎寻常，以致我们牺牲了那么多战士。保卫处肯定在他去松县侦察一事上产生了联想。

周显德用胳膊肘碰了碰王红军。王红军没理他。王红军不喜欢周显德那股傲气，心想连保卫处处长和团长都对他客客气气的。可王红军也觉得周显德身上有种力量，一种让人难以拒绝的力量。他害怕和周显德说多了，让周显德抓住什么信息。

我大哥是国民党团长，而且还驻扎在松县。唉……我没向组织说这事，是怕自己说不清楚。后来松县战役失利，就更不敢说了。

周显德说的是实话。在汇报所侦察到的敌情时,周显德根据松县的地形,是反对进攻松县的,他怕说出自己和驻守松县的国民党团长的关系,影响师长、团长对自己侦察情报的判断。

周显德的话让王红军颇为惊讶,他没想到周显德这么快就说出自己大哥的事,他没多考虑就脱口而出,你心里没鬼,有什么说不清楚的。假如你真有什么难处,那两粒假奎宁的事总该说清楚吧。师长是你革命的引路人,谁都不信你会害师长。

听了王红军的话,周显德心里踏实了,事情果然如他猜测的那样。可踏实的同时,也让他心里一怔。部队不带他走,无非就是怕他知道部队的行踪。可师长、团长哪能不晓得,这一切能瞒得过他周显德?

北上走松县不可能,松县地形实在特殊,强攻一定牺牲太大,这已经被松县战役所证明。那么唯一的路只能再过草地。从王红军带的青稞面看,最多够吃半个月。那意味着,师部计划过草地的时间也就半个月。以独立师三团过草地的速度,半个月要走出草地,只能从噶尔玛进,若尔盖出。作为一个侦察连连长,这些是一目了然的事,退一步说,即使真怀疑他周显德和大哥有联系,怕他泄露北上的秘密,把他周显德带到身边一起北上,那不是更牢靠?

留下周显德让王红军来看押他,肯定是保卫处处长的意思。可这个决定,师长是完全可以否决的,但师长没有。周显德隐约觉得,相比于自己的大哥,师长团长他们肯定更想知道,那两粒奎宁来自何处?

周显德有点想不明白了,也不去再想了。他双手别扭地接过王红军手中的碗,头伸到碗里,稀里哗啦地一阵,将碗中的青稞面吃完,又伸出红红的长舌,把整个碗舔了个干净,然后把碗塞到王红军手里。他抬头看着王红军红扑扑的脸和那康巴人特有的深眼眶里一双黑亮的大眼睛,忽然坏笑了下,伸手把王红军的衣服当抹布蹭了蹭说,你一边去,让我一个人好好想想,是不是该把那奎宁的事告诉你。

王红军说,你是该好好想想,在黑屋子关了一天,说法就变了。肯定是在隐瞒什么。王红军说完把碗夹在胳肢窝下,扭头回洞里了。周显德回头看着王红军的背影呵呵笑了。

整个白天,周显德除了在树下撒了几泡尿外,一直坐在树下没动。王红军看着周显德似乎心情很沉重的样子,心里特高兴,他觉得团长交给他的任务兴许能完成。

天快黑时,王红军端着碗又准备给周显德送饭,刚出洞口,就听到山下传来几声沉闷的手榴弹爆炸声。王红军放下碗,拔出驳壳枪冲到周显德身边,迅速解下树上的绳扣,把周显德往洞中推。

周显德木讷地移动着脚步,老老实实地被王红军推搡到了洞里,然后仰面躺了下来。王红军把绳子的一头捆在石柱上说,可能川军来了。

周显德没搭话,目光暗淡,躺在青稞秆上一动不动。

王红军拿着驳壳枪走到洞口,往山下看了看。只见山下洛木村方向几团黑烟正徐徐升起,还不时有狗被惊吓的吠声传来。他回头看了看洞中的周显德。只见周显德依旧躺着没动。

王红军回到洞中,快速走到周显德身边。周显德侧过头,眼角挂着泪痕看着王红军说,你真是个哈儿,那是鄂豫皖兵工厂手榴弹的爆炸声。

村里还有咱们的红军?

唉……现在没有了。那手榴弹是我们重伤员自己拉响的,他们都是怕自己拖累部队北上,看来川军就要进村了。

4

那一天不知为什么,天还没全黑,山谷间就悬挂起一轮明月。月光穿过洞口,让洞里有了许多光亮。王红军和周显德都没睡,借着月光,他们依旧可以看到对方的人影。

大约到了半夜,山下的尕多寺传来一声沉闷的钟声。没多久,洛木村的方向就响起马匹尖厉的嘶鸣和偶尔隐约的枪声。

每听到一声枪响,王红军的手就不由得按在腰间的驳壳枪上。保卫处曾一再提醒侦察连,洛木村一带常有土司武装的探子,现在藏身的山洞是否暴露,还真难说。王红军看了挂在周显德头上的步枪一眼,他在想,如果川军真的爬上山来,这步枪和子弹该不该给周显德。

想到这儿,王红军不由得摸了摸自己的衣兜,发现兜里五颗子弹没了。他有点惊慌,又匆忙摸了下另一只衣兜,还是没有子弹。他忽然想起,周显德早上吃饭时,曾把他的衣服当抹布蹭过。

王红军起身,拎着枪走向周显德。

从王红军瞥一眼挂在树枝上的步枪起,周显德就知道这小子在想什么。他已经看到王红军拎枪向他走来,他想告诉王红军,川军不会深夜搜山,他们下马的第一件事就是抽大烟。可没等话出口,王红军的驳壳枪已经顶在了他的脑门上。

把子弹拿出来!

周显德听出王红军的声音在颤抖。周显德慢慢起身,盯着王红军说,敌人就在山下,你让我把枪当烧火棍?周显德说完,又看了一眼月光下泛着蓝光的驳壳枪枪口,神经质般地举起被捆着的双手,用力抓住驳壳枪的枪管抵住自己的额头,压低声音恶狠狠地说,狗日的,我警告你,别老拿枪指着我。

团长说了,不说出那两粒假奎宁的事,我不能完全信你。

周显德摇了摇脑袋哼了一声,老子连师长和团长都没告诉,会告诉你这个哈儿?

王红军用手拨开枪的保险栓说,你别叫我哈儿,我是看押你的红军,我在执行保卫处的命令!

一听保卫处的命令,周显德就愣愣地看着王红军。他脑袋里一下子划出一道闪电,电光中一个黑影正在大雨滂沱里摇摇晃晃地倒下。周显德一下子蔫了。他夯拉着脑袋想了会儿,说,你自己去拿吧,在我枕着的青稞秆下面。

王红军把手伸进青稞秆下面,果然有五颗子弹。

周连长,步枪不能挂这儿了。

周显德听罢这话,眼里重新又燃起一道凶狠的目光,他盯着王红军说,我命令你,让我能够端着枪死,即使枪里没有子弹。

王红军被周显德的气势吓到了,一时不知道怎么应对。周显德见状,心里又有点愧疚,他觉得该给这小红军透个底,免得他整日拿着鸡毛当令箭,像个受惊的小兔子似的,稍有不慎,还不知道整出什么动静。他告诉王红军,尕多寺老僧是师长团长的朋友。刚才尕多寺的钟声是寺里的老僧撞的,意思是川军进村了。如果什么时候老僧撞了两下钟声,那就是川军开始搜山,就真要拔枪出洞了。

王红军惊讶地看着周显德。他心里升起一团疑惑。他感觉在这个周显德连长的背后,有许多他远不知道的东西。此刻他真心觉得,师长团长派他来,就是来伺候这个连长的。

看着还有些许稚气的王红军,周显德觉得该和这个小战士好好聊聊。北上的路有几千里,要过的关卡数不清。说不准会遇到什么事,他和这个小战士彼此都可能是对方见到的最后一个战友,或者是黄泉路上的同路人。

王红军听周显德想带他去洞口坐下,心想川军就在山下,反正今晚也睡不着。他起身解开石柱上的绳扣,然后把绳子系在自己的身上。周显德看王红军给自己系绳扣的模样,忽然笑了。他问王红军,不把我当马拴了?王红军也笑说,团长可没说具体拴哪儿。反正拴我身上你也跑不了。

王红军和周显德并排坐在洞口的一块石头上。此刻月亮已经移到山谷的另一端,山下洛木村方向没了喧嚣,隐约有些灯火在移动,那应该是川军流动的哨兵。

周显德回头冲王红军笑笑说,看着山下的灯光,我想我大哥了,也许那些移动的灯火里就有我大哥。

周显德没理会王红军一脸惊诧,他是真的想他大哥了。小时候,每当月亮圆了的时候,大哥就喜欢带他到山坡上看月亮。

他的家在秦岭大山深处,家中有七个兄弟,家里穷得只剩下人。有一天他大哥饿得实在受不了,下山就跟着一伙当兵的走了。大哥走的第二天,他也下山去找大哥,也碰上一群当兵的。一个士兵看他饿得摇摇晃晃,就塞给他半个锅盔。他那时才14岁,为了找到大哥,他就一直跟着队伍,当兵的怎么撵他,甚至拿枪对着他,吓唬他,他都不走。他一直以为自己跟着的队伍和大哥是一个部队,没想到两支队伍穿的衣服颜色差不多,却一个是国民党的队伍,另一个是共产党的部队。

周显德对往昔的回忆,似乎也感染了王红军。他也想起了自己的阿爸阿妈。可这种情绪转瞬即逝,他忽然问周显德,你在松县见到你大哥了吗?

周显德没介意王红军这种略带讯问味道的问话。他淡淡地说,在街上远远看了一眼,但不敢上前。他胖了,胖得真像是一个国民党团长了。嗯……你是怎么参加红军的?周显德忽然问王红军。

王红军说,他们家在炉霍一直被土司欺负。他亲生阿爸就是被土司手下打死的。后来保卫处处长告诉他,红军就是替穷人出气,消灭剥削阶级的。

周显德听了王红军的话,终于呵呵笑了。王红军说,你笑什么?周显德忍不住,继续笑着说,保卫处处长说得没错,可你不知道吧,保卫处处长家就是大地主,相当于你说的土司。听说他把家里祖宗几代人积攒的地契一把火都烧了,田都分给了穷人,把他老子给活活气死了。

王红军挠了挠头，看着周显德。

哎，你别不信。别看咱们红军现在吃糠咽菜穿草鞋，衣服破破烂烂，整得像个有枪的乞丐似的，可队伍里少爷少奶奶出身的人也不少。

周显德看着王红军一脸懵懂的模样，低头寻思了会儿，双手指着自己腮帮那块伤疤说，这是在鄂豫皖第三次反"围剿"时留下的，下巴骨被打碎了，子弹留在上颚和鼻腔之间。这是一个必死的位置。可一个资本家少爷硬是把子弹取了出来。虽说嘴巴弄歪了点，今后找媳妇有点困难，可照样打仗吃饭睡觉。

王红军想伸手摸摸周显德的伤疤，被周显德一胳膊推开了，别闹，听我好好说。这个少爷姓廖，叫廖昌文。原来是国民党的一名军医，鄂豫皖第二次反"围剿"后没跟国民党部队跑，主动留在阵地举手投降，说是想投奔红军，是我带他去见师长的。师长一见他就问，为什么参加红军？他说，就一点理由，经过两次"围剿"后，他发现在红军的冲锋路线上，倒在最前面的红军，许多手里是拿着驳壳枪的，甚至还有勃朗宁和阿斯特拉。

那是。王红军说，每次打仗，咱红军团长师长都喊，同志们跟我上！哪像国民党当官的，连个班长都喊，弟兄们给我冲。

周显德说，是啊，咱红军就是靠这精神才能以弱胜强。也许你没看出来，团长左眼珠没了，在一次阻击战中，被一颗流弹击中，也是廖医生给做的手术。后来传说，团长嫌眼眶凹陷得吓人，自己找了一只风干的狗眼按进去了。

团长一只眼是狗眼？难怪他说话时喜欢侧着脸呢。

我警告你，这只是传说，回部队见着团长，可别盯着那只眼看，当心他一脚把你踹飞。

山下的洛木村方向传来了一声鸡鸣。东边的天空越来越亮，几只秃鹫从洞口的天空徐徐划过。

王红军看见周显德心情好了，又琢磨起自己的心思。他寻思了一会儿突然问，连长，咱们师可没有一个姓廖的医生，那个廖医生现在在哪儿？

周显德没想到王红军会忽然问这个问题，心想，看样子这小子和自己在一起，没啥想法，就是挖空心思想弄明白那两粒奎宁的事。周显德告诉王红军，真是很遗憾，部队从鄂豫皖进入川北后，廖医生受了点冤屈，后来就跑了。

跑了？这也太不坚定了。

听了周显德的话，王红军有点失望。在连长和他叙述廖昌文的过程中，他隐约感觉廖昌文医生和连长的关系不一般,他原本猜测,那个给连长奎宁的医生可能就是廖昌文。

正当王红军有些许沮丧时,半山腰的尕多寺响起三声沉闷又有力的钟声。王红军一听到钟声,不由自主地又拔出了驳壳枪。周显德看着王红军紧张的模样说,别揣了盒子炮就老想显摆,告诉你,这把枪还是我缴获后送给团长的呢。

连长,钟响了,川军上山了。

没听到钟敲了三下吗?那是告诉我们,川军走了。

川军走了。压在王红军心头的石头轻了一大半。

5

随后的几天,尕多寺的钟声一直没再响过。

王红军白天不再把周显德拴在树上,晚上也没有把他拴在石柱上,而是放长了绳索,把绳子的另一头拴在了自己腰间。两人拴在一起的时间一长,王红军不知不觉感到他和连长成了一体。

周显德白天除了出去晒太阳,就是趴在石台上在本子写字。要是王红军好奇,就凑近问周显德在写啥,周显德一挥手,让王红军滚远点。

周显德每次写完字,都把笔记本放回挂在头顶上的挎包里。周显德的双手依旧是捆着的,虽然写字别扭,可周显德似乎也没介意,还常掰着指头算,离追赶部队还有多少天。

有天王红军做饭,周显德走到他身边拎起装青稞面的袋子抖了抖,突然问,王红军,追赶部队的日子快到了,团长说没说我们走哪条路北上?

周显德的话,让王红军心里一沉,他仔细回忆了下,团长的命令里只有北上追赶队伍,好像真没说走哪条路北上。可周显德的大哥镇守松县,那走松县肯定不会是团长的意思。

想到这里,王红军说,自然是沿部队行军路线走,你不是说过,部队是从噶尔玛进的草地嘛。周显德一听王红军说要过草地,心里真是来气了。他觉得这个小战士真是有点拎不清。自己同他说了那么多,就是希望他多了解自己一些,可这小家伙依旧对他存有疑心。

王红军,你该不会真是个哈儿吧?我们就两人,走松县比走草地要节约一大半时间。

王红军没想到，周显德又开始叫他哈儿，他有些恼了，说在那奎宁的事没向他说清楚前，他们不能走松县。

周显德被王红军的话给噎住了。他想告诉王红军，如果走松县，遇到了他大哥，大哥要敢阻拦，他照样对大哥开枪。可看着王红军那张黑红色年轻的脸，他觉得和这犟小伙子一时说不通，就转身回到石台上躺着去了。

躺下的周显德慢慢开始冷静，仔细回忆着上次去松县的情景。松县就是建在峡谷缝里的古城，两边的山崖陡得几乎有九十度。所以过松县的路只有一条，那就是穿过古城门。古城门是国民党士兵严密把守的地方，王红军腰里揣着把老喜欢嘚瑟的盒子炮，的确风险很大。想到这儿，周显德也不由得看了看自己头顶上挂着的挎包。

周显德盯着挎包沉思片刻，勾起身，对王红军说，我们过了松县，下一站是班康，你是本地人，有没有路可以绕过松县到班康的？

王红军把做好的饭端到周显德手里说，要是有，红军何必走草地。不过倒是有条采药的山路，但恐怕你不行，要徒手翻好几个山崖。

一听有小路，周显德一骨碌爬起来。他三五下把碗中的饭吃完，拉着王红军询问起那条小路的情况。周显德虽说不是本地人，可从鄂豫皖一路打到川西，什么样的路能拦住他？

看着周显德兴奋的模样，王红军故意问周显德，连长，如果是爬山崖，那我就不能绑你了。周显德说，你个哈儿，还绑人上瘾了。你准备这一路上都绑着我北上，那遇到国民党兵你怎么办？现在就给我松绑，免得我别扭。

其实王红军也一直想给周显德松绑。他每天看着周显德被绑的样子心里难受。虽然他老是嘴上怪周显德没有说清那两粒奎宁的事，可他确信，周显德一定是有难以言说的苦衷。他觉得此次任务到现在的重点，该不是再绑周显德了，而应是想办法，让连长说出那两粒假奎宁背后的秘密。

王红军上前，默默解开周显德手上的绳扣。王红军的举动有些出乎周显德的意料，他一直觉得这个小战士是一个对原则有些偏执的人。周显德上前搂了搂王红军的肩膀，在王红军耳边说了句，记好了小兄弟，如果北上途中遇到非走不可的黄泉路，肯定是我先走。

我向团长承诺过，首先会保证你的安全。

周显德听了，一挥手说，唉，不说这些丧气话了。

周显德一被松绑，兴致就来了。他在洞里先是舞了一套不知属于什么流派的拳脚，然后就拉着王红军，很认真地分析起北上途中可能出现的风险，推测着部队现在的位置。那兴致，似乎明天就可以回到队伍一样。

此刻王红军也忽然有了个主意。周显德现在松绑了，这么多天洞口附近也没发现什么可疑的人，山下的川军也走了，那么应该可以生火。生火就意味着可以抓点野兔子吃。那几个山崖要徒手攀上去，没有足够的体力可不行。周显德已经好几次对窜过洞口的野兔子垂涎了。

王红军把想法告诉了周显德。周显德一听更乐了。他忽然惦记起王红军兜里的两块大洋。他对王红军说团长给的那两块大洋是让他们买粮食的，两块大洋很金贵，是团长看他周显德的面子留下的，他周显德归队后要还给团长。从今天起他们除了抓野兔，还可以去山坡上挖野菜采蘑菇，把青稞面省下留在路上吃。

两块大洋是看周显德面子留下来的说法，让王红军心里不舒服，可他觉得周显德的说法在理。让王红军犹豫的是，自己不太会识别有毒的野菜蘑菇。

周显德听了王红军的疑虑，马上拍了拍自己的肚子说，他身上一半的肉是吃野菜长出来的，绝对没事。

周显德对野菜确实心中有数。他已经过了两次草地。每次部队过草地，都出现过战士吃野菜中毒死亡的事，还有少数战士吃野菜后产生幻觉，胡乱开枪的。可这些都是前面的部队把能吃的野菜都吃光了，后面的部队要活命，只能尝试吃一些不熟悉的野菜导致的。嘎拉山上很少有人上来，熟悉的野菜他们都吃不完。

第二天一早，王红军叫周显德脱下军装，换了身黑色布衣就出发了。出发前，周显德看了看挂在树枝上的步枪，不无遗憾地说，要是能开枪更好，兴许能干掉一只黑熊，那北上的路可就美了。

这是这么多天以来，王红军和周显德走到离洞口最远的一次。站在山坡上，他们的视野要比洞口开阔得多。空旷的蓝天，快速移动的层层白云，远处还有一条亮晶晶的小河在草地上蜿蜒地伸向天穹。

面对这一切，周显德撸了撸长袖，又摆出侦察连长的架势，不断对着前方指指点点。他告诉王红军，哪个方向是松潘草地，哪个方向是松县，咱们的部队现在应该在哪个方位……周显德说到最后还咽了一下口水说，松县的兔头特别好吃。

连长在松县吃过兔头？王红军心里不免"咚"地又被敲了一下。

周显德只顾指点江山,并没有发现王红军眼里一闪而过的目光滞顿。他放眼四周,兴奋地看了一圈后,就先勾着腰拎着布兜,满山坡跑着摘起了野菜。王红军看着周显德的背影暗忖了一会儿,晃了晃头,也拿着一根树枝走向草丛寻找兔窝。

　　嘎拉山的确鲜有人踏足。没一会儿周显德布兜里就装了大半兜的野菜。王红军也很快发现了兔子的痕迹。看到兔子的痕迹,王红军忘记了心中的疙瘩,兴冲冲地拉着周显德往一片草丛走,边走边说,野兔胆子小,如果没有被打扰,它们是习惯走老路的。只要找到兔子爬过的痕迹,顺着痕迹找下去,肯定没问题。

　　王红军带着周显德走到树林边的一片草丛中,指着一溜歪歪倒倒的草丛说,这就是兔子走过的痕迹。你再看看,这痕迹左边那块草长得特别高。那里肯定有兔子洞。都说兔子不吃窝边草,那不是因为它讲义气,而是因为它如果把窝边草吃了,洞口就暴露了。

　　听了王红军的话,周显德贪婪地盯着那片稍高的草丛催促道,别耍嘴皮子,抓到兔子才算本事。

　　王红军带着周显德蹑手蹑脚地往目标走去。只见那片高草附近果然有个洞。王红军把一根长树枝递到周显德手里说,等会儿你看到我手势后,就把树枝往洞里捅。我现在去找洞的另一个出口。

　　王红军没走几步,就发现了另一个洞口。两个洞口很近,王红军想,这山上的野兔少有人打扰,胆子也太大了。

　　王红军把手里装野菜的布袋张开,堵住洞口,然后冲周显德示意了一下。周显德就开始卖力地将树枝伸进洞里,不停地上下左右地捣鼓。没多会儿,周显德就看到王红军张开的布袋里有东西在蠕动。周显德笑得喉头都滚动了。他大声冲王红军喊道,停止行动,撤退。好久没吃肉了,吃完再来,多抓点兔子,回部队的路上有腌肉吃。

　　两个人喜滋滋地回到洞里,迫不及待地架起了火。

　　周显德架起火开始烤兔子,王红军在一边煮野菜汤。王红军还偷偷捏了点酥油放到菜汤里。野菜汤很快煮好,王红军盛了一碗给周显德送去。周显德瞥了一眼后说,我是食肉动物,肯定是先吃肉,你先喝汤吧。

　　山洞潮湿的空气里渐渐飘起了烤肉的香味。没等野兔完全烤熟,周显德就扯下一条兔腿往嘴里塞。王红军说,烤熟点吧,有些山里的野兔身上有病。周显德说,我身体好,百毒不侵,就喜欢吃半生不熟的。

周显德狼吞虎咽,很快把半只野兔吃完了。他抹了抹嘴说,你继续喝,我再帮你把野兔烤熟。王红军说,别烤了,那一半你也吃了吧。周显德说,那可不行,官兵一致,这是红军的传统。

王红军听罢笑了,心想周显德还真没把自己当成被看押的人。想到看押人,王红军心里的疙瘩又生出来了。他问周显德,连长,你在松县真吃过兔头?啥子味道? 周显德边烤野兔边说,好吃呢,麻辣味的,还弄了一斤白酒,可美了。

那可得花不少钱,你大哥请你的吧? 王红军突然问。

周显德手里正烤着的半只野兔倏地停下了。他没想到王红军这时候还在惦记他的事。他的脸一下子涨得通红,茫然和惊诧地看着王红军。

王红军想张嘴再说点什么,却忽然感觉一阵恶心。他努力使自己保持镇静,可除了恶心,肚子还伴随出现了剧烈的疼痛。他忽然意识到可能是吃野菜中毒了。他冲周显德看去,见那架起的火堆边,只有一个模糊的黑影一动不动立在那儿。他的潜意识告诉他,周显德至今还一口野菜没吃。他心里有点慌乱,身体也摇晃起来。他看到黑影正冲他大声喊叫,可他耳朵却听不见。他的眼前在渐渐暗淡,有许多古怪的东西在脑袋里窜动。他身体一软,倒在了地上。就在倒地的一刹那,他看到那个黑影正在拼命爬向石壁。黑影的手已经伸向石壁缝树枝上挂着的那把汉阳造。迷糊中,王红军没忘摸了摸衣兜,发现衣兜里子弹没有了。他心里咯噔一下,来了些气力。他竭力从腰间拔出驳壳枪,用力喊了一声"站住"。他自己没听到喊声。那黑影好像听到了。因为喊声过后,黑影稍微停顿了下,可没多久,黑影继续把手伸向树枝上那把汉阳造步枪。王红军拼力打开驳壳枪的保险,冲黑影扣动了扳机。

一声枪响。

王红军看到那巨大的黑影摇晃了下。他自己也眼前一黑,什么都不知道了。

…………

不知道过了多久,王红军被呛醒了。嗓子里有苦涩的东西卡住,一股力量在掰他的嘴,同时有股清凉的液体在慢慢流进他体内。一阵冰凉的水泼到了他的脸上,脸上火辣辣的疼,像被狼的利齿撕扯过。他猛地睁开眼睛,看到周显德压在他身上。周显德喘着粗气,使劲在喊他。周显德的嘴里呼出一团团浓浓的血腥味。王红军耳边似乎又听到了一声枪响,脑子里猛地出现了周显德身体摇晃倒下的画面。他一下将压着自己的周显德推开,一骨碌爬了起来。

周显德身体软软的,仰面躺在湿漉漉的地上。他手里攥着一个小药瓶。胳膊旁边还有只吃饭的碗,碗里有少许清水。王红军一下子被吓醒了,回头看了看树枝,上面依旧挂着汉阳造步枪。

周显德的胸口有红色的液体在不断涌出。他的目光是灰蒙的,巨大的疼痛让他的身体不停地战栗,可他的嘴角竭力冲王红军露着笑意。他怕自己的样子吓着这个小战士。在许多年前那个大雨滂沱的夜晚,那个倒下的黑影也是这样冲他微笑的。当他端起枪瞄准那个黑影的心脏时,一道电光闪过,他认出那个黑影是他的营长。他吓得扔掉了枪,蹲在地上,哭得像个孩子。

周显德看到王红军惊恐地趴在了自己身上,他拼力张开嘴,想要冲王红军说点什么。王红军伏下身体,把耳朵凑到周显德的嘴边。周显德的声音已经很微弱,但在王红军听来,如同炸雷:

我不是去拿枪,是帮你从书挎里拿解药……真是个哈儿,还真开枪啊,枪法还挺准。那……那五颗子弹,今天早上我就把它压进了枪里。枪里有子弹,我们才像一支红军队伍。

你别哭啊哈儿,我也误杀过一个红军,还是个营长。我不敢开枪,他就骂我尿货,他给我下的最后一道命令是,开完枪,抹把泪,继续跟着红军走。唉……那位营长很能打仗,如果他活着,兴许松县就攻下了。

好了,你哭得鼻涕都流出来了。没想到,你这个流鼻涕的,真成了我最后的战友。挎包里那个本子你替我保存好,谁也别给,等革命成功的那一天,你再交给师长或团长。你开枪打我,我不怨你,只是死在你手里,有点窝囊。别……别把本子弄丢了,弄丢了,你就真把我打死了……

故事写到这里,我实在无法想象那一天,当王红军面对周显德渐渐发凉的身体时他的内心世界。许多年后,当我去尕多寺向小和尚问起这件事时,小和尚说,他也不知道。只是老和尚说他的师父说过,那一天,王红军满身是血,像个疯子一样,大喊大叫地跑进了尕多寺……

6

王红军在尕多寺老僧的帮助下,将周显德掩埋了。掩埋位置是老僧选的,在嘎拉山北坡高处。老僧说，山坡正对面那块望不到边的平地，就是松潘草地，如果天再晴朗些，还可以看到草地北面的黄土山坡。

掩埋好周显德后，王红军又用力将一块木板面朝北插进新土。这块木板上有老僧亲自写的"红军周显德之墓"几个大字。

经过几天的煎熬，王红军的情绪渐渐平复，可有一件事让他始终不能原谅自己。那就是在周显德生命的最后一刻，他忘记追问，那两粒假奎宁究竟来自哪里。那本是他能为周显德所做的最后一件事。这些天他曾想过，连长去松县可能还是见了他大哥，那药片是大哥给他的。因为无论是吗啡还是奎宁，都很难出自一般士兵之手。让他困惑的是，即使这样，周显德也不会对组织隐瞒。周显德是一个为了忠诚可以牺牲自己性命的人。

奎宁的真相，也许在那个笔记本里。王红军翻看过周显德的笔记本，可他只认得笔记本中频繁出现的"红军"二字。王红军知道尕多寺的老僧识字，可王红军又担心笔记本里内容涉及红军的秘密。周显德说，要等革命成功后才交给师长或团长，由此可见，这笔记本的内容可不一般。

王红军要北上追赶部队了。在这之前，他曾有过犹豫，自己是否真的要北上去找部队。虽然保卫处的命令中有在特殊情况下允许他开枪的权限，但他清晰记得，团长在传达这一命令时显得那么勉强。可每当终止北上的念头一冒出，他耳边就会响起"开完枪，抹把泪，继续跟着部队走"的声音。周显德在生命最后一刻，似乎已经料到王红军可能出现的彷徨。

可没了连长同行的北上，也让王红军一下子没了目标和激情。他孤独、恐惧，还有茫然，内心空荡荡的。此刻他才发现，这个被自己看押、被自己当马一样拴在树上的人，已经成为自己生活和精神上不可或缺的一部分。

王红军弄来了一身褴褛的衣服，准备把自己扮成一副乞丐的样子，走松县大路去北方。他内心甚至有种冲动，想去松县找周显德的大哥，告诉他周显德牺牲后埋葬的地点。

离开尕多寺准备北上的头一晚，王红军考虑再三，还是决定将笔记本交给老僧保管。他腰间有把驳壳枪，这让他北上的路充满着不确定性。如果这本笔记本真的遗失或落入敌人之手，那周显德就可能永远背着无法说清的疑点了。

老僧看着王红军满眼期待的目光，静静地听完王红军的陈述。他知道王红军在犹豫，犹豫是否该让他看看笔记本，然后把笔记本的内容告诉王红军。

老僧接过笔记本，拿出一张牛皮纸，工工整整把笔记本包好，又拿起蜡烛，对着封口滴了几滴蜡后对王红军说，其实我们不用看，就该知道这笔记本里的内容。老僧说完，带着王红军穿过大殿的众多菩萨像，来到大殿后面的藏经阁，把笔记本插入众多的经书之间。

老僧转身对王红军说，相信我，即使我活不到那一天，我也会交给其他的人。你们是我此生见到过的最仁义的军队，我相信，这蜡封一定会有开启的那一天。

后记

从我记事起，我就知道我爷爷的名字叫廖川北。可直到爷爷去世的前一晚，我才知道，许多许多年前，爷爷真正的名字叫廖昌文。

也许是和医学打了一辈子的交道，爷爷去世前似乎接收到自己身体发出的死亡信息，在他去世前的一晚，他把一家人召集到他的床前，让全家人围着他坐下。全家人怕爷爷累着，都不敢多说话。可那一晚爷爷却表现得相当矍铄。

爷爷说，在大地震的这几天，他觉睡得很少，可即使这样，那个叫周显德的红军连长老是频繁走进他的梦中。长征途中，他的确误将吗啡当成奎宁，给了这位红军连长，还给了他一瓶过草地时能解毒的药。他说这个连长在川北苏区，曾冒着生命危险，瞒着他的师长团长，把他从关押处放了出来，指点他走上了一条能找到中央红军的路。后来中央红军和红四方面军会师后，在甘孜两河口会议上，他又见到了负责会议警戒工作的这位连长。没想到，这次久别重逢，让这位连长后来丢了性命。

爷爷说到这儿，原本混浊的目光忽然变得深邃和清澈。他注目的焦点已经游离于在场的每一个人，进入窗外缀满繁星的夜空。只听他喃喃道：

这位走进梦中的连长还是那么年轻，一脸的络腮胡，每根胡子都亮晶晶的，只是腮帮上的疤痕使他看上去老了许多。他还听到连长对他说，这么多年他一直在嘎拉山，望着那片他想过而没能过的草地，亲眼看到洛木村升起了五星红旗。连长还说，嘎拉山很高，他在嘎拉山上什么都看得见，他知道廖医生现在做了大官，最担心廖医生成了官老爷。

爷爷对连长说，他如今的确做了官，但从不敢是老爷。他很惭愧，这么多年没去嘎拉山看连长，因为他一直在忠实执行连长当年救他时交给他的任务。现在他老了，干不动了，终于能去嘎拉山看连长了……

爷爷说到这儿，目光终于从窗户外慢慢收回。他环顾了一下全家人，让奶奶从五屉柜里拿出一本粗糙泛黄的笔记本，说这本笔记就是这位红军连长牺牲前留下的，胜利后地方党组织辗转交给了他。爷爷说完，用命令的口吻，让奶奶把笔记本给我保管，说我是家里年纪最小的成员。我接过笔记本后，迫不及待地翻开。只见笔记本第一页写着"周显德交代书"。

在爷爷的故事里，我还要补充一些遗缺。

尕多寺的老僧活到了一九六〇年。他没有等到师长和团长的到来。师长和团长抵达陕北不久，所在部队就被编入了西路军。一九三七年一月的一天，两人都牺牲在河西走廊一个名叫高台的地方。

老僧到死也没等到王红军的到来。在一九五一年六月的一天，王红军所在部队为了掩护志愿军主力撤退，他牺牲在了朝鲜铁原。

尕多寺的小和尚告诉我，这么多年来，每年的八月十五月圆之时，就有一人会到嘎拉山去看周显德。据说他少了一只胳膊，完全是一副川西老农的模样。

【作者简介】吴向东，男，毕业于湖北大学物理系，中国作家协会会员，中国电视艺术家协会会员，广东省作协小说创作委员会委员，广东省电影协会会员，文学创作副高级职称。在《十月》《小说月报·原创版》《花城》《清明》《芙蓉》《天涯》《作品》《广州文艺》等期刊发表中短篇小说及散文一百多万字。曾获全国孙犁散文奖、广东省有为文学奖、东莞文学艺术奖、东莞荷花文学奖等。著有小说集《失重的山谷》《黑色的歌声》。2019年小说《黑色的歌声》收录于蒙文版《广东省优秀文学作品集》。

车 库 房

周洁茹

我自己做的腌萝卜，尝一下呗。多拿一点多拿一点，这儿还有。

好吃吧？

我上中国店买的大白萝卜，自己切，自己腌，比外面买的好吃多了。来来来，再拿点，我这儿还有。

对啊！我今天不上班，我要去修车，又得几百块钱。

不不不，不是坏了，就是前边的几个灯都亮了，要找师傅看看是怎么回事，本来应该昨天就去修的，昨天给忙忘了。

这个？这个是菠菜，不用炒，直接生吃，好吃。这个是红肠，我上德国店买的，都是直接生吃的，不用炒。好吃。

你不会做饭？哦，你们那一代都不会做饭，我儿子也不会，他也是来了美国才会的……哎，房东先生早啊！啊？油太大？把您太太给熏醒了？不好意思啊不好意思啊，我真是就这一次啊，真就一次，因为啊因为这个粉要过期了，我给买错了，买成美国人的煎饼粉了，我得赶紧做了，也就烙几个油饼，我以后不做了，您看这剩下的粉，我都不做了，我给扔了啊！真扔了，真扔了。好好好。来，您尝尝这油饼，再来一个？您上楼继续睡啊？好好好，真不好意思啊。

你这个姑娘啊，你要去学做饭，你也要去打工，不能老待在家里，跟这家房东似的，四十岁不到，整天在房子里上上下下地转悠。他没别的事儿啊，他就在这个

102

房子里到处转。

笑啥？我说的都是真的，你得去找工作。

没工卡？学生签证？

要啥工卡啊？随便一个中国人店，你去就有活儿干，你得去找。

啊？这家的房东太太？她哪干得了活儿？一天睡十五个小时觉，不睡到下午一点都起不来。她要能干活儿，他们全家盯着这个房子？

收银员？不可能吧，没听说她上过班，不可能的事。

你年纪轻轻的小姑娘可不能这样，你得去找工作，你不能整天待在房间里。他们不喜欢你整天待着，用他们的电啊、水啊……对了，你得出去，要不招人恨。

下了课你最好也不要回，学校图书馆多好啊，有空调，回来又热，干什么呢？我反正是一早就出去上班，天黑了才回。我到家一般都十点了，那时也凉快了，不那么热了。你要天天在家，你不热吗？

热！是啊，正常人都知道热嘛，咱们的体质跟房东不一样的嘛，他们特殊体质，不怕热的。

啊？你讲楼上那个小妹？她到家比我都晚，十一二点，那时也没那么热了。但你看她，下了班回来，她也就做一顿饭，她就出去了，不到天黑不回。

这家人就喜欢这样的房客，你这样的，整天待在家的，他们最恨你这种人。不想把房租给你的。

对了，这就对了，你自己也要有点数，要知趣。我就挺知趣的啊，我一天只做一顿饭……你也来块饼？别客气嘛。这个饼我当主食的。明天上班，我就带块饼，炒个青菜……炒青菜总得让我炒吧？我一天就做一顿饭。

租房的时候也是这么说的啊，可以做饭，简餐。我这属于简餐啊，我用煤气很少的，他们自己整天大鱼大肉的，我炒个青菜不可以？啊？你是吃长素的？在一间素菜馆包饭？但你总要下个面条啥的吧？啊？面条都不会？那你得学，不难，一学就会。

哦，你也听到了？这一家在这条街都有名的，不开空调！可不是我说出去的，也不是你说出去的？谁说出去的？该不是这家人自己？哦，那个团购送货的？大中午的来送货，一看这家，近四十摄氏度哦，不开空调，有数了吧，一声不吭地走了。还让人帮忙找找更多的房客？人敢找吗？一个房五个房间，找四家房客？真找来了不都热死了？人担不起这个责。不不不，人也不往外说的，只要保护好自己,不让自己的客人来租就行了。

我为什么租这家的房?我儿子给我找的呗。那你是怎么找到这儿的?网上找的?网上看着图就下订金了?还不是订金?按金?两个月按金直接先付了?还是现金?!好吧,我也不说啥了。

这儿是我儿子给我找的,我儿子争气啊,成绩好啊,申请到美国学校的奖学金,后面又把我申请来了。就我,就我一个人来。我是离婚的。我一个人拉扯大了我儿子。

没事没事,可以说可以说。我前夫打我打得啊……啊,没事没事,都好多年前的事了,那时候年轻呗,不懂事。都可以说的。话说我当年,我当年可是我们厂的一朵花呢,追我的青工可不少。为什么找了他?我那个前夫?说来话长。长话短说,我那个时代啊,有分房,只要领结婚证,就能申请公房。就为了房啊,领了证,领了证吧,房也没要到。唉。就有了我儿子。儿子还抱在手里呢,他一个大嘴巴子上来,又一推搡,我倒地上了,好巧不巧,额头撞上地砖一个尖尖角,血流了一脸一地啊。你看你看,就这儿,撩起头发就看得到了,你看你看,对,就这个位置,有点像闪电的这道疤?对了,就是那道。

离了婚,我就自己一个人带儿子了。那时候苦啊。你可以想象?你想象不了的,真的就是抱着孩子去上班,起早贪黑的,也不知道怎么过来的……那个男人?我前夫?我来了美国就再没有见过了。不联系,从来不联系,我也没跟他联系。他也没提过儿子,从来没有。就是我出国前见了一面,在火车站,就那么一面,他都没提儿子,他啥都没提。就是年轻呗,不懂事,他不懂事,我也不懂事。快别这么说。我现在都不恨他了,我从来就没恨过他,我不想这个事,我早就不想了。

我儿子可是拿的全奖呢!马上就把我接来了,探亲签证。可以说可以说,六个月过去,我就黑下来了。好多人都是我这个情况,我反正是可以说的,有什么不能说的。房东?你讲房东?当年也是来美国上学?哈,他上的哪个学校,学的哪个专业,讲不清楚了吧,怎么拿的身份?不讲了吧,回避了吧,躲躲闪闪了吧。何必?我是真看不大起的,既然走的这种路,不如大方一点。算了算了不讲他,讲回我自己。我就黑下了,打黑工。

所以我叫你去找工啊,怎么着都是找得到工的嘛。我就是在一家按摩店打工,认识了我那个老公。啊?我没讲过?我在美国有老公的嘛,还是个老外。是,是我的客人,第一次见就喜欢我,后面一直约我出去。对,白人,还是个牙医,有房子的。那我现在怎么租房？租这家的车库房？因为他死了啊。啊，没事没事，不用抱歉，都十多年前的事了。肺癌，走得很快。肺癌最快了，前后就几个月。最后几天都是我服侍的，我服侍到他走的。房子是给我了啊，有孩子，他有孩子，那孩子没要那个房子，给我了。我卖了，我把房子卖了。是啊，我是有钱的，我手里有钱，我有钱买房，我不是一定要住这里的，我那个还是个车库房。你还没见过我那个房？来，我带你看一看。我以为你看过我这个房呢，原来没看过啊？

对啊，进门就是床，不过我也就是晚上睡一觉。就是没地方放我的东西，这个比较讨厌，所以我又花钱租了个仓库啊，就在前面那条街，要不放不下啊。我衣服太多了，都是老外给我买的，我都说我不要衣服了，我有，他偏给我买，过节就买，他自己不买，他自己不要，他就爱给我买衣服，我衣服多得啊，一个仓库都放不下了。还有鞋，对，我喜欢买鞋，我那些鞋可漂亮了，都堆了半个仓库……是啊，这个地面没动过，就是个车库嘛，就没动。你那个房间我看过，装修过了当然价格也不一样嘛。我这个就没装，你看这个柜门，这个柜门都是坏的，但是算了，我也不用这个。窗？那不就是？是窗啊，就那个，可以可以，有丝光亮就行，反正我晚上回来也是开灯，白天我都不在家的。咦？这是啥？摄像头？怎么有摄像头的？我不知道啊，你确定这是摄像头？你也不知道是为什么？你也是第一次见？你那房间有吗？厨房有一个？我都不知道啊！违法的！这肯定是违法的，你之前也没见过？你第一次租房？那我告诉你，这可是美国，这在美国可是违法的！过会儿你去跟房东说说行吧？好好好，我也说，回头我们一起去说。哎呀你说这个事吧，摄像头，三个？！大门外还有一个！你就只知道这三个了？我来美国几十年也是头一回见，你装了至少跟房客说一声吧。啥？君子坦荡荡小人长戚戚？听着挺耳熟的，啥意思？就是整天担心有人偷你的抢你的，担心到整夜整夜都睡不着的意思？所以装这么多摄像头？这就不是个理由嘛。这个区治安多好啊，旁边就是消防站，坏人不偷你的富邻居们偏偷你的？整条街看起来最寒酸的这家？就是没道理嘛。要么就真是特别招人偷。笑啥，这有啥好笑的？都是大实话。

我吧，我要是找着合适的房我肯定换，我就是在等我儿媳妇生了，我就换房。对，也在这个区，我就为了离我儿子儿媳近才住在这儿。什么时候生？好像是下个月吧？具体日子回头我再问问我儿子。我有钱买房的，但我就是不买房，说来话长。长话短说，我在拉斯维加斯也买过房，自己家的房，可大了，还有个院子，可不是外面这个院子这样的，这家人懒呗，不爱收拾。我那个院子可漂亮了，长了两棵柠檬树,我要想喝柠檬红茶了我就去我的院子里摘一颗柠檬。我整天就在我的厨房里做好吃的,我会包饺子,我会做大拌菜,我啥都会,我可会做饭了。那个房后来也卖了。为了离我儿子近我搬到这儿来,要是这家一天一顿饭都不让我做了我就搬,马上搬。来这儿也是匆忙了,没办法,我之前那个房东,一个台湾老太婆,又老又丑的,抢我男朋友!不是,不是我那个老公,我后面又找了个男朋友,老墨,他有自己房子的,就是没什么钱。没孩子。有过孩子。那孩子十九岁时开车死了,后面就一直没孩子,后来老婆也离开了他。可怜哪。所以你们年轻人开车真要小心点啊。啥?还不会开车?来了一个多月都没学车?带你买个菜房东收你十块二十块油钱?不贵?贵?这个我不评价了,我就这么说吧,既然收了钱就不能讲是帮你忙,我也可以开车带你去啊,我不收钱,我这才是帮忙,他那就是收钱,为什么你还要感恩戴德的?我这是说多了,你还是快去学车吧,考到了驾照赶紧买辆旧车,几千块的都有,赶紧的,这是你的当务之急。

老太婆怎么抢我男朋友的?怎么抢的?就是我男朋友不是有时候要去找我吗?我有时候临时加个班赶不及回家,那个死老太婆会请我男朋友去她屋里坐坐的哦,坐着聊着,手啊脚啊都上来了。我那个气啊,我气到死了!我不动手,我就站在老太婆跟前跟她说理。我说我不想再住你这儿了,你这儿太冷了。你还不答应我买个小暖气机,晚上睡觉我把我全部衣服都盖床上都冷,冷得我抖了一夜。老太婆一伸爪,张牙舞爪地扑上来了。为什么?还为什么?哎呀我可真要笑出声了,小姑娘啊你还是经验少了,老太婆她这是想赖按金,这么一扑,我要还个手,一旦产生了拉扯,身体接触,她就不用退我按金了嘛,只要再顺势往地上这么一躺,我这一个月的按金就别指望了。我那个灵活啊,一扭身,老太婆扑了个空,她转头过来又扑,我又一扭,又扑了个空。笑笑笑,还笑。我现在说的是好笑,当时的情况,真的是一点都笑不出来,我真的是要被气死了。我也不是怕她,要真打起来,我也是能打的,就说到我上班店里的那几个八婆吧,我可不怕八婆,我有别的治她们的招儿。我也不跟老太婆打,我得把我的按金要回来,这是实实在在的。

我儿子放下了手里的工作,连夜赶过来帮我搬家……对,我儿子做家居维修工作的,修空调、通水管,啥都会,就是工作太忙了,经常忙到饭都没时间吃……不是不是,不是他专业,他学物理的,毕了业却选择了现在这个职业……这个我也不干预他啦,他有他自己的主意,还是要现实一点,要结婚,要养家糊口,要买房子,还是现实点好。赚得也不错啦,就是辛苦点。这个我都不管他了,儿大不由娘。

我一般都不会去打扰我儿子的。只是出了这个事，我儿子连夜赶过来了，直接把我带这家来了，他白天在这儿干活儿，知道这家招租。只有那个车库房了，楼上已经住着小妹，你那个房间也有人住着了。你不知道？房东说你是第一位客人？这个我可不知道怎么说才好了，我只知道我来时是住着人的，外婆还是奶奶，带着个小女孩，住了几天就不住了。还见面打过招呼的，人看着挺和气，一夜之间，都不见了。我也没打听，打听这干吗？我也是刚搬来，不想惹什么事。

啥？房东说是因为我儿子才肯租这个房给我？因为我儿子人好？彬彬有礼？这个我挺高兴的，夸我儿子我当然高兴了，我真挺高兴的，做人就是要有礼有节，也是他自己的成功之道，学校教育、家庭教育、个人教育，缺一不可。但是你要说完全是因为这个，我也只好笑笑，这么说吧，如果房东有点什么房屋上面的修理问题，我儿子是会马上赶来处理的，就这一点，我心里明镜似的呢。要说这是给我们的大大的人情，我又不是不给钱。也不比外边便宜，要是不给钱，或者便宜我了，这就是人情。都没有。说什么帮了我们一把？有的人吧，就是图个嘴巴痛快。

我也说过了我可以买房的，但是我不买，我就不买。等房价跌？当然不是，跌是不可能跌的了，你要一直等最好的买房时间？那是等不到的，我都卖了两个房了，我知道。实话实说吧，就是因为我那个儿媳妇，她没身份啊，她一到美国就盯上我儿子，我儿子有身份，不不不，不是绿卡，我儿子入籍了，你想我们都在美国多少年了，我儿子可是美国公民。我就知道她是看上了我儿子的身份，我儿子不喜欢她啊，她天天去找我儿子，天天缠着他。我儿子也不说喜欢她，也不说不喜欢她，就是不肯结婚。这么拖了好几年，还是结了，人家也跟了好几年，不结不行了，也是疲了。这些我都是不管的。管不了。儿大不由娘。但是我不买房，我就是不买房。我也不要跟我儿子住，我知趣的。我不跟我儿子住，他们小夫妻之间要有点矛盾都好说，他们是一个小家庭了嘛，我要再参与，矛盾就大了去了。但要是住在一起，能没有点矛盾吗？肯定有，再恩爱的夫妻都有，所以我不掺和他们了，他们自己过。

我儿子很孝顺的，真的孝顺，上个礼拜我过生日，带我去吃海底捞了。好吃。水果都是免费的，西瓜、哈密瓜随便吃，主要还是服务好，知道我过生日，店里还送我生日礼物呢。你看你看，就是这个包包，里面装的小礼物啊小零嘴什么的，漂亮吧？我把它放在这个橱柜里。对对，这个柜是我的，不好意思啊全是东西，有点乱，我就是往这儿一塞，你看，塞进去了。不够放，真不够放，冰箱也是，就给我这一小格，啥都放不了，所以我都是当天买当天吃掉，每天跑一趟超市呗，没事，上班前绕过去一下。我上班地方有冰箱的，可以放。其实上回我也听到房东说你了，不能买竖瓶的果汁，大伙儿的地方，不能让你一人独占了。这话说的，是，我知道你心里面难过，我也在场的嘛，你忘？那天我们都在厨房的嘛。这是故意当着大家伙儿的面说你一人，全部房客都听着训。我都明白，我啥都明白。他们家可以放你就不能放？那些个牛奶罐都比你的果汁瓶大了去了，你马上就把你的瓶横下来放了？我看到了，我当然都看到了，没用，根本就不是那个意思。小姑娘你是到现在还没找到重点啊，还真就不是什么竖啊横啊的问题，就是下回不许买的意思，啥果汁都不许买。明白了？彻底明白了？要说理，说不通的，你一耳朵进一耳朵出就得了。

啥外卖，哪个外卖？哦，那次啊，你外卖点了一大锅土豆一口没吃连锅放冰箱里那次？我记得，我当然记得。那可要说说清楚，还真不是我告的密。这么说吧，你也知道房东不是有事没事就上上下下地转悠开大门关大门开院子门关院子门翻翻冰箱啥的嘛。他翻到你的外卖就是他自己翻到的，真不是我说的，我一个字没说，我都让你占一点我的地方了，我正好也是没啥东西那天，谁叫咱俩的冰箱格挨在一起呢。这个事吧，你也是一直没找到重点，虽然骂你的理由是串味，明眼人也都看得到是有盖的，串不了什么味，但你向房东道了一百个歉，那个低声下气，回头又连锅都倒了是几个意思？为了争那口气，你跟你自己的钱过不去嘛这是，那一锅多少钱？啊？五十块？！五十块的外卖你都点？所以说呢你们年轻人。我都是自己做，哪花得了五十块。你那张五十块，就这么直接扔了，一口没吃到，你的钱不是钱？……啥？你扔了外卖还让你买垃圾袋？啥啥啥？你慢点说，说清楚一点，什么叫做人要自觉，一直用别人的垃圾袋好意思吗？房东的原话这是？哦，所以那一箱"好市多"的垃圾袋是你买的？摆垃圾桶旁边那箱？那可不得好几百个？你就算住一年你用得了那么多垃圾袋吗？没！他们可没叫我买，我能有多少垃圾？不用跟我解释，跟我解释没用，我也直接说了吧，我是绝对不买垃圾袋的。凭什么？我没给房租？本来就应该房东出，垃圾袋还跟你算钱。算了算了不说啥了，还能说啥呢。

你看这个大西瓜，我在德国店买的，正好碰到特价，这么大个儿的，才2.99美元，中国店那么小的也是这个价，还没这好吃。来来来，你尝一片，甜吧？再来一片

再来一片,这儿还有。我切点带去店里吃。也不是天天,我就没带过水果,我一般就带个饭,炒个菜,有时候一盒饺子就打发了。韩国店饺子不好吃的,中国店?中国店的更不好吃了。得自己做,自己做的好吃,自己拌馅儿,自己擀皮自己包,我快着呢,一会儿工夫就好。不是这儿不让做嘛,我自觉,我知趣,不让做就不做吧,我上我儿子那儿去做,他那儿厨房也大,要真是一天一顿饭都不让我做了,我马上搬!我说真的。对,水果我一般不买,但就是看着别人吃吧,你要没有,休息时间就你坐那儿发呆,不好,我就买了,也是一时上头,这么大一个,我哪吃得了这么多,另一半我给我儿子拿过去。对对对,就是街角那个德国店,经常有2.99美元的西瓜,房东也买了,冰箱里的那半个?对对,那是房东的,他们吃不了了?是吃不了,实在太大,但就是吃一半扔一半都合算,才2.99美元,一整个儿哦。啥?你还在想你那瓶果汁?又扔了?你啥时候扔的?那盒葡萄也扔了?没坏啊?房东说坏了?哦,他说坏了就坏了哦?你就全扔了?你这是傻还是气?现在再去跟那半拉大西瓜比?别想了也别比画了我劝你,他们的冰箱,他们爱怎么放怎么放,他们的房子,又不是我们的房子。那天你不也是听到了吗?住在我的房子,就得听我的规矩,你要不满意?那你把我这房给买了哟!你两百万现金给我这儿一搁,我和我老婆孩子马上走!我们走!让给你住!你买不起?那你就得按我的规矩来!原话吧?我就是记性好,我就是会记得狠话,一个字都不会忘。

这房一百万买的?这你也信?房子你是一点都不懂的,肯定不要一百万,现在两百万卖你?真是个笑话。你不买?你要买新房子?好,小姑娘有志气,那你好好努力。

对了你知道特斯拉吧,对,那个马斯克还是马克斯什么的,他有房卖的。没听说过?有有有,他在开发这个项目,一套房才五万美元,包运费的,你在网上买了,直接给你运过来,你在这边买个地,房放下,放在你的地上,你就有房了。地也不贵,地可便宜了,就是得好好找找,可不能随便什么地,有的区不好。我回头再看看,应该很快了,很快就能买到他的房了,真的才五万美元,你也上网查查。

没事没事,我这西瓜不会放冰箱的,我先搁外边儿,过会儿我儿子来接我去修车,我就把西瓜给他。修车啊保险啊这些事情,我儿子都会来接我的,我英语不太行,大事还是要靠我儿子。我儿子很孝顺的,不忙的时候就会接我去打球。什么球?不是篮球不是篮球,不是什么球啦,就是带我去球场,跳一跳,走一走,锻炼一下身体什么的。我儿子孝顺得很,只要手边没工作,就会赶过来带我去打打球。

这不就是近嘛。要不我住这儿?

我儿媳妇是搞艺术的,很有点个性,我是不大懂艺术的,但我明白,搞艺术的人都跟别人不大一样的,我懂。我没说过? 哦,她就是搞艺术的,就那个性格。这么说吧,我昨天还在大华撞到她了,迎面,你说巧吧? 世界上就是有这么巧的事。居然吧,居然吧,招呼都没打一个,她就这么一甩头,走了。我没看错,我怎么会看错,自己的儿媳妇,我哪能看错? 我理解,我特别理解。我有个男朋友……不是那个有房的老墨,另外一个,是中国来的,这个中国人没房的,他也是搞艺术的,长得是风度翩翩,所以我有时候跟他玩啊。他就是没房,也没钱,跟儿子儿媳住一块儿,其实挺难的,儿子儿媳也不怎么待见他,屋里都没人搭理他的,跟他说说话都不愿意。他就来找我啊,没事就来找我,我不太想见他,有点烦,没钱,也没房,经济上挺紧张,在外面吃饭的钱都没有,这么一个男人。我有时候就说我不在店里,叫他别来了。他还是要来,坐在店里,就那么等着。专一? 专一啥啊,这种人,这个年纪,越老越花了呢,绝对不止我一个,多着呢,都不给承诺的,就是玩玩,潇洒得很。坐在店里也不带闲着的,哪个八婆都能扯上几句。

说到店里那几个八婆,我就有点气,其中一个最可笑,整天就在那儿吹嘘,有多少男人喜欢她,争着抢着约她,给她买东西,还有个非她不娶的,求婚求了多少次了,她都说不。骗鬼吧,还说是个有房有退休金的老白男,鬼都不信。这么大热的天,她啊,就直直地走过去把空调关了。为什么关空调? 她说她手脚冰凉啊,吹不得空调。我都说她,店里这么多的人,还有客人,你就这么把空调关了? 也不怕客人投诉的? 果然,老板娘来了,一进门,生气了,问,谁关的空调?! 那个八婆啊,居然赖到我身上,说是我关的。我也很冷静,我说店里有监控的,可以调出来看看,到底是谁关的空调。她不言声儿了。你说蠢吧,这种蠢人。

啊? 我不是老板娘,我也没说过我是老板娘啊,我就是在那店里打工的,我有一说一。但是我以前是做过老板娘的,我有自己的店子。关了。为什么关了? 经济不好啊小姑娘,有一阵子经济不好啊,生意不好做,只好关了。我那时还请了个人,那个人啊,偷我的钱! 真是啥人都有啊,我可不是说笑话,我碰到的贱人可多了去了。怎么偷的我的钱? 说来话长。长话短说,我请了她,就是跟着我住的,我包她吃住。那阵不景气,也没什么客人,她也是整日整日闲坐在屋里。我那天是什么事呢? 我都有点忘了,反正我是拿出了我的银行卡,放到了饭桌上。突然就有电话来了,我就接电话了,一通电话讲完,卡不见了。我就知道是她! 我就去敲她房间的门,她说她没见到我的卡。我回到房间想来想去,不是她是谁?屋里就我跟她。真的是气死人了。我就再去敲她的门,这下好了,她死活不开门,我怎么敲就是不开。好好好,我一直敲,我就一直敲,敲了半个钟头,她开门了,还装出一副刚睡醒的样子,说她睡着了,没听到。你说可笑吧。我说我的卡呢,她竟然说,姐,你卡掉地上了,我给你捡起来了。是不通啊,逻辑上就是说不通啊,但她就是有脸这么说出来啊。我赶紧给银行打电话,你说这人坏不坏,竟然真买了好几单,还订了一张机票!当然冻结了啊,银行马上就给我关闭交易了,钱也给我要回来了。这种事,太多了,说都说不尽了。

难啊,做人难啊。

哎!房东先生早早早,您太太又醒了?我说话声音太大了?不好意思真不好意思啊,我这就走了,厨房的事也忙完了,我马上就走。我要去修车,今天不上班,我今天不上班,我要去修车,又几百。挣钱不容易啊。

看您这话说的,我这一天挣几百也不全是我的啊,我还要给老板娘的嘛,最后入我口袋的真的不多。您也别再强调现金,我上班收的现金,您房租收的不也是现金?不给您去银行取现金出来交租您还着急过急发过火呢。别别别,您别气,大清早的,我就是说笑,我这人就是爱说笑。我这就走了,我真要去修车了,这年头,车都修不起了,没个几百师傅连看都不肯看一眼。我真走了,我儿子的车也到门口了。大门关好了,二门也关好了,真关好了,我关门可仔细了,我都是关上了再使劲拉几下。您放心,您家这个门在我这儿是不出错的,我保证,要真是我没关好门我赔钱,赔多少都行,行了吧?

【作者简介】周洁茹,1976年出生于江苏常州。有长篇小说《小妖的网》《中国娃娃》,小说集《我们干点什么吧》《你疼吗》《小故事》《美丽阁》,散文集《天使有了欲望》《大围有个火锅店》等近四十部。现居洛杉矶。

红色华尔兹

王彤羽

1

周一例会上,唐露拿出了刚拍摄完的一组名为《花季》的照片。素材灵感来自她所居住的小区发生的一次意外——一个花季少女从二十层楼的窗户失足坠楼。至于失足原因有多种猜测,却无从得知。唐露在第一时间赶到现场,她不是新闻记者,她来并不是为了拍摄现场,而是为翻拍这一组照片寻找更充足的理由。经过职业判断,她觉得这个事件可以大做文章,读者也一定会买账。但是,照片一定不是大家所认为的那样,必须加进更多的艺术创作元素,才能给人更大的视觉冲击力和情绪波动。唐露在拿捏读者心理这块向来颇为准确,她天生就是吃这一行饭的。她选择翻拍的视角并不是少女的死亡现场,而是摆拍了少女爬出窗户准备往下跳的瞬间。照片一共拍了两张,由唐露亲自上阵,扮演坠楼少女。她化着夸张的妆容,看起来既无辜又有着超乎年龄的成熟与疲态,穿一套桃红睡衣,蹲坐窗台,双手搁在膝盖上,往前平伸。她扭过头来看着镜头,眼神空洞,玫瑰红唇微微张开。另一张是她的双手一高一低抓住两边的玻璃窗,一条腿弯曲着跪坐在屁股下面,另一条腿极力地往前伸,红色高跟鞋悬挂在趾间,随时会掉落的样子。她的两条腿张开成八字形,大腿因为使劲而绷紧,显示出年轻而有活力的肌肤。

这类片子林妮向来不会拍，因为涉及死亡，死亡题材一直是她的禁忌。而这种风格也远不是林妮的，她的片子素得似一张黑白照片，静得如空无一物。

聂全在看这组照片时，林妮也在看他。他习惯微皱眉头，让人猜不透他的想法。林妮是从他看照片的动作上判断他的态度的，如果他对照片有看法，会翻来覆去地看，动作的幅度比较大，呼吸声会突然加重。唐露的这组照片实在是太抢眼了，连林妮看了都有点儿不好意思，特别是那叉开的大腿，洋溢着青春活力的一袭红色，尽管是死亡题材，也令人心生遐想。林妮略感不自在，仿佛他看的不是唐露，而是林妮的身体。又或者正因为那是唐露的身体，会更引起他的注意，天知道他俩是不是仅仅为上下级关系。不可否认，那是一个热力蓬勃的肉体。

照片中的人物没有任何表情，这是聂全的要求。聂全是部门负责人，他一再和手下的摄影师强调，照片中的人物要尽量避免出现表情，说不想读者被人物情绪所引导，先入为主，失去对事件最原始的判断，他希望照片中人的冷漠与疏离感更能激发读者的真实情感。

他们部门的工作有一个时髦的名字——闪拍。就是提取生活中的某些素材，在第一现场的基础上重新创作后再重新摆拍。当然，演员都是业余的，大多是志愿者。照片出来后，会根据创作者的思想和他所想表达的内涵形成一个个性化文案。公司经营着一个网站，其中一个叫"亦真亦假"的版块由他们部门负责。这个版块向来以非传统模式来呈现艺术，会根据摄影师的审美和偏好，对事件和人物进行另类解读，从一个新鲜的角度去唤起大众对作品的关注与思考。"亦真亦假"办得很火，与聂全不无关系。他的直觉敏锐，对艺术的解读精准而又异于大众化，给摄影师的建议到位。由于他的把关，片子的艺术感把握得恰到好处，得到了读者的青睐。而不久前，"亦真亦假"刚获得秦氏集团赞助的一个片展机会，将展出三百六十五张翻拍照片，题材均来自这座城市，是能够反映与代表大多数群体精神现状的片子。用聂全的话来说，就是不要求宏大，不需要大人物，拍好身边的小人物小事件，让片子出故事，让它有张嘴说话的能力。片展准备选出一组金照片，这组照片必须来自"亦真亦假"中一位摄影师的创意。于是，公司所有人都把目光聚焦在了唐露和林妮身上，热心又八卦地议论，等待着两个月后看花落谁家。而这一次片展，仿佛变成了一场她俩之间实力的较量。

聂全放下了照片,林妮跟着舒出了一口气,偷瞄一眼他的脸,和以往一样的面无表情。以前林妮对他的面无表情说不出的失望,而现在,倒是毫无理由地暗自高兴起来。接下来,林妮也展示了自己的最新作品,那是上周摆拍的两张照片,标题是《奄奄一息的独居老人和他的童话世界》。拍摄的是屋子一角,一张铺着灰色床单的木架床上,躺着一位形容枯槁的老人,他盯着天花板,伸出枯槁的手,指着上面几个大红大紫的气球。还有一张是阳光洒落进屋子,穿透天花板上的彩色气球,炫丽极了,而老人仰面向上,双目紧闭,仿佛在沉睡。部门里的两位男士黄英杰和小汤也交了两组分别命名为《带上爱犬一起去寻找诗和远方》和《跳海救人者反被众人救》的照片。

看完片子后,聂全说林妮的片子一如既往的细腻、温暖、忧伤,像一首诗。而唐露的片子依旧是画面充满了冲击力,有撕裂和破坏感。说她俩刚好是两个极端,一个是永远零差错的平行线,另一个是大风大浪的波浪线,或许可以向对方接近一点儿。他想了想又对林妮说她的片子品质都很高,有内涵,但太追求完美反倒是显得过于谨慎,少了一点儿突如其来的惊艳感。片子如摄影师,不妨偶尔给自己换一张脸,也许会发现不同的自己,有意外的表现。

散会后,黄英杰和小汤一唱一和地搭上了嘴。黄英杰说:"我掐指一算,露姐和妮姐还有撒手锏没使出来呢。"小汤用京腔夸张地问他是哪招儿,且说来"我洗耳恭听"。黄英杰在唐露面前摇头晃脑一番说:"观面相,有杀气,百步之内寸草不生,欲知后事如何,且听下回分解——"唐露听了哈哈大笑起来,边看他俩耍活宝,边吐出一烟圈儿说:"你这大师可不大灵光,这回我看好妮儿。"林妮谦虚地笑了笑说:"老大刚还批评了我,露姐你这安慰奖就别发给我了。"唐露说:"老大说得对也不对?"黄英杰说:"哪儿对哪儿不对?"唐露不理会黄英杰,摁灭了烟屁股,背上她那个超级大的休闲背包,准备离开。包包的带子放得老长,都掉膝盖那块儿去了。唐露穿一条绣着大朵玉兰花的藏蓝色吊带长裙,外搭镂空米色针织衫,趿一双缀着紫色流苏的人字拖鞋,染成棕色的大波浪长发随意用发夹盘起。唐露的打扮总是随性而又不失性感,这恰好是林妮做不到的。林妮几乎是一成不变的职业套裙,优雅得体,略显呆板和严肃。"换一身衣裳,不穿内衣试试。"走过林妮身边时,唐露对林妮狡黠地眨眨眼,在她耳边轻声说。看着唐露潇洒离去的背影,林妮羞涩中出现了一丝挫败感,仿佛被唐露看破了一点儿什么,又或是被无情地嘲笑了。

2

　　傍晚时分,林妮回到了珠海路老街一幢两层半的老骑楼里。父亲去世后,她和母亲一直生活在这里,一晃就是二十七年。这条街是这座城里唯一不变的地方,同样的老,同样的没有更老。每次穿过阴暗狭窄的通道进到里屋,再走上这个木质楼梯时,林妮总感到一丝不安。这种不安是小时候就有了的,那时,她害怕看见哭泣的母亲,而现在,她害怕看见微笑着的母亲。在林妮的童年记忆里,不管是哭泣的还是微笑的母亲,都十分的陌生,她早已习惯那个强悍的母亲。长大后,母亲变了,微笑似乎成了她唯一的表情,那如一条平静的大河,阻隔着母女俩的彼此靠近。

　　木梯微微晃动,林妮走了上去。如无意外,母亲的笑脸会马上出现在她眼前,仿佛每次都是数着她上楼的脚步声,早早等候在了那里一样。这样的情景没任何特别之处,也许在别的母女之间是再普通不过的事情,可在林妮心里,总觉得有点儿不自在,好像母亲在刻意讨好她,而她并不习惯对方这样谦卑地存在。这种陌生的亲密感,是在她成年之后突然闯入的,在她童年时并不存在,那让人感到陌生且可疑。但每次看见母亲努力展现的笑脸时,林妮也不自觉地报以同样的微笑,一模一样的微笑,仿佛相同的两个面具戴在了两个不同人的脸上。为此,林妮时常想起自己摆拍过的一组照片,一位年轻的母亲带着一个小孩儿,小孩儿的脸上是各种表情,惊奇、高兴、沮丧、哭泣,而年轻的母亲只有一副面孔——面无表情。她在拍摄中给那位母亲戴上了一个白色的面具,并把这个作品命名为《遥远的母亲》。

　　然而今天有点儿意外,母亲的笑脸并没有出现在二层的楼梯口。屋里传来了说话声,有客人在。骑楼里没有进行改造装修,保持了原有的模样,中间的房间是没有窗户的,只有一扇小窗开在楼顶,没有开灯,房间里很暗,从外面走进去,一下子什么都看不清,只听见母亲愉快的声音传来——妮妮回来啦。适应了屋里的光线后,林妮看见了两张酷似的脸。一张是符姨的,另一张是她儿子袁洋刚的。他俩长得出奇的像,都有一对大大的水泡眼和很深的法令纹。其实他俩并不是亲生母子,是五年前袁洋刚来到这座城市工作时认识的,觉得很投缘,便认了母子。林妮是袁洋刚干妈相中的,于是林妮在他干妈和自己母亲的安排下相了亲。这事儿林妮母亲举双手赞成,用母亲的话来说袁洋刚是公务员,工作体面,有房,有前途,人也老实。林妮说不上有多喜欢袁洋刚,但也说不上他哪里不好,于是就顺理成章地处了下来,而这一处就发现了问题。每次约会后,林妮才回到家里没多久,电话就跟着来了,是符姨的。她会详细地询问林妮约会的具体情况,从去了哪里,做过什么事情,一直问到两人说过什么话,洋刚的表情反应等。电话通常一打就一个时辰,令林妮异常苦恼。每次谈话结束,符姨都会夸林妮是个懂事的孩子,于是这个懂事的孩子不得不一次又一次地向她汇报约会的情况。而每次林妮有说得不到位的地方,符姨便会提醒说哪点哪点洋刚已经都告诉过她了。林妮为显示自己的知无不言,便又在原有的基础上增加了细节,向符姨全盘托出。等到符姨觉得再也问不出什么来了的时候,才满足地挂了电话。

有一晚,林妮从袁洋刚家看完电影回到家,大约过了半个钟头,林妮刚刚开始庆幸今晚躲过一劫时,符姨的电话就来了。她笑着问林妮今晚的约会怎么样。林妮说挺好。她问洋刚今晚的表现怎样。林妮说挺好。她停了两秒说:"你被这小子给骗了,他刚刚给我打电话了。"林妮说怎么了。符姨一本正经地说:"洋刚在男女事情上很单纯,从没真正谈过恋爱,他希望他未来的妻子也和他一样,是一张白纸,可他说你好像在男女事情上很有经验的样子,你老实告诉符姨,你们做什么了?"林妮的脑袋嗡的一声炸响了,他俩做什么了?不就做了一些男女朋友之间该做的事情吗?比如拥抱、接吻,还有在合适的场所适合的时候,他数次把手伸进了她的衣领里,她没有拒绝,虽然她略感羞涩,但为了表示对他的认可与接纳,她表现出了该有的热情。

当然,林妮没有把这些告诉符姨,她难以启齿。可符姨说:"你不说我也知道,洋刚全告诉我了。妮妮,符姨是过来人,知道男女之间始终要突破这道防线,可这小子认死理,以后你和他在一起要学精明一点儿,要学会拒绝,你越拒绝他越高兴,要把防线筑牢,把底线抬高。符姨是站你这边的,以后不管发生什么事儿,你都要告诉符姨,符姨一定会帮你的,你可不能有任何事情瞒着符姨啊。你告诉符姨,在和洋刚好之前,你和别人做过那事儿吗?你要是做过那事儿就告诉符姨,你是符姨选中的人,符姨不想洋刚为这事儿记恨我,如果你有过就一定要告诉我,符姨会帮你想办法的。"

从那次开始,林妮就有意无意地疏远袁洋刚,虽然她自问不是前卫的女子,但万不能接受一个有处女情结的男人,况且,她和他之间还夹着一个符姨。林妮不希望有一个外人对他们未来的生活指手画脚,对他们的床笫之事嘘寒问暖、了如指掌,哪怕是出于好心也不行。

数数也有半个月不联系了吧,原以为就这么不了了之,没承想袁洋刚竟然来了林妮家,还带来了符姨。

符姨笑眯眯地开了口:"妮妮,洋刚说很久不见你了,你总说忙,这不,他特意推掉了应酬过来看你。我从没见过他这么消沉,原先一百六十斤的体重,现在变成了一百五十四斤,腰围变小,内裤都松掉了。我刚说给他买新的,这小子不愿意,说要等妮妮来帮他换。他这都是想你想出的毛病啊,可见有多惦记你,这样下去可不得了,迟早变成个'老婆奴'。"说完掩嘴呵呵地笑,林妮的母亲也跟着笑。

林妮本想说我俩不合适,可符姨像知道了她想说什么一样,一只手按压过来,盖在她手上,抹了厚厚润手霜的滑腻的手掌摩挲着她的手,说:"年轻人之间哪儿有不闹意见的,我当初和他爸结婚前还三天两头地闹呢,你瞧,这一过就几十年了,想一想,哪儿有什么大事哦,过了就过了的。刚刚我还和你妈说,趁我俩现在还不算太老,你俩赶紧把好事给办了,生了娃你妈带也行,给我带也行,你俩就过你们的二人世界去。"说完使劲地捏了一把林妮的手,把林妮的话给活生生捏回了肚子里。

林妮看一眼袁洋刚,袁洋刚也在看她。两人对视一眼又飞快地移开目光,都不作声。

符姨是个明白人,她呵呵笑着站起身来,挽起林妮母亲的手臂朝门口走去,说:"我们去逛街,留点空间给孩子们相处吧,我年轻谈恋爱的时候,多一只蚊子都嫌碍事儿呢。"说完就嘎嘎地笑,声音哑哑的,直到消失在楼梯下面。

屋里只剩下林妮和袁洋刚。

林妮把脸转向别处,故意不看他。屋里很安静,袁洋刚说话的热情空前地暴发了出来,像一台上了发条的机器,开始不断地唠叨。大意是他觉得自己很委屈,是林妮不对,但他痛定思痛,打算原谅她。林妮东张西望,这屋里实在是太阴暗太潮湿了点儿,连空气都夹带着浓重的水汽,在黑暗里汩汩地流动,快要淹没了她。林妮很快地站起,走到墙边角落里,啪地摁亮了灯泡。灯泡上沾满了灰尘,瓦数不高,点亮后的屋子显得更阴暗和破败了。林妮又啪的一声把灯关上。袁洋刚还在不停地说,不停地说,已经上升到了道德的高度。林妮觉得有无数只蚂蚁爬上了她的腿,爬满了全身,在用力地撕咬她。她手指的关节变得僵硬,不停地摁下电灯开关,开关的声音适时地抚慰了她。袁洋刚的脸在时明时暗中显得浮肿、呆滞,像街市上水煮过的动物脑袋。一个念头闯入林妮的脑子,像黑暗角落里闪出一道银色火花,她在心里怪笑一声,近乎粗鲁地打断了袁洋刚的喋喋不休。

"晚上我去找你吧,在家等我。"

袁洋刚委屈的控诉声终于消停了下来。

3

林妮在母亲回家之前出了门。初秋的天气,刚入夜,有点儿凉。林妮的住处离公司并不太远,走出她所居住的珠海路老街,穿过马路,右拐,再往北面海岸走大约六百米,就到了。业务部在一楼,灯亮着,他们部门加班是常有的事。林妮所在的部门在二楼,灯黑着,每个办公室的门都关着,显然没人。他们部门除了周一上午热闹,其余时间大多冷清,大家不是去抓拍新闻事件,就是出外景进行后期拍摄了。公司只有一个摄影棚,用处有限,许多拍摄需要用到外景,就只能摄影师自己去寻找合适的场景了。包括参与拍摄的演员,都是业余的,公司没有请专业演员,也没设这笔经费,摄影师可以请同事或朋友来客串,甚至是摄影师亲自上阵。唐露就是其中的身体力行者。

会议室的门敞开着,作为下一期"亦真亦假"要主推的内容,今天唐露在例会上展示的照片被放大了贴在一个玻璃白板上。如无意外,这两张照片将会在三日之内发布到网上,再配上唐露式的文案。文案的内容同事间并不会提前知晓,而是由聂全把关,一般情况下聂全不会干涉摄影师文案里面的各种奇思妙想,除非他对此有更为独特的想法。看着照片里的唐露,林妮想,这一期的反响会怎样呢?不管怎样,这具躯体本身就很受欢迎吧?林妮认为唐露有以身体作为诱饵吸引读者的嫌疑,摄影师客串人物角色在她看来是一种噱头,甚至意味着某种意义上的堕落。虽然林妮不至于清高,但也绝不屑于那样干。可是同时,林妮不得不承认她被那个肉体迷住了。

她的食指不经意地落在了唐露的照片上,漫无目的地四处游走,摩挲在唐露的皮肤上。指尖传来一丝异样感,酥酥麻麻的。异样感旋即传到了手臂、四肢。林妮的胸膛微微地起伏,脖子往上极力地舒展,仿佛抚摸的是她自己的身体。唐露的脸上毫无表情,而此刻的面无表情刚好成全了她恰到好处的妩媚。唐露细长的眼睛正盯着林妮,红唇微启,意味深长。林妮想起早上唐露对她说的一句话——脱掉内衣。唐露怎么可以那样对她说话?那样的居高临下、胸有成竹,充满了不可抗拒的诱惑。对方早就看透了她对吧?看透了她正儿八经的西服套装下那具蠢蠢欲动的躯体里暗自渴望着什么。

　　会议室里有点儿闷热,林妮的脸庞轻微发烫起来,手心沁出了汗丝。她四顾无人,便脱掉了西装小外套,蹬掉高跟鞋,犹豫了一下,双手伸进无袖小背心里,绕到后面,解开了内衣扣子。当内衣从小背心底下抽出来时,林妮深深地呼出了一大口气,身体顿时变得轻盈了许多。她仍然站在那两张照片跟前,视线依旧徘徊在唐露丰腴的身体上,并感到那具吸收了空气中水分的肉体在极力膨胀,并散发出一阵奇怪的味道。林妮使劲嗅了嗅,那味儿好像更为浓烈了,像来自眼前的唐露,又似来自林妮自己的身体。她蠕动了一下双腿,裤袜丝滑冰凉,暧昧地紧贴她的大腿。她想起了今天聂全看照片时的表情,猛然打了个哆嗦,仿佛他看的正是她林妮的身体。林妮的手犹豫着抚上了自己的身体,并发出一声虚弱的呻吟,她晕眩在那一片异常的气息中。

　　一阵关门声把她从晕眩中惊醒,她迅速回首,望向门口。什么人也没有。她光着双脚跑到大厅,只见厅里灯火通明。明明刚才进来时灯是关着的,林妮确定有人进来过。可是,会是谁呢? 她低头看一眼狼狈的自己,抚一把发烫的脸孔,可并不觉过于惊慌。

　　走出公司大门时,已是满天星辰,时间来到了晚上九点。

　　林妮想起了和袁洋刚的约会。

4

　　袁洋刚住在公务员小区,一套他刚分到的两居室里。对于自己的工作,他向来有着莫名其妙的优越感。林妮有一次和袁洋刚外出,遇上他的同事,在介绍林妮的时候,他特意谎称林妮是一名老师,仿佛只有老师这个职业才能与他公务员的身份相匹配,而林妮作为网站摄影师的职业在他眼里是拿不出手的。

　　袁洋刚住在二楼,林妮去过两次。他一个人住,可他一再强调让林妮说话务必小声,说是楼层低,怕被楼下的人听见影响不好。林妮不知道他说的影响不好指的是什么,但她习惯于听从他的指令。因为他干妈反复叮嘱过她,一定要顺从洋刚,说他没有多少和女性相处的经验,让林妮多让让他多包容他。这不,一让就一直让了下来,仿佛没谈过恋爱倒变成了他所向披靡的武器一样。

　　说来也怪,两人几次单独相处,本可以把关系再提升一个档次的,而林妮和袁洋刚最亲密的举动只到了身体初步接触这一关,每次他都适可而止。林妮虽说不上有多渴望,但每次关键时刻的戛然而止总难免让人有所不适,不管是生理上,还是心理上。

　　今晚的袁洋刚和以往并无不同,一切按部就班地进行着——关灯,看电影,牵手,拥抱,亲吻,然后他再次把手轻轻地伸进林妮的衣领里。所有的一切在鬼鬼祟祟地进行着,起码给林妮的是这种感觉,并不热烈,近似于试探,仿佛林妮是一个易碎品,或者是他希望林妮表现得像一个易碎品,会惊慌、羞涩、紧张,或是哭泣,那将大大地满足他对她的期待。可是没有,他定定地盯着林妮的脸看。林妮大大方方地让他看,既没有羞涩,也没有惊慌,镇定无比。袁洋刚不易觉察地皱了皱眉。以林妮对他的了解,袁洋刚应该准备要罢战了。但这一次,林妮不打算再放过他。她无视对方惊讶且充满疑惑的眼神,开始主动脱衣服。外套、小背心、内衣、包裙,然后微笑地看着他。林妮无法形容袁洋刚当时的表情,既疑虑重重又平静得令人难以置信,仿若一个旁观者。但林妮铁了心,今天夜里,只要是袁洋刚抗拒的,她偏要做。她一定要打破一点儿什么,而至于那是点儿什么,连她自己也说不清楚。林妮粗鲁地往下拽着裤袜,这会儿她挺感谢丝袜的弹性的,让她在使劲扒拉中又坚定了自己的决心。最后,林妮抬眼冲他狡黠地笑了笑,把最后的防御也卸了下来。

　　林妮不知道这是不是袁洋刚的第一次,因为从头到尾都是她在唱独角戏,她无从判断他对此事的经验有多少,他说得最多的一句话就是——你帮帮我,你帮帮我。十分钟不到,数不清他到底说了多少次你帮帮我。林妮从这句话里判断出两层意思,一个是也许他真的没经验,另一个是,他就是一个可怜的自私鬼,只懂索取而不会付出,哪怕是在床上。林妮想起了符姨,不懂袁洋刚是否在诸多事情上常常请求她帮帮他,处处示弱,没完没了。一个依赖的干儿子,似乎更能满足一个渴望被强烈需要的母亲,或不仅仅是母亲,还有更多其他隐蔽的成分。比如在某个深夜,面对那个巨婴儿子的各种奇怪诉求,符姨用自己并不坚挺的胸怀接纳了他,然后他像抓住救命稻草一样死死地箍住她,带着她一起沉落水底。年轻的干儿子那蓬勃的气息成了她在水底呼吸的最佳氧气,她需要这种被箍紧的感觉。

他俩互相需要，更胜于林妮和她儿子之间的需要，以及符姨和她丈夫之间的需要。她还名正言顺地把这一切归类为一个母亲对儿子毫无保留的爱，只是不知那种爱里某种不健康的汁液在暗流涌动。

林妮想起符姨之前给她的一个好心建议，在符姨判断出她不是处女后，教给了她一个方法来欺骗袁洋刚。符姨让林妮在和袁洋刚第一次做那事的时候，带上一瓶红药水，事后偷偷地倒在床单上，然后假装惊慌失措或是楚楚可怜的样子。而林妮并不打算那样干，袁洋刚不值得她为他撒谎。

林妮调动了自己在两性之事上的所有经验，不管是亲身经历的，还是电影里看到的，再加上自己强迫式的独创。她到底在做什么呢？像打了一场不允许失败的仗，那么力不从心和心烦意乱。林妮想得更多的是，这一次后，她便不再欠他的了，虽然她从没欠过他什么，她不过是稀里糊涂地被那母子俩无辜地推到了被告席上，而她又傻乎乎地配合着演出了一段被告的戏份。够了，这次之后，该两清了。不管这次她是出于对袁洋刚的戏弄还是献祭，都可以两清了。她希望从此退出这母子俩的视线，哪怕落下一个荡妇的骂名。

然而，事情并不像林妮所希望的那样，完事后，袁洋刚就开始检查床单。林妮知道他在干什么，冷冷地看着他。袁洋刚的脸由红转白，由白转红，像一条被踢了一脚哼哼直叫的狗，哭丧着脸说为什么。林妮一动不动，光着身子，直挺挺地躺着，仰望着天花板。他又问了一句为什么。林妮转头看向他，他正跪坐在床边，满脸委屈地看着林妮。林妮伸手抚摸了一下他白得透青的小腿，那里有浓密健康的毛发，可这似乎和他白皙的身体以及哭丧的脸并不匹配。他开始哭泣，仿佛经历了一场恶作剧，而他是受害者。

林妮不想解释，在这个哭泣的男人身上，任何的解释都显得苍白与可笑。她的身体略感疲惫，精神倒是充沛的，疲惫的身躯让她更意识到当下发生了什么，一组画面逐渐变得清晰起来——一张床上，两个裸体男女，男人跪在床尾哭泣，女人直挺挺地躺着，手里紧握一小瓶打开了盖子的红药水。林妮嘴角的笑意更深了，她一骨碌从床上弹起，不顾还在哭泣的袁洋刚，飞快地穿好衣服，离开之前，甚至没再看他一眼。

回到那幢熟悉的骑楼前，站在楼底通道的阴影里，林妮把手伸进背包，手指触及那件脱下来的内衣，才意识到她从袁洋刚家里出来时并没有穿上，只是胡乱地塞进了包里。林妮抓出一大串钥匙，哗啦哗啦地打开了门。

刚踏上木梯,林妮母亲提高了八度的声音就从上头急急传来,说符姨打了一百个电话过来,让你回到家马上给她回电话。林妮微笑着告诉母亲,她以后再也不会给符姨打电话了。想了想又说:"如果你是真正关心女儿,你该选择和我站在一边。"笑容凝固在她母亲脸上,她像看陌生人那样瞪着林妮。林妮又笑了一笑,她觉得这时候的母亲挺像母亲的。

洗了澡,躺在床上。林妮开始构思即将要拍的那组照片,题目思索了很久,一开始想命名为《欺骗》,觉得过于直白,最后定为《蜕变》。虽然这题目有被用滥了的嫌疑,但也找不到比它更能说明问题的了。为着这个题目,她写了长长的文案,最终又删掉了一大半。就如聂全说的,不用过多地引导,读者并不傻,你的文字模棱两可更能刺激他们的想象力,但林妮还是在文案里强调了此蜕变更多是指精神困境上的挣脱以及对未知和未来的探索。手机振动了几下。打开。除了符姨的十几个未接来电外,还有一条陌生人的信息,上面写着:我今晚看到了另一个你,是否该让那个你继续存在?你作品真正的力量也许隐藏在你的真实里。没有署名。

林妮按号码打了过去。

没人接。

林妮发送了一条信息:你是谁?

对方并不回应。

5

一周后,林妮拍摄的《蜕变》登上了"亦真亦假",反响异常火爆,她的人气一下盖过了唐露。照片一共两张,一张是床上仰面躺着的双目紧闭的女子,身上半掩盖着白色被单,裸露出肩膀和小腿,右手紧握着一个红色瓶子,还有一旁哭丧着脸半裸的男子。另一张是女子神情狡黠,红色液体洒落在白色床单上,一旁的男子似笑非笑地注视着红色床单。看这组照片的时候,聂全一如既往地面无表情,他只提出了个疑问,人物的表情是否可以省略掉。林妮坚持了这种表达方式,她认为捎带引导的阐释更为直观与合理。她随即发现聂全看她的眼神和往常有点儿不大一样,具体也说不上是哪儿不一样,也许不过是看她的时间比往常多了不确定的零点一秒。而这零点一秒,足以让林妮联想到更多。会不会那天夜里在会议室窥见了她的人正是聂全呢?林妮觉得这个可能性极大,从之前聂全给她的建议,到陌生信息中的话语,这一切似乎都有迹可循。

对于林妮急涨的人气,唐露似乎并没有多在意,在同事面前她会对林妮说一些"干得不错"之类的话。接下来的两周,林妮在公司里很少看见她,听说她正深入城市某个隐蔽肮脏的角落,为提取素材而潜伏。至于她想拍的是什么,无人知晓,只是从小汤嘴里探知她此举有一定的风险,而当林妮装作毫不在意地随便一问时,小汤又闭上了嘴巴。林妮猜测聂全知道唐露的行踪,因为每次同事谈论唐露,聂全总是紧皱眉头,眼睛微眨,那不像他的作风,他向来是不动声色的。

手机里有一条林妮几天前收到的信息,是那个陌生号码发来的:《蜕变》不错,和你以往完全不同的风格,是否可以作为一个女性专题,探索更多可能性。林妮看着站在窗前的聂全,他的手里正拿着一个手机。这个号码会是他的其中一个吗? 林妮有瞬间冲动,想当面回拨这个神秘号码。才按了三个数字,她又放弃了。拆穿了身份后,游戏还能继续吗? 她早已习惯了这个游戏,她能从中感受到某种默契和关心。就如小时候,她故意假装消失,躲进一间小黑屋的衣柜里。那是她父亲生前住过的屋子,里面还保留着父亲用过的床铺和衣柜。她有时躲进矮矮的衣柜里,有时躺在遍布灰尘只剩床板的木架床上,有时甚至哪儿也没躲,就拉一个小板凳,坐在屋子中央。母亲的脚步声一遍遍地从门口走过,呼唤一声急过一声,可她从不会走进来看一眼,她大概以为胆小的林妮是不敢走进这间小黑屋的吧?母亲是多么不了解她啊。林妮在黑暗里瞪大眼睛,一动不动。她喜欢母亲为她着急,为她哭泣,不是那种自怨自艾的哭泣,是因为害怕失去她而产生的绝望和恐惧。她等待着某种心照不宣的默契时刻的到来,等待着母亲推开门走进来,把她揽入怀里,身体因失而复得发出激烈的颤抖。可是没有,她的希望一次次落空。后来,小黑屋被上了一把锁,她连享受这个游戏的快乐都被剥夺了。而现在,小时候的游戏又出现了,她同样在小黑屋里坐着,聂全在外面来回地走动,他知道她在注视着他吗? 她希望聂全知道。知道,又假装不知道,这才是游戏的最高境界,是参与者之间最好的默契。她喜欢这个游戏。

6

《蜕变》出来后没多久,林妮发现自己怀孕了,她想大哭一场,却欲哭无泪。人生不可能重来,更无法做到像照片一样可以进行后期的修补。

林妮独自去了医院。

她戴着口罩,茫然地瞪大眼睛,蜷缩在角落的长椅上。椅子上坐满了人,成双成对的,无一例外的脸色蜡黄,表情呆滞。只有她是独自一人。此时此刻,独自一人待在这种地方仿佛是件极其可耻的事情。可林妮无暇顾及太多了,肚子在隐隐作痛,因为之前按医嘱吃了一颗药,下体已开始出血。她像一块化石瘫在长椅上,头仰起,斜靠墙上。没人注意到她,她不过是众多化石里不起眼的一个。

长时间的排队等候,时间似乎凝固了。直到护士大声地喊出她的名字,她才从梦中惊醒,噌地站起。所有的化石都抬起头来看她。她假装镇定,迈着不紧不慢的步子走进了那扇浅绿色旧旧的门。

手术室里挺热闹的,有好几个穿着白大褂的医生、护士、麻醉师,在说着和手术有关或无关的话题。屋子中间有两张手术床,其中一张床上躺着一个光着下体正在熟睡的女人。靠窗的地方还有一张床,上面刚刚还躺着的女人正缓慢地下床,穿裤子,然后在护士的搀扶下朝门口走去。护士在门口大声地喊着她家属的名字。

护士对林妮说:"把裤子脱掉,躺到床上,双腿张开,衣服拉高到胸口。"

林妮照做。低下头,慢慢地脱,留给自己充足的时间来适应这份突如其来的尴尬。

林妮的口罩被示意摘了下来,换上了氧气罩。一位男医生给她扎针。对方戴着口罩,林妮看不清他的脸,只看见他眼睫毛密密长长的,眼睛深邃,鼻子高挺,应该是个长相不错的年轻男性。林妮的视线从他脸上移开,不安地挪动了一下身体。此刻,她只希望他俩从未见过,不单是他,手术室里所有的人都未曾见过。林妮把脸转向别处,感觉到下体凉飕飕的,她闭上眼睛,等待着麻药快点打进来。

屋里有点儿冷,林妮打了一个寒战。她听见了氧气罩下自己沉重的呼吸声,听见了金属撞击盘子发出的巨大的声响。

她睡了过去。

又醒了过来。

浑身软得像根面条,睁开眼时,林妮发现自己已被挪到靠窗的那张床上。裤子还没穿回到身上,她仍然光着下体,可林妮已慢慢地习惯了这样的暴露,慢慢地变得没有了羞涩感。她刚刚躺过的手术床上正躺着另一个熟睡的女孩儿。她的脸侧向林妮,睡着的样子真甜美啊。她的衣服被撩到了腹部上面,露出光洁平坦的腹部，一位女医生正站在女孩儿叉开的双腿中间，旁边的护士递给她一把亮晃晃的器械，她把它插进了女孩儿的下体。女孩儿仍在熟睡，一动不动。林妮从侧面看着女孩儿那具苍白而又蓬勃的躯体，冰冷的手术室顿时变得生机勃勃起来。林妮突然觉得自己很猥琐，不只是她，所有注视或触碰过女孩儿的人都同样的猥琐与值得羞愧。那些目光大概是具有杀伤力的吧，在它们的注视下，一具鲜活的女孩儿肉体正迅速地变成一具苍白褶皱的妇人肉体。那一刻，林妮有流泪的冲动。

林妮想起刚刚做的一个梦，梦里有许多戴着面具的人，穿着白袍，在围着她跳舞。那是天堂呢还是地狱？林妮轻笑出声。她前面那位刚刚给她打麻药的男医生回头看了她一眼。林妮冲他笑了笑。

当护士扶着林妮走出那扇浅绿色旧旧的房门时，林妮回头看了一眼这个神奇的地方——裸露下身的女孩儿，蓬勃而又腐败的肉体，熟睡中甜美的脸蛋儿，旁边戴着白色面具穿着白袍手里拿着明晃晃手术器械的人，或者，不是人，是鬼魅。他们正在偷走女孩儿生命中一件宝贵的东西。他们围着她起舞，以庆贺获得。而旁边不远处站着一个同样光着下体的女孩儿，她的脸上也戴着一个面具，黑色的，一个笑意吟吟的面具。

林妮想起之前来自陌生信息的建议，灵光一闪，也许对方说得对，继《蜕变》后，她可以继续创作一系列女性主题作品，比如方才在手术室里的那一幕——女孩儿、肉体、面具、鬼魅……不如，这组片子的名字就叫《涅槃》吧。她觉得潜伏在身体里的某个幽暗角落一下得到了太阳的普照，开始生根发芽，初显了生命的原始特征与活力。她为此感到既忐忑又兴奋。

刚走出手术室，身体还虚弱着，林妮靠在刷成上面白下面绿的墙壁上，迫不及待地向陌生号码发送了一条信息：我终于明白，如果说成长有捷径，那便是通往深渊的，那里有未知的惊险和不为人知的快乐。她随手把那个号码备注为"聂全"，并会心一笑。

对方很久才回复了她——警惕另一个你并不熟悉的自己，和深渊保持距离吧。

林妮回了三个字——试试看。

7

在唐露失踪了两周后，林妮在公司的摄影棚里看见了她。她戴着一顶鸭舌帽,帽檐压得很低,在和化妆的女演员说着拍摄要求。声音沙哑、疲倦、犹豫,不时停顿,似乎连她自己都没想好人物该怎么表现。女演员大大的眼睛,厚厚的嘴唇,艳俗的妆容,是林妮没见过的陌生面孔。脸上的皮肤干燥粗糙,厚厚的粉浮在上面,长长的假睫毛扑闪着,表情明显地不耐烦,不时翻一个白眼儿,或剧烈地抖动双腿。除了女子,还有一个中年男人,是那种你哪怕看过十遍也记不住的大众脸庞。林妮不知道唐露从哪里请来的演员,公司经费有限,请演员往往需要摄影师各显神通,大家只看见定期有片子出来,却从不知道演员的来历。

摄影棚里的灯光调得很柔和,只在一张床上四十五度角的斜上方有一盏灯。唐露开始清场,把围观的人全部往外赶。林妮正打算离开的时候,唐露却叫住了她,说请她留下。林妮感到诧异,但也没有拒绝。

拍摄进行得并不顺利,请来的女演员显然达不到唐露对动作的要求。唐露让她摆的姿势她连一半的感觉都摆不出来,这让唐露异常懊恼。几次后唐露就发了火,说不拍了,请她离开,工资只付一半。女演员直翻白眼儿,拿起衣服就往外走,还嘀咕着说:"拿跳广场舞的钱想请专业练瑜伽的,脑子有病。"唐露冲她背影叫了声滚,靠墙上猛吸烟。

"连婊子都他妈的比这种人有职业道德。"唐露咬牙切齿地说。林妮笑了笑说这种事儿她也没少遇见过。唐露犹豫了一下说:"妮儿,我有个想法,不知你愿不愿意。"林妮说:"你说。"唐露说:"这组片子我想让你来拍,我来当演员。"

林妮愣了一下。这是从来没有过的事情,一般摄影师都是各自寻找素材,组织拍摄和后期文案,自己的创意自己独立完成,她俩从未合作过。

唐露接着说,这组照片该怎么拍,想要突出一个怎样的主题,她还没想好,她唯一能确定的是,想把它拍出强烈的疼痛感。画面里的两个人,不管他们当下的身份如何卑微,他们有着各自的故事,过往、现在和未来。他们都曾经犯下过错误,在某个特殊的时间里,他们相遇,并对各自的生命产生了强烈的疼痛感。

林妮看着鸭舌帽下的唐露,如果她没有猜错,外面的传闻并非无中生有,看来前段时间,唐露是到情色场所去蹲点了。而她经历了什么,林妮无从得知。这么一来,从聂全之前的反应不难理解,他应该是知情的。那么,关于这组作品他到底是持何种态度?面对唐露深入虎穴的执意而为,他是赞成还是反对呢?在这场她和唐露的暗自较量中,他到底站在谁的一边?林妮想起那个信息——和深渊保持距离。这是一种关心吗?他是想让她停下目前刚刚爆发的创作势头,放弃这场角逐？噢，不不不，这才刚刚开始呢。

林妮装作很随意地问聂全对唐露这组作品的看法。唐露说他只强调了两点：一个是画面干净，主体物突出，并且不需要故作姿态的情绪引导；另一个是平静的疼痛，看似来自肉体，实质是一种精神表达，让猛烈的疼痛感在平静中迸发，并在痛苦中和自己达成和解与宽恕。

唐露在谈论聂全的时候，让林妮觉得有点儿不舒服。她从没和聂全就作品有过如此深刻的探讨，甚至没和他单独好好地相处过，尽管林妮从不反感聂全以任何形式接近她，可他从来没有。聂全在她面前，总是一副高深莫测让她无法接近的样子。而林妮从唐露的语气中，捕捉到了两人之间的某种微妙气息，她似乎能断定，这种微妙的东西是在她和聂全之间没有的。只有在和那个陌生号码进行交流时，她才能在字里行间捕捉到一点儿她想要的小情绪，但每次只要她想往前再进一步，对方就会又回到原先的轨道上。

唐露说关于这场拍摄她有一个想法，一个她之前就有过的构思，但一直找不到合适的精神母体，刚刚突然想通了它和这次拍摄之间共通的含义。林妮看向她，等着她往下说。

唐露说她需要得到林妮的帮助，并需要一些小道具。她打了一通电话给小汤，请他去帮忙买一些东西，然后对林妮扮了个鬼脸说希望她不要被吓到。不懂唐露和中年男人说了些什么，他很快就离开了摄影棚。唐露冲林妮笑笑说一个人也能完成这个作品。

过了一阵子，小汤就把唐露需要的东西送了过来。小汤离开后，唐露开始脱衣服。她脱得很快，直到一丝不挂。

唐露的身体比之前消瘦，林妮飞快地扫她一眼，为了避免尴尬，她开始不停地走动，调整灯光和反光板的位置。

唐露拿着小汤帮买的东西坐到了铺着米色床单的床上，解开包装，有一瓶酒精、一瓶固体胶、几根红头绳和一些红色小图钉。林妮把酒精瓶子拧开，把图钉一个一个地扔进去泡着，然后向林妮招手。林妮疑惑地走近。唐露让林妮背对着自己坐下，手指按上了她的背部，在四个地方分别用力按了一下，问林妮记住位置了吗。林妮点点头。唐露说："一会儿你把四枚图钉分别从这四个位置刺进我的身体，把红线的一头固定，让红线在我的背部走成一个长方形，如果红线无法固定拉直，可以用一点儿固体胶，最顶端右边的线头留长一点儿，长到我可以伸手绕到后面牵着。"她问林妮听明白了吗,林妮脑子里还在消化唐露的话,机械地"嗯"了一声,唐露便示意林妮动手。

林妮愣住了,才明白过来唐露让她干些什么,她拿着图钉的手微微发软。

唐露说:"动手,别尿。"

林妮硬着头皮把图钉往肉里轻轻按了一下,想着如果唐露喊疼就停下。可唐露说:"很好,用力,你就想着那是一块猪皮,哈哈。"

林妮摁着图钉帽的拇指犹豫着加大了力度,她好像听见了钉子扎破皮肤发出清脆的"啵"的一声。唐露哈哈大笑了两声,说再来。

有了第一次,下面就容易了一点儿,林妮在唐露的背部比画着方位,往下找到一个点,图钉再次犹豫着摁了下去。唐露又哈哈两声怪笑。林妮咬着嘴唇问唐露可要继续。唐露"嗯"了一声。

林妮觉得唐露的呼吸声比之前沉重了许多,身体变得有点儿僵硬,当第四枚图钉扎下去时,唐露的身体猛地战栗了一下。第一枚图钉的地方开始有血往下滴,顺着红线,像一个红色小虫在慢慢地往下爬行。林妮怔了一下,她到底干了些什么?不由得她细想,唐露开始催促她开始拍摄。林妮在唐露背部两米处来回移动,寻找着最佳角度。

此时的唐露也进入了某种状态,一动不动的,像在做一个极限瑜伽动作——头往前低垂,与肩膀呈九十度角,从后面看不见头颅,肩胛骨和颈椎骨微微凸起。从侧面看,身体团起,头和双手埋在双腿中间,头发低垂,挡住了脸。林妮稍稍蹲低,从她的角度,完全看不到唐露除了背部以外的所有肢体,只有微凸的肩胛骨,真切的皮肤纹理,还有触目惊心的图钉与红线,只有中间那一竖排间隔有序凹凸分明的脊椎骨在提醒这原来是一个人的躯体。

唐露的声音像从地底下贸然钻出,她说:"妮儿,帮我把上面那根线头拿起来放到我手里。"然后一只苍白的手慢慢地从肩膀上面伸出,绕到后面。林妮把线头放在她的拇指与食指之间,触碰到的唐露的手异常冰凉。

镜头里的是这么一个画面:一具没有头颅的躯体背部,用图钉与红线勾勒出一个长方形,一只手高高地弯曲在肩膀上空,紧攥着一截线头。在林妮把这一组片子拍得差不多的时候,唐露突然拉动了手中的红线,图钉掉落了一枚,背部的长方形被破坏成了一个不规则图形,而图钉和红线在离开了原先的位置后,图钉刺过的地方呈现出了一个小小的血孔,滴落的血迹就暴露了出来。唐露没有说话,拽住红线的手在微微发抖,依然保持着那个姿势。林妮飞快地对焦,摁下快门儿,抓拍了下来。

拍摄完成后,唐露让林妮把酒精浇在她的背部。她苍白着脸,颤抖着手指,长时间只顾着吸烟。两人都不说话。在林妮拔出她背部的第二枚图钉时,唐露的肩膀抖动了一下。她说:"妮儿,你有没有过那么一个时候,你不像你,又似曾相识,而那个不像你的你,越来越像你。"

林妮想起了医院里,站在女孩儿双腿中间的那位医生,把明晃晃的金属器械慢慢地插进了女孩儿的下体。她深吸一口气,把唐露背部最后一枚图钉也拔了出来。唐露的肩膀又猛地抖动了一下。

唐露把这组照片取名为《无脸》,她说无脸比肉体的疼更疼。

8

手术过后一周,林妮的下体还在出血,她不确定哪里出了状况,只觉得身体很虚弱。她躺在床上,左手举起镜子,手略略发抖,连握紧的力气都没有。镜子里的人,脸色苍白,眼神暗淡,拉开眼睑,没有一点儿血色。她使劲扯住下眼睑,直到眼睛干涩冰凉,泪水上涌。她闭上眼睛,身体软绵绵的,像飘在空中,又像漂在水里。风用力地鼓动旧窗户,从缝隙里钻入,呜呜作响。要起台风了吗?林妮抓紧床沿,床好像漂移了起来,四周皆是海水,不断地拍打着她的床铺。渐渐地,海浪翻滚,涛声喧哗,一如十七年前的那个黄昏——

血色黄昏。天空、大地、海面、沙滩,目光所及之处皆是红色。一个小女孩儿跪坐在沙滩上,旁边同样跪着的是她的母亲。母亲正趴在前方仰面躺着的那个人身上号啕大哭。那人的脸上身上盖着衣服,露出的部分肢体浮肿变形。躺着的人是小女孩儿的父亲,小女孩儿一想到这里,就使劲儿地哭上一阵子。才哭一会儿,她又被旁边某个有趣的地方吸引了注意力,定定地看着发起愣来。也许在她那个年龄,并没有很好地理解"死亡"二字。她有几次想伸出手,揭开盖在父亲脸庞上的衣服,看一看那人到底是不是她的父亲。她侥幸地认为,也许大人们都搞错了,如果躺着的人不是她的父亲,她就可以和母亲回家了,不用继续跪在这满是贝壳碎片的沙滩上,那实在是让她疼痛难忍。父亲说不定正在远处海面上的哪艘渔船上焦急返航,他不久将回到家里,给她带回各种贝类小玩意儿。这样想着,她又伸出了手,心里拼命地祈祷着。手将要触及那件衣服时,被母亲狠狠地打了一巴掌,小脑袋一下被按在了沙滩上,才又"哇"的一声哭了起来。

许多年过去了,这幅画面非但不曾褪色,反倒变得愈加丰富瑰丽起来。那天的晚霞,逐渐长成了一块满是鲜花的红毯,覆盖着整个天空。鲜花还在不断地生长绽放,开出一朵又一朵硕大的红花,密密麻麻,层层叠叠,以至于天空变得越来越低,低到她触手可及。海面上波涛翻滚,海浪伸出巨舌,一下又一下地朝她们母女舔来。海水漫上了她们的身体,可母亲还在哭泣,周围的人都离开了,他们好意地提醒她母亲说:"快带孩子回去吧,再哭人也回不来了——台风又要来了,出海的渔船还没返航,不知又有谁要遭罪了。"小女孩儿于是向远方海面看去,几艘渔船像纸片一样夹在红色的天空与黑色的海水中间,时隐时现,可能随时被压扁挤碎。这个画面像一个毒瘤长在了林妮的脑子里,随着年龄的增长,变得越来越大,大到快要占满她整个脑子。父亲去世后,她经常梦见自己掉进海里,每次都是大喊大叫着从梦中醒来。这样的梦做得多了,即使是在梦里,她也知道那不过是一个梦,然后她使劲地喊叫挣扎清醒过来。她不断地做梦,醒来,做梦,醒来。那梦仿佛和她较上劲了,没完没了。后来,她在梦里不再挣扎,异常镇定,告诉自己那不过是一个游戏,一个类似于密室逃脱的游戏。她尝试各种办法逃脱,虽然每次还是会被水淹没而惊醒,但她相信总有一天能顺利逃脱,而那一天,快到来了吧。最近,再做这个梦时,她已完全感觉不到恐惧,反倒是渴望能再次进入梦境,每次都离成功只差一点点,那一点点的距离让她兴奋无比,仿佛只要再坚持一次便可成功。为了一次又一次地快速地进入梦境,她开始吃起了安眠药。

今夜里下起了雨,骑楼顶仍然是旧时的瓦片,雨滴敲打在上面,叮叮当当十分悦耳。吃了安眠药的林妮感觉自己离那片海更近了,连空气都是咸湿的,她伸手在空中抓了几把,手心里冰凉滑腻,像抓到了海藻的感觉。肚子突然一阵痛,林妮光着脚跑进浴室,裤子褪到脚踝处,坐在马桶上。有点儿晕,她仰起头,闭上眼睛。滴滴答答的声音变得越来越大,越来越密——屋顶的雨、下体的血、汹涌的海。站起身来,她按下抽水马桶开关,涌出红色漩涡。她一次又一次地坐上马桶,一次又一次地起身,冲水。马桶发出刺耳的声响,红色漩涡一次又一次地把她带回那个血色黄昏。她离那天是如此的接近,是不曾有过的接近。那一刻,她甚至渴望身体里流出更多的血,伴随着马桶产生的巨大漩涡,将这个平静的雨夜摧毁,撕碎。最好是能惊动母亲,让母亲看见此刻的她,也让她看见此刻的母亲,那该是

130

两张多么相似的脸，那么真实，真实到像一对母女。

　　林妮坐在马桶上，翻看起了手机。手机记录了长长的未接来电，是符姨的。在她打了无数通电话，终于接受了林妮不会再接她电话的事实后，她给林妮发来了几条长长的信息。林妮机械地一一删除，只瞄了一眼最后一条——你伤害了洋刚，我做鬼也不会原谅你。林妮苍白着脸怪笑了一声，站起身，使劲儿按下马桶开关，马桶哗哗作响，像藏了一个妖怪在里头。她给袁洋刚发去一个短信，她说："你知道处女在床上是什么样子吗？就像一具尸体。"然后她哈哈怪笑了几声。

　　此时的林妮越来越清醒了起来，吃下的安眠药看来是一点儿也没起作用，精神异常地亢奋着，许多稀奇古怪的念头一股脑儿地涌了出来。她想起了许多有趣的事情，比如在上大学时某个周末的夜晚，她去参加学校的周末舞会。那是一个篮球场，外围站满了学生，盛夏的天气，球场里闷热得很，几台大电扇发出巨大的噪声。林妮穿着浅色长裙，羞涩而又热烈地站在人堆中，紧张地等待着男生前来邀请。主动权往往掌握在男生手里，女生们哪怕有心仪的舞伴，也是不会主动去邀请对方的。每次舞曲才刚响起，就会有男生过来邀请林妮，遇上了长相俊朗或舞技高超的，就像中了彩票一样的兴奋。如果是太矮或长相难看的男生，第一次出于礼貌也不会拒绝，但第二次如果对方还来，必然是要坚定拒绝的。毕竟，那样亲密的距离、肢体的接触、皮肤的摩擦，混杂着汗液和呼吸，如果不是有好感的男生，心里是大不愿意的吧。那天夜里，林妮就遇上了一个她愿意的男生。男生是音乐系的，那晚的音乐由他们乐队调控。男生拿着麦克风说这是一个仅属于华尔兹的夜晚，是一个让你停不下旋转的夜晚。那一夜，全场都沸腾了，大家逆时针地在篮球场里转了一圈又一圈。他成了林妮的专属舞伴，带着她跳了一曲又一曲的华尔兹。她晕眩在那醉人的旋律里。舞会结束后，他俩仍然停不下来，他带林妮去了学校的操场，沿着四百米跑道，跳起了华尔兹，直到两人累得不能再动弹，躺倒在草地上。林妮从没觉得那样痛快过，仿佛生命中的某扇窗子被打开了，一屋子的阳光洒落了进来。她张开四肢，大口地呼吸夜色里的空气。男生说："你知道我为什么特喜欢华尔兹吗？"林妮说："为什么？"他说："华尔兹既高贵又邪恶，当你完全领悟它的内涵时就会被俘虏，像有一个魔鬼掌控了你的思想和身体，让你无所畏惧，会一直旋转，直到死亡。那类似于一种献祭，向着自己内心的圣歌，音乐不停，旋转不止。"林妮听得一愣一愣的，摇摇头说她不懂。他神秘一笑，说："总有一天你会懂。"林妮说："也有可能我永远不会懂。"他狡黠一笑说："你会，信我。"

林妮给那个备注着"聂全"的号码发去了一条信息:音乐不停,旋转不止,人们时常在等待身体里那个恶魔的出现。她最近喜欢不时地把自己当下的心情与感悟和对方交流。

对方没有回复。

林妮继续发去信息,说我知道你是聂全,那晚在会议室外面的人是你,对吗?其实我很早就认识你,大学里华尔兹的那一夜还记得吗?你带人在操场上放烟花,烟花把草丛里的我和音乐系男生吓跑了。等男生离开后,你特地过来警告我让我远离他。你说一年前有一个女生刚为他殉情,就在校园北面的荷花池里。你说那一季的荷花开得真艳啊,全是红色,就如发现她的那天早晨的池水那般的红。那时,你大四,我大一,半个月后你就毕业。你不知道我,而我一直记得你。后来我听说,你就是那个女孩儿的前男友,为着女孩的死,你还和音乐系男生打了一架,差点儿被学校开除。后来阴差阳错地,我来到"亦真亦假",我认出了你,而你仍然对我一无所知。

对方还是没有回复。

脑袋异常的清醒,林妮又吞了两颗安眠药,这回药力来得很快,四肢变得软绵绵的。外面起了雷,模模糊糊地听得不真切,像隔着厚厚的绒帽子。这雨,该下大了吧?林妮打开房门,来到了二层的晒台上。隔壁母亲的房门虚掩着,听见了电视的嘈杂声,时间还早,这会儿她应该是在看电视剧。

雨还没下大,倒是天空变成奇异的橙色,能看见远处从天而降的闪电,像有一把银斧子把黑夜剖成了两半。雷声依旧沉沉闷闷的,响得一点儿也不痛快。雨滴在脸上,麻麻的。眼皮变得沉重了起来,林妮拼命地睁眼,可是没有用,眼皮被什么粘住了似的。四肢发软,两条腿死沉死沉的,连走回屋里的力气都没有了,只好坐在地面上,坐在了积水里,屁股连接地面处也是麻麻的,一点儿也不真实。林妮怀疑是在梦里,可是手软绵绵的,连掐一把自己的力气都没有。林妮干脆躺了下来,仰面对着天空。天空怎么一下子变得全黑了,一丝光也没有。好困啊,这样睡着也不算太坏。只是,有点儿冷。

不知过了多久,林妮睁开眼睛的时候,发现自己正躺在房间地上,母亲一边哭,一边用尖尖的发夹刺她的人中。看见她醒来,母亲哭出了嗷嗷声,像受了多大的委屈。她安静地看着哭泣的母亲,想起了多年前跪在沙滩上同样哭泣着的那个母亲,两者好像不大一样。母亲哭着哭着就拍了她几巴掌,一开始是轻轻的,接着就越来越重。如在她读高中时的某个傍晚,听说沙滩上死了一个人,她便和同学一起去看死尸。回到家时天已全黑,母亲像一头兽那样向她扑来,一下一下地打她,用巴掌打。林妮不哭,也不躲,圆睁着眼,冷冷地瞪着母亲。母亲打了好一会儿,打到了手抽搐,突然就跪在了林妮跟前,嗷嗷地哭出了声。那次后,母亲再也没动过她一根手指头。可之前那么些年挨的巴掌,重重叠叠地印在了林妮的脑子里,怎么也抹不去、赶不走,以至于现在母亲再怎么对她努力微笑,她记住的,仍然是那些深深浅浅的巴掌。

而现在,母亲的巴掌一下又一下地打在她的身上,所有的记忆全活了过来。林妮像小时候那样瞪着她,脱口而出一句话——我爸是怎么死的?

方才还哭泣与撕打着林妮的母亲一下住了手,她在凌乱的头发中仰起脸,茫然地看着林妮,听不懂她的话似的。林妮轻笑了一声,看着她母亲说:"我爸不是海难死的,他是被我和你害死的。"林妮母亲的脸一下失去了血色,瞪着林妮的眼神变得恐惧,仿佛眼前的人不是林妮,而是一个陌生人。林妮并不打算住嘴,她接着说:"你不是一个好妻子,你脾气暴躁,我从小就见识了你脾气的刁钻古怪,你对所有的一切不满,包括对我爸,你总是用最恶毒的话来咒骂他,可他从不会反抗你。我恼恨他的懦弱,恼恨他为什么还对你千依百顺,我希望他反抗你,甚至希望他哪天出海不再回来,离开我们,这样你就没法儿再折磨他。然后,他就真的离开了我们,我所祈祷的应验了。是我俩害死了他,我们俩是罪人。"林妮微笑着看着她母亲。

房门没关,风一阵一阵地刮进来,桌子上一本摊开的书被吹得哗哗作响。林妮的母亲早已停止了哭泣,她呆呆地跪坐在地上,一晃一晃的,像那些纸片儿,随时会被风撕裂,坠落。然后她摇晃着站了起来,佝偻着背慢慢地朝门口走去,如一幢摇摇欲坠的老房子。一道闪电落在屋前不远处,晒台如白昼一样的明亮,能清楚地看见林妮母亲被风扬起的凌乱的头发,半遮住了脸。她并没有伸手整理头发,只是侧身轻轻地带上了门。屋里一片寂静。

手机叮叮两声响,是袁洋刚发来的信息。他传来一张照片,是他和一个年轻女孩儿的合影。照片像是刚拍的,就在袁洋刚的家里,林妮认得他俩身后的窗帘。相片只拍到肩膀,可以判断出两人是裸着上身的。袁洋刚笑得很得意,林妮知道那意味着什么。接着,袁洋刚又发来了一条信息——她比你干净,更比你好。

林妮的小腹一阵剧痛,五脏六腑被拧成了一团似的,身体软绵绵的。她脱掉湿透的衣服,裸着身子站在空荡荡的屋里,想起了唐露说的那句话——不穿内衣试试。想起了那一夜,她在会议室里脱掉内衣,而聂全从门口经过。大概正是从那一夜开始吧,一切都和以前不大一样了。他说让她和深渊保持距离,他到底了解她有几分?可音乐已经响起,她还能停下来吗?她需要有人来拉她一把,而那个人,会是聂全吗?

林妮急急地套上外套、雨衣、雨鞋,朝门外走去。

她要去见聂全,她要当面告诉他,她就是当年那个跳华尔兹的女生,还有,她知道他是谁。

9

聂全住在城西的冠山海公寓里,背靠着这城里唯一的一座山,前面是七星江,再过去就是入海口。"亦真亦假"的同事都去过聂全家,那次聂全获得了全国摄影大赛金奖,大家去他家庆祝。林妮还记得他家里的装修风格,无论是墙壁、窗帘、家具、床上用品等,一律是灰蓝色。聂全偏爱灰蓝色,就连他的衬衣也近似于那个颜色。

小区很大,林妮记得一直往右拐的尽头就是七星江了。她没去过那边,只在聂全家客厅的阳台上看到过那条江。因为临近入海口,那片水域的水是咸的,沿岸一带长满了红树林,这是一种在咸水里也能活的植物。

聂全住在顶层18楼,靠南的那户是聂全家。楼道里很暗,是声控灯,林妮捂住嘴巴轻轻地咳嗽一声,灯没亮。她拿出手机照明,沿着通道一直走到了聂全家的门口。

门口摆着一双拖鞋,是女士鞋。林妮蹲下,借手机的光打量着拖鞋。是一双人字拖,上面缀着一捧紫色流苏。林妮对这双拖鞋并不陌生,唐露就有一双一模一样的,自从她上次从日本回来后,就常常穿着它出入公司。唐露对拖鞋情有独钟,每去一个城市都要去淘自己没见过的拖鞋,别的女人家里的各种各样的高跟鞋,而她的,是风格不同的拖鞋。哪怕她穿的是职业套装,也能找到合适的一双拖鞋来搭配。

难道这是唐露的鞋子?唐露正在聂全的屋子里?

手机灯熄灭了,林妮一动不动地蹲着,不知蹲了多久,腿有点儿发麻。手机突然就掉到了地上,发出一声巨响。林妮吓了一跳,这才意识到自己正在聂全家的门口。楼道里刮起一阵风,是从侧边的窗子吹进来的,窗子没关,能看见外面暗红色的天空。林妮走到窗边,向远处眺望。前方黑压压的一大片,借着偶尔的闪电,依稀能辨认出是一条江。

雨下得更大了点儿,飘了进来,打在林妮身上。林妮打了一个寒战。

此时,聂全家的门被打开了,有说话声传来。

林妮躲进旁边的消防通道。

她听见聂全说:"我送你去拿车吧。"然后一个熟悉的女声嘻嘻笑着说"好啊"——正是唐露的声音,喑哑中带着妩媚。

林妮一路尾随,在他们身后约十米开外。聂全一手撑伞,一手搂着唐露的肩膀。唐露抱着他的腰。林妮突然想打一个电话给聂全,当着唐露的面,告诉他自己就在他的小区里,看他如何回答。她翻出手机,找到备注为"聂全"的号码拨了过去。

一首喧哗的曲子穿过雨丝传了过来——可是,怎么会是唐露的手机?

唐露拿出手机看了一眼,和聂全说了点儿什么,又放回了口袋。

铃声一直在响,一直在响。

林妮突然意识到她给那个陌生号码备注的名字正是"聂全",而她对聂全手机号的备注是——聂大。她本该拨打"聂大"的号码,却打了"聂全"的。可这些都不重要,问题在于,这个号码怎会是唐露的? 难道说一直和她信息来往的人不是聂全,而是唐露?

一道闪电落在七星江的方向,空中炸响一声暴雷。林妮双腿发软,吓得差点儿没坐在地上。她隔着雨衣抚着心脏的位置,那里空落落的、冷冰冰的,雨水一股脑儿全往那里灌似的。

聂全返回时,从林妮身边走过。林妮穿着雨衣,低着头,他没认出来,只在经过她身边时稍稍放慢了一点儿脚步。也许在他眼里,林妮不过是个陌路人,不知身份,不明来路,不值得他为之停留。

看着聂全离去的背影,林妮茫然四顾,不知自己该何去何从。她机械地拿出手机,拨通了唐露的电话,她听见自己平静的声音说:"我现在在聂全家的小区里,我在七星江边等你……"

雨下得更大了,江边没有路灯,黑漆漆的夜连同密布的雨丝变成了一个巨大的匣子,林妮就站在匣子中央。雨衣被打得啪啪作响,雨水隔着薄薄的衣服冲击着她的身体,林妮方才有了一点儿真实的存在感。她像尊雕塑站在黑暗里,站在漫天的雨水中,直到一束强光照到她身上。她听见了汽车开动的声音,猜测着是唐露过来了。那束光离她越来越近,越来越近,她忽然想飞奔过去,把自己狠狠地砸进那束光里,然后发出"嘭"的一声巨响,还有一声尖叫,为黑夜增添一点儿生动的色彩。可她什么也没做,只是安静地站在光束里,任由它刺痛自己的双眼,直到有温热的液体流下。当液体遇上雨水,变成同样的冰冷,仿佛它从未出现过。

灯光熄灭了,还给了世界一片黑暗,只有哗哗的雨声,提醒着林妮正在做着的事情。

一个人影朝她走来,对方打开了手机照明,一双缀着紫色流苏的人字拖蹚着雨水,出现在了前方。

唐露的声音提高了八度,人还没到跟前就嚷嚷了起来:"妮儿,你怎么会在这儿?"

是啊,我怎么会在这儿?林妮也觉得奇怪,她似乎已忘记自己是怎么来的此地,只记得另一个更为重要的事情。

林妮拿出手机,找到那个备注为"聂全"的号码,拨号。唐露的手机传出刺耳的铃声。

唐露不说话,也不动,任由它响着。两人仿佛都化为了石膏,就那样面对面地站着,站在突兀的铃声里,直到它戛然而止。

雨声哗哗作响,周围却显得死一般的沉寂。

唐露的声音夹着浓重的水汽传来:"那天夜里你的确给了我一种惊艳的感觉,我当时没想太多,只想说出我的看法。妮儿,我认为你能做得更好,真的,你做到了。"

"这事儿聂全知道吗?"林妮打断她。

"我后来才告诉了他。"

"你俩一直在背后议论我,看我笑话?"

"不是那样的,我和他谈论更多的是作品,作品的风格和摄影师的气质是相通的,聂全从你最近的作品看出了你的变化。"

"他看出了什么?"

"他说你在解剖你自己。"

"和深渊保持距离——是他的意见？"

"是的，我和他在这点上意见相反，你最近的作品很真实，我觉得你可以做更多的尝试，但他不赞成。"

"哦？他为何不赞成？"

"他说当一个人面对真实的自己后，会更痛苦。"

林妮哈哈笑出了声。

唐露说："你知道袁洋刚这个人吧？他和他妈妈在不久前到过公司，说要找老总检举你生活不检点。是聂全帮你拦下的，袁洋刚说你勾引他，说你是个疯子。如果不是聂全，你的事情公司上上下下早就传遍了。"

"这么说来我是要感谢他喽？"林妮轻笑。

林妮觉得一切都明朗了起来，原来从游戏的一开始，她就输了。

地面上的积水越来越高，江水拍打着堤岸，天边的红色越加浓烈，黑色的云彩压得越来越低。林妮又想起了那个血色黄昏，还有躺在沙滩上的那个男人——他真是自己的父亲吗？为什么她连揭开看一眼都不被允许？她宁愿相信父亲并没有死去，那不过是母亲的一个谎言，一个拙劣的谎言。也许是她把父亲藏了起来，又或者父亲借出海的机会永远地离开了她们，是他和母亲一起编造了这个谎言。现在，她不愿意继续被欺骗，她在无数个被水淹没的夜里一次又一次地潜入水底去寻找另一个自己更愿意相信的真相。她觉得自己离答案只有一步之遥了。

又一个闪电落在离林妮和唐露不远处的江面，林妮看见了黑伞下唐露那张苍白的脸，想起了她背后那滴沿着红线往下缓缓爬行的血。

10

第二天是周一，早上的例会唐露没来。林妮神色疲惫，一夜没睡似的。开会之前，黄英杰打电话给唐露，可唐露关机了。开会的时候，聂全显得有点儿心神不宁。林妮安静地看着他，目光大胆而又清冷。聂全不看林妮，却又在林妮不看他的时候匆匆扫她一眼。轮到林妮发言时，她说她今天将为自己最近跟的主题拍摄最后一组照片，但一个人无法完成，需要聂大的协助。

聂全看一眼林妮，不置可否。

林妮笑笑，继续说："这是一个自我解剖者终于剔除了病灶，重获新生的终结版。我想把拍摄地放在聂大的小区里，那里有七星江，还有红树林，有一段的水域比较浅，适合拍摄。聂大，你认为呢？"

聂全想了想，"唔"了一声。

林妮说："我还需要一个男演员，扮演死者。"

黄英杰率先惊呼了起来："妮姐你大转变啊，以往你可是打死不拍死亡主题的噢。"

林妮说："人是会变的，当然，除了一个男死者，还有一个女死者，女的就由我来扮演吧。"

林妮在说这些话时一直是微笑着的，她突然理解了母亲挂在脸上的那种笑，也许在某个时候，笑容是最忠实的伙伴。当她也能收放自如地这么笑着的时候，已经没有什么可害怕或顾忌的了。

林妮说："照片计划要拍两组，分别是一名男死者和一名女死者仰面漂在江面上。而死者必须是全裸的，但他们身上盖着衣裳，看不见脸，也看不见身体的关键部位，甚至无法准确判断性别。"

拍摄选在黄昏时间进行，在聂全家所在的冠山海小区里。七星江往东临近入海口那一带没什么人，沿岸是大片的红树林，有一段水域不深，大概齐腰。先是拍一组男死者的片子，由林妮来拍摄。对男演员没有特别的要求，只需要往江面上一躺，衣服再从头盖到大腿就算是完成了。照片看着平淡无奇。

完成了第一组，只剩下了聂全和林妮。林妮把照相机递到聂全的手上，变了个人似的冲他莞尔一笑说："我要脱衣服咯，你可不许偷看。"

聂全像没听见，面无表情地摆弄着照相机，转身对着矮矮的红树林和水面调试镜头。

林妮掩嘴扑哧一笑，稍稍转身，开始脱衣服。然后蹚进江水里，来到那片红树林底下，仰面躺了下去，并把一件长长的衬衣从头盖到大腿处。在脸被挡住之前，她看了一眼头顶那枝血红的木槵。林妮在衣服底下闭上眼睛，放缓了呼吸，让自己处于半憋气状态。她感觉到了轻微的晕眩感，身体像随着微澜漂流和旋转起来。她想起了那个音乐系男生，之后他又数次来找她，仍然是带她到操场上跳华尔兹，终于在一个没有烟花燃放的夜里，他俩再次滚进了学校操场的草丛里。事后，男生很镇定，在路过荷塘的时候，把脏了的内裤包着石头丢了进去。从此，那一片荷塘在林妮的记忆中，总是一片浓稠的血色，并源源不断地散发出腥臊味。

她甚至不敢再看那荷塘一眼,路过总是远远地避开。直到《蜕变》的片子出来后,林妮忽然想回到学校再看一眼那片塘。可塘里的水早已被放干,只有两个清洁工在打捞着什么。她不知道当年被扔进塘里的内裤是否还在,她坐在塘边,一看就是一天。她想,这池曾经洁白高雅的荷花底下,到底藏了多少人的秘密啊。有聂全的,有音乐系男生的、自杀女孩儿的,还有她的。

林妮在衣服底下睁开眼睛,发出一声叹息,开始自个儿说起话来,她说学校的荷花池前阵子被清理了,捞起了一个玻璃瓶,瓶子是四方形的,里面装着一些短头发。据说是多年前一个设计系男生的前女友为另一个男生殉情,喝醉酒后跳了池子,设计系男生对她念念不忘,把自己的一撮头发装进瓶子沉入池底,并发誓瓶子不见天日,他便不娶。男生曾经有过一幅美术作品,叫《一池红荷》。画的是一池血色荷花的中央,漂着一个全身赤裸的女孩儿,女孩儿手里握着一个玻璃瓶子,瓶子里是男生的一撮头发。据说在创作这幅作品的时候,男生怎么都不肯给女孩儿画上衣服,他对外的说辞是想表现圣洁的肉体,但实质上男生心里对女孩儿是既爱又恨,恨她的背叛,他要让她并不纯洁的身体暴露在众人面前,他以这种方式惩罚那个女孩儿,也惩罚着自己。

盖在衣服底下的林妮又发出一声长长的叹息,无端地想起了头顶那枝血红的木榄。

周围异常安静,捕捉不到任何聂全发出的声音。不知道他此刻是何表情?林妮微笑起来。

表情可真是一个容易出卖自己的东西啊。比如昨天夜里,在离开了聂全家所在的小区后,林妮还去了袁洋刚的家里。门口的鞋架上,在一堆男式鞋子中间,摆着一双女式皮鞋,米色,圆圆的鞋跟,鞋头有一只可爱的仓鼠。她敲开了他家的门,看见了一脸惊慌的袁洋刚。她对他展露妖媚的笑容。她还看见了他身后另一张年轻而又单纯的圆脸。她笑得就更妖媚了。她愿意记住那张惊慌失措的脸,就如她愿意一直记住聂全的面无表情。也许面无表情正是一种最复杂的表情。

11

傍晚时分,林妮拖着疲惫的身躯回家,在经过老屋旁边那条长长的巷子时,她看见了母亲正站在巷子口等她。母亲穿着直条纹的立领衬衫,黑色的阔腿七分裤,剪着短发,两侧的头发拢在耳朵后面,嘴巴有点儿瘪。母亲没有笑,只是安静地看着向她慢慢走近的林妮。林妮发现,随着年岁的增长,母亲长得越来越像外婆了。

夜里,林妮给今天拍的照片写文案。几经思索,她把这组片子命名为《重生》。她在笔记本上工工整整地写下了一行字——只有杀死他和她,才得以重生。我以为我杀死了他们,其实我杀死的是曾经的我。一切不过是虚妄。

【作者简介】王彤羽,中国作家协会会员。2016年开始写小说,作品见于《花城》《十月》《山花》《江南》《作家》《中国作家》《芙蓉》《小说月报·原创版》等刊,并多次被选刊转载,曾获《红豆》文学新人奖、广西网络文学大赛二等奖、广西“建党百年”重点文学创作二等奖。出版小说集《声色儿》。现居北海。

月光下的兔子

冶进海

一

父亲离开的时候,看不出有一丝一毫的异常。

母亲点赞,给她比画了一个大拇指,夸她青出于蓝而胜于蓝,滑雪水平快超过她父亲了。她抿嘴一笑,心底也这么认为。父亲在滑雪场像一只猎豹,挥杖驰骋,东奔西突,快如闪电,动力十足;而自己则是一只翩翩起舞的蝴蝶,快活中不失优雅,身子一屈一伸之间,滑雪杖左右摆动,脚下长长的滑雪板如两只翅膀,轻盈地在雪花中飘飞。

山峰甩到了身后,白云跟随起舞,风在耳边呼啸,卷起的雪花拍打着脸颊,她双目熠熠,浑身像干草样燃烧、卤汤样沸腾、宇宙样膨胀。她太喜欢这种自由驰骋的感觉了:天生我材必有用,天地任逍遥,天地一沙鸥……不管怎么想,滑雪、冲浪、跳伞、越野……每次全家人一道出游,她就请求去玩这种放飞自我的运动。冰天雪地,银装素裹,清凉的空气伴随着甜甜的后味,每张脸上都洋溢着生命的活力。就连不喜欢运动的母亲,摔倒了一次又一次,每次摔得四仰八叉,半天才缓过劲儿来,但依然乐此不疲,龇牙咧嘴地笑着,翻转身子,使劲儿站起来,拄着滑雪杖,蹒跚着,挪动着,手脚并用,往坡顶爬行,像只笨拙的大熊猫,不时又滚了下来,卷起纷纷扬扬的雪花,大喊大叫着让攒动的人流避开。看着可逗了!

滑雪场在一座美轮美奂的北方公园里,有各种冰雕、细长的桥梁和一排排戴着雪冠的参天大树,宛若童话王国。滑雪真好!滑雪场就是一张白色光滑的绸缎,任由你在上面摸爬、翻滚、跳跃,大喊大叫,张牙舞爪,把一切耵碎的心情倾洒出来。不管有多少不开心,它依然无限宽厚地包容着你,等你带着被掏空的身体,回到家里,重新生活。

意外往往发生在欢喜间,猝然降临。她父亲在前面冲,她在后面追。全场人为他俩侧目。她父亲纵身一跃,跳上一个滑雪独木过道,舒展着双臂,借力凌空飞翔,在空中一个大翻转后,着地时出了意外,一只鸟飞过,干扰了他的视线,他后脑勺着地,伴随一声钝响,她父亲滚出了十几米。她以最快的速度滑过去。她父亲只剩下最后一口气了:"爸爸不行了,爸爸不想离开你,但没办法了,这个世界就是这样,你得忍受命运施加给你的痛击,你答应爸爸,要坚强地活下去。"

她泪眼婆娑,点着头,想哭喊,却一点儿力气也没有。管理处派车把她父亲紧急送往附近医院。医生说人已经没了,可能在剧烈运动中引发了冠心病,心源性猝死。

虽然医生对父亲猝死给出的理由冠冕堂皇,但曹秀娥凭自己在虚拟世界"桃花岛"中的经验,知道父亲的猝死,不是那么简单。一般而言,一个人在虚拟世界中要么没钱了,付不起费,最后期限一到,会突然间以猝死的形式离去;要么脑机接口的连接在现实物理世界中突然被人掐断了,这样也会暴毙;真正在虚拟世界中被消灭肉体的可能性很小。这也意味着,她父亲在现实物理世界中遇到了极大的麻烦,才不得不这样死去。还有一种可能,父亲厌倦了这个虚拟世界"桃花岛"里的一切,自我做了了断。问题是,这几天,他们一家欢声笑语、其乐融融,根本看不出有任何问题的苗头。

父亲离去得如此决绝,让曹秀娥不知所措,或者说,一下子进入窒息的状态。

脑袋里如卤汤在扑哧扑哧沸腾,滚烫无比,似要喷薄而出。

身上却冷得像一团冰。心似乎也冻僵了,感觉不到任何跳动。

她母亲使劲抱住她,让她不要伤心。她伏在母亲怀里,听到母亲心脏扑通扑通地跳动,哭得更加难受。她睁大眼问母亲,为什么是父亲猝死? 父亲还能回来吗?

她母亲摇摇头,无限爱怜地望着她,一字一字从牙缝里迸出来一样说:"孩子,这个世界上的残酷,任何人都有可能遇到,没遇到,说明你命好。如果遇到了,那你一定要想到,这个世界上,有些人就是这么活的,像只蚂蚁,或者像只蚯蚓、飞蛾、屎壳郎,反正就是活着而已。虽然没有了父亲,但你一定要活下去,好吗?"

她母亲似乎恨不得把空气撕碎,又万念俱灰,感觉这话是在给自己打气。

二

曹秀娥关闭脑机接口,回到现实物理世界,望了望眼前阴暗、空荡、杂乱的房间,继续闭上眼,赖在床上,陷入了对虚拟世界"桃花岛"的回忆中。

昨天、前天、大前天……在虚拟世界生活的每一天,他们一家人相约着,做一些开心的事。昨天是去郊游了。当时她左边是父亲,右边是母亲,她挽着父母的手臂,在桃花山的小石径中一跳一跳,像只快乐的猴子。大片大片的桃花绽放在身旁,风一吹,花瓣纷纷扬扬,飘满了全身,如在仙境。

"爸爸,我们去摘草莓吧,山坡上有好多草莓。我们做一罐草莓酱。"

"好,爸爸带你去摘。"

山坡上的草莓,大多掩藏在嫩绿扁长的草叶下面,这儿一颗,那儿几颗,星星点点,不好寻找。她父亲跪在这块像绿地毯一样的草坡上,摘了一颗又一颗,突然发现了一颗大草莓,赶紧喊:"娥儿,快来,这里有一颗草莓,红艳艳的,可大了。"野生的草莓像小拇指那么大,曹秀娥跑过去,发现了草丛中有一颗草莓,快赶上鹌鹑蛋那么大了。她欢呼一声,小心翼翼地扒开两根细长的青草,从根部轻轻一挑,揪断藤蔓,说:"爸爸,这一颗是你发现的,你来吃。"

父亲说:"你妈在给咱们准备野营的饭菜呢,最辛苦了,咱们把这一颗装在盒子里,带过去,让你妈吃,好不好?"

"好,那我给你再找一颗又大又红的草莓。"曹秀娥朗声应道。

一片乌云飘过来,天空渐渐沥沥地掉下不少雨点,打在脸上,冰凉冰凉的。

"呀,下雨了,咱们快下去,进帐篷里。"她父亲拉她。

曹秀娥的母亲在山坡根的小泉边上,搭起了一个结实又好看的五彩帐篷。曹秀娥钻进去时,一股鲜美的味道扑鼻而来。母亲正在用汽锅炉炖鱼汤。几条小鱼也是刚才在小溪里钓到的。一见曹秀娥进来了,母亲拉过毛巾,几下把她头上脸上的雨点擦干,说快来喝口热汤,驱驱寒,不然会着凉的。

"我不会着凉的,我不怕着凉。妈妈,你先吃颗草莓,最大的这一颗是我爸在山坡上的一个旮旯儿里找到的,那块地方的青草可真茂盛,还有一大片一大片的荼蘼花,要不是我爸眼尖,这颗草莓就找不到了。"曹秀娥竹筒倒豆子般开心地说。

"你爸真棒。"母亲揽过她,亲了亲她的额头,"等会儿让你爸吃鱼头。"

这时候,父亲也进来了,从车里提来了一块只需要加热一下的比萨,还有一包蜡烛,说咱们今晚在这里吃顿烛光草莓大餐。

外面雷电交加,片刻又转为斜风细雨,帐篷内温暖如春。三人吃完饭,曹秀娥感觉睡意上来了。她头枕在父亲的大腿上,小腿搭在母亲的大腿上,吃着零食,看着全息动画电影,不时透过帐篷的天窗,望着天空中闪烁的繁星,对父母说:"明天我们去滑雪好吗?"

"好啊,我知道有家滑雪场,在'梦幻冰雪王国'里,仿照丹麦童话搭建,买了门票就可以穿越进去。"

早上醒来,妈妈已经做好了早餐,三杯热牛奶、三块夹心面包、三个荷包蛋、三碟开胃菜。吃完后,父亲说:"准备好去滑雪了吗?"

"早好啦!"她撒娇说,"我和妈妈就等你说出发呢。"

"马上出发!"父亲大手一挥。

"桃花岛"与"梦幻冰雪王国"处于不同的虚拟世界,就像两个星球一样。关键词一设定,费用一缴清,系统自动切换到赶往"冰雪王国"的路上。一路上,稠密的雪花片片掉下,有劲到像从天上往地上扯。车辆自动驾驶,一家三口在宽大的旅行车内玩纸牌游戏。她输了,给父母唱了一首《我还是从前那个少年》。父母一起鼓掌。父母后来输了,各唱了一首老歌,音调舒缓,让她倍感惬意。中间还玩了真心话大冒险。曹秀娥问父亲:"我跟妈妈游泳时掉到海里了,你先救谁?"她父亲想都没想说:"救你。"曹秀娥说:"谁更危险救谁,我会游泳呢。"

到了滑雪场,天朗气清,父亲带着她选滑雪板,给她穿滑雪服、戴头盔,告知她注意事项,显得那么有耐心,没有丝毫的异常。

那,父亲为何猝死呢?

三

她在梦中惊厥,缓过来后虚汗淋漓,耳鬓湿透了。一个陌生的电话打来,显示归属地为她所就读大学的那座城市。她心里一惊，又出什么问题了？期末考试没过？年终考勤不达标？或者日复一日的各种健康表格调查？还是当地的营销团队推销房产？手机铃声响了一遍又一遍，像催命鬼一般。她"社恐"又犯了，头痛如锥子扎、刀子刻。她躲在被窝里哭泣，不敢看手机，觉得那是条嘶嘶鸣叫的毒蛇。

奶奶做好了早餐，像往常一样，端到了她的房间，放在那张老旧的八仙桌上。

"囡囡，起床了！"

她蒙头不回话。

"囡囡，吃饭喽！"

她继续沉默，黑暗的被子里，听到自己心脏在嗵嗵跳动。

"囡囡，出去走走喽！"

她屏住呼吸，汗水涔涔，每根神经像琴弦一样绷得紧紧的。

"囡囡，奶奶出去干活儿了，饭在锅里，你热热吃！"

奶奶每天早上都会对她说这几句话。有时她会"嗯嗯"回复，有时当作没听到，不发只言片语。她"嗯"的时候，有时语气比较重，有时语气比较轻。她跟奶奶也没有多余的话说。说多了，她自己觉得烦。有时候不应一声呢，又觉得对不起奶奶，更烦。奶奶七十多岁了，苦了一辈子，长年地劳作，腰弯了，腿瘸了，累了一身病，还给她端吃端喝端屎端尿。奶奶的淋巴肿瘤疯长成了一个葡萄状体，像个大口袋样吊在胸前，甩来甩去。奶奶每天佝偻着身子，用碘酒在胸前的大口袋上擦拭，等待着破裂。可事实上，这个东西还在不断化脓和腐烂。一屋子烂菜叶混杂下水道的味道就是从奶奶身上散发出来的，弥漫到每个角落，连老鼠洞都没放过。老鼠一只一只逃离了这个快要窒息的房间。奶奶是活一天算一天。但这怪谁呢？谁让她生出那样一个活宝儿子？！曹秀娥内疚之意，往往跟这个山村的小雪一样，一闪而过，更多的是无边无际的阴霾，像黑漆漆的液体一样浸泡着她。

奶奶根本搞不清楚自己的孙女到底怎么啦，一个好端端的人，怎么被鬼迷了心窍？这种魔障一阵接一阵的，时好时坏，不知道什么时候是个尽头。奶奶只能小心翼翼地看孙女的脸色来照顾她。奶奶听不懂医生说出的那些关于疾病各种症状的解释术语，只能早晚暗中念经，祈求菩萨和各路神仙保佑，让孙女早日痊愈。

奶奶离开房间半天后，曹秀娥慢慢睁开了眼。她看到灰暗的天花板，几缕蛛网甩来荡去。她意识到自己回到了现实世界。她家在南山半坡上，她住在二层阁楼。从窗外望出去，会看到大片大片的竹林、绵延的山峦，以及大清早氤氲升腾的雾气。鸡鸣狗吠，牛哞羊叫，青翠满目，花香袭人，山区的乡村是无比美丽的。但曹秀娥心思不在这里。她扫了一眼环绕自己周边的破旧家具，再看看院子里正佝偻着身躯侍弄一畦小白菜的奶奶，咳嗽声像带血的旗帜，被撕成一块一块，不由得生出几许凉意。

她满脑子还是"桃花岛"里的那个父亲。

那个父亲，在曹秀娥看来，是全世界最好的父亲，像影片里的不少男主人公，健谈而风趣，睿智而能干，温柔而细心，最关键的是，几乎能满足她的各种愿望。

但说没就没了，她上哪儿再找这么好的一个父亲？她心里冰凉冰凉的，这时，手机又响了。

她惊恐地看了半天屏幕，才发现是现实世界中的爸爸——曹一德打来的电话。她接通了，曹一德着急地说："娃儿，你在干吗？"

"我刚睡醒，你啥子事？"

"没啥事，就问你睡得好不好？身体没啥子问题吧？"曹一德的声音火急火燎，似乎后面有人追赶着。

"好不好还不得过日子哦。"

她不喜欢这个现实里的爸爸，不想跟他说话，甚至仇恨，有一股报复的冲动。要不是她平时要通过脑机接口联网到"桃花岛"虚拟世界里，充值续费得找这个爸爸要钱，她宁愿一辈子不跟他联系。她希望生命中没有他，如果时间能倒流，要是换个爸爸会怎么样？她怔怔地望着远方。想起这些天在"桃花岛"虚拟世界里度过的幸福时光，她不由得叹息了一声。

曹一德问她哪儿不舒服？她不回答，反问："你在哪儿哦，这么吵！"

"在业主家里装窗户，搞电焊呢，啥子事？"曹一德这些年独自在城市里打拼，先后学了几门手艺，需要泥瓦工时当泥瓦工，需要电焊工时当电焊工，需要淘下水道时当清洁工，每年能赚个几万块，准备凑个三四十万的首付，在城里买套房。

"我要买一个学习软件，需要两千块。"

"啥子软件哦，恁个贵！你晓得爸爸一天干活儿辛苦不？"

"晓得晓得。其他同学都买了，就我没买。"

"行喽，大家都买了，你就买。我最近接了点私活儿，赚了点钱。下班了我去银行给你卡上打钱，我给你多打点，你节省着花，晓得不？奶奶身体好点没？"

"好不了，你记得打钱哦。"

挂了电话,曹秀娥一阵内疚。她爸爸打工很辛苦,不容易,自己不该这么花钱,虚拟世界是假的,就是资本骗你钱的,现实世界才是真的! 但这时候,有一个声音在她脑海里回荡:我为什么会这样? 我为什么会比同龄人苦? 我活在这个世界要干什么?这些问题一想起来,她脑袋里就跟一团蜜蜂飞舞一样,嗡嗡嗡嗡的,沉重无比。

她要不断给自己"桃花岛"的账号充值,才能体验这个虚拟世界带来的真实感,沉浸在其中,享受近乎完美的生活。虚拟世界因为技术加持后可触可感,一草一木一举一动几乎乱真,现实中人体五官能感受到的,里面的人物几乎都能感受到,同时可根据现实世界的个人形象或想象设定虚拟形象。"桃花岛"里,不同人物之间,相互能摸到对方的皮肤,听闻对方的呼吸和气味,甚至还可以在亲吻中感觉到对方的口水。当然,这样美妙的虚拟世界不会白白搭建,进入这里的门票就是钱,这个到哪儿都需要的家伙。有钱人在虚拟世界里继续快活,穷光蛋会被虚拟世界清理出来。一旦她账号里的余额不足,就会在"桃花岛"里得上某种重病,提示她赶紧充值;一旦余额彻底为零,她会突然死去,在虚拟世界中彻底没了呼吸。要是那样,"桃花岛"中的父母会急坏的。现在看来,"桃花岛"中的父亲,先她一步,突然离开了虚拟世界,很可能跟账户中的余额不足有关。

"桃花岛"里的父亲,博学多才,睿智能干,在现实物理世界中,应该不差钱才是。

当然,"桃花岛"里的父亲,肯定不是AI智能体合成出来的虚拟粒子人。如果是AI智能体制造出来的一个虚拟体,她父亲不可能暴毙。毕竟,她一直给"桃花岛"虚拟世界付费。媒介平台为的是盈利,有必要让虚拟父亲活着,以便从她身上赚取更多的费用。最关键的是,智能体的形象再怎么真实,那眼神中的温情与爱意,也是很难计算出来并予以呈现的。

"桃花岛"里,是不允许虚拟人互相打听对方底细的。随机组合成各种关系之后,你只能做好自己设定的角色。无所不在的系统,对相互打听现实生活中的信息非常敏感,如果你告知另一个人,你在现实物理空间中是哪国人、家住哪儿、多大岁数、家中有谁等,这些信息会被系统自动识别,一旦证据确凿,这个人会立即被赶出"桃花岛"。另外,一个ID,只能在一个虚拟世界里有一个虚拟人物形象,不能重复使用。如果这个ID在这个虚拟世界中死亡了,就意味着被彻底注销了,下次登录,还得申请注册后,用另一个ID进来,这样,就变成了一个新的虚拟人,得重新建立新的社会关系。过去的一切不可能存在，你也很难再建立起。所以"桃花岛"中的每一个人不能死，一旦死去，就意味着在虚拟世界中你已经死了。死了，就跟现实世界中一样，消亡于无形之中。

这明摆着是"全景式监狱"，但"桃花岛"太迷人了，进来的人，任由系统对其监控，只要不泄露隐私就可以了。

这也是曹秀娥一直没敢打听"桃花岛"的父母在现实中到底在哪儿、干什么的原因。

"桃花岛"中猝死的父亲，要么是没钱缴费而被系统设定为猝死、强行注销账号了；要么是他自己不想在虚拟世界中跟其他人继续生活了，自行注销了账号；还有一种可能，他的系统连接出现了巨大的故障，需要申请修复。

曹秀娥盼望是最后一种，但又觉得，这种可能性挺小的。

这个问题像一个可怕的怪兽，张开血盆大口，想要吞噬了她。她听到火车轰隆轰隆疾驰的声音。她觉得浑身的血液在凝结，接着又重新沸腾。她知道自己该吃药了，不然，一个接一个的问题会像漫无边际的黑暗一样，扑面压过来。她不敢回忆起那些不堪的往事。在轰隆隆的火车声中，她会自残，或者残害别人。这一点，她控制不住。她得赶紧吃药。

四

奶奶一声嘶哑的钝叫："囡囡——"

她听见了，但不想费力气，就没回应。她睁大双眼，毫无神采，像是灵魂出窍后留下的空洞。她脑海中有一团雾气在渐渐飘散。

她慢慢清醒过来，看到奶奶瘦小佝偻的身子，一瘸一拐地出了院门，随之，有两个老太太跟着奶奶进了院子。

院子的北墙根，有一个钢架做成的兔笼。三个老太太围着兔笼指指点点，还不忘朝阁楼上瞅几眼。

她后来才知道，兔笼里养着的两只白白胖胖的兔子消失不见了。那是自己非常喜爱的两只兔子，奶奶曾说要宰了过节吃，她差点跟奶奶翻脸。

院墙不高，成年人可以轻松翻进来。但偷两只兔子，目的是什么？偷去吃，还是偷去卖钱？两只兔子也就值一百来块，为何不偷一些比如手机、电视机等更值钱的东西？

"囡囡，囡囡，你的兔子不见了！"奶奶专门到阁楼上，告诉她这件事。

"咋不见了的？"

"被人偷的。"奶奶才发现，孙女的脸色跟地窖里的土豆长出来的从没见过阳光的新芽那样异常苍白。她知道这两只兔子是孙女相依为命的宝贝，有些话，只跟兔子说。没了兔子，就跟失去了自己的手臂一样。

"谁偷的呢？"

"昨晚前半夜我身子痛，犯病了，吃了止痛片，睡得死死的，没听见响动。"

奶奶答不出来，有些愧疚。她看到孙女的床头柜上放着一把菜刀。因为没开灯，早上她没注意到。这时候，发现菜刀在光线下幽幽诉说着什么。奶奶过去一把拿过菜刀，惊恐地看了一眼孙女，下楼了。曹秀娥后来发现，房间内所有的刀具斧具农具什么的，都不知藏到哪儿去了。

奶奶一如既往地伛偻着身子，沉默得像堵墙，去田里锄草去了。

曹秀娥起床后，到兔笼前仔细观察了一番。她发现笼子完好无损，兔子却看不见了。很有可能是有人翻墙进来，把兔子提走，然后把笼子反锁上的。这是谁干的呢？偷两只兔子，能偷到几个钱呢？村里这两年很少听到小偷小摸的事了。

吃完早餐，她继续睡觉。醒来时，已经是下午三点多了，她看了会儿电视，浏览了一会儿自己的朋友圈，看到楼下的小狗独自在舔舐自己的小腿、屁股和身下，便用手机拍了几张图片，上传到朋友圈。奶奶回来了，不知什么时候做好的晚饭，端到了房间里。她扒拉了几口，躺在床上，启动身体内植入的芯片设备，脑机接口一连接，她进入了"桃花岛"。

在"桃花岛"里，她永远是一个长不大的孩子。几乎她提出任何一个请求，只要在合理范围内，虚拟世界的父母都会竭尽全力满足她；满足不了的，就会讲道理。她是一个喜欢听道理的小孩。讲道理，让她觉得自己不再是一个小孩，而是一个大人。实际上，她明知道自己是个大人，但她很享受当小孩的感觉。

最近一段时间，她提过不少要求，比如去爬冰瀑，她不知道从哪儿看到这个新词，父亲想也没想就答应了，并为此购买了设备，做了充分准备。瀑布在深山沟里，系统通过AI技术、3D动画技术加遥感测绘技术等，制作出了这样一座巍然耸立的带有冰瀑的山峦来。冰瀑挂在山涧，像一大块白丝绸吊挂在半山腰，更像是倾倒堆积后形成的盐山，亮晶晶的，蔚然壮观。父亲告诉她，攀冰瀑，最好要用冰爪。父亲戴好冰爪，几下子爬上去，在瀑布顶端上，望着白花花的阳光，让她上来。她戴上冰爪，开始攀冰，她手臂力小，冰爪抓在冰上，只在表层上，抓不牢，一遍又一遍，她攀到一半，又掉了下去。她希望父亲拉她上去。父亲笑笑说："攀冰就是考验意志，这时候，考验来了，加油！"她意识到父亲不会帮她，只能靠自己时，才发现自己小小的身躯内蕴藏着极大的能量。她用力敲击冰瀑表面，一下下、一步步，抓牢了，竟然爬上去了。爬到峰顶，阳光普照，一览众山小不说，那四面的美景，绿的绿，红的红，蓝的蓝，色彩缤纷，几乎是仙境了。她才意识到，哪怕是寒风凛冽，峰顶的美，永远是说不出的，只有亲身经历了才能体会到。父亲很欣慰，搂着她说："这么一条冰瀑，对你这个年龄段的孩子来说，爬上爬下其实不算什么，就看你有没有胆量，去挑战它，战胜它。"

"桃花岛"里的父亲鼓励她战胜一切。

她不敢去原始森林，她父母特意带她去，而且陪她露营。天快黑了，她去找燃篝火的木柴时，碰上了一只大狗熊。那是一只比她父亲还高、还壮，龇着牙咧着嘴，喉咙里还吼叫着的大狗熊。她听说过，见了狗熊不能跑，狗熊跑起来比人还快，能从后面追上来，一巴掌就会把人拍扁。这里怎么会有这种可怕的大怪兽呢？她吓得几乎把手里的木柴插入自己的胸膛。但事实上，极度的恐惧和求生欲望，让她选择了另外一种方式。她像一尊石雕，静静地与狗熊对峙。这是母亲给她讲故事书时讲到过的，见到狗熊，一定不要跑；熊奔跑的速度很快，连奥运冠军博尔特都甘拜下风。最好就是静止不动，或躺下装死，然后看狗熊的动静。这只狗熊来到她前面，呼着气，耳朵后翻，背颈上的毛竖了起来。她惊惶万分，避免和熊正眼相对，同时又飘动眼神，寻找逃离途径。这时候，远处传来一阵动静。熊转过头察看后方。她慢慢倒退。约莫五分钟后，大狗熊掉头寻声离开。她这才听到远方父母在大喊。她扑到父母怀里，号啕大哭。父亲表扬她，说她做得好，面对极度危险时，想办法自己解决问题，不要一味指望别人来解救你。她泪眼婆娑，想不通虚拟世界中怎么会有这么可怕的动物。

父亲还带着她穿过一次沙漠，训练她的体能和毅力。沙漠里没水，徒步到沙漠深处，他俩走迷路了。水喝完了，为了不致渴死，各自喝尿求生。第二天醒来后，他们昏昏沉沉地走，终于发现了一棵小草芽。父亲说，这里有水，要挖下去。她心想这么一根刚露出点头的小草下面怎么能有水呢？赶紧找出路要紧，但父亲坚持往下挖。她就在旁边看，她没想到，沙漠里一棵草的根须有那么深。父亲用手臂掏呀掏,差不多掏了一米深,把草根全挖出来了。草根上有点湿意,父亲让她全吃下去。再后来,又掏深了些许,能感觉出沙子有点湿,再掏了一米多,沙子捏住后,能渗出一些水滴。就这样,一滴滴的水,滴进水壶里,让她喝了下去。她看着晒得黝黑的父亲,嘴皮一片片干裂了,忍不住抱着父亲痛哭起来。关键时刻,父亲把一切能生还下去的机会让给了她。她心想,这个世界上,只有父母对子女的爱是无私给予的。父亲让她保持水分,不要哭,想办法求救。在系统探测到危险后,救援直升机来了,父亲奄奄一息,拉着她的手说:"这个世界,总会给你一次出其不意的痛击,爸爸不能在这个世界上永远陪你,你要坚强地活下去。这个世界就是这样,不完美,没有谁一直开心到最后,但天无绝人之路,任何时候都不能放弃对生的希望。"

没想到,这样一个好父亲,却在滑雪的过程中意外猝死。

她本来不想再踏入"桃花岛"的,可抑制不住,还是连接进入了"桃花岛",想看看奇迹会不会发生,父亲是否死而复生,一家人能否跟以前一样欢聚。但是没有,里面只有悲悲戚戚的母亲。父亲已经被火化了,骨灰倒入了大海之中。母亲站在院子里,穿一身唐装,高绾着发髻,失魂落魄,孤魂野鬼似的,茫然地看着"桃花岛"里一家三口散养的两只兔子,愣怔着,似乎不认识一样。

这两只兔子是她母亲买来给曹秀娥养的。曹秀娥没把兔子圈在笼子里,而是让兔子满院子随意跑动,有时还跑到房间里来。她的虚拟父亲在时,经常陪她一起给兔子喂胡萝卜,逗兔子玩耍。当然,有机器管家在,兔子是跑不远的。

看到曹秀娥出现了,母亲回过神来,叹了口气,开始给兔子喂料。

"我还要约你去跳伞呢,我还要和你去冲浪呢——"曹秀娥在父亲的卧室里哭得声嘶力竭、天地颤动。黑云起,大风漫灌,"桃花岛"里天昏地暗,花瓣纷纷飘落。

五

虚拟父亲的猝死,让曹秀娥彻底陷入了混乱。她觉得,当年现实世界中,父母离婚的那段经历,又重演了。

她站到高处,就想往下跳;看到湖面,就想往深处走;看到一块大石头,就想用脑袋撞;看到刀子,就想能不能割腕;看到日落,就想到无穷无尽的黑暗要到来了……

但"桃花岛"里的父亲说过,任何困难,都是对你的考验,你唯有坚强,困难才会给你让路,你才会看到一条光明大道。

"桃花岛"里的父亲猝死,难道是对自己的考验吗?

自己该怎么坚强地活着呢?

她六岁的时候,父母成天吵架,从早吵到晚,一见面就吵。她躲进房间,堵上耳朵,依然觉得四周都在摔盘子砸锅碗瓢盆,嘤嘤嘤嘤吵个不休。她忍受不了,偷偷离家出走。没想到,出了村口,走了一阵子,又渴又饿,一个人坐在路边啼哭。她爸爸把她抱回来后,她只说了一句:"你俩要是再吵,我还要离家出走。"

离家出走是她从电视上学的。她爸妈十分惊奇,愤恨不已地瞪着对方。

她爸妈表面上不吵了,但冷战如海面下的坚冰,坚硬到不可想象。没过几年,实在过不下去了,她爸妈暗中离了婚,先后出去打工,到了不同的城市。

她就跟爷爷奶奶过。

不到两年,爷爷在一场疾病中身亡。爷爷是高血压导致的血管爆裂,有些人说是气死的,当然给爷爷受气的,也就只有她爸爸。当时她已经十二岁了。她爸妈赶回来时,她已经哭晕了几次。亲友们都说这孩子孝顺、重情。

丧礼过后,人去楼空,家里冷清异常。奶奶变得沉默寡言,一日三餐给她做好,就一个人干活儿,像个机器人一样,不让自己歇息一会儿。她不知道爸妈已经离婚了,还想着爸妈多陪陪她。但她爸妈以各自的理由很快离开了村子。好几个春节,她想一家人吃个团圆饭,但她爸妈没有回来,只是通过邮局寄了些钱和礼物来。村里好多人家的爸妈都是这样,她并没有觉得异常。

到了高一,有一天,同年级一个男生见到她,突兀地说:"我妈妈不想嫁给你爸,因为你是个拖油瓶。还有你奶奶,老不死的拖油瓶。"

她当时张大嘴,没能理解这个瘦高的脸上长满疙里疙瘩的青春痘的男生到底想说什么,回到家后,她想了半天,才明白过来,事情恐怕没那么简单。在她哭诉逼问之下,她奶奶、她爸妈承认了离婚,而且已经离了五年多。

全家人,只有自己被蒙在鼓里。

本想等她考上大学之后再告知这件事的。

不仅如此,后来,在一次课间休息时的跑动中,她不小心撞上了一位女同学。这位女同学满脸不高兴,和她厮打起来,还骂她是有爹养没娘教的野种!这句话深深刺痛了曹秀娥。班里面,单亲家庭的学生不少,但公然如此被辱骂的却只有她一个。她平素是高傲的,虽然不显山不露水,但骨子里带的那股劲,一摸就知道多尖锐。曹秀娥抡起胳膊扇对方脸庞,对方狠狠还击。一时之间,在一片哄闹声中,两个女生你撕我扯,在楼道里翻来滚去,打得惊心动魄。旁边的同学劝了好长时间,才将她俩分开。

曹秀娥回到家,不吃不喝,躺在床上,望着天花板,脑海里翻来覆去就是"有爹养没娘教的野种"这句话,像千万条鞭子,无休止地抽打在她心上。她奶奶回来了,看她失魂落魄的样子,以为她感冒了,摸摸额头,又不像发烧的样子,于是做好饭菜,叫她吃饭。她迷迷瞪瞪站起来,跟丢了魂似的,米饭一筷子一筷子拨到碗外面了,她根本没意识到。她奶奶沉下满是皱纹的脸,说:"我一个老婆子,累一天了,回到家,还要给你做饭,洗这洗那的,你还这副脸色,给谁使脸色呢?我做的饭不好吃,你叫你娘来给你做啊!你那个娘,只生不养,也亏了她,还打电话来说想你想得睡不着呢……"

曹秀娥突然将碗扣在饭桌上,站起身,一脚踢倒了凳子,掉头冲出门外。她奶奶目瞪口呆,无可奈何的尴笑里,有一种痉挛般的疼痛。

曹秀娥半夜从江边回来,生病发烧达四十摄氏度,胡话连连,病情凶险。

她奶奶以为孩子遇上不干净的东西了,折腾了一宿。第二天,曹秀娥继续昏睡,叫她去医院,她也不去。后来用过各种方法,烧是退下去了,但这个孩子被烧哑了一样,什么话都不说。直接的变化就是暴饮暴食,身体明显肥胖了许多,像一个不断充气的大皮球,连翻身都变得有些困难。

高中女生这个样子,走大街上会不会被别人笑话?她心里没底,更担心被男生们嘲笑,不仅会嘲笑她的外貌,还会嘲笑她家庭的解体。她请假在家,每天躺在床上,一动不动,吃饭都没了心思,翻来覆去想,为何会这样。她头疼脑涨,感觉钻进了什么东西。这种感觉以前也有,去医院做脑部CT,没看出什么来。医生给她把脉,翻开眼脸,用手电筒照射瞳孔,让她咳嗽,用听诊器检查她胸腔的声音。一番操作下来,医生诊断说,她是重度抑郁双相情感障碍。这种病一旦得上,就不好根治。只有百分之十的患者,会通过自我人格完善来治愈。更多的患者,通过药物来维持自己的病情,不要更加严重而已。她沮丧地意识到自己病了,明白自己的病需要通过心理层面的克服与完善。为了不在无意识中自残或伤人,她在医生嘱托下,口服一种叫西比灵的药,也叫氟桂利嗪胶囊,吃下去,有一定效果,比如睡眠好一些了,头不疼了,但情绪依然如风中飘摇的一片叶子,混杂着各种冷意。

她把自己浸泡在苦涩中。

她像一只刺猬,随时会支开身子;更多的时候,像一只透明的虫子,稍微一触碰,就会把自己包裹在壳里,不言不语。

在她刚发病时,她爸爸进了监狱,在高墙里待了三年。虽然多年之后,她爸爸说起来,要谢谢抓他进去的警察们,到监狱里还学了些技能,要不然,说不定早就躺在地上了,那些年打打杀杀的。可她心想,她那三年,她多需要爸爸陪在身边啊!她觉得自己能够活下来,十分不容易了。

她学习成绩一落千丈。靠着以前的底子,她勉强考上了大学,二本,被一个她并不喜欢的专业录取了。

大学里,她在心理筛查中被认定为一级心理关注对象。老师、同学们经常劝告她,对生活要充满激情,充满希望,积极创造美好的生活,但她不能。她那么喜欢幸福,却怎么也抓不到幸福,就跟抓不到自己的影子一样。一离开药物的支持,她就立即想离开这个世界。

她觉得特别自卑,觉得自己是多余的。世界崩塌了,自己掉入了深渊。她也知道,在这个世界上,自己其实不算最差的,还有那些孤儿呢,那些智障孩子呢,那些饱受饥饿的孩子们呢,自己的爸爸妈妈只不过是离婚了!但她看到的是黑暗,黑暗,漫无边际的黑暗。她想从这样的黑暗中走出来,为此尝试了多种方法,但困难重重。

她爸爸四处打工。她奶奶起早贪黑,忙家里的庄稼。她妈妈,过一段时间,会过来看看她,给她带来一堆好吃的,临走时,还给她塞不少零花钱。

就这样过了几年。

大二时,恋爱表白被拒后,她情绪一度崩溃。加上自己平时吃的药,老家那边没有及时寄过来,她的精神疾病复发,出现了自残和伤人的行为。虽然她觉得自己好端端的,可事实上,她把所有的微信好友删除了,她把室友的暖瓶扔到了窗外,还一个人孤零零坐在湖边,随时有掉下去的可能。可她觉得自己什么都没做。但微信里空空的好友名录,还有那个男孩见到她时的表情,让她疑心自己是做了一些什么事。她百思不得其解,同学们议论说她精神有问题,她心想,现代人哪一个或多或少没有精神问题呢?尼采、贝多芬、凡·高、牛顿、海明威,这些天才们,谁没有一些精神方面的问题?话虽如此,她还是被辅导员和另外一名女同学护送回家了。她爸爸半路来接，她妈妈在家里做好饭等待。她爸妈陪了她半年后，各自去打拼自己的生活。她又和奶奶一起生活了。

整个村子里，能聊的，也就是高中同学齐宇轩了。齐宇轩没考上大学，在村子里承包了一个鱼塘，养鱼。他隔三岔五会给她送来一两条鲜鱼，说是刚打上来的。他也会陪她聊聊天，说些生活的艰辛，同时信誓旦旦地表明自己未来会努力，成为什么样的人。他挺羡慕她大学生身份的，同时他希望她能自强，休养好身心，抓紧把大学读完。从他目光中，她感觉到，他对自己有那么点意思，不仅仅是讨好，还有点想亲近。

有一天，她去给齐宇轩送一本小说《罪与罚》，到他家门口时，听到他父亲提着铁锹正怒气冲冲地责骂齐宇轩："你这个孽障，整天跑去看一个神经病，我看你瓜娃子就是神经病！"

她心灰意冷。回到家，蒙头睡了一觉，再也不理齐宇轩了。齐宇轩送来的鱼，被她直接扔到大门口，任流浪猫叼走。几次过后，齐宇轩也不来了。她继续跟奶奶一起生活。这时候，随着元宇宙等平台的搭建，她发现了"桃花岛"这方虚拟世界。在虚拟世界中，找到了让她难以忘怀的虚拟家人。

她精神好多了，白天晚上泡在虚拟世界里。

在"桃花岛"生活后，她在现实世界里，哪怕不吃药，也能平静地度过一天。

虚拟世界太快乐。那个世界里，什么也不用操心，什么都有人帮你打理，一切处在祥和宁静的氛围中，没那么多腌臜龌龊的事情，不需要钩心斗角，更不需要劳心劳力。"桃花岛"里的父亲是那么博学，那么亲切，那么喜欢和她玩，每天都想着给她提供不一样的惊喜。她觉得如果有一台机器，能在现实物理世界里，源源不断地输送给她身体上所需要的营养，让她大脑一直生活在真实感无比强烈的"桃花岛"里，她一定会乐意的，会一直沉浸在那里，忘记现实世界。

但"桃花岛"的父亲说，你怎么知道虚拟世界是假的，现实世界是真的呢？说不定现实世界也是庞大的巨型量子计算机造出来的呢？真真假假，就看你怎么看了。

六

"桃花岛"的父亲离开后的第二天，她现实世界里的妈妈赶来了。一进门，给她堆了一桌子的零食。她对零食并没有太大的兴趣。她更希望独自静一会儿,但她又害怕一个人的世界,怕往自己手腕处割上一刀,或者试探中弄瞎自己的双眼,冲到山崖上一跳了之。她妈妈也怕出现这样的状况,各种嘘寒问暖,同时又各种警惕,来保护她的安全。她微微感动,妈妈居然在这个节骨眼儿上赶来了,在她最无助的时刻。

她见到妈妈走进房间。她眼神渐渐清亮过来,似乎送了一个魔鬼远去。她问妈妈,你怎么来了,有什么事?

没事就不能来看你了?

我好着呢。

好什么好? 你看你这脸色,跟片白纸差不多。

你别管我。

你是我身上掉下来的一块肉。我不管你,谁来管你?

你放心,死不了。

你这两天没吃药吗?

没吃,我觉得我这段时间好了。

曹秀娥说完,不作声了。这个病,她也清楚,犯的时候自己不知道,而且觉得自己一直好着呢。

她妈妈问她想吃点什么。她摇摇头,一点胃口都没有。她妈妈说,要不要出去旅游,比如到三亚的海边吹吹风,放松一下心情?

她哪儿都不想去,仿佛全身的筋被抽走了一样,人懒得不想动。

妈妈给她做了一桌丰盛的饭菜,有她爱吃的手撕包菜、麻婆豆腐、鲫鱼汤、鱼香茄子等。她没有多少胃口,吃了几口,就扔下筷子。她妈妈和她奶奶怜爱地看着她,不知道怎么劝慰好,说多了,怕她烦,不断给她捡菜,也怕她烦,只好闷着头吃了几口菜,便收拾了锅碗瓢盆,说带她去看龙舟。"过几天有赛龙舟的比赛,咱们去看看热闹。"

她摇摇头,低语说不去。

她上了自己的阁楼,望着窗外,发了半天呆.村子的广场上,好多小孩在打篮球、踢足球、玩滑板。她多么羡慕那些开心欢笑的孩子,那些幸福成长的孩子,那些在爸爸妈妈怀里撒娇的孩子,虽然每个孩子会有每个孩子的烦恼和忧愁,但肯定没她的浓重。对她而言,眼前立有一堵墙,她穿不过去,又担心倒下来,把她压在下面,压成肉饼。

她蒙头睡觉,做各种梦。但所有的梦境都是那么混乱、可怕。她想让自己稍微轻松一些。但在睡梦中也不能够,感觉有一只兔子在她脑海里安静地蜷缩着,突然被惊吓了,奔跑起来,左冲右突,不断拉扯她的神经。

她虚汗淋漓。

她妈妈坐在床头,摸着她的头发,捂着她的额头说:"囡囡,妈妈对不起你。"

"你早干吗去了?"她闭着眼睛怼了一句。

她妈妈握着她的手啜泣,自语说:"囡囡,你要好过来。"

曹秀娥说:"我咋了嘛?"

她妈妈说:"囡囡乖,咱们跟奶奶到田里拔萝卜去。"

她一肚子火说:"我还有那么多作业还没做呢。"

"那你做吧,我不打扰你了。"

她妈妈出了房间。她睡了一阵,睡不着,坐起来,拿了一本小说《被侮辱与被损害的人》,里面的男女主人公哭哭啼啼的,她看得头昏脑涨,不由得发起呆来。

夕阳西下,天渐渐暗下来,一切影影绰绰的,她下意识地连通脑机接口,进入"桃花岛"虚拟世界里。

这片虚拟世界的天还没亮,明月高照,万籁俱寂。她在自家的别墅卧室里起床,发现虚拟的母亲还在睡觉。她简单梳洗,在"桃花岛"上转了一圈,忍不住来到海边。海风强劲,海潮轰鸣,她眺望远方,闪烁的星火隐入无边无际的黑暗,难以找到一个明晰的方向。

人生如此不堪,到虚拟时空,也充满各种莫测,那么到底哪儿才有完美的世界?难道,接受不完美就是人活着的真谛?

她在海边一直等着天际放亮,等一切人和物活泛起来后,慢慢折回家。"桃花岛"上有上百户人家,有各种生活和娱乐设施。他们在"桃花岛"购买了一栋欧式的小别墅,门前有高大的银杏树,大片的草坪被修剪得无比齐整。他们一家三口经常在草坪上开party,周围好多邻居都来过。这里的邻居们特别和善,老远就开心地咧嘴打招呼。往日的画面充塞脑海,她几次有一种错觉:父亲没有离开,等一下会看到他起床后挥动剪刀修整草坪的身影。

进了别墅,还好,她母亲醒来了,见了她,惺忪的眼神里透露着某种不耐烦。

"你怎么来了?你来做什么?"

"我准备给父亲过个头七,过完,我就不再来这里了。"

"有没有你父亲,这里还是你的家,如果你觉得需要的话,"她母亲顿了顿,认真地看了她半晌说,"认清吧,现实和虚拟世界都有不如意的事,这或许不是什么坏事,如果你早点认清的话。"

这话似乎是给自己说的,那么无力、悲哀。

"不,我想过开心的日子,不管在哪里。"曹秀娥盯着她母亲。

"这不是你说了算的。你好好纪念吧。如果你要离开这个家,我也得离开了。"她母亲如霜打的茄子样,蔫蔫的。看得出,她也不想让这个虚拟的家庭破散。

她在每一个房间待了许久。里面有太多自己和父亲、母亲的回忆。她在这儿躺躺,那儿摸摸,母亲叫她来吃饭,她也置若罔闻。不知不觉中,一天过去了,天快要黑了,她得睡觉了,得返回现实世界了。

这时候,她听到窗外兔子扒拉窗台的声音。兔子可能在找吃的。父亲一离开,她和母亲陷于沉痛之中,没有给兔子喂吃的。这是两只体形上不会长大的兔子,红红的眼睛,圆圆的眼球,竖立的耳朵,似乎总防备着什么似的,担心世界对她有所伤害。这两只兔子是她母亲给她买的,后来熟了,见到家里人来,还会站起来打招呼。它俩喜欢吃胡萝卜、苜蓿草、燕麦草、南瓜、菠菜、白菜等。她给兔子在地窖里屯了不少,每天会取出来放到它俩的食槽里。这几天忘记喂了。看样子她还得来"桃花岛",还要不间断地给它俩喂香蕉、苹果、草莓等水果。每天吃不到水果,兔子也会着急地扒窗户,闹腾着让她出来呢。

她走进地窖,把剩下的胡萝卜、苜蓿草等抱出来,塞进了兔笼里,心想是不是把这两只兔子送给邻居家,从此跟这个虚拟世界一了百了呢?她舍不得这两只兔子,恨不能把它们带到现实物理世界里。但想想人各有命,兔子也应该有兔子的命,心里舒服了一些。

"妈,你是AI,还是线下的活人?"她跟母亲告别时突然问。这样的问话,很容易被系统察觉,注销她账号的。她不在乎,这次离开后,她再也不愿意登陆这个"桃花岛"的虚拟空间了。如果她母亲在现实世界有肉身,她想的是:现实世界里我来给你做女儿吧,我给你养老送终!

"孩子,如果我们有缘,不管这个世界还是那个世界,我们还会再见的。"她母亲心神不定,答非所问,感觉比她还要恓惶。

"我不想来这个地方了。"她挥手作别,开始奔跑,一口气往海边跑。海水阻拦着她的跑动,她一头扎了进去,任由身体像一块石头沉了下去。咸咸的海水灌进了她的口耳,她不在乎,继续憋着气往下沉。她感觉到自己嘴里涌进了很多海水,像泥鳅一样往喉咙里钻。她吐不出去,只好呛喝了几大口水,刚闭上嘴,一个浪把她打到更深处。海水从四面八方向耳鼻口中逼压进去。她心里轻轻说了声,再见了,桃花岛!这时,海水咕隆咕隆涌进肚子里。她没办法呼吸,快要窒息了,这种感觉特别难受,她挣扎着,扭动着身躯,想摆脱这种感觉。隐约中感到,她母亲潜到了海底,拼命拉她。还有几个人也跟着潜了下来,像抓犯人一样,抓牢了她的双臂,挟持着,把她提上了岸。她晕过去了。

她似乎看到"桃花岛"的父亲笼罩着光芒,出现在眼前,严肃地对她说:"生即是死,死也是生,死后的世界你一无所知,你在虚拟世界里死了,现实世界里活着;你在现实世界里死了,还说不定在另外一个世界里活着。没必要刻意去死,要想想怎么活着。"

<h1 style="text-align:center">七</h1>

去妈妈再婚的家里博取同情,还是去爸爸打工的城市里体验生活?她权衡后发现都差不多,不过都是看人脸色。她妈妈已经再婚了,再婚丈夫是个杂货店老板,生意还不错,生了一个小弟弟,胖墩墩的,有六岁多。她妈妈经常在朋友圈发布这个弟弟的视频,一个活泼的、可爱的、幸福的孩子。有时候,孩子的爸爸也在视频里出现,脑袋大,眯眯眼,看上去憨厚、老实,是乐于为家庭付出的那种人。在陪她的日子里,妈妈经常跟那个弟弟视频通话。妈妈接通那个胖弟弟的视频后,从头到脚,每个细胞都透露着喜悦和开心。为了避免她看到这一幕后受到刺激,妈妈常到另一房间去视频。她从隐约传来的声音中,能听得出她妈妈对弟弟有多关心。

这时候,她去妈妈的新家里算什么? 分一杯母爱之羹?

还是去爸爸那儿吧。毕竟爸爸只有一个女儿。

在妈妈的撺掇下,曹秀娥踏上了寻父之旅。妈妈决定陪她一起去找打工的爸爸。坐的是火车软卧,硬卧没买到票,卧铺车厢里就她们母女俩。路上闲聊,她妈妈认真地告诉她,为何当时要离婚,离婚后到底发生了些什么。

那时候,曹秀娥母亲叫王红丽,二十岁生日刚过,发现自己怀孕了。她的丈夫曹一德却在外面花天酒地,夜夜不归。她一闺密私下里说,她的猪猡丈夫带着另外一个女子,在县城的歌厅里鬼混呢。那女的妖里妖气,一看就不是什么好东西。

王红丽听了憋气,忍不住,不听公公婆婆的劝,挺个大肚子去找。找到之后又能怎样,她根本没想过。

王红丽跟曹一德是打工中相识的。当时,她们几个姐妹从美容美发厅里出来,相约在一餐厅聚餐,嘻嘻哈哈的,欢快说笑。旁边几个男顾客不时往她们这边瞟过来,交头接耳。后来,有一个胆大的,过来找她们要电话号码,约她们去KTV唱歌。她当时想,我们这边人多着呢,光天化日之下,又能咋的?于是一伙人浩浩荡荡进了KTV,声嘶力竭地唱歌,玩"真心话大冒险"的游戏,在游戏的驱使下有意无意地了解对方,乃至暗送秋波。总体上说,那天玩得十分尽兴。

后来多次回想起来,王红丽非常确定,她当时看上的不是他后来的丈夫。曹一德个头不高,眼睛老眯着,鼻子不高,长得不怎么样,头发还弄得挺长,痞里痞气中有点蠢笨的感觉。但不知道为什么,后来群魔乱舞,一对一、面对面时,她发现自己下手迟了,看顺眼的,基本上都让姐妹们抢光了。姐妹们挑剩下的,她看不上。一曲下来,她想回到租住的房间里。曹一德殷勤地说,我送你去。她扫了一眼周围,没有姐妹关心她,大家玩得特别开心,根本不接她不愉快的茬儿。深更半夜的,出去还得注意点。没办法,她只好让他送她回去。没想到,一路上,这个人热情万分,怕她着凉,脱下外套给她,怕她被车剐蹭,自己走在里面,见到路边小摊上的小吃,给她买这个买那个。她开怀大笑的时候,这个人无耻地抱住她,重重亲了她一口。

她愣了,又羞又气,黑乎乎的大街上,打呢?骂呢?还是让他滚呢?好些人看着她,以为他俩是热恋中的情侣。

那时候她刚到城里来打工,不晓得遇事要报警,更不知被突袭之后如何反应。她愣了片刻,狠狠瞪了他一眼,一个人赌气往前走。他不远不近地跟着,还举着两串冰糖葫芦。她没回头,可感觉到后面那双细小的眼睛中,发出来的光亮一直聚焦在她身上。她走了一阵子,有点迷路,找不到租住的地方。她想打车走,又心疼钱,毕竟打车,当时对她而言,还是偶尔的奢侈。这时候一辆出租车停在她面前。他跑过来,给她拉开了车门,让她坐进去,然后又跟着坐上来,给司机师傅说,去新南门。她刚才跟他说过她住的地方。当着生人的面,她不好发脾气。她别过头,看着窗外的夜色、阑珊的灯火,心里一阵阵不痛快,又有一些新奇,心想:这家伙接下来怎么涎着脸赔礼道歉呢。他俩到了地方,他付了钱,送她上了楼,边走边说:"我再也不敢了。你一个人敢睡不?要不要我陪你等她们回来?"她心想,到了自己的房间了,还害怕什么,于是进了门,嘭地关上门。

等那帮姐妹们又唱又跳地回来时,他在门口等得睡着了。大家问他为什么不进去坐,他说进去不方便。大家问他干吗守在门口,他说他担心她一个人害怕。这把大家给说笑了。说她胆子大着呢,没把你吃了,你应该感到幸运才是。

就不知怎么的,莫名其妙地,大家开始撮合起他俩了。都觉得他人不错,她应该考虑考虑。曹一德也来得勤,动不动就给她送来一些小礼物,明摆着是在追求她。她不答应,因为没有看上。但一个大姑娘家的,有人关心,又拒绝不了,只好在窃喜中接受这份好感。就这样纠缠着,有一个晚上,其他人出去看电影了,她来大姨妈了,不舒服,待在家里。他刚好送了几斤新上市的荔枝,一看她脸色那么差,三下五除二,给她做了顿热饭,炖了几块鸡肉。一起吃完喝完后,她面色稍缓。他提出了要跟她结婚的打算,并说要给多少多少彩礼等。她觉得这个人真是癞蛤蟆想吃天鹅肉——不自量力。但又不好直接打击他,就说不可能,家里不同意,两家在不同省份,离得太远了。没想到这个人不气馁,有韧劲,想继续跟她磨,还动不动亲一下或摸一下。她恼怒万分,但不知怎的,还是没有断绝这份关系。后来,她喜欢上了一个高大帅气又有钱的男人。这个男人是她所在的美容美发店的顾客,从她手里办了一张三万块的贵宾卡,她提成三千块。那个男人不时约她出来吃大餐,很快,在一次醉酒之后,带她到宾馆开了房,跟她有了关系。当然这注定是没有结果的恋情,如果算是恋情的话。因为那个男的后来说有家室,她可以做"小三"。她不同意,那男人毫不客气地抛弃了她,连一分钱的补偿都没有。她失恋后,得了一场病,整天发烧,谵语不断。这时候,曹一德听说了,又来细心照顾。终于有一天,他俩单独相处时,她觉得他也怪可怜的,也挺好的,就把身子给了他,并同意结婚。

回想起来,她走的路,和当时众多年轻打工女子走的路一样,上当受骗后,割断了对城里貌似优秀的男人们不切实际的幻想,然后同意嫁给农村出来的打工男子。

婚后不久,就有了曹秀娥。男人外出打工,女人在家生养孩子。她有点不甘心,又听说他在鬼混,一气之下去找他,并打算离婚。

那时候的年轻人,结婚快不说,动不动就提出离婚,有点赶时髦。想起来,那么多年轻人，一下拥入城里，在思想上，有不少的波动与狂躁，更多的是孤独与失落，回了家，结了婚，又发现城市里那些大街小巷充斥着梦想与欲望，像街边的路灯在招摇。

考虑到女儿，王红丽一忍再忍，但多年之后发现，不离婚，这一条道就走不下去。考虑到女儿的感受，她选择偷偷离婚。女儿只知道父母跟其他同村孩子的父母一样，出去打工了，并不知道父母已经分道扬镳。可天下没有不透风的墙，等曹秀娥发现父母离婚后，她莫名地哭泣，摔东西，家里的锅碗瓢盆，说砸就砸，跟疯了一样，大喊大叫，狂躁不已。疲乏了，要么沉沉睡去，要么一个劲儿地痉挛。这是令人惊异的事。瓶瓶罐罐全砸完了，没砸光的，担心她被玻璃碴儿割伤，她奶奶一个个收起来了。家里的塑料杯子软塌塌的，她砸着没劲，就想割腕，自残。或者用头撞墙，掀桌子踢凳子，眼前所见，似乎皆是仇敌。

没办法，就往医院送。县城医院认为，这孩子精神出了问题，得往精神病医院送。省城的一家三级乙等安康专科医院，有全省著名的身心科。这个名称听着好听，其实就是精神病科。奶奶带她到这个医院里一检查，发现是双相情感障碍，非常严重。抑郁与狂躁并存，交替发作。曹秀娥那时其实挺懂事，清醒时说："奶奶别怕，我就是精神分裂，我脑子里会有一些幻觉，就是乡亲们说的，我被鬼迷上了，等我把鬼赶走，没什么大不了的。"但医生不这么看。医生说孩子这个样子，有割腕的倾向，自己浑然不觉，这是在抑郁期。无端发脾气，打砸东西，破坏行为明显，说明是转入了躁狂期。一定要严加看管。医生隐晦地指出，必要时，把手脚捆绑上。

奶奶打量着这座医院。铁门紧锁的住院部里阴森森的，似乎随时可能从里面逃窜出一群不可一世的魔鬼。另一面的开放区里，有许多穿着病号服的病人和来往走动的医护人员。奶奶想到孩子要住进这样的地方，还不许家属陪护，心里一抽一抽的。这里的每个人看上去稀奇古怪，连大夫都跟其他医院里看到的大夫不一样，眼神里透露出一种"我啥都知道"的高高在上的感觉。大夫说："这里有些病人，都住了十几年了，一点儿事都没有，你放心回去吧。"奶奶紧紧地搂住了孙女，说："放心不下这个娃，我陪着这个娃住院。"

医院当然不同意。奶奶便把曹秀娥带回了家。曹秀娥病情加重，幻觉一个接一个，有人拿刀逼着她抢劫，有人要用火烧她的头发，有人在偷她心爱的发卡，有人要杀掉她全家等。奶奶忧伤地看着孙女，恨极了那个闹着离了婚的儿媳妇。为了不让孩子被这些可怕的幻觉吞噬，奶奶给她喂了不少四处开来的药。这些药里有抗抑郁药，也有助眠药，还有调理身体的药物。曹秀娥大把大把地吃，完全不按医嘱来。奶奶每次发现药少了那么多，泪流满面。但病情似乎得到了控制，曹秀娥除了面目有些呆滞外，情绪还算正常。奶奶好吃好喝地伺候，生怕孩子哪儿不舒服，又犯了病。

曹秀娥父母先后赶回来陪她。曹秀娥母亲后来说，她当时想了许多，怀疑自己离婚是否离错了，为了自己的女儿，该不该一辈子忍辱偷生？

初春的乡村月夜清凉，树木们也有一些荒凉的意味。曹秀娥母亲有些寡薄的身影，在村子里绕了一圈又一圈，孤魂野鬼似的，最后落寞地回到家里。前夫还在睡觉，睡得挺香，鼾声像打雷一样。她真想推醒他，又想钻到他的被窝里，一觉睡过去，醒来原谅了一切。但她随即对这个念头吃了一惊，简直有些鄙夷自己，同时有些厌恶地看了看他，心想这么一个男人，自己当年为啥看上了呢？要不是造了孽，干吗会有今天呢？她很想轻轻推开女儿的房门，抱着女儿睡觉。女儿那时憨憨的、肉肉的，睡梦中眉头紧锁，似乎在进行巨大的思想斗争。她知道，女儿"犯病"是毫无征兆和规律的。或许，她心中跟地震前一样有了震感，但她自己搞不清楚。这段时间，女儿只有打游戏时，才会面目狰狞，把喜怒哀乐表现出来。跟父母或其他亲人相处，她展现出的往往是"随便""你们看着办""我无所谓"的架势。

她想这样陪着女儿过一辈子。可不能够。她已经重组家庭了，并生下一个小男孩。这段时间，那边的小家伙气管发炎，一直在咳嗽，怎么也看不好。夫家催她回家，说孩子只要妈妈。可她，实在不忍心离开女儿。她想把女儿带回现在的这个家里，但婆婆不答应。

曹秀娥妈妈不敢当面告诉女儿，她又要离开她。

思前想后，她决定不告而别，狠心离开。三更天，她爬起来，赶往镇上坐大巴。月光下，乡村道路上，一只兔子蹿出来了。它可能要横穿土路，到对面的田里去。但因为看到了她，被吓了一跳，它双耳直竖，静静地伏在路中间，盯着她的下一步行动。她突然想起，曹秀娥有几次跟她提过，想养一对兔子。当时她觉得家里没地方养。现在这只兔子的出现，让她隐隐约约觉得有些注定。她往兔子的右边跳过去，实际上，这是虚晃一枪，她的重心在自己的右边，也就是兔子正纵身逃窜的左边。她的右手快速伸出去，准确无误地抓住了兔子的耳朵。兔子想把耳朵缩回去，但已经来不及了，只好双腿乱蹬。她右手提起兔子耳朵，兔子身子跟着吊起来。她左手适时地托住了兔子的屁股，往上一抬。兔子一下子明白了似的，安静地卧在她手心里,望着她。这是一只小兔子,看人的眼神有点斜视一样。她把它抱在怀里,心想,要不是为了自己的孩子,她舍不得把这个小家伙带离它的家园。或许它父母在等着它呢。她心里有些不忍,可终归是自己的孩子占了上风。她决定让自己的孩子养着玩一段时间,没兴趣了,就送回这里来。

把兔子带回家,放进兔窝里,曹秀娥妈妈王红丽悄无声息地离开了。半路上,又想到一只兔子孤单,女儿看到后触景生情,于是等到镇上农贸市场热闹起来,在里面转悠了一圈后,发现有人在卖兔子,她精挑细选了一只跟那只小兔子差不多大的,专门送回了家。她给女儿说:"这两只兔子送给你做生日礼物,你的小弟弟生病了,妈妈得回家去看看。"

女儿似乎没听到她所说的话,蒙上头自己睡觉。

八

曹一德在邻省省城里,先是给一家酒店当保安,后来学了点手艺活,焊接、泥瓦、电器维修等,在一家物业公司里做维修人员,主要负责就近四个小区里零零碎碎的维修事务,比如谁家下水道不通了,灯泡不亮了,洗手台砸烂了,煤气灶打不着了,卧床的螺丝松动了等,从工种上来讲,算是技术工。

一大早下了火车,打电话给她爸爸曹一德,无人接听。她母女俩赶到物业公司,本想给她父亲一个惊喜,谁知道,物业公司的工作人员一听说找老曹,有点恼火,说:"老曹这个人,做事就是粗心马虎,你们说,他哪儿又做错了?"

工作人员把她俩当成业主了。母女俩赶紧表明身份,是来探亲的。

工作人员脸上一惊,说:"老曹今天去一个业主家里维修下水管道了,手机应该在身上,但我们公司的人,干活儿忙起来,就顾不上接电话,你俩要不在公司里等等,要不直接去业主家看看,反正离得也不远。"

母女俩面面相觑,找到业主家里,去了陪着干活儿呢,还是影响干活儿呢?

"要不,你俩就去老曹屋子里待一会儿,老曹房门上那锁,轻轻一拽就拽开了,那是糊弄外人的,平时呢,没啥人去那个地方,小偷进去了,也没啥可偷的,就在地下车库。我手头还有些活儿没干完,不能陪你们下去了。你们从这里乘电梯,下到负二层,右拐,走两个路口,再左拐,直着走,一直走到尽头,迎面就是房门。"

"好的,谢谢,我们到他屋子里等他。"

物业公司的工作人员是个四十多岁的精瘦中年人,想了想,皱了皱眉说:"他那个房子啊,经常不打扫,要不你们就在这儿等算了,这个老曹啊,就知道上网,在虚头巴脑的世界里消磨时光,自己住的狗窝,没想过好好拾掇拾掇。"

母女俩对望一眼,告别了这个人,摸索着,找到了曹一德所住的地方。

这是地下车库西北角的一个角落。要不是有个别车辆来这边停放,感觉这里压根儿不会有人来。阴暗、潮湿、发霉,墙壁中还渗着水,在车库的地上漫了一层。人要走到角落,必须从水中蹚过去才行。

走到门口,门上挂了把锁,轻轻一拽,锁就打开了。解下锁,走进房内,里面凌乱不堪,地上被各种捡来的垃圾,如纸箱、塑料桶之类的堆满了,间隙中塞满了东一只西一只乱扔的鞋子,和几张大小不一的凳子,几乎没有下脚的地方。一张钢丝床上堆了几条被子,都没叠,跟蜕皮的蟒蛇一样卷成一团。那枕头的颜色,仔细看过去,不知有多少年没洗了,上面的头油似乎可以刮下几层来。因为是车库改装的,没有窗户,依稀能看到角落里还有一张桌子,上面摆满了锅碗瓢盆,也是乱七八糟的。曹秀娥不小心推倒了什么东西,有不少飞蛾扑到了脸上,还有不少臭虫,似乎在恼火地瞪着这两个不速之客。这样的地方,要不是亲眼见到,不敢相信能住人。

关键还是里面酸腐的臭味,混合着幽暗中混沌的气息,直扑人的口鼻。曹秀娥还没来得及把行李放到床上,喉咙里有一股热流酸辣辣地翻上来,捂着嘴吸气压了几次没压下去,一张口,跟喷泉一般,吐在了几个叠放的纸箱上。一开吐,就跟打开的闸口一样,口中洪水奔涌,怎么也止不住。

她差点把苦胆吐出来。

没办法,母女俩只好出来,在附近填了点肚子,又逛回小区,根据楼号,有意无意地走到了刚才物业公司工作人员所说的,曹一德正在干活儿的那家人单元门口。

拐到楼侧,老远看到一个人,背了一大捆木床拆下来的木板走过来。捆起来的木板像一座山压在那个人身上。那个人穿了件破背心,弯着腰,挽着裤管,低头看着路面,用脊背扛着木板,一步步往前走。曹秀娥发现那人穿着红色的有几个破洞的背心,前胸湿了一大片。她突然明白了"汗流浃背"几个字的意思。母女俩等着那个人背着木板走过去了,才互相张望着,确认是不是她爸爸曹一德。曹秀娥希望得到妈妈一个否定的回答,结果是沉重地点点头。曹秀娥想起刚擦身而过时,他那额头上掉落在地上的汗滴,砸成了几瓣,不由得惶恐起来:在家乡,看上去流里流气的爸爸,甚至有些桀骜不驯的爸爸,在这个城市里,干的就是这样的苦力活儿吗?

这一年多来,自己每个月,可是向爸爸要四五千块零花钱呢,光连接虚拟世界"桃花岛"所消耗的流量,每月不下三千块吧,爸爸需要收多少破烂儿或维修多少个下水管道挣来呢? 这么辛苦。自己每个月却消费掉了父亲大半的收入。

自己在虚拟世界"桃花岛"里快一年多了,这一年多来是不是花光了爸爸所有的积蓄? 他还供她伙食费,给她学费。

她突然想喊住爸爸,可妈妈王红丽的眼神制止了她,似乎告诉她,这时候喊住不合适。

母女俩心情沉重,朝小区门口走去。大街上车流如织,曹秀娥感觉脑袋里一团蠕虫在蠕动。她有点不想见爸爸了。她不知道怎么面对爸爸。她说:"我们去逛逛商场吧,给爸爸买点衣服鞋子什么的,大老远地来,就家乡那点土特产也不好吧,买点像样的礼物。"

这时候,曹一德给前妻回了电话,问她有事吗?王红丽说没事,就问问你在哪儿? 曹一德说正在上班,囡囡好吗? 王红丽说囡囡想来看看你。曹一德说,好好在家养着,我过段时间回去。说完,就挂了电话。

一圈商场逛下来,母女俩给曹一德买了一件T恤和大短裤,天已经擦黑了。母女俩坐了公交车,赶回物业公司,这里工作人员已经下班了,卷帘门是锁着的。她俩从小区进入,找了一个单元门下了地下车库,弯弯绕绕,费了好大的劲,才找到曹一德的住处。

门是开着的,曹一德的鼾声远远传出,在地下车库中产生巨大的回响。她俩走进去,发现屋子里有一个发亮的东西——手机,正在充电。曹秀娥扫了一眼手机屏幕,发现这款带有全息影像功能的手机,正处于运行之中,应该是连接了脑机接口,手机上方的全息屏幕上,正在呈现曹一德在虚拟世界活动的影像。曹秀娥一看画面,心里"咯噔"一下,像掉入了深渊。曹一德所在的虚拟世界居然是"桃花岛",关键是,他在虚拟世界的形象,居然是一个女的,而且,身份是她的母亲。

在虚拟世界"桃花岛"的欧洲风情别墅里,与她相处了五个多月的母亲,居然是现实里的爸爸曹一德!

自己居然没看出来。

她爸爸干吗要这样？虚拟世界中的父亲到底是谁呢？

王红丽在黑漆漆的屋里摸到了电灯开关，摁开了灯。曹秀娥仔细地看了看眼前这个睡着的男人。因为在梦中连接了虚拟世界，他对现实世界几乎没有反应。他的脑袋还那么大，鼻子还那么塌，眼睛看不出大小，手臂上文了一个字，曹秀娥一看傻眼了，是一个青黑色的"娥"字。这个"娥"，应该是她的名字。不知道谁给刺的青，歪歪扭扭的，一点也不好看。从小，家里人都喊她"囡囡"。这个刺青，冷冰冰的，又泛着光泽。这让她又怕又痛。

王红丽苦笑了一下，拉了一张凳子让曹秀娥坐下。曹秀娥还是盯着她爸爸曹一德的手机屏幕，看他在虚拟世界里到底在干吗。她妈妈突然说："不用看了，在'桃花岛'，他就是你母亲！"

"他一个大老爷们儿怎么是我的母亲呢，你骗人吧？"曹秀娥疑惑地看着王红丽。

"我不骗你。你休学回家，迷上了虚拟世界。你爸爸知道了你的ID，跟着你进了'桃花岛'，根据你的需求，跟你组合成一个家庭，本来他是要给你扮演爸爸的，谁知道，那时你已经选定了一个爸爸，他只好给你扮演妈妈，以防你在'桃花岛'有个意外。"

"他一开始的虚拟形象怎么是女的？"

"他是用我的身份信息注册的，进去之后，作为一个女的，想着跟你沟通起来，会方便一些。"王红丽的眼神有些闪烁，不敢正视曹秀娥。

"骗人！"曹秀娥知道，妈妈没有完全说实话。

"不骗你，孩子，你爸爸每天会给我讲，给你做了什么饭，带你去哪儿玩了，给你买了什么衣服，陪你在做什么游戏，看着你睡着了，陪你学习、画画、跳绳，给你做点心……几乎你的每一天，我俩在聊天中都有聊到。"

"你们对我这么好，当年为什么离婚呢？为什么狠心抛下我呢？"

"年轻的时候做事，有些冲动和草率，我们非常后悔，不后悔有了你，是后悔我们没能早点看清生活，没有陪伴你成长。"

"那'桃花岛'里的爸爸是谁？"

"我，我不清楚。但我替你爸爸进入过'桃花岛'很多次。我还问过呢。"王红丽目光有些躲闪，一看就想隐瞒什么。

"怎么可能？你们那么亲密。"

"那是给你看的,实际上,'桃花岛'里,各有各的生活,为了你,他俩才表现出来那么恩爱。现实中的很多夫妻,也是为了孩子,表现出足够恩爱的。"

"那何必要孩子呢?"

"激情嘛,就跟坐火车一样,刚开始有新鲜感,后来会变得乏味,一对年轻人,白头容易,但始终保持激情,那是特例。我和你爸爸,特别是你爸爸,在我怀孕后,对我失去了新鲜感,就找别人去了。我俩就过不下去了。"

曹秀娥不再说话。

她决定去"桃花岛"跟她的"母亲"问个究竟。

她迅速接通了脑机接口,意识立即进入了虚拟世界"桃花岛"。她大脑里立即注入了虚拟世界中有关她的信息。她跳海自杀,快溺亡时被救上来,一直被机器管家看护着。这两天身体有了好转。她望着窗外,看到她的"母亲"正在若有所思地观察桃花岛上养的那两只兔子。这是一个大好阳光的清晨,光线暖暖地照在这片土地上,兔子正在笼子里吃草,一看有人走过来了,耳朵竖起来,两只前爪绷着劲儿,灵敏地打量着周围。这两只兔子,系统通过全方位立体建模后瞬间传送呈现在虚拟时空中,一举一动都是量子计算下的AI操控。曹秀娥知道现实世界里,他爸爸是不喜欢兔子的。可在虚拟世界里,他爸爸所"活"成的"母亲",居然爱屋及乌,非常喜欢兔子,还经常带她去拔青草、胡萝卜,来喂给小兔子吃。曹秀娥记得,有时候,一家人会在草坪上追着兔子跑。兔子跑动起来很快,也有力,蹦蹦跳跳,关键时疾如闪电,他们三个人追不上。不过,在桃花岛,还有机器人管家,兔子是跑不过机器人管家的,跑远了就会被逮回来。

"我俩要是不在'桃花岛'上住了,这两只兔子可怎么办?"她走出来,问她"母亲"。

"怎么会不在这里住了,这里多好啊……""母亲"惊奇地看了一眼说,"我老死也要住在这里。"

"你应该明白,我们不属于这个世界。"曹秀娥发现,这几天,因为主人们无暇顾及,兔子可能生病了,耳朵软塌塌贴在脑袋上,四肢无力,趴在地上,那双瞪得圆溜溜的眼睛和无可奈何的状态,和"母亲"内心的惊惶一样一览无余。

"哪一个世界,有区别吗?"看着"母亲"迷蒙的双眼,看看眼前美好的田园景象,再想想现实中"母亲"蜗居的地下车库,曹秀娥不由得鼻子一酸,心尖像是被针刺一般,抽疼了好一阵子。

"你不会迷上了这个世界了吧？你可是有自制力和判断力的大人啊。"

"孩子，我不想跟你分开，我也不想离开这里。大人怎么啦？大人难道不该有一个幸福的家庭吗？"曹一德突然抱着曹秀娥，在虚拟世界里号啕大哭起来，哭得稀里哗啦。

在现实物理世界中，曹一德对她往往横眉冷对，总觉得她矫情或者不够强大。

"妈，我已经知道了所有情况，你是曹一德，是我现实生活中的爸爸，我知道你喜欢这个虚拟的家庭，我也喜欢，但是，我也知道这是虚拟的，我们回家吧，我们回家，回到现实之中的家里。我给你做饭，我出去工作，我挣钱养你。我再也不要让你养我了……"曹秀娥哭得撕心裂肺。

"你知道了也罢，不知道也罢，我就要在桃花岛里生活，这里不会吵、不会闹、不会不开心……"曹一德深情地望着"桃花岛"里的一切说，"囡囡，你这里的父亲死了，咱们再找一个。我们不能在这里没有家。"

兔子静静地趴在院子的草坪上，两只耳朵耷拉着，像是死去了许久，又像是认真地在理解他们的对话。

九

天亮了。曹秀娥丧气地断开了脑机接口。曹一德也跟着断开了。

曹一德见到母女俩，并没有表现出特别的状态。看她俩挤坐在房间里，便给每人倒了一杯水，自己点上了一根烟，不做解释。

对曹一德来说，"桃花岛"里的那个家，才像个家。在那个家里，不管他扮演了一个什么样的角色，生活其中，是甘之如饴，处于一种享受状态。曹一德完全陶醉在这样一个世界里，根本不知道这个世界对他的危害性。一年多下来，他逐渐发现，他比女儿曹秀娥更需要这个虚拟世界。虚拟丈夫的离开，对他而言，遭受的打击，其实更甚于女儿。为此，他有些赧颜。他通过抽烟来掩饰这一点。但半天之后，还是说了句："狗日的，要是一辈子在'桃花岛'里多好。"

"那是用钱堆出来的。你应该清楚，你打算买房子的那点积蓄，恐怕快用完了。"曹秀娥母亲轻声说了一句，"有什么吃的？我来做早饭。"

"我早不生火了，这里也不像个生火的样子。"曹一德对前妻冷冷地说，一字一句，像鲫鱼吐泡。

这时候,外面有一个婆姨在门口张望了一眼,一看人多,吓了一跳,没有进来,但也没有离去,而是到旁边的垃圾桶里捡垃圾,边捡垃圾边骂:"你还看得紧,没给老娘留一张纸片片!光知道喝马尿,怎么不给老娘省省心,跟了你这么长时间,还舍不得送一个手机。"

不知道她和父亲是什么关系,但很明显,该女子是冲着父亲来的。这个拾地下车库垃圾的女人,披头散发,衣着邋遢,乍一看形象狰狞,从口气上,有点像父亲的情人。曹一德从母女二人疑虑的表情上,已经感觉到了什么,发现那女人还在絮絮叨叨,顿时怒火冲天,拍掌而起,冲出去,提起门口的扫帚,呵斥着冲过去。那女子见曹一德这个样子,也不敢多嘴,骂骂咧咧地抱头鼠窜了。

或许不是情人。

曹一德赶走女子后,顺便从外面买来早饭。三个人吃过饭,曹一德说要去上班,曹秀娥妈妈说:"你请一天假吧,咱们陪囡囡逛逛。你也休息休息。"

曹一德点头说好。

到物业公司请假时,负责人却很不客气。他凶狠地冲曹一德说:"老曹,你成天不好好上班,今天这个事,明天那个事,说白了,还不是偷偷去网上的另一个世界里享乐,打游戏,刷屏,你以为公司是你家开的啊?"

"对不起,主管,今天我女儿和前妻来看我了,我陪她们去逛逛。"

"现在是工作时间,周末放假去。"

曹秀娥母女站在公司的门口,里面的对话却听得一清二楚。曹秀娥忍不住了,冲进去,对这个素未谋面的主管说:"对不起,主管,我是曹一德的女儿,曹一德已经两年没回了,每年春节都在公司加班,现在我们不远千里来探亲,想请一天假,难道不在情理之中?如果曹一德平时不好好上班,你们可以警告甚至开除,如果没有,说明他依然是一个合格的工作人员,这时候,没有紧急任务,你们不给他准假,是不是违反了《劳动法》呢?再说了,明天就是五一劳动节,你们不放假,知道什么叫国家法定节假日吗?"

曹秀娥嗓门儿大,语速快。她其实是挺能讲的,高中时演讲比赛还拿过名次。主管听了她的话,一愣,脸色沉下来,死盯着她:"你意思是我们可以开除曹一德?"这让她一激灵,想起虚拟世界中曾经碰到的那只熊,只要她一动,就会拍死她,但她最终一点也没有动。这时候,主管就有点像那只熊。她迎着对方不快甚至有些凶狠的眼神怼了过去:"要开除,得有证据!"曹秀娥心想,就这样的工作条件,父亲不应该在这里干。"你们没证据,又不给请假,我就要告你们!"曹秀娥作势要给劳动和社会保障局打电话。

没想到,对方突然软了下来,眼神柔和了,脸上带着笑意:"老曹,你这个女儿好厉害,嘴巴子利落,来,说得对,给老曹今天放假一天。其实,老曹还是能吃苦的。"

曹一德和王红丽露出惊喜的表情,没想到,女儿一反萎靡之态,能理直气壮地跟人争了。

出了公司,曹一德问曹秀娥:"你想去哪儿?"曹秀娥想了想,说哪儿都不想去,跟你们待着就好。曹一德说,还是出去转转好。一家三口商量了一番,决定去动物园。这个城市有全国闻名的动物园。

要不是在动物园里看到那几只兔子,曹秀娥也不会想起当年发生的事情。动物园里有一只兔子,不知道是生病了,还是乏累了,吃了曹秀娥送过去的胡萝卜,用嘴巴舔着曹秀娥的手,依依不舍的样子。王红丽开心地说,这只兔子,说不定上辈子见过囡囡。曹秀娥突然一怔,再仔细看,确实跟当年妈妈离婚后不辞而别的那个晚上送给她的那只兔子长得几乎一模一样。她突然想起来,那些日子里,她一想起妈妈,整日整夜就陪在兔子身边,蹲在兔窝边,怎么也不离开,甚至把兔笼子提到床边,把兔子抱出来,让兔子陪着睡觉。她觉得,兔子是自己世界上最好的朋友了,她什么话都可以跟兔子说。她对其他人不理不睬,包括对奶奶。有一天夜晚,奶奶忍无可忍,提了把菜刀冲下来,不顾曹秀娥的哭劝,手伸进笼子里,几刀下去,两只小兔子被砍得血肉模糊,趴在笼子里软塌塌的,耳朵耷拉下来,遮住了大半个眼睛,一动不动了。当时一缕窗外的月光照进来,兔子圆鼓鼓的眼仁似乎动了一下。那一刻,曹秀娥眼前一黑,两耳轰鸣,感觉脑海里某根弦断了,一时茫茫然,什么都不知道了。

不知道什么时候才醒过来,笼子里有六只兔子了。她问原来的兔子呢,奶奶说是跑走了,没追上,只好又一口气给买来了六只兔子。奶奶一脸的愧疚,赔礼道歉也是支支吾吾。曹秀娥想不起来之前发生的一幕,于是无可奈何地接受了新的六只兔子,分别取名,成天喂养。在养兔子的过程中,她被兔子抓伤过,还治疗过一段时间。不过,家里的兔子开始繁衍生息,越养越多,后来在搭建的兔窝里生到了三十多只。这些兔子学会打洞了,从兔窝里打了一个洞,直接到了院墙背后的南瓜地里,然后一个个从出口开溜。还好发现得及时,有两只小兔子还没来得及逃走,于是被关到兔笼里养起来了。

现在在动物园看到这只兔子,曹秀娥突然想起来,奶奶当时拿菜刀砍兔子的样子非常凶狠,皱褶纵横的脸庞上充满阵阵杀气。她不寒而栗,突然觉得无比可怕。

可怜的奶奶,也是一个可怕的奶奶。在照顾她的过程中,承受了多少事,淤积了多少情感,压住了多少愤怒。她才是需要被照顾和看护的。

再乖巧的兔子,在笼子里,终归是要靠人来喂养的。

曹秀娥顿时意识到,自己不是小兔子,再也不需要人照顾了。

其实这个想法,她早就有了。"桃花岛"里的父亲,就一直在给她灌输这样的想法。不管是坚强,还是勇敢面对,都必须靠她自己。

她这才想起来,家里的兔子也是自己扔掉的。有一晚她从"桃花岛"下线后,因为没找到虚拟父亲,她心里空落落的。下去想跟兔子谈心,打开兔笼,看着月光下的兔子那么恬静,突然觉得自己不该把兔子圈在笼子里,靠人照顾才能生存。她把兔子提出去扔到了院后的南瓜地里,心想这个世界上谁照顾谁啊?兔子要自己学会照顾自己,天地那么大,不会活不下去的。

她做完这些,继续睡觉,睡醒之后,想不起来做过的事。她奶奶发现兔了不见了,一直以为被人偷走了,还在院墙上搭了许多白刺,怕有人翻墙来偷东西。

现在一切都想起来了,她觉得自己变了一个人似的,破茧成蝶了。

"'桃花岛'里那个父亲到底是谁?"曹秀娥盯着她妈妈。她兴奋的脑袋里,像被泼进一勺燃烧的热油。她觉得,自己想清楚这一切,还是来自"桃花岛"父亲的教育。这个父亲精心做了这么多,不会是偶然发生的。天下不会有那么多巧合的人和事,虚拟世界里也是一样。很多事,她没想明白或没想起来,终究是有其因果的。

王红丽看着曹秀娥容光焕发,双目熠熠,像变了一个人似的,一股暖流涌进她心房。她擦了擦脸上的汗,竭力想让自己轻松一些。

"我请的一位大学老师,是一位精神科的大夫推荐的,学心理学的,彬彬有礼,了解了你的病情后,也想帮助你,但收费挺高的,前两天,我无力支付费用,他就彻底离开了'桃花岛'。维护'桃花岛'的工作人员,包括策划、软件、技术人员等共计206个人,'桃花岛'上有240户人家,780个人,每个ID需要每年出5万元,所以每年我要花5万块去充值,让这位大学老师进入'虚拟世界'中生活,我除了给他账号充值外,还要给治疗费,一年10万,我和你小弟的爸爸,两个人,这些年开百货店,总共存了二十来万,不到一年快花光了,钱不够了,教授就说,你精神应该恢复过来了，会接受线下的世界了，他要离开了，所以我就让他离开了。囡囡，你放心，如果我有钱了，我再去请他，我们可以再建一个'桃花岛'。"

曹秀娥沉默了。完美的虚拟世界还是由钱来支撑的，但世界上不可能人人都有钱，所以虚拟世界也注定不是完美的，"桃花岛"只是一个遥不可及的梦想。电视剧里的剧情，大多选择了人们爱看的那一种，现实生活中则不然，人们最不想看到的，往往会发生。她想起妈妈送给她的那两只兔子，一开始见到人，红红的眼睛里一片惊惶，后来见到她，主动围拢过来，吃她手里的菜叶、胡萝卜，到最后，能在她的怀里闭上眼睛睡觉，那么安静，似乎世界上不会有伤害它们的人和事。她下决心要照顾它们，不能让猫抓住，或者被其他动物叼去了。她一直以为自己是那两只找不到家的小兔子，事实上，她现在才意识到，"桃花岛"的父亲，其实不是让她看到了一个理想的父亲，不是让她成为一只被照顾的小兔子，而是在潜移默化中，教会了她勇敢、坚强、不屈等正确的人生态度。

"桃花岛"的父亲曾说过，智者善于利用环境，只要你认准了经营的地方，那就是家，哪怕是残破乃至残败。

她妈妈看她不说话，挽起她胳膊说："囡囡，爸爸和妈妈对不起你。"

她看了妈妈一眼，皱纹不少，鬓角的白发在风中凌乱，再看看爸爸，正望着兔子有些失魂落魄，应该是回想起了"桃花岛"。她不由得挽起父亲的胳膊，像在"桃花岛"里一样，亲昵地把头靠在他肩膀上。"我们出去吃饭喽。我们一家人，好久没有一起吃饭了。吃完饭，爸爸，我也跟你在这个城市里打工，挣够学费，我再去复学上课。"

曹一德看她爽朗的微笑、满目的自信，似乎想起了什么，面部表情一下子放松了，愧疚中夹杂着赞许，微笑着回应了一句："囡囡长大了。"

一家三口，以从未有过的亲近，走在这座城市里。

【作者简介】冶进海，男，1978年生，博士，中国作家协会会员，目前为北方民族大学新闻与传播学院教师。先后在《光明日报》《文艺报》《民族文学》《花城》《小说月报·原创版》《青年文学》《四川文学》等发表文学作品若干，部分作品被《小说选刊》《散文选刊》《新华文摘》等转载。出版长篇小说《状元之校》、中短篇小说集《长大成人》等。

泡 沫

李前锋

1

徐永年醒来时,不用看时间,就知道刚好是早上五点半,前后相差不会超过两分钟。他闭目养神,像往常一样,在正式起床前用三分钟时间调整呼吸,感受新一天身体的状态。时间慢慢走动,三分钟到了,他缓缓起身,抬头望向窗外,远处已露出熹微的晨光,太阳即将升起。

又多了一天。徐永年满足地叹息。

起床后,徐永年习惯先打四十分钟太极拳,在身体略感疲惫时刚好结束。洗漱完,吃了药,他把昨晚睡前看的那本《林中路》向后推进了三十页,然后去准备早餐。一百克杂粮饭,一个白水煮蛋,两百毫升鲜牛奶,炒青菜前,徐永年权衡再三,最终决定滴三克猪油,结果炒出的青菜便分外香。

徐永年家距离市第一人民医院大约三公里,普通人脚步快些,大概要走三十五分钟。每周六早上七点整,徐永年准时出门,步行前往医院。徐永年走路很有特点,像个机器人一样,每次抬膝总是在固定高度,跨出的每一步都是那么远,就跟拿尺子量好的一样,不偏不倚,不差毫厘。他走路时目光平视,既望远方大路,也观身前六尺。挺胸直背,不是那种屏着一股劲儿的刻意挺拔,而是像棵老松,久经风霜,挺拔已经成了一种面对风雨时自然而然的习惯。头发梳理得整整齐齐,衣服是普通的白衬衫,洗得干净,熨得平整,就连白色鞋面上也没有一点污迹,浑身上下都透露着一种苛刻的讲究。

去医院的这条路,徐永年已经走过无数次,他很确定自己三十二分钟内肯定能到。果不其然,指针刚过七点三十二分,徐永年左脚正好迈进医院大门。七点四十分,他乘电梯到达门诊部十二楼血液内科,和熟悉的护士小陈打了声招呼。小陈冲他腼腆一笑,给他倒了杯水,请他进赵医生办公室等着。七点五十分,赵医生走进办公室,手里拎着一袋肉包子,看到徐永年,习以为常地说了声:"来了?"

徐永年"嗯"了声,赵医生拿了个包子递给他:"刚出笼的,香。"

那包子皮薄肉满,表皮溢着诱人的红油,瞧着就令人垂涎欲滴。徐永年却眉头大皱,连连摆手,唯恐避之不及。

赵医生嘲笑道:"就知道你还是这样。"他在办公桌前坐下,拿笔随手开了张单子,递给徐永年:"去验血吧。"

血检报告送过来时已是一小时后,这段时间,徐永年一直在赵医生办公室坐着喝茶,偶尔和赵医生闲聊几句。拿到报告单,徐永年自己先瞧了眼,眉头一下子紧锁起来。这些年他久病成医,检查报告上那行行列列普通人根本看不懂的数据分别代表着什么,他早已一清二楚。

赵医生接过报告单,他手边还放着一个早上吃剩的肉包子,凉了后,包子里的红油凝成固态,看着有些恶心。

赵医生却不嫌弃,一边吃一边看徐永年的血检报告:"还行。"

但徐永年不满意:"白细胞比上周又高了一点。"

赵医生很不以为然:"数值有波动是正常的,人体不是一台二十四小时恒定的机器,没病的还经常上下波动呢,何况你这有病的。"

徐永年就跟没听见似的,思索了会儿,恍然大悟道:"我明白了,一定是早上那三克猪油惹的祸。"

赵医生问明白后,朝天花板直翻白眼,一脸的没好气:"别自作多情了,三克猪油要不了你的命。我跟你说过多少次了,就算是有病,也没有像你这样过日子的。"

徐永年完全没有听进去,手指摩挲着报告单,静静坐了一会儿,忽然低声问:"赵医生,我大概还有多少时间?"

赵医生连连摆手："我最怕听你问这个问题，你的情况和目前已知的绝大多数病例都不同，能活多久只有老天爷知道，让我说我也只能瞎猜，你还不如去路边找个算命先生算一卦。"

徐永年默然不语。赵医生叹了口气："这么多年了，我还是不知道你这样活着是为了什么。"

徐永年抬起头，爽朗一笑："您知道，我活着就是为了活着，别的什么也不为。"

从医院回到家，徐永年先上床躺了半小时。不是为了睡觉，只是他多年来养成的一个习惯，只要有可能，他每换一个环境，就用三十分钟时间休息，让身体彻底平静下来。所以这些年来，为了避免麻烦，徐永年是能不出门就不出门。起床后，他开始了一天的工作。徐永年的专业是哲学，就业面原本就窄，受身体状况和生活习惯的限制，能做的工作更是相当有限。毕业后在家待业一年多，才有同学请他为一家不入流的哲学类理论期刊审核稿件，名曰外审，实则是没有正式职位和固定薪资的廉价小编。但胜在工作时间自由，外加也算专业对口，便这么干了下去。

徐永年在书桌前坐得四平八稳，专心致志地看着手中稿件。编辑部早就普及无纸化办公了，只有他担心电脑辐射会对身体造成不良影响，坚持纸质办公，编辑部只好次次都把稿件寄到他家里。筛掉两篇空洞的长篇大论后，徐永年接到了同学的电话。同学告诉他，有一位被徐永年拒稿的作者打电话到编辑部，表示不理解自己被拒稿的理由，坚持要求和做出拒稿决定的编辑详谈。

徐永年一阵烦躁，世上就是有这种人，自以为学历高、文凭高，写出来的就是千金不易一字的金玉良言，一旦被拒稿，便恼羞成怒气急败坏。

徐永年对同学说："拒稿的理由千千万，有什么好谈的？你随便找个借口把她打发掉好了。"

同学有些为难："对方一定要和你亲自谈。我看了她的文章，其实写得还不错，而且她还是个在读研究生，如果不能按时发表，很可能会被延毕，所以态度非常强硬，轻易敷衍不了。你自己想个理由对付她吧，晚点我再把你的联系方式给她发过去。"

同学把话说到这个地步，徐永年也没法推辞了。他把那篇稿件找出来重读了一遍，发现这个作者叫陈洛洛，就在本地某高校读研，主要研究方向是西方古典哲学。她的这篇文章论述的是笛卡儿和康德之间一脉相承的哲学关系，尤其推崇康德的代表作《纯粹理性批判》，而徐永年主攻的是东方哲学，对西方古典哲学的了解止于皮毛。重读一遍后，他发觉陈洛洛这篇文章鞭辟入里，既有综述，亦有创新，不像很多为了发表而发表的文章，牵强附会，全是套话、空话。

徐永年回想当初拒稿的原因，一是那时走马观花，没有深入品鉴；二是他学的是东方哲学，对陈洛洛文章中那种似有似无的对西方古典哲学的仰慕隐隐觉得反感。就在这时，同学把陈洛洛的电话转了过来。徐永年原本已经想好一套说辞，但听到陈洛洛声音的那一刻，他愣住了，犹如一本尘封已久的老书忽然被翻开，他想起了那个在十几年前改变了自己一生命运的人，就叫陈洛洛。

<h2 style="text-align:center">2</h2>

徐永年十岁时，第一次知道自己有病。

生病前，徐永年体格强壮，身手矫健，是班级足球队队长，球技精湛，双脚左右开弓，一到运动会就是明星人物。那时陈洛洛在班里坐他前排，高个子，瓜子脸，皮肤有些黑，扎着两只傻乎乎的羊角辫，总是因为一些小事就生气。徐永年有事没事就爱逗她。那一天，他心血来潮揪住了陈洛洛的辫子，将两只羊角飞快地拧成一股马尾，然后撒腿就跑。班里同学哄笑一片，陈洛洛气红了脸，追着徐永年就冲进了校园。

短跑冲刺是徐永年的强项，但被女生追不是赛跑，而是暧昧的游戏，没有终点，所以跑得太慢太快都不合适。这里面有一个度，要若即若离，只有让女生觉得她能追得上你，她才会愿意一直追着你跑。徐永年原本深谙此道，他可以随心所欲地控制速度，时常故意放慢脚步，离陈洛洛只有一指之遥时再在间不容发之际突然加速跑开，留下陈洛洛在身后气急败坏地跺脚。可今天不知为何，徐永年总觉得自己的腿发不上力，像是灌了铅，又像是被套上了辔头的马，身后拖着辆满载泥沙的大车。回头一看，陈洛洛的手离自己后背只剩下几厘米，徐永年慌了，奋力向前一跃，往常羚羊一样的双腿能带着他飞出两米，可今天却软绵绵的，磕磕绊绊，站都站不稳当。陈洛洛过去常被徐永年戏弄，唯恐他又是故意卖破绽，不容多想，一把推了上去。徐永年不由自主地向前跌倒，脸朝下撞在了水泥地上，人事不省。

徐永年的母亲陆澄赶到医院时,徐永年还在昏迷中。陆澄是位教师,在当地一所名牌私立小学教语文,上课时接到了徐永年班主任打来的电话。在课堂上接听手机是要受学校处分的,但陆澄那天一直心神不宁,看着来电显示,她觉得不能不接。得知徐永年摔倒后,陆澄当场慌了神,课也上不了,丢下一帮学生就打车往医院赶,在车上边掉眼泪边给丈夫徐征打电话。徐征正在公司和客户谈合作,听说儿子只是在学校摔了一跤,并没太当回事。他是了解自己老婆的,不食人间烟火的女文青,比林黛玉眼泪袋子还重,但凡超过十块钱的事就没了主见。徐征耐着性子安慰了陆澄一通,让她先去医院陪儿子,自己处理完公司的事便赶过去。这一处理,便是四个多小时,等徐征赶到医院时,徐永年还是没有醒。

　　陆澄握着儿子的手,忧心忡忡地守在病床旁,看到徐征来了,眼睛一下子红了。徐征见她双眼肿得像桃子,不知这几个小时已哭过多少回,心里微觉愧疚。徐征和陆澄有两个儿子,大儿子徐永恒今年已经十八岁,很快就要高考。他们本没准备要二胎,但中年意外得子,何忍弃之,于是便有了徐永年。这时,徐永年正安详地躺在病床上,脸色苍白,额头上微微隆起一个血包。

　　陆澄忧心地说,儿子送到医院后,第一时间做了所有能做的常规检查,除了脑门儿上有些磕碰的外伤,没发现什么严重问题,比较危险的脑部问题和心脏问题都被一一排除了。按理说问题不大,可徐永年就是不醒,医生一时半会儿也说不出是什么原因,只说再观察一段时间。徐征对医学几乎一窍不通,但直觉上感到不大对劲。他是退伍军人,是上过战场见过死人的老兵,后来下海经商,白手起家小有所成,直觉救过他的命,给了他现在的财富和地位,徐征一辈子最相信的就是直觉。

　　徐征找到医生,详细询问徐永年的情况。那位医生已经向陆澄解释过多次,态度颇有些不耐烦,语气生硬地说:"实在信不过,就给你们办理转院好了。"徐征也不生气,客客气气向医生道了谢,又打电话咨询了两个在医疗系统工作的朋友,决定把徐永年转移到本市第一人民医院。市一院是省内名气最响亮的医院,硬件条件好,专家力量强,最关键的是徐征在市一院有熟人,万一徐永年的问题确实比较麻烦,后续操作起来也方便。

　　匆匆忙忙办完转院手续,到了市一院,所有检查全都要重走一遍流程,等到在病房真正安顿下来,已是半夜。陆澄熬了近一天,本就弱不禁风的身子越发摇摇欲坠,徐征让她先回家休息,自己在这守着儿子,陆澄却执拗地不同意。徐征没有办法,只好让妻子睡陪护床,自己坐在凳子上,背靠着墙眯一会儿。好不容易挨到下半夜,陆澄一直睡不踏实,迷迷糊糊起来摸了摸徐永年的头,发觉烫得吓人,开灯一看,儿子呼吸急促,脸色惨白。陆澄瞬间就清醒了,赶紧把丈夫叫醒,自己跑出去叫护士。

护士倒是十分冷静,先给徐永年测了体温,已超过三十九摄氏度,然后挂上吊瓶,安排输液,又嘱咐陆澄每隔两小时为徐永年量一次体温。看着年轻的护士镇定自若的样子,陆澄略略放下心来,但她再也睡不着了,定了个两小时响一次的闹钟,让徐征去陪护床上躺着,自己去打了盆温水,为儿子细致地擦拭全身做物理降温。

直到入院第三天下午,徐永年才渐渐苏醒,虽有意识,但身体十分虚弱,而且他的烧始终没有真正退下去,最低也在三十八摄氏度,还出现了头痛、恶心、牙龈出血等症状。次日上午,医生常规查房时,两位医生站在徐永年病床前低声交流,陆澄惴惴不安地站在一旁听。看他们胸前挂的证件,一是主任医师,一是副主任医师。他们满头银发,气度不凡,都是坐镇科室的人物,是徐征托关系才请到的。就是讲话口音太重,而且语速飞快,专用术语又多,陆澄两边眉头都挤到了一起,也只能听个一知半解。

这时,又有一个声音响起:“老师,光看不行,还是得做完骨髓穿刺才能下定论。”这声音听着十分年轻,普通话也很标准,却让陆澄的心瞬间提到了嗓子眼儿。她看过去,说话的是个年轻医生,毕恭毕敬地站在两位主任身后,身材微胖,戴眼镜,表情严肃,胸牌显示姓赵,是位住院医师。

两位主任都“嗯”了一声。陆澄惊惶地问:“骨髓穿刺是什么意思?”主任医师解释了一通,陆澄没怎么听明白,她求助地看向赵医生。赵医生先用目光请示了主任,然后才说:“你儿子这两天的血检报告显示白细胞异常,有可能是血液病,需要做骨髓穿刺进一步排查。”

陆澄听到“血液病”三个字,瞬间就想到了白血病,脑袋轰隆一声,站也站不稳了。赵医生看她一眼,补充道:“只是有这种可能而已,得做完检查后才能确定。”

这话像给了陆澄一根救命稻草,她忍住即将夺眶而出的泪水,轻轻捶打胸口,反复安慰自己,一定会没事的,一定会没事的。

可惜世间不如意事十之八九。徐永年先是做了骨髓穿刺,一周后又做了基因筛查,直到住院第三周,医院才给出最终诊断结果。

赵医生把徐征和陆澄叫出病房,搬了把椅子,先请陆澄坐下,然后把目光落在徐征身上,语气严肃地说:"你儿子很可能患有CLL。"

徐征和陆澄对视一眼,表情都很茫然,确定对方都没听说过这个医学名词。赵医生扶了下眼镜,解释道:"也就是慢性淋巴细胞白血病。"

徐征听到这几个字,整个人猛地抽搐了一下,仿佛被人迎面打了一拳。他惊恐地瞥了妻子一眼,陆澄坐在椅子上,表情呆滞无神,似乎五感都被隔离了,对外界做不出任何反应。徐征悄悄握住妻子的手,陆澄猛地攥住他,指甲深深陷进他的掌心,这份微不足道的疼痛感令徐征略略清醒了一些。

赵医生给了他们一些冷静的时间,继续说道:"对于白血病,我想二位多多少少都有些了解,它的严重性不必赘述。我要强调的是,白血病并不是无药可治的,目前有很多药物和方法都可以缓解甚至彻底治愈白血病,比如骨髓移植,很多患者术后良好,可以存活十年以上。"

十年又怎样?徐征的头脑嗡嗡作响。十年后我儿子不过才二十岁,就算多活十年又能怎样?

"但情况复杂的地方在于,我们在基因筛查时发现,徐永年的CLL发生了一种基因突变,这种突变被称为SLT5A,在全世界范围都极其罕见,大约每五十万人中才有一例。一般来说,CLL其实是一种相对低危的白血病,它不会立刻对身体造成危害,早期甚至无须进行专门治疗。但突变后的SLT5A不同,它会大大加快破坏身体的速度。最麻烦的是,目前没有专门针对SLT5A的靶向药,也几乎不可能找到与患者相合的骨髓,所以仍没有有效的治疗方法,只能以预防为主,一旦患上,能实施的只是一些保守治疗方法。也就是说……"

赵医生摘下眼镜,放到桌上。

"这是一种绝症。"

赵医生的语气始终很平淡,却比徐征在战场上听过的枪炮声更加震耳欲聋。他尽可能冷静地说:"赵医生,我儿子身体一直很健康,比同龄的孩子都要强壮,有没有可能是搞错了?"

赵医生摇头:"SLT5A是一种基因病,虽然十分罕见,常规检查很难查出,但正因为如此,它的基因特征非常明显,确诊难度并不大。"

徐征又问:"保守治疗的话,我儿子能活多久?"

赵医生顿了一会儿,仿佛在斟酌语言:"很难说,这和治疗效果有关,更重要的在于患者个人的身体抵抗力和求生意志,短则几天、几个月,长则几年,都是有可能的。已知存活时间最长的是瑞士一位十四岁时确诊SLT5A白血病的女孩,她和病魔抗争了十五年,在二十九岁时去世。除此以外,没有其他存活到三十岁以上的病例,实际上,百分之九十以上的SLT5A患者都没能坚持到成年。"

徐征的心沉了下去,而且是一直往下沉,仿佛落入了无底洞,永远到不了尽头。忽然听见哗啦一声,陆澄猛然站起,嗓音尖细得可怕:"怎么可能?怎么可能!你们连癌症都能治好,为什么就治不好我儿子?"

赵医生似乎见惯了这样的场面,边摇头边冷静地说:"SLT5A是一种基因病,基因是先天带出来的,生下来是什么样,就是什么样,一辈子也改变不了,那是老天爷给你的命。病,能治;命,没法治。我也很遗憾。"

赵医生说完,又叮嘱了徐征一些注意事项,便摇着头离开了。陆澄瘫倒在徐征怀里,失声痛哭。徐征抱着妻子,身体一阵摇晃,觉得自己也有些站不住了。他扶着陆澄坐下,强打精神回到病房,看着正在病床上熟睡的儿子,不禁落下颗颗泪水,滚落在徐永年苍白的脸上。

"永年,永年……"徐征轻轻抚摸儿子的脸,嗓音混浊,"爸爸为你起名叫永年,绝不会让你早早就离开这个世界的。"

3

陈洛洛把徐永年约到了大学附近一家著名的网红猫咖见面,徐永年到时,她还没来。时值周末,猫咖里挤满了猫和来撸猫的大学生。徐永年此前从未来过这种地方,除了医院,他几乎不去任何人多的地方,不免有些不自在,独自一人戴着口罩坐在角落,浑身裹得严严实实,像个奇装异服者,好在附近的人和猫都对他兴趣不大。

等了十几分钟,门口的风铃哗啦一声响,一个女孩推门走进来。徐永年不用怎么回忆,便知道进来的一定是陈洛洛,虽然她已经完全不是记忆中的模样。小学时候的陈洛洛圆脸短发,皮肤又干又皱,在女孩子中算得上身高体壮,对男生态度总是很凶。而现在的她长发披肩,睫毛弯弯,眉眼温柔,身穿白衣白裙,背着双肩包,笑起来时露出一口白牙,两只眼睛弯成两片湖水,倒映出五彩斑斓的光。

两人面对面坐下,还没打招呼,一只蓝猫便跳到了陈洛洛腿上,喵呜喵呜地叫。陈洛洛开心地捧起蓝猫的脸,左揉右揉,然后从包里找出一盒猫罐头。蓝猫大口舔着罐头,发出吧唧吧唧的声音,陈洛洛低头看着它,眼神宠溺地笑。她笑起来时,仿佛有人调亮了灯光,连空气都变得柔和了。

徐永年已经很久没有见过这样单纯温暖的笑容了,不禁有些失神。陈洛洛把蓝猫抱在怀里,一边挥舞着猫咪的两只爪子,一边笑着说:"它叫小乖,老板说它对其他客人都爱搭不理,只和我亲,我准备为它赎身,把它带回家养,嘻嘻。"

徐永年对猫没什么感觉,干巴巴说了句挺好的。陈洛洛像是才发现他坐在那里似的,饶有兴趣地打量他,似笑非笑地说:"徐永年,你呀,真是一点都没变。"

徐永年怔住了,不自觉地摸了摸自己的脸:"是吗?"

"是呀,"陈洛洛眉眼含笑地看着他,"我不是说相貌,现在的你比小时候愣头愣脑的样子帅多了,嘻嘻,我是说气质。我一进门就看见你一个人冷冰冰地坐在那儿,和周围所有人都格格不入,一副拒人于千里之外的样子,连猫见了你都躲得远远的,我就知道肯定是你了,你从小就这样。"

徐永年勉强笑笑,心里颇有些不是滋味。其实生病之前,他性格是十分开朗乐观的,但知道自己有病以后,不管在主观上还是在客观上,确实都变得内向消沉了。真要论起来,他现在这副让别人不自觉就敬而远之的样子,一定程度上还是拜陈洛洛所赐。

"不过啊,"陈洛洛一边给小乖顺毛,一边笑着说,"学哲学的人很多都像你这样。"

徐永年摸了摸鼻子:"你不也是学哲学的吗?"

陈洛洛抱着小乖,一脸严肃地点头:"我也是这样啊,你别看我表面上好说话,其实我这个人油盐不进,很冷酷的。"

真的吗?徐永年想问。话还没说出口,陈洛洛自己先绷不住了,扑哧一下笑出声来。这一笑真如春风化雨,徐永年觉得自己的心也跟着柔软起来,忍不住也笑出了声。他询问了陈洛洛的近况,得知她正在读研,来年就将毕业,目前正忙于发论文和找工作两件事。聊起发论文,徐永年有些忐忑,担心自己无意中影响了陈洛洛毕业。陈洛洛一边揉着小乖,一边用鼻子连连哼哼,拧着一双柳叶眉,做出咬牙切齿的样子:"我就说我怎么会被拒稿,原来是你在背后搞鬼,哼哼哼哼,我要是毕不了业,你得负全部责任。"

徐永年连忙拍胸脯保证一定会帮她摆平这件事，陈洛洛咻咻发笑："跟你开玩笑的啦，我已经找师兄帮忙解决了，投了另外一家杂志，这种小事情还难不住我。"

徐永年尴尬地笑笑，不知为何，心里莫名有些失落。他们又聊了些小学毕业后各自的成长经历，说是聊天，其实百分之八十的情况下都是陈洛洛在说，徐永年默默地听。

徐永年发现，陈洛洛思维很跳跃，而且说话语速飞快，像连珠炮一样，常常从一个话题直勾勾跳到另一个话题，再跳到第三个、第四个，最后一点都不带转弯地跳回到最初的话题，连个过渡都没有。这种让人目不暇接的风格完全不像是学严谨的西方古典哲学的，倒像是个天马行空的艺术家。而且陈洛洛特别爱笑，笑点又低，有些徐永年觉得根本不好笑的话，她却咯咯咯咯笑个不停，让徐永年一度怀疑是不是自己的幽默感出了问题。但陈洛洛的笑是极富感染力的，有如暖风拂面，不仅不会让人觉得失礼，反而觉得心中一片温馨。

徐永年忍不住说："看你的样子，哪里能想到你是学西方古典哲学的，一点都不像。"陈洛洛放下小乖，给徐永年看手机上自己穿学士服的照片。照片里的陈洛洛头戴学士帽，怀抱学位证书，笑得宁静甜美，有一种极致的知性美，和面前这个活泼跳脱的女孩判若两人。

果真是千人千面，徐永年不禁感慨。他问陈洛洛："为什么要学哲学？"

陈洛洛一本正经地说："因为哲学让我有一种解构世界的快感。"

徐永年满脸愕然，陈洛洛忽然换了一副可怜兮兮的表情："就是脑瓜子笨嘛，数理化都学不好，当初是压线考进的大学，好专业全被别人挑完了，我想的是只要不学高数就行，最后不就落到哲学系去了嘛。"

徐永年哭笑不得，陈洛洛也笑，笑完了问他："那你又为什么学哲学？"

徐永年想了想："我最初学哲学，是为了弄明白自己为什么活着。"

陈洛洛鼓掌："厉害，那你弄明白了吗？"

徐永年说："弄明白了，活着就是活着，什么也不为。"

陈洛洛似懂非懂，但也没有追问，只是耸耸肩，自顾自地和小乖玩。徐永年忽然很佩服她这种对于未知有限的好奇，这倒是一个哲学家应该具备的品格。

又过了会儿，陈洛洛接了个电话，便主动买单，跟徐永年告辞。徐永年竟有些不舍，开玩笑般说："男朋友催你回去？"陈洛洛看着他，睫毛扑闪扑闪，忽然凑到他面前,压低声音,仿佛担心被猫偷听了似的:"不是男朋友,是一个追求者。但我不喜欢他,他是学数学的,太笨了,哈哈哈哈……"

4

徐永年住院期间,陈洛洛父母曾来医院探望。两人都是普通工人,在徐征这种他们眼里的企业大老板面前,战战兢兢,坐立难安。陈父提着果篮,诚惶诚恐地递上包好的五千块钱,嘴里念叨着不知够不够徐永年的医药费。

徐征双手接了果篮,把钱推了回去:"永年的身体问题不大,很快就能回去上学了,你们不用费心。"

陈洛洛父母最担心的就是徐永年落下什么后遗症,以后掰扯不清,听到徐征的话,双双松了一口气,连忙说:"徐总,这次全是我家那丫头的错,永年要是有什么事,我回去非打断她的腿不可。"

徐征心中五味杂陈,勉强说道:"不要这样,医生也说了,永年的病和洛洛没什么关系,只是巧合而已,你们不要责怪孩子。"

陈父陈母连连称是,又问:"永年什么时候能回去上课?"

徐征含糊地说快了,陈父又问:"永年到底得了什么病?"

徐征沉默了会儿,说:"没什么病,调养一阵就好了。"心里想的却是赵医生的话:那不是病,而是他的命。

徐永年出院后,徐征和陆澄为他办理了休学,带他先去了一趟德国,接着又去了一趟美国,在两家全世界尖端的医疗机构里,他们拿到了和国内医院相同的诊断结论——徐永年患的确实是SLT5A白血病,SLT5A目前也确实没有有效的治疗方法。于是,摆在徐永年面前的只剩下一条路,从现在开始,在接受药物治疗的同时,他必须谨小慎微地规划自己的日常生活,竭尽所能地保护自己脆弱的身体,因为任何不起眼的疏忽,都可能在不知不觉中夺走他的生命。

徐征和陆澄私下商量了许久,决定不向任何人透露徐永年的病情。他们怀有一种朴素的愿望,如果徐永年真的命不长久,他们希望儿子可以在有限的生命里尽可能过正常人的生活。但残酷的是,徐永年永远也不可能回到过去那种正常的生活了。现在他的生活必须完全规律化,每天晚上九点半睡觉,早上五点半就起床,睡觉前和起床后都要做一套时长四十分钟的健康操。饮食上的要求更是严格得不近人情。过去,徐永年早上爱吃油条、鸡蛋饼、肉包子,中午和晚上喜欢吃大块的红烧肉、糖醋排骨、炖蹄髈,或是汉堡、比萨、炸鸡这种快餐,现在他再也不能吃这些了。陆澄按照网上的说法,每天都给徐永年测一次身高体重,根据身高体重精确计算他每天需要摄入的蛋白质、脂肪、维生素和碳水化合物的量。现在,徐永年的早餐通常是面包、牛奶、煮鸡蛋和各种蔬菜沙拉,午餐和晚餐主食都是杂粮,素菜大多是绿叶菜,荤菜以鱼虾为主,偶尔才能吃几两猪瘦肉。所有食物都只经过简单烹煮,用食物秤精确控制油盐糖的量,不加任何多余的调料,外加陆澄此前几乎没进过厨房,可想而知做出来的东西有多难吃,徐永年很多次根本难以下咽。

徐永年生病后,陆澄辞了工作,专心在家陪伴他。她禁止徐永年吃任何零食,不允许他做较大负荷的运动,连电视电脑也不能多看,由于担心感染,陆澄甚至不愿意带他出门,徐永年每天在家除了吃饭睡觉就是发呆。一次,徐永年哭着央求陆澄放他出去踢会儿球,看着儿子满脸的泪水,陆澄心如刀割。不知多少次,她都险些心软答应,她多想再看到儿子快乐奔跑的样子,但想到医生的话,她又不得不硬起心肠。要想活得更久,徐永年的生活必须像一台精密的仪器,不能出任何细微的差错,否则就会有停止运转的危险。

现在,徐永年每周都要去医院做一次血液检查,观察各项血液指标是否异常。每隔三周,他还要去医院打一种化疗针,这种药没有被纳入医保,一针的价格近两万元。此外,他还在吃一种治疗CLL的美国药,这是一种新药,是在美国看病时医生开的,目前没有得到国内认可,在国内也买不到。徐征只能托朋友每月从美国代购,种种费用合计下来,每盒要一千多美元。这种药,徐永年每天早晚各吃一次,每十天要吃一盒。陆澄私下把药拿给赵医生看过,赵医生翻来覆去研究半天,只说了句,吃或不吃全在于你,陆澄也就明白了这药究竟是怎么回事。但她现在就像是溺水的人抱住了根快要四分五裂的浮木,容不得挑三拣四,如果不尽可能多做些什么,恐怕徐永年还没死,陆澄先要把自己逼疯了。

那天,徐征从公司回到家时,一进门就发觉家里气氛不对。徐永年房间的门关着,陆澄一个人坐在窗边,低着头,身体轻轻抽动,眼睛又红又肿,显然是刚刚哭过。徐征推开徐永年的房门,看见儿子背对门口躺在床上,一言不发,似乎睡着了。徐征轻轻掩上房门,走到窗边询问妻子,这才知道,原来陆澄在给徐永年打扫房间时,从床底搜出来一大包零食,全是辣条凤爪这种重口味、高油脂、她严厉禁止徐永年吃的食品。

陆澄看着这一袋子零食,阵阵头晕目眩,呼吸几乎都要停滞了。她先是抓着徐永年神经质一样上下检查,像是担心儿子突然少了什么器官,然后紧紧握住他的肩膀,质问他零食的来历。徐永年嗫嚅着说是同学帮买的,陆澄厉声追问是哪个同学。徐永年低着头,咬着牙,一言不发。母子俩僵持许久,终于,陆澄先崩溃了,她抱着儿子号啕大哭,仿佛要将这段时间承受的压力和痛苦全部倾倒在徐永年身上,眼泪鼻涕打湿了徐永年的肩膀。哭完后,她情绪激动地拉着徐永年去医院做检查。

陆澄痛哭流涕的时候,徐永年一句话也没说,始终冷眼旁观,似乎面前这个人不是自己的亲生母亲,而是个毫无关联的陌生人。等到陆澄要把他带去医院,一瞬间,徐永年激烈反抗起来,母子俩几乎扭打在一起。徐永年重重挣脱陆澄的手,将母亲推得远远的,冲回自己房间,重重关上房门。陆澄如遭雷击,在原地呆滞良久,继而撕心裂肺地大哭起来。

徐征把陆澄送回房间,安抚她躺下休息,等她彻底平静下来后,一个人来到阳台抽烟。这些日子以来,陆澄放弃了所有的社交往来和个人生活,只为了把儿子照顾好,却依然弄得心力交瘁,整个人几乎肉眼可见地憔悴下去。陆澄是独生女,从小就没受过什么委屈,过去虽有些多愁善感,但总体上是开朗乐观的。徐永年就更不必说了,打小就活泼调皮,是个天生的乐天派,可生病以后,不仅身体越来越瘦弱,性格也变得越来越阴郁,整天沉默寡言。又因为打了化疗针,他渐渐开始掉头发,陆澄想干脆给他理成光头,却遭到他强烈抗拒,只好听之任之。没过多久,十多岁的小男孩,头顶就只剩下稀稀拉拉几缕枯黄的头发,越发显得整个人死气沉沉。

徐征重重叹了口气。徐永年的病像一座大山,沉甸甸压在他们一家三口的头顶,让他们时时刻刻都喘不上气。长此以往,他真担心一家人的心理先出了问题。

等到烟味散尽,徐征再次来到徐永年房间,徐永年还保持着原先的姿势,似乎真的睡着了。徐征在门口静静站了一会儿,张口说:"永年,陪爸爸出去走走好吗?"等待许久,徐永年才沉默地起身下床。

徐征驾着摩托,沿着山路疾速奔驰。徐永年伏在徐征背后,虽然有父亲宽厚的背遮挡在身前,仍觉透骨狂风从四面八方袭来,他想问父亲去哪儿,但一张口便被山风灌了满嘴。不知过了多久,徐永年觉得身子骨都被冻得有些僵硬时,徐征终于停下车。极目望去，已接近峰顶，苍翠满眼，峰峦如聚，怀抱一条大江，浩浩荡荡，向东注入大海。

徐永年已经很多天没有出门了，见此壮阔情景，只觉多日以来始终沉重的心情为之一轻。山顶冷风袭来，吹得他遍体生凉，却也吹走了那股抑郁之气，令他身心舒畅。徐征默默伫立在前方，眺望远处的群山大江。徐永年蓦然发觉，父亲一贯高大挺拔的身躯，竟显得有几分佝偻了。

刹那间，徐永年心里发酸，只想扑到父亲怀里大声痛哭，可又担心父亲在生自己的气，一时惴惴不安。

"永年，"徐征忽然叹了口气，"你知道吗，自从你生病以后，爸爸就再也没有喝过酒了。"

徐永年张了张嘴，想说些什么，却什么也说不出口。他知道父亲是行伍出身，退伍后又混迹生意场，不仅能喝，而且瘾大，在家没人陪还要自斟自酌，在外应酬更是不醉不归，没想到现在居然戒酒了。

徐征目视远方苍莽大江，缓缓说："永年，我知道你心里在恨我们。"徐永年吓了一跳，慌忙说："我没有。"徐征说："你从小就听话，虽然淘气，但从来不像其他孩子那样叛逆。爸爸知道自己脾气不是很好，有时候在外面碰了钉子，回家后会把气撒在你们娘儿俩身上，但你从没怪过爸爸，反倒越来越懂事。一想到这儿，爸爸就觉得十分惭愧。"

徐永年心里堵成一团，眼泪涌到了眼眶边。徐征又叹了口气，语气沉重地说："这段时间，我们确实把你逼得太狠了。但今天这件事，你不要记恨你妈妈。"徐永年揉了揉眼睛，一声不吭。徐征见他不说话，知道他心里仍有芥蒂，苦笑一声："要怪，你就怪我好了，你妈妈对你做的一切，都是我要求她这么做的。"

"为什么？"徐永年睁大眼睛，情绪激动地大声说，"到底为什么要这样啊？就算我有病，就算我随时有可能死掉，可我只想像一个正常人一样生活啊！我宁肯开开心心、快快乐乐地活一年，也不想每天都这么痛苦地活一百年。"

徐征沉默了一阵，慢慢说道："你觉得你现在过的日子，就算是痛苦折磨了吗？"

徐永年气道："不然呢？"

徐征突然转身，直视徐永年，眼中锋芒毕露："二十多年前，我第一次上战场，部队在丛林里被敌人伏击。你大伯当时和我在一个班，刚和敌人交上火，两条腿就给地雷炸断了,血淋淋的半截身子挂在树上,动都动不了。平时朝夕相处的战友一个接一个倒下,你大伯拿枪指着我逼我逃走,等我跑远后,他拉开手榴弹和敌人同归于尽。我一个新兵,在丛林里既不认识路,也没有通信手段,很快就迷了路。为了躲避敌人追杀,枪也不敢开,觉也不敢睡,渴了就喝尿、喝泥浆,饿了就吃虫子,甚至吃动物粪便充饥,无时无刻不活在恐惧之中,就这样在丛林里苟延残喘了一个多月。

"我最后得救的时候,浑身瘦得只剩下皮包骨头,身上的皮肤几乎没一块是完好的,军医看了直掉眼泪。可哪怕到了这个地步,我心里始终有一个念头,就是我要活下去。不是为了胜利,也不是为了你大伯和那些牺牲的战友,更不是为了什么复杂高尚的理想,活着,就是为了活着。每天看见太阳照常升起有多么美好,没有经历过生死的人,永远不会理解。永年,你记住,命是自己的,而且只是自己的。战场上有句话叫置之死地而后生,我更愿意说,向死而生者,很难死。你爸爸是战胜过死神的人,你既然是我的儿子,我就不允许你向死亡投降。男子汉大丈夫,百炼成钢,别说你现在受的这一点点微不足道的苦,只要能活下去,就算让你上刀山下火海,给你刮骨疗毒,又算得了什么?"

这一番话有如醍醐灌顶,又似当头棒喝,徐永年只觉得脑中嗡嗡作响,浑身先是冷汗长流,继而热血沸腾。他握紧双拳,血涌双颊,胸怀激荡,对人生、对命运,忽然涌上了空前的信心和决心。

5

猫咖那次见面之后,徐永年和陈洛洛联系越发频繁起来,每天和陈洛洛打电话、发信息,忽然成为徐永年多年来一成不变的模式化生活的全新项目。刚开始,徐永年还担心冒昧,会打扰陈洛洛学习,但实在抑制不住内心深处那种迫切想要和陈洛洛交流的冲动。

每次聊天之前,徐永年担心冷场,总要在心里提前准备好几个话题。可他的生活经历太单调太枯燥,又从来不关注时事热点,因而准备的话题大多是学术上的。但这些话题从未派上过用场,陈洛洛就像一眼温泉,从不让聊天的氛围有一分钟冷淡,历史政治、娱乐八卦、古今中外、家长里短,似乎没有什么是她不知道、不能聊下去的,相比之下,哲学反而是她最少谈及的东西。

徐永年发现，无论何时，陈洛洛总有说不完的话。徐永年喜欢看陈洛洛侃侃而谈的样子，她的观点并不总是对的，有些甚至是徐永年极不认同的，但她的眼睛总是闪烁着自信的光，说话时脸上神采飞扬，精致小巧的鼻子下，薄薄的两瓣红唇一张一合，吐出的每一个字都有如金珠美玉一般光洁圆润，让徐永年心跳加速，无法反驳也不忍反驳。

虽然大多数时候，两人聊的也只是一些生活琐事，但最令徐永年感到鼓舞的是，无论何时何地，他发过去的信息陈洛洛总是立刻回复，仿佛网络另一端的陈洛洛也像他一样，时刻在守候对方的消息，偶尔疏忽了没有及时回应，也会小心翼翼地向对方解释。

当有了一个鲜活美好的生命可以随时和自己互动，徐永年觉得，自己原本凝固沉重的生活开始被加速搅动，逐渐变得轻快流畅起来。他没法用语言详细描述这是一种什么样的感觉，哲学上对爱情有多种多样的解释，但徐永年翻遍所有书籍，也找不出哪位先贤能够准确定义他现在的状态。于是，在病情之外，他的心底又多了一个秘密，这个秘密是关于陈洛洛的。虽然不像身体的秘密那样日日夜夜压得他喘不过气来，但一样让他患得患失，辗转难眠。

徐永年要了陈洛洛的另一篇论文，抱着试试看的想法，托同学的关系推荐给一家哲学类核心期刊，没想到居然很快就被录用。得知这个消息，陈洛洛用爱心、玫瑰花和其他种种夸张的表情轰炸了徐永年十几分钟，一定要请徐永年吃饭，而且是亲自下厨。

可徐永年却犹豫了，自从知道自己有病以来，他几乎没有吃过外人做的东西，所有的饮食都是父母或自己亲手做的。赵医生三令五申他的身体是多么脆弱，让他不敢在饮食上冒任何一点风险。他还没有告诉陈洛洛自己有病，更没有说起过十岁时陈洛洛的那一推对他的人生造成了多么巨大的影响，他担心吓到陈洛洛，让这个天真单纯的女孩背上沉重的心理包袱。

但徐永年又无法狠心拒绝陈洛洛的邀请，不知不觉中，他发现自己陷入了一个不能自拔、无法逃脱的情感陷阱，有时这比SLT5A更让他感到惶恐。

陈洛洛在学校旁租房独居，房子小而整洁。她的手很巧，徐永年到时，小巧的方桌上已经摆了五六个菜，荤素齐全，煎炒烹炸样样都有，基围虾炸得晶莹透亮，红烧肉肥而不腻，就连摆盘都花了不少心思。边上放了几瓶冰镇的啤酒，绿色的瓶身上挂着点点水珠，看着十分诱人。

看到徐永年来了，小乖悄悄迈着猫步走过来，眯着黄色的瞳仁仔细打量了他一会儿，然后失去了兴趣，跳上桌子，低头嗅了嗅，叼起一只虾一溜烟跑了。

这只猫比在猫咖时胖了许多。看着小乖撅着大屁股蹲在墙角大快朵颐，徐永年想，看来陈洛洛家的伙食相当不错。但可惜的是，哪怕陈洛洛不断催促他多吃，徐永年每道菜也只敢浅尝辄止，更不敢喝酒。

陈洛洛失望之色溢于言表："是不是我手艺太差了？"

徐永年慌忙否认，口不择言地说："当然不是，我只是……担心身体。"

陈洛洛看看他，又看看桌上的菜，满脸迷惑："我可没有在菜里下毒啊。"

"不是那个意思，"徐永年指着桌上的菜，硬着头皮解释，"比如这道菜，虾肉在肉食里是很好的，高蛋白，低脂肪，但过油一炸就不好了，不易消化，而且容易引起胆固醇偏高。还有这红烧肉，猪肉的脂肪含量本来就高，猪五花油脂更重，又加上冰糖和这么多调料，对身体是真不好。还有这啤酒，酒这东西，虽说少喝点无伤大雅，但冰过的啤酒极伤肠胃，甚至会影响血液流动，最好还是……还是别喝了。"

陈洛洛听得目瞪口呆："你到底是哲学家还是养生大师？"

徐永年尴尬地笑："我只是对这些比较有研究罢了。"

陈洛洛挠挠头，不解地问："难道你每天都是按照健康标准吃饭？"

"是。"这次徐永年回答得干脆利落。

陈洛洛睁大眼睛："难道不健康一次就会死？"

徐永年很想说我可能会死，他最后苦笑着说："会早死。"

"早死多久？"

"那就不好说了。"

陈洛洛不高兴了："你这么挑三拣四，比女人还讲究，可没有哪个女孩子会喜欢你啊。"

徐永年心里难过极了，低下头，不知该说些什么。陈洛洛也少有的沉默了，气氛第一次冷下来。饭后，陈洛洛不要他帮忙收拾，一个人去洗洗涮涮。徐永年心里忐忑不安，在沙发上如坐针毡，几次张口说话，都被碗碟的碰撞声压住了声音。

好不容易挨到陈洛洛洗涮完，徐永年慌慌张张起身准备告辞，却见陈洛洛低着头红着脸，似乎不敢直视他的眼睛，有些扭捏地说："那个，我的毕业旅行，想去大理……你愿意一起吗？"

时隔一周,徐永年依然无法忘却陈洛洛被拒绝后那伤心凄婉的眼神,一想到这儿,他的内心就会涌上一股沉重的罪恶感。他从未像现在一样痛恨自己的病,过去十几年,他曾无数次诅咒上天,但都远远不如这一次来得恶毒。一周以来,陈洛洛再也没有理过他,不管他在信息里说什么都是石沉大海。徐永年每晚辗转反侧,时常半夜惊醒,醒来后第一件事就是拿起手机,看看有没有陈洛洛的留言。自从得知自己有病以来,这是徐永年第一次不把身体当作最关心的事。

"你今天怎么心事重重的?"赵医生边看血检报告,边从眼镜上方窥视他。

徐永年先确认了自己的血液数据没什么异常,犹豫许久,才问赵医生:"像我这种情况,有可能谈恋爱不?"

赵医生惊讶地"咦"了一声:"我就是随口一问,看来你还真有些情况,不行,你今天必须给我交代清楚。"

徐永年尴尬得直摸鼻子,在赵医生催促下,吞吞吐吐地把和陈洛洛的事简略说了说。赵医生先是啼笑皆非,最后连翻白眼。

"徐永年,一个女孩子主动约你一起出去旅游,她对你是什么意思,你不会不明白吧?"

"我当然明白。只是,我这种情况,唉……"

赵医生摘下眼镜,看着他,禁不住感慨万千:"一个人一生很难遇到一个真心喜欢的人,如果这份感情碰巧是两情相悦,那更是难上加难。中国人的爱情讲究缘分,什么是缘分?百年修得同船渡,千年修得共枕眠。可见这缘分的来之不易。你的生命很可能比大多数人都要短暂,能遇上这样一份感情是多么难能可贵,你要珍惜啊!"

可徐永年却只是苦笑:"我这种情况,能苟且偷生就不错了,其他事早就放下了,哪里还敢奢求爱情,何必去耽误人家女孩子一生。"

"话不能这样说,"赵医生不赞同地摇头,"你以前谈过恋爱吗?你有真正喜欢过一个人吗?你从来就没有爱过,怎么能说自己放下了呢?如果都没有拥有过,谈何放下呢?那不叫放下,叫放弃,叫自欺欺人。"

徐永年淡淡一笑,起身告辞:"赵医生,既然爱情这么好,释迦牟尼为何最终又成了佛呢?"

赵医生语重心长地说:"小徐啊,你的情况我是最了解的,但你要想清楚,人来世间走一遭到底是为了什么?"

徐永年说:"赵医生,我觉得长命百岁本身就是最有意思的事。"

回家的路上,徐永年觉得自己把事情想得明明白白了。和陈洛洛这种暧昧的关系必须立刻断绝,最好连朋友也不做。他当然清楚自己是喜欢陈洛洛的,是发自内心的喜欢,是时时刻刻都想和她在一起的喜欢,是那种看见她便觉得开心、看不见就觉得痛苦的喜欢。和陈洛洛相处的这段时间,徐永年初尝爱情的滋味,这冰山一角带给他的情绪波动,远远超过过去十几年所有生活的总和。他享受这种悸动,贪恋这种双向互动的感觉,如果可以选择,在未来生命走到终点的那一刻,他由衷地希望陪伴在自己身边的人是陈洛洛。但他没有选择的权利,他不想因为自己的占有欲而去毁掉这个美好女孩的一生。他已经拖累过很多人,绝不能再将陈洛洛也拖入这个泥潭。

想清楚这一切,徐永年既有一种撕裂般的痛楚,又禁不住觉得释怀。人们总说不能以时间长短来衡量生命的价值,但长短却永远是生命最重要的部分,只有先活下去,才有探讨价值的可能。《逍遥游》中有击水三千里的鹏,也有飞不过树顶的鸠;有夏生秋死的寒蝉,也有以八千年为春秋的椿树。或许在庄子看来,它们都算不上真正的逍遥,可如果能选择,谁不愿意做鹏和椿树呢?现代人常把孤独终老视为一种悲凉,但对徐永年来说,孤独终老才是他唯一想要努力追求的幸福。

从医院回家的三十二分钟路程里,徐永年好不容易才把自己调回过去那种古井无波的状态,可刚到家门口,这口古井刹那间又掀起了波澜——陈洛洛正站在门口等他。她穿着他们第一次见面时的白衣白裙,扎着小巧的马尾辫,越发显得清纯可人。看着陈洛洛的眼睛,徐永年彻底慌张了。他原本已经考虑好了,如果以后还有和陈洛洛见面的机会,他会尽可能地摆出足够冷漠的态度,哪怕会伤及陈洛洛的心,也要逼她远离自己。但他没想到这么快就和陈洛洛照了面,更加猝不及防的是,陈洛洛反倒先摆出一张冷酷无情的面孔。

"我有话和你说。"陈洛洛冷冰冰地说。

"什……什么话?"徐永年惊慌失措地逃避陈洛洛的目光,刚才在路上设计好的种种全都成了纸上谈兵,大脑像突然蒸发了一样,一片真空。

"进去说。"陈洛洛的语气不容置疑。徐永年开门时,紧张得手都在抖,试了三四回才找准钥匙孔。陈洛洛进了门,先抬高下巴四处巡视一圈儿,这里瞅瞅,那里看看,仿佛在寻找什么蛛丝马迹,整个房子转了一圈儿,才略略满意地点头。

"算你老实。"

"啊？"

陈洛洛双手抱胸，哼了一声："我在检查有没有别的女人来过的痕迹。"

徐永年哭笑不得："怎么可能？从小到大，除了你和我妈，就没有其他女人进过我这房间了。"

陈洛洛立马眉开眼笑："真的啊？"然后轻咳一声，两手叉腰，一副恶狠狠的样子，像极了一只奶凶奶凶的小花猫："那你说，为什么不愿意和我一起去大理？"

徐永年低下头，转过脸："我不方便。"

"有什么不方便？"陈洛洛气势汹汹地追问。

徐永年不说话了，垂头丧气地站着。两人沉默对峙了一会儿，徐永年定下心重新想了想，长痛不如短痛，还是得把话跟陈洛洛讲清楚。抬头时，却见陈洛洛楚楚可怜地站在那儿，眼眶中涌满了泪水。

"徐永年，你是不是很讨厌我？"

徐永年张口结舌，刚才想好的话瞬间又被抛到九霄云外，他手忙脚乱地拿纸给陈洛洛擦眼泪，却被她一把推开。陈洛洛快步走到窗前，背对着徐永年默默拭泪。看着她凄婉迷茫的背影，徐永年脑子一热，脱口而出："其实，我有病。"

陈洛洛却没什么反应，过了一会儿，才抹了抹眼睛，背对徐永年冷淡地说："有病就去治，不要在我面前装可怜。"

徐永年张口欲言，忽觉一阵心酸，只轻轻"嗯"了一声。等了好一会儿，陈洛洛终于回过头，问他："严重吗？"

看到她脸上抑制不住的关切，徐永年方才还觉得委屈的心忽然变得欢快起来，心跳也越来越快，扑通扑通地催促着他。他终于把所有事情都说了出来，他告诉陈洛洛自己得的是什么病，哪怕运气极好，也几乎不可能活到三十岁。他告诉陈洛洛自己为什么要严守一切清规戒律，因为自己的命很不好，如果不这样做，死神可能会随时降临。他告诉陈洛洛自己这些年来经历的所有的一切，除了陈洛洛当年致使他发病的一推，他把所有事情都说了出来。

徐永年说话时一直低着头，他不敢看陈洛洛的表情，等到终于说完，很长时间都没有声音。徐永年忐忑不安地抬头，发现陈洛洛正注视着他，满脸泪痕，眼中全是疼惜，两行清泪无声流下，划过光洁的面颊滴落在地板上，发出令人心碎的声音。

徐永年突然燃起一股冲动，想要把面前的陈洛洛用力抱进怀里，将她脸上那些珍贵的泪珠收集起来,然后一粒粒亲吻干净。当他还在这么想的时候,陈洛洛又一次先于他这么做了。她扑进徐永年怀里,紧紧抱住了他,徐永年也使出全身的力气箍住她,两人近乎无法呼吸,同时发出含糊的低吟,恨不得让对方融化在自己身体里。

就在一周前,徐永年还在恶毒地诅咒上天,诅咒自己的病,而现在,感受着怀中陈洛洛火热的躯体,他由衷地感激起自己的病来。过了不知多久,他们才微微松开。陈洛洛两只手揽住徐永年脖子,眼波荡漾,踮起脚在他耳边轻声呢喃:"我要嫁给你。"

徐永年脑袋轰隆一声,汹涌而上的幸福感在他脑海里反复冲撞,几乎让他昏厥,他用尽最后的理智说:"可是,我有病……"

陈洛洛的脸紧紧贴在徐永年嘴边,吐气如兰:"可是,我有药呀……"说完,她吻了上去。

6

从山顶下来时,徐永年坐在疾驰的摩托车上,紧紧抱住父亲的腰,脸贴着父亲厚实的背。狂风从四面八方席卷而来,顺着七窍发了疯似的往他身体里钻,身子透心的凉,心里却像点燃了一把永远不会熄灭的火,熊熊燃烧。

徐永年过去只知道父亲当过兵,上过战场,说起来是开过枪、杀过人的狠角色,但究竟狠到什么程度,父亲从没和他说过,更没跟他详细谈论过丛林里的事。山顶谈话之后,徐永年觉得,平时这个虽有些古板严厉但还算慈爱可亲的父亲,身上忽然笼罩了一层巨大的英雄主义光辉,而自己作为英雄的儿子,怎么就不能勇敢面对眼前这小小困难呢?

徐征的话在徐永年心中树起一个信念:活下去,活下去,无论如何都要活下去。心态上的改变带来的是行为上翻天覆地的变化,从那时开始,徐永年真正接受了自己的生活。他在心里真正明白了父母所做的一切,都是为了让他活着和更长久地活着这个终极目的。现在他能自觉地遵照治疗计划规律生活,严格执行健康训练,主动配合医生治疗,不需要任何督促就全盘接受了新的饮食方式,甚至还劝父母不必和他吃同样的食物。这份孝心让陆澄既感到欣慰,又忍不住暗自垂泪。

赵医生看到徐永年的转变后,感慨不已,连连称赞他年纪虽小,却有慧根,有大智慧。因为一个人最难的,就是发自内心地接受自己、悦纳自己,一个人要是能把自己是什么人给搞明白了,他什么事都做得成。

就这样过了大半年,徐永年的身体状态和精神状态都渐趋良好,没有任何病变的迹象。市一院的专家会诊研究数次后,认为徐永年身体情况稳定,除了仍要服用一些药物,暂时不需要接受专门治疗,连他的化疗针也给停了。

化疗停止后,徐永年的头发慢慢长了出来,心情也随之更加明朗了。他小心翼翼地询问父母能否回学校上学,徐征和陆澄犹豫再三,最终还是答应了他。

回到学校后,看着熟悉的校园和同学,徐永年那颗小小的心竟也有了一种百感交集的感觉。校园生活和过去完全不同了,以前,徐永年一下课就抱着足球往操场冲,现在却只能看着同学们兴高采烈地去踢球,即便心里羡慕至极,他也不敢进行任何剧烈运动。生病前,徐永年人缘很好,是班里的开心果、小团体的核心人物,可现在朋友喊他一起玩,他总是找各种理由推辞,时间一长,也就没人再喊他了,慢慢也就没了朋友。

孤单寂寞时,徐永年就读书。人一经受打击,成长得就快,同龄男生爱读的那些武侠小说、玄幻小说,在徐永年眼中像是清汤寡水。他爱看那些厚重的世界名著,尤其爱看那些人生经历过重大挫折的作家写出的作品,像罗曼·罗兰、海明威、高尔基,以及贝尔格、艾默生和茨威格,海伦·凯勒、张海迪、史铁生这些老师常挂在嘴上的作文素材对他而言也有了非同一般的意义。但徐永年最爱的还是《活着》,没有更多原因,仅凭"活着"这两个字便足够了。

徐永年坐在书桌前,身子挺得笔直,一边听贝多芬的《命运》,一边将史铁生《我与地坛》中的名言抄在笔记本上:"宇宙以其不息的欲望将一个歌舞炼为永恒。这欲望有怎样一个人间的姓名,大可忽略不计。"想了想,又在后面添上一句话:这人间的姓名之一叫作徐永年,虽然不能永恒,但绝不可忽略不计。

岁月骎骎,转眼数年。徐永年每天按时吃药,每周做一次检查,始终坚持一丝不苟地活着。几年来,他的各项身体指标从未有过大的波动,就连赵医生都觉得不可思议,因为这意味着徐永年始终是按照同一个模式日复一日地生活,从未改变过,这种惊人的意志力简直有些可怕。

这几年,在外人看来,徐永年除了有些瘦弱以外,完全就是个正常人,谁也不知道他罹患绝症,每天都在生与死的边缘徘徊,徐征和陆澄也逐渐放宽心,不再像最初那般每天提心吊胆。只有徐永年自己感觉到，他的身体确实在变虚弱。他每天都锻炼身体，坚持高蛋白饮食，却依然很瘦，几乎没有一点肌肉，越来越容易疲惫、犯困。他恐惧一切疾病，出门必戴口罩，一有机会就洗手，听到周围有人打喷嚏就警惕地远离，哪怕得了最轻微的感冒，他都必须如临大敌。有一次，徐永年在学校不小心被锋利的纸张边缘割伤了手指，半个小时后依旧血流不止，不得不跑去医务室处理。现在他连铅笔也不敢削了。

任何人都可以稍稍松懈，只有徐永年自己不可以。他始终记着徐征的话，命是自己的，而且只是自己的。徐永年毫不怀疑，如果可以，父亲和母亲都会愿意把生命分给他，问题是不可以。原本死亡是一件非常公平的事，所有人都会死，用不着过于担心，静静等待那一天到来就行，可徐永年却不得不为之日夜殚精竭虑，连睡觉也无法完全放松。因为担心自己在睡梦中不知不觉死去，他一度对睡眠产生了恐惧之心，醒来后第一时间就要望向窗外，看看太阳有没有照常升起，后来干脆连窗帘也拆掉了。

这些年，徐永年曾有两次看到了治愈的希望。第一次是徐征从一个美国朋友那儿得到消息，美国有一种针对SLT5A白血病的靶向药临床试验成功。徐征立即转了一大笔钱过去，一家人满怀希望地等了一个多月，最后却被警方告知这是一个针对罕见病患者的跨国骗局。第二次是赵医生在偶然之下发现，一位即将离世的恶性肿瘤患者的骨髓和徐永年达到了半相合的程度，他在取得病人家属同意后立刻联系了徐征。虽然这已经是这些年来他们找到的相合程度最高的骨髓，但依然仅仅是五个点左右的半相合，移植手术风险仍旧很大，一旦骨髓最终不匹配，移植者很可能立即死亡。徐永年考虑再三，最终下定决心冒险一试。可他都上了手术台，移植的骨髓却失去了活性，手术被叫停。

经过这两次大起大落，徐永年终于放弃了彻底痊愈的幻想。他越发觉得希望像个对谁都蛊惑的娼妓，引诱你将一切都献上，等到榨干你的所有价值，她就会冷酷地抛弃你。

徐永年开始研究那个最终活到二十九岁的瑞士SLT5A白血病女孩，他发现这个女孩的情况非常特殊，她一生都生活在阿尔卑斯山的一座小镇中，以放羊为生，除了定期见医生，几乎没有其他社会接触。在生命中的大多数时间，女孩的身体状态和心理状态都非常健康，几乎与常人无异，她似乎完全适应了和SLT5A共生的状态，离开人世时也几乎没有痛苦。

徐永年无法把自己也扔到阿尔卑斯山，但这为他提供了一些人生态度上的启发，教会了他相对平和地看待自己的病。上高中后，徐永年开始涉猎东方哲学，道家朴素豁达的生死观给了他极大的触动。高三时，一家省级报纸刊登了他的一篇谈论庄子的杂文，因为行文老练，语言成熟，见解有深度，编辑误以为徐永年是位中年学者，在沟通时一直以"徐老师"尊称，弄得徐永年极其不好意思。得知徐永年只是个还未参加高考的中学生后，编辑不胜惊讶，旋即力荐徐永年去参加一场全国征文大赛，结果徐永年一举夺得银奖，在校园引起不小的轰动，甚至有媒体称其为"少年哲学家"。

高考结束后，每天拂晓，徐永年都喜欢站在窗前，安静地眺望远方已然明亮的天空。太阳底下无新事，那时他真心认为，也许自己可以就这样日复一日地活下去，每天起床，看太阳，吃药，运动，看书，吃饭，吃药，睡觉，再起床看太阳，直到二十岁、三十岁，甚至更久，然后突然地、平静地死去。他想象过很多次死亡来临那一刻的情形，他问过赵医生，赵医生想了想后告诉他，他最大的可能是在某种日常活动中突然昏厥，然后生理机能急速衰败，也就是所谓猝死，没有太多的时间感受痛苦，也不会太麻烦别人。

挺好的。十八岁的徐永年想，他对这种死法最满意的就是不麻烦别人，但在此之前，他要先尽一切可能活到三十岁。

可人生的滑稽之处在于，它永远不会按照设计好的步骤进行。十八岁的夏天，在去医院做检查的路上，徐永年毫无征兆地昏倒。在ICU住了六天以后，凌晨五点半，如同过去八年的每一天，徐永年准时醒来。他脑子昏昏沉沉，一时忘记了发生过什么，下意识望向窗外，眯眼看了半天，才发现窗户被窗帘遮得严严实实，外面的一切都看不见，这让他非常不自在，也让他察觉到自己正处于一个陌生的环境。

床边坐着一个男人，蜷缩在一张窄小的塑料板凳上，一只手托着下巴，正歪着头打瞌睡。徐永年觉得有些眼熟，看了半晌，才认出来这是大哥徐永恒。徐永恒毕业后去了上海，在那边谈了女朋友，因为工作繁忙，已经两年多没回过家，徐永年也难得见他一面。

徐永年躺在床上，他已经很多年没有像现在这样仔细打量过大哥了。印象中，徐永恒比他大八岁，此时刚过二十六，正是意气风发的年纪，但不知是不是在大城市压力太大，他整个人显得极其疲惫，睡梦中不时皱眉，额头上有明显的抬头纹,里面夹着几滴细汗,体态臃肿,坐着时腰部挂着三层惹眼的脂肪,倒像个中年男人。

徐永恒撑着头,闭着眼,身子时不时微微颤抖,这姿势看着就累,哪里能睡踏实。徐永年用足力气挪了挪屁股,在床上腾了点地方出来,他想叫徐永恒也上来躺着,刚张嘴,喉咙涌上一股铁锈般的味道,这才发觉嗓子干得冒烟。

"水。"徐永年嘶哑着嗓子低喊。

徐永恒惊醒了,手忙脚乱地兑了半杯温水,取了根吸管,伺候着徐永年喝完,然后按床头铃叫护士过来。等护士时,徐永恒又坐回了塑料板凳,弓着腰,两手撑在膝盖上,目不转睛地盯着徐永年。徐永年和他对视,发现大哥的眼球里布满血丝,充满一种沮丧和绝望的神色,而且隐含着委屈。

徐永年以为大哥是在担心他的身体,他想安慰大哥,告诉他不用担心,当年赵医生预计自己会猝死,既然到现在自己还没死成,那这次大概率是死不了了。可说话太累了,徐永年没劲张口,想要挥挥手,刚才挪身子已经用掉了所有的力气。最后,他只能对徐永恒勉强笑了笑,笑得大概比哭还要难看。

徐永恒见徐永年笑了,神色越发复杂,张嘴想说点什么,欲言又止了半天,又把嘴闭上了,垂下目光,无声地叹了口气。

就这么一声轻叹,却像一柄飞速下落的重锤,直直砸进徐永年心底,在他心中掀起了滔天巨浪。因为他听出了徐永恒想说却没说出口的话:

如果你注定要死,能不能请你死得早一点?

7

得知徐永年将要结婚,赵医生在办公室大笑不止,两只小眼睛眯成了两条缝,在黑色镜框眼镜后面连成了一条地平线。外面的小陈护士不知出了什么事,慌慌张张跑进来问徐永年,见他扭扭捏捏、吞吞吐吐,说不出个所以然来,只好摸着头,莫名其妙地走了。

等到赵医生终于笑完,徐永年才诚恳地说:"这些年,实在是感谢您。"

赵医生笑道:"谢我干什么,要谢也是我谢你才对,你的情况把很多国外知名专家都惊动了,我是牢牢把你这个病例攥在手心里,才有了和他们交流的机会,我的博士学位论文还是以你为实验对象写的呢!"

这话也是实情,但徐永年深知赵医生在自己人生道路上的重要性,可以说仅次于徐征和陆澄,近乎一种半医半父的关系。

赵医生语重心长地说:"一要谢你自己,二要谢你父母,三要谢你未来的老婆,没有他们,你无论如何也成为不了今天这个你。活着只是一个物理问题,怎么活却是一个哲学问题,你现在遇到了洛洛,就是在这个哲学问题中添加了一个全新的意识形态。你的生活会有翻天覆地的变化,你要做出很多改变,也会面临很多困难。你剩下的人生既短也长,能不能在身体和心理上都适应这些变化,会决定你在生命终结的那一天,对自己的人生下什么样的定义。"

徐永年知道赵医生是在善意提点自己,既觉感动,又觉温馨,郑重地点点头。

赵医生说完这些话,彻底放松下来,朗声长笑:"今天是我认识你以来最高兴的一天,我终于觉得自己不是在和一个随时都会死去的绝症患者说话,而是和一个有血有肉,有七情六欲,完全可以正常生活的人说话。"

回去的路上,徐永年同样感慨不已,其实如果可以,他何尝不想做一个正常人。这些年来,哪怕他已经完全接受了自己的身体状况,但每当看见那些生活声色犬马、肆意放纵的年轻人时,仍会有些生气,只因他们可以毫无负担地活成他不被允许的样子,这让他深感被冒犯。

唯一的例外是陈洛洛,只有陈洛洛的任性能让他心跳加速、欲罢不能,这种感觉是徐永年生病前和生病后都从未体会过的。正式确定关系后,陈洛洛更是连偶尔的小脾气都收起来了,温顺得像只猫咖的猫,对徐永年生活上的"怪癖"几乎百依百顺,徐永年要怎样,她便怎样。但陈洛洛并没有完全把徐永年当成一个弱不禁风的病号,不会一有什么风吹草动就大惊小怪。大多数时候,她好像压根儿就忘记了徐永年是个绝症患者,她要做饭,徐永年就得刷碗;她要洗衣,徐永年就得陪着拖地;累了她就躺倒在徐永年怀里,撒娇要他给捏肩捶腿,还喷喷抱怨徐永年手劲儿太小、按的穴位不对云云。

徐永年又好气又好笑,却也乐此不疲。陈洛洛这种态度正是他内心期盼的,他一生最渴望的,就是成为一个不必时时刻刻都将保重身体萦挂于心的正常人。

陈洛洛年中即将毕业,既要做毕设,应付导师,又要四处投简历,找工作,百忙之中还要抽出时间和徐永年如胶似漆、卿卿我我,整天忙得焦头烂额,却丝毫看不出挫败之态。对待生活,陈洛洛永远精力充沛、斗志昂扬,而且花样百出。她琢磨着给徐永年改善伙食,成天上网查资料、搜视频,还偷偷溜进酒店后堂请教厨师,捣鼓了几天,一块平平常常的鸡胸肉竟被她弄出了十几种做法,样样都既健康又美味,令徐永年不禁有虚度半生之感。每周末,她都陪着徐永年去医院做检查,回回都哄得赵医生心花怒放。徐永年和赵医生讨论病情时,她就在外面和小陈护士聊天。徐永年一出来,两个人就看着他咯咯窃笑,问她们笑什么,都红着脸摇头不说,搞得徐永年丈二和尚摸不着头脑。

从医院回家的路上,陈洛洛挽着徐永年的手臂,头轻轻靠在他肩头,两个人慢悠悠地踱步,与其说是一对热恋的情侣,倒不如说更像历久弥坚的夫妻。过去三十二分钟便能走完的路程,现在谁也不知道会走多久,如果可以,徐永年希望可以一直这样走下去,永远走不到尽头。

睡觉时,陈洛洛喜欢缠在徐永年身上,把头缩在他怀里,听着他的心跳入眠。两人肌肤相贴,彼此的呼吸声清晰可闻,仿佛连为一体,相依为命。陈洛洛睡觉很安静,贴得很近才能听见轻微的鼾声,脸庞看着比平时还要娇小,眉眼在睡梦中也像是在笑,温热的呼吸拂过徐永年耳边,好似春风吹过,花语呢喃,让他的心渐渐平静下来,宛如回到了生病前无忧无虑的童年岁月,觉得如此安全、如此宁静,什么也不必担心。

和徐永年在一起后,陈洛洛开始关注罕见病。每当看到那些出生不久便被诊断出患有罕见病的孩子,有的小小年纪便终日戴着呼吸机,浑身插满管子,时刻忍受着种种非人的折磨,有的治疗费用有如天文数字,父母无力承担不得不痛哭放弃,陈洛洛都会泪流满面。她抱住徐永年,把眼泪抹在他脸上,用力亲吻他,泪眼婆娑地说自己是多么爱他,真诚地告诉他,他并不是一个不幸的人。

每当这时候,徐永年都会感谢上苍。是的,他并不是一个不幸的人,相反,他十分幸运。

他们已经订婚了,一想起这件事,徐永年便会觉得血液里灌满了蜜。婚期就在陈洛洛毕业之后,按照徐永年的想法,只举行一个小型仪式,总共邀请十几个人,都是陈洛洛的家人和最亲密的朋友,赵医生既是主婚人,也是男方亲友的唯一代表。徐永年心里过意不去,觉得亏欠了陈洛洛,但陈洛洛大大咧咧的,表现得比他还要不在意,说她早就对那些繁文缛节嗤之以鼻了,正好省钱又省心。

对于自己的病,徐永年的心态也比过去更加平静沉稳了。他每天依旧照常吃药、工作、读书、学习,坚持规律地生活,警惕着随时随地可能出现的死神,等待三十岁大关的来临。但他也在不知不觉中被陈洛洛改变了很多,他不再像过去那样死板木讷了，而是活得更加随意，更加生动。

　　对于徐永年来说，从十岁开始，活着这件事的乐趣就仅仅在于活着本身，他每天都在想一定要活下去，要活得更长更久，却没有去想，也几乎没有体验过生活的美好。直到遇见陈洛洛，他才明白为什么赵医生总劝他去追寻生命的意义。因为只有有了这种意义，生命才能生动起来，不会像一潭死水一样了无生气。现在他从未如此坚信过，自己一定能够战胜病魔活下去，活到三十岁、五十岁，甚至一百岁。因为现在他不是一个人了，他们是两个人，未来还可能是三个、四个。他已经问过赵医生，SLT5A几乎没有可能遗传后代，可以放心生育。他要和她们一起长长久久地生活下去。

　　徐永年很喜欢大仲马在《基度山伯爵》结尾写下的话："世上没有幸福和不幸，有的只是境况的比较，唯有经历苦难的人才能感受到无上的幸福，必须经历过死亡才能感受到生的欢乐……人类的全部智慧就包含在两个词中：等待和希望。"

　　他今年二十四岁，距离赵医生预计的三十岁大关还有六年。他坚信六年之后，自己依然可以按照目前的方式继续生活，直到人类找出彻底战胜SLT5A白血病的方法。他等待那一天已经等待了十四年，他还可以一直等下去，因为现在他有了越来越多的希望。

8

　　徐征去世时还不到六十岁，是喝了酒后突然离开的。徐永年刚生病那几年，徐征戒过一段时间的酒，但常年游走在生意场，终究做不到滴酒不沾身，徐永年情况稳定一些后，他便故态复萌，常喝得酩酊大醉。但徐征有个优点，无论喝到什么地步，不发脾气，不撒酒疯，废话虽多了不少，但情绪依旧稳定，回家后倒头就睡，也不折腾别人。

　　所以那天徐征喝完酒后一回家就倒在床上，陆澄也没太当回事，等到第二天闹钟响了三回，徐征还是没反应，陆澄才发觉不对劲，送到医院一查，人在睡梦中已经走了。

　　陆澄一个人处理完了徐征的后事，直到出殡前才打电话叫回徐永恒。兄弟俩在悲痛之余，都察觉到母亲的反常。陆澄生于书香门第，又是独生女，自小娇生惯养,心似随风之柳,手无缚鸡之力,徐征生前常笑称自己娶了个"病黛玉"。刚出嫁那几年,过得更是贵族小姐的生活,除了上班,每天就是读读书养养花,家中内务外务一概不理,直到徐永年生病,才激发出她母性中刚强的一面。

依照徐永年对母亲的了解,父亲突然去世,母亲不悲痛到昏厥就不错了,第一时间就该打电话叫大哥回来主持局面。可陆澄却瞒着所有人,一个人把徐征的身后事料理了,而且不慌不忙,一切都处理得井井有条,既不铺张,又不失排场,待人接物都十分得体。

徐永年不禁有些奇怪,母亲冷静得甚至有些绝情,完全不是印象中那个不堪一击的"病黛玉"。但他多少也有些欣慰,逝者已矣,母亲能看开是件好事。庄子丧妻后击缶而歌,或许母亲在不知不觉中已经修到了庄子的境界。

徐征下葬后,陆澄对徐永恒说:"你先别走,陪我过一段时间。"徐永恒十分为难,公司请假按天扣钱,工作任务本来就重,而且一个萝卜一个坑,他迟回一天,工作堆积一天,回去后一股脑儿压下来,能把人压出抑郁症。女朋友一个人在家也住不惯,白天没人做饭,夜里又怕黑,每天打四五个电话催他赶紧回去。再有,要是父亲还没下葬,那他留下还能发挥作用,可以帮着母亲打点种种事务,现在诸事已了,他在家待着也没什么意义,徒增伤感。

听徐永恒絮絮叨叨地说完,徐永年说:"妈,就让哥先回去吧,这几天我多陪陪你。"徐永恒看他一眼,喉咙滚动一下,没说话。陆澄云淡风轻地笑笑说:"就几天,耽误不了你多少事,妈心里有数。"

确实如此,徐征的头七刚过,陆澄就跟着走了。徐永年这时候才知道,陆澄已经是胰腺癌晚期,每天都要吃药,但徐征去世的当天,她就把药停了。这药一天不吃,人就痛得要死,连饭都吃不下。陆澄本来饭量就小,事情又多,从少吃到粒米不进,徐永年两兄弟硬是没发觉。

弥留之际,陆澄仍旧十分清醒,把两个儿子叫到病床前谈话,绝大多数时候都是对徐永恒说。她说:"这些年你弟弟一直有病,爸妈所有心思都扑在他身上,委屈你了。"徐永恒这时已泣不成声,陆澄反倒没哭,不紧不慢地交代了三件事。一是叮嘱徐永恒尽快完婚,他那个女朋友心眼儿多,脾气大,如果真喜欢,要多包容、多忍让,将来才能好好过下去。二是他们走后,徐永年就交给徐永恒了。说到这儿,陆澄顿了一下,叹口气说:"你尽力就好。"三是骨灰要和徐征合葬。对徐永年,陆澄只说了一句话,"好好活下去"。

说完这些话,陆澄已经非常疲倦,闭上眼睛休息,许久没有睁开。徐永年以为母亲就这么走了,悲伤即将弥漫开时,陆澄忽然睁开了眼,痴痴看向窗外,非常清楚地说了句:

"天大地大,走了。"

办完母亲的后事,分别前一天晚上,兄弟俩在家里简单摆了一桌。菜都是徐永恒做的,辣椒炒肉、红烧凤爪、西红柿鸡蛋汤,还炖了个冰糖肘子,又买了两个熟菜,油炸花生米、卤猪头肉,酒是徐征生前喝剩的半瓶红星二锅头。

徐永年扫了一眼,桌上没什么是自己能吃的,盛了碗汤,也不急着喝,低头默默盯着碗里漂着的鸡蛋花。十八岁那年他突然发病,徐永恒在病床旁守了他一周,一直长吁短叹,面带难色,自那时起,徐永年就断定自己看穿了徐永恒心底的隐秘,对这个大哥不但疏远,而且有些畏惧。况且他和徐永恒真没什么话说,两个人年纪差了近十岁,生活天差地别,平时聚少离多,一年也见不到一次。连相貌都没什么相似之处,徐永恒像徐征,国字脸,鹰钩鼻,虎背熊腰,皮肤黝黑;徐永年则更像陆澄,丹凤眼,高鼻梁,睫毛长得像个女人,白白净净,斯斯文文。

兄弟俩相对而坐,一时无话,徐永恒自饮自酌了二两,忽然流了眼泪。他这一哭,徐永年鼻子也发酸,到底是骨肉兄弟,血浓于水,如今父母都去了,偌大一张桌子,就坐了他们俩,冷冷清清,空空荡荡,所谓物是人非,不过如此。

徐永年安慰道:"哥,别哭了,爸妈虽然走得早,但都没受太多罪,而且生而同衾,死而同椁,遂了他们一生心愿,是好事。"徐永恒擦干眼泪,叹道:"你说得对,要看开些,确实是好事。"发了会儿呆,又说:"永年,你身体虽然不好,也得找个女朋友,以后的日子总有个照应。"徐永年听出他言下之意,淡淡一笑道:"我也不知道哪天人就没了,何必去祸害别人家闺女?我一个人挺好的,自己什么都会弄,用不着别人伺候。"徐永恒说:"那我就放心了,有时间来上海,我带你见见你嫂子。"徐永年说:"等你们大喜的日子,我肯定要去的。"

两个人又聊了会儿小时候的事。有一回,徐永年被两个小混混儿堵在墙角要钱,徐永恒正巧放学回家,挥着拳头就冲上去。徐永恒身高体壮,又跟着电影频道练过几天武术,出拳有章法,一打二还占了上风。一个混混儿被击倒在地,抄起落在路边的一根粗木棍,一棍抽在徐永恒腰上,疼得徐永恒站不起身。徐永年吓得哇哇大哭,这一哭,倒把两个混混儿吓跑了。

徐永恒撩起上衣,指着肚脐眼儿旁边挂着的那条赘肉说:"你看,这印子到现在还留着，再往下几厘米，我人就废了。"徐永年原本心存芥蒂，此时也不禁有些感动，要不怎么说"打虎亲兄弟，上阵父子兵"，真有什么事，还是手足兄弟靠得住。两人又聊起父母，徐永恒说："咱爸是个人杰，外严内宽，粗中有细，虽然结婚前家庭条件不如咱妈，似乎高攀了，可但凡换个人，咱妈都不能这么单纯地过一辈子。"这一点，徐永年也极为赞同，他对徐永恒说了父亲在丛林里绝地求生的事，这事他从来没有和第三人说起过。

徐永恒瞪圆了眼睛，说："不可能啊。"徐永年说："什么不可能？"徐永恒说："第一，咱大伯是死得早，但肯定不是地雷炸死的，是在丛林里染了病，从前线送回来的，后来折腾了好几年才走的。"徐永年吃了一惊，说："你确定？"徐永恒说："我还在他灵前磕头了，你说我确定不？他死是你出生前的事，也难怪你不知道。"徐永年愣了半晌，问："那第二呢？"徐永恒说："第二，咱爸是上过前线，但他所属的是预备部队，开到前线的时候，仗已经打完了，连敌人长什么样都没见着就退回来了。"徐永年问："你怎么知道？"徐永恒说："咱妈说的啊，她没对你说过这些？"

徐永年沉默了好一会儿，脑子乱作一团，说："爸为什么要骗我？"徐永恒反问："你说他为什么骗你？"叹了口气，又说："疼儿疼小，疼女疼娇，爸妈最疼的是你，但你这个情况，他们很多话只能跟我说。"

徐永恒倒满一杯酒，洒在地上，说："这杯敬爸。"酒水浇在灰色地砖上，发出噼啪的闷响。徐永恒再倒一杯，洒下去，哽咽着说："这杯敬妈。"他自己满饮了第三杯，又倒满第四杯，放在徐永年面前。

徐永年摇头说："哥，我不能喝酒。"徐永恒也不说什么，拿回酒杯一口闷掉，再倒满，啪的一声重重掼在徐永年面前，酒泼在桌面上，剩下不到半杯。徐永年脸色很难看，说："你这是干什么？"徐永恒又把酒杯拿回来自己喝掉，再倒满，推到徐永年面前，说："爸妈都还不到六十岁，他们一大半是被你累死的，你认不？"

徐永年身子发抖，怒目圆睁，隔着桌子和徐永恒互相瞪视。过了好一会儿，他抓起酒杯一口喝干，辛辣的气息从口腔直冲脑门儿。

"我认。"

徐永恒给他倒满，说："这些年为了给你治病，家里总共花了多少钱，你有数不？"

徐永年抓起酒杯喝干，说："没有。"

徐永恒再给他满上，说："爸那个小公司生意早就青黄不接了，妈五十多岁又回去教书了，还偷着开辅导班，我在上海跟女朋友合租了个二十平方米的小公寓，连口锅都放不下，这些事你都知道？"

徐永年一口气喝完，说不知道。他连喝三杯，一口菜也没吃，酒气顺着脖子噌噌往上蹿，浑身出汗，头顶直冒热气。徐永恒说："既然这样，今天就把话说开了，我要分家，你答应不？"徐永年粗声粗气地说："你是大哥，你说了算。"徐永恒说："行，爸的生意，你一窍不通，归我打理。家里的存款我看了下，十万多一点，这钱咱俩对半分。爸妈的遗物，你不要动，我来收拾，里面值钱的只有妈的几件首饰，你要是不同意，我折成钱给你。"

徐永年说："不用，都归你。"徐永恒说："这房子，留给你住，其他就没什么了，那就这样吧。"徐永年十分诧异，家里剩下的所有东西加起来也远远不如这栋房子值钱。他有些糊涂了，说："哥，房子还是给你吧，你把它卖了，去上海买套房跟嫂子过。"徐永恒抹了把眼泪，说："这房子是爸妈从结婚住到死的，也是我从小长大的地方，我不会卖它。妈去世前让我照应你，我照应不了，把房子留给你，就算我做过事了。"徐永年也哭了，说："哥，你是不是一直希望我早点死。"徐永恒摇头说："永年，人不能太自私，不能只为自己而活。"

9

陈洛洛刚过一米六的身高，身材纤细苗条，生得娇俏玲珑，九十斤出头的体重成天嚷嚷着要减肥，平时吃饭盛半碗还要剩一半，怀孕时却像多长了个胃，一天要吃七顿，结果挺了个硕大无比的肚子，走路时如同怀里抱了只浑圆的大西瓜，脸也胖了一圈儿，两边腮帮好似各挂了一只熟透的红布林。

小家伙在肚子里铆足了劲儿吸收能量，长得头大腰圆，陈洛洛生产当天一度难产，撕裂般的疼痛海浪般阵阵袭来，似乎要将她整个人从下往上扯成两半，疼得她死死掐着在旁陪护的徐永年，声嘶力竭地吼。

陈洛洛是凌晨时分被送去医院的，如今外面已然天光大亮，他们在待产房至少熬了七八个小时，陈洛洛除了叫得越来越惨烈外，还是没有生产的迹象。徐永年穿着防护服守在床边，紧紧握着陈洛洛的手，每当阵痛袭来时，陈洛洛的指甲便透过防护服深深嵌进他的皮肤，将这生育之痛的万分之一传递给他。看着陈洛洛脸色越来越苍白,豆大的汗珠滚了满脸,徐永年心急如焚,起身去找了医生好几次,可这些见惯大风大浪的医生护士只过来扫一眼,冷冰冰地说了句还没到时候就走了。

借口上厕所,徐永年来到走廊,背靠墙,闭着眼,轻轻揉着两侧太阳穴,感到疲惫不堪。自从十岁那年发病以来,他每天都坚持按照固定时间作息,到点上床,到点起床,几乎分秒不差,再也没有熬过夜。今天是他十几年来第一次打破这一规律,他不知道会对自己的身体造成什么影响。医生护士迈着快步来来往往,忙得不可开交,产妇们痛苦的呻吟吼叫此起彼伏,隔着一道门,外面是更多不被允许进入产房的家属在焦急地等待。他想起了陆澄,当年母亲生自己时,也是这样的情形吗?她有没有想过自己历经千辛万苦才生下的孩子却携带着变异的基因,注定会早逝呢? 自己所剩无几的生命会因为今天的劳累而加速流失吗?

徐永年睁开眼,他听见了陈洛洛带着哭腔呼喊自己的声音,快步返回待产室,怀揣着对死亡的恐惧和对新生命的期待。

陈洛洛最终剖宫产生下一个女婴,整整八斤重。徐永年曾因目睹了陈洛洛备受折磨的模样而对这个孩子充满怨气,但见到女儿的那一刻,这股怨气瞬间便烟消云散了。她那么小、那么柔弱,连眼睛也睁不开,徐永年很难想象就是这个小家伙刚刚把陈洛洛折腾得死去活来。在护士的指导下,徐永年抱着她,战战兢兢,如履薄冰。他过去以为,所谓"捧在手里怕摔了、含在嘴里怕化了"只是一种夸张的修辞,但如今抱着自己的孩子,他才真正理解这句俗语是多么贴切,他甚至担心早春的阳光太过强烈,会灼伤女儿娇嫩的皮肤。

徐永年看向躺在病床上的陈洛洛,她扎着吊针,插着吸氧管,气息委顿虚弱,却满脸柔情地望着丈夫和女儿。要不是周围还有旁人,徐永年近乎想要不顾一切地告诉陈洛洛自己是多么爱她。给予他生命的人是徐征和陆澄,但将他的生命重新赋予了真实感的人却是陈洛洛,现在陈洛洛又带给他一个女儿,让他的生命在大千世界中又多了一个锚点,让他觉得哪怕此刻突然死去,自己的生命依然能够延续下去。

徐永年给女儿起名叫徐沫,小名泡泡,一家人住进了徐征和陆澄留下的房子。生完孩子后,陈洛洛不但很快恢复了身材,而且身体中潜藏的母性也被彻底激发了,不仅一肩扛起了带女儿的重任,还像照顾儿子一样把徐永年照顾得无微不至。除此之外,她还养了两只猫,还在备战考博,说是不喜欢哲学,却仍想着在学业上更进一步。徐永年在工作和治病之余，就是陪泡泡玩。泡泡三岁时，长得粉雕玉琢的，能跑能跳，每天妙语连珠，好似有无穷的精力，徐永年穷尽典籍，也找不出合适的语言来形容她的可爱程度。泡泡有时候犯了错误，就用两只小胳膊环抱着徐永年的脖子，扑闪着大眼睛可怜兮兮地说："爸爸求求你原谅我吧。"纵使徐永年有天大的怒气，也觉得心都要化了，弄得陈洛洛想要管教女儿也没法子，笑着抱怨自己给自己生了个小情敌。

徐永年觉得，在生活幸福感上，如果说原本的生活是十分，遇见陈洛洛后上升到了八十分，有了泡泡之后，便直冲九十九分而去。随着泡泡一天天长大，这份幸福感更是呈指数式暴涨，无限接近于一百分，最后差的那一点点，便是扣在了自己的命上。泡泡带给他的幸福，可能仅次于彻底痊愈、永远摆脱死亡的阴影这一件事。离三十岁越来越近，泡泡越可爱，陈洛洛越温柔，徐永年越幸福，笼罩在他心底的那片阴影就越浓重。

泡泡四岁生日那天，徐永年一家去了游乐园为泡泡庆生，回来时已经很晚了。泡泡白天玩得太兴奋，这时趴在徐永年肩膀上，抱着徐永年的脖子睡着了。陈洛洛既心疼女儿，又担心丈夫，几次想把泡泡接过来，可徐永年害怕吵醒泡泡，都没同意。到家后，徐永年十分疲惫，头也有些针刺般的痛，吃了药，便昏昏沉沉地睡下。

这一觉不知睡了多久，徐永年始终没有睡熟，似梦似醒之间，时而觉得只度过片刻时光；时而又像是已过去几天几夜；时而觉得四肢沉重，一动也动弹不得；时而又觉得身躯轻得出奇，如同水中浮萍，飘忽不定，连魂魄也变作一缕轻烟，散于天地之间，无着无落。眼前总是一片黑暗，有如混沌，偶尔能看见刺眼的红光乱闪，隐隐听见尖锐的哭声、呼救声、争吵声。徐永年听出了陈洛洛带着哭腔的声音，他惶恐地大喊她的名字，却怎么也发不出声音，一急之下，猛地睁开了眼睛。

四周一片昏暗，应该已是夜晚时分。床又小又硬，不像是在家里，床头摆了台仪器，显示屏上的红色数字有些刺眼，不时发出嘀嗒嘀嗒的机械音。这是间病房，徐永年很快得出判断。他重重喘息一声，感到鼻尖发痒，这才发觉两根长长的管子从自己鼻孔里延伸出去，另一端不知连接在黑暗中的什么地方。徐永年在心里默默叹了口气，觉得后背有些酸痛，想翻个身，但身体像断了电一样，没有任何反应。他放弃了，忍受着痛楚，尽可能平静地躺着。这时，他隐约听见外面传来争执声和脚步声，两种声音同时靠近，然后忽然平息，嘎吱一声轻响，有人推门而入。

灯亮了,徐永年瞬间被刺痛了眼睛,连忙合上眼睑。但来人已经看见他醒了,发出一声惊呼。原来是陈洛洛。听见陈洛洛的声音,徐永年的心安定了几分。继而又有人掀开他的眼皮,盯着他的瞳孔。手指碰到眼皮的瞬间,徐永年就知道是赵医生来了。这下,他的心彻底平静下来,尽可能用力地转动眼球,向赵医生传达自己的现状。

赵医生松开手,对陈洛洛说:"他醒了,但是十分虚弱,有意识,但身体动不了,也说不了话。"陈洛洛急切地问:"还有生命危险吗?"赵医生默然良久,低声说:"不好说,但一时半会儿应该死不了。"他又问陈洛洛:"你是回家,还是留在这里?"陈洛洛低头看了看徐永年,犹豫了下,说:"泡泡在家有外公外婆看着,我留下吧。"赵医生"嗯"了声,说:"记得给他翻身,有事叫我。"说完就推开门走了。

徐永年察觉到,这两个人说话时语气非常生硬,这让他有些奇怪。印象中,陈洛洛对赵医生一直非常尊敬,赵医生也很欣赏陈洛洛,常在他面前夸奖陈洛洛外柔内刚,有大家闺秀风范。联想到刚才隐约听见的争吵声,难道这两个人之间发生了什么矛盾?

陈洛洛坐在床边,紧紧攥着徐永年的手,眼睛无声地流着泪。徐永年说不出话,只能看着自己的爱人,用眼神告诉她,不要伤心,不要难过,不过就是三十岁大限提前到来了,不过就是死罢了。为了活下去,他已经付出了所有努力,等待这一天也已经等待了很多年。他想冲陈洛洛笑一笑,可不知怎么,眼泪却流了下来。陈洛洛伸手为他抹去泪水,感受到妻子冰凉的手指在脸上滑动,徐永年突然崩溃了,他只想放声大哭,却连哭的力气都没有,面容扭曲,涕泗横流,像台破旧的风箱,吭哧吭哧地喘息。他想活着,一生中,徐永年从未有过任何时刻比现在还要留恋生命,他想和陈洛洛白头偕老,他想看着泡泡慢慢长大,他想要更多的时间更多的生命。面对死亡,他以为自己过去十几年在身体和心理上都做了充足的准备,但当死亡将要来临的一刻,他才发现这些准备是多么可笑。

过了很久,徐永年的情绪才重新稳定下来,沉沉睡去。噩梦连连,再度醒来时,徐永年浑身是汗,陈洛洛已经不在身边,一个护士正轻轻托着他的手臂,小心翼翼地为他推针。徐永年定睛看了会儿,不是他熟悉的小陈。他失望地合上眼,心底的愤怒在不断堆积。他比谁都清楚自己现在的状况,肌肉萎缩、器官衰竭、呼吸困难、全身动弹不得,他那罪恶的血液在身体里到处肆虐。最可怕的是,他完全是清醒的,他能清晰地感受到自己的生机正在不断流失,身体和命运都已经千疮百孔,像只破烂的蜂巢。赵医生说他一时半会儿死不了,一时半会儿是多久?是一天两天,还是三天五天?陈洛洛人去哪儿了?自己就剩这么点时间,她怎么就不能一直守在自己身边呢? 如果自己从现在开始一直不睁眼,做出溘然长逝的样子,能不能把她立刻叫回来?

护士推完了针,轻轻放下他的胳膊。徐永年想让她把陈洛洛叫过来,便睁开眼盯着她。护士发现他醒了,随口问他感觉如何,要不要喝水。徐永年嗯了一声,这下居然发出了些微弱的声音,让两个人都吃了一惊。护士示意他先别说话,拿吸管喂了他少许水,然后才附耳到他嘴边。徐永年觉得有了些力气,让她去把赵医生叫过来。没一会儿,赵医生来了,身后跟着两眼通红、紧紧咬着嘴唇的陈洛洛。

赵医生坐到病床边,直截了当地说:"你的时间快到了。"

徐永年原本还抱有一丝侥幸,随着赵医生冷冰冰的话音落下,温暖如春的病房顷刻间仿若严冬。

"你的病是基因病,是从娘胎里带出来的,那是老天爷给你的命。你的命不好,但和你有同样命的人绝大多数都比你死得早得多,你能活到二十九岁,在我看来已经是一个不小的奇迹。"

那又怎么样呢,我还是要死了。徐永年绝望地闭上眼。

赵医生回头看了眼陈洛洛,深深吐出一口气:"现在还有一个办法……或许能救你。"

徐永年猛然睁开眼,几乎不敢相信自己的耳朵。

"有一项针对SLT5A白血病的最新研究成果,还在试验阶段,只在动物身上成功过,对于人类……理论上是可行的,但目前还没有任何成功的临床经验。"

"有风险,"赵医生停顿了下,"但在别无选择的情况下,值得一搏。"

狂喜在徐永年眼中氤氲。但赵医生很快说:"你先别急着高兴,白血病的根源在血液,你的血液有问题,要救你,就必须给你换血,说一千道一万,还是要进行骨髓移植。而且我刚才也说了,这是一项全新的研究,与常见意义上的骨髓移植几乎是完全不同的,采集的也不是普通的造血干细胞。虽然理论已经比较成熟,但手术难度依然很大,风险也很高。"

"现在,我们首先要找到与你身体相合的骨髓。这种移植手术对骨髓相合程度的要求远远比普通的骨髓移植手术苛刻,非血缘关系的人几乎不可能成功。洛洛已经去检查过了，她不行，我也不行，令尊令堂又走得太早……"赵医生有些惋惜地摇头，"那么只剩下两个选择：一是你亲哥徐永恒，你睡着的时候，洛洛已经给他打过几次电话，但他明确表示不愿意来冒这个险。第二个，就是泡泡。"

赵医生的声音有些激动："我们给泡泡也做了检查，她的骨髓和你的相合程度达到十个点以上，几乎可以说是完全相合。她是我们目前能找到的唯一的也是最合适的移植者。"

泡泡能救我？我的女儿能救我？徐永年怔怔地想。他看着赵医生，用眼神无声地问："有多少成功的可能？"

赵医生默然思索了一会儿，说："保守估计……大概百分之五十吧。"

百分之五十，徐永年想，这真是一个可怕的数字，不上不下，看似很有可能成功，但失败的概率也同样大，说白了，还是在赌，而且是拿命赌。但事到如今，他还有别的选择吗？

"我不同意。"

从进门开始，陈洛洛第一次说话。她看着徐永年，眼神凄婉地说："永年，对不起，我不能让泡泡冒这个险。"

空气一瞬间凝固了，谁也没有说话，病房里死寂一片，嘀嗒嘀嗒的仪器声格外刺耳。

沉默许久，赵医生字斟句酌地说："骨髓移植手术的风险主要集中在接受者身上，捐献者承担的风险很小。当然，泡泡因为年纪太小，身体远远没有发育成熟，不确定性太多，风险会相对高一些。但世界上任何事都不可能百分之百成功，在目前的情况下，百分之五十的成功率已经是我们能争取到的最好结果。"

陈洛洛冷冷看着他，像头护崽的雌豹，近乎咬牙切齿地低吼："泡泡才四岁，才四岁！她还什么都不懂，你就想让她去冒这样的险？你让我怎么能同意这样的事？"

赵医生长叹一口气，起身面无表情地说："我的职责是将所有可能发生的情况都告知你们，最终决定权在你们手上。手术专家刚到，我去接待一下，你们商量好后告诉我结果。"

赵医生大步离开，徐永年看着陈洛洛，她脸色惨淡，眼睛肿得像两只裂开的核桃，可想而知哭过多少次，他不禁有些心疼。在理智上，徐永年能理解妻子的心情，作为父亲，他同样激烈排斥任何可能威胁泡泡生命安全的事。但在感情上，他无法接受陈洛洛如此绝情。他毫不怀疑陈洛洛对自己的感情，但他就要死了，死了就什么都没有了，就像水滴落在水里，融于一切，归于虚无……他无法像母亲那样参透生死，轻易放弃生的希望，飘然追随父亲而去。没有真正面临过死亡的人，根本无法理解那种恐惧，没有任何语言可以述说，哪怕是一体同心的夫妻，他也不指望陈洛洛能理解他的感受。

陈洛洛泪眼蒙眬地说："永年，我爱你，我永远爱你，我可以为你做任何事，哪怕把我自己的命给你我也愿意，但我不能让泡泡去冒险。别说百分之五十，哪怕是百分之一也不行，我做不到这件事，我绝不能失去泡泡。"

徐永年嘶哑着嗓音说话了："那你就可以看着我去死？"

陈洛洛痛哭出声，她不停地摇头，眼泪洒在病床上，打湿了白色的被单。

"对不起，对不起，对不起……"陈洛洛泣不成声，"永年，是我对不起你，你不要怪别人，是我欠你一条命……"

陈洛洛抱着他，埋头号啕大哭，徐永年冷眼看着。他不禁想起徐征的话，父亲说得太对了，命是自己的，而且始终只是自己一个人的。

他对陈洛洛说："你确实欠我一条命。"

陈洛洛抬起头，满脸泪痕，不解地看着他。

徐永年告诉了陈洛洛一件他此前从未说过的事，这些年来，为了照顾陈洛洛的情绪，他从未说起过自己最初是怎么发病的，但此时他说了出来。他告诉陈洛洛，这一切的一切，都源于十九年前她的那一推。

10

泡泡与徐征和陆澄葬在了同一片墓地。徐永年过去一直以为，很快躺进这片墓地的会是自己，没想到短短几年，自己已经三次来到这里。他的父亲、母亲、年仅四岁的女儿，都永远定格在生命结束的那一刻，被装进一个小小的罐子里，最后由他送入这片几尺见方的生硬土地。

移植手术进行了十几个小时，但对徐永年来说，漫长得仿佛度过了无数个世纪。清醒过来时，他感到很痛，到了极点的痛，没有一点力气，连睁开眼睛都做不到，仿佛有一股不可抗拒的力量将他碾压成了齑粉，然后重新锻造他的五脏六腑，精雕细琢他的骨与血，冷漠地重塑他的每一个细胞。就在他觉得自己承受不住这种痛苦即将死去的时候,一切都结束了,他醒了过来,睁开了眼。

原来是这样。徐永年想。原来拥有一个健康正常的身体是这样的感觉。如果说他原来的身体是千疮百孔的岩洞,现在便是一片温柔恬淡的平原,山清水秀,杏雨梨云。血液在身体里欢快地流动,有如纵横交错的河道,倒映着金色的阳光,所过之处有湖泊、有稻田,一片生机勃勃,虽然还很脆弱,但已有了万千气象。

徐永年明白了,他的病真的好了,彻底好了,他不仅活着,而且还会活很多年。他战胜了自己的命,像切割肿瘤一样,甩开了那片笼罩在心中十九年的阴影。现在他的前方只有光明。

徐永年又想起了徐征的话:向死而生者,很难死。

父亲说的永远是对的,徐永年想。我活下来了,可我的女儿却死了。我给了泡泡生命,现在她又把命还给了我。

移植手术后,泡泡很快发起了高烧,并伴有肺部感染、呼吸困难等症状,被转入了重症监护室。她和同在重症监护室的徐永年之间只有一面薄薄的白墙,但不过短短几天,父女二人便天人永隔,徐永年甚至没来得及见上女儿最后一面。

泡泡的墓地很小,但没关系,像泡泡这样的天使肯定已经回了天堂,墓穴的大小不会影响她的舒适度。墓碑也同样袖珍,上面只简单地刻着——"爱女徐沫之墓"。站在墓碑前,陈洛洛没有哭。实际上,从泡泡去世的那一刻起,陈洛洛就没有掉过一滴眼泪,徐永年更愿意相信她的眼泪早已流干了。他握住妻子的肩,将她揽在怀里,陈洛洛面无表情,任由他抱着,像是一个失去灵魂的人偶。

"走吧。"徐永年说。

陈洛洛没有任何反应,像是没听见一样。徐永年叹息一声,陪着妻子站着。一阵秋风扫过,梧桐叶大把大把地落,残余的几片叶子也在冷风中摇摇欲坠,留下一根根张牙舞爪的枝干,沁人胸骨的寒。徐永年感到陈洛洛的身体在轻轻颤抖,他抱紧了妻子,再度催促:"走吧。"

陈洛洛挣脱他的怀抱,独自呆立良久,看着女儿的墓碑,木然说道:"我当初就应该去学数学。"

徐永年不明白她的意思。

陈洛洛说:"如果我学的是数学,那时我就会知道,一个人手术成功的概率是百分之五十,两个人都成功的概率就只有百分之二十五,所以我有百分之七十五的可能至少会失去一个人。"

墓地上铺了一层厚厚的落叶,有少许泛着金色的光泽,大部分却已经腐烂破败,死气沉沉。

"徐永年,你是我见过的最自私的人。"

陈洛洛离开了,永远离开了。赵医生得知这个消息时,坐在办公桌前,很久都没有说话,仿佛一瞬间苍老了许多。

"我是有私心的,"赵医生怅然说道,"如果你的手术能成功,那你就是世界上第一例真正被完全治愈的SLT5A白血病患者,我作为治疗团队成员之一,会获得很高的荣誉。而且,这也是让你活下去的最后机会,于公于私,我都不想错过,但泡泡和洛洛,我很遗憾……"

徐永年低着头,缓缓说:"赵医生,你说过很多次我的命不好,现在看来,我的命确实很不好。过去我以为活不过三十岁就是老天对我最刻薄的地方,但老天对我的恶意远远不止于此。"

赵医生摇头道:"不要这样想,至少现在你的病好了,你可以活下去了。"

徐永年平淡地说:"过去十九年,我无时无刻不在想活下去,我每天早睡早起,每天锻炼身体,每天都坚持最健康的饮食和生活习惯,我活得那么累那么小心,为自己定了那么多清规戒律,都是为了活着这一件事而已。现在我的病好了,我可以继续活下去了,可以活到三十岁、五十岁,甚至一百岁了。可是,我忽然发现,我什么都没有了。过去我的确有病,但也有父亲、有母亲、有大哥、有洛洛,还有泡泡,可我的眼睛却只盯着自己的病。而现在,我的病好了,我却什么都没有了。"

徐永年抬起头,对赵医生笑了笑:"你看,现在我连病也没有了。"

徐永年的声音波澜不惊,却让赵医生感到一种触及灵魂深处的悲伤。从医近三十年,赵医生阅尽人间的生老病死、悲欢离合,心硬如铁,但这样的悲伤依然让他觉得无处可藏、无地可躲。他本想再劝徐永年几句,告诉他无论如何太阳还会升起,生活总要继续,但看着这样一个悲伤得犹如一潭死水的人,他什么话也说不出口。

离开时,徐永年眼神很淡然,这样平静的神色,赵医生只在一个为了不拖累子女而决意放弃治疗的癌症老人身上见过。他默默看着徐永年离开,神情萧索,疲倦地叹了口气,删除了电脑中关于徐永年病情的所有资料。

徐永年走出医院,穿过熙熙攘攘的人群,甩开背后的车水马龙,用了三十二分钟回到家,径直走上顶楼。环顾四方,整个城市都在他眼前铺展开,高楼大厦,不过如此,更何况脚下那些渺小如芥子的人。再往上看,天高且远,一望无垠,朵朵白云点缀其中,随风而动,分外诱人。

徐永年忽然明白了母亲临终前的话——天大地大。他张开双臂,感受空气和风的流动,似乎只要纵身一跃,便能在云端翱翔,像那只扶摇而上的鲲,抑或御风而行的列子。回头望了望,恍惚之中,十岁的陈洛洛正笑着向他跑来,白齿青眉,踏着人生路途上的飞鸿印雪之迹,在他背后轻轻一推。

徐永年笑着闭上眼,轻声说:

"走了。"

【作者简介】李前锋,1991年生,安徽省作家协会会员,鲁迅文学院安徽作家研修班学员,作品见于《安徽文学》《红豆》《长江文艺》《广州文艺》等,著有长篇小说《湖边的伊甸园》。

女神节的礼物

左雯姬

黄琉璃瓦歇山顶大殿,几座如飞虹跨越天地的金水桥,圆弧形汉白玉石栏杆环绕,铺陈千顷万亩的青砖地——桃夭小仙盯着夏尔娜挑起的"双瞳剪水",正如人类所称的"元宇宙"。桃夭小仙在夏尔娜的瞳孔里所见一番景致,如同身临其境。

这桃夭小仙,其实是女人情绪里的小精灵,一千多年的修行,只算得上仙界中的小字辈,相当于人类的青少年。人类是看不见桃夭小仙的,也不知道她的存在。桃夭小仙靠食女人散发的"情绪果"茁壮成长,一般来说,女孩子长到七八岁,心思和情绪就开始有了微妙而复杂的变化,情绪波动越来越频繁,便结下情绪果。桃夭小仙从女孩七八岁时与其结缘,一直伴随女孩终生。桃夭小仙把给予她情绪果的女孩奉为小主。品情绪果之味,而知其女人心。

天气阴沉,夏尔娜的眼里含着忧郁。天边翻滚着乌青的云,地上的汉白玉拱桥,幽幽泛白,与不远处深红的熙和门,构成开阔而富有历史厚重感的皇宫大院一角,但一切又是崭新的。

近些年,"新国潮风"日益兴盛,花样越来越多,也越来越精专(精细而专业)。大码模特儿出身的夏尔娜,对时尚潮流自然用心。大前年,她在"古装主题照相馆"如雨后春笋般到处冒出来的时候,也创建了自己的"宫墙里"照相馆。

夏尔娜经常一身清宫服,出入故宫博物院。这座曾经皇权至上的紫禁城,已然成为她的拍照背景,更是成就她才华的大舞台。夏尔娜在故宫博物院拍了无数样片,目的当然是招徕顾客。与此同时,夏尔娜的摄影作品,还成了"新国潮风"时尚界的风向标。

人们现在都热衷于穿"汉服"。"汉服"不再局限于汉代服饰或旗袍(唐装),而是囊括了中国历朝历代的服饰,以唐宋和明清为最多,夏尔娜的"宫墙里"主打的就是清宫服饰。如今拍照,非单纯留影纪念,更多用于"玩耍":一项别开生面的亲子活动,一场意趣横生的家庭聚会,一次颇有仪式感的闺密往来——秀情谊。人们看重与影视剧的相似程度,享受古今穿越,正经的Cosplay(角色扮演)。

桃夭小仙捕到一颗又一颗闪着绿光的"小丸子"。她一口一颗,连不迭地含化——那滋味,丝丝酸涩,像九制陈皮,舌尖触到细盐如沙,激起涎水喷涌,又透着丝丝隐匿的清凉。那清凉悠长,似薄荷似凉果。小仙内心一惊,扑棱着五彩翅膀,直飞入云霄,小小盘旋着仰飞数圈。

夏尔娜今年满二十五岁了,桃夭小仙清楚夏尔娜的每一条情绪律动,每一次思潮涌动,每一点一滴灵感发作,每分每秒内心感悟。桃夭小仙又绕夏尔娜周身三匝,这可把她累着了。在桃夭小仙眼里,夏尔娜是一尊巨大的佛,可美可仙,就是太过庞大。桃夭小仙扑腾着如蝉翼般的翅膀,最终站定在夏尔娜的如意头饰上。

尽管这次的情绪果不是最美味的, 倒也奇妙无比。桃夭小仙内心笃定这是"分水岭",夏尔娜成为真正的少妇了。少妇的心思,就是这个味。尽管夏尔娜结婚已第二个年头了,但大大咧咧的个性,致使她比一般女人晚熟些。

夏尔娜的情绪果,以往的味道都是柔绵香甜的,像草莓慕斯蛋糕,一贯芬芳里夹杂着奶香。情绪果里,也会夹杂少许苦巧克力豆的味道,还有发涩的坚果皮及坚果之类的硬实,嘎嘣脆,与蛋糕的软绵形成对峙的多层咀嚼口感。但总体上是腻的——此时的情绪果,截然不同,极清爽,并在舌头上有些微刺感。

桃夭小仙将一只脚钩住夏尔娜头上的一根珐琅簪,身子倒悬,眼睛正对着夏尔娜的浓黑眼眸。桃夭小仙聚精会神,双手合十,感觉身体旋入黑色晶体的眼球里,微妙的波动,时不时地收缩。桃夭小仙积蓄力量,激起夏尔娜更强的灵感,好将俯冲谷底的情绪线提拔上来。对女人而言,"神伤"不是一个简单的雅词,它更具有实质意义。被情绪所伤,甚至丢了性命的女人,历代都不少。

桃夭小仙再次振翅翻飞,像一枚导弹飞速划过天宇。小仙引得夏尔娜眼前一亮,眼亮则使内心豁然。眼里有了神采,心里便点起一盏灯。桃夭小仙在故宫的众多屋脊上,如凌波微步,力量带着光波,传到夏尔娜的情绪带中。低迷的情绪被激活,燃起人类看不见却能感受到的小火苗,火苗时不时喷出"心花怒放"之感。

夏尔娜是个活泼的女子,心情是极易被调节的。夏尔娜回想这三年的创业,自己有满满的收获,一点小情绪震荡不算什么。她把"宫墙里"照相馆办得风生水起,战胜了无数竞争对手。她是业界的佼佼者,还是一名网红,电视台也来采访过,表扬她是一位优秀的女企业家。事业有成,家庭也美满,娇妻一枚无疑,超幸福的。那她还愁什么呢? 即便有些苦楚,也是含着甜的吧。

夏尔娜的老公,是她的搭档——"宫墙里"首席摄影师,文太子。噢,文太子是大伙儿给起的外号。

小两口儿,可是故宫里的一对活宝,也是故宫里的一道风景线。他俩,紧随有三五个助手,就像一支小分队。他们入故宫午门,经西马道,避开"主流"游客,寻得相对僻静处。他们摆拍起来就是大半天,美哉。

这会儿,阴天里飘起细雨,情绪还是有点压抑。

地上湿润,显出一层清凉的光晕。夏尔娜一身甘草黄常服,头上是点翠五凤钿帽,庄重优雅地撑起一把油纸伞,身影高挑(毕竟穿着花盆底鞋)。一对清澈明眸,在昏暗基调里,显得勾魂摄魄。周围景观的色度降低并模糊,甘草黄常服则更加醒目。也只有这文太子,能真正俘获夏尔娜挑剔审美的认同了。

论容貌,夏尔娜其实一般般;论身材,大码女孩儿,230斤的体重,的确是"得天独厚"了,可哪里能找着腰哇? 偏生这胖妞儿从小就跟美杠上了。她不服啊,找出自己美的依据来,发现古代审美中有较多与她契合的。就像一对青年男女,一见钟情。夏尔娜一入中国古代服饰、古代妆容美学的怀抱,便是如醉如痴、颠三倒四。

夏尔娜最受大众欢迎的成功秘籍,连桃夭小仙都总结了:第一幸事,她超常的体重,天生资源"优厚","出众"的外表,拍得如此精美绝伦的样片,说服力太够了;第二幸事,有一个投她所好的摄像师,文太子特别会拍大码模特儿,尤擅拍夏尔娜。两个人真是"天造一对,地设一双"啊。

文太子中等个头,瘦瘦的,是个小帅哥。他也是夏尔娜麾下的一名员工,带领整个拍摄团队。他比夏尔娜大两岁,年纪不算大,但已经是资深摄影师了。在一般摄影师眼里,像夏尔娜这类型的,该是镜头的"绝望",被数码影像时代"拉黑"的对象。文太子却从一开始就喜欢这样的形象,越具挑战性的工作他越喜欢。

他们第一次见面,是在某时装品牌的拍摄现场。夏尔娜还是名大学生,但已经做了几年的大码模特儿了。她表情丰富,神态自然,还风趣幽默,惹得这位精瘦小帅哥摄影师不停地抓拍她。他还时不时跟她提议,用什么心情,做什么动作和表情,能更好地诠释这套服装。夏尔娜回看相机里的片子,内心一震,不觉欢喜。桃夭小仙当时尝到她的情绪果,是滋味浓郁的蜜桃味,不时还有调制的鸡尾酒味。桃夭小仙很贪杯,醉得东倒西歪。夏尔娜可是很清醒,她结束了拍摄还一直跟着人家,不知不觉走了好几条街,天都黑了。小伙子有点蒙,他看看时间,说:"得,我别回去了,直接去下一个摄影棚吧,还有活儿要赶。"夏尔娜不语,只是看着他,甜甜地笑。

小伙子摸摸头,小心探问:"那咱俩加个微信吧?"夏尔娜大方而笑呵呵地说:"我等的就是你这句话啊,下回我请你吃饭吧,噢,你大概没时间吃饭。"夏尔娜从包里掏出巧克力和面包,递给小伙子,说:"吃吧,下回你得请我吃饭了啊,外卖也行。还有个事儿想跟你商量一下。嗯,咱俩做朋友吧,男女朋友。我没时间谈恋爱,我看你也挺忙,所以呢,要不咱俩先达成个意向呗?"见男生半天没说话,她又说:"行吗?哎呀,说句话呀。搞得我好尴尬呀。"她哪里尴尬啦。夏尔娜两手摊开,镇定自若地冲小伙子一乐,稳稳当当的。对方倒扭捏起来,不好意思地笑了。桃夭小仙捕到夏尔娜的情绪果,气泡刚猛劲爆,像立马把活塞顶到头的可乐味。桃夭小仙心想:有必要这样吗?跟上回专业比赛一样,斗志满满啊。

小伙子手里还拿着刚接过来的巧克力和面包。他不知所措,气息有点喘不匀地说:"可,可求爱,不是男生做的事吗?"夏尔娜不服气地说:"你太磨叽了。啊,我没别的意思。你没必要在我面前用那种普通套路。现在男女平等,谁说不一样?要是你觉得感情还拿不准,咱俩可以先处处!"

小伙子瞪大眼睛瞅着夏尔娜,问:"怎么处?"夏尔娜得意地一笑。

桃夭小仙尝到芋圆奶茶味。桃夭小仙交臂在胸前,心想:我的小主呀,你可太能了,这就觉得已经搞定了?开始给自己庆功啦?

夏尔娜挥了挥手,说:"得,先这么定了。哎,我一见你,就感觉你是我的真命天子。真的。瞧我多坦诚,你也别藏着掖着的了,大大方方的,希望咱俩早成正果!"夏尔娜说完,感觉自己在洽谈业务,又"咯咯咯"笑个不停。"我……"小伙子依然没憋出话来。夏尔娜伸过手来,小伙子忙把巧克力塞进裤兜,空出来的手,一把跟夏尔娜肉乎乎的手相握。她的手特别柔软，小伙子不禁多看了那白胖的手几眼。夏尔娜也很欣赏小伙子的手，长得太漂亮了，十指纤纤，骨骼细长，还挺有力。

桃夭小仙一口一口嗍，夏尔娜的情绪果成了麻辣鲜虾味的面条。

一开始就是女追男，一切很顺当，一直顺利地结了婚。这迟早是要出问题的。

这一对人儿相处下来，夏尔娜的情绪果，一直是水蜜桃味道。在恋爱时，是水蜜桃果子味，初婚时是水蜜桃浓汁味，加了点桂圆味的红茶。结婚一周年纪念的时候，变成水蜜桃果酒味，时不时还添了点海盐。然后变成水蜜桃加玫瑰香的酒味。最近酸味渐浓，直至今日水蜜桃味彻底消失，全成了九制陈皮味。

桃夭小仙回想——今天是三月一日。噢，离夏尔娜的生日不远了。夏尔娜的生日，就在三八妇女节那天，这天还是一个国际性的节日，挺重大的。

"老公，'女神节'快到啦。"夏尔娜一早儿懒懒地对镜梳妆，说。

文太子盘腿坐在夏尔娜身边的白色木地板上，依然专注地摆弄着他的大镜头。他回应道："噢，要忙了呗。不过，疫情又起，组织大家做点什么还不好说吧。咱店里的优惠活动，你不是早布置下去了嘛。"

"嗯。哎，老公啊，我说的不是店里的事。三八妇女节'女神节'——那也是我的节日，噢——"夏尔娜说这番话，冒出来的情绪果透着苦而酸的味道，像一杯醒脑的秋日馥芮白。夏尔娜一定感觉别扭。一向快人快语的她，怎么在老公面前支支吾吾的，很不像她自己。

梳妆台上总是放着书的，夏尔娜会随手翻的《中国历代服饰图册》。然而这回意外地发现多出了一本欧·亨利的小说集子《麦琪的礼物》。一看到"礼物"字样，夏尔娜欢欣地一把拿起书，冲文太子有点夸张地展示，并特意用手指敲了敲书上的"礼物"二字。

夏尔娜心想："女神节"在，我的底气也在。为啥一个礼物都不送的男人，我就这么嫁给了他？他不该补送一件礼物吗？正值这大好的日子……

夏尔娜以赞叹的语气说："这篇小说看过吗？男女主人公，那个爱情哪，感天动地！"文太子挑了下眉，说："我中学的时候就看过了，没你说的那么邪乎。"夏尔娜无可奈何，向这个"笨死的人"妥协算啦，但还是念叨："礼物……"欲言又止。她感觉不对劲啊，有点像讨债，实在不符合她的"王者风范"！她轻咬嘴唇，心里上了锁。

文太子停下手边活儿，仰视着坐在圆凳子上的夏尔娜，说："娜娜啊，你到底想说什么呀？礼物？三八妇女节就要礼物？你这太摆谱了吧。再说了娜娜，你考虑过我的情况吗……"文太子沉吟片刻，忽然悟到了什么，紧张地护着他的相机，说，"娜娜，你可别太无聊啊，试探我对你的真心，要我把相机当掉？那你还不如杀了我算了。"夏尔娜生气地将"五行掌"拍向文太子，不甘心，又踢了他一脚。文太子夸张地捂着肚子在地板上打滚，学周星驰在《唐伯虎点秋香》里当用人被打的惨状，演到中间没忍住，前仰后合地乐个没够。夏尔娜直愣愣地瞪着文太子，惊诧而愤怒，而后转为含怨，再是怀抱幽幽之情，眼里蓄满悲秋。最后，她一副气鼓鼓的萌态，转回脸冲镜子娇嗔道："人家生日呢，不为人家庆生也就罢了，还指望不上一份礼物？我又不要你机械地学人家。"夏尔娜说到这儿，又瞥了一眼《麦琪的礼物》。

"噢——"文太子这才放下心来，说，"我怎么买礼物呀？经济大权不都在你手心里攥着嘛。我能抽出几个铜板来？给你买一根棒棒糖行不？"夏尔娜又回头，瞪了文太子一眼。两个人大眼瞪小眼，瞪了一会儿。夏尔娜心里堵。这小子，不当家不知柴米油盐贵，他哪里知道我经济上的"压力山大"？我姥姥的一套房，我妈妈的一套房，还有我爹给我置办的一套房，全都抵押贷款了。为了办"宫墙里"，我拿出了全部家当。我不控制用度行吗？现在的生意又不景气……她有些泄气。文太子说："得，你想要什么，我给你买去。"夏尔娜嫌弃地说："不要。"她心想：没有惊喜的礼物，叫什么礼物呢？这跟平常叫你给我点份外卖有啥区别？

"咦——呀！"昆曲里的青衣一叹，仿佛隔空传来。

上午，夏尔娜就在格子间的化妆室里发呆。

电话响了，夏尔娜的手机屏显示的是一个加了微信的老客户打来的。夏尔娜不敢怠慢，赶忙接听。桃夭小仙一口一口吃下夏尔娜的情绪果，味道变得激越而复杂。

开始嚼起来的口感像热干面，慢慢变成干脆面，又夹杂着咸、辣，后来添了酸菜味，转而又成了泡菜味。桃夭小仙竟然吃得还挺带劲。吃完了，桃夭小仙一只手臂高举，像超人一样直冲云霄，喊着："噢哎——胜利！噢哎——加油！"

夏尔娜这会儿的情绪，可不一般。她正暗中较劲呢。这位老客户，曾在"宫墙里"拍过好几套不同朝代的古装照，还帮"宫墙里"做了不少宣传。夏尔娜对这位老客户十分敬重。然而，这位高级白领对这次的拍摄极为不满。原本今天要来看样片，定片数，付全款的，但这位老主顾说不来就不来了。

夏尔娜一时发蒙。回想当时的拍摄,这位老客户并没有提出任何异议。夏尔娜一向都要亲自监督,把控拍照的全过程。化妆、梳头、配饰她都有建议,总能得到客户的大加赞赏。正因为夏尔娜觉得这次拍摄一点问题没有,才先把一批片子发给老客户过目的。老客户却在电话里说:"我可真没想到哇,你们有了点名气就这么干?服务不到位,我就不说什么了。但是这片子我看了,风格实在让我没法儿接受。是,是我定的风格,但是拍摄质量、后期制作,还有那化妆,真是糊弄鬼呢,全走样了。妆容也太呆,色调也太糊,我一张也选不出来。"

　　夏尔娜愣了一下,忙又解释道:"当初化完妆的时候,您为什么不提呢?以我多年的专业经验,也并没有看出问题来呀。当时您还给咱们化妆师点赞了的……哎呀,不是针对您,恰好录的像,电视台来采访……"对方吼了起来,说:"夏尔娜,你这二十几岁的姑娘,心机怎么这么深?当初那环境,把气氛搞得那么闹腾,我都蒙圈了。哎我算看出来了,你是把我们当猴耍是吧……这片子我最多要三分之一,那还是给你面子了。"夏尔娜大气不敢喘,强稳住神,说:"姐呀,您误会了吧。您再容我想想。要不,再专门为您量身定制一套方案?我建议您跟您女儿一起来,直到您满意为止……为答谢您这些年来对咱们的关照,一定给您最好的优惠呀。"对方只说:"反正今天我是过不去。"电话硬生生地被挂断了。

　　这是最闲的一天,所有预约客户就像是约好了似的,全打电话来更改拍摄时间。改时间没问题,但进故宫拍摄要提前十天预约,这一更改,拍摄时间至少得顺延十天。

　　夏尔娜把化妆师叫来,并不提刚才老客户反映的情况。她一向信任化妆师的专业能力,不会轻易责问她们。化妆师一进来就说:"老大,你看自己的小红书了没,一堆评论呢,差评不少。""嘁,无非就说我胖,以丑为美,不要脸爱招摇。再就是,你不是'还珠格格',是'还猪格格'。"夏尔娜学了下猪哼哼,自嘲一笑。年轻的化妆师也乐了,说:"是呀,你是不怕子弹打成筛子的人。""一枪毙命,再多一枪,毫无意义嘛。"化妆师笑道:"你说你是死猪不怕开水烫不就得了?人家说你呀,猪一样懒,多久没更新啦?粉丝都走掉不少啦。""我现在还有多少万?""快不到一万了。这数字要是被饿了么的老总看了,他还会把你的头像挂上去,做活动宣传吗?还有那家大宅门餐馆,还能请你……""呀,那是周几来着?去大宅门拍片子,呀,我都忘了个干净。"夏尔娜慌忙叫来她的助理,同时也是客服团队的头儿,秦格格。秦格格说:"后天哪,我的神,你还没老就健忘啦?"夏尔娜心想,生意清淡,搞得我六神无主呀!

夏尔娜定定神,桃夭小仙撮出一根小火苗,香烟袅袅。夏尔娜仿佛看到格子窗外,雨雾弥漫,苍翠风动。她走到窗边眺望,桃夭小仙正撮出一团小火苗,投进情绪光波带里,小光团激越弹跳,像五线谱上的音符,不久引爆开来,像一堆白花花的奶油爆米花。桃夭小仙开心地将"爆米花"抛向天空,天空里闪着碎钻般的光泽。夏尔娜思绪飞扬,屏气凝神地注视。灰蓝墨绿相间,珍珠白的云朵晕化开。她心声在击缶,天外传来吟唱:须"养粉"……快更新……立马"回宫"拍样片。

夏尔娜一声令下,紧锣密鼓地布置下去——什么妆容,什么发式,什么衣服裙裳,搭什么色调,做什么风格,要什么佩饰,带什么小道具……方案大体定下,细节是在化妆、梳头的过程中,慢慢磨合,随即调适,最终敲定。几个年龄相仿的年轻女人凑到一起,各司其职,一幅奇妙景象如牡丹花绽放的慢镜头,在桃夭小仙眼里,一层层打开。

头饰上,以银丝为骨,罩上纱或黑绒,插绒花或点翠兼蓝色羽毛。身上"压襟",衣服上锦绣团花,胸前佩戴银锁流苏。化妆师冲上前来,定下眉形,扑上"塑颜流光蜜粉"。裙纱飘飞或缠绕。同事们两手拿着多种配饰、服装。光线从她们身影上穿透,进一步游移拉丝,将空间拉出来了层次。奇妙之境,惹得桃夭小仙开心旋转。她也变成小火苗,跳来跳去。她还时不时成了烟花,在数个维度空间里穿梭,变化数朵小烟花,腾舞嬉戏。

夏尔娜跟服装师说:"我设计的新服装,去年就定制了,还没来吗? 这都七八个月了吧,得催催了。""就是那套上身为云卷舒的清宫吉服褂,下身是鸾缕芳泽的汉代裙?你要求太高啦,人家那边赶工都赶不过来。绣工都是顶好的,高手你也知道啦,本事大,脾气也小不了……""拍照嘛,质感最重要……""所以呀,绣工活儿不能催。""不行呀,得催。过几天天气好了,穿上它拍一套。""是呀,我也期待。会不会有人喷咱们乱穿,没文化?"夏尔娜说:"我们理念是新古典,又不是演戏。我们是引领时尚,古装是为我所用的元素,想怎么搭就怎么搭,搭出和谐、惊艳就好了。""你还想跟那个国际奢侈品包包一起拍吧,咱们代言拿下来了吗?"夏尔娜叹口气,说:"没哪。疫情期间,一切都沟通不畅。"

午后"进宫",夏尔娜迎着春寒料峭的风。那一身甘草黄常服,再加一件钴蓝百蝶披风,雨凝成雪片,纷纷而下,夏尔娜如企鹅般缓缓旋转。文太子稍稍活动了一下僵硬发红的手腕,便举起"大炮筒"对准夏尔娜,"咔嚓咔嚓"拍个不停。在镜头里,一片银装素裹,银灰配色基调,打上偏青白的光,钴蓝色装束的夏尔娜,大圆盘脸冻成果冻色,娇俏可人。文太子一边拍,一边不停地大赞夏尔娜。桃夭小仙闭上双眼,深呼吸,打了个激灵。透过飞扬的春雪,似那春光明媚和煦、百花争艳的风光,触手可及了。

两天后,他们在大宅门餐馆拍摄,就不是那么愉快。

夏尔娜对文太子的镜头产生怀疑,两个人之间的气氛紧张起来,甚至有了火药味。这让周围一群助手也紧张兮兮的。

文太子向来随意,在随意中找感觉,最终让灵感自然而然地迸发。夏尔娜则要事先定好基调,做出方案。到了现场会有所调整,但心里的预设基本不变,按部就班地来。

大宅门餐馆,是京城老字号的高档餐馆,藏在二环中轴线两旁的胡同里,庭院式的结构,灰墙雕楼。夏尔娜开始也跟其他员工一样,一进这院儿就兴奋得不得了,毕竟是难得一见的民间大宅院。大宅门餐馆的理念,来自北京大宅门文化。清代至民国年间,北京的大宅门,指的是大户人家,非富即贵,红顶子商人,家里由管家打理事务。大宅门餐馆就是管家制:管家要给主人制定一日三餐的饮食。请客在家里办,由管家来操持。请什么客,用什么规格,采买什么食材,做什么菜品,里头的门道讲究得很。夏尔娜头回跟这么"高大上"的餐馆合作,心里的在意,可想而知了。她为大宅门餐馆拍摄这套宣传片,做了好多套方案,精挑细选了最满意的一套。

夏尔娜惯常的拍摄,总给自己设定一个角色。这回,她是一位清代盛世的食客,即便不是贵族格格,那也应该是富裕之家的千金小姐。她跟文太子一起商定了"肉桂粉"的基础色调。这种色调与织金小花头饰、雀蓝吉服极为相配。偶尔也会摆弄一下小道具,如花锦城小扇什么的,做出闲淡雅趣之态。夏尔娜一眼看中肉桂粉高灰度配色,抹去了灰墙色调的普通,尽显贵气,还有年代感,符合老字号的品位。再就是这样的色调,使得夏尔娜有种巧克力色的妆容。尽管她体态丰满,脸庞又圆又大,但立体起来,就很有型了。

在现场,夏尔娜一刻也不停歇。拍完一组,她就要走到文太子的照相机前,回看拍的片子。她还总是摇头、皱眉,感觉不对劲。这样的反应,让文太子很窝火。

夏尔娜一味地跟文太子提意见:"看看这角度,是不是太偏了?咱在这个角度试试吧。"文太子不以为意,冷冷地说:"已经是最佳角度了,不然没法拍全景,也显不出栏杆的弧度。""那这个呢,把我拍得太胖,还没神采。""那是你的问题。"

一道镇店大菜上了桌,夏尔娜这才恍然大悟。"给餐馆拍片子,菜品是主角,咱们人都是陪衬。配得好是绝配,配不好就是喧宾夺主。"她自己早说过的。

夏尔娜拍了一组赏菜、搛菜、品菜的不同神情举止的照片。刚拍完一组,她又急急起身,去看文太子的相机。桃夭小仙看到夏尔娜周身一串的青绿光团刺溜蹦跶。桃夭小仙也不急着吃,拿在手里玩。这青绿光团像大珍珠奶茶里的"黑珍珠",又Q弹又有韧性。她尝了一小口,忙不迭吐出。瞬间口腔里爆出一堆小气泡。桃夭小仙花样滑冰一般旋转,转到自己也变成了一股气泡。

夏尔娜剑眉一拧,脸也憋红了。她再也顾不上文太子的面子了,埋怨道:"别的先放一边,这菜,这么好看又讲究的菜,你拍成这样?!"文太子没好气地说:"我不擅长拍食物,只擅长拍人物,这你知道的。要拍食物,叫小曹拍去。"小曹是文太子的徒弟,正在一旁打光。小曹忙上前一步,说:"夏总,拍诱人的食物要白地,柔光,配淡青奶白色光。这种肉桂粉灰调拍人好看,人景也相合,相当有历史感。食物要有历史感,那就麻烦了呀。食物要有新鲜感,嫩色调,与肉桂粉色调截然相反。拍食物忌灰色,也忌过于艳,艳了会让人怀疑假作料多,不敢吃的。嘿嘿。"小曹笑了笑,想缓解一下气氛,但好像未达成所愿。夏尔娜依然板着一副面孔,现场气氛十分凝重。

夏尔娜问这里的店长:"样片效果您怎么看?"店长是个中年男人,持重里透着精明。他歪头看相机屏幕,看了半天,才说:"还行吧。"夏尔娜进一步问:"还成吗?"店长看这丫头行事说话做派都比她的实际年龄老到许多。他笑笑,说:"是感觉差点意思。不过,环境与人物搭得挺美,看上去有故事,这倒符合我们百年老店的风貌。当初咱们谈的也是这个,突显大宅门文化和历史背景。从这个角度上看,你们表现得还是挺不错的。"

夏尔娜点点头,跟店长说:"这个方案原本就是重于人物和故事的,我觉得拍摄角度还需要调整,我得再跟摄影师进一步沟通。今天一天的时间,真是不够啊。我想多拍些有角色感的片子,加些人物。比如管家这个角色。我们的民国时装也不错,我可以穿旗袍,管家穿长马褂。大宅门的少奶奶和管家,这两个角色可以有一些互动拍摄。店长您也可以扮个角色,比如穿西装,扮民国时期的'海归'。色系另设一套,作为备选。我不会另加钱,您放心。"店长欣然点头,觉得这姑娘挺敬业。店长说:"也得亏疫情期间客人真的不多,你们随时都可以来拍摄。"夏尔娜语调变得欢快起来,说:"疫情总会过去,你们的生意不久就又会红火起来啦。"店长美滋滋地笑了。同样的话,从夏尔娜嘴里说出来,格外中听。也不知这丫头施了什么魔法。

回"宫墙里"照相馆的路上,夏尔娜和文太子都不说话。直到文太子要进他的工作室了,夏尔娜才交代,让他赶紧制作。文太子不情不愿地说:"干吗急呢,你又不满意。下回你叫小曹拍去,我就不去了。"夏尔娜惊愣了半天,内心咆哮起来:他真反了天啦!

文太子就是她的"御用"摄影师,这早已视为天经地义,永不更改的事实了。现在可好,看看文太子这漫不经心的样儿,轻飘飘一句话,就把这千金一诺一笔勾销了哇!夏尔娜气不打一处来,吼道:"你,你可别想偷懒。你忘了我当初说的话了?"夏尔娜喘着粗气,继续说:"你是'宫墙里'的首席摄影师,带领整个摄影团队的中层干部;你还是跟我一起完成作品的合作者,我生活中的另一半。这三个职位合而为一,缺一不可。否则,这三个职位,你可就都甭想干了。"夏尔娜将最后一句话,翻八度上去,高声大气,着重强调。

她顿了顿,强压怒火,尽快让理智回归。终于慢下来,柔声说:"这些徒弟和助手,是白带的吗?发挥他们的长项,不是你这个当领导该做的?……哎,小领导也干了这么久了,还不会呀!"夏尔娜凑近文太子,噘起嘴,娇嗔地悄悄说:"哎,我们现在跟很多餐馆、面包坊、网红店还有网络平台都有合作了。咱们'宫墙里'的业务越做越大。可是,像大宅门这样的大餐馆到底是头一家。我是紧张了,压力也很大,对你苛刻些。我的态度是生硬了,这个我向你道歉,行不?"夏尔娜拉着文太子的一只胳膊,轻轻地摇,眼眶都红了,撒娇地说:"你是最懂我的,还跟我置气?我急我闹,你不该担待些?"夏尔娜眼里一颗晶莹的泪珠落了下来。文太子的心,一下子就软了。

夏尔娜趴在文太子瘦削的肩头,咬耳朵说:"以我们的新古典美学观念注入各行各业,达成双赢。大宅门餐馆是大大提升我们的好机会。咱们一定要牢牢抓住,对吧?"

两个人定定地看着对方,夏尔娜情不自禁地吻了下文太子的唇。文太子表现淡定,或许他正在思考。他同意地点点头。"好好干哟,加油!"夏尔娜掏出一颗巧克力递给文太子,给他补充能量。

正睡得香甜,一个声音,如火车头呼啸而至:三月八号,三月八号了!

夏尔娜被这不管是来自梦里还是内心的声音,惊醒了。

唉,女人啊女人,总是被针尖大点的事打扰,像一把小锤子,砸在某根神经末梢上,于是就引起了浑身的"核裂变"。夏尔娜原本和往常一样,四仰八叉,呼呼大睡。突然间意识到三月八号这个特殊日子来临,她就变成了一只闹钟,自动鸣响了。她一下子睁开眼,胸口起伏很大,好像刚从噩梦中惊醒。

"老公,我饿了。咱吃汉堡行不?再订盒炸鸡翅……"她很想喝可乐,干脆把早餐奶换成可乐吧。今天生日呢,任性一回。她最爱可乐了,恨不得把自己泡在可乐里。当然,真那么做可就太奢侈浪费了。她又喊:"老公——"她察觉自己的身子占了床的大部分。她摸索床的另一小半,是空的、凉的。她彻底清醒了。她仔细听,周遭静得叫她起了一层鸡皮疙瘩。

她受到影响,也悄悄起床,默默走出卧室。她看到开放式餐厅里挂着的一面黑板,上边有文太子的留言:今天赶工,先走了。你自己吃早饭,早点去上班。一个老板,要做好考勤的榜样,而不是利用权力睡懒觉。

夏尔娜的心声,奏响《悲怆》交响乐。生日呢!这就是给我的庆生词儿?哼,他要去工作噢,你可不许偷懒噢……你还好不懂事地想要礼物?啊呸……夏尔娜小嘴一抿,鼻头一皱,摇摇头,心想:我幼稚啦!

一到"宫墙里",夏尔娜的助理秦格格,端上一杯奶茶。夏尔娜吸着奶茶,渐渐打起了精神,心情也好了不少。

秦格格说:"找碴儿的老客户,今儿一早打来电话。看来她挺认同你的方案,改日过来。这种人啊,得了便宜还卖乖。今天没客人过来拍照,优惠享用到月底,她们不急了。"夏尔娜点点头,说:"现在大家都不容易。前几年,白领、金领、灰领,一年花一两万拍一套心仪的照片也不算个事儿。现在大家都收紧银根了,很多人的工作都不保呢,哪儿还敢乱花钱。这一两万块钱,可就变得值钱啰。其实拍照最没用,尤其还是古装。不能做简历,也不能做宣传照,更不可能以此来升职加薪。所以有些老客户,恐怕还后悔自己当初乱花钱了,拍了一堆没用的。"

"哟,夏总,你怎么还自己贬低起自己来了!"夏尔娜坦然一笑,说:"不是贬低自己,我必须明白消费者的真实想法,才能想好对策呀。对于个人消费我们要降价,增加服务项目,给她们更多福利,让她们觉得在这里拍照超值。我们同时也在跟企业合作,会更深入开发其他经营项目。如今,咱们做了故宫攻略、北京古装拍照打卡地一览;将来咱们还要在元宇宙里,穿越各朝各代,做导游呢。"夏尔娜说到这儿,感觉自己也通透了,自顾自乐开怀,说:"不说不知道呀,这么说起来,我还真有两把金刷子呢,对不?"秦格格佩服地说:"哎呀呀,学到了。"

服装师走过来,说:"夏总,咱们定制的那套服装到了。我就催了一次,没承想呀,果然有效。今天是好日子,你试试?""哟,那当然得试。"夏尔娜蹦了起来。

上身云卷舒清宫吉服褂,下身鸾缕芳泽汉代裙,穿在夏尔娜身上真有范儿。夏尔娜幸福得头晕晕的,人飘飘然。极合身呢,大气华美,不愧为值得等待的佳品。夏尔娜叫人去找文太子,商议拍样片搭的色系。文太子却不在。夏尔娜拿了一朵北京绒花,插在简易的发髻上。

折腾了三个小时的妆容和发式,按夏尔娜的意图:趋简洁而现代。在华服中显出一张素净而干练的脸,眉宇间英姿勃发。一切完美。

文太子直接到故宫午门口跟夏尔娜他们会合。夏尔娜瞥见文太子,他似乎走了神,不看她,脸上却飞出一丝笑意。桃夭小仙闻到一股臭豆腐味,咬下一口那情绪果,又辣又呛中一股咸汁儿流出。桃夭小仙琢磨着,这是什么情绪?失落?绝望?伤心?猜忌?大概都有吧。我可怜的小主呀,你的心思还真复杂。桃夭小仙定定神,运运气,念经似的:"不动气,不伤神,没多大点事儿。"文太子倒一脸茫然,问夏尔娜:"盯我干吗呢?你想在这儿拍?""对。"夏尔娜缓缓走到廊前坐下,跷起二郎腿,一副酷酷的神情。

文太子上下打量她,说:"还缺点什么。""缺啥?"夏尔娜冷冷地问。文太子从他的大背包里掏出一款新包,挂在夏尔娜的手腕上。夏尔娜眼前一亮,这不正是她谈合作谈了很久的某国际奢侈品牌的包包吗?她不敢相信地问:"这包……你拿下了?真的?你怎么拿下那家公司的呀?"文太子拿出合同来,给夏尔娜看,说:"同意咱们拍作品,登在《尚装》杂志上,网络攻势就不用说了,合同上都写着。照片上会标咱们'宫墙里'的名头。"

"哇,这么大的事,你怎么一点儿都不透露啊!"文太子得意地说:"想给你个惊喜呗。我跟那家公司大中华区的老总,提了你的理念和设计,他当场就拍板,跟我签了合同。他还把这件刚到国内市场上线的新款包给我,叫我拿来拍。"夏尔娜开心又奉承地说:"想不到你还是干大事的人哪。"文太子故作谦虚地说:"就是个有力的执行者。"两个人互相欣赏地对了会儿眼,有力地击了掌。

在打车回家时,文太子递给夏尔娜一个小荷包。文太子说:"你过生日了,我也送你这个吧。"夏尔娜狐疑地打开荷包,里面有十几颗酒心巧克力。夏尔娜不解地看着文太子。文太子说："还记得当初咱俩刚认识的时候吗?你送我的就是一颗酒心巧克力。可我对酒精过敏的呀。哎,你这大大咧咧的人哪,等我老了,可不敢把命交给你。"夏尔娜"咯咯咯"笑了起来。夏尔娜又想起了什么,说:"嘿,你把我给的酒心巧克力都存着?会不会过期呀?""你第一次送我的那颗,在我口袋里化掉了。你知道那衣服有多难洗?这是近两个月留下的,没过期。""你这不是给礼物吧?你是埋汰我呀。"两个人又笑起来。夏尔娜说:"得,明白啦,经济上要对你宽松点,还要多关心下你。我争取做个细心人。"

一股玫瑰浓香袭来,带着乳酪味的小花团,口感又回到了慕斯味。桃夭小仙吃夏尔娜的情绪果吃到撑。真腻呀!到窗边喝喝凉风吧,有微微茶香。桃夭小仙优雅地坐在窗台上,扭头看不远处的大床,这对小夫妻正甜甜相拥。

夏尔娜有所悟,对文太子说:"谢谢你哟老公,让我知道什么是贵重。""嗯?""你的贵重之处,我不知不觉就忽略掉了。现在我知道了……可不能小瞧了你。""那是因为我也疲惫呀。现在就让你重视起我来。""哎呀你干吗?我不是那意思。我是说,你今天那合同,足见你的能力,是最贵重的礼物。来而不往非礼也,我也送你一份礼物吧。""送我什么呢?""我呀,够贵重吧?"文太子如燕子般飞扑上来,抱紧夏尔娜,说:"贵我不知道,重是相当重的。"夏尔娜粲然笑着,浑身直颤,说:"坏。"

夏尔娜无意间瞥到窗台,好像看见了一只带五彩光的蜻蜓。

【作者简介】左雯姬,2005年开始发表中、短篇小说。2018年长篇小说《职场深处》入选北京市优秀长篇小说项目。发表中篇小说《后视镜》《难将息》《次危机》等,短篇小说《海上生晓日》《赵师傅的静好时光》《风里无风》《失踪》等。短篇小说《声声慢》获2013年"中国当代小说奖"。

万普兄捡漏儿

陈 九

雨还在下。我和万普兄刚跑到门口，古董店的女店主正在挂“暂停营业”的牌子，玻璃门上的雨水勾勒出她美丽的模样，非常突然，嘭地让我措手不及，不知怎么往下接！

这这……

1

万普兄除了当作家还喜欢收藏，三十年前认识他就与此相关。山东作家二鹏那天问我，胖子，知道万普吗？知道啊。好嘛，你俩一路，都喜欢老物件，得给你们攒个局。不久“上河文学奖”在河南开封开盘，二鹏领我到“汴阳春”酒楼去见万普兄。传说汴阳春这座二层木楼是宋代建筑，牌匾瘦金体不说，雕窗珠帘夕阳垂柳，就差李师师了，潘金莲也行。万普兄面对墙上那幅坚称“康有为真迹”的字端详有加，我从旁贡献一句：“落款有诈。”他“哎呀”转身，从此成为好友。

这次他来波士顿看女儿。他这个女儿不得了，是麻省理工学院物理系的博士生。万普说她专攻量子通信。胖子我跟你讲噻，我女儿不学则已一学惊人，将来要领诺贝尔奖噻。我说，好好好，咱这样普兄，你来纽约我家小住几日，我带你到长岛的小古董店转转，没准儿捡到漏儿呢？本来他还坚持，让我给他找个小旅馆，一提捡漏儿改口了,要得胖子,好耍噻,顺便打听一下哈,长岛有"爱丝丽"这个地方吗? 爱丝丽,有英文吗? 不晓得噻,随便问问。

是这样,纽约长岛散落着不少家庭式古董店,小小的门脸儿,几可旋狗的空间,多为一名女性把守,营业时间也比较随意。所售之物杂乱无章,并无琉璃厂式的分类,一得阁文房四宝,荣宝斋名人字画,没这个,完全随机式,或与家世相关,维多利亚时代的樱桃木椅,无敌舰队的炮塔螺栓,西部淘金的一只瓷碗,南北战争的半封家书,很有点儿含金量。小古董店可说是长岛人生活方式的瑰宝,折射出对其传统的敬畏和文明的坚守。纽约长岛居民不认为自己是纽约人,坚称他们是新英格兰人。新英格兰地区是美国文明的灵魂,包括东北部六个州,缅因州、新罕什尔州、佛蒙特州、马萨诸塞州、罗得岛州、康涅狄格州,不包括纽约州。当年英国清教徒为躲避宗教迫害来到这里,并在后来的废奴运动中扮演重要角色。这里成为美国文学和哲学的发祥地,也是北美最早体现出工业革命成果的地区。历史在哪儿文物就在哪儿,死规矩,就像陕西、山西没法搞大规模房地产开发,一刨就有货。

那天一听万普兄到波士顿了,我就琢磨带他见识见识这些小古董店。虽说他英文一般,收藏经验又国货居多,玩玩呗,就当开开眼乐和乐和。搞收藏可不就这样,到处踅摸,前些天我收了个油灯,在玛莎葡萄园岛一家意大利餐馆。玛莎葡萄园岛知道吧?哎对,就是小肯尼迪飞机失事的地方。点菜时我一歪头,余光就看到墙角这盏灯了,全是灰呀,八百年没人动过,这就是包浆,也有叫皮子的。我借上洗手间走近一看,掂掂分量,心里有了八成把握。我让服务员把领班请来。这事不能叫老板,就得找领班,没太多切身利益,一抖机灵就卖你了。你是领班?是的。你这身行头太帅了耶,我是男生都动心。谢谢,有什么能帮到您?瞅见那盏油灯了吗? 哦,是以前店主留下的,一直放在那儿。二十美金匀我得了,我拿回家布置画室,我是画家。您是画家呀,那拿走吧。好么,到家我一瞧,底部刻着"土伦,1793"几个字,知道拿破仑的"土伦之役"吗? 不说了不说了。

所以我早早物色了几家比较喜欢的店面,安排好路线等万普兄来。长岛的地形像条黄花鱼,嘴巴朝西尾巴向东,东西横陈在纽约外海。其西北部是最早开发的社区,很多名人旧居,比如"了不起的盖茨比",他老宅就在这里。还有当年财政部长孔祥熙的二闺女,号称"孔二爷",她宅子也在此地。我多句嘴,纽约从来没离咱中国远过,过去现在都一样。这样的社区颇具潜力,"老钱"散尽,祖辈荣耀随风消逝,后人慢慢把先人留下的细软往外倒腾,东一榔头西一棒子,撑起今天的收藏市场。当然肯定鱼龙混杂真假难辨，收藏这个行当赌性很大，是最古老也是最考验人性的选项，包括我和万普兄，既占过便宜也吃过亏。之所以没赚大钱没出大名，归根结底还是狠不下去，没法儿跟人家洗白成势的比。

这次我先选三家店，都是经常去的。一家在杰斐逊港，当年我跟老史船长出海捕龙虾，收货的鱼店就在它隔壁。另一家在史密斯镇，这家不能算家庭店了，原本家庭店，越做越大，居然在旧址上盖了一片门面房，成专业的了，东西多品种全，值得一看。还有一家在北港，长岛也有个北港。我是这么琢磨的，先奔杰斐逊港最远那家，由远至近往回兜，这样不耽误事，不会走着走着累了不去了，错过捡漏儿的大好时机。当然还得看万普兄的意思，虽说客随主便，其实都主随客便，中国人好面子，专爱正话反说。

结果怎么样，被我猜中了吧，昨天刚把万普兄接到家他就猴急，非要拉我逛店。我说你先休息休息。我给他安排在楼下客房，独立房间独立卫生间，宽大舒适注重隐私，方便讲电话。我对他说，咱先踏实踏实不行吗？要啥子踏实嗫，收藏永远在路上，尽快去，多看几家嗫。尽快去？尽快去嗫。风雨无阻？风雨无阻嗫。对了普兄，你说的"爱丝丽"英文找到了吗？还没有，这个不打紧嗫。

2

既然万普兄心这么诚咱不能含糊。没承想昨晚那句"风雨无阻"还真一语成谶，今天一起床就开始下雨，淅淅沥沥时缓时急，看来一时停不了。纽约天气就这样，跟北京同为北纬四十度，意思可差不少。咱北京六七月下雨，雷阵雨居多，来得急去得快，我们下乡那儿最怕这个，麦子正熟，下雨收不了麦子，被雨水沤在地里一发霉全毁了，我真见过农民大爷守在田头哇哇哭啊，撕心裂肺，那时才懂得他们的命运。纽约不这样，纽约是入秋下雨，就像现在，说来就来没完没了，拖个三五天常事。有人说纽约靠海属海洋性气候，其实不然。我问过专业人士，人家说马尔代夫呀，所罗门群岛啊，海洋上的才是海洋性气候，挨着主流大陆的不算，天津还靠海呢，也海洋性气候？哪场沙尘暴少得了她？

此刻早饭吃了咖啡也喝了，万普兄不喝咖啡，说汤药味，专给他熬的粥买了涪陵榨菜，我家附近两间华人超市，要啥有啥。万普兄看看雨看看我，表情有点儿复杂，胖子你是半仙吗？怎么说？你讲落雨就落雨，那么准嗫？倒也不是普兄，毕竟二三十年了,我不担心下雨,我是怕人家不开门! 对哈,本来就家庭式,落雨不开门很正常嚒,不过胖子你啥子意思嘛?没什么意思,管他开不开门,什么叫风雨无阻啊,走起! 一听"走起",万普兄喜笑颜开,要的嚒,最近重庆扑灭山火,云南的消防队员,北碚的摩托骑士,看得人热血沸腾,重庆雄起,胖子你雄起嚒! 哎哟普兄,我雄什么起呀,能雄着就不错,起不起另说,另说。

可话说回来,这趟单程少说五十英里,合八十公里,长岛就一条"495号高速",由西到东永远堵车,再赶上下雨,怎么也得一个半小时。不过有万普兄在不怕寂寞,他爱摆龙门阵,一路不停。胖子你是说,咱们先杀到杰斐逊。杰斐逊港。杰斐逊港杰斐逊港,我对你讲胖子,我见过作家李昂,她不姓李姓施,那年我去台湾领《联合报》文学奖见过她,绝对美女作家嚒。万普兄这个"杀"字颇具喜感,幸亏没在美国首都华盛顿说先杀到白宫再杀向国会,否则非闹笑话。我接他的话题,牛啊普兄,你到底得过多少奖,台湾的都不放过?唉。万普兄叹口气,文坛一辈子,哪个记得获过多少奖嚒,作家最欣慰的是对自己作品的满意,再多奖也代替不了。

说到这儿万普兄卡住了,他还想补充点儿什么,表情停在空中,被安静的雨水打在车窗上,沙沙作响。我连忙把话岔开,好么,得奖还得出伤感了普兄,真是站着说话不腰疼,人家想得还得不着呢,等等,咱这是到哪儿了,好像走错了吧?说着我把车拐进一条社区小路,我要给他一个惊喜,杰斐逊港已在脚下,开往新英格兰的渡轮即将呈现眼前,听到汽笛悠鸣了吗? 呜呜呜……

马上就到。

马上就到?

可没等万普兄的兴奋充分展开,比如说,手舞足蹈的手足尚未启动,就被我一声"哎呀"搅得凌乱。当车子驶进临街一个小停车场,雨意依然,我发现那家古董店的灯竟是黑的,丝毫没有"涛声依旧"的人气。真是怕什么来什么,我满腹狐疑走过去,橱窗上的雨水闪过我,还有身后万普兄迷惑的眼神。店门紧锁,东西很乱全无人迹,不像关门倒很像关店。我有些窘迫,难道又被言中了,这么老的店不至于吧? 我诧异地问隔壁鱼店,一个西语裔伙计用坎坷的英语说,已关个把月的干活,详细的,我的不知,我们店也很差,也快关门的干活。万普兄怂恿我,胖子你问问那些东西咋办嚒?对呀,屋里东西怎么处理呢?伙计正忙手上的活计,他在用一把长刀将金枪鱼切成一块块的,很像切年糕。只听他心不在焉地说,我的,不知,都是废铜烂铁的干活,要么垃圾车的伺候?

可惜了。

扒着橱窗我不禁感慨，听我说普兄，在这儿我淘过一片破碎的，号称诗人雪莱的手稿，真假另说，反正我视为圭臬，要赶上雪莱时代，岂能让他喝完大酒独自登上"唐璜"号，我一定陪着他。万普兄一竖大拇哥，胖子乃性情中人，不过话说回来，你也真是半仙噻，说下雨就下雨说关门就关门。一听这句我赶紧道歉，这怎么话说的普兄，真不是故意的，是巧，巧……合。话没说完，只见橱窗下面一把军用刺刀撩人眼目。这是什么普兄？刺刀，锈成这样好润的包浆噻。我是说上面的标牌，写的什么？说着我蹲下查看那些隐约的字母：普法战争，欧仁……欧仁什么，什么欧仁参加过普法战争？欧仁·凯文？欧仁·蓬波斯？我正喃喃自语，只听万普兄大叫一声，欧仁·鲍狄埃！他参加过普法战争！你是说，巴黎沦陷后他逃到美国？是噻。在这里完成了《国际歌》的创作？对噻。我的天哪！

当即我把电话留给鱼店伙计，外加一笔小费，听我说兄弟，有丝毫动静马上电我的干活，你懂的，必有后谢的伺候。同时我向万普兄保证，普兄放心，这件宝贝一定替兄拿下，我有这个把握。胖子不可！万普兄斩钉截铁拒绝了我。胖子啊，漫说还没搞到手，搞到手我也不要。收藏讲究机缘，是谁就是谁，顺天才是最佳境界，为啥子皇帝老儿发圣旨要"奉天承运"？对头，就这个意思噻。胖子你酷爱音乐，欧仁要活过来肯定更喜欢你，对头吧？我没说话，直觉让我点了点头。就是讲噻，不过胖子你放心，遇到我的东西我也不客气，你晓得噻。

我晓得吗？不管晓不晓得，人家够意思，咱得尽快找到下一家店让万普兄过把瘾，噻。好么，都给他带偏了。普兄接下来咱是……史密斯镇噻。得嘞，我让你睃睃专业大店是何等气派，潘家园比不了，绝对比它上档次。

言罢我一拨车头上了主路。从杰斐逊港到史密斯镇须经斯塔西镇和石溪镇，对了，石溪镇知道吧？著名的石溪大学坐落于此，杨振宁杨先生，哎对，他就是石溪大学物理系教授，他是卖掉这儿的房子回国定居的。我和万普兄一路神侃，气一顺多巴胺就分泌旺盛，分泌旺盛话就多。普兄我跟你讲，赶明再回来好好转转，长岛第一座灯塔就建在斯塔西镇海边上，第二次独立战争美国有海军了，正是在这片海域击沉了皇家海军的"威尔士亲王"号，彻底结束了殖民地时代，什么宣言啊宪章呀，不是我说普兄，没枪杆子全瞎掰，都说咱是枪杆子打出来的，美国同样是枪杆子打出来的，华盛顿先当总司令再做大总统不是吗？

聊得起劲。我人来疯地问万普兄，之前那个"爱丝丽"怎么回事，别是你相好的家吧?万普兄顿时表情尴尬,哪个讲的噻,只是个女粉丝噻。女粉丝?你太牛了普兄,咱别耽搁,一会儿我直接送你过去,完事再去接你,有英文地址吗?没有。真没有?真没有噻。我心说爱有没有,有地址送你过去,没地址早晚有人来接,人到北美还怕什么,只论性别不论岁数。刚想进一步向万普兄求教,我怎么就没女粉丝呢?急死我了!正心急火燎之际,突然,油表爆灯了。

车没油了!

车没油了?

这下崴了。我这辆雷克萨斯什么都好,就油泵不灵,亮灯就憋速,只要油表一亮灯加速就容易憋住,然后突然一蹿吓死人,好多同族都有类似问题。现在怎么办,离史密斯镇还要半小时,到那儿也未必有加油站,最现实的只能就近解决。此时雨意盎然,锵锵锵敲打车窗像京剧的小过门,让我不知该唱什么。抱歉普兄,本来路上要加油,一聊天忘了,不过别担心,这一带应该是普利斯镇或圣詹姆斯镇,都是三四线小镇,只要找到双黄线的路,就能发现商业密集地和加油站。

说着我把车驶离主路,沿一条双黄线摸索前行。雨天阴暗,街边依稀闪过商铺,有些灯饰开始明亮起来。教堂过去了,消防站过去了,接下来该是加油站,这是小镇三部曲,放之美国而皆准。此刻路上没什么车,我开得较慢,只听万普兄嘟囔了一句,刚才那家,是古董店吗?你说什么,古董店?万普兄略带歉意,不晓得噻,胖子你别介意噻。按说顶着爆灯压力,对"不晓得噻"无须多想,可一股热流涌上心头,毫无道理。我回头一看没车,立马将车子唰唰唰往回倒。胖子你不要命了?你小心噻,撞到了撞到了噻!直到路边一爿橱窗呈现眼前,上面的霓虹灯分明写着"珠宝,古董"。只见一白人女子伫立玻璃门内,我看见她她看见我,彼此迟疑了一下。普兄下车,快快!

雨还在下。我和万普兄刚跑到门口,古董店的女店主正在挂"暂停营业"的牌子,玻璃门上的雨水勾勒出她美丽的模样,非常突然,嗵地让我措手不及,不知怎么往下接!

这这……

3

万普兄意识到我的迟滞。他伸出五指在我眼前摇晃,看看是死是活。这个动作惹得另一侧女店主不禁莞尔。她一笑，我才重新醒来。万普兄捅捅我，你讲句话噻，进不进得去噻？对对对，我赶紧对女店主比画，你的，不是，我的，他是这么回事，我们就进去看看，遛一圈马上出来，不耽误您休息！隔着玻璃门她显然明白我的意思，但并未马上开门，她扭头向屋里望去。里面没人哪，瞅什么呢？接着才哗啦一下打开刚刚锁住的店门，对我们说，请进。银铃一样。

我很难将目光从女店主曼妙的身影上挪开，可进了门还是对如此袖珍的店面感到意外，怎么这么小？开头不是说"几可旋狗"吗？那是从香港作家朱子家的《春申花事》逴来的，此刻才知恰如其分。展室十五六平方米，一个马蹄形走道贯穿其中，四周和中间的架子上堆满跌跌撞撞的物品，老式的陈设，浓浓的包浆味道，这不像女人的原创，想必是老辈留下来的。我投其所好说，很抱歉打扰您，您的店简直太有品位了，完全是艺术品！女店主低眉颔首，礼貌地说了声谢谢。我看到她身后有扇略显单薄的内门，里面应该还有房间。她不时瞥向那扇门，仿佛暗示我们不要逗留太久，看来让我们进店是因为我说"遛一圈马上出来"，她信以为真了。但不管她怎么想，都不影响我对其风姿绰约的欣赏，她年近徐娘，却没有美国女人的丰满张扬，更像基因突变黄金分割，呈现出隐隐的东方余韵，庭芳兰蕙，吹花回雪，既有小家碧玉的矜持，亦有饮食男女的闷骚，你大爷的，我只有无语了我。

情不自禁，本想兜搭几句，只觉一阵似有若无的风声凭空掠过，连那扇内门都颤了一下，仿佛有人似的。我刚要以此开个玩笑，比如说，这唱的哪出啊，《西厢记》还是《柜中缘》？可女店主的神情并无承接之意，反露出几许进退失据的焦灼。这时万普兄侧过脸说，那我就不客气了胖子，你晓得噻？我缓过神答道，没问题普兄，尽着你，剩下是我的还不行？我这样说一是讲规矩，上次我优先这次万普兄优先，何况店面还是人家发现的。二是心中有数，这么老的店在这么不起眼的地段，店龄减去人流就是机会，还怕万普兄抄家不成？正说着，只见万普兄一个眼色指向墙角那个架子，我随他一看，心里咯噔一下。

"南京"号！

架子上斜放一只六寸青花瓷盘，只有灰尘没有标价。先说一句，青花瓷约分三种：一是官窑瓷，比如宣德炉，这种精品凤毛麟角，不适合草民买家。二是民窑瓷，数量较多质地偏差，价值也有限。还有一种介于二者之间，即专营出口包销的地方"国营"窑厂。早在康乾年间，东印度公司就从广东订购日用陶瓷。他们提供品种规格,由当地政府的签约窑厂生产,号称"景德镇",很多则是惠州生产的"广州瓷"。1986年英国人麦克·哈彻盗捞"南京"号,一艘三百年前沉没于中国领海的荷兰商船,上面载有近百万件青花瓷器。可麦克哈彻暴殄天物,为保值增值,他将其中少部分交佳士得公司拍卖,其余大部分就地砸毁。眼前这只瓷盘就很像"南京"号上的物件。我与万普兄相视以目,双釉青花?青花酱釉噻。是它吗?是噻。

双釉青花或青花酱釉是广州瓷一大特色。一般青花瓷仅青白两色。但惠州瓷厂根据当地黏土特性,因地制宜开创出双釉青花,即物品正面是青白两色,背后则酱色重釉,十分独特,"南京"号多为此种产品。此外佳士得公司为防伪需要,专为"南京"号特制一款圆形图标,指甲盖大小,该图标此刻也清晰呈现在这只瓷盘上。

现在轮到万普兄焦灼了。他小声说,继续泡她胖子,跟她拖时间噻。说话时他将后背紧贴着内门,没等我接茬儿他又补上一句,泡可以,别太骚噻,小心有人出来找麻烦噻。万普兄这话说得有点儿颠三倒四,或许心情太紧张了。我当然明白他的意思,志在必得,想营造和谐人文气氛,划价才好说话。不过女店主刚才的神态让我沮丧,有踩空之感。不如这样,我不见过些古董店老板吗,干脆班荆道故套套近乎,总不至于惹麻烦吧?正欲发力,只听刚才那股风声似有若无又响了一下。万普兄猛回头瞪大眼睛,好像真有谁会冲出来,我也不禁暗自一惊。

也就在这时,女店主终于憋不住说道,抱歉先生,让你们进来可能是我理解有误,我必须关门了,你们看上什么了吗?她声调抬高,唯恐我听不清,让我一下想起《甄嬛传》的名句"臣妾做不到啊"。望着她逐客的眼神我好失望,迷人的脸庞顷刻遥远,我最怕被美女拒之千里,沉溺的感觉,可情急之下万般无奈,连缓颊的机会都没有。我顾不上问万普兄,顺手拿起一件标价七十美元的铜雕和这只青花瓷盘。铜雕我进门就注意到了,是法国雕刻家艾米尔·皮卡特的作品,表现莎士比亚悲剧《马克白斯》的一个情景,专为纪念该剧在白金汉宫首演而做,1982年国家美术馆举办的"法国艺术展"就有这件作品,我有印象,这个是限量复制版,所以不会很贵,用它暗示瓷盘价格再恰当不过了。我把这两件东西摆上台面,刚要开口,女店主就问,多少钱你给?

雨,还在下着。

据说透露捡漏儿的价格是行内大忌,即便有人谈论,大多也是胡吹,真相永远不会告诉你,因为这并不重要。唯有是与不是才是重点,其余的山不转水转,理应给江湖留点儿面子,就像坊间常言,别问哥,哥是传说。

　　回来路上我们没去史密斯镇和北港,万普兄非说天道忌盈不好再逛了,我只得一路往回开。开着开着感觉万普兄好像在轻盈跳跃,细看之下才发现是他浑身的肉在不停地晃动着,情不自禁。我开他玩笑,美得你普兄,今天算"奉天承运"了吧?万普兄没说话,接着却唱起来,"等呀么等情郎啊,来到大门外,一出门我就抓住了,情郎哥的……"我马上明白他的意思,普兄你牛,那这首是不是也适合她?"心上人,我在可可托海等你,他们说,你嫁到了伊犁……"

　　里面有人等她。

　　应该是小鲜肉噻。

　　为什么?

　　沉不住气噻。

4

　　没到一周万普兄还是被人接走了。临行时我把那件铜雕也送给他,说《马克白斯》是莎翁名剧,当然也是作家标配,请带上,我就不出去送你了。过了一会儿突然有人敲门,打开一看竟是万普兄。没等说话,他上来一把抱住我。

【作者简介】陈九,旅美作家。主要作品有小说集《纽约有个田翠莲》《挫指柔》《卡达菲魔箱》,散文集《域外随笔》《纽约第三只眼》《曼哈顿的中国大咖》《活着,就要热气腾腾》,以及诗集《漂泊有时很美》《偶然》等。作品曾获第十四届百花文学奖、第四届《长江文艺》完美文学奖及首届中山文学奖。

天黑请闭眼

梁　豪

　　他叫扈琛。一个极易令初次碰上的人舌根发软的名字。扈琛觉得自己和名字挺配,特立独行的结果不过是让人犹疑不决,进而退避三舍。

　　那就索性沉默。

　　现在,扈琛究竟喜欢什么?两个月前还好说。那时津姝还在。那时,一切都在往好的方向前进,或说扈琛觉得未来理应更好才对。不然呢?他经常冒出这三个字,别人的不知所措让他误以为是默认了他的看法——不然呢?

　　现在,那些转瞬即逝的抓拍反倒成了他仅有的把握十足的事。

　　相机参数早早调整到位。通常提前半小时踩点,稍微预判一下对方可能的路线。偶尔他会玩一把声东击西,支开那些妄图不劳而获的跟随者。无须中远景,甚至不劳考虑构图,他有强大的后期作支撑。没法料事如神,有时需要包抄,人太多还得上身体。扈琛个头不高,但协调性好,下盘比本人稳重,胸口以下都是实肉。何况跟他抢位的绝大部分是女生,至多穿插几位堪比女生的男生。他曾碰到过一个小女孩委屈巴巴地埋怨,相比谩骂,这更能唤起他的愧疚感。没办法,这时的他做不得君子,他必须让自己变得很丛林,或者说,很职业。别拿热爱挑战专业。疫情前就习惯戴口罩,同款的黑色毛线帽有两顶,轮流登场,龙头水抹一把脸,带齐装备就能出门。都已熟能生巧,除非碰上更强悍的外力。那些穿制服的,扈琛惹不起躲得起。

手要稳,连续快门,镜头确保不被遮挡。事成后,赶紧撤离决不恋战。这是他的地道战、麻雀战和破袭战。随后去往星巴克,坐到熟悉的座位,在角落位置,打开电脑,插上电源,迅速比对、挑选战利品。精修,分类打包,归入百度云,将信息发往各大群组。一口价,愿者上钩。通常一杯热拿铁没喝完,微信里就闹开了。查一查下趟出动的节点,如果时间充裕,他会选看一些感兴趣的节目。相比短视频,他更爱几档早年的业已停播的对话类节目,嘉宾们围绕一个现在看来已然过时又有些刺眼的议题侃侃而谈。总有一些东西得以突破时限,让扈琛暗暗大呼过瘾。逐渐认定两三位理想的嘉宾人选后,有他们的每期必看,甚至不止一遍。粉丝之于爱豆,应该就是这样的逻辑,程度不同罢了。如果获知某位嘉宾现身机场,他也会分外兴奋吧?纵然物是人非,嘉宾早已不是当年门庭若市的风云角色。扈琛觉得自己没准会凑上前,说出嘉宾曾在节目里发表的观点:"成功就是让自己的一切都过剩。"诸如此类,然后凭借这份突兀的熟悉赢取对方的好感,又或一并唏嘘。若是索要签名,扈琛就让对方签到自己的T恤上,他会把它裱起来,挂到书房的墙面,镜框的右下角是两人的合影,他们一起对着镜头微笑,或也不免俗地各自比出一个大拇指,如同给自己打气。

上班的时间和地点都不固定。有时在T2,有时在T3,时而在出发大厅,时而在抵达大厅,还有些时候,他必须刷关进安检。最初,扈琛都是按买来的明星信息逐个搜索行程,再编成表格,一目了然地给自己排班。口碑起来后,会有站姐、网站人员甚至明星工作室前来求购。倒不至于无可取代,但扈琛意识到自己正变得越发重要,账户余额不会撒谎。扈琛理解他们的人前一套背后一套,钱足够诚实、纯洁和牢靠就行,尽管扈琛觉得这也无所谓。尤其是在津姝离开以后。

蹲点前后,扈琛会就近选择一家星巴克。当前T3正常营业的计有五家,散布于航站楼各处,相比其他店面的闭门萧瑟,足以说明这个老字号咖啡品牌的深入人心。那位双马尾女海神始终从容含笑,脉脉注视着来自世界各地的金主。扈琛嫌她笑得还不够灿烂。一口,两口,三口,阿拉比卡豆释放的咖啡因在古老的东方肠胃落地生根,小解的时候,扈琛能从尿臊中闻见那股远道而来的芳香。植物拥有远比人顽强的气性与记忆。一口,两口,三口,人变得精神十足,不管是出于生理的刺激,还是拜整个仪式所赐。

在机场,咖啡店属于那些游走于时间空隙的人。航班延误、早到,暂且避开一同出差的上司或冤家,总之,人们必须抢在一个给定的时间前,让自己清醒起来,饱足起来,光鲜起来,放松起来,或紧张起来。好在他们都很擅长这个,他们行色匆匆地构成机场生态的有机部分。此外,不乏要在这个独特的秀场展示一番的人,多为女性,她们信步走到吧台,报出某个在手机程序里无从下单的"隐藏款",语速从容流畅,神色不卑不亢。

不管怎么看,扈琛都是异类。

在"啡快"下单,不出三分钟现身,算准咖啡师做出咖啡的时间要比手机通报提早一些。偶尔扈琛会加一块提拉米苏,这说明真有些饿了。他不是会馋的人,更不爱硬凑一些拼补的优惠。最近几趟,焦糖玛奇朵成了他的新欢,大杯少冰,两泵糖浆。那就需要再多等两分钟。夏令来了,他同样需要一点甜。

暗淡的铺面、因无人光顾而犯懒的自动人行道、广告牌、广告牌里人高马大神色漠然的西洋模特、自助饮水机和唱吧,通通显得悲壮和空茫。唯有阳光暴虐,零星的乘客纷纷远离阳面的玻璃幕墙,一排排皮质座椅被弃置于阳光中,同时给人温暖和落寞的感觉,过剩的热能激化为炫目的反光,闯去更远的地方。飞机缓缓滑出廊桥,两片机翼在蒸腾的热浪中微微上下颠簸。必须站在飞机边指示检修完毕可以起飞的工作人员,手势看着比以往更为躁动和急促。整个航站楼依然沉浸在制冷机兢兢业业置换出的冷气中,竭力维持某个令残存的大多数人满意的温度,让掉落在室内户外的日光变得暴躁而暗哑。

这回扈琛失算了,货架上没有他的东西。向咖啡师那边张望一眼,女孩的目光刚好跟他撞了个正着。扈琛赶紧将头撇开,目光挪到更远处。手机风平浪静,取单通知迟迟没有抵达。

"焦糖玛奇朵好了!"是那个女孩的声音。

"先生您点的是?"声音在向他逼近。

意外的关心既让他受宠若惊,也感到异常的难堪。

"阿飞的。"扈琛誓死不报出那些幼稚的取单口令。现在,讳莫如深的还有饮品的名称。

"'新的爱新的喧闹',对吗?"她的话很是不解风情。

他吃力地点点头。

女孩扑哧笑了,幅度明显超出岗位所需。她亲自递给他。

"你的手指冰冰的。"又是多出的一句话。

扈琛的脸瞬间滚烫。他很久没这样了。

"如果没猜错,刚才我是在你那儿下的单。Lisa的生图。"女咖啡师落落大方地盯紧他,"我是这个。"她等他看向她,再指了指自己的胸牌。

"海藻。"笑容晃晃悠悠浮现在扈琛热气腾腾的脸颊,"你就是海藻啊。"

"请慢用。"女孩的笑像偷笑的一种。她将吸管也交到他的手上。

不过是轻微的摇晃,手里的塑料杯内便迸发欢脱的呐喊。冰块挤挤挨挨,轻飘飘浮于水面,正无忧无虑地迎向搁浅和彻底的消融。

本科学校远在哈尔滨。扈琛想离家远一点,离所有熟悉的事物和人都远一点,最后发现,跟刚混熟的舍友也处不来。只要时间足够长,他能跟所有靠近的人都产生距离感,他有这等本事。他从大三开始就搬到了校外。房子坐落于校区对面的老社区,房东是位东北阿姨,这套小一居是闲置的旧房,阿姨母亲当年单位配发的。兴许是扈琛周全的礼貌和客套——与人交往之初,这也是他的能耐——赢走了这位哈尔滨房东太太的青睐。扈琛给阿姨下过一回厨,煲了一锅冬瓜薏米排骨汤,还有一碟酿鸡蛋,将肉馅像饺子一样裹在搅匀煎好的蛋皮里。阿姨头一回见识这道客家菜,自然赞不绝口。这一出兴师动众,扈琛无非想看看彼此能否建立哪怕一丁点的交情,好让她平日别太找他的麻烦。母亲让扈琛充分领教了中年妇女的厉害。此外,未来租金的趋势,最好能维持一条温情而笔直的横线,挪窝到底是件伤神事。

刚上桌,阿姨就开始打听扈琛的情况。家里的情形大致勾勒一番,绝不会丢扈琛脸面。阿姨紧接着聊起自家闺女。闺女是独生,人也在哈尔滨,重点大学,大三在读。"还没谈对象,哎呀,人老好了,就是眼光贼高。"阿姨的愁闷完全凝结在圆乎乎的脸盘上。她的情绪来去匆匆,风一吹就晴,再吹又多云有阵雨,几无过渡与掩饰。扈琛觉得这样家庭长大的孩子,应该不会太悲观。哪怕是单亲呢。

津姝。他喜欢女孩的名字,还有上好的学历。

之后的某个周末,三人在家里碰了头。这是扈琛第二次设宴。那回他做的是豉椒蒸排骨、咸鱼茄瓜煲,还有一道鸡肉硬菜,介于冬菇蒸鸡和小鸡炖蘑菇之间。军师在,不难获知女孩挑的哪门食。但扈琛最初心心念念的,还是房租问题。

扈琛一直感觉他对津姝的情感里夹杂着一丝恐惧,说不上为什么,哪怕在房租不再构成困扰以后,恐惧依然存在,甚至愈演愈烈。半个月牵手,一个月零三天就全垒打了,好在两人都觉得非常自然。自打这段感情不断从各个向度和进度得到确证,扈琛就死了心了,他愿意与恐惧相伴,毕竟天平的另一侧春光明媚,而且更具分量。他觉得爱本质是个孰轻孰重的问题,他得认清了。

对于津姝喜欢的菜品、口味和餐厅,扈琛了如指掌,且让这一切顺理成章地成为自己的喜好。只需她的一个眼神,然后摆好动作,变换造型,扈琛随时准备举起镜头,同时灵活切换脖子和手上的三个相机。从构图到修图,高级得一点也不"男友视角"。郭德纲常听常新之余,扈琛也试着欣赏津姝喜爱的青年相声演员,从黄牛那里抢票,陪同这位准"德云女孩"在那些并不好笑的桥段里纵声大笑。当然还有她迷恋的男团。她叫他们崽崽或弟弟而不是老公,这让他松了一口气,身为姐夫或父亲,扈琛有必要为自己的女人和孩子、小舅子做点什么。他唯一担心的是,她的情感耐力似乎并不持久,而且多情,今天是这档节目的某位选手,明天又是某个连续剧的当红炸子鸡。这就是她疏压的途径吧,没什么伤天害理的,扈琛理解。他要做的,是让彼此在这段绝对真实的两性关系里更投入一点。他可以先付出再求回报,没关系。

津姝去了北京,到互相属意的央企提前实习。扈琛陪她租好房,再追随进京。平日他在家备战研究生考试。尤其到了北京,他这样的文凭还得再跳一跳。首先面临的难题是,如何让自己从床上爬起,再从手机里逃开。

津姝进门时通常天已全暗,荫翳同样覆盖在她脸上。问怎么了,回说并没有,依然沉默寡言,静静地将外卖袋打开。扈琛懂她的那份别扭,因为莫名其妙又没有理由直接发作,只能找些毗邻的时间、场合和由头,比如他洗手后习惯性将手往裤腿两侧抹,吃饭时总吧唧嘴,还有上火时的口臭。扈琛决定跟她同时早起,他去附近一所大学找间没有排课的教室看书刷题。效率的确比家里高。等到差不多的时候,他就和她前后脚回家。

今年一定要考上。第三次了。又多两年。总该吧。扈琛缺的不是决心和毅力,决心如果有用,他早就是光鲜靓丽的另一个扈琛了,他欢喜、厌恶和恐惧的东西,都将与当前这个低配版截然不同。那么,应该就没津姝什么事了。所以她应该感谢现在的他,现在的扈琛有绝对的心神和时间奉献给她,热情不减地稀罕她,他真的不缺意志品质。想到这儿,扈琛无奈地笑了一声。教室里的一对情侣扭过头瞅了他一眼,再靠着脑袋窃窃私语,偷偷地笑。和津姝刚在一起的时候,他们也经常这样笑那些可笑的人和事。那年他们从成都跟团出发去九寨沟，途中稍事休息，上落点有卖煮玉米的小贩，标明十块钱三个。"只要一个怎么卖？"津姝问。"一个三块。"小贩答。最逗的是，当两人重新坐回大巴，眼见后头上车的一个阿姨手里拎着装了三根玉米的塑料袋。他们笑得前仰后合。

中学时代，扈琛的梦想是做一名电影导演。高中借着语文课布置的自由习作机会，他写下过不少自以为深刻的影评，从《苏州河》《阿飞正传》《风柜来的人》到《肖申克的救赎》和《西西里的美丽传说》。当年资源易找，学问在挑，扈琛感觉自己还蛮标新立异。姓郭的语文老师开明而宽厚，对此持开放态度，甚至当着同学们的面诵读扈琛的习作片段，对此扈琛心怀感激，尽管他觉得郭老师在对付应试教育上很有些捉襟见肘。那年高考，语文勉强及格。再往后的两年，语文依然是拖后腿的那一科——之一吧。"不拼不搏，高三白活。""努力造就实力，态度决定高度。""今朝灯火阑珊处，何忧无友；他年折桂古蟾宫，必定有君。"醒目拥挤的标语既无从让扈琛变得振奋，也不会望而生畏。为何不参加艺考，选报编导专业？身边没有这号人，大家都在"要成功先发疯"地苦读、刷题，没有机缘让扈琛在那个时期陡然出奇。母亲一句"影视圈水太深，你现实一点"，就能让他彻底死心。扈琛偶尔会拿母亲的这句话作为抱怨的理由，但根本的原因，他知道出在哪里。

是他自己认可这样一条路是一条完全正确的道路。不得不正确。只是对他而言有些磕磕绊绊。第一次察觉自己面前死路一条，竟然是在津姝跟他提出分手的时候。其他的都谈不上。分手无须两人的默契，这是它残忍的地方。入职刚满半年的津姝那天跟他说，她觉得他俩有必要分开一段时间看看。"东西都收拾好了，车子马上就到，你不用赶回来的。还有三个月的租期，你可以住下去。考试的事，你加油，尽力而为吧。"扈琛一句话也讲不出。

去年过年，津姝还跟他回了老家。一起南下的还有她母亲。大年初二，母女俩和扈琛一家三口特意去了一趟桂林阳朔，他们把彼此当亲家来处。阿姨对扈琛向来满意，她不在乎学历和金钱，疼人是第一位的，她有的是切身的教训。那次两家人碰面，无疑加深了阿姨对扈琛的喜爱。那时，扈琛一家还住在两百平米四房两厅的高层江景房，浩渺的江水从大阳台前徐徐拐过一道弯，不舍东流去，江对岸是尚未开发的山岭，一年四季绿意起伏不歇，令关外的来客大开眼界。山管人丁水管财，南北方的老一辈在此达成高度的共识。至于说扈琛父母，他们同样欣然接纳这对母女，东北再怎么凋零，哈尔滨也是家底十足的大城市，再说津姝是名牌大学毕业生,此前他们根本不敢奢望。牙刷头总朝下置于漱口杯,洗澡不用沐浴露,毛巾只是干擦,还有津姝母亲嘹亮的大嗓门,甚至是母亲曾经反复提醒扈琛警惕的离异家庭,这些现在二老全都不以为意。

"什么时候让她改口叫妈?"那时母亲刚给津姝夹完菜,对旁边的扈琛说。用的是方言,美滋滋的笑意从她的嘴角整个泄漏出来。高中两年的复读已经伤足了父母的自尊,任何的转机似乎都值得他们反复回味、隆重庆贺。很奇怪,扈琛当时只是感到非常惭愧,对所有人。

要不了多久,同样十分唐突,父亲栽在了"钱"字上。

其实很早就注意到了她。但扈琛并不总来这家店,这就是他的风格。准确地说,他一开始留意到的是左上臂内侧的一个小文身。一张看着不大高兴的简笔人脸,两侧嘴角下坠,一只眼睛闭起,张开的另一只眼睛被手掌挡住,目光却穿透了手背。扈琛第一次觉得文身也不是不能接受。

叫海藻的女生是他新添加的顾客。她是如何知道他就是那位"阿飞dp"的?难道某次接机时,她发现了敢为人先的扈琛?不重要了。那些他亲手缔造的照片,画面清晰,后期自然,别说一个小粉丝,就是大型娱乐网站也从来都拿走即用,恬不知耻地盖上自家的水印。扈琛暂时不知她对他的态度,但那些微笑让他心底有些把握。

犹豫片刻,扈琛还是决定坐到之前的角落位置。亲手将桌上的一个白纸杯和一个剩了小半杯咖啡的透明塑料杯扔进垃圾桶。纸巾擦了又擦,桌面重新变得光洁。那么久了,他第一次在这里拥有一种主人翁的感觉。

他看她比之前来得英勇和频繁。这位工牌上注明"海藻"的女孩,拉直的发梢染成渐变绿,唇色暗红,眼下腮红有意弄得偏浓。扈琛觉得她就是那种掌握最时新的娱乐资讯和最新潮的美妆穿搭的女孩。她偶尔也望过来,投以微笑。扈琛在慢慢适应。他跷起了腿。

换班后,海藻坐到扈琛身边。她的四肢和脸蛋在扈琛眼里白到有些晃眼。几痕可可粉色的雀斑坐落在两边的颧骨上,像日晒斑,津姝也有。扈琛愿意为它们稍稍调整对美或说可爱的定义。

他颇为绅士地多发了一百余份照片和视频给她。他以沉默接纳她的感谢和欢笑。

那天以后,海藻便活跃在他的微信对话框里。她主动提出要加日常生活号,大号。扈琛没有犹豫。犹豫总是事后事。

有时海藻很晚还会发来消息。"陪我聊聊天。""问我问题,我不会再这么坦诚了。"扈琛不觉得此类发言何等矫情、庸俗。是俏皮,一种他从未正面遭遇过的人格特色,有着拿铁一般的色泽。原来,雅或俗得分人看。

不知不觉,扈琛感觉自己总像在守候什么,就对着自己的手机。好在他无须也不宜付出太多行动,守株待兔,痴痴地、苦苦地,又或是淡淡地。唯一忌惮的是津姝,三十八平米的开间到底狭小了些。扈琛转念想,不过是挺投缘的朋友,何况她还是他的主顾,而他的工作伴侣咖啡,也常常需要拜托这位"咖啡大师"级员工的悉心调制。终归是异性吧,所以,没必要让津姝徒增猜忌。他居然开始期待津姝也忙自己的事,那时的她总是不分昼夜地加班加点,还有频繁地出差。她早已不再要求扈琛跟她同时上床,工作日津姝早上七点五十就得起身,而扈琛每天睡到自然醒。

扈琛和海藻后来约去北新桥附近一家酒吧,看了一场网上难以搜到信息的地下乐队的live演出。海藻提议的,扈琛当即应下。那个周末津姝跟同事去杭州了。这家国有控股的金融开发性机构的培训项目和业务对接任务曾让扈琛多有抱怨,但最近,他会替津姝整理好行李箱,塞满她想到或没想到的用品,最后甚至必须按捺住雀跃,亲吻她的额头,跟她说"想你,早点回来"。

酒吧灯光太亮,装潢也过于簇新,非常刻意的朋克风,颓废的派头不够真也不够彻底。好在海藻是个健谈的女孩,还有她的那些扭动、哼唱、摆臂、跳步。她足够投入。他们那时都笑得很密集也很实在。没人料到鸡尾酒的后劲如此彪悍,他们喝得有些放肆。后半夜,扈琛的本意不过是护送海藻回家。三更半夜太危险,哪怕是北京呢,他务求绅士到底。

第二天的场景非常像电影,扈琛在一个完全陌生的房间苏醒。眼压偏高,眼球微疼。在逐渐清晰的视线里,小巧的铁制书架摆放在正前方,斜立的书籍零星而精美,此外还搁了一些关于爱豆的手幅、胸针、手灯等应援物。书架左侧的墙面悬挂着一幅类似唐卡的挂饰,各款耳环与手链穿插其间。挂饰右上方是一扇梨形挂钟,清新的马卡龙绿外壳,不同使命的金属针在钟盘内执着地回环,周而复始,不知是第几度的十一点十七分。一盆马醉木是目之所及仅有的活物,静静立在白色书桌的一角。

枕头的气味很新颖,一种从未闻到过的奶香,想不出来自何种动物,倒让扈琛有了一点饥饿感。毯子非常舒适,皮肤蹭上去滑溜溜的,愉悦感蹿升。就是这具臭皮囊有些配不上这番惬意,短短七个小时远不足以挥散一身的烟酒味,还有不知什么遗下的臭味,黏腻、衰颓而又艳丽。橙色格纹窗帘掩盖了窗外的景致,但拦不住鸟叫,这让扈琛一度以为身在老家。他还从未在北京伴着鸟鸣醒来,这些窸窸窣窣的声响,让内心滋生出微小而坚固的喜悦与祥和。

　　书桌紧贴的那面白墙上,照片夹底下晾满了印好的照片,有爱豆的,也有海藻自己的,扈琛觉得不输那些明星,而且更为自然。照片里也有别人,应该是她的朋友,她们的发色个顶个浮夸。爱豆的相片肯定少不了扈琛的作品,但他没有半点兴趣,甚至感到一丝厌倦。

　　桌面躺着一张海藻写下的便签,字迹非常舒展。依留言指示,扈琛用那台胶囊咖啡机为自己做了一杯热拿铁,两片烤好的全麦吐司已叠放在旁边的圆碟上。应该有半个多小时,扈琛一边就着吐司慢慢喝咖啡,一边听那些窗外的啼鸣。窗帘一直没被掀开。房间色调偏淡,色温微暖。

　　扈琛没有刷牙因为没有自己的牙具,匆匆洗过一把脸。离开前,他在厨房冲洗了咖啡杯和碟盘,并将缀满鲜红色灯笼椒图案的被子平整铺开,平时他从不会这么干。他的情绪很饱满。确保枕头上没有一根毛发,包括她的,或者还有别人的?把门关上,确定再也打不开。好不容易摸索到电梯口,降落到一层。手机里初次显示的定位让扈琛感觉这一切如同一场恶作剧,好在他不讨厌。

　　那时距离津姝提出分手,还有差不多半年光景。都没有什么迹象。

　　最开始,扈琛只是跑去拍拍津姝的偶像。相机都是租的。PS技术一向拿手,闲着也闲着,反正书一直看不大进去,自以为看懂了也考不对路。就当去消遣。若是刚好撞上,扈琛也拍拍其他明星,不赚白不赚。一年到头,摊在情侣头上的节日和节目越来越多,每一个都需要大把的开支去营造一种叫仪式感的鬼玩意儿,商家们有的是办法让你心甘情愿地吃哑巴亏。跟考试不同,代拍这事,越做越顺手,扈琛敢直接撑脸拍。骂就骂吧,不能跟钱闹情绪。

　　母亲的电话通常隔天打来。

　　"工作怎么样了?"

　　"一直挺好。"

"跟津妹呢？"

"都好，放心吧。先不说了，得加班呢。"

"好的好的，要注意身体。"

"药都按时吃吧？"

"在吃，你先忙吧。"

扈琛跟家里说在一家文娱公司上班，能经常碰见明星。他发过自己拍的沈腾给母亲，其他很多人她也不认得。记得当时母亲很开心，说真牛啊你。扈琛有些忍俊不禁，心想到底明星能耐大，一张照片就让自己沾了光。母亲甚至都不喜欢春晚里沈腾的小品，她跟他们的节奏不对，她对董卿和赵本山有着同等程度的热爱，这倒是有趣的现象，但不妨碍面对沈腾时那片刻的兴奋。扈琛都能猜到，母亲会利用买菜、饮早茶、摸麻将、打"拖拉机"、等电梯或是饭后散步等一切时机，跟遇上的老姐妹、前同事和远亲近邻们吹嘘、标榜自己在北京高就的好儿子。

扈琛对母亲来电的态度有些恶劣是在搬家那段时间。那些书让人头疼，真题集、模拟题集、教科书、辅导书，还有不少学术著作和小说集，搬家的时候才如此明确它们的大而无当，起码没有时间和能力去兑现它们的价值。丢掉吧，又想着来年。肯定是最后一次了。去年得知闯过笔试当天，他跟津妹去了东直门那家两人顶喜欢的韩国料理店，一张小方桌摆满了韩式炸鸡、海鲜豆腐汤、芝士辣酱炒年糕和全州石锅拌饭。津妹这一年多晚上都节食，但那一餐，扈琛无论如何都要多点一些，就算浪费也在所不惜。津妹当时是高兴的吧，替他开心？哪怕回去的路上，扈琛手里一直晃荡着装餐盒的塑料袋。有很长一段时间不是很清楚她在想些什么。

提心吊胆地准备复试，再提心吊胆地获知落榜。这期间扈琛没睡过一回整觉。为转移注意力，他挥霍了一大段时日在游戏上。那段时期津妹又是什么感受？她很快就要跟他分手了。她后来说，这跟他考没考上一点关系都没有，也跟其他事没有任何瓜葛。扈琛唯一感到庆幸的是，当初他没将进入面试的消息告知家里。

不久，他决定给自己安上一个相对体面的职业。

——两个月前，父亲东窗事发。据说是由于一笔又一笔不菲的钱，说不清，道不明，转进来的，转出去的。扈琛发现他其实很不了解父亲。从小到大，他们看似和平友好，本质上却互不关心，因为似乎没有必要，仅仅靠着一个女人联结在一起。他们像一头犀牛和一匹河马，混沌地栖息在同一片混浊的河湾。老的不切实际地夸奖小的因为并不真的懂得，小的想要努力兑现却总适得其反。不过如此。但彼此都没有什么怨言。

海藻眨巴着乌黑的大眼睛，央求跟扈琛去上班。扈琛断然回绝，让这对好眼目悻悻然暗下去。没别的缘故，那回他碰上了马队。

有站姐找来，某港星次日下午准备飞回厦门老家，问接不接。扈琛那时就坐在机场的星巴克。以前跟津姝闲聊时，他喜欢称那些客户为"脑残粉"。津姝早就无暇贪恋什么偶像，客户市场、结清数据、投资信用，她的生活不再纵容她去彩色地梦幻，她必须实际起来，做好规划，防范风险，与其他同样非常实际的同事众志成城地开疆拓土。她没有多余的额度去呵护和怜爱他人，虚拟的或现实的。可能也包括扈琛。眼下她需要的是一座靠山，一个让越来越高耸的大厦不会轻易晃动的阻尼器。

事业起步之初，津姝还有兴致听扈琛摆弄见闻。"拿手机追后头的铁定是粉丝，相机撑脸上的十有八九是我们这行的，那些呈V形站到外边的多半是主播。需求不同，状态就不一样。人都很现实的，关键时候没那么多虚招。""有俩姐们儿，长得不赖，去接爱豆。来早了，其中一人戴着GM墨镜，朋友让她摆几个Pose试试光。结果刚来两张，周围蜂拥过来一群人，咔咔一顿猛拍，完了互问：这是哪个明星？把人家姑娘给吓乐了。不怪他们，现在的小鲜花小鲜肉，太他娘雷同。""可怜见的。"津姝说完，示意扈琛安静，将手机贴近唇峰冒出一颗猩红的疱疹的嘴，"好嘞高叔，那咱就股转A，明天详谈。您早点休息，晚安哟！"最后是一串丁零当啷的笑声。虽非有意，但扈琛觉得她的话让他有些窘，起码是自讨没趣。

扈琛给站姐发去一个OK的手势。

刷关找的是打了两年多交道的黄牛，买了某航空的低价航班，退票实惠，对方给的友情价。进安检时有同行被拦下，对方手里拿的是所谓的刷关卡。后果扈琛当然了解，初次逮到，未成年人通报家长，成人罚款，再犯，拘留加罚款，胆敢来第三趟，禁飞一年。最近风声有点紧，他同样清楚。扈琛使用手机里的电子登机牌顺利进关，他不无恐慌，也有点幸灾乐祸。

就在登机口附近作业时，一个男人横出，一把抢过相机，单用另一只手便将扈琛反绞在地。

扈琛事后知道,这位姓马的中队长尾随了他一路。

"真的只是顺手拍拍。"扈琛很庆幸之前的照片都传到了云盘。

马队当时盯着扈琛,让他删掉刚拍到的照片。

"小子,我记着你了。"

扈琛临时决定乘坐这趟航班,以一名乘客的身份。那人背着手,目送扈琛登机。

匆匆走在廊桥上,扈琛想到的是当年高考那场语文考试。忍到做阅读题时,他不得不申请去卫生间。那是不多的需要别人批复和准许的如厕。也有一道目光紧紧尾随。那位巡考员那时就站在门外,应该清晰地听到了虚掩的木板门里忍无可忍的狂轰滥炸。扈琛来不及羞愧。当时扈琛就意识到,又搞砸了。

这次飞行,扈琛喝了一路热水凉水。他后来消停了两个月,再不敢刷关了。

厦门还是第一次去,索性住下一晚。在鼓浪屿看着一对对穿戴清凉的情侣漫步闲游,寻思要是津姝一起来就好了。他挺喜欢这里的气氛,店铺密密匝匝,店内的热闹与街道的熙攘短兵相接,店家看着挺忙,因为不愁来客,所以也显得放松。这些,北京不太能见到,老家节假日期间就可以,小地盘,都不劳外地游客。他那时跟津姝交了底,从头到尾。现在,扈琛后悔了。完全可以更具风情一些,来些巧妙的瞒和骗,这样她就不会总是埋怨和嫌弃,尽管本质上毫无道理。

"我说过,我认得你。"

"马队好。"

马队后来再度现身,是在到达厅。

"不要挑战一个老警察的眼力。"

"我从不挑战权威,只是不得不面对生活。"扈琛不打算跟身穿警服的男人饶舌,不管他是谁,任何职务,多长工龄。

"非得干这行?"马队还在嚼舌根,"你瞧瞧,都是小姑娘在闹。你多大了?"他的确是个长辈。

他要来扈琛的身份证,拉远了,眯着眼瞅,翻过来,再翻回来。

"阴差阳错,熟能生巧。"扈琛觉得自己说得很老实,"不然呢?人得认命。"

"我看没到认命的时候吧。"身份证被摁回扈琛湿滑的手心,"我看,这不是个长久靠谱的营生。"

"什么才靠谱?公务员、老板、教师、医生,还是警察?"扈琛真把马队看作一个长辈，是长辈就得容下晚辈的几声辩，"只要人还愿意爱人，只要人还会爱而不得，我看这行挺牢靠。不过是成人之美，顺便看看能否糊口。"一回生二回熟，他有必要试探他们有没有交流的余地。

马队一时无言。他背过手。

"注意点儿行人。"像一个父亲的叮嘱，"就是人吃人，也得讲体面不是？"

扈琛笑得很灿烂，他满口答应。

马队是开着电动巡逻车离开的。轮到扈琛目送。

津姝那时返京正赶上人潮最汹涌的时候，没办法，单位人力的要求迟迟没有随疫情发展而变动，等来的只是虚高的票价。回京后无非居家办公，一句"随时待命，注意防护"，便全然体现了单位的一丝不苟和体恤下属。另一头的扈琛唯有跟上，从已零感染的老家层层防护地飞回当时仍不断冒出病例的京城。虽说打了个小小的时间差，那种普遍而切实的悲壮氛围依然触目可感。再缜密、镇静的新闻播报，也无从缓解病毒最初那无孔不入的恐怖形象。死神在宣判，死神在挑选。一场残酷无情的游戏，拿人命在玩。全副武装出现在机场的扈琛非常清楚，自己真正能做的只有祈祷和静待。

做饭，洗碗，看剧，刷刷新闻，在房间里局促地走动，点进不同的App再退出，潦草地做爱，打扫卫生。她处理她的业务，一笔又一笔烂账，他有一搭没一搭地假装复习，连考试日期都成了谜。那段时期他们特别勤于打理房间，这已经跟病毒无关，就是不断地擦拭、调整、翻新，在维护中谨小慎微地变换一些什么，像一种年深日久的癖，而且都觉得没必要改。最长超过十天不出门，送货上门的日用品和食物，津姝会在门外和玄关处用酒精喷雾各消毒一遍。他们不无侥幸地在捍卫一些什么。无聊时他们聊到过感染，甚至是死亡，谁先把谁送走之类。"总之，别太狼狈。""为何不能悄无声息地离开？好比瞬间消失。"津姝那时说。

扈琛负责扫地拖地，他还擦洗了此前从未在意的窗框凹槽和空调内机——此前他一直告诉自己，这不是自己的家，不必太过上心。津姝主要负责清理衣物，把冬天的大衣洗晒一遍，装进衣橱的深处和高处。多年没碰的衣服也给翻出来，洗净、熨平、叠齐，收进衣柜，哪怕心里早已将之淘汰。她一遍遍地整理衣橱里其实已经非常规整的衣物，从款式到颜色到材质到用途，不断变换排列的逻辑和方法。

"怎么老跟衣服过不去?"扈琛问。

津姝停下,神情略显错愕,笑一笑,继续。

"就是放松。"她说。

扈琛后来觉得,恰恰就是这段被迫居家的日子,他们的感情迈向了终点——比变成事实提早得多,跟很多事一样。

那时口罩紧俏,母亲不知从哪里弄来一百多个医用口罩,非要发顺丰寄来。"给你们小两口的。"口罩作为出门的必需品,长到了人们脸上。扈琛一度感觉自己患上了唾液恐惧症,那段时间他甚至不想接吻,与任何人。

但同时,他也乐见口罩带来的那份距离感和分寸感。它像一道戒令,迫使人们在公共场合变得文明起来,声音弱下,间距拉开。那就挑选心爱的颜色和样式吧,让沉默与遮掩也变得可爱一点。对了,疫情的严重程度与口罩的别出心裁程度大致呈反比。愿口罩越发花里胡哨。

第一次允许外出采购,偌大的商场超市里大家全部静默无声,像丧失了发音的能力。这群扈琛以往颇不待见的聒噪、鲁莽的人,也跟自己一样,戒备森严、面目模糊地静静挑选着,既贪婪又谨慎,夹杂着劫后余生的庆幸与悲凉。

扈琛手里抓着两根再平常不过的大葱,一次性手套由于手心的汗雾而变得黏滞。看着沾满泥土的葱白,他突然想哭。

海藻是兼职,一周四天,每天三班倒。其他时候她就要废。毕业论文说是已经搞定,不知借由什么途径。她多次提议跟扈琛一起去体验代拍,扈琛不让。他从来都是单枪匹马,那些狼狈,仅自己可见就好。

她主要是看剧,美剧英剧内地剧港台剧,口味纷杂,热门就行。追星倒是挺专一,女爱豆的站子有什么活动安排需要出资出力出人,她总显得义不容辞。她在粉丝群里结识了几位可以倾心的同路人,偶尔私下见面,一个茹素一个无肉不欢也觉得惺惺相惜。扈琛感觉她们是在沙漠里看见海市蜃楼的绿洲的人。她唯有羡慕。

海藻也会陪扈琛一起看早前那些文化访谈或对话节目,又或者两人找部都没看过的电影,坐床上面对投影屏幕搂着看。她愿意安静地听扈琛像弹幕一样随剧情推进的评论,眼睛一闪一闪,过于明亮。她对逛街不算热衷,美食倒是爱的,经常在大众点评发发评论,蹭上几单免费试吃,跟自己钱多钱少无关。只恨北京的饮食不足观也不够可爱,经常害得兴致勃勃的两人铩羽而归。东直门那家名声日盛的韩国料理店,扈琛暂时不愿再去,让它兀自人山人海吧。知足常乐,这是二十一岁的海藻的处世之道。她的要求不多也不高,无非怂恿扈琛试试弄个韩式三七分,将头发染成接近冷萃冰咖啡的红褐色。

"我从来不信日久生情。人需要很多很多的惊喜,才能抵消掉生活自身的平庸无聊。"她的用词总比日常生活来得激烈,但意思是这么个意思。所以,她才情愿去相信那些实则并不足信的声光电色和人吧?根本不在可信与否,而在相信本身。

扈琛不时会为海藻紧起一口气,为她的三十一岁或四十一岁,哪怕简直无缘无故,哪怕对付二十九岁的自己他已费力劳神。海藻之前玩过一年比特币,赚了一票后赶紧撤退,放到基金里利滚利。她其实挺好的,方方面面。她不愿触碰家里的事,扈琛只知道海藻父母每月会兵分两路,将一笔不薄的生活费转到其账下。她跟他们说不想要,郑重其事地过过嘴瘾。

扈琛跟海藻一起参加过她的饭圈友人凑的"狼人杀"局。他没玩过,交代规则时才意识到跟多年前的"杀人游戏"很像。那还是高中时,很久远的事了,需要用心回忆才能还原出某些局部的景观。成天荤段子不离嘴的舍友李跃,长着一张写意的脸,后来法学本硕博连读,毕业后直接被深圳一家技校聘为讲师,学校当人才引进,在罗湖区给配了一套房。吕波,这个从小县城考上来的大才子,如今人在美国,疫情横行也阻挡不了他今天定位在波特兰,明天闪现西雅图,扈琛不知现在他从事什么职业,没问,光看朋友圈,近来迷上了单板滑雪。没分班前,他俩关系很铁,一起到饭堂吃饭,在隔壁卫生间淋浴,一起洗衣,再一同去教室自习。是分班和成绩让他们渐行渐远。另一位班里公认的才子李林森,学了文科,跟高中的同班恋人一同考取西南某所985大学,一人是考砸了,一人是黑马,也算缘分缠绕不清,遗憾的是后来也分了,女方劈腿,扈琛是从别人那里听说的。直到日本那只网红猫"猫叔"去世当天,常年隐身的李林森才在微博出现:"直到现在还用着你的头像,谢谢你曾经陪我走过这个世界。"这样的男人,或许不解风情,但绝对痴情不渝,扈琛替那位女生感到惋惜。女同学倒是风情万种地频频在微博、小红书和朋友圈招摇过市,早已不是当年那个羞怯寡言的女孩。因鼾声过于嘹亮而获享单间待遇的梁铭,将将一本过线,差强人意吧,随后远赴西北一所一本大学,归来仍是胖子,在移动公司卖了一段时间的手机卡后再去读研,学的马哲,据说容易考些,不知顺利毕业了没。扈琛已经不怎么刷朋友圈了。总之,当年没考好的、考不好的,纷纷认下,毕竟二本也有不错的学校和专业,要么家底殷实,到澳门或更远的地方混得文凭,还能跟深目高鼻的老外一见钟情风花雪月,在欧罗巴缺失自己档案的古老街巷谱写崭新的青春之歌。

扈琛第一次勉强考上二本,绝对考砸了。第二回刚过一本线,感觉时运不济,心仪的学校依然遥不可及。第三趟,最后一搏,还是二本。如何解释那些年六月出现的状况?——自身状态不佳。尤其是最后一年的腹泻干扰,肠胃蠕动的响声能让整个教室的考生憋笑。老师讲解的思路一直跟出题者没碰到一起,即便这所远近闻名的重点高中当初还是父亲动用关系让他有了一张课桌,否则无法解释那么多学霸结果同样不尽如人意。还有不近人情的新课改,题型改来换去,让人摸不着头绪。

他不愿直视那个最根本的症结。

"天黑请闭眼。"有人在模仿上帝发声。

"狼人请睁眼,请互相确认。狼人请杀人。请统一意见。狼人请闭眼。"

对扈琛而言,每一个庄严的"请"字,都埋伏着相当剂量的戏谑。深度沉浸游戏的人不会觉察到这种趣味,神神秘秘地犯下滔天大罪。怂恿。纵容。状似客观。局势如何发展,尽在掌握中。相比戏中角色,扈琛更想出任那位"法官"。

"女巫请睁眼。昨晚他死了,你有一瓶解药,要救吗?你有一瓶毒药,要用吗?毒谁?好的,女巫请闭眼。"

一而再再而三,昼夜轮转,黑白无常。那道声音始终因克制而显得公允。日复一日,村庄的人口在减少,土地重新迎来黄昏,黎明时分传来噩耗或虚惊一场。受伤的总是人,把愉悦建立在他人痛苦之上的是人,狼人也是人,好了伤疤忘了疼的,还是人。人爱人,人害人,人玩人,人生生不息,人杀戮不止。津姝真的走了,某一天,某一瞬,她会怀念吗?扈琛合上眼,心揪紧了一下,长长的疼痛。

"天亮了,竞争警徽的请举手。"

有人出面主持正义,或也是以假乱真。

"昨晚你死了,请发表遗言。"

有人遗憾出局,带着满腹的委屈和控诉。

"昨晚是个平安夜。"

平安是福。平常话最动人。尤其在平安变得如此奢侈的时局里。

"游戏嘛,玩玩而已,讲的是投入。"在回去的路上,海藻看着扈琛说。

这就是她,这也是扈琛。他讨厌重在参与的感觉,他对事与愿违熟悉到简直快没脾气。

常听别的男人讲,某某女人跟了他多少年。好像女人是他们的陪侍、随从,她们用青春和肉体,讨取男人轻描淡写的疼惜和微不足道的补偿。对津姝,扈琛从来没有这等口气。不敢,也确实没有。

对于津姝的走,扈琛最难过的不是告别本身,而是五年的时光终究没用在更为"应当"的人和事上面。他们都是。津姝是对的,在她的意义和价值上。他也错得不很离谱,就当时的思维和能力而言。接纳便是解脱。

那之后扈琛倒是有了不大不小的烟瘾。偶尔跟马队到航站楼外来几根,扯扯闲话。马队说,可以考虑辅警或地勤看看。扈琛表示感谢,心想不可能,才要求大专学历。马队快退休了,他比实际年龄看着年轻,主要是身板结实健步如飞,让扈琛想到电视里穿州过省的钟南山。

一瓶毒药,一瓶解药。扈琛记起那个游戏。好人难免被错杀,坏人则逍遥法外,游戏还在继续。

现在,他恐惧和厌恶什么呢?

他一直没跟父母提及海藻,在他们那儿,津姝还没翻篇儿呢。得等,等他对这段感情拥有更充分的自信,等他足以承受父母中意的对象被一个看起来千疮百孔的人选替换后那再熟悉不过的怨叹。准无业、文身、离异家庭、混饭圈、离家出走,还有早恋、抽烟、堕胎、未来无规划,据实以告不闪躲的海藻,亲爱的海藻,在当今世俗的眼光中,到底过于勇猛精进了些。

又或者,等到两人无疾而终。

扈琛最佩服海藻的一点是,她总能看起来毫无包袱地轻装上阵。风险在这样的人面前似乎也变得诚惶诚恐,不足为惧。她也便一路敢爱敢恨下去,把解脱当饭吃,这是她善待自我的方式。扈琛想要亲近她,揣摩她,呵护她,像她一样,将一切的幸运和不幸统统抛诸脑后,尽管去爱,去遗忘,去体验,去迎接无数先知先觉或后知后觉的此时此刻。

厦门之行回来,扈琛选择在大兴机场重新上岗,逗留小半月后,又回到了首都机场。不仅仅是距离因素。那个简约而别致的人脸文身,谜一样困在扈琛的脑海里。那人的眼睛到底是想睁开,还是闭合? 是好奇,还是无感? 是开心,抑或失落? 是要相遇,还是远离? 是,还是不是?

他们无疑是少有的将机场作为目的地的人。

起先他们聊那些拍到的人、想拍的人。光鲜靓丽的明星成了两人熟悉和靠近的媒介,然后逐渐淡化为背景,不再受重用,像夜晚远景里那些虚焦的霓虹。专注生活的人是不会注意霓虹的,那是一种人造的外在的虚荣表象,且只在夜里出现。

"没想过读研? 都说现在本科文凭不值钱了。"

"就知道钱,有了钱就开心?"

一组泛滥成灾的问答,放到他们身上,又显得别有情趣。

"怎么才能开心?"

"不会成天想开心还是不开心,最开心。"

"我以为你会说,见到偶像最开心。"

"那当然,美好的东西就是会让人心情舒畅。你没有喜欢的偶像?"

扈琛想了想说:"应该说活着的没有。"

"谁? 不在了的。"

"鲁迅。"

一排"哈哈哈哈哈哈"不够,海藻再发来几个捧腹大笑的表情。

"居然迷恋我的童年阴影。他的课文真是,哎哟饶了我吧。"

扈琛也笑了。一个本该轻松的环节被他弄得有些严肃,好在歪打正着,反差出了一种滑稽感。那是他第一次觉得津姝不在身边的时候,好放松,而且很开心。

"你平时会不会无聊?"海藻主动问,"不能天天盯着鲁迅看吧?"

"常常啊。生活说到底是苍白的,我是个蛮无聊的人。"

"但我觉得你很酷。"

扈琛从不觉得这个字跟自己有何关系,不断重整旗鼓奔赴考场也只能说明他的保守和顽固,一种人生的拮据。他的世界窄到只剩一道光。

海藻曾跟他形容过很多很多对亮光的感觉。因为有很多很多的灯。它们安在天花板上,安在墙壁上,甚至嵌入地面和柜子的深处。不同的颜色,不同的热度,不同的形状和大小,只有想不到。只是光多了,人也会感到麻木。

"所以我现在偏爱深色系的衣服。"

"听着感觉你是在光里长大的。"

"还真是。"

扈琛笑。

飞机闪跳着信标灯,一架接一架在夜空中低低掠过,起飞或抵达。地上的灯火络绎亮起,又将逐渐熄灭,如此往复。北方的城好像不是很喜欢灯,拉拉杂杂,零零星星,每一条夜路都像险路。哪怕是京城。尤其是京城。那些北方的灯光就像一个不懂化妆的女人,蠢蠢欲动而不得要领,却有一份大实在,又或是更大也更致命的陷阱。

灯总与人相关,不论在天上,还是在地面。在一个人类寿命不断增长的年代,人们反而变得前所未有地匆忙,变得更在乎速度、效率和目的。这就是现代人和现代的夜晚,所有的灯光都有各自的用途和意义,明与暗的边界却在消亡。

纵然光天化日,即便夜如白昼,每个人都有一点盲。

"是来跟您告别的。"扈琛说。

刚才两人各在手机扫码下单,马队抢先买了单。"不能落人口舌,明白吗? 我请你是应该的。"这餐饭是扈琛早前跟马队约的。就在航站楼,马队下班后直接过来。

"早该了,往后只会越来越严。"马队回,"瞧瞧现在这些小年轻们。"或许是肌肉松弛的缘故,他的眼睛成了三眼皮。

"人是唯一需要制定规则才能存活下去的物种。"谈话节目嘉宾当年的一句话突然钻出,暗地作为对马队的应答。扈琛不敢去看马队的眼,虚虚地笑笑。

"你之前提到的那姑娘呢? "

"海藻啊,说是要回去了,回她的老家。她爹逼着她继承家里的灯业。她爸是批发灯具的,各种各样的灯,生意做得挺大。"

"噢。"马队拿食指抹了抹暗紫色的嘴角。

"但其实我不大信。不是不信她的话,是不信她的命。她这样的人,注定属于北上广深。最多加一个成都。"

"你俩彻底嗝屁啦?"马队像是在笑,眯着眼看扈琛。

"算吧,不然呢?我这样的人,有什么可留恋的。"扈琛将嘴唇抿湿,"她还在追星,以后可能帮不上太大忙了。"

"什么这样那样的人,都吃五谷杂粮,都是洗洗就睡,我看咖啡不喝也死不了。都是钱在作祟。"

"对,也不对。这方面她没有后顾之忧,有想法的也只能是我。"这个话题,扈琛不认为马队是理想的对话者,但不妨听一听,主要是他想倾诉,"这也是为何我俩不合适的原因,她要追求新的刺激了,我还想着脚踏实地的事。"

"老话讲门当户对,你们年轻人不信,老爱玩互补。"听着像奚落。

"但我很感激这些经历。"扈琛也是实话实说。

"以后怎么个说法?"

"今年肯定行了,因为我调整了预期。不再挑名校,让去报到就成。之前联系了一个副教授,人家愿收我,男孩这方面有点优势。虽然人家是青教,但我看了一些他的文章,挺有才情的。我想助他一臂之力。复试暂时还没消息,但就快了。"

"要还砸了呢?"马队一脸坏笑。

"呸!"扈琛笑回去,"总之,不会离开北京。"这是他的底线,也是他的命,"北京嘛,看谁熬得起。论熬,还真没输过。"

菜上齐了,就俩套餐,外加一个藜蒿炒腊肉。

"还有不到两年,我就能满世界跑喽。他娘的疫情,再给它两年时间,还不给老子消停。"马队埋头吃饭,挤出一个空当,"天天看飞机起起落落,你不知道我有多眼馋。"他皱紧眉头,一脸层层叠叠的认真。

"我的话,想回趟家。去看看我爸。"

这一餐的饭后烟两人抽得特凶,把彼此的烟盒抽了个干干净净。直至无话可说,夜一样沉默。扈琛给了马队一个拥抱,马队捏着扈琛的手臂,久久不松。道别,两厢化入黑夜。

离开对海藻而言,应该是个相对轻松的决定,毕竟她还有一帮趣味相投的朋友,他们共同拥戴、喜爱、滋养、分享、捍卫着一个想象的实体,他们跟这个实体咫尺之遥,真实和虚拟互相修补、完善。他们需要这份想象和行动,这能让群体中的个体既感受到抱团的温暖和力量,也在分担中彰显自己的价值,以此渡过那些非常艰难、苦涩、乏味的人生关节,疼痛感变轻了,无聊被瓜分了,尽情获享畅快与喜乐。

但，解决问题和回避问题到底是两码子事，总有人生的关卡是忽略不掉的，得蹚过去，一个人。他们还年轻，他们无所畏惧得理直气壮。

告别之际，扈琛才意识到自己的内心非常充实。她让他的生活乃至性格都变得斑斓，现在的他和她一样，对未来充满了坦然的期待。一想到海藻，扈琛甚至有些感激。这跟津姝完全不同，尽管他对津姝同样心存感谢。

海藻不让删联系方式，扈琛满心欢喜地应下。

"发现没，你是一个只会说yes的人。"

停顿良久。

"不然呢？"他意识到，这其实也是一个肯定句。

又得重新给自己选择一个住址了。他相中了一个听得见鸟叫的地方。

主要是书，积压已久的书，它们跟着他在北京奔波迁徙，一并变得沧桑和陈旧，又始终敛着一股劲儿，等候再度被派上用场。手机的铃声是在搬家路上响起的，一个来自北京的未知的固定电话号码。是时候了。

扈琛闭上眼，滑向接听键，抢先说："您好，我是扈琛。"

货车师傅频频向副驾张望。小伙三十岁上下，不贴肉的脸蛋杂糅了成熟与青涩，他始终闭目，嘴角挂着一丝笑意。今晚过后，师傅最多能记得今早拉过一个"读书人"，几大箱死沉死沉的书倒不多见，八成是个书呆子。再过几天，就什么也想不起来了。北京需要跑的单子，需要在北京跑来跑去的、千奇百怪或千篇一律的人与物，实在太多太多。

臃肿的小货车，箭一样往东五环外飞去。

【作者简介】梁豪，1992年生，北师大文学硕士。著有小说集《鸭子飞了》《人间》。小说见《人民文学》《当代》《十月》《上海文学》等杂志，有小说被《小说选刊》《小说月报》《中华文学选刊》等刊物选载。曾获华语青年作家奖中篇小说奖等。

你说《水浒》是不是硬核小说

钟二毛

从监狱出来，下到山坡下，我和小路要了碗米粉。八点半的会见，从市区赶来，我们都没来得及吃早餐。小路点的汤粉先上来，他埋头吸溜着。我点了根烟，透过玻璃窗，有点出神地看着半山上那些点缀在树林间的白房子。那是小路妈、我的表姐接下来要待上十年的地方。

我还是没法把表姐和杀人犯联系在一起。刚刚在会见室里，她和小路说完话，轮到我，我还打趣地说她身上的监狱服装："我们小时候有件衣服也是这样的，蓝白条，不是横着的，是竖着的，而且也缝在肩膀上和后背上，还记得不？"表姐说："记得，那是我喊我妈缝的，你一件，我一件。剩下的蓝白条，我给我'老虎'扎绣球了。你还记得不？"

会见时间宝贵，我不能跟她净聊这些，她又不是明天要枪毙的人，没必要故意逗个开心。我赶紧跟她说了家里老人的情况、她的存款、未来家里的支出、小路的高考，等等，她也一一做了交代。交代完，会见时间也到了。

现在坐在早餐店里，回想我和表姐故作轻松的寒暄，以及她的问题。别说，会见室那会儿，我还真想不起当年她用剩下的蓝白条给"老虎"扎绣球这事儿。但是现在我想起了一半。这一半就是"老虎"。

"老虎"是条狗，是条土狗，用现在网络上的说法就是"中华田园犬"。但对于

259

我们这些出生于农村的人来说，狗就是狗，哪有什么土狗、洋狗之说。我是到了北京上大学才知道原来狗分很多种，什么哈巴狗、牧羊犬、拉布拉多、腊肠等，也才知道原来狗是一种宠物。那是大二的暑假，我去给一家人做家教。按照地址找到人家门口，结果迎接我的不是主人，而是主人的狗。一条小狮子一样的东西，毛是卷卷的、白色的。如不是听到汪汪叫声，我还真以为这世界上有一种狮子的毛是卷卷的、白的，也真以为这世界上有人会在家里养狮子。狗主人看出了我的惊奇，就问我，你知道这是什么狗吗？我当然说不知道，但是说完我又故作镇静地说我们家里也有很多狗，我不怕狗。狗主人"哦"了一声，然后把狗抱起、放下，放进一个房间里。出来后，狗主人说，你们家那叫土狗，不一样的。

那年寒假回到家，我第一时间找到表姐说，你不用那么疼爱你的"老虎"了，它不过是条土狗。表姐没听懂什么意思，反过来问我在北京上大学有什么好玩的，有没有去天安门看升国旗和爬长城，然后继续逗着他的土狗，手上一个刷皮鞋的软毛刷子不停地在狗身上梳刮着。这也是见怪不怪的场景：狗在，如果她在，刷子一定在。

我最不喜欢这个时候和表姐聊天。因为她心在狗上，在"老虎"上。这一点，我至今依然搞不懂，作为一个农村人，表姐爱狗怎么比城里人还城里人？当然，没去北京前，我也是不知道城里人居然是那么地把狗当回事的。因为在农村，狗就是狗啊！家里有二岁孩子的，在门口拉屎了，大人嘴里"喽喽喽"一喊（发声的时候，舌头要在口腔里快速抖动，并且触碰到上边牙齿。这个喊法，专门用于召唤狗），不过两分钟，屋前或屋后的狗就赶过来了，把地上冒着热气的一坨东西吃下去。大人甚至还抱着孩子，让狗把孩子屁股也顺便舔干净。另外一种情况是，家里来客人了，狗也会不请自来。因为地上会有骨头。狗就是有这个功夫，你不服不行，它们闭着眼睛都能知道今晚谁家在吃肉。难怪有"狗鼻子"一说。除此之外，狗就是看家的了。可我最讨厌看家狗。每次去表姐家拜年，兴冲冲地去，气喘喘地逃。"老虎"真像老虎，而不单单是说它的毛发金黄像老虎。没等脚步声靠近，吼叫声就从门洞里蹿出来。门里的舅舅、舅妈正要开门，"老虎"先蹿了出来，跳得半人高，一副要吃人的样子。我胆小，撒腿就跑。我跑它就追。它追，表姐就在后面喊"老虎、老虎"。虽然没有一次被咬过，但每次跑得我非常气愤，也非常难堪。有时候新穿的鞋子跑掉了，掉水坑里。有时候顾不了那么多，高高跳起，从马路上一跃而下，落在田埂上，脚脖子疼得要死。等我回到表姐家，"老虎"坐在一个角落已经安静了,像什么事都没发生过似的,我心里却有一万个说不出的恼恨。不仅恼恨狗,也恼恨养狗的表姐。但恼恨归恼恨,一旦狗不在表姐身边,我们又有了很多话题。毕竟,我和表姐同年同月同日生,只不过她出生的时辰比我早了半个小时而已。另外一个重要原因,我们都一直在读书,初中、高中、大学,虽然都是不同学校。大学,我在北京读的本科,她在家乡读的大专,师范类。我们是有的聊的。聊的过程中,最难受的自然又是"老虎"的突然出现。它一出现,我就撇过头去。这时表姐就去梳狗毛,边梳狗毛边跟我说话。表姐知道我的不耐烦,就又把狗嘘走了。对了,往往这时候,她还从口袋里掏出一个布口罩,给狗戴上。是的,表姐不允许她的狗吃屎。我曾经花了一个下午和表姐辩论过这个话题:狗改不改得了吃屎?她用的是达尔文进化论和万物皆可教的逻辑。她甚至延伸到"没有教不会的学生,只有不会教的老师"上面。那时候没有"百度"搜索,我的知识量也一般,我自然说不出什么科学知识,只能换着说法重复一句话:"江山易改,本性难移。"多年后,我专门上网查过,答案证实当年我是对的。网上给出的答案是:狗吃粪便是正常的;狗经常吃自己的粪便和其他粪便,这不是什么秘密,尽管这听起来很恶心;因为狗对粪便的气味有强烈的好奇心,所谓的基因或者遗传吧。

对了,我还亲眼见过表姐为"老虎"泪流满面和茶饭不思的情景。一九九八年中国特大洪水第二年,也是夏天,暑假,我的家乡又发了一次水。水没头年大,但也不小,很多房子被淹到半腰。"老虎"莫名其妙不见了。表姐披头散发,光着个脚找了一天一夜,喊了一天一夜,哭了一天一夜,跟个鬼一样,但"老虎"就是没个影儿。舅舅特地喊我过去劝劝她,算啦,别找了。我去了,她确实听劝了,不找了,但随即又把自己关在房子里。劝她出来,死活劝不出。我唯一能做的就是早中晚把饭菜端到她门口,放到地上,告诉她饭来了请自取。表姐硬是三天两夜没动碗筷,门缝都没开,跟《红楼梦》里的林黛玉一样伤心欲绝。绝食第三个晚上,表姐捧起了碗。这时,大门一开,"老虎"找到了,但已经死了。来人说,是在一个堵死的涵洞里发现的。表姐安静地吃完饭后,最后一次用软毛刷子给湿漉漉的"老虎"梳理整齐,然后谁也不让跟着,自己挑着一担箩筐,一边是"老虎",一边是纸钱、蜡烛、香,还有镰刀、锄头。我上到平房房顶,远远看到黑黢黢的后山上隔了很久突然火光四起。火光中,表姐静坐如尊菩萨,我至今难忘。

是啊,你说这么一个——用今天的话说——有爱心的一个人,怎么会杀人呢？而且杀的还是自己的丈夫。

说到她丈夫，我的表姐夫，要讲印象，我也想说同样的一个词：爱心。

尤其你要知道表姐夫的身份哪，这样的身份如此有爱心，更是难得。

表姐夫什么身份？县长之子。堂堂县长之子不利用权势称霸作恶，反而低调到尘埃里，真是难得。对不起，莫怪我偏见太多。

话接着那年发洪水，表姐丢了"老虎"讲。"老虎"埋了，读了三年大专的表姐也毕业了。师范生，毕业了当然是当老师。分在县一小，语文老师。表姐夫是表姐的同校师兄，而且是"嫡系"，都是汉语言文学专业。表姐夫早五年毕业，也在县一小，当时已经是教导主任了，但单身。两人碰在一起擦出火花，实属正常。当时还听说表姐夫是可以继续读本科的，但他自己要求早点出来工作，当老师服务社会，为家乡教育事业做贡献。我听说这个后，一下子对表姐夫充满好感，以至于当时表姐问我她该不该早点结婚时，我急促地换着不同的句子表示欣慰和同意——"中国教育的希望""对的时候对的地点对的人"，搞得自己很懂爱情与婚姻的样子。实际上那时候，我连女生的手都没挨过。

表姐和表姐夫恋爱了一年，我本科毕业，他们结婚了。有一件事继续证明了表姐夫的大爱之心和心思细腻。那就是他主动申请调离了县一小，去了县一中。表姐告诉我，表姐夫的理由是：如果自己留在县一小，担心有人说表姐攀高枝，以后即使获得提拔，闲话也会说因为她是县长儿媳或者教导主任的夫人。"县长儿媳"这个称谓没法改，但"教导主任的夫人"可以改。按现在人事制度的说法是，表姐夫主动回避了、避嫌了。但那时候没有"回避"一说的，父子、夫妻、兄弟在同一个单位，且为上下级关系的多了去了。同时，表姐夫似乎看准了表姐非一般之人，是可以通过自己能力往上升的。

表姐夫调到县一中，校长自然要给县长之子面子：虽然暂时当着年级主任，但其实预留了教导主任的位子。在任教导主任还有一年就退休。表姐夫当教导主任，也算平级调动，说得过去。一年后教导主任过个套，再过一年后，又有个副校长也要退休，到时候再把表姐夫升到副校长，也不出格。这是校长的"算盘"。如果校长把自己的"算盘"打给县长听，县长应该也是满意的。

然而，还没等到一年，大名鼎鼎、勤勤恳恳、一心为全县人民谋幸福、外号"老黄牛"的牛满春县长却因为贪污腐败东窗事发，最后人被抓、财产被清算，连政府家属楼里的三室一厅都被收回去了。这事虽然不关表姐夫半根毫毛，但县一中校长的"算盘"已经收回去了。所谓人走茶凉。表姐夫就这样,一直当着年级主任、年级主任、年级主任,木头椅子都坐歪了两张。

表姐那边,没受到校长的恩惠,但也没受到校长的歧视。她倒真是通过自己的才华和能力,一年一升,三年升到了年级主任。因为能力强,人们都忘记了她是或者至少曾经是堂堂县长的儿媳。这一点,表姐夫看人还真准。

之后更多的关于表姐的事,我就知之不多了。表姐工作三年就荣升县一小年级主任的那个春节,是我和表姐在家乡见的最后一面。记得那天酒席上,表姐端着酒杯对我说,她一生最荣耀的是,嫁入县长之家,但没靠半点县长之力,并勉励我男儿当自强、爱拼才会赢。乡下所有亲戚站在我们两侧,用鼓励的眼神看着表姐,而不是看着我。我点着头坐下,却一眼瞥见表姐夫正在厨房一角,拿着个刷子,正在刷着一件红色棉衣。表姐夫高度近视,只见他头勾着,前额的头发落在衣服上,一甩一甩的。那红色棉衣是表姐的衣服,十有八九是沾了油渍。

那场喜宴后,我去了美国读书,然后留在硅谷当民工,结婚、成家、生娃,一天天关心的事情是社区五公里之内的新闻。弟弟大学毕业后在深圳成家,父母随之迁到深圳居住,帮着带娃。出国十多年里,我出差加探亲,回国共四次,落脚点也都是深圳,然后北京上海各种见人、活动、饭局,时间从来没有宽裕过,加上父母不在老家,回老家看看自然也是嘴上说说的事了。

有时候会刻意问问母亲关于表姐的事情。不为别的,就因为在那个乡里,我们两人是最早靠硬考考上正规大学的人。后面大学扩招了,像我弟那样,越来越多的人上大学,上大学也越来越容易。他们不能跟我们比。我们是千军万马挤独木桥、鲤鱼跳"农"门,真正靠知识改变命运的人。我们也是唯一能谈到一块的人。

当过三年村妇女主任的母亲,往往都是列大事年表一样跟我说表姐的事:你去美国第二年,"非典"那年,表姐生了牛小路;你去美国第四年,表姐当了教导主任,表姐夫年级主任主动不当了,只当普通任课老师,因为要照顾牛小路;你去美国第五年,表姐起诉县政府,要他们归还原县长在政府家属楼里的房子,因为那个房子跟原县长的贪污腐败无关。母亲说,告政府那件事在整个县里、市里都闹得很大,民告官,而且是一弱女子,你得了!中央电视台《焦点访谈》的采访电话都打到县委宣传部了,最后的结果是表姐撤诉,房子老老实实归还;你去美国第六年,表姐当上县一小副校长,成为全县第一位三十岁当副校长的人;你去美国第十年,表姐成为市里的"三八红旗手",一小校长当了快两年了。每每听到这些,我都问一句,表姐夫呢?貌似母亲对表姐夫了解不多,几次都回答我说,好像还是县一中的任课老师。后有一次才多说了一嘴:"你表姐和表姐夫刚刚评上了县里的'书香之家',正报市一级,事迹里写着他们是学习、生活、事业上的完美搭档。"听完,我瞬间想起很多年前表姐夫在厨房里低头给表姐刷棉衣的情景。

大概是两年前,我和表姐联系上了。这得感谢微信。突然有天傍晚,母亲把我拉到了一个家庭群里,嗬,群主正是表姐。我一进群,首先看到的是群主的鼓掌、欢迎、献哈达,一大串的动图、表情包,还有红包!可惜,整个群里只有她一个人在"热烈欢迎"。我反应过来,当时在美国我是傍晚,那么在国内则是清晨六七点,人都在梦乡里呢,难怪。

于是,在一个异常冷清的家庭群里,我和表姐互相问候着,这里既有客套话,也透露着家人才有的直性子话。印象最深的就是她问我,"中美必有一战,你真不打算回来?"我说:"你为什么这么肯定中美必有一战?"她说:"中国强大了,丛林法则,食物链要争夺,明摆着的啊。"我回答不了她的问题,只好转聊到她的专业:教育。她转了一个链接给我,是县"教育创优"的投票评选,里面有县教育局大力发展素质教育的介绍。看完我明白了,表姐已经升任教育局副局长啦,分管教研和义务教育工作。看着那些口号似的词语和句子,我对表姐说:"我先好好拜读、学习。"表姐发了一朵红玫瑰的表情包。随后大约半个小时的时间里,陆续有长辈、晚辈出现在群里,发着各种问候,捡着剩下的红包。表姐不再出现,我猜她也该准备早餐和上班了。退出微信前,我看了看群名单,居然没有看到表姐夫。

奇怪的是,尽管有了群,但我和表姐的交流也就是我进群的那一次,后来再也没有过。我们也没有主动单独加对方为好友。这里的原因可能主、客观都有。客观方面,我微信上得还是少,另外就是时差的原因,群里很多热闹的活动往往都是晚上,而我正在酣睡中。我冷落了大家,大家也忽略了我。主观方面,表姐发现我似乎不那么赞成她的很多观点,尤其是她认定的"中美必有一战"。

当年乡里最骄傲的两个少年,如今如此少的交流,终归是遗憾的。而且这个遗憾,因为表姐的杀人、入狱,更加难以弥补。十年后,表姐从监狱出来,我们即使如少年那样,回到家乡,冬天一起烤着火或者夏天一起走在田野里,还能说什么,还有什么好说! 都是知天命的岁数了。

表姐杀死表姐夫那天,我刚从旧金山飞抵香港,过关进深圳。进了深圳,换上中国移动的电话卡,打开微信,家庭群一直在最顶上。点开一看,很多图片,图片都很暗,暗中可以辨认的有菜刀、血泊、倒下来的椅子和一个更暗的影子。前后图文一看,那个更暗的影子是表姐夫。表姐杀了表姐夫。表姐已经被警察带走。

这不是小事,我立即打母亲电话。母亲说,她和弟弟刚出家门,开车回老家。我说我也回去。我打了个的赶到高速路口,跟他们会合上。一路狂奔,到达老家县城,已经天黑。此时,小路还在市里回县城的路上。舅舅和他的老师商量了半天,最终决定还是将家里发生的事告诉这个高二男生。

舅舅、舅妈一家人,还有早已释放了的原县长和双方各种亲戚,会聚在一栋孤零零的政府家属楼里。血案发生在这里。当年有脚难踏进的政府家属楼,如今破败不堪、杂草丛生。白石灰墙露出土黄色的砖头,上面写着大大的"拆"字。弟弟告诉我,县马上要升级为市了,新的政府办公大楼早已迁到开发区。

房子外有警察拉起的警戒线,但早已被扯下。大家的脚印踩在客厅里、卫生间里和阳台上,除了里面的一间卧室。血案就发生在那间卧室里。门是开着的,想必警察拍完照、取完证后,匆匆离开忘了关上。从门里望进去,血泊依旧在,黑紫色的血迹从窗前的书桌一直延伸到床底。衣柜的门是开的。弟弟细心,说:"哥,你看柜子里没有一件表姐的衣服。"

事情是从亲戚们嘴里说出来的,并不复杂,甚至有点俗套:两年前,小路考到市里上高中,寄宿,两周回来一次;表姐夫和表姐由此开始分居;表姐夫和县一中一个离过婚的女同事有地下情,三个月前被表姐抓过现行;昨天晚上表姐来到这个房子(原县长出狱后,买了新房。分居后,表姐夫搬回了这个熟悉之地),表姐要找表姐夫谈谈,表姐夫不愿谈,并从床下拿出一瓶白酒,自斟自饮,半醉中放言"没啥好谈,命有一条"。表姐一怒之下,拿起一把刚切完白菜的菜刀朝表姐夫砍去。醉意中的表姐夫毫无反应地溜到地上,一点动弹都没有了。

表姐被带走,进入司法程序,无法与家人会面。板上钉钉的刑事案件,原告是检察院,找关系都没用,等着开庭吧。家属、亲戚三三两两围在一起,你发根烟给我,我给你点起火,咸咸淡淡议论下,无非是活人之间必须展现的一种人情世故。

我们去了表姐的家,县一小旁边的一个小区。客厅里,小路和他的班主任,还有一个应该是小路的同学,或站或坐,都沉默着。小路看到我母亲,叫了声姑姥姥。弟弟走过去拍了拍小路,并指着我说:"大表舅。"小路问:"大表舅,从美国回来了?"我点点头。小路说:"我妈这案子,要是发生在美国,会怎样?"小路突然如此理智地一问,我有点反应不过来。我含糊其词地说:"说不好,国情不一样,法律体系不一样,得具体情况具体分析,找时间我们慢慢分析。"

可能是马上过年的原因,表姐在看守所里待了不到一周,检察院就提起公诉。大年三十前一天,法院判了:事实清楚、证据确凿,故意杀人罪,有期徒刑十年。

随即,表姐被押送到省女子监狱。我们第一时间申请亲属会见,并获批。我赶在出差结束前,和小路一起见到了他的妈妈、我的表姐。

监狱山坡下吃完早餐,我们立即返回省城市区,先高铁后大巴,回到县城。一路上,我总感觉小路有话要说。高铁上,他坐我对面,看着我,头又撇开;看着我,头又撇开。大巴上,他先一个人坐一排,然后又和我坐一起,手臂不由自主地动着,时而抠抠耳后,时而捏捏鼻子。

我把他送到他爷爷的住处。小路终于说话了:"大表舅,问你一个问题,你说《水浒》是不是硬核小说?"

"啥?!"

小路重复了一句:"《水浒》是不是硬核小说?"

"我学计算机的,不是学中文的。但我想是吧。梁山好汉,一百单八将,武松、鲁智深,一个个的,惩奸除恶,杀富济贫耶!"

"但我妈认为《水浒》不是硬核小说。这是她杀我爸的一个导火索。"

我完全蒙了。

小路带我回到那栋残破的政府家属楼。在客厅里,小路一个转身,指着墙上的一个红色中国结,说:"我妈之所以能捉到我爸和他的女同事的现场,是因为她在这里安了一个摄像头,摄像头直接连着手机。不信你看。"说完,小路跳起来一掀,中国结后面,还真是别着一个微型摄像头,黑色的,领带夹一样。

"你怎么知道?"

"今天会见,我妈说的,叫我丢掉。"

小路又指着客厅里的电脑桌说:"那天是周末,我回了县城。我爸叫我来这里,说他有一个同事,非常厉害,是全省有名的语文老师,让我认识一下,以后学习上有什么问题可以问她。我说好,马上过来。那个女老师姓孙,百度资料人家确实是省级名师。过来后，孙老师看到电脑桌上有一本《水浒》，她翻了翻，停住，问我如何理解林冲的人物形象。我回答不了，摇摇头。倒是我爸接过话茬，和她讨论了起来。我坐在电脑椅上，他们两个大人在我身后交谈。有的话我懂，有的话似懂非懂。对了，那本《水浒》应该还在。"

小路低头在电脑桌抽屉里找到了《水浒》，哗哗一翻，翻到一个折页。"他们那天讨论的是这一段。"小路念起来，"林冲立在胡梯上，叫道：'大嫂！开门！'那妇人听得是丈夫声音，只顾来开门。高衙内吃了一惊，斡开了楼窗，跳墙走了。林冲上得楼上，寻不见高衙内，问娘子道：'不曾被这厮点（玷）污了？'娘子道：'不曾。'"

我拿过来看了，是有这么一段。

"孙老师说，理解这个段落，要先搞懂一个冷知识，就是林冲为什么叫老婆'大嫂'。我当时觉得这个孙老师真的好厉害，同时也觉得这个冷知识好厉害，于是喊她暂停一下，我拿手机录下音，录下来。"

小路给我听了段录音，是那个孙老师的声音："古人叫老婆为大嫂，往往是当着自己的弟弟面叫。随弟叫，表示对妻子的尊敬，也暗含自己配不上的意思。好了，你看这段话，这段话就是说高衙内要强奸林冲的妻子，林冲冲过去解救。但是到了门口，他先大喝一声，然后踹门进去。林冲提刀破门而入前，大叫一声'大嫂！开门！'，是故意让高衙内有充分的时间逃走。你看，林冲这个英雄，多猥琐、懦弱，孬种一个。每读到这段，我就一声叹息：林冲，一颗老鼠屎，坏了《水浒》一锅汤，可惜了好好的一部硬核小说。"

录音还有，是表姐夫的声音。表姐夫的声音，多少年了，居然一点没变，低沉、慢条斯理的："可是，林冲为什么不敢一刀杀了高衙内？高衙内是谁？高俅干儿子。高俅又是谁？官至太尉，手握兵权的，类似于现在的军委副主席。林冲呢，八十万禁军教头。高俅是林冲的顶头上司，得罪之前还是有所顾忌，何况高衙内还没得手。另外，放今天来说，林冲至少是中产阶级吧，中产阶级最害怕地位变化、收入减少、生活质量下降，算了，忍一忍，大局为重。林冲是个既深谙人情世故，又忍辱负重的人。忍辱负重才是真正的硬核。"

"他们后面还讨论了很多。我没兴趣听了，就跑到卧室里，戴着耳机玩手机游戏。而他们，就一直站在原地，面对面地说话。我从来没有见过我爸如此能说，嘴皮子一直没停过。怕我爸说我玩手机，我悄悄把门关上了。应该就是这时候，我妈从手机监控里看到这一幕,客厅里,我爸和孙老师面对面说笑着。五分钟的开车时间,我妈冲上来,一脚踢开门。声音很大,我赶紧摘下耳机,拉开门。我妈认为这是抓了现场,一番大骂。我明白了他们争吵的事由。我给我妈解释,并拿出孙老师和我爸讨论的录音放给我妈听。我妈听完,似乎火更大了,指着我爸又是一通大骂,大意是人家——指孙老师——说得很好啊,林冲就是一孬种,你就是跟林冲一样的孬种,堂堂县长儿子,什么事情都是我在争取,什么事情都是我在出头,你还有脸说忍辱负重是硬核,你怎么不说自己不配做男人,不配活在这个世界上,搞火了我,老娘有天杀了你……"小路声音不知不觉地有点在模仿他妈,连他自己都发现有点不对劲,停了停,最后说,"从那以后,我爸开始独居,还爱上了喝酒,高度酒。'双十一'的时候还叫我在淘宝上买酒,一买就是一箱。也是从那时候起,我妈和我爸的战争升级。我每次回来,都能闻到家里的火药味。"

小路爷爷在群里问小路到哪里了,回到县城没有。我默默地把小路推出了那个破败的家属楼。小路已是一米八的大小伙子,一年后将走进大学,开始新的生活。"走吧。马上开学了,加油读书哦。"我说。

我们一前一后出了门。锁门的时候,小路突然想起了什么,推开门,又进去了。很快,他出来了,手里拿着那本厚厚的《水浒》。

【作者简介】钟二毛,湖南人,先后毕业于中国青年政治学院法律系、北京电影学院导演系,在深圳当过多年警察、记者;小说在《当代》《作家》《中国作家》等期刊发表,多次被《小说选刊》《小说月报》《中篇小说选刊》转载,获第17届百花文学奖、《民族文学》2012年度文学奖等,入选《中国短篇小说20家》等年度选本;出版有长篇小说《小中产》《小浮世》,中短篇小说集《回乡之旅》《旧天堂》等;编剧、导演电影《死鬼的微笑》,获美国第60届罗切斯特国际电影节"小成本电影奖",等等。

江上往来人

文　非

一

　　陈同彬每次打桥洞下经过,都会引起一阵不大不小的骚动。那些来自长江老埠头,被嘤嘤嗡嗡的苍蝇包围席地而坐的漂佬(渔民),或者鱼贩子,争相站起来脸笑腰弓趋前。尤其是一大早,那些人都知道陈同彬是去菜市场买鱼,不等他走进桥洞便围了上去。陈同彬很享受这种被簇拥的感觉,通常,他会打着哈欠,在某几个摊位前蹲下来,挑一些看上去还新鲜的鱼,付了钱,让他们送到对面的陈记鱼粉馆去。

　　那个面方肩阔、蓄着髭须、打着瞌睡的男人看上去并不合群,陈同彬无法判断出他是撑船打鱼的漂佬,还是四处流动的鱼贩子。他的摊位和邻近一溜儿摊位隔了很长一段距离,几乎要摆到桥洞外面去了。也许,他和他们并不熟悉,或者,他被那些他本就不屑一顾的同类给孤立了。

　　陈同彬很早就注意到这个怪异的男人,他在桥洞有一段时间了,穿着一套洗得发白的迷彩服,戴着一顶灰色旧草帽,低了头打瞌睡,偶有客人走近喊一声,受惊一般猛然抬起头,一张干瘦的脸和两笔浓密的髭须便很突兀地堵在人面前,若无防备,十有八九要吓一跳。陈同彬很讨厌他那两笔髭须,透着一股农民的狡黠

269

和难以琢磨的怪异。

　　髭须男通常最后一个走,因为他的鱼总是卖不动。他卖鱼,也卖螺蛳。鱼的种类杂乱,个头不一,那些鱼杂乱地摆在一块蛇皮袋上,惹来成群的苍蝇。髭须男卖鱼的热情并不高,耷拉着眼皮,垂了个头,似乎永远睡不饱。即便是被众人看作大客户的陈同彬进了桥洞,他也只是被惊扰了一般,睁开惺忪的睡眼,小幅度地挪了挪地方,漠然地看着那些人争相把陈同彬往自己的摊位引,好像是在看一件与自己无关的事情。好几次,陈同彬走近他的摊位,他也只是眼睛看着地面,悠悠地吆喝一声,听起来还没睡醒的样子。同样被瞌睡纠缠的陈同彬本打算蹲下来拣一拣髭须男摆在地上的鱼,顺便和他聊一聊关于瞌睡的话题,可上下飞舞的苍蝇让他望而却步。

　　有一次,陈同彬在髭须男的摊位上挑了十多条翘嘴白,这些奄奄一息的鱼被髭须男拢到一边,无力地翕动着嘴巴。“你应该和他们一样,用一个水盆,这样看起来会好一些。”陈同彬忍不住善意提醒。髭须男没有说话,只是漠然朝旁人的摊位瞟了一眼,然后从屁股下抽出一只大红的塑料袋,将陈同彬挑好的鱼捡进去。陈同彬没有接:“你帮我送过去吧,他们会给你钱。”他朝斜对面的陈记鱼粉馆努了努嘴。髭须男犹豫了一下,打了一个长长的哈欠。“你好像总睡不够……”陈同彬说。髭须男没搭话,准备起身去送鱼。陈同彬不甘心,说:“我是说,有什么好办法能让人倒头就睡?”这个问题陈同彬搁肚里很久了。最近,他总是失眠,总是为睡不着而焦虑。

　　远处的火车响着汽笛驶近。髭须男起身,看着陈同彬满含期待的目光,张嘴说了一句什么,可惜,他的声音被头顶火车轰隆隆驶过的声音给淹没了,陈同彬只看见髭须男的嘴巴一张一合,一张一合,像一条濒死的鱼张口喘气。

二

　　陈记鱼粉馆在羊子巷巷口,面朝繁华的站前路。店子斜对面,一条火车道横穿过站前路,每每有火车“哐当哐当”驶过,店子里能感受到一阵持续的有节奏的震颤。穿过火车桥洞再往前走一点是站前路菜市场,陈同彬几乎每两天就要去一趟,采购新鲜食材。

　　随依芸回到市里的头一年,陈同彬盘下了这家鱼粉馆,生意不好不坏。三个月前,陈同彬感觉忙不过来,和依芸商量雇个勤杂工,依芸提出要县城独居的老丈人过来搭把手。

第一次造访老丈人家,陈同彬就隐约觉察到老丈人和丈母娘感情失和。丈母娘端庄秀气,但生性冷漠,周身浮游着一种海藻一般阴郁的孤独。老丈人迟滞少语,谨小慎微,对丈母娘有着一种自甘低下的敬畏。他们过的是一种没有语言的生活,在那个逼仄昏暗的居室里,声音比空气显得更为重要。几年后,多病的丈母娘或许意识到自己时日不多,犹犹豫豫委托陈同彬打听一个叫庾春风的男子,信息极为有限:陕西安康人,三十四年前和老丈人丈母娘同在长江边一家偏远的三线厂工作。陈同彬瞒着老丈人和依芸,先动用当地同学公安系统的关系,后登报寻人,直到丈母娘去世,也未有结果。

老丈人接来后,烦心事跟着也来了。

陈同彬两口子住的是一楼的小三房,外带一个二十来平米的小院。当初买房的时候就考虑好了,除去主卧,另外两间分别是儿童房和老人房。老丈人来之前,两口子正在积极备孕中,性急的依芸早早就把孩子的房间布置好了。天蓝色墙绘,荡漾着水纹一般纹理的实木双层儿童床,小熊维尼的床单,蓝色迷你儿童桌椅。每次出门前打量一番房间,陈同彬都会浑身生出使不完的劲。老丈人住的是紧挨主卧的老人房,房子隔音效果不理想,夜深人静,隔壁老人鼾声咳嗽声清嗓声清晰可闻。正在备孕的两口子,努力了好几个月,未见动静,这让他们更为勤奋,几乎夜夜都要鏖战一番,陈同彬迷恋依芸娇小的身体,依芸也放得开。老人来了后,两口子收敛了许多,开始刻意疏离,即便是难得一次的欢爱,也往往草草了事,趣味无穷的欢爱变成了程序化的任务。久而久之,陈同彬心里有了障碍,总觉得隔壁屋有一只耳朵贴在墙上。备孕大计受到影响,陈同彬心里不爽,思忖再三,吞吞吐吐提出让老丈人搬到儿童房睡。话还没说完依芸就拿眼横他,巴掌大的木板床,腿都伸不直,怎么睡?陈同彬自知考虑失周,赶紧噤声,但心有不甘,琢磨是不是把床互换一下,可老丈人睡的席梦思床儿童房未必摆得下,况且老人搬过去后,糟糕的情况未必就能得到改善,思前想后,也就彻底闭嘴。

一天夜里十二点,陈同彬缩手缩脚和依芸亲热完,估摸老丈人睡实了,便光了身子出来冲凉喝水。陈同彬蹑手蹑脚拉开冰箱,居然在冰箱发出的微弱的灯光中,瞥见一个黑影挺坐在沙发上,木佛一般。陈同彬吓得不轻,关上冰箱逃也似的冲进了卧室。后来还有几次,陈同彬起夜,在卫生间、客厅、阳台甚至儿童房和悄无声息的老丈人不期而遇。黑暗中也看不清老丈人的表情,陈同彬开了灯,老丈人像畏光的动物,嘴里咕哝着迅速地逃回了自己的房间。

麻烦不止于此。

老丈人有早起的习惯,清晨五点不到,便窸窸窣窣穿衣起床。陈同彬搞不懂那么早起来能干什么,也没开灯,但能听见从厨房、客厅、卫生间传出来的各种细小的被尽量控制的声响,以及一步一步小心翼翼的脚步声。陈同彬免不了抱怨,依芸也没办法,父亲一辈子的习惯,不是一朝一夕能改过来。

后来,他们才知道老人失眠了,离开了睡了几十年的床,难免不适应,也许过一段时间就倒过来了。但是一个多月过去,老人的失眠依然没有好转,夜里十一二点入睡,中途频繁起来溜达,凌晨五点一准起床。奇怪的是,老人的精神状态丝毫没有受到影响,倒是陈同彬,像是被传染了一般,也跟着失眠,即便睡着了,也似睡非睡。有时候,半宿半宿地睡不着,在黑暗中睁着眼等待、捕捉隔壁的动静。那些惯有的咳嗽声、吐痰声、拖鞋轻微摩擦地面的声音、被压抑的开门声像一枚枚楔子搠入他的脑袋,顽固地成为脑袋内存的一部分,只要脑袋一碰着枕头,那些声音便如期而至。

陈同彬以前状态很好,在店子里忙了一天,回到家和依芸耳鬓厮磨一番,翻过身呼呼大睡。但现在不行了,闭上眼,寄居在身体里的睡意便抽离身体飞升而去。夜里睡眠丢了,白天又找不回来,陈同彬状态越来越差,神情恍惚,绵软无力,时刻想躺下来,但真正给他一张床,却又睡不着。

为了改善睡眠,陈同彬每天晚上早早关门打烊,回到家吃完饭开始泡脚。九点一到,准时上床,听音乐。舒缓抒情的轻音乐,伴有大自然的流水声、雨声、鸟声、虫声,以及村庄模糊的鸡鸣狗吠声、人语声。陈同彬对这些声音有种天然的亲近感。他的老家在赣北的一个小山村,依山傍水,宁静美好。在各种或清脆或模糊的自然之声中,他回忆过往,积攒睡意。但是总在似睡非睡的状态中,隔壁窸窸窣窣的声音又响起,先是试探性的,隐秘而犹豫,被尽量控制,如鼠子出洞,后来,在夜色的庇护下,确认无虞后,便胆大了起来,先是一两声,后来连成串,直至纷纷扬扬,无所顾忌,盖过了隔屋的音乐声。

陈同彬心里叹一声,大声咳嗽起来,隔壁的声音小了下去,直至消失。平静了片刻,另外一些声音开始在耳膜里活跃:楼上谁家的夜哭郎在哭闹,模糊,却执拗;有人深夜归来,楼道里疲惫的脚步声近了又远去;谁家的宠物狗被惊扰了,歇斯底里地叫唤。好不容易攒拢的一点睡意,慢慢地,青烟一般袅袅散去。

有一段时间,为助睡眠,他敲起了佛音碗。碗是一个行脚的和尚送他的。和尚进店化斋,见陈同彬精神委顿,主动询问。陈同彬如实相告。和尚双手合十道:"施主与佛有缘,我授予施主一法器,可解施主之忧。"言毕,从包袱中拿出一只佛音碗。这东西陈同彬在寺庙见过,常置于佛像前。只见和尚手执桃木柄,轻擦碗边,随即发出悦耳共振之声,令人顿然进入空灵悠远之境。陈同彬一下子被击中了,仿佛有个大吸盘把长久盘踞在体内的杂质掏空,昏沉懈怠一扫而光,通身充盈着被洗涤后的清灵。他如获至宝,转身取钱,和尚已悄然离去,追出门外,不见踪迹。

佛音碗给陈同彬带来了短暂的理想睡眠,他在佛音中平静、冥想、入睡,由此也疏离了生意,且深陷其中一度产生消极遁世之念。依芸受不了,抱怨好好的家成了深山老庙,青灯枯影瘆得慌。在依芸的强烈抗议下,陈同彬只得放弃,但他不甘心,了解到时下流行的颂钵音疗,便瞒着依芸报名去试试。颂钵其实和佛音碗类似,只不过在音疗的同时,辅以按摩。据说这种来自喜马拉雅山的陨石熔炼而成的东西非常神奇,可以衡脉轮、激活生命力、唤醒细胞记忆、舒经活络。一个疗程下来,失眠依然顽固,遂作罢。

陈同彬意识到问题的严重性,这样下去身体迟早要垮掉。依芸怀疑他得了什么病,甚至隐晦地暗示这种病可能和她久不受孕有关,几次三番催促他去医院检查。陈同彬根本听不进去,他很清楚自己的失眠是怎么来的,可他不敢说。

三

丈母娘三周年忌日,依芸和老丈人回县城扫墓。陈同彬干脆歇业一天,在家好好补觉,然横竖睡不着,中途换到老丈人房间,依然如故。索性起床,翻身,床板响,掀开被褥、床板,发现一本手工线装书压在床板和横梁之间,封面没有名字,只有一道深深的压痕。陈同彬翻了翻,吃了一惊,里面全是用印有"246机械厂"字样的信笺抄写的普希金情诗,信笺泛黄,字迹漫漶,落款庾春风,该有不少年头了。这不是庾春风写给丈母娘的诗吗?怎么在老丈人手中?陈同彬百思不得其解,丈母娘三年前离世前和他最后一次长谈重又浮现。

"……其实你应该猜得到我们好过,庾春风从大城市下放到我们单位,引起了不小的轰动。你想想我们那是什么地方,长江边,山窝窝,与世隔绝,况且那时厂子已不行了。他有文化,人也长得好看,厂里不少姑娘都乐意跟他交往,他不知怎么就看上了我,虽然那时我身边有不少追求者,包括你爸,可往他身边一站都黯然失色……他抄普希金的诗送我,一天一首,从不间断。我们的关系基本上要确定下来时,厂子里突然传出许多关于他在原单位生活作风不正派的传闻,甚至连他写的检讨书都传得有鼻子有眼。我到现在都不知道是谁在捣鬼,怀疑过你爸,他是档案科的,可你爸坚决否认……庾春风一定是昏了头,把我们绑在一起,举着厂里没有炸药的手榴弹逼迫我父母答应,那一刻,我知道我们的爱情彻底完了,他哪里斗得过他们,被人一窝蜂摁倒在地,第二天便被工厂开除,几天后听说投江了,捞上来面目全非无法辨认,我赶到江边时,已经被单位拉走草草火化了。我不相信他会跳江,他是那么一个意志坚强热爱生活的人,他们一定是搞错了,或者,为了让我彻底死心,这是父母精心导演的一出戏,那时,江上漂着无名尸是常有的事情,我坚信他还活着……"

陈同彬拿出手机导航246机械厂,沿长江溯流而上,四十分钟车程,好奇心驱使,索性发动车。

比预料中的情况要好,一条狭长的山谷中,厂房多已坍塌,被疯长的野草树木吞噬。他找到了老丈人和丈母娘住过的315宿舍,里面残存着当年未来得及带走的废弃物,"抓革命促生产"的贴画一角粘于墙皮上,欲坠未坠。

沿着被野草围困的围墙走了一圈,他没找到丈母娘所说的墓,即便有,或许早已被悠长的岁月抚平。

陈同彬在江边坐了半个时辰,驱车返回。

四

桥洞下,漂佬卖完鱼陆续离去,髭须男还在坚守,位置都没挪动一下。陈同彬忙碌的间隙,偶尔会探出身往桥洞里瞥一眼。髭须男歪着脑袋,又在打瞌睡,一半身子暴露在七月的阳光下,一半置于桥洞的阴影中,身旁人来车往的喧闹,与他无干。

似乎是被髭须男感染了,陈同彬感到一阵浓重的睡意袭了上来,他晃了晃脑袋,叮嘱收拾碗筷的老丈人记得收两桌客人的钱。说罢不等填一下肚子,便猫进后厨支了躺椅,刚要躺下,看见一顶灰草帽从门前飘过。

店子里大声说话的两对食客声音低了下来,这是老丈人特意提醒了的缘故。陈同彬失眠,老丈人一直很愧疚。前些日子,老丈人提出把店子旁边的耳房收拾收拾搬过来住,陈同彬没有答应。耳房本来是堆放杂物的违建,低矮潮湿,窗户都没有,根本没办法住,即便能住他也不好点头,这种事得依芸拿主意。

陈同彬蜷缩在躺椅上刚合眼,店里来了客人,椅子拖动发出尖锐的声响。陈同彬探出脑袋往外望了一眼,发现进来的人,是刚刚从门口过去的戴草帽的髭须男。

迷迷糊糊中,陈同彬听得老丈人和髭须男有一搭没一搭地说话,声音由高至低,直至完全消失……醒来,店门虚掩,空无一人。半个下午后,老丈人才急匆匆回来,手里提着两片咸鱼。

"去哪儿了?"陈同彬睡眼迷蒙地问。

"去江边老埠头转了转——那人真是个漂佬。"

陈同彬一下子没反应过来,而后一下子想起来,他说的是那个爱打瞌睡的髭须男。私下里,陈同彬不止一次和老丈人议论过他。老丈人也很疑惑,桥洞下车马尘喧,能轻易睡着不是一般的本事。关于髭须男的身份,他们也有过猜测,老丈人笃定地认为是漂佬,陈同彬觉得更像鱼贩子,甚至不全是鱼贩子,有可能还做着别的什么活儿。

"该是外地来的,老埠头一带本地漂佬很少。"

"上游下来的,叫李孤儿,来这里寻女人。"老丈人大声说。

"看上去是个狠角色,不像打鱼的。"

"错不了,我干了一辈子档案人事工作。"

"搞档案是不是特有意思?"

陈同彬琢磨着怎么把话题自然而不唐突地引到庾春风身上,刚要开口,店里挑帘来了客人,只得止住话头。

接连一段时间,老丈人在中午忙完后都外出,赶在半下午店子营业前又匆匆回来。陈同彬闹不明白他哪里来的精力,夜里睡不好,白天还能双脚不停四处颠。当然,出去走走也好,一天到晚憋在店子里,陈同彬也不落忍。

这天夜里,依芸问起店子侧面的耳房,陈同彬说:"好好拾掇一下应该能住。"说完了似觉不妥,打了一个哈欠,补了一句:"要不租间房?"依芸幽幽地说:"我爸一辈子都在为别人着想,你看他最近糊涂了不少,刚来时耳聪目明。"陈同彬细细琢磨了一下,的确,老丈人最近有些木讷。"也许是失眠带来的。"陈同彬装出一副感同身受的样子。"不,"依芸说,"他是装出来的,他没有任何问题,只是不想让我们感到尴尬……我妈在世时,他也是这个样子。"陈同彬浑身一激灵,刚刚酝酿出来的一点睡意,片刻荡然无存。"改天租一间房吧,两头自在。"依芸似乎下定了决心。

<h1 style="text-align:center">五</h1>

依芸在陈记鱼粉馆附近找了一处带厨卫的单间,铁路职工宿舍房,八楼,干净,光线好,站在窗户边可以俯瞰鱼粉馆的屋顶,还能隐约看见浑黄的一线江水。陈同彬和依芸都满意,可老丈人死活不乐意。此前在饭桌上依芸和他提过一嘴,老丈人也没反对,现在定金都交了,老人却不愿意了。好说歹说不奏效,依芸一时气急:"爸,你替我们想一想,不是我们赶你,挤在一起,大家都睡不好。"老丈人没再坚持,垂下暗淡的目光。

当天晚上,依芸打电话来说老丈人没回家,店子里不见人,手机也打不通。正在外头忙碌的陈同彬赶回来,拉着依芸赶到鱼粉馆,借着手机的亮光,推开耳房破旧的木门,一股浓重的腐朽味扑面而来。老丈人并不在里面,依芸蹲在地上号啕大哭。陈同彬安抚好依芸,骑上电瓶车沿街转了一圈又一圈,精疲力尽经过桥洞时,陈同彬电光石火般掠过一个闪念,他急忙赶到店子里,叫上依芸,往老埠头赶。

深夜的老埠头格外寂静,十来条乌黑的船沿江岸一溜儿排开。有两条船透出微弱的灯光,其中一条还传来模糊的说话声。陈同彬站在岸边喊了一句,里面并无人应答。上船的木板被船家卸掉了,上不得船,情急之下他搬起脚边一块石头,奋力往江中掷了出去。响声过后,有人弓背挑帘出来,陈同彬也不管认不认得,高声道:"船家,是我。"那人立在船头,不响。片刻,帘子又挑起,一个汉子擎了灯出来。立在船头的船家打量了许久,朗声道:"是鱼馆的陈老板吗?这么晚了还来买鱼?"被人认出,陈同彬心下高兴,免去许多口舌。"船家,劳烦了,跟你打问一下李孤儿的船。"船家"哦"了一声,朗声道:"那龟儿在江心岛呢,从不和咱勾搭。"说完用手往身后一指。陈同彬和依芸顺着船家手指的方向看去,黑魆魆的一片,啥也看不见。陈同彬只得直奔主题:"船家,可见着我丈人,一个六十来岁的老人?正着急寻他呢。"船家又"哦"了一声,说:"向晚的时候在李孤儿的船上还喝着呢,这段时间经常来。"陈同彬心里高悬的一块石头总算落地了。依芸仍然不放心,用手反复比画,得到肯定答复后才作罢。船家反身钻入船舱后,他们没有立即离开。依芸坐在石阶上,瞬间的放松或许让她觉得累了,陈同彬紧挨着依芸也坐下来。他们默然不响地坐着,江水在他们眼前缓缓流淌,偶尔发出一点声响。深夜的风裹挟着一股温润的腥气悠悠地吹拂。一阵浓重的睡意袭了上来,陈同彬感觉自己成了一块石头,缓缓向江底坠去……

"看,快看!"

陈同彬睁开眼,他甚至不知身在何处——睡得太沉了,很久没有这种酣畅的感觉——黑魆魆的远处出现一点亮光,像星光,又像灯光。依芸为这一点微弱的光而兴奋,但转瞬间,那一点光亮又熄灭了,快速得令人觉得是幻觉。

六

老丈人搬到李孤儿的船上去住了,据说睡得踏实,失眠问题一扫而光。

起初,依芸并不答应,这算什么事?放着好端端的房子不住,非要到船上去遭罪,夜里闷热不说,腥臭味也会熏死人。她曾悄悄地去看过那条船,逼仄、脏乱、腥臭。狭小的船舱里堆满了衣物、酒瓶、渔网以及锅碗瓢盆之类的东西。一条熟悉的绿色的薄毛毯,被最大限度地卷曲着,拘谨地缩在角落里,那是父亲在这条船上夜宿的唯一痕迹。回来后,她忍不住把糟糕的情况同陈同彬唠叨,将一个老人托付给一个怪异的陌生人,还是不放心。陈同彬觉得未尝不可,只要老人舒坦,不必去阻拦。理是这个理,但依芸拐不过弯来,她内心充满了愧疚。陈同彬宽慰道:"你放心,他们会相处得很好,改天我拎点烟酒过去,咱不亏待人家。"

说起来也是奇怪,老丈人搬离后,陈同彬丢失的睡眠一点点找回来了。这是令人高兴的事情,但在依芸面前,他言语谨慎,尽量克制。

生活似乎又回到了往昔,日复一日周而复始地往前走,看上去,日子和以前并没什么两样,但细琢磨,又觉得不一样。那个叫李孤儿的髭须男还在桥洞下卖鱼,依然和旁人保持着令人费解的距离。老丈人一有空闲,便会踱到桥洞去,和髭须男说几句话,抽两根烟。到饭点的时候,看见髭须男还孤零零地坐在桥下,老丈人偶尔也会端一碗热气腾腾的鱼粉过去。起初,髭须男不肯吃,三番五次,也就不客气了,甚至主动进到店子里要一碗鱼粉,吃完,抹嘴便走。陈同彬觉得有些过分,但看在老丈人的面子上,也就忍了。

有一段时间,陈同彬发现老丈人采购来的鱼大小不一,甚至常出现一两只漂肚的。食材不新鲜,顾客自然不买账。回想起这段时间很少看见李孤儿的身影,陈同彬自然知道怎么回事。这样下去肯定不行,这天,借着老顾客的抱怨,陈同彬旁敲侧击地提醒老丈人。老丈人倒也不辩解,讪然道:"帮一把,一个男人丢了女人,怪可怜的。"

一旁的老年顾客鄙夷地"哂"了一声:"分明是江上陪夜的娼妇,睡了几夜,他倒舍不下,爱上了。"

另一个年轻的顾客放下筷子,轻笑:"他们,也配谈论爱吗?"

"女人没收钱。"老年顾客急于辩解,"想跟他过,终究不甘心。"

"怨谁?"

…………

陈同彬静静地听,也没插嘴,只是隐约觉得,老丈人和髭须男走得这么近,未必是一件好事。

髭须男的鱼越来越卖不动了,旁人陆陆续续赶在上午十点前收摊,他少有在十二点前离开桥洞的时候。老丈人给他送去两只大水桶,鱼养起来要好卖一些,但这样做情况并没有得到多大改善,老丈人索性将一部分鱼拎到店子门口,摆上一块写有价目的小木板。鱼粉店卖鱼,问的人多,买的人少,一来二去误了不少工夫。陈同彬有了怨气,但又不好直言,某天趁老丈人出门,他拎着鱼桶径直往桥洞走,桥洞下的漂佬并没有围上来,他们看着陈同彬斜着身子拎着鱼桶脸色阴沉地从他们面前走过。

髭须男头勾得像沉甸甸的稻穗,地上落满烟屁股,蛇皮袋上的几条鱼散发着可疑的气味。陈同彬将鱼桶"咚"的一声蹾在地上。髭须男猛地抬起头,睁开眼,像潜伏在泥水中的鳄鱼发现了猎物一般。陈同彬一凛,下意识地退了两步,看见髭须男没有吭声,转身快步离去。

转天,陈同彬请人给耳房装上电灯,在墙上开了一个小窗,同时添置了木床衣柜。房间收拾好了,他请依芸专门过来看了一眼,依芸点头后,陈同彬转身对正在剖鱼的老丈人说:"爸,房子我们收拾出来了,天气热,还是搬回来的好。"

没过几天,老丈人不声不响搬了回来,看上去神情有些低落。若是天气凉快,老丈人依然会去船上过夜,他对依芸说:"大半夜过火车,地动山摇,还是水上住得好。"

七

血案发生的那天上午,陈同彬正忙着安抚一位发难的年轻人,年轻人用筷子举着一截闪亮的刷锅遗留下来的钢丝,阴阳怪气地说:"这种东西吃进肠胃,你说,得赔多少?"陈同彬强作笑脸,把之前道歉的话用更谦卑的态度重复了一遍。老丈人也过来帮腔,话音未落,对方扬言要报警,就在他掏出手机的那一刻,门外有人风一般跑过,先是一两个,后是三五成群。

"杀人啦——"

年轻人拨打电话的手哆嗦了一下,捏着手机也跑了出去。

桥洞里沸反盈天,一辆救护车尖叫着从陈同彬身边驶过,先于他抵达桥洞。待他气喘吁吁进入桥洞时,一个满身是血的鱼贩子被抬上救护车离去。一把带血的匕首被丢弃在马路牙子上。十步开外,是髭须男的摊位,几条翘嘴鱼横七竖八地躺在蛇皮袋上,其中一条似乎还活着,在炙热的阳光下徒劳地张了张嘴。摊位的主人,那个爱打瞌睡的髭须男,已不见踪影。

风从桥洞方向荡过来,一股奇异的浓重的臭味熏得人掩鼻而过。这样的情形已经持续了好几天,马路两边的商家店铺一边抱怨,一边不停地打电话投诉。他们心里都很清楚,那一摊血迹在案发当天就被清洗干净,至于那几条腐烂发臭的死鱼,后来被环卫工人从草堆里找出扔进了垃圾桶。但令人奇怪的是,死鱼的臭味不但没有消散,反而越来越浓烈。

每次从桥洞下经过,陈同彬都忍不住停下脚步朝石墙上的悬赏通告瞟一眼。赏金五万元,这个不断加码曾经让小城人咂舌的数字,因为变得遥不可及,已经很少有人议论。

案发当天,警察曾来找过老丈人,他们获得了一些有价值的信息。比如髭须男选择在离火车站不远的桥洞卖鱼,是为了等待给了他数十夜温存但已坐火车远去的女人;比如伤者经常用极其下流的语言猥亵一个常光顾髭须男鱼摊的女人,致使两人口角积怨;再比如,髭须男小的时候因为偷吃邻居碗柜里的菜,后脑勺挨了父亲一棍,从此落下了爱打瞌睡的毛病。

髭须男失踪后,老丈人依然会去船上过夜。陈同彬和依芸不放心,好几夜,他们来到老埠头远远地看着。髭须男的那条船同他的摊位一样,和岸边一溜渔船保持着一定的距离,显示出它的主人是那么卓尔不群。夜深以后,髭须男的渔船开始往江心岛划去,他们的目光随着那点灯光缓缓移动,直到灯光消失不见。

死鱼的臭味依旧在弥漫,似有若无。因为找不到臭味源,桥洞已经不让摆摊设点了。偶尔,依然会有几个漂佬会躲避城管的驱逐来摆摊,一块蛇皮袋铺在地上,摆上一堆鱼,若是城管来了,捏住蛇皮袋四角四散而去。

老丈人安分了许多,除了在店子里干活儿,大部分时间都待在耳房,即便是吃饭,也端了碗钻进耳房,且出门必定落锁。老丈人看出了陈同彬眼里的疑问,不紧不慢地说:"这几日丢了好几样东西。"

有一天夜里下暴雨,陈同彬担心店子里进水,一早便急匆匆赶往店里。开了门,一股浓重的香烟味扑面而来,老丈人正在收拾桌上的碗筷,碗里尚有没吃完的面条。"昨天客人吃剩下的,没来得及收拾。"老丈人一边说一边飞快地把面条倒进垃圾桶。陈同彬不声不响,瞥了一眼地上散落的烟屁股,转进后厨,摸了摸,锅子和煤气灶烫手。

日子依然在一个平面上周而复始地滑行。进入深秋,大风刮了几天,街面上泛黄的悬赏通告追随着落叶满地起舞。陈同彬俯身捉了一张,快速揣进口袋。

大约一个礼拜后的一天上午,陈同彬挨到十点,才磨磨蹭蹭往店子里去。刚进桥洞,看见一辆警车呼啸着在陈记鱼粉馆门口刹住,五六个警察下车直扑耳房,店门口迅速围拢一群看热闹的人。陈同彬用脚支着电瓶车往桥洞里缩了缩,远远地看着。四五分钟后,警察散着手出来,站在店门口和老丈人说了一些什么,便上车离去。

头顶,火车呼啸而过,陈同彬感到一阵战栗从脚底经由双腿传至五脏六腑。

老丈人低着头,正在一声不响地准备中午的生意。耳房的门敞开着,里面漆黑,门锁被砸开丢在地上。陈同彬打算进去看个究竟,在向耳房走去的时候又突然打消了念头。

"这是咋了? 爸。"他喊。

屋里没有声响。

八

三天后,老丈人不知去向,只是说出门买点蒜,却手机关机,彻夜未归。

陈同彬带着依芸一早赶到老埠头。晨曦中,髭须男的渔船静静地泊在岸边。里面依然凌乱,未来得及洗涮的饭碗,长出了厚厚一层白毛。

在警方调取的监控视频中,他们看见老人失踪前的身影。老人提着一袋食品从旺家乐超市出来,沿沿江路向东走,在接近火车站的沿江花园里,老人的身影消失不见——仿佛一滴水人间蒸发了一般。随同老丈人一起消失的,还有床板下的普希金情诗手抄本。陈同彬瞒着依芸,再次溯江而上去了一趟246机械厂,吊诡的是,他居然找不到315宿舍,他清楚地记得,门楣上标有油漆剥落的"315"字样。陈同彬不知是记忆出现了偏差,还是另有原因,心中惴惴不安,草草寻了一遍,匆匆返回。

依芸向单位告了长假,陈同彬也关张了鱼粉店。他们没日没夜,几乎把小小的县城捋了个遍。依芸整日以泪洗面,日渐消瘦。陈同彬睡眠彻底稀烂,而且失眠比前次更为严重,不得不加大药量。换了别人,服用这么多药,恐怕还没走到床前便要睡着了,但他依然睡不着。他对依芸说,夜里总听见门锁咔嗒声、脚步声、咳嗽声。依芸听了,眼泪止不住地流。

这天黄昏,陈同彬再次来到老埠头,漂佬正在生火做饭,渔船上升起炊烟,传来热闹的人语声,以及菜入油锅滋啦的声响。天际,霞光满天,江面上晃动着一层粼粼的令人眩晕的波影。这是多么美好的一幕,陈同彬想,髭须男的那条船上,曾经每天这个时候,也升起过炊烟,髭须男和老丈人在船上喝酒、抽烟、吹牛,酩酊大醉,和衣而睡。但如今,那条渔船失去了烟火味,被孤寂地遗弃在岸边。

陈同彬在船上抽了两根烟,下船的时候,突然转身,开始飞快地收拾、洗涮。一通忙碌下来,船舱焕然一新。他感觉停不下来,决定要在船上做一顿晚饭——船舱顶篷上,挂着两片咸鱼,黑洞洞的眼窟窿,残留着一丝来不及褪去的惊恐和绝望。

升起的炊烟引来好些人,有人给他送来一小坛老酒。陈同彬喝得有点狠,把积蓄在泪腺的眼泪都喝出来了,把卡在嗓子眼的哭声也喝出来了。他感到自己醉了,也可能是累了,顺势躺下,很快便鼾声大起。醒来时,已是次日上午,老丈人失踪后,好久没这么酣睡过。

陈同彬来老埠头的次数多了起来。很奇怪,在家里,他总是失眠,唯有躺在这逼仄摇晃的船上,才能安稳入睡。但他又不忍抛下依芸,依芸病了,需要人照顾。

办法是一个漂佬想出来的,当然,人家只是开玩笑,陈同彬却暗暗记了下来。

几天后,陈同彬叫了一辆卡车,雇了几个漂佬,将髭须男的渔船运到了自家院子里安顿好。当夜,他满怀激动,早早钻入船舱。奇怪的是,他又失眠了,辗转反侧到深夜毫无睡意。他有些泄气,爬起来沽了点酒,但直至天光发白,也没有合上眼……

【作者简介】文非,青年作家,中国作家协会会员,鲁迅文学院第32届中青年作家高研班学员。作品散见于《小说选刊》《小说月报》《新华文摘》《北京文学》《长江文艺》《长城》《山花》等杂志,并入选多种年选,出版小说集《渔船来到雨庵镇》、《周鱼的池塘》(入选"21世纪文学之星"2017年卷)。

五秒钟是什么概念

锦　璐

　　飞机落地后,阿茂打刘孙电话。刘孙有一辆灰色别克商务车,专跑机场长途。刘孙说知道了,老地方见。阿茂就往出走。门口已经站了几个人,拿着烟。还有一个女孩,站在玻璃门里边,呆呆望着外面,像有什么心事。阿茂从她身后过,多看了她两眼。昨晚的酒令他现在还有些头痛。

　　过了一会儿,一辆车从路口冒出来。有人说,来了。另外一个人说,你什么眼神。

　　车身泛着很强的光,水波纹一样的光,像波浪一样,一浪一浪地涌动,黑色巨兽一般划破深海,向他们无声无息靠近。这是一辆奔驰旗下迈巴赫S级轿车,非一般的奔驰能比,更豪更霸气,明晃晃的立标戳在车头。

　　车停下来。大家没有动。那两个手里夹烟的,也不说话了。车窗缓缓降下。阿茂被那个驾驶座上传过来的声音点名:"谁是阿茂。"开车的男人戴着帽子,看不清脸。

　　阿茂脸上露出迷惑的表情,哈着腰,举手冲车窗晃动了一下。阿茂戴着墨镜,虚胖,一撮应该划分到右边的头发,非常顽固地朝左边翘着,有点像近两年火起来的一位脱口秀演员。周围的人转过头,都看他。

　　"上车。"

　　"我?"

那个人的声音很严肃。"你不是去米东县嘛。"

阿茂撅着屁股，好像听不清他讲话。"噢，是的。那……那……"

"价钱一样。"

阿茂还是有些不能确定。他摘下墨镜，又往车窗里看了一眼。男人不耐烦起来："站着干吗？跟我走啊。"阿茂一面"哦哦"应着，一面往两旁看去。几张陌生面孔谁也不出声，只是定定看着他。那个女孩眼睛没有瞧他，似乎还陷在心事里。开出去五十米那么远，他从后视镜看到，他们还是一副没缓过神的样子。好像他上的不是一辆豪车。

车太大了。坐在副驾驶位上，感觉腿伸直了都碰不到头。有一缕淡淡的烟味。

"大哥，是不是还有其他人也叫阿茂？有没有可能，我不是你要拉的那个阿茂。"阿茂抱着唯一的行李，一个电脑双肩包。他不敢乱动，揣着小心，扭头往左手边看。男人大概五十岁，穿一件墨绿色衬衣。棒球帽檐压得很低，他得仰着下巴，才能看清前面的路况。他意识到阿茂看他，从后视镜里扫了阿茂一眼。

"米东县米香街米兰小区。"

"对，对。这，这车……也跑专车？"阿茂不想让自己结巴。他其实很想给刘孙发个信息，又怕男人看见。不过，他也不是第一次被刘孙倒手。这些专车司机都是这样，大家都接单，然后把单凑拢在一起，凑够一车就发一车。

"把你墨镜给我。我墨镜丢了，看见光线眼睛会流眼泪。"

"我，我也同样的毛病。"

男人又从后视镜里看他。"要不你来开？"

阿茂估计男人个头得有一米八几。阿茂摘下墨镜，双手递给男人。男人戴上墨镜，把帽檐往上顶了一下。现在，他半个额头露了出来。整个人看上去也轻松一些。

正是中午，阳光白晃晃地从地面反射过来，刺人双眼。阿茂狠狠闭了一下眼睛。男人伸出手，把他那边的遮阳板扒拉下来。

"谢谢大哥。您这车太豪了。"阿茂蹭着座椅后背，尽量把整张脸藏在阴影里。"最少最少也得过百万吧？"阿茂想象自己把握方向盘的模样，估计会让警察以为无人驾驶。

男人说："两百多万。等了半年，才提上车。"

阿茂舔舔嘴唇，喉咙那里有些干。现在有钱人太无聊了，跑跑专车，体会一下普通人的生活。不过阿茂没想到，这样的事会让自己遇到。要是这样，这个有钱人为什么不拉那个女孩呢？阿茂忍不住又想到了昨晚。

很快就上了高速公路。车速压着时速上限，跑出平稳流畅的节奏。一队平行排列的云朵飘浮在左前方的天空，一动不动，仿佛银河战舰降临地球。平展展的平原上，田野和厂房交替出现。槐树还没长出叶子，树干和树枝之间架着好多鸟巢。有些更聪明的鸟，把巢搭在高高耸立的通信基站最顶端。

男人的目光这会儿投向那些铁塔般的基站。阿茂偷偷瞅见，有些讨好似的说："筑巢5G，抢占先机。"

男人好像笑了一下。

阿茂又来了一句："起步就要提速，开局就要争先。"

男人好像又笑了一下："这车百公里加速，只需要五秒。打个哈欠，也不止五秒。"

阿茂咂咂嘴巴，跟着笑起来，把两条腿用力往前押，给自己调整了一个舒服的坐姿。

"接着说。三个小时呢，别让我犯困。"男人说。

阿茂伸手把那撮不听话的头发使劲往右刮，那是它原本应该在的方向。"想听什么？您给个范围。"

"说说昨晚吧。"

"昨晚？"

"对。昨晚。"

"为什么非得是昨晚？"阿茂有点发蒙。

"人生在世，只有活过的那个晚上，才是你的。谁能担保，下一秒钟不出什么意外。昨天不是刚刚掉了一架飞机？那么些人，说没就没了。就像花出去的钱才是你的，一个道理。"

车外的噪声几乎听不到。车内像电影院的内部。男人缓慢的声音如同贴在阿茂耳朵边上。阿茂没接话，过了一会儿，他想，这话真他奶奶的有一定道理。有钱人说话都很有水平的，如果他们想跟你好好说话。

阿茂扭扭脖子，关节处发出"咔咔"的响声。昨天晚上脑袋挨到枕头之前，他也把脖子扭出"咔咔"的动静。再往前几个小时，他把每个手指关节轮流捏过去，一连串"咔吧"的响声非常有节奏地响起来。如果只有节奏，还算不上什么。竟然还有不同的音高。这才是他的绝活儿。

阿茂准备开讲之前,礼貌地请教对方"贵姓"。男人说:"免贵,姓梅。梅德韦杰夫的梅。"

"梅老板。"阿茂把"哥"咽回嗓子眼里。

阿茂把怀里的背包放在座椅下面,两条腿搭在上面。阳光弱了一点儿,刚才并排的白云散开,扯成条状或者片状,在天空中不均匀地铺开。

然后,阿茂施展了他的绝活儿。男人,噢,梅老板,转过头盯着他手的动作。"这和你昨天晚上有什么关系?"

"人的身体就是最好的乐器。"阿茂说,"肚皮可以拍,脑门和腮帮可以弹,捶胸口或者跺脚后跟,都能整出动静。"

昨天晚上,他们一桌人,就像阿茂描述的一样,有拍肚皮的,有弹脑门或者腮帮的,有捶胸或顿足的,他则捏手指关节。

坐在正中间的王局,头发半白,笑容温和,噘拢嘴唇吹出口哨。他吹的是《三大纪律八项注意》。他吹得很好,音准和节奏都很好,像专业演奏员。抖音里好些人都吹得不如他。如果把他们的现场演奏发到抖音上,肯定会火。

王局很谦虚,也很和气,没有一点儿架子。听他说话,很长见识。

"都聊什么了?"梅老板问。

"不是俄罗斯和乌克兰打了好些天了嘛。"王局说:"谁是谁非,谁对谁错,先不急着下结论。关键是,没那个本事还是不要惹事,打了一个多月了,打出来一大堆的制裁,这也不一定是俄罗斯错了,而是它太弱了,美国和北约不怕得罪它,美国当年打伊拉克咋就没人敢制裁呢?"

如果梅老板见过王局,他一定会觉得阿茂学王局学得很像。阿茂把两只胳膊一上一下叠着,想象面前是桌子,想象胳膊架在桌子上。上面那只手,想起来的时候,就拍一拍下面的胳膊。

"但俄罗斯也是活该,"王局继续说,"普京动不动就想着跟人打一仗,这跟美国不一样,美国人打仗都是挣钱的,是富打,越打越富。所以仗不能轻易打,中国人也不想着打仗挣钱,能挣钱了,就更不想打了。打仗容易吗?俄乌打了一个月,得死多少人呢。"

阿茂的老板,丁老板,大脸盘子,五短身材,圆脑壳正中剃出桃心板寸。

丁老板给自己杯子满上,站起来敬王局。"还是领导看得深看得远。我们中国人,以和为贵。我们跟着您,和气生财。"丁老板"哗"地一下把酒倒进嘴巴,然后又"哐当""哐当"连灌自己两杯。杯杯见底。王局明早还要开会,举起杯子抿了一口。

通常这个时候,就有人提议,跟着领导开展一下文艺活动,提高一下素质。阿茂跟着丁老板不是一天两天了,所以跟这位王局吃饭也不是一餐两餐了。今天是丁老板请客。这一桌,有丁老板的人,也有不是丁老板的人。有的人熟,有的人不熟。但是,这个提议一起,大家都跟着附和,都把椅子往后退半步。

然后,就出现了刚才说的那一幕。有人拍肚皮,有人弹脑门或者腮帮,有人捶胸或顿足,阿茂则捏指关节。他们都有本事把身体的某个部位整出高低起伏的动静。

不过,阿茂跟梅老板说的时候,把丁老板这一段跳了过去,也没有提丁老板这个人。在这个老板面前,不要提另一个老板。相当于黑帮片里,不能当着这个大哥提另一个大哥。你不知道老板跟老板之间,大哥跟大哥之间,有什么恩什么怨。阿茂只说领导。领导的口哨真是一绝。大家都很陶醉。掌声响起,大声喝彩。说领导,比说老板,显得有分量,有底气。

领导说,人的身体是最美妙的乐器。

领导又说,有共鸣腔,有打击乐,有管乐。

阿茂看了梅老板一眼,他在听。阿茂说:"有个傻×跳出来,说还可以吹箫。"

梅老板咧开嘴角,粗暴地拍了一下方向盘。"领导什么反应?"

"他说,有些人活一辈子就像活了一天,有些人活一天就像活了一辈子。"阿茂朝右边的车窗外看去。这种话不知道到底想说什么,听不懂。

好像就是一会儿的工夫,天色暗下来。阿茂这半边天空的乌云越积越厚,开始往高速公路左边运动过去。两辆大卡车跑在他们前面,车厢蒙着帆布。男人几次想超车,都被它们故意挡道。

阿茂气起来。"那个傻×,我还不知道嘛。混工地的,成天和这种烧柴油的大卡车打交道,一身土腥味。到了晚上人模人样地出来吃饭。关键是他不怕在人前丢脸。"阿茂用手背蹭鼻子,好像要把什么味道蹭掉。

瞅准空当,男人深踩一脚油门,迈巴赫箭一样蹿出去。两侧路面似乎开始下陷,车身却很稳,像低空飞行。强烈的推背感把阿茂强制摁在座椅上,他感到一阵头晕。

梅老板说:"这样的人,才能赚到钱。"

阿茂挣扎着说:"一定要把自己搞得很Low,才能赚到钱吗?"

阿茂心里面涌出复杂的情感。谁想把自己搞成这样?还不都是拼演技。

丁老板,算辈分,他得喊丁老板"表舅公"。丁老板在领导面前,永远是一个忠诚的听众,他常常在领导面前表示,领导说一,他绝不说一点一,领导说南北,他绝不说东西。转过身去,表舅公讲起俄乌局势也头头是道。"乌克兰这回是倒大霉了,被打得稀烂不说,就是赢了也划不来。美国给它那么多武器是白给啊?将来一直好下去还好说,一旦撕破脸,就得让它还钱啊。"

表舅公又说:"有些事情,该防着还是得防着,免得他秋后算账。"表舅公说的"他",应该不是美国。表舅公只是一个包工头,没有那个能耐做跨国生意。表舅公关心时事,常常看新闻。看到那些腰杆直挺西装革履的老板天天捐钱,表舅公心疼得不行,说都是从他们身上盘剥的。

表舅公的腰围很粗,肚子像一袋面粉在T恤底下晃来晃去,裤子只能用两根背带吊着。他这辈子大概是没有办法再看到自己的小弟弟了。他拍拍肚皮说:"酒囊饭袋,外加满满一脬黄连水。"

昨晚,表舅公表扬他,说他有进步,关键时刻会说话,逗得大家很开心,以后要一直这么机灵,前途大好。表舅公从车后座伸出那只胖胖的中指短了一截的左手,拍拍他的肩膀。

梅老板突然伸过手,拍拍阿茂肩膀:"再有钱的人,没钱之前都很Low。"

这让阿茂猝不及防。他几乎本能地挣扎了一下。安全带扣得很紧。双脚一蹬,踢到了储物盒的底板。盒盖不知道为什么竟然张开了。

有什么东西发出幽光。阿茂抻长脖子,看到第三眼,他确定他第一眼就看对了。他的心突然揪紧。那是一把枪,大概一个半手掌那么长,压在一本厚厚的塑料膜还未拆开的汽车使用说明书上。

阿茂的激灵让男人有些意外。这次,他多看了两眼阿茂,又跟着阿茂的眼神,往储物盒那里扫过去。他脸上涌起含混的笑。那个表情在阿茂眼里,好像是说——我知道你看到了什么,但我没必要和你解释。男人嘴角总是挂着若有若无、莫名其妙的笑。过了一会儿,阿茂伸手过去,主动把盒盖扣上。

现在,阿茂把脑袋对着车窗,使劲往外看。远远近近的树,赤裸着灰色的枝,像无数条鞭,受风的指挥向空中乱打。但是坐在车里什么也听不到。他只听到自己的心不听指挥,"怦怦怦怦"乱跳了起来。在映出面孔的车窗上,一道伤疤横在他右眼眶下面。笔直的一道，像比着直尺画出来的。

表舅公右手拿着刀，对准自己左手的中指。他不砍不行。有一支枪顶着他后脑勺。阿茂的头被狠狠按在桌子上，身体本能地绷紧，脸也是，一双充血的眼睛瞪得溜圆，右眼眶下面猛烈抽搐着。在他眼前，表舅公断掉的那一截指头，泥鳅一样跳起来。

别看表舅公身体软塌塌的像一坨猪尿脬，可他的骨头是硬的。他不求饶，镇定得像砍别人的指头。少一截指头算什么？又不是少十根，更不是砍他小弟弟。他们做土石方工程的，从别人手上抢地盘抢生意，拼的是什么？不拼谁的骨头硬，难道拼你对国际局势有独特见解，拼你会吹《三大纪律八项注意》？阿茂不止一次被表舅公教育，干一行就要有干一行的样子。表舅公戳戳后脑勺一处褐色的刀疤，像他们这些只有蛮力的穷乡人，想要出头，就不要怕痛。

阿茂突然对着梅老板比出左手中指。他猛地把身体凑过去，小声说："你见过被砍断的指头吗？"还没等梅老板有所反应，他快速把手撤回来，生怕那根手指落在对方手上似的。

男人在座位上挪动了一下。前后左右都没有车。那些车都不知道跑到哪里去了。这样的高速公路，开起来很单调很乏味。一大早，他就在这条路上跑了一趟。现在，是往回开。他打了一个长长的哈欠。人在打哈欠的时候，会触发中耳里面一块叫鼓膜张肌的肌肉，使人类不会被自己下巴肌肉运动的声音震聋。因此，男人听力减弱了那么一两秒。这个哈欠打得太大，也是因为太累了吧，眼泪跟着流下来。他拿手在脸上胡噜了一把。

他没有留意到身边这个小个子冲他比画着并且又说着什么。

那是一截手指头呀，从手上被活生生砍下来。血不是一下冒出来的，而是等了一下，才从粉红色的断碴处静静涌出，然后流成一道很扎眼的红线，和从阿茂脸上流下来的血汇在一起，顺着桌子腿向下淌。阿茂再次在车窗上看见了自己脸上那道刀疤。他的座椅是那么宽敞，但他的上半身却斜撑在椅背与车门间，好像随时要逃走。天空里的墨色，像洇在他脸上。

车上沉闷得不行。中控台是一个很大的触屏电脑，泛着孤独神秘的蓝光。梅老板提醒阿茂："说话啊。你刚才说得挺好。接着说。"

不知道他按了一个什么键，车厢里闪过一串又一串LED灯光。红的、绿的、紫红的、黄的、蓝的，像夜店里那样动感十足，闪烁不停。他又按了一个键，音响响了起来。一开始是两首歌,先是《北国之春》,然后是《最炫民族风》。接下来是二人转。全是黄段子,一个接一个。以为讲完了,又来一个。以为讲完了,竟然还有。没完没了。

梅老板一直在笑。他那若有若无、莫名其妙的笑,实打实生动了起来。他都笑出了声,"吭吭吭吭",像一个臭不要脸的老兽。他还转过头,不停地看阿茂。阿茂僵硬地坐在那儿,面无表情。男人感到奇怪,问:"你怎么不笑?"阿茂十几岁的时候去东莞打工,长途大巴上,二人转听一路,他跟着一路笑过去,跟个傻×一样。

男人并不知道阿茂突然生出的恶劣心情。"要是今天是你活命的最后一天,你打算干吗?"男人问阿茂。

"不知道。"阿茂没有立刻回答。他根本不想说话。

有雨点"噼啪"落在挡风玻璃上。刚反应过来下雨了,雨水就"哐当"一下,整个儿地砸下来。四边的天上都黑得很严实,有一种世界末日的视觉感。雨水击打在车头,溅起飞浪一般的白沫。

车速一点都没有降。为了抵消雨水带来的阻力,男人似乎还踩深了油门。

"你说,那架飞机掉下来的时候,那一飞机人,来得及想这个问题吗?"

"你干吗总是提那架飞机?"阿茂强迫自己说话声音大起来。他感到自己的手在颤抖。他说不上,自己是害怕吗?

这么暗的天色,梅老板依然戴着阿茂的墨镜。梅老板从镜框下面伸进去一根手指,揉了揉眼睛,指着远处那些模糊在雨幕中的风景。"这么大一件事,你竟然都不关心?都说飞机是最安全的,出事概率是最小的。"他看了阿茂一眼。

二人转后面,跟着一首歌。随着柔软而温和的旋律,车里的氛围灯渐渐转成夕阳西下,天边晚霞的那种颜色。这首歌唱完,又从头开始唱。男人按下循环键。

男人跟着唱。他唱得小心翼翼,一点儿都不像他这么大块头发出来的声音。那个声音却一点儿都不好听,仿佛被掐住了脖子。

阿茂愣在那儿,好像在瞬间,他遭受了电击。这首歌的每一句歌词他都记得。很多次唱这首歌唱到吐。边醉边唱,边唱边吐。

"你问我爱你有多深/我爱你有几分/我的情也真/我的爱也真/月亮代表我的心……"

男人调小音量,他想说些什么。"我遇到过一次。飞机就像过一连串大坑,整个跳起来,掉下去,又跳起来,掉下去。我在座位上跟着跳起来,掉下去,又跳起来,掉下去。水杯倒了,水洒我一身。我的脑袋撞到行李舱,不止撞了一次。你就感觉,脑袋跟身体分了家,你根本控制不了脑袋不要撞上去。"

"旁边坐了一对小情侣。女孩二十岁出头,长得好看,比男孩镇定。男孩'嗷嗷'叫,那小姑娘死死抓住扶手,脸上冷静得很,就是电视上女八路被捕那种样子。我都服。我心想,没事的没事。头天我见过大师,正儿八经地拜见。"男人伸手,在脑袋和车顶之间比画。

男人的描述让阿茂在脑子里形成某种图像。他的心里面抽了一下,好像有什么很冷很冰的东西,顺着衣领蹿入,钻进他的心脏。

男人转过头来,嘴角扯了一个难看的弧度,可能想笑。他应该忍了很久,一旦开口,就没办法收住了。"其实我不想说。我原本想,找个人坐在旁边就行了。这条路太长,开起来很累。"

阿茂茫然地看着前面,他可能走神了。

"我有一个很好的朋友,我们一起长大,一起做过好多好事,也一起做过一些不是那么好的事……别人都说,再好的朋友,只要一起做生意,就会闹翻,就会成仇人。可是我们不是这样。当然,有人挑拨我们的关系,想要分头击破我们,把我们的生意搞垮,但是他们都没有得逞。"

雨势不见弱,雨刷一刻不停。路上只有他们这辆车,对面车道竟然也没有车。他们好像进入了一段被人遗忘的路段。周围的景象没入浓重灰茫中。

"城里最高的楼、最大的市场、最豪华的饭店,都是我和他的。朋友们开玩笑,你们除了老婆孩子不共同……"

男人伸手在车门那里掏出一瓶水。他扭开盖子,"咕咚"一下,一口吞下大半瓶水。他没有理会阿茂,抹掉漏到下巴上的水珠,接着说。

"人不会一辈子都顺风顺水的。所以我们做事很谨慎。我们把很多风险都避开了。"

男人说"风险"的时候,水从胃里反上来,他打了一个嗝儿,从口腔里喷出来的水飘到方向盘上。阿茂心里跟着冷笑,"风险、风险"。

"我去见大师那次,他有事没去成。我就把大师给我的玉送给他。我跟他说,我们俩的命,拴在一起。"

男人又扭开水瓶,把剩下的水一口气喝光。他按下车窗,把空瓶子丢出去。风立刻把瓶子卷走了。灌进来的雨水打在他半边身子上。脸是湿的,墨镜上也有水珠。

男人安静了一会儿。那个好听的声音还在不知疲倦地唱着《月亮代表我的心》。阿茂有很久没唱这首歌。昨天晚上,他让那个歌厅公主陪他唱这首歌。

她说什么歌都会唱,就是这首,她不会唱。歌厅公主不会唱《月亮代表我的心》?鬼才相信。他站起来,逼近她。她很瘦,比他们曾经在一起的时候还要瘦。他是在夜市大排档上认识她的,她在那里卖唱。她唱《月亮代表我的心》,比别的卖唱歌手都好听。有流氓调戏她,他冲上去,为她打了一架。阿茂是暴脾气,和她在一起的那两年里,也对她动过手。五颜六色的镭射灯转得阿茂心烦意乱,他在考虑,要是他再给她一巴掌,她会不会还是像以前那样冷冷地看着他,一声不吭。和他一起去的人,搞不懂他为什么一定要唱这首歌,也搞不清那个歌厅公主为什么一定说不会唱这首歌。阿茂也搞不懂,他遇到的女孩既不把他的轻声细语当回事,也不把他发起脾气的拳脚当回事。她们总是不把他当一回事。

和他一起去的人起哄,歌厅公主要么欠揍,要么欠×。他们很期待地看着阿茂。可是,这次他没有胡来,只是又把自己喝醉了。脑袋挨到枕头之前,他把脖子扭出“咔咔”的动静,是那种动手干架之前的虚张声势。摩托车碾过他的睡梦。那辆破车,堵塞的引擎总要喷呛几声才能出发。歌厅公主细细胳膊箍紧他的腰。他抓紧油门,狠狠转到底。不知道怎么搞的,他跑进了电影里。他变成了身负重伤、鼻子淌血的刘德华,女孩变成了穿着婚纱的吴倩莲,他们逃命。再不逃就没命了。那部老港片是《天若有情》,表舅公的最爱。

表舅公说,女人只靠哄是不行的,只靠拳脚更不行,哄和拳脚加在一起,也不顶用。要靠真心。每隔一段时间,表舅公让阿茂飞过来一趟。任务是送钱。都是现金,沉甸甸装满一个电脑包。米香街米兰小区有一个女人。年轻女人。

阿茂不多说不多问。不过,他多少有点好奇,表舅公都是什么时候过来呢?给钱就算是真心吗?要是这么问的话,那不给钱就是连一点点真心都没有。绕弯弯的话若一直追问下去,很无聊,很沮丧,很绝望。

女人后来生了孩子。阿茂怎么看那个孩子,都不像表舅公。表舅公却稳得很,甚至让那个背包更重了一些。直到后来见到会吹口哨的王局,阿茂总算明白了。

这包钱就放在座椅下。阿茂脚底下踩着几十万。要是这些钱给了那个女孩,那个很会唱《月亮代表我的心》的歌厅公主,她马上就能还清她父亲欠下的赌债。阿茂问自己,有没有胆量这么干?真心。哼,真心。他只能对自己冷笑。“你跟着我,我不能给你什么。”刘德华的台词,阿茂记得清楚。

就在这个时候，男人突然大哭了起来。他伸着两只手,牢牢地抓住方向盘,就那么哭。忽然又停止了哭,拉下墨镜,用袖子把眼泪擦干净,重新把墨镜戴了回去。

"你不知道,你不知道。这几年我太难了。先是我爱人,病了好几年,走了。你不知道,你不知道,我有多难受。"男人的喉结一上一下,动得很厉害。

阿茂把脸从窗口扭过来,看着男人。天边晚霞那种颜色的氛围灯,让男人的脸色没有原本那么难看。

"他们一家带着我出去散心,去了一个很美很美的地方。其实我不想去的。天黑下来,我去泡温泉。我在池子里躺平,把脸埋在水底下,真的不想出来。我听见有人喊我的名字……是他老婆。"

"我根本不知道我做了什么……其实,我只想有人陪我坐一会儿……"男人不断强调"其实"。

是不是只要一说"其实",就会显得自己很无辜,显得自己迫不得已,显得自己情有可原,甚至还可以把黑的说成白的,把错的说成对的? 那把枪顶在表舅公头上的时候,也有人在旁边说:"其实……其实……"那把刻字刀抵在他眼眶下方的时候,也有人不断地叹气:"其实……其实……"

"问题是,我们当真了,我们动了真。"男人接着说,"太难受了,我们不知道该怎么办。我也不知道该怎么办,她也不知道该怎么办。我们怎么办? "

阿茂微微摇头。他听见自己心里有个小小的声音,"你去死"。

男人说:"我跟她说,只能看看老天爷能不能帮忙了。有没有可能,突然山崩地裂大海啸? 要么飞机从天上掉下来? "

男人声音都变了:"他妈的,我就是说说而已。明知道不可能的事情,才有胆量说出来。谁能想到,太平日子里真的会有飞机从天上掉下来。更操蛋的是,他怎么就偏偏坐了那架飞机? 他前不选后不选,偏偏选了掉下来的那架飞机? 再有半个小时,他就能落地了。"他的声音一路往上,像奋力攀爬盘山公路的汽车,最后那一声真是吓人,气管像是被什么噎住了,又被他用尽力气从喉咙缝隙里进出来的气流冲开了。

"到底谁在那架飞机上? "阿茂吸了口凉气,好像明白了,又好像不太确定。

雨势似乎瞬间弱下来。雨刷跟着降速。车外的光线透出亮光,映着男人煞白的脸。他的脸已经被自己的眼泪搞得一塌糊涂。"我最好的朋友,我最好最好的朋友。"

阿茂悄悄把位置慢慢调高,让自己不再瘪三一样窝在座位里。他的手指蹭到什么。一个细细的烟头。

"你刚才,是送人去机场?"阿茂问。

"她要赶过去。"男人说。

可以确定,"她",就是她,那个老公跟着飞机一起掉下来的女人。

"你不去?"阿茂说。

"她不让我去。说实话,我也不敢去。我没脸去。为什么掉下来的不是我?他妈的,掉下来的那个应该是我。"

"你当真这么想?"

"我失去了老婆,我失去了最好的朋友……我也不可能和她在一起了,我什么都没有了。"男人的声音又带上了哭腔。

对面的车道出现了一辆车。接着又是一辆。又是一辆。阿茂看着后视镜,后面竟然也有车跟上来。他们好像从一个诡异的困境中走出来。阿茂把手指关节挨个捏过去。那一串单个的响音连在一起,像是敲在他心头。

来、咪、来、拉、西、哆、来、哆。月亮代表我的心。

来、咪、来、拉、西、哆、来、哆。月亮代表我的心。

后来,阿茂两只手在手机上刨了一会儿。

"配置3.0T双涡轮增压直列六缸发动机,最大输出功率会超过五百马力,同时还拥有9速的自动变速箱。"阿茂把搜索到的一段文字读出来。

阿茂扭头看了看男人,男人心不在焉。他不知道阿茂的话什么意思。

阿茂看回手机说:"你这辆车,最高时速两百五十公里,相当于每秒七十米。"

天空慢慢放晴。在细雨和阳光交织的奇异光线中,一道彩虹渐渐出现。整个世界像水洗过一般的干净,欣欣向荣。

阿茂眯着眼睛继续看手机,眼球上是细细的红血丝,说:"有人分析,那架飞机,最后几秒钟几乎是以接近音速的速度掉下来——"他换到计算器,手指戳戳戳,"差不多相当于,每秒……每秒三百米。"

阿茂指着马上接近的车距标志牌。"嗒嗒嗒,"嘴里发出读秒的节奏,"四块牌子两百米我们要跑三秒,它一秒不到就过去了。"

车速突然降下来。男人像被火烫了一下。但奇怪的是,他感到自己的脚是冰的,不仅冰,而且麻。冰麻冰麻的感觉顺着右腿往上爬。他感到血管里也是冰块,他马上就会像科幻电影里那种场景,整个人从下到上,"咔咔咔咔",几下子,就成为冰冻人。他连忙打右闪灯,往应急车道靠去。

这个时候,阿茂突然说:"把墨镜还给我。"

男人吃了一惊,他对着后视镜看过去,似乎才发现自己果真戴着一副墨镜。他脑子有点儿乱,说:"你再坚持一下,马上就到了。"

阿茂固执起来:"把墨镜还给我。我已经坚持不了了。"

男人的表情忽然狰狞起来:"我凭什么拉你? 不就凭你脸上比别人多一副墨镜? 我一大早送一个死了老公的女人赶飞机,我的墨镜鬼知道掉到什么地方。人都没了我还来得及找墨镜吗? 人都死了我还要找到墨镜才能出门吗? 他妈的,你就为这么一副破墨镜在这逼逼叨叨? 滚,给我滚! "

阿茂奇怪地笑了:"把墨镜还给我。"

男人真的怒了。他扯下墨镜,恶狠狠地摔到阿茂身上。墨镜从阿茂身上弹到座位下面。他弯下腰去捡。他动作有些慢,好一会儿才直起腰。

阿茂把墨镜好好地戴起来。他脸上竟然有一种心满意足的表情。他没有滚,没有滚下车。那撮不听话的头发,应该往右却执意向左的头发,非常蛮横地竖起来,使他浮肿的脸看上去像表舅公。

他用被墨镜挡住的脸冲着男人,用一种无辜而恐怖的声音低声说:"你的好朋友,是被你咒死的。他从天上掉下来,是因为你诅咒他。"

男人倒抽一口冷气。他就那么恶狠狠地盯着阿茂。阿茂终于将他的长相看清了。阿茂已经等着了。等着男人松开安全带,推开车门,绕过车头,把他这个可恶的浑蛋从车上拽下来,把拳头砸在他这张浮肿的脸上。阿茂手揣在裤兜里,那里藏了什么东西。

有什么好怕呢? 又不是第一次挨打。勇于挨打,需要拥有比打人更多的勇气。这是表舅公的金句之一。出来混,迟早都要还的。阿茂记得很多电影台词,这句来自《无间道》,送给眼前这个男人。

让阿茂想不到的是,男人忽然问他会不会开车。

"你会开车吗? "男人的声音轻飘飘的,好像被什么抽干了力气,要不是仔细听都听不到他说什么。

男人对阿茂重复了一遍:"你来开吧。"车窗外,天空透出青花瓷一般的颜色。

这真让人吃惊。阿茂吃了一惊。

静了片刻，男人摇了摇头："跑起来，能跑多快就多快。这辆车百公里加速，只需要五秒。五秒钟之后，我们就在那里了。我知道它能跑得很快，但我从来没试过。"他伏在方向盘上，喘气喘得很辛苦，把嘴里的话慢慢吐出去。

五秒钟是什么概念？搜索网站上这么说——

就像有一股力量强制把你摁在座椅上，呼吸是没有的，喊叫是不能够的，身体是不存在的。全身的血液被压向后背。不是兴奋也不是恐惧，胸腔里没由来地积聚起无限的悲伤，像突然丧失了部分脑功能的人。你就像经历了一场生死洗礼。

"我想试一试。但我真的没力气了，我的脚踩不下去。请你，让它飞起来吧。"男人看着阿茂，他的眼睛弥漫着红酒似的颜色。

阿茂长叹一口气，他觉得有什么从心里涌上来了。

两百多万的迈巴赫，在青花瓷一般颜色的天空下，野兽般咆哮，"轰"地飞了出去。窗前的景色瞬间模糊，划着线向后"唰唰"而去，像淋湿的水墨画，又像抖动的相机拍下的照片。那道彩虹像一道巨大的拱门，横跨在公路尽头。

在米兰小区的拐角树荫下，阿茂贴着墙角坐。踩过油门的右脚还在微微颤抖，连着大腿的长长的筋，说不出地酸胀。膝盖周围的肌肉，冷不丁地这边抽一下，那边抽一下，像"打地鼠"里的地鼠。阿茂从口袋掏出一样东西。正着看了一眼，反过来又看了一眼。

有个大叔过来，问他有没有火。阿茂就把那个东西对准那根叼在嘴角的烟。大叔看了他一眼，又看了他一眼。阿茂慢慢扣动扳机。"吧嗒"一声，一朵淡蓝色的火苗从枪口吐出来。

大叔笑了起来，说："跟真的一样。"

阿茂没有笑。

阿茂说："这就是真的。"

【作者简介】锦璐，出生于新疆乌鲁木齐，中国作家协会会员，广西作家协会副主席。中短篇小说见于《人民文学》《十月》《当代》《钟山》《花城》《小说月报·原创版》等刊物，著有小说集《双人床》《美丽嘉年华》、长篇小说《一个男人的尾巴》、散文集《绚丽之下　沉静之上》等。曾获广西文艺创作铜鼓奖、《中篇小说选刊》奖等。

星星的调色盘

蒋一谈

大街上孩子们的笑声是家的未来,我的儿子……也曾是家的未来。林达泪眼模糊,关上急救室外面的玻璃窗。妻子周娟瘫软在座椅上,浑身哆嗦,压抑着胸腔里的哭声。主管医生走过来,提醒林达在死亡确认单上签字。周娟瞪大眼睛,疯子一般扑上来,把确认单撕成了碎片,好像是眼前这个男人的签字最终夺走了儿子的生命。

走廊尽头传来另一场号啕大哭——又多了一个死于车祸的孩子。这个孩子也是小学三年级的学生,比林达的儿子大两个月。孩子的父母亲相拥痛哭,林达羡慕他们的相拥痛哭——儿子死了,他和妻子悲痛欲绝,但除了独自落泪,他们没有相拥而泣的意愿。

林达和周娟几年前就想分开了,懒得离婚的唯一原因是家里有一个懂事的儿子。儿子乐乐知道自己是家庭的情感纽带,学习努力,很少惹他们生气。一天晚上,林达听见妻子和儿子的对话。

"如果我和你爸爸分开了,你想跟谁走?"

"左手跟爸爸,右手跟妈妈,你们把我的胳膊拿走吧。"

这些年,这对夫妻跟很多夫妻一样,忙忙碌碌地工作、平平淡淡地生活,昔日情感已经随风而逝。林达是出版公司文学编辑部主任,周娟是一家安保公司的财务。他们有一套两室一厅的房子,还有一辆开了七年的小轿车。结婚十年,他们俩都没有外遇，所以彼此之间没有歉意。儿子走了，一个家庭的命运到此结束了。

　　他们决定在安葬了儿子之后办理离婚手续。那些日子，林达和周娟跑了很多墓园，收获的多是失望。有些墓园价格合理，但位置过于偏僻，周边环境乱糟糟的，有的墓园环境和设施很好，可是仅剩的墓地的位置过于靠近山坡，暴雨季节容易积水。周娟的朋友提供了一条信息，北京西山附近有一家高科技墓园，周围环境好，墓园的配套服务非常贴心。他们迅速赶过去，恍惚走进了山间度假村。林达能感觉到，这里的墓地价格肯定很高。这时，一辆敞篷载客车在他们身边停下了，一位穿灰色套装的年轻女士走下来，轻声说道："你们是来看墓园的吧？"林达点点头。她递过来名片，接着说道："我是墓园服务总监方丹，我带你们参观一下吧，上车吧。"

　　林达默念着名片上的文字：灵体墓园，天地相伴。他们上车后，周娟眯着眼扫视四周，眼神里含着湿漉漉的无尽的虚空。林达望着一路飘落的秋日树叶，树叶是树的碎翅膀，这样的想象有哀痛之美。

　　载客车在一幢青灰色的现代建筑前面停下了，方丹在前面引路，他们紧跟其后，步入大厅，往左拐进一间简约静穆的会客室。他们落座后，靓丽的服务员送来了茶水，随后微笑着退下。"灵体墓园是目前科技含量最高的墓园。"方丹露出自信的微笑，一边说话一边起身触摸身后的墙壁，墙壁瞬间变成了巨大的显示屏。方丹介绍说："灵体墓园有意识上传服务项目，能重新构造一个永生的数字生命体，签订合约后，他们会提前采集逝者的生前意识，将意识存储在灵体数字空间，之后，亲朋好友追念逝者的时候，他们会将这些人的意识和逝者的意识相互连接，让他们在灵体意识世界里交流。"林达定定地注视着显示屏，视频影像慢慢闪回，那些体验过的客户，有的脸上挂着泪，有的嘴角泛出微笑，画面相当感人。

　　可是在那一刻，林达出了一身冷汗，儿子死于车祸，根本来不及采集意识。事实上，方丹的言语让他万分懊悔。他之前从未意识到自己会和科技时代脱节，他每天被高科技产品包围，机器人举目可见，每个人可以随时沉浸在元宇宙的世界里。林达意识到，如果没有日常的使用实践和身体的亲密接触，这些所谓的高科技产品和虚拟世界，更像是熟悉到不能再熟悉的产品概念，并不隶属于自己的生活。我应该在儿子活着的时候，把他成长时期的意识采集储存起来。他使劲掐自己的大腿。周娟的嘴角在微微颤抖，失去儿子后，她有时会难以控住面部表情。现在,她的脸上露出干涩无奈的苦笑。林达告诉方丹,他只有儿子的视频、音频和照片。方丹默默点了点头,垂下眼帘,十指交握在胸前。看得出来,这是她向客户表达哀思的职业动作。

"很抱歉,没有意识存储,我们就没办法完成数字生命体,不过我们公司有另外一项服务,数字人类宇宙跃迁。我们可以把逝者的视频、音频和照片制作成数字编码,发射到逝者心目中的理想星球。请问,你们的孩子喜欢哪颗星球?"

林达和周娟相互对视。他只知道儿子的理想,并不知晓儿子最喜欢哪颗星球。

"我儿子想成为宇航员。"他说。

"我儿子想去月球上看日食,"周娟说,"他最喜欢的星球应该是月球。"

"抱歉,月球只是我们的发射基地,你们可以在月球之外选择其他星球。"方丹点击显示屏,一幅不停闪烁的星空画面展现在他们眼前,那些星球开始移动,从显示屏里漫游出来,之前的平面显示屏正在变成椭圆的弧线,弯曲了室内的屋顶和墙壁,林达和周娟仿佛置身于幽蓝的太空,身体有轻盈飘浮的感觉。

"客户通常会根据自己的五行做出选择。命里缺火的选择火星,缺水的选择水星,缺木的选择木星。当然,也有很多客户根据自己的星座做出选择。"

林达从未给儿子算过命,不知道儿子命里缺什么。儿子好像是木命,但从根本上而言,儿子命里缺寿。说这些已经没有意义。他只知道,这些年,身为文学博士的他,一心一意投身于自己的工作和事业,儿子的生活和学业由周娟负责,他平时很少过问。

"我儿子是双鱼座。"周娟说道。

方丹移动星空画面,将标有"秋季星座"的蓝色圆形拉近放大。上北下南左西右东,林达在画面上端看到北斗七星、北极星、大熊座、小熊座、仙王座,视线往下移动,他看到了天津四、仙后座、仙女座,再往下看到了秋季四边形的标注和双鱼座。他的视线停留在双鱼座的位置。方丹讲述双鱼座的神话传说,周娟小声念着画面上的文字:"北鱼……西鱼……爱神阿佛洛狄忒和她的孩子,为了逃离怪物,化成两条鱼跳入水中……"

职业经验告诉林达,灵体公司会根据星座距离地球的远近收取服务费用。果然如此,且收费很高。双鱼座距离地球3200万光年,收费32万。仔细问询墓地购买相关费用后,林达心知肚明,他的银行卡里已经没有多余的钱为儿子购买数字人类宇宙跃迁服务项目。方丹解释说,他们准备在月球建造月球墓园,项目计划书正在等待审批。有钱之人,死后也可以到达自己的理想星球。林达咬住嘴唇,越咬越用力,他想用这种方式惩罚自己的无能。他听见周娟带有哭腔的语调:"你们的月球墓园……什么时候建成?我儿子想在月球上看日食,我想让儿子去月球……去月球……"她的声调越来越低,慢慢变成了呜咽,但她的呜咽又在积蓄力量,在最后一刻,她的呜咽变成了号啕大哭。

他们最终在灵体墓园选择了一个面积最小的墓地。儿子变成了一小撮灰,安安静静地躺在骨灰盒里,周娟用儿子的运动上衣包裹好骨灰盒。林达走进儿子的房间,那个快要制作完毕的机器人就在眼前。儿子对他说过,方方正正的导航仪的外壳是机器人的大肚子,黑色的圆形旋转按钮是机器人的纽扣,导航仪的外壳上有一个窗口,里面内置了一个带有地球经纬线的可转动的地球仪,那是机器人的内脏器官,按下按钮,可以随时收录声音。机器人的脑袋和四肢在纸盒子里,还没来得及安装上去。儿子还说,这台导航仪采用机电模拟方式制作完成,一百年前,人类宇航员探索宇宙的时候,用的就是这样的导航仪,看上去老旧,其实特别实用,其内部有齿轮、凸轮、差速器等机械零件,同时还有晶体管、继电器和电阻等电子元件,宇航员在失去无线电联系的危险情况下,可以借助旋转地球仪实时显示飞船对应的地面位置,找到安全的降落地点,拯救自己的生命。他看着儿子抱着导航仪在屋里跑来跑去,自言自语,自问自答,一会儿发出人类的声音,一会儿发出机器人的电子声音,语气既冷静又兴奋,完全沉浸在自导自演的科学世界里。

安葬儿子那天,周娟跪在地上,抚摸着墓碑上的儿子的照片,几乎哭晕过去。她说哪天死了也要埋在这里,睡在儿子身边,守着儿子,再也不分开;林达半蹲半跪在那儿,内心翻腾如海,眼泪打湿了咬在嘴里的烟。他们用完了手里的纸巾,在儿子的墓碑旁默默坐着,谁也没有说话,谁也不想说话。风吹落叶,落叶围着他们旋转。那一刻,周娟万念俱灰,林达抬眼望天,默默念叨着:"临危不惧的人,要么是经历过巨大失败的人,要么是开始听天由命的人,我是后一类人。"

之后,林达和妻子办理了离婚手续。他把房子留给了妻子,儿子房间里的遗物原样存放在那儿。林达把随身衣物塞进汽车后备箱,租了个家具电器齐全的一居室,那辆小轿车也是林达的半个家。周末休息日,他开车去北京周边的山里瞎转,累了就停下来,站在车顶望着空旷的山野发呆,仿佛能在大山深处看见儿子的身影。他眺望双鱼星座,每次都看不真切,或许眺望的时候他的眼睛是模糊的。

半年后,儿子去世后的第一个清明节到了。墓园里树木葱郁,鸟群鸣叫,天上大朵大朵的云像是画上去的。来到儿子墓碑前,林达看见一束鲜花和三串糖葫芦摆放在那儿。这是周娟送来的,他们一家人都爱吃糖葫芦。林达环顾四周,没看见周娟的身影。他蹲下身,看着墓碑上儿子的照片,眼泪一下子流了下来。儿子穿着白衬衣和蓝短裤,眼神和笑容天真烂漫。林达从透明包装袋里取出一串糖葫芦,放在嘴里轻咬一口,苦涩的酸甜味一下子引出了哭声。眼泪、鼻涕和口水混合在一起,打湿了他的手背。

“儿子,爸爸……看你来了……”

林达语不成句,喉咙里像是塞满了棉絮。周围的人在祭奠亲人,哭声和低语声此起彼伏。一位白发苍苍、面容枯槁的老母亲在哭她的儿子,说儿呀妈想你啊妈每天都想你啊。一个二十多岁的女人,抱着一个三四岁的孩子来扫墓。她把孩子放在地上,按着孩子的头,给墓碑上爸爸的照片磕头。小孩哭闹着不愿意,女人掐孩子的屁股,孩子号啕大哭,女人也哭起来,同时说着林达听不懂的方言。中国有很多方言,而哭声都是一样的。

其他墓碑前的祭品,多是鲜花和食物,有人放了衣物和香烟,有人放了纸扎的汽车和房子。有两个人从墓碑前经过,小声议论着。

“心里有想不开的事儿,来墓地走一走就想开了。”

“是啊。”

“孩子这么小就走了,这让家长怎么活。”

“唉!”

林达的眼泪夺眶而出。他坐在地上,眼神和思绪有些恍惚,他只要换个姿势,就可以让自己清醒,可他宁愿恍惚下去。林达觉得,墓碑上儿子的照片像是小时候的自己,他本人则是年轻时候的父亲。林达的父亲是小学数学老师,能随时随地将生活和趣味学习联系在一起。有一次站在山顶,林达指着天上的星星说道,爸爸,它们在我们头顶旋转呢。父亲说,星星在头顶旋转,让古人以为地球是宇宙的中心。其实,我们肉眼看到的只是星空的外面,而宇宙演变的方式来自物理和数学方程,明白了这一点,你会体验到宇宙的严肃和神秘,你还会感觉到,宇宙科学来自物理,来自数学,来自神秘之美。那物理和数学是什么关系呢?林达问道。

父亲说,物理和数学的关系非常微妙,它们的研究方法不同,但它们都在力图研究世界的本质。你长大了就会明白,不过现在,你可以这样理解物理和数学的关系——物理是飞机,数学是加油站。

林达小学毕业那年,父亲带着他去敦煌旅行,在路途中遇到了龙卷风。父亲问林达,看到龙卷风想到了什么? 漏斗,林达说,龙卷风上升时形成的漏斗形状,又美又壮观。父亲接着问,还想到了什么? 林达摇了摇头。父亲告诉他,大地上的龙卷风演示了太阳系的形成过程:根据角动量守恒定律,风旋转得越快,能量越大,风暴底部的旋转向内塌缩,速度越来越快,形成龙卷风,而风眼周围形成岩屑盘,那些被甩出去的东西在岩屑盘上持续旋转。听完父亲的话,林达似乎明白了什么。是啊,五十亿年前,早期的太阳系只是一片星际气体云,一颗超新星爆发产生的冲击波,冲破星际气体云,并让气体云在引力作用下塌缩,形成稠密的气体云团,稠密的气体云团吸收更多的气体,形成更大的持续塌缩,之后像龙卷风那样旋转,太阳在中间形成,就像龙卷风的风眼,气体云向外持续抛出旋转的岩屑盘,一个一个的行星在扁平的岩屑盘上形成。

从龙卷风到太阳系,这些大自然的景观和宇宙星系依然存在,而过去了的人生永不再来。某个瞬间,那突然间增强的羞愧感击中了林达,他眨了眨眼,回到现实,又迅速闭上眼睛。和父亲比起来,在自己的儿子面前,他觉得自己根本不是合格的父亲。

没有盼头的日子,让一切模糊缓慢下来。距离下一个清明节还有十多个月,林达还是在日历上做出了标记。盛夏的时候,林达的师母打来电话,说他的导师摔伤了腿。林达买了一箱水果和两桶蛋白粉前去探望,见到了他们唯一的女儿卜轩。他和卜轩两三年没见面了,但彼此间没有陌生感。卜轩半年前离了婚,现在独自带着一个五岁大的女儿和父母住在一起。师母给林达削水果,一会儿看看他,一会儿望望卜轩,眼神里有深意。林达离开的时候,卜轩陪他出门,走了很长的路。卜轩能感觉到林达对生活的心灰意冷。

回到家已是深夜,林达靠在床头无法入眠,翻看着新闻和短视频,卜轩发来的信息闪现出来:林达,我有一个好姐妹,人品和素质挺好的,我想让你们俩认识一下。我们认识这么多年了,我想帮你。

林达的眼睛有些湿润。

谢谢你。我现在没有再婚的想法。林达这样回复，这是他的心里话。

可以先认识一下，没关系的。

停了一会儿，林达回复了两个字：好吧。

你什么时候有空，明天晚上或后天晚上？

后天晚上吧。

在我们家后面的那家酒吧见面吧，我们之前去过。

好的。

林达提前半小时赴约，走进酒吧选了一个隔间，随后从包里取出奥登的诗集翻看起来。正当他沉浸在诗行里的时候，门帘闪了一下，卜轩笑盈盈走进来，直接在林达对面坐下了，他看着卜轩，下意识地问道："你的朋友呢？"

卜轩打开酒水单，沉默不语。林达忽然发现卜轩的脸颊是绯红的。

"你想喝什么？"

"我……"

卜轩长长地吸了一口气，似乎在给自己鼓劲。她抬起眼帘，定定地看着林达，一字一句地说："林达，我们不是外人，我就直说了吧。我想跟你在一起生活，我可以给你再生个孩子。"

"我……"

"我知道你的意思，你现在不想结婚，我能理解。你什么时候想结婚，我们就什么时候结婚，其实不结婚也没什么，一起生活就行，我想给女儿找一个信得过的爸爸。"

"可我不是合格的爸爸……"林达脱口而出。

卜轩的眼圈红了。"我其实也不是合格的妈妈……"

这一夜是在酒水里度过的。林达在桌面上写下两行诗：喝下夜晚，尿出黎明。

林达和卜轩开始了一周同居两天的生活，他们俩约定，这件事先不要对其他人说。在这样的隐秘状态下，林达发觉自己渐渐爱上了卜轩，而卜轩对他的爱意和依恋也在与日俱增。林达甚至觉得，他很可能和卜轩结婚。不过，林达见到导师和师母的时候，能明显感觉到他们的神情与往日大不相同，卜轩在父母面前捶打林达的腰背，脸上洋溢着幸福和甜蜜。

清明节就要到了，这是儿子去世后的第二个清明节。为了表达心意，卜轩想跟随林达一起去墓园,林达想了想,还是谢绝了。明天就是清明节了,林达夜不能寐,心里有伤痛更有期待。午夜时分,林达的手机响了一下,周娟发来了短信:明天清明。林达盯着屏幕上的文字,眼前出现周娟拥抱儿子的欢笑身影。她现在过得怎么样?身体怎么样?工作是否顺心?她找男人了吗?男人对她好吗?林达叹了口气,这样回复她:谢谢。

他闭着眼把身体缩成一团,脑袋迷迷糊糊。他睡着了,儿子在他的梦里变成了宇航员,他和周娟坐在飞船里前往月球,透过飞船舷窗,他看见儿子身穿太空服,手里晃动着红色的指挥棒。在后半夜的梦里,林达看见一艘飞船爆炸了,他的儿子消失在火海里。林达被吓醒了,越来越清醒。他就这样看着天色一点点变亮。

第二天一早,林达去街边书店为儿子买了一套《少年宇航团》漫画书籍,随后赶到了墓园。穿过树林,远远地,他看见周娟正顺着阶梯往下走,周娟还是比他早到了一步。上山下山是同一条路,林达放缓脚步,看着周娟走过来,周娟也看见了林达。这是他们离婚后的第一次见面。双方擦肩而过的时候,林达感觉周娟变了一个人似的,双眼无神,脸色憔悴不堪。林达心里不好受,又无法描述那一刻的心情。

"来这么早啊。"他没话找话地说。

周娟低下头,眼圈是红的。

"你……怎么样?"林达问道。

"老样子,你呢?"

林达没有直接应答。"你多注意身体。"

周娟没有说话。他们的眼神想投向对方,又在有意闪避。林达注视着手臂左侧的树皮,树皮上有三只蚂蚁合力托运着一片树叶,树叶移动几厘米之后,他听见周娟的声音:"儿子在,什么苦都能受……"林达下意识地点了点头。周娟开始抽泣,她从口袋里掏出纸巾,她的手指瘦弱,上面的血管清晰可见。

"你也照顾好自己……"周娟擤了擤鼻涕,欲言又止。

"你有事?"

"我……"

"说吧。"

"我想求你一件事。"

"什么事?"

"我……我想领养一个孩子……"

林达不置可否地看着周娟,他没想到周娟有这个想法。

"我想收养个孩子,就这样过下半辈子。"

"我能帮什么忙?"

"我同学在民政局负责福利院。她告诉我,如果夫妻双方无法生育,可以申请领养孩子。"

"哦……"

"咱俩……能不能复婚?这样申请容易些。"

林达想到卜轩。

"我同学说,单身女人收养孩子很难批下来。我们是假复婚,领养手续办完后再办离婚手续。"

林达沉默不语。

"不愿意就算了。"

周娟一边说一边朝下走,身影在树林里渐渐消失了。有好一会儿,林达有哭笑不得的感觉,生活如此残酷,那看似无常的命运里又含着戏剧性。他沿着台阶,一步一步往上走,步履越发沉重了。他走到儿子的墓碑前,一屁股坐下,翻看着周娟带给儿子的礼物:一个新书包,书包里有小学五年级全套课本。他把《少年宇航团》取出来放进新书包里,定定地看着儿子的照片,哽咽着说:"儿子,我和你妈看你来了,我和你妈都很想你……"林达说不下去了,大口大口喘着气,手指抖动着抽出一支烟,点上后深吸一口。烟雾上升、翻滚、飘散,然后彻底消逝,看不见一丝痕迹,就像一个人的生命瞬间消失。林达不知道还能对儿子说些什么。

林达和卜轩相拥而卧的时候,他思考再三,把周娟的请求说给卜轩听,他没想到卜轩的反应竟如此强烈。卜轩扭身坐直,低声却坚决地说道:"我不同意!"

"这是假复婚。"

"什么假复婚,骗谁呢!"

"办完领养手续,会办离婚手续。我和她之间没有感情了。我没骗你。"

卜轩猛地搂住林达,说道:"女人最懂女人,我不想让你离开我,我不同意你们复婚,假复婚也不行。"

林达理解卜轩的感受,他知道自己已经爱上了卜轩。

林达和卜轩的恋爱关系渐渐公开了,他的一些同窗老友纷纷发来祝福,师母看见林达,会像小孩那样拍手欢笑,导师也会笑眯眯地握着林达的手,半天不松开。未来的某一天,昔日的导师会变身为岳父,想到这儿,林达的心里有一股奇特的愉悦感。

林达和卜轩已经开始计划领取结婚证,并准备去冰岛旅行结婚。这一天,吃完晚饭后,导师招呼林达到书房里说说话。林达坐下后,他的导师淡淡一笑,说道:"林达,我们之间还真有缘分啊!"林达笑着点了点头。

"想不到你能和卜轩走到一起。"

"我也没想到。"

导师抿了口茶水,说道:"林达,我有几个问题想问你,你要实话实说。"

"嗯。"

"你真的喜欢卜轩?"

"我们的性格挺合得来的。"

"她带个孩子你心里真能接受?"

"能接受。"

"我和你师母年岁大了,经受不起女儿的婚姻再起波折,你能理解吗?"

林达松了一口气,点了点头。

"这样就好,"导师握了握拳头,从抽屉里拿出本子和笔,放在林达面前,"林达,我想让你把刚才说的话写下来,你写下来,我才能确信你会和我女儿好好过日子,不会嫌弃我的外孙女。"

林达的眼神里有惊讶也有迷惑。他犹豫片刻,拿起了笔,却不知道如何开头。

"林达,你和卜轩都是二婚,其实无论头婚还是二婚,婚姻大事都不能草率,最好不要留下遗憾,"导师专注地看着林达,"虽说没有遗憾就没有生活,可我还是希望你和卜轩结婚之前,把事情想明白……"说完这些,他慢慢起身,走出了书房。

老房子近在眼前,林达望着熟悉的楼层和窗台灯光,心里五味杂陈。林达没有在导师的本子上留下只言片语,他不想骗卜轩,也不想骗自己。在某个瞬间,他忽然想明白了,他想先帮助周娟收养一个孩子,这样做对得起自己,也对得起儿子。林达给周娟发去短信,说想回家里看看。周娟看着手机上的文字,眼泪一滴一滴滚落下来。

　　屋里光线暗淡,摆设没有变化。老地板、老餐桌、老沙发、老电视、老冰箱。餐桌上堆满了未洗的碗筷,卫生间里有点脏乱,一小股褐色的水流淌了一地。林达从老地方取出拖把擦干净。客厅的吸顶大灯有六个灯泡,现在坏了三个,林达从抽屉里找出灯泡,站在椅子上取下灯罩,把坏灯泡取下来,换上新的。原来家里的墙壁上贴了几张儿子的奖状,现在都消失了。

　　林达轻轻推开儿子的房门, 他只敢开一条缝,儿子的被褥整整齐齐放在床上,书桌上摆放着儿子的课本,椅子上挂有儿子的外套,好像儿子没有走远,只是下楼玩去了,随时会笑着从背后搂住他的腰……林达的鼻子一阵发酸,感觉屋里潮湿的气息更加浓烈,几乎喘不过气,他急忙走进屋,推开窗户,让新鲜的空气跑进来。几只夜鸟在树枝上跳跃,树叶反射着街面上的灯光。林达在椅子上坐下,注视着儿子的作业本,眼神的余光看见机器人站立在书柜旁边,周娟已经请机器人公司安装好了脑袋和四肢。林达百感交集,羞愧感同时笼罩住了他,他应该为儿子做这件事。林达抱起机器人,机器人约五十厘米高,差不多有十几斤重,短胳膊短腿,脑袋圆圆的,两个亮晶晶的玻璃球是机器人的眼睛。

　　林达打开电源开关,机器人晃动一下脑袋,发出了金属质感的电子声音:"月球挡住太阳的一部分,是日偏食;月球挡住太阳的中心部分,太阳周围还露出光环似的日面,是日环食;太阳被月球完全挡住,是日全食。乐乐,我说得对吗? "

　　"你说得很好,给你一个大大的赞! "儿子转换语调,大声说道。林达摇了摇头,这个简单的动作把他的眼泪甩了出去。

　　"乐乐,你能给我说说月食吗? "

　　"好的。太阳、地球和月球在一条直线上运行的时候,月球运行到地球阴影部分,会缺了一块。这就是月食。月食分为月偏食、月全食和半影月食。不过,我得补充一下,月球每年以3.8厘米的速度远离地球。六亿年后,地球上的人类再也看不见日全食,只能看见日环食了。"

　　"月球真的会消失吗? "

　　"我之前不是说过吗,科学家已经推算出,再过一百亿年太阳就会死亡,太阳会死亡,月亮自然也会死亡。太阳死亡之后,会变成什么? "

　　听到"死亡"两个字,林达的胸口一阵发闷,但他想继续听下去。

　　"太阳死亡之后会变成白色的矮小星球,白矮星。"

"然后呢？"

"白矮星会变成黑矮星，再也不会发光的矮星，黑矮星的主要成分是碳和尘埃，太阳到了最后会变成一颗大钻石。"

"你想要这颗大钻石吗？"

"我想要！"

"我也想要！"

乐乐说完，哈哈笑起来。林达被儿子的笑声感染了，嘴角流露出难得的笑意。

林达抱着机器人走出客厅，在沙发上坐下，他想起过去的日子，觉得眼前这个女人很可怜，她没有遇见爱她的男人，现在又失去了唯一的儿子。

"咱们有个好儿子……"林达抿紧嘴唇。

周娟抹了抹眼角的泪，弱弱地说："我把这房子卖了，中介公司已经把房款给我了，我下个月搬出去。"

林达知道，这套房子属于周娟，如何处置是她的权利。周娟从茶几下面取出一张银行卡和一本宣传册，放在桌上。

"房款在卡里，我们一人一半，密码是儿子的生日。"周娟叹了口气，缓缓起身，"儿子想去月球看日食，我们帮他实现吧……"周娟起身进了洗手间，林达透过卫生间的玻璃门，看见周娟模糊的身影，听见她的哭声。林达盯着银行卡，不太敢相信，同时又感觉到内心深处残留着无耻的东西。

他翻看宣传册转移思绪，图片上的月球悬浮在星空，简洁神秘，像一个舞者，正准备以优雅的弧度慢慢隐去。林达点击图片，图片变成了动画视频，一连串醒目的文字显现出来：如果你觉得辜负了生活，不如说你辜负了时间。亲爱的地球人，月球时间和地球时间不同，去月球改变一下时间状态吧，你或许会有新的机遇。只有去了月球，地球人才能看见地球遮挡住太阳的美妙景观。月球上的日全食等着地球人，等着您！飞船舱位有限，机不可失！

林达抬头望向窗外，一轮圆月挂在夜空。月亮像什么呢？一个银灰色的圆盘，不，这轮月亮是一个调色盘，地球上的人类在这个调色盘上调配出各自的颜色，而他本人，一个文学博士，一个职业出版人，一个做过丈夫和父亲的男人，在这个调色盘上调配出了什么样的生活色彩？林达无以言表，胸口一阵发闷。他咽了好几口唾沫，平复自己的情绪。

他想起来，儿子去世前三个月曾问过他一个问题：月球是人类的殖民地吗？

在他的意识里，人类在月球上建造了基地，月球就是人类的殖民地。他这样说的时候，儿子没有丝毫的怀疑。后来的某一天，当他审读一本科幻小说书稿的时候，才发现自己的解释是错误的，但他忘记了把正确的解释说给儿子听。

这一晚，林达在老房子里住下了，他抱着机器人睡在儿子的床上，能在被单和枕头上嗅闻出儿子的气味。他的眼泪打湿了枕头，但他的呼吸开始变得平稳。他的梦很轻，同时异常清晰，他在和儿子说话，能听见儿子的声音。

儿子，月球不是人类的殖民地，爸爸之前说错了。地球之外的星球，必须满足四个条件，才能成为人类的殖民地。现在爸爸说给你听。第一，这个星球适合家庭居住，也就是说，孩子可以在上面平安出生、健康成长。第二，这个星球不会遭受使其毁灭的灾变事故。第三，在这个星球上的投资，合乎经济理性。第四，如果这个星球与地球失去联系，也能自给自足。满足了这四个条件，这个星球才能成为人类的殖民地星球。

爸爸，月球上不是住着很多人类吗？

他轻轻拍了拍儿子。月球上没有空气，月尘有毒性，不适合孩子的出生和成长。单凭这一点，月球就不能成为人类的殖民地。

那人类为什么这么重视月球？

因为月球是人类探索太空的踏脚石。

踏脚石？是不是像我玩过的滑板车，骑在上面滑行，很省力气？

林达握了握儿子的胳膊。月球的引力很小，人类的飞船在上面加完燃料之后，可以很轻松地飞出去很远，探索其他星球。月球背面非常安静，人类的电子波和噪声影响不到那里，科学家可以在上面建天文望远镜，能看到更深更远的宇宙，那里是宇宙的深场。

爸爸，人类把月球当成自己的卫星，月球人也会把地球当成自己的卫星吗？

月球人？林达被儿子的声音逗醒了。

和周娟分别后，林达当即购买了去月球的船票，在等待月球船票的日子里，林达阅读了很多宇宙科学的书籍。其间，林达去机器人公司，委托他们在机器人上加装一个屏幕，同时把儿子的视频和照片制作成数字编码，和地球仪存储器连接在一起。这样一来，他可以随时看见儿子的模样，听见儿子的声音，慢慢回味往日的甜蜜。林达更换了机器人的电池，这样能大大延长录音的时间。

"这个机器人叫什么名字？"工作人员问道。

林达笑了笑,没有说话。

"我见过的机器人都有名字。"

林达不想给机器人起另外的名字。

"你这个机器人功能配置太简陋了,只有声音录放功能,还不会对话,现在的机器人都会说话,你想改装一下吗?"

"不用了,谢谢。"

"机器人太矮了,可以为它更换机械腿,让他长高些,长多高都可以。"

林达摇了摇头,他不想改变儿子亲手制作的机器人,那是属于儿子的创意制造,里面有儿子的味道。他想好了,这一次的月球之旅,是他和儿子的相处之旅,他期待着这一天赶快到来。

领航员沉稳的声音在飞船里飘荡:"亲爱的乘客,飞船即将起飞,请在座椅上躺平,系好安全带。起飞的过程中,你会感觉有一股力量压在身体上,请放松呼吸,不要紧张,这是正常现象。乘坐飞船类似于乘坐海轮,也会晕船,准确的说法是晕太空,飞船上有抗失重药片,有需要的乘客请通知我们。这是38万公里的长途飞行,整个航程将持续七十个小时左右,在这个过程中,你可以欣赏我们的母星地球,欣赏月球,同时眺望深邃的太空……"

三声提示音之后,飞船引擎"轰"的一声启动了,低沉的声音从底部传上来,而船身保持静止的状态,更多的声音响起来,几股烟雾升腾,飞船依旧静止不动,就在大家静静等待的时候,之前的声响忽然汇成巨大的轰隆声,船舱震动了一下,又震动了一下,轰隆声持续不断,飞船起飞了,那奔腾而出的逃离地球引力的冲动一直在持续……林达感觉到一股强大的力量压在身上,他抱紧机器人,调整着呼吸。

地球越来越远,直至悬在太空中。重力消失之后,寂静涌现。这一刻,上与下的概念消失了,在地球上脚踏实地的感觉消失了。陆地、海洋、云雾,这是地球的全部,人类在哪儿? 动物和植物在哪儿? 林达恍惚感觉到飞船上的这些人像是地球人类的幸存者。

飞船平稳飞行后,林达拿起月球手册,打开机器人的录音按钮,一字一句读给儿子听:月球上的一天,从太阳升起到太阳落下,会持续648个小时。这是漫长的一天。林达停留了片刻,他想到地球上的生活也有漫长且痛苦的感觉。他继续读下去:月球的一个月,有14个白天和14个夜晚。无论在月球上工作,还是在月球上旅行,人类习惯遵守地球时间。月球上明明是白昼,人类手表上的时间却是午夜……

月球!月球!

睡梦里的林达被其他旅客的声音叫醒,他下意识地抱起机器人,透过舷窗向外望去。记忆里的月球那么小,眼前的月球那么大。不,是非常巨大,能随时把天空填满。月球上的阴暗部分是月海,发白明亮的部分是高山,环形山一个连着一个,月球的地平线呈弯弧状。

儿子,我们快到月球了,月球像天空的大眼睛,那些环形山像巨大的碗。我们现在距离月球还有五百公里,飞船已经调整好方向,开始降落阶段的飞行。儿子,飞船的引擎再次启动了,飞船里的人都能感觉到一股重力压在身上,由于在太空里可以轻松加速,压在身体上的这股力道比起飞时小多了。月球越来越近了,山峦和更高的山峰清晰可见。我刚才说,那些环形山像碗,其实不止像碗,环形山还像张开的大嘴,还像一个又一个废弃的矿坑。

林达忽然想到,从地球飞向月球,其实是长距离的自由落体。他赶紧把这句话说给儿子。

儿子,月球的灰色变深了,看上去很神秘,但这种神秘里又有浪漫的感觉。飞船降落平台就在下面,地勤工作人员像小小的石子。现在,飞船再次调整方向,船首不再向下,而是向上,飞船引擎喷出的火焰和气流对着月球地面,以获取稳定的降落触地速度。儿子,飞船开始下降了,我看见月尘了。就在刚才,船舱颤动了几下,现在平稳了,飞船的引擎好像关闭了,真的关闭了,我能听见月球上的宁静,月球旅客为宇航员鼓掌。平安降落总是好的。我也要给他们鼓掌。月球旅馆的机器人服务员正站在下面欢迎我们呢。飞船服务员告诉我们,气闸舱连接舱门之后,我们就可以出舱了。她还说,多年前,飞船降落的时候,引擎尾流喷出的气体可以吹出一个环形山,而且吹出的月尘能掩埋掉附近的任何设备,现在有了固定的降落平台,吹出来的月尘少多了。现在,舱门顶部的绿灯亮了,气闸舱已经连接好,舱门可以打开了。

林达松开座椅安全带,抱起机器人,跟随队伍走出飞船,排队穿过气闸舱门,之后进入一条长长的通道,月球旅馆的指示牌非常显眼。他们走进月球旅行巴士压力舱,直接驶向了月球旅馆。办理完入住手续,林达抱着机器人,顺着明亮鲜丽的长廊走向房间。沿路的墙壁上悬挂着多种多样的地球照片:地球处于月球地平线以下、地球变成了一弯纤细的蓝色新月、一条细细的美妙的蔚蓝色在月平线上显现出来、地球的边缘在月平线显露出来,这个蓝白色的圆盘,正被神秘之手从黑暗的宇宙之海里拉了出来、地球悬浮在夜空,散发出无依无靠的孤独美感。林达经过旅馆里的观景平台,抬脚走上去。他看到了静止的阳光、漆黑的天空和无尽的灰色沙原,还在很远的地方看到放射形的深沟和古老的火山口。

"叔叔,你的机器人会走路吗?"一个小女孩跑过来问道。

"会走路啊。"

"那你为什么抱着它呀?"

林达笑了笑,打开运动开关,把机器人放在地板上。机器人晃动脑袋,开始走来走去。

"叔叔,它会说话吗?"

林达不知道如何回答。女孩的爸爸走过来,朝林达点了点头,抱走了女儿。女孩扭头看着林达,说道:"不会说话的机器人,是傻瓜机器人。"林达无奈地摇了摇头。

在房间里稍事歇息之后,林达抱着机器人急匆匆走进太空服穿戴室,在工作人员的协助下穿戴好太空服,工作人员拿着检测器,检查太空服的脖颈、手腕、肘部、膝盖、靴子等部位的气密闭合状况。检查完毕后,工作人员按下内气闸门上的绿色按钮,内气闸门缓缓打开,林达拖着脚步走向气闸走廊,内气闸门发出"嘶嘶"声响,随后缓缓关闭,此时外气闸门上的灯是红色的,红灯变绿之后,说明气闸走廊里的空气压力恢复到了正常水平,外气闸门才可以打开。林达走出外气闸门,才是真正到达了月球表面。他把整个过程说给儿子听。

他把机器人放在月球表面,想象着儿子的脚印踏在了月球之上,忍不住长长地舒了一口气。那一刻,他的内心非常激动。儿子,我们到月球了。他想抱起机器人,不过随后改变了主意,他打开机器人的运动开关,想看着它在月面上走一走。

远处是清晰的山峦,这些山峦像群山之墙,消失在月球的弧度之下,在飞船上的时候,飞船服务员对他们说过,月球的弧度会带给你一种错觉,会觉得眼前的环形山在几百米之外,距离不太远,事实上,那些环形山距离你至少有三公里。飞船服务员还说,月球旅馆里有望远镜可以租用,而且地球上的望远镜能在月球上发挥出最大的价值,因为月球上没有雾气,远处的山脊,是什么样就是什么样,很多细节会自动跑到眼前——如果它们变得迷糊,那肯定是你的眼睛出了问题。

林达迈步向前,他看见其他游客也在漫步,确切地说,他们在慢走、快走、小跑、跳跃——那是书本和视频里讲述的兔子跳和袋鼠跳。还有游客从平坦的山坡上冲下来,像是在滑雪。是啊,人类在月球上跳跃,就像地球上的气球在地板上弹起,气球不仅能弹起,还能飘浮,而人类无法在月球上飘浮起来,因为月球上没有空气。

林达以为机器人会跟着自己往前走,扭过身发现机器人走向了另外的方向,林达哭笑不得,转身追赶机器人。月球上一片明亮,而天空是黑色的,抬腿走路感受到异样的低重力,四周没有任何声音,松软的粉状表土混合着碎石。路边的岩石大小不一,而大块岩石的阴影,像鬼怪冷漠的手影。

林达看见一辆月球探测车:太阳能电池组第一次展开后,月球车就像长出了手臂,电池组第二次展开后,月球车的手臂好像长出了蜻蜓的翅膀,月球车的手臂和翅膀,在阳光下闪着瑰丽的色彩,非常迷人。不远处,几位科研人员正在工作,他们的太空服已经沾满月尘。

月球车太漂亮了,它开始向前运动,四个车轮卷起的月尘缓缓落下,像在播撒月球迷雾。林达紧跟上去,想看清更多的细节。在此之前,他在书本上了解了月球车的相关知识,他靠近月球车一边回想一边设法验证。这是月球车挡泥板,车轮是钢丝轮胎,上面布满钛合金薄片增强摩擦力。每个车轮分别装有发动机,月球车的最高时速为25公里。一根手柄从工具包里露出来,那可能是静电刷,能协助科研人员去除沾附在太空盔上的带电粉尘和手套上的静电。几台仪器设备摆放在月球车上,很可能是月震仪、激光反射器、岩石探测器,那几个铅盒和铝盒里面肯定装有月岩标本。他还想看个究竟,一位科研人员蹦跳着赶过来制止了他,他醒过神,忽然发现机器人离开了自己的视线。

或许小女孩说得对,不会说话的机器人是傻瓜机器人,机器人不会说话就无法回应人类的呼唤。林达的确有些后悔,他应该事先在机器人身上配置定位仪。林达搜寻了很久,一无所获。旅客驾驶的月球旅行车引起了他的注意,机器人或许是被旅客偷走的。他迅速赶到月球旅馆服务站,租赁了一辆月球旅行车,加快搜寻速度,每见到一辆月球旅行车他就会追上去悄悄查看。

悔意夹杂着疲惫包裹了林达。时间不早了,他返回旅馆,请值班工作人员发布寻物启事,双方交流之后,工作人员面露难色,说道:"你的机器人没有名字,不会说话,也没有照片,寻物启事怎么写?"林达借过纸和笔,把机器人的模样画出来递给工作人员。其他的旅客正在热烈议论明天的日食观赏活动,林达在一旁默默地听,脑子里一片混乱。

　　林达再次踏上搜寻之路,他心里清楚,如果找不到机器人,他之前的伤痛里会添加上无法承受的东西,他也无法向周娟交代。

　　太阳悬在高空,地球就在眼前。现在,太阳在地球的海洋上留下光斑,而地球上海洋强烈光线的反射,让月球地平线上的土地呈现出部分的蓝色。旅客们正在等待日食,而林达正驾驶着月球车,一门心思寻找着机器人。

　　地球离太阳越来越近,正慢慢往前走,再过一会儿,地球会走到太阳和月球之间,三个星球在一条直线上运行,地球会挡住太阳射向月球的光。林达忽然意识到,他应该把日食的景观记在心里,他回到地球去墓园看望儿子的时候,再仔细告诉他。他停下月球车,抬眼眺望。

　　时间慢慢流逝……地球正在移向太阳的前面,继续向前……一个黑色的圆弧移过来了,慢慢进入太阳里面……扩大的圆弧移过来了,半个黑色的圆盘移过来了,一个黑色的大圆盘移过来了……黑色的圆盘并不是全黑的,边缘有光亮,光亮形成一个光环,包围着黑色的圆盘。

　　是地球吃掉了太阳,还是太阳吞掉了地球?

　　即使有光环,月球还是陷入了一片黑暗。

　　林达在月球的黑暗里睁着眼睛,能听见自己的呼吸声在太空盔里旋转。这一刻,他似乎忘记了整个世界,或者说,他甚至忘记了自己的存在。他很享受这种感觉,那是轻飘飘的近似于灵魂出窍的体验。

　　他晃了晃脑袋,让自己清醒一些。他忽然想起梭罗说过的一句话:大多数人过着平静而绝望的生活。

　　接下来的三天,除了睡觉吃饭,林达一直驾驶着月球车苦苦寻找机器人,没有心思参观月球动植物基地和最新建成的飞船博物馆。在此期间,林达去月球车服务店更换过车载电池,调换过一次太空服。店员告诉他,月球的陨石坑里有很多气包,它们看上去很硬,其实很软,稍不留神就会一脚踏空,有些气包很大,能把一个人完全埋进去。

他一路查看月球气包,一些气包的幽深洞口让他连连后退。他木然地站在那儿,陷入绝望的境地。林达在气包附近看见了其他旅客摆放的家庭合照、小玩具、胸牌、奖状等物品,那是他们故意留在月球上的纪念品,他取出一张寻物启事放在气包上面。

林达开始期待另一种结果:有人发现了机器人的躯体,它可能被岩石压碎了,或许被人类的脚踩碎了,被其他的月球车碾碎了——这都没关系,即使是断裂的躯体,即使是碎片,他也想带回地球,无论花费多少钱都要努力修好。

又过去了两天,依然毫无结果。林达驾驶着月球车独行的身影,成了月球旅客眼里的风景。某一刻,林达会这样想:或许是外星人抱走了机器人,如果真是这样,儿子的形象和声音会被外星人知晓,这可能是最好的结果……林达停住月球车,他的眼睛越来越干涩,手臂正在发抖,那是近乎虚脱的感觉。

他滑下月球车,眼神无处安放,最后落在月球车挡泥板上面——那其实不是挡泥板,而是挡灰板,因为月面上没有泥水。总要想点什么。月尘松散,像一个又一个幽灵,轻轻摩擦一下就会产生静电,会随时吸附在太空服和月球车上。这几天的经历让他有了新发现,月球车散热器一旦被月尘堵住,会影响散热效果,需要用静电刷清除灰尘。林达已经用坏了一把静电刷。

从月球上看过去,海和云是地球最显眼的孩子,渺小的人类更像是海和云的玩具。林达眯着眼睛,仿佛看见书籍里提到过的太阳绿光,这道光跟科幻电影里UFO射出的绿光非常相像,那是太阳升起或落下的时候,在太阳的上边缘出现的大气折射而导致的一抹转瞬即逝的彩色条纹。他知道,看到这个奇妙天象,需要三个充分条件:清晰的地平线、完全平坦开阔的视野,以及足够好的运气。林达知道自己没有这样的运气。

林达再次启动月球车,觉得还是应该充满希望,充满希望总是好的,这个念想让他的脸上显露出奇异夸张的笑,让他看起来像个傻子。月球车载着他往前走,朝月球地平线的方向走。月球的世界,恍恍惚惚又真真切切,沉重与轻飘混杂,怪诞与神秘低语,奇异夸张的笑停留在林达脸上。周娟,对不起,我把机器人弄丢了,我把机器人弄丢了……他的眼泪随着他的笑流下来。月球车自顾自往前开,林达的手放在方向盘上,手指并没有释放任何力量。没有方向就是方向。周娟,对不起,对不起……这一次,他有再次失去儿子的感觉。伤痛和惨淡之情淹没了他。

　　林达举目眺望。地球就在眼前，月球上无风无水。不知怎的，即使月球上没有水，林达忽然发现月球之上摇摇晃晃的星辰影像，像一幅清冷的中国水墨画。是的，就是这样。身下的月尘是纸，月球车是移动的笔，月球的夜空是墨，而地球是大大的印章。

　　此时此刻，除了热泪盈眶，林达什么话也说不出来……

　　【作者简介】蒋一谈，小说家、诗人、童话作家。1991年毕业于北京师范大学中文系。已出版短篇小说集《鲁迅的胡子》《赫本啊赫本》《栖》《透明》《庐山隐士》《中国故事》等。曾获得人民文学奖、蒲松龄短篇小说奖、百花文学奖短篇小说奖、林斤澜短篇小说奖、《上海文学》短篇小说奖、《小说选刊》短篇小说奖、"南方阅读盛典"最受读者关注作家奖、首届《小说选刊》最受读者欢迎小说奖、卡丘·沃伦诗歌奖等。

跟 上 灰

郭　爽

　　早班车,往返于华南两个最大城市的城际列车,车厢里却只有三五人。太阳刚醒,昏沉沉散发着光线,还未强过车内荧荧的白炽灯。座位与座位之间的缝隙里,那仅有的三五个乘客歪着头、抱着手睡着,也有像我这样醒着的,看手机屏幕或电脑屏幕。没有声音的干扰,色彩就做主,车厢内的白色——车体、灯光及空气中的白雾加重了静谧,整列车像剖开鱼肚后莹白的鱼鳔,安然滑行于轨道之上。

　　打破沉寂的是列车广播,离终点站还有半小时,广播里的女声提示乘客,需提前填好健康申报,又念出一连串英文夹杂中文的说辞,指示乘客怎么从手机上找到入口。

　　一个女声从我前几排的座位上传出。声音先是很低,重复问着什么,而后清晰、响亮起来。另一个声音开始回复她。

　　"在哪里呢?""打开……打开哪里?""填我的名字?""这是什么?"

　　女声听起来还年轻,但语气有些慌张。

　　"哎呀,怎么不见了!"她轻声叫道。

　　安静了一会儿,一个有些苍老的女声说:"我帮你看看。"

　　她们的声音低下去,几乎听不清了。

　　"这样就好了?!一会儿就拿这个出站?谢谢啊!我不会弄这些。"是年轻的女声。

"没事没事,你要是到哪里不会弄,就找路边人帮忙。"

"你真是太好了。"

短暂沉默。

打瞌睡的人醒了,胳膊从座位上方伸出来。我盯着笔记本电脑屏幕,想继续工作。

"腊月间,我不想出门的。男人说回不去,让我过来。娃娃也不回去。"年轻的女声说道。

年长的女声沉默了一会儿问道:"孩子多大了?"

"大的二十二,老二十九,在这边打工。"

"你一个人在老家啊?"

"家里老人病了。年前送走了。"

"是你的……"

"我爸走得早,走的是我妈。我男人那边两个老人都不在了。"

"这样啊。"沉默几秒,年纪大的女声说道,"我家里老人也都走了。"

"你这么小,父母应该都还年轻啊。"

"我六十二了。"

"六十二?! 你看起来一点都……不,你肯定不是六十二。"

"我真的六十二岁了。"

"啊……不可能……不是……我四十五。"

"四十五?"

"四十五。"

又一阵沉默。

"你孩子都大了吧?"年轻一点的女声再度开口。

"工作了。"

"几个娃娃?"

"就一个。"

"一个啊。"

"那时候都不让多生的。"

"哦,你们是有单位的。有单位的不让生。"

"不让生。"

"我两个都是儿子娃娃。想要个姑娘,结果两个都不是。"

"你是四川人吗?"

"我是重庆的。"

"我听你口音像。"

"你呢?"

"我父亲是四川的,但他来了广州,我们就在广州了。"

年轻女人声音高了几度,改用方言说道:"你过年回不回四川嘞?"

年长的继续说普通话:"我们好多年……好多年不回老家了。"

"那你现在是去……"

"看我儿子。他在深圳工作。结婚了。"

"你看我带了这么多吃的,都是带给他们吃的。"

一阵窸窸窣窣,塑料袋翻动、摩擦的声音。

"这是什么?"年长的女声问。

"给两个娃娃一人打了一件毛衣。"

"挺好看的。"

"是不是?现在年纪大了,针脚扯不紧,你看,这袖口就没收好。老大说不要!说他不穿毛衣!我说你就是跑去天边也要过冬嘛,过冬不穿毛衣穿啥子?"

"可以穿的。"

"就是嘛!这毛线是纯羊毛的,我说你穿一件顶穿几件……"

"这又是什么?"

"哪个?"

"这个盆里的。"

"猪油!我提前请人把猪杀了。你闻,香得很哪!"

"别打开别打开!你打开就弄脏了。"

"哦对。空气里面有病毒。"

年长的女声没回应,年轻的女声又说道:"整这么一盆,够吃一年了吧?肯定够了。"

"你可能要把油放在小瓶子里,让他们放在冰箱里。"

"冰箱?"

"这边热得快,四月份就要穿短袖了。"

"他们好像没有冰箱。"

"啊。"

"没事，喊他们加油吃，天还没热起来就吃完了。"

"别打开，别打开了。真的。"

"不是，我给你看……香肠腊肉。分点给你?黑毛猪杀了，我自己装的，好吃得很。"

"不用不用。我也有。"

"拿两截，只拿两截嘛。"

两个女人的声音充塞了整个车厢。但我知道，不是因为人少声音大，我才仔细听她们说话的。

她们俩几乎跟我与她们俩之间一样陌生，但开口没多久，就已经谈到了自己、丈夫、父母和孩子，尤其孩子。女人间的谈话常常平淡、细碎，像是在许多环绕她们自己的星球表面滑动，也就不容易引人惊奇，但此刻我隔了些距离，反而发现了谈话的奥秘。一个女人倾向于向离她最近的另一个女人求助，而对方如果能力允许，总是会回应。她们之间会立马缔结一个小小的同盟，谈话里透露出的信息像颤动的橄榄枝般伸出，这些信息切身、无所保留，而如果对方能接住，几乎就可建立虽短暂但牢固的信任。这本身就不可思议。

"你爸爸就到广州了吗?"

年轻女人似乎对身边这位半个同乡的年长女性充满好奇，又或者，她只是天性活泼，说个没完。

"是，他读了大学，后来……后来就到广州了。"

"那个时候，读高中的都少……你爸爸……有文化的人。"

年长的女人不作声。

"我没读过书。没读书不行啊，手机都整不成。"年轻女人说。

"娃娃读书没有?"

"读，两个都读不下去……我给你看照片!这个是老大……这个是老二……"

"老二……咋回事呢?"

"哎。"

"这张也……"

"脾气大。你喊东他往西。"

"跟他这只手有关系吧?"

"唉。"

"是受过伤还是……"

"喊他爹少喝点酒,不听。喊他喝了酒就不要碰我,不听。"

"看过没有?"

"啊?"

"找医生看过没有?"

"生下来就是这个样子。"

"好在是左手。"

"好在脑筋是好的。"

"眼睛一看就聪明。"

"是不是?娃娃真的,生下来就不一样。老大吧,就不灵活。老二呢,追着你问,妈妈这是啥子,这又是啥子,为什么为什么?"

年长的女声笑了。

"一只手那个样子,带他比带老大累,好在聪明啊。"

"好在聪明。"

"好在不是女娃娃。"

"好在……"

两人声音渐渐低下去。

又过了几分钟,手机铃声响了,鸟鸣声。

年长的女声接电话:"我一会儿就到了。琳琳在家吗?我打车过去,打到小区门口,给琳琳电话。妈妈带了很多菜啊,都是现成的……你不用管我……要加班吗?没事我自己打车……菜怎么能扔掉?放冰箱啊……"

静了一会儿。

这次是年长的女声先开口:"我也带香肠腊肉就好了。"

"为啥?"

"香肠腊肉嘛,带去就放冰箱里。也不会坏。"

"哎呀,他嘴上说不吃,你摆桌子上,他一口气干掉三碗饭。"

"是吧?"

"从小到大就好这一口,嘴巴上说不吃,他管得住肚子不吃吗?!哎,他要是改口了,不吃,不爱吃吃不下了,那更好哇,以后你都不用做了!猪不吃猪草了,要吃猪饲料……"

"你性格真好。"

"性格?"

"你人真好。"

"没得文化。"年轻女人咯咯笑了。

年长的女人也笑了。

我合上笔记本电脑,看向窗外。列车减速,越来越密集的楼宇掠过,那些玻璃外墙反射着阳光,反射、折射了不知多少回合的阳光透过车窗打在我脸上。蓦地,车驶入隧道,窗外黑了,我看见玻璃上一个自己正看着车内的自己。跟她俩一样,这个我看得出来是女性,生育状况则不能判定,但无论如何这个我总有个母亲,也许跟她俩一样。

这不是重点。固然她俩一直在谈论别人,但绕来绕去,我这个旁观者看到的只是她们自己。她们吐丝、结茧,包裹起自己脆弱的肌体,恪守微妙的、安全的社交距离。在这样的空间和距离中,茧又根本不能成为掩体。好在她们都是女人。好在她们能听懂彼此。好在……

列车停稳前晃动了几下,不妨碍,乘客们陆续从座位上起身,往车厢两端的门口走去。犹豫几秒,我站起来,望向前几排。

一个灰扑扑的女人朝我这边走来。灰是她头发的颜色,长发过半是白色,随意扎成马尾束在脑后。灰也是眼睛,暗淡,有些疲惫。甚至她身上的衣裳,也是洗太多次后发灰的黑棉服。在南方暖湿但艳色的冬天里,这旧棉服显得格格不入。

这是那位有文化的女性吧,我暗想。六十二岁。

她身后没多远,一个雀鸟般灵活娇小的红衣女士跟上来。头发做过,一个一个的发卷很精致,染成棕红色。她皮肤很白,细腻。看上去可以是四十五岁。

我站在座位上不动,看她俩依次从我身边经过。

灰女士把一个行李袋往背上甩,半背半扛,回头望红女士一眼,似要说什么,嘴半张开又闭上。

红女士上前拉住拖车车把,说:"我来帮你。"是那个苍老些的声音。

灰女士开口说"哎"，声音清脆而响亮，年轻的质感震醒了我。这声音像是困在她体内，或者，像钟表精妙无误的内胆，被嵌在磨损过度的表盘之中。

我错认了她们。灰女士四十五岁。红女士六十二岁。

我再看灰女士一眼。行李袋压弯了她的背，她像码头扛包的男人一样，撇着腿站，才能支撑行李的重量。

没有预兆地，红女士转身走向另一侧车门。红远离了灰。她提着一个纸袋，鞋底在地板上叩出嗒嗒嗒的响声。

不知为何，我瞥了一眼自己的行李，一个蓝色的双肩背包，用了好几年，有些旧了，我喜爱它。我把笔记本电脑塞进去，走向灰女士那侧的车门。

车厢门开了。灰女士在月台上迈开步子往前走，走了好一会儿，又回头望了望红女士。她想抬胳膊挥挥手，行李袋和拖车缚住了她，于是她继续往前走去了。

人流迅速往出口聚合，又迅速消失。很快，灰和红都不见了。

我独自站在月台。我熟悉红，更了解红，但我快步走向出站口，跟上灰。

【作者简介】郭爽，女，1984年生于贵州。作品发表于《收获》《作家》《山花》《钟山》《西湖》等。出版《月球》《我愿意学习发抖》《正午时踏进光焰》。获《小说选刊》年度大奖·新人奖、《钟山》之星·年度青年作家奖、山花双年奖·新人奖、西湖·中国新锐文学奖、储吉旺文学奖等。

小楼昨夜又东风

　　我们又看了一遍乔乔的电影，就是二〇〇七年冬天拍的那一部《小楼昨夜又东风》。

　　故事发生在民国初年，取日本京都为背景。男女角色梳妆浮夸，台词也生硬。除了乔乔以外，演员都是一些陌生面孔。乔乔演一个留学生，受先进思想感召，赴日学习，前后共十六年。至剧终，乔乔一袭青衫，站在积着雪的鸭川岸边。薄雾升起，远山半隐。风吹过，几家歌舞伎厅的廊檐下，纸灯笼乱晃。镜头从乔乔的背影转向正面，只见他眉头紧锁。那对众人皆羡的酒窝沉在嘴侧，看起来像两粒黑痣。慢慢地，他的表情松下来，茫然失措，仿佛掌控他肌肉的线被抽掉了……那场表演相当动人，可谓技巧高超。然而，不知道为什么，当我们看到乔乔那张面孔的瞬间，几乎发自惯性地觉得有点好笑。二〇〇七年，他已经发福得完全走样，但好笑和胖没关系。

　　我认识乔乔的那一年，他便在饭局上谈过，日后要拍这样一部电影。当时，我在南市区一所公立学校教书，兼班主任，与学生家长多有往来。那几年氛围开放，见面喝一场酒，彼此就算朋友。学生家长中有一位叫老费，身材魁梧，足有一米八五以上，是我们这代人里极为罕见的。老费在海关工作，精通应酬，不时邀我去一些饭局作陪。那天我跟着老费，走进良良大酒店的包厢，一眼就认出了座中的乔乔。

"大明星,红光满面嘛,上次给你弄的甲鱼有功劳吧。"老费一进门,直冲乔乔而去。乔乔笑着站起来,标志性的酒窝在灯下发光。两人寒暄几句,老费才想起介绍我:"这是我女儿的班主任,李老师。"

"李老师。"乔乔朝我伸手。

我头一次凑这么近看乔乔,比起十年前的电影里,他的脸几乎肿了一倍。他留着分头,发根稀疏,但用摩丝梳得油亮、挺括。他的眼睛格外显老,并不是无神,反倒有一种陨落前紧绷的光辉。乔乔依旧时髦,在室内也戴围巾,款式是时尚杂志里的经典方格。我想起八十年代早期,我和朋友们竞相模仿乔乔的穿着打扮,学他的普通话发音,一时不觉恍惚。

"你们聊到哪里了?"老费一边问,一边向四周递烟,殷勤地用打火机逐支点燃。

"乔乔不想演喜剧角色了,要自己拍严肃电影。你们说这个人有意思吗?'阿毛系列'那么火,换我就演一辈子阿毛。"坐在乔乔身边的女人说,虽然语带娇嗔,听起来却莫名让人舒心。她把脸涂得像一位粉玉真人,两条手臂白嫩,在黑色蕾丝衫的钩花下隐现。

"你就喜欢瞎说。"乔乔揽过她,手在她腰间轻拍了两下。"那是我大伯的故事,解放前的日本留学生。那时候的人多高贵,不像现在,每天吃吃喝喝轻飘飘的。老是让我演阿毛,你们怎么都看不厌的?我自己都演烦了,几年没接新戏了。"

在老费的起哄下,乔乔把电影梗概又讲了一遍。依照计划,他大伯的角色自然由他来扮演。自从七十年代初转业到上海电影制片厂以来,乔乔接的都是喜剧片。他为人活络,表情丰富多变,简直生来就在喜剧事业上占了一角。一对玲珑酒窝更是锦上添花,教人只要看他一眼,便不会忘记。而他的大伯则与喜剧角色截然相反,孤苦、沉郁,一个眼睁睁看着幻想破灭又转身湮没于历史洪流中的人——那样的角色,对乔乔来说,无疑是一种巨大的挑战。

"我不开玩笑,这部电影以后一定会拍。名字我都想好了,叫《小楼昨夜又东风》。我大伯去世得早,他的朋友从京都寄回几张照片。有一张是大雪天拍的,他一个人站在路上,后面的景色模模糊糊。我每次看这张照片,就觉得伤心,我要把它作为电影的结尾。"乔乔讲得眉飞色舞,哪怕嘴里说到"伤心"二字,脸上依旧嬉笑。

"那么,这个电影名字就不对了。"我一时嘴快,开了玩笑。大概因为初见乔乔,我有些紧张,又想表现自己,险些弄巧成拙。我说:"日本属于东亚季风气候区,冬天刮欧亚大陆来的西北风,连诸葛亮都借不到东风。"

"李老师。"乔乔嘴角一扬,目光转到我身上,久久落定,好像此刻他才真的注意到我。乔乔说:"不愧是知识分子,真好。你是地理老师吗?"

"我教中学外语。"我讪笑,心中还在为刚才的莽撞自责。

"外语,乔乔会得那叫一个多。你们都看过《双胞胎奇缘》吧,八十年代初的电影,还给乔乔派了一句法语台词:梅西……"老费端起红酒杯,那姿态仿佛窗外就是埃菲尔铁塔,而他正在念的是一句祝酒词。

"是Merci beaucoup! 你这蹩脚发音,跑到西伯利亚去了。"乔乔纠正道。

我们喝到凌晨两点多才散。临告别前,我去了一趟卫生间,听到旁边有人轻声咳嗽。我一抬头,只见乔乔面色发白,鬓角汗津津地贴在两侧,就像刚从河里打捞上来。我们一照面,乔乔顿时焕亮了几分。我们一同洗手,他围巾的流苏落到水池里,待注意到为时已晚,湿了一大片。我试图帮他稍微擦一下,他一把扯回围巾,一手按在我肩膀上,跟跄了两步终于站稳。

"李老师,我最敬重的就是老师,今天喝得太痛快了。"乔乔说。

我们互相留了电话,约定下回再聚。饭店离我家不远,送他们上出租车后,我独自往回走。夜晚冷得很,江风吹得树声呜咽。我从老码头边荡过去,只觉一阵无来由的凄怆。那天适逢十五,月亮出奇的浑圆。我与它并行一路,瑟瑟缩缩,到家酒已醒了三分。

我洗了把脸,小心翼翼地爬上阁楼。家中静阒无声,女儿早就入睡。妻在煤气厂工作,经常排早班,此时也已睡去。一天熬到尽头,我四肢酸胀,但精神上兀自兴奋难耐,便沿床沿静坐下来。不知过了多久,我尚且无法平静。几乎是喃喃自语地,我轻声说:"今天我见到乔乔了。"

"神经病啊,还不睡。"妻子梦吃一般,随意一翻身,伸手摸到了我皮夹克的金属扣子。"冰凉,外面肯定冻死了,你刚才说什么?"

"我说,我见到乔启明了。"我依旧压着声音,好像怕吵醒她一样。

"乔启明……又是什么牛鬼蛇神?"

妻子咳嗽一声,声音恢复一些清亮。我们老房子的屋顶上有一扇天窗,长期积雨与储灰令它一片雾蒙蒙。即便如此,仍有几缕光线渗进来。幽暗之中,妻子的双眼闪烁如黑曜石。她看起来那样美,我甚至短暂地忘了,我们都是何其普通的人——美的意义早被日常生活所消解。

"你还记不记得，我们结婚前去看过一部《小凤凰旅馆》，老店长的儿子双庆就是乔启明演的。里面有句台词，'生活就像梦一样美'，当时红遍大江南北。"我回忆起与妻看电影的情景，那时我更拮据，两人只舍得买一罐椰奶喝，不免感叹，"以前的人真好玩，那么穷，还有闲心讨论'生活'。"

"我好像有点印象。我还说，这个双庆虽然相貌标致，但一咧嘴，牙缝都是黄的，一看就抽烟抽得很凶。"妻笑了。

"真人很气派，坐在那里就是明星的样子，可惜比以前胖了很多。不过，他一点架子都没有。讲起笑话来，和电影里一模一样。"我说。

妻子不说话，我以为她又睡着了。我躺下来，身体松弛，如一块黄油在热汤里慢慢融化。模糊之际，听见妻子若有似无地叹气。良久，她才说出口："你少和那些人混在一起。"

大约两周以后，我犹豫再三，给乔启明打过一个电话。接线的是一个男人，声音嘶哑，带有苏北方言腔。我说了几遍找乔启明，对方始终没听明白，只说现在人都走了，下次等白天再打来。我这才反应过来，乔乔给我的只是单位的总机；但转念又想，或许乔乔是因为他们夫妻拍戏繁忙，家中常年无人，才留的单位电话。众所周知，乔乔的妻子邵美荇也是一位演员——风势自然不及乔乔猛，但话说回来，当时谁又能和乔乔相比，他可是多少人的梦中情郎。在《小凤凰旅馆》里，美荇出演一位蒙古族住客，以文化差异额外带出一层幽默的涟漪。选角导演颇具慧眼，美荇虽是地道的上海姑娘，但五官立体挺拔，一笑如春山回水，倒也有几分异域风情。我听老费说过，美荇早年在江西农场当知青，任何苦累的工作都抢在他人之前。有一两回，通宵干活儿，累到昏厥，组织上因此提拔她为指导员。乔乔娶她，也是看重这份踏实的态度。只不过老费经常信口开河，他的话只能信一半。

我跟随老费，大半年间，又结交了不少新朋友。作为某种情谊的回馈，我也让老费的女儿当上了大队长。刚任教时，我尤其反感这种特权牵引，认为替学生主持公道当属一件大事。然而，工作愈久，这些事情显得愈发虚无。所谓"主持公道"，只是因一种清高而过于看重了自己的价值。实际上，学生都是差不多的，一位并不真的比另一位逊色多少，所差之处都在于个人际遇。

老费为女儿一事，特意摆下一桌谢宴，邀请我与其他朋友出席。我没想到，时隔许久，竟又在酒桌上见到了乔乔。乔乔迟到半小时，进门时手提两瓶金装茅台酒,身旁勾了一位娇小的美女。女孩还很年轻,甚至不知过了二十岁没有。一件玫红色丝绒连衣裙松垮地贴着她的身体,腰间系一根桃粉宽布腰带,穿出了几分和服的气韵。女孩肤白,光彩如星辉,洒向四座。乔乔则头戴一顶鸭舌帽,迷彩背心罩在白衫外。他更胖了,动作也迟钝,反而像女孩的跟班。

老费把乔乔安顿在主座,乔乔推辞一番,被众人按进座椅。他摘下帽子,蓦地露出已开始斑白的发丛。由于捂出一些汗,他的头发粘成一缕缕。他借白毛巾擦干额角,又抬手将头发捋齐、按平,朝周围笑上一笑。我心下暗惊,仅仅一年不到的时间,一个人何至于改变至此,何况他刚四十出头。至于其他朋友,仿佛对乔乔的变化浑然不觉,兀自靠玩笑互相拉扯。在座有一位钳工,业余学过筋骨推拿,自身的驼背却怎么都治不好,我们叫他"油爆虾"。"油爆虾"把两瓶茅台转到眼前,手势敏捷,满面急切地拆了封。

"托乔乔的福,喝这种上等货色。"因为高度近视,"油爆虾"戴一对啤酒瓶底般的厚镜片,眼睛眯成一条线。"我上回喝茅台,还是在一个局长女儿的婚礼上。"

"你路子很广嘛,哪个局的局长,怎么不叫他给你介绍个女朋友?"老费揶揄道。"油爆虾"中年未婚,一说到女人就兴致勃勃,配上他那副面貌,猥琐之气更甚。明眼人都辨得出来,老费有些看不上他,但他贵在随叫随到,又愿以一技之长捧场,所以老费也经常带他。

"油爆虾"嘿嘿一笑,也不回嘴,低头往每个人的分酒器里灌酒。老费无意刁难他,就把注意力迁移到乔乔身上,问他最近拍什么新作。乔乔没听见似的,只顾替身边的女孩夹菜。女孩不怎么领情,秀眉一蹙,把其中一块油水饱腻的红烧肉丢到乔乔碗里。老费见乔乔不搭腔,就自找台阶下,说乔乔太神秘了,天机不可泄露。

其实真正关心乔乔的影迷都知道,进入九十年代,乔乔的演艺事业一路滑坡。他主演的最后一部电影《霹雳二怪》,属仙侠题材。双男主,一鼠一龟,乔乔演那只法力略胜一筹的乌龟。诙谐的动物成精,本就具有相当深的幽默潜力。乔乔只消竭力模仿乌龟的样态,再加上一些狼狈的桥段,就能令观众捧腹大笑。我至今还记得乔乔被天兵追捕时,跌倒在地,四脚朝天,龟背像半个橙子乱转不停——还有他的表情,五官瞪得硕大,连鼻孔也暗撑着猛力,只差自掐人中救命了。每次和旁人聊到乔乔的演技,我都会引述这一段,当着他的面却羞于提起。如今回看,《霹雳二怪》是乔乔银幕生涯的一个转折。自此以后,尽管乔乔还能和刘晓庆、关之琳、陈道明等一线明星搭戏,但其角色迅速边缘化。在不同电影里,他演过剃头师傅、木匠、民警、房东、摆地摊的小老板等。不得不承认,最适合他的角色,往往是个体户一类的。话虽如此,彩色电视机刚普及全国不久,明星在老百姓眼中仍有鲜亮光环,更何况乔乔曾红极一时。

我们喝了几轮酒,逐渐说起各自近来见闻。乔乔一直提不起精神,直到有人提到新兴的香港喜剧,乔乔才稍微活跃一点。那段时间,周星驰主演的《大话西游》《国产凌凌漆》颇为热门,连我都私下买了碟片来看。乔乔点了烟,一贯笑意盎然的脸上竟翻出白眼。

"都是乱搞。靠低俗博眼球,毫无生活情调,这种东西能看吗?"乔乔说。

"论境界,谁能和乔乔相比。"我们还想打趣几句港片新鲜的形式,言语未尽,却被堵了回去,老费转口说,"哎,但你别说,白骨精现出真面目那一段,真是吓人。"

"周星驰嘛,我挺喜欢的。"跟乔乔来的女孩说,满不在乎。

乔乔原本靠着椅背,整个人陷在软垫里,这时突然向前抬身。"我演了大半辈子喜剧电影,每天嘻嘻哈哈,有时戏里戏外都分不清楚。到底什么样的喜剧有格调,我还是有发言权的。我们学布莱希特表演体系,角色的每一个心理、行为细节,都要费尽心思去揣摩的。哪怕简单的开门,脚先踏进,还是上半身先探进来,其中有一百样讲究。难道你们以为人人都可以演电影吗?"

"乔乔别动气,生气就没意思啦。"老费不失时机地宽慰,又捏起子弹形状的小酒杯,向四周招呼道,"这么好的酒,要敞开心情多喝几轮。"

我勉强斟满一杯,清亮的酒液在杯中泛出弧光。茅台少有机会喝到,印象里口感比较绵柔,回甘清香。可不知是我当日的状态问题,还是另有原因,我只觉得乔乔带的茅台满口酒精味,和从前喝过的完全不同。二两不到,我便感晕眩,实在是一口都不想再喝了。

或许香港喜剧一事已坏了气氛,酒过三巡,饭桌上沉闷不已。一个人说着话,无人接应,就成了一台台断裂的独角戏。我走神好几回,抽烟也止不住哈欠。那天究竟是怎么喝到最后的,我有些弄不清了。唯独一点记忆在于,后来其他朋友陆续告辞,乔乔送女孩上了出租车,回到店门口台阶上,同我、老费一起抽烟。

"不开心啦?"老费向开走的汽车努嘴。

"别管她,哪里惯来的脾气。放在以前,我早翻脸了。现在耐心越来越好,就当修行吧。"乔乔摸出一包蓝熊猫香烟,笑眯眯地递到我们手中。

又逢下半夜,酒店即将打烊,滞留的夜客零散地从里流出。几乎无人注意到乔乔,也有两三个人,远远盯着乔乔偷觑,但终究也没把握辨认。其实认出来也了无意义,银幕中的乔乔早已过时,观众为往日荣耀所献出的敬意,无异于一种用以衬托乔乔如今境遇的哀悼。我们避开人群,步入与饭店相连的小花园。一袭清湿的气息扑来,草露味四溢,又夹杂一种熟悉的野花香。虫鸟兀自放声高鸣,丝毫没受到不速之客的打扰。幽暗之中,我们缓缓恢复视力,墨绿枝丛为眼帘刷上新色。一个截然不同的世界延展着,我们不由得站住了。

"说句真心话,我不想演喜剧了。伟大小人物也好,丑角也好,统统不要。"乔乔突然说。乔乔有类似念头,不止一两天,我从前也听说过,但并不晓得原因。

"为什么?"我问。

"说不清楚。你们不觉得我演的角色都差不多吗?到真实生活里,我也只会像角色那样做,没有一个属于自己的样子。"乔乔略一停顿,又说,"我表达不好,好像一个人习惯了在浅水区游泳,有一天失去了潜到深处的能力。"

"演得好看,观众就喜欢。什么'自己''别人',想太多伤脑筋。乔乔你是新时代顶级的喜剧演员,我看到你这张脸就开心。我是真心的。"老费说。

"我现在,只想拍一部《小楼昨夜又东风》,找一找真的自己。"乔乔低头,香烟烧到最后一口又抬头面向我说,"李老师,我想最近抽空,把电影剧本先写出来。到时候你能否帮我看看?"

"对嘛,请李老师看。"老费神采奕奕地补充,用他一贯虚张声势的语调,"李老师年轻的时候是个大文豪,在《新民晚报》上发表过很多诗歌、散文的。"

"好啊,我尽量看。"我受宠若惊,立刻答应下来。尽管老费所言不实,更何况我已经十多年不动笔了。

"好了,我差不多该走了。"乔乔朝我拱手道谢,又挥别老费。临了,轻声嘱咐老费说,"对'油爆虾'好一点,大家都是兄弟,面子总要给的。"

那次分别以后,没来由地,我时常想起乔乔。趁寒假空闲,我去碟片店租了几十张光碟,都有乔乔参演,绝大部分是重温。乔乔第一次出镜,是在七十年代初的彩色电影《战赤壁》里。当时,剧组去厂区挑选演员,乔乔恰好刚进钢铁厂不久。轮到他展示,他桂眼一瞪,佯装手搭眉口,继而吐出一段《打渔杀家》里萧恩的唱词:"昨夜晚吃醉酒和衣而卧……"年轻人演绎老生,调门的宽厚不足,响堂倒是有余,外加乔乔神采奕奕,眉目间自有一种张力,让剧组看得忍俊不禁。《战赤壁》最终给他分配了一个小角色,我等了整整四十分钟才看到乔乔。听念白,是他自己配音的,口音带一点南方的狭扁意韵。从亮相到退场,时长不超过四十秒,但乔乔独有的笑容已烙在观众印象中。我前后倒带几次,看乔乔从雾凇之间走出,又重现于原地。那一年他多年轻,朝阳沥金,将他身姿烫出淡淡的光晕。迎着山水,乔乔脸上漾开一阵好风光。任何人一看便确信,接下去吴蜀联军必将以排山倒海之势击退曹操。

我关掉CD机,又颇不甘心地打开——焦虑盘旋在我胸口,仿佛乔乔的某种困苦也传染到我身上。只是乔乔难道不明白,致使他落到今天位置的,是他的肥胖、他那具有无尽发腮魔力的脸,并不是他所说的"自我的缺失"。这种认知上的混沌,却更教我心里替他难过。

然而,乔乔的遭际故事再明璨,也不过是我生活中的一颗流星。开春以来,家中多事,我在下旋的涡流中自顾不暇。妻子的单位发不出工资,转眼已有三个月。不久,又被告知不用去坐班,只在家中静候消息。妻整天在小房间里打转,偶尔与老同事通电话,谈论即将来临的下岗风暴。讲不了几句,因担心电话费昂贵,便挂断了。有一回,妻子翻到我租的电影光碟,一怒之下,狠狠掀落到地上。

"饭都快没得吃了,还有心思看碟片。每天半夜三更回来,自以为人家把你当朋友,其实谁看得起你。也不照照镜子,算个什么东西。"

妻子声音尖细,一提嗓更锋利。她本就陷落的眉心,猛地裂出"川"字纹路,将脸上的嫌恶衬得更深。由于近期情绪极不稳定,她的双颊稍有些垮,我这才注意到,那儿凌乱分布着深褐色雀斑,我们恋爱时是没有的。那一阵,老费新结交了一位俱乐部经理,常招呼我们去那里唱歌、跳舞、打台球。消遣一番,回家难免又过凌晨。妻子也不睡,满眼通红,坐在台阶上等我。进门迎头就是一顿吵闹,刻薄词汇飞刀一般刺来。我也激愤,我们大吵一架,完全顾不上女儿第二天还要上学。那时才切身感到,人生多么不恒定,什么都会改变,而我和妻子恰进入一种久处后相互朽蚀的状态。

勉强熬到五月,妻子厂里依旧未发薪,我托学生家长给她介绍了一份卖场售货员的兼职。卖场是新开的易初莲花,位于浦东。为了赚钱,妻子每日两次横穿上海。她负责销售塑料彩盘,做成各种鲜翠水果的样式,一路从5.99元跌到2元,销量仍然寡淡。但总算一个好的开始,强于坐以待毙。恰好女儿的生日也在五月,那一年将满十周岁。我和妻子商议摆几桌酒席，一来替女儿庆生，二来决心要在难关前展现某种魄力，颇有几分"冲喜"的意味。

由于离家近，又对菜式熟悉，最终决定在良良大酒店摆宴。我和妻子几番前往，协商菜单。无论如何都超过预算，只好去掉了每人的罗宋牛肉例汤。本也不算珍贵汤品，平摊到个人却可以省不少钱，但这削减开支的成功只让我更沮丧。散步回家路上，我突然想，假如能邀请到乔乔赴宴，想必能在亲戚朋友之间挣得一些面子。上一回席间，乔乔托我替他翻译一份英文授权协议。我熬夜查字典，校对语序，两天就完成了任务。也是因此机缘，我终于有了他的寻呼机号码。

"我不相信的，你去请呀，看看人家会理睬你吗？"妻子讥笑说。

尽管联络乔乔算不上大事，可妻子的态度多少让我忐忑，担心她一语成谶。我踌躇两日，第三天下午，气候宜人。梅雨长季里，难得涮出一枚澄明的日轮。刚过三点，树梢间，鸟鸣织成了音帆。我踩在雨后操场的塑胶跑道上，顿觉一阵放松。这才想到给乔乔发消息，出乎我的意料，他很快就回电到学校。我吞吞吐吐说出女儿生日，请他一同吃顿便饭。他一口答应，我向他告知时间、地点，他在另一头爽朗地笑起来，说好久没去良良大酒店，很想念那里的芹菜干丝。问起他近来忙什么，他称都是琐事，但焦头烂额，见面细聊。又反问我最近如何，我说了一两件学生难管束的事例，代际差异惊人，和我们过去全然不同。讲到后来，我突然发现电话另一端鸦默鹊静，就刹车制动似的缓缓停下来。五秒空白之后，乔乔的声调又衔接上来，仍像火炉里烤过似的热情洋溢。乔乔说："那先这样，我去忙了，回头再见。"

我们都没料到，女儿的生日宴竟成了一场灾难。像精心筹备的新年鞭炮，非但没放出白蝴蝶与银花，反而炸得家门口鸡飞狗跳。而真正毁掉的，是对第二年的期待。宴席比我们预想得更寒酸，硬菜寥寥无几，众人都落不下筷子。在亲戚面前，妻子拼命数落我，赚不到钱又不顾家——无非是这些。出于一种古怪的自尊，她要当着众人的面说出来，赶在他们背着她展开类似的议论之前。我被她抛入难堪之境，每一句回应，都似在把口角扯得更开。若不是亲友劝阻，我们差点大打出手。草草吃完蛋糕，妻子让她姑妈把女儿带离饭店。她十岁整了，发育得比同龄人晚，身材矮瘦。那天她穿一件粉色网纱卷边的公主裙，还是念书前的儿童节给她买的，裙子底的珠花由妻子重新缝过。女儿在门边回望我们一眼，带点困惑地沉默着。妻子的姑妈稍稍一拉她，她不再犹豫，转头走了。

自始至终,乔乔都未出现,也没捎来任何音讯。起初我还时刻盼他到来,经妻子一闹,注意力渐渐涣散,散场时几乎忘了他要来一事。

　　到了年底,乔乔忽然打电话给我,请我们一家参加上海电影制片厂的新年晚会。大半年间,为乔乔的缺席,我没少受妻子的奚落,但从未真的因此生气。乔乔偏是有这样的天赋,一想起他,好像眼见一位好友从林荫路尽头骑自行车过来,悠闲又亲近。我回去把这件事转述给妻子,妻子不屑地"哼"了一声。

　　"我不去。这种过气演员,成天在外面花天酒地,早晚命都折进去,也只有你把他当块宝。"妻子说。

　　"这么多朋友,独独叫了我,怎么能辜负他一片心意。"我说。

　　"你女儿十岁生日的时候,人家照顾过你的心意吗?"妻嘴角一挑,轻蔑的神情水蒸气般腾上来。"我反正不会去的,谁稀罕这个。"

　　话虽如此,临行前,妻子特意为女儿编了双麻花辫。天冷下来,我穿上毛呢大衣,替女儿戴好妻子织的绒线围巾。我们向妻子道别,她一言不发,朝我们摆摆手,转身对着镜子继续翻拔白发。

　　外面风刮得凛冽,双眼如挨刺,几乎睁不开,上海的冬天竟已深到这个地步。我们走到弄堂口,半晌才叫到一辆出租车。上影厂位于天钥桥路,一路开过去,天色像一块破旧的灰地毯,垫在红绿灯后方。沿街的商铺多半歇业了,像被风吹熄一截截的火,我内心反而涌起一种激动的痉挛。

　　那天傍晚,上影厂的铁栅栏门难得大开。我和女儿候在一边,等乔乔出来接。这里环境清幽,我年轻时荡马路经过许多次。扒门往里张望,只能看见左侧一幢小楼,白漆红瓦,楼底密密停了一排自行车。门卫见惯了我这样好奇的人,心情好时不管我,怒时则叼着烟从保卫室出来,大喊一句"做啥",我便如受惊的麻雀快速遁逃。那都是好些年前的事情了。

　　我正出神,忽然身后有人轻拍一下,回头望见乔乔抿嘴微笑。我不禁想起十多年前那一部《沉醉的月亮》,乔乔在里面演一个会吹黑管的青年。在昏暗的歌厅舞台上,乔乔便是带着这种笑意,吹奏着乐器。说来古怪,有时我看着乔乔,感到时间在其所处的河沟里干涸了,我伸手摸到的是一块从未形变的礁石。另一些时候,我深知前者只是一种幻觉,不免为其中的冷酷而感慨。这次再见面,乔乔仍然戴一顶帽子。他剃了光头,那张脸就像帽檐吹出的一颗硕大的泡泡,但显然整体精神了不少。

"夫人不来呀？"乔乔问。

"哎，她单位很忙的。"我含糊应道。

我们跟着乔乔走进礼堂，真可谓气派恢宏，比我们学校的八百人报告厅宽敞好几倍。高度也远超一般大厅的规制，大约有两层半高，凭空拔出一种神圣感。几十张桌子在礼堂里摆开，凉菜上齐，一瓶蜡梅镇在圆台面中间。我们自然在乔乔这一桌落座，同桌还有薛长津、罗孟良。薛长津清秀，举止间有一股书生意气；罗孟良则线条粗硬，络腮胡，褐色皮肤，好像刚骑马穿越旷野抵达这场现代文明盛宴。在一些老电影里，两人都常为乔乔做配角，现在依然算不上主流演员。另兼四五张生面孔，后来才知道，其中有一位是乔乔的胞弟乔启亮。

不时有面熟的演员经过，对我们随意一笑。见我在思索，乔乔就介绍一两句。

"那是马骥呀，旁边是仲星火，你也认识吧。"乔乔面向我轻声说，眼神却往另一桌指去。"当年他们演《今天我休息》，家喻户晓，是老搭档了。实际上我这一路喜剧，接的就是仲老师的班……可惜现在观众不行了，趣味普遍低俗化，作品好坏根本看不懂。"

"民警马天民，无人不晓啊。"我忍不住又瞥一眼。转念忆及幼年，在露天电影场看过《今天我休息》。老马一身雪白警服，大盖帽上别一枚金徽，英武之态栩栩如在眼前。虽然剧中人设是户籍警，可我总把他当作一名海军战士。

"那边是花旦桌，《庐山恋》的张瑜，还有洪学敏、朱静。'阿毛系列'有一部《今日大喜》就是和洪学敏演的。"乔乔压低声音，近乎与我耳语，"但是我以为这一代里最漂亮的是龚雪，妙目一转，像一头从湖面上跃过去的鹿。不知怎么老和戴兆安演情侣，根本不配的。她后来结婚，移民美国了。"

"我看过《今日大喜》，里面好几个女演员，我倒觉得那个小保姆好看。"我说。

"哦，你说夏菁。电影《红楼梦》出来的，嫁给佟瑞欣啦。"乔乔一顿，才一番畅笑。

我环顾四面，那些一知半解的脸庞鼓点般滥击，使我内外咚咚震动，恍如置身一场不安的大梦。热菜端过来了，随酒水拌进胃里，又以某种化学分子微调着我的外观。皮肤悄然走红，向外涨开一些，晕眩竟变得通透可见。遥远的讲台上，有人对着话筒致辞，但环绕声调得不好，传到我们这里只剩一阵嗡嗡。乔乔向我讲解致辞人的身份，都相当著名。有一位老先生，经人推轮椅上台。我没听清他的名字，只记得乔乔小声告诉我，那是他拍《双胞胎奇缘》的导演。

那些年里,知青返乡的尾潮扫过上海,电视剧《孽债》则是一时人人热议的话题。吴竞在剧中饰演一位机关干部,恰好前来敬酒。女儿认出她,惊讶地随大人站起来。有人逗她,《孽债》好看吗?女儿平日里少语,像一台总调不对频的无线电,我们常忧心她在学校不合群。但那天她异常兴奋,拧过发条似的,与陌生人对答如流。几个回合往来,女儿竟当众唱起了《孽债》的主题曲:

"美丽的西双版纳,留不住我的爸爸。上海那么大,有没有我的家……"

等她有一日得机会去北京,去呼伦贝尔,去风雪卷地或日晒十二小时仍昂扬挺立的城市时,她就会明白,上海并没有那么大。我看见吴竞暂坐下来,夸女儿唱得好。她们离我越来越远,话音也逐渐蜕落为窃窃私语——那时,我已喝完杯中酒,腹胀与昏沉让我步子趔趄。我一路走到门口,跨过礼堂与大厅的分界线。大厅略显清冷,吊灯的水晶片很厚,光无法一层层穿透,只好暗淡下去。嘈杂也喑哑,背景音乐轻柔如浪。久站后发现,原来是同一段旋律循环播放:甄妮的《海上花》。直通室外的门敞着半扇,可望见那座根据上影厂所制之片开头图像复刻的工农兵雕塑。红棕色,工艺精微,背部的衣服褶皱也细雕过,此刻被一个冷得近乎析出晶体的世界罩着。

乔乔跟出来了,手里夹一根烟,我们便在屋檐下漫无目的地站着。半晌,乔乔开口,谁知竟是道歉。

"对不起,李老师。那段时间我刚和美荇离婚,状态不好。怕扫你们兴,就不来了。"大概因为喝多了,乔乔双眼发红,显露一副疲态,他又补充说,"就是你女儿生日那次,想打电话来说一声,最后也没好意思。"

"怎么会呢……"我暗自吃惊,无论是乔乔离婚,还是他蓦地提起女儿生日一事。

"我和美荇不是一路人,她从来不理解我。后来实在闹得太僵,估计她也不想再见到我。你看今天这种日子,她都没有来。"乔乔说。

我不知该如何应话,只好与他怔怔相对。手里的烟一截截烧作尘烬。

"你听,《海上花》。这首歌我很喜欢,我有一部电影做过插曲。在一个舞厅场景里,周著非要我陪她伴奏。电影里她对我有情,但出国无疑是更有利的选择,那怎么办呢?只好两个人坐在霓虹球灯下,一分钟、一分钟拖下去……拍这段时,我总是不小心发呆,《海上花》的曲调会让人迷失。"乔乔感叹。

"《小楼昨夜又东风》的电影剧本,写得怎么样了?"我随口一问。

"暂时不写了。"乔乔一惊,才回答我。接着,他暧昧地远眺了一眼。路灯纷纷亮了,橙红色,夜晚的城市像一间照相馆暗房。乔乔说:"我要出一趟很长的差,做点大事情,一步一步来。"

"是拍新戏吗?"我问。

乔乔并未回答。他若有所思地眯起眼,烟被他嗫进肺腑,又像从香炉里冒出来似的溢过他的鼻腔。他揿了烟,突然慎重起来似的看着我。乔乔问:"李老师,我记得你也是春节左右出生的吧?"

"对,大年夜晚上,生下来没两个小时就跨年了。"我说。

"那你也是水瓶座,我们一样的。"乔乔说。

"乔乔时尚。我没什么研究,水瓶座是什么样子?"尽管我不信这一套性格理论,还是追问了下去。

"大概是注重精神,总是在找,却永远不知道自己想找什么。外人看来,只觉得这个人性情奇怪,渐渐也就疏远了。"乔乔淡淡地说,他面露笑意,可我莫名有些伤感。乔乔又握住我的手,热切地说:"李老师,不管怎样,我要谢谢你。"

那时我还不知道,上影厂晚宴对我的最大影响,是踏入一段与乔启亮的漫长情谊。乔家父亲早逝,兄弟二人各自生长。与哥哥相比,乔启亮的生活大相径庭。他在七浦路商城摆地摊,专进流行一时的货物。头一次去,摊位上摆满玩具;水晶串珠流行时,他又搞起了买珠子送TPU串线的活动。也卖过首饰,穿碎花裙的女孩蹲在摊前,中意的款式在精心筛选中滑进篮筐。在人缘方面,兄弟俩的优势倒相似。乔启亮伶俐,和附近摊主都交好,经常有人跑来与他闲聊。但也听乔启亮私下抱怨,同样一根黑头绳,隔壁老头儿能卖到五毛,他只能卖两毛,只因对方看起来一副可怜相。

有一回,我下午没课,顺道去探他的生意。一走到他所在的铺位,赫然看见两张乔乔放大版的半身照片。乔乔披一件深蓝色西装,双手插在胸前。他像被喂过催促生长的药,不仅留了一头茂密的黑发,连脖子也更长一截。他的招牌笑容挂在脸上,在他右侧,一棵枸杞树伸出枝条,果粒颗颗饱满。照片下面,摆了一筐嗫等贩售的枸杞。

"怎么样,照片里的人认识吧?"我还在发愣,乔启亮玩笑着走过来。

"拍得真好,容光焕发,至少年轻了十岁。"我叹道。

"瞎说。"外形上看来,乔启亮比哥哥逊色太多。身高不足一米七,横肉敦实,这使他五官的浓墨重彩更显诙谐,举手投足间,添一道世俗生机。乔启亮说:"明明特别假,照片弄得人都走形了。我一拿到就问他,照片里的人还是你吗?如果大家认不出你,代言还有什么意思?"

"他怎么说?"我只好笑问。

"他还能怎么说!虽然我是弟弟,但他从小怕我。"乔启亮眉毛一扬,颇有得意色,"不过话说回来,东西还可以吃一吃。"

他从筐底翻出两包枸杞,一边解释底下的批次保质期更长,一边往我手里塞。言谈之中,我得知乔乔如今身在张掖。他在酒局上认识了一位食品厂的老总,对方一直邀他挂职副总,工资比上影厂给的翻几倍。哪怕已沦落至下风,告别演艺事业亦需勇气。等乔乔终于辞职前去,发现"副总"只是一个空荡荡的头衔。他对实体经营一窍不通,每天工作不过是应酬、参加活动,陪各式各样的人物喝酒。公司试图从他的银幕形象中剥出一些余利,为此,他不得不配合多方宣传。据乔启亮说,乔乔也为公司拍过电视广告。于是,每当电视剧里插入广告时,我便暗中有所期待,但我从没真的见过乔乔拍的那一段。

往后一年的秋天,乔启亮请我去茂名南路上的一栋洋房。房屋外墙有几处剥落,重新刷过后,留下微微凹陷的印痕。庭院叶落,行走其上发出喏噬声响,让人的踩踏兴致更甚。还没到需要开启供暖系统的时节,室内有点冷。我沿木梯转上二楼,为首一间房连通阳台,门正敞开。光流像从乍破的银瓶中淌出,我一时恍神。

"李老师,过来方便吗?"乔启亮来迎接我,一起身,背后露出一台雕花的太师椅。

"骑自行车半小时,就是今天天冷。"我说。

我搓着手,踏上最后一级台阶,全然置身于二层的空间之中。乔启亮引我进房间,顺势将落地窗拉开一些。我往外一瞥,开放式阳台上摆着盆景,狭长的红缎绑在枝梢间,上面用金粉写了"财"字。房间内部则布置成办公室的样子,写字桌、高级文具、一台屏幕落灰的电脑,应有尽有。桌子正对一排立式书柜,里面放满崭新的精装书。最高处是四大卷肖洛霍夫的《静静的顿河》,书脊高耸,鎏银的字体熠熠闪光。我不觉笑了。

早几回见面时,乔启亮已向我提过,他把七浦路的铺位退租了。问他日后打算,只说要与乔乔合伙,做一门新生意。待办公处租定,他才慢慢透露,原来两人打算办一个婚庆公司。乔乔负责联络明星,从单场表演到担任司仪,各有标价;日常运营工作则交由乔启亮打理。他们各自筹了些启动资金,具体比例我不得而知,但乔启亮抱怨过乔乔小气,堪称当代版的"葛朗台"。

"什么时候正式开业?"我问。

"已经接好几单了。"乔启亮满脸放光,极为亢奋。周围环境雅致,他却浑然不受影响,说话时仍然唾沫横飞。"李老师,你看这套洋房漂亮吧。只要找我们做婚庆,免费送洋房写真一套。一方面当推广的福利,一方面也沾沾新人的喜气。前几天刚有人来拍过,相当满意,怀旧风骨一绝。李老师,这才叫作生意嘛,你说是不是?"

"毕竟你有二十年当老板的经验。"我端起他泡的茶,据说是黄山毛峰,入热水根根竖立。只是他放过了量,一泡开大半杯都是茶叶,我勉强喝了一口。

"那当然了,难道我靠得上乔乔吗?他一点商业头脑都没有,整天像做梦一样。要不是有我在后面把关,他能做成什么事!"乔启亮说。

"乔乔回来了吗?"我问。

"回来小半年了,你不知道吗?你们不会还没见过面吧?"乔启亮有些惊讶。

"嗯,他大概很忙的。"我说。

我时常回忆起乔启亮当时的神态,他的双眼向上翻着,嘴角一撇,鼻子稍微起皱。仿佛他与乔乔多有性格不合之处,但亲缘关系黏缝着两人,定期清空前嫌。那天夜晚,我们去后弄堂的小摊吃馄饨。一条长队延伸到路口,轮到我们坐进那块军绿色的防水篷布里,腿已站得发酸。热雾从馄饨汤上腾起,眼镜片里,乔启亮的影像虚化了,他的存在褪为一种浑厚的声音。嘈嘈切切,讲到家道中落前的故事,乔启亮像个说书人。清朝灭亡以后,乔家被打散在沿海一带。乔启亮的父亲流落到浙江的村庄里,当起木匠来。父亲有几分造物才华,但好吃懒做,家里总是攒不下钱,日子像在皮艇里艰难地划过去。乔乔的性格随父亲,乔启亮和母亲更接近一些。我想到乔乔曾说过要拍的电影《小楼昨夜又东风》,就问起他们那位神秘的大伯。乔启亮一拍桌子,馄饨汤震到碗外。他用近乎诉苦的语气告诉我,他们家和大伯几乎没往来,而且大伯根本没什么可称道之处。家里能败的都败光了,在京都一事无成,只是宿妓、赌博。老赌棍能有什么结局,不知道哪一年,忽然传来消息说吞鸦片自杀了。有人寄来一盒他的遗物,也没什么东西,几张照片、一封看不清的信、一面不知谁赠送的漆制女式圆镜。据乔启亮说,我不是第一个打探他们大伯的人，乔乔经常在外面乱吹牛，弄得煞有其事——其实都是他的幻想。我将信将疑，半晌回不过神来，或许因为乔乔对这件事表现得太认真了。乔启亮拍了拍我的肩，让我下次亲口再问乔乔。

后来就到了一九九八年。夏至盛时，黄浦江对岸立起一座金茂大厦。据新闻里说，这座大厦高四百多米，地面上共八十八层，顶楼的旋转餐厅可俯瞰浦江两岸——由于离二十世纪收尾只差两年，所以如此断言也无风险：这是二十世纪中国最高的楼。到了周末，我们一家人坐上浦江轮渡，去陆家嘴附近游玩。念中学以后，女儿剪了短发，对打扮突生一种奇异的羞耻之心。我拿起胶片机，竭力把女儿的影像安放在绿化带与钢筋城市之间，她的表情却总是过于严肃。疲倦侵身时，我们仰头坐在花坛边，看卷积云蹿过大厦塔状的细顶。

"以前老费说过，他有朋友参与金茂工程，有次半夜开锁带他去楼里参观。"妻子说。

"我不记得了。"我喝了口水，把瓶子递给妻子，我说，"他的话不能听。他还说过，他有一个朋友，天生睫毛特别长，足足有半米。明明很荒谬，当时不知道怎么回事，竟然还是有几分信的。"

"这些人现在都在干吗？"妻子问。

"不太清楚。老费女儿毕业后，联系就断了。"我说。

"我早知道是这样。"妻子说。

妻子面无表情，既不是想趁机指责我，也没为自己预知的正确性而得意。她只是坐在我身旁，把一句平淡的话从嘴里抛出来，又眼睁睁看它掉进尘土之中。一切最终都会落入意义匮乏的怪圈，这和知不知道无关。

实际上，我和乔启亮的友谊还有几年气数。千禧年跨年夜，我和妻子一同去他家里吃饭。他还住在老西门的旧房子里。过去装空调时，墙上的管道口打得太宽，每逢雨天都要用纱布紧紧堵住洞口，以免渗漏。我们与他开玩笑，做大事的人不忘本，赚那么多钱还愿意住破屋受苦。乔启亮一挥手，飒爽地向我们兜底，钱都在股市里，等翻倍了再取出来买房。我们大笑，一手夹起红肠片，一手将三得利啤酒瓶伸向一场碰撞。我们有数不尽的话题：生意、新闻、八卦、孩子学业、电脑、滑稽戏、刚去世的传奇人物赵四小姐，不再谈论乔乔。

那时候，乔乔已经从婚庆公司撤股，独自去了法国。自从上影厂一别后，我和他几乎没见过面。仅有的半次是，我们一个共同好友的儿子结婚，请乔乔的公司操办婚礼。原本想请一位电视台主持人当司仪，但对方开出的十万元如同天价，便决定转由乔乔亲自主持。隔着鼎沸人声，我们遥远地对望了一眼。那天乔乔穿了一件面料会变色的衬衫，四面灯光把他钉在舞台中央，软塌的棉丝随他的动作而闪耀出一种蓝紫色。他的头发白了不少，看上去像一个来跳交谊舞的老头儿。趁着下边开席，乔乔表演了几个滑稽桥段，但他的声音淹没在嘈杂的背景里，根本没人注意。乔乔可能有些急了，越发卖力起来。台下依旧毫无反响。几轮下来，只见乔乔退到一边，拎起衣角擦着脸上的汗。我思忖着趁乔乔空闲过去打招呼，但酒喝得人懒倦，延宕之余，忽然发现他已经走了。我顿时怅然。和乔启亮说起，他却不觉得有什么稀奇，压低声音告诉我，一个人落魄了，走的时候总不喜欢道别。至于乔乔一声不响出国一事，乔启亮照搬了同一句评价。

没几年，我在学校的分房申请终于轮上了安排。住房环境如愿得到改善，但生活却不得不向郊区迁移。下班只顾往家里赶，不便再去乔启亮那里闲坐。其间，我们打过一次很长的电话，一口气聊了两个小时。乔启亮打电话来，主要是为告诉我，"油爆虾"车祸去世了。我不觉惊叹，问及"油爆虾"这些年来的经历。乔启亮说，他经人介绍和一个大龄女工结婚了，两人有个女儿。乔启亮露出艳羡的声调，说夫妻俩虽然关系不好，但"油爆虾"的女儿极为聪明。我心里稍加松弛，隐隐感到乔启亮之所以在此停顿，也正是为了让这份宽慰绵延得久一些。除此以外，我们又能做些什么呢？我试探地问乔启亮，葬礼我们是否要参加。电话另一边沉吟许久，发出一声反问："去干吗呢？"

等我得知乔乔真的拍了《小楼昨夜又东风》时，已经是二○一○年了。

彼时，一位旧友搬去宝山，我们拎着裱有"乔迁之喜"的奶油蛋糕去庆贺。他的新家在一楼，超过一百平米的居住空间之外，还附赠一爿天井花园。我们吃得杯盘狼藉，酱油渍滴满一次性桌垫。趁朋友妻子收拾之际，我们去花园里抽烟。夏夜，花朵在黑暗中扬起腮，透着一阵芳香。外面蚊虫不少，稍微站立一会儿，腿上皮肤就开始轻轻瘙痒。那一瞬间我恍然意识到，所有逝去的时光不过是一种难耐却无足轻重的痒。朋友拿出花露水，我们互相喷洒一番，又探讨起接下来做什么。

"想看电影吗？我们买了最新款冲击波音响，老价钿了。"朋友说。

于是，我们回到客厅，在电视自储的影片库里搜索。

蓦地，《小楼昨夜又东风》闪电似的划过眼前，我险些以为看错了。海报的风格古旧，一个茕茕孑立的男性身影与花体字相对，有点像早期结合摄影视角的晚报漫画。

"这不是乔启明的电影吗？"妻子也看见了。

"乔启明，多少年没听到这个名字了！"朋友调回《小楼昨夜又东风》，我这才看清，电影是二〇〇七年上映的，导演与主演都是乔启明。朋友问："要看这部吗？"

"他不是你朋友吗？"妻子似笑非笑地看了我一眼。

"你竟然认识乔乔，什么时候叫他给我签个名？"朋友兴奋起来。其实我们都明白，乔乔的电影事业早已日薄西山，但从八十年代一路走来的观众，多少能被这张熟悉的面孔唤醒昔日的情怀。

"等有机会吧。我和他算是多年交情，他特别好，待人真心实意。"我说。词句从嘴里溢出时，却觉得像念了一句梦呓。我顿觉后悔，我本该说我和乔乔从不认识的。

我们把灯光调至微亮，一按开始键，电影龙标在屏幕中游动。那天夜晚我有些心不在焉，画面亮起来，嘈杂色彩在长方形边框中变幻，我浑然不觉。脑中交替复现的，是多年前与乔乔交往的一些碎片。当时每说起《小楼昨夜又东风》，乔乔便神采奕奕，似有满腹才情欲挥洒其中。人在白日梦里肾上腺素飙升的模样，好些年来，我再熟悉不过。可谁能想到，这部电影真的被拍成了——而且拍得那么落伍，简直触目惊心。

实际上，除了观众容易串戏之外，乔乔在电影里的演出是无可挑剔的，可以看出他很投入。然而，其他演员不仅来路不明，表演也都夸张而僵硬。乔乔和他们之间的落差非常刺眼，就像一台用力过猛的马达拖着一辆零件都废旧的汽车。更致命的是，电影以一种极为陈旧的方式讲述着故事，节奏拖沓，情节催人犯困。画面越修得精致，反而越叫观众看得尴尬。我不敢想象人们会如何评价这部电影，也不愿去想。在这种游离的状态下，我没看多久，就打起了瞌睡。

电影结束已是深夜，公交停止运营，我和妻子打车回去。出租车在公路上行驶，车厢以外，幽暗的世界如蹿动着的微弱火焰。妻子坐在我旁边，光线沿着她的轮廓一层层上涌，就像一场无止尽的涨潮。她小声地吸涕，我转头再看她，发现她眼眶竟泪光粼粼。我有些错愕，想装作不知道，迟疑后还是开了口。

"电影那么感人啊？"我故作语气轻松。

"神经病，和电影有什么关系。"妻子说。"神经病"几乎是她的口头禅。

"那你怎么了？"我问。

"没有。"她往窗外望去，又低头看着自己的手指，久久无言，一会儿小声重复道，"没有，我能有什么。就是真的过了太久了，都不知道怎么过来的。"

那以后仅过四年，我就到了退休的年龄。工作时总是计划着退休生活，像远奔而来撞向一根终点线，真的突破以后，霎时落入一种飘荡的虚无感里。我时常想起一些旧日朋友，但纷纷丢失了联系方式，回忆往事就像一场漫长的梦。

有一回忽然想到乔启明，那时他已彻底从演艺圈销声匿迹，但抱着一线希望，我仍然尝试在网上检索他的消息。他的名字并不罕见，网页提供的与"乔启明"匹配的人大多不是他。有一位是张家港某旅游公司的总经理；另一位是北方高校的教师，因为论文发得多而留下痕迹。最有名的一位乔启明当数出生于十九世纪末的农村社会学家，他在黑白照片里眯起眼睛，仿佛正饱受光线的困扰。为了更精确，我慢吞吞地在"乔启明"之后打上"演员"字样。光标旋转两圈，这才跳出乔乔的信息。在相关的图库里，我找到一张乔乔和前妻一起游山的照片。照片没有附日期，但能看出是近些年拍的——两人都明显地衰老了，并非想象中明星容颜摧毁式的殒没，而是很平静地老去。他们的斗志、雄心都悄无声息地消退了，如今脸上一派松散。山中花树层叠，粉樱映入他们眼眸里，化作一圈点睛的光晕。春寒或许还剩几缕，美荇缩在一件红色薄羽绒服中，一手紧紧挽住乔乔。关于他们是否复婚或者仅仅修复到恋爱的地步，网上没有确切消息，毕竟也无人关心这件事。

有一个叫"豆瓣"的网站记载了乔乔的简历，相片用的是他二十岁那年特意上照相馆拍的那张。当时他真可谓器宇轩昂，连左侧投来的光都沾带荣幸。一定有无数人夸赞他的酒窝，俊朗、有辨识度，于是他勉力挤出笑容，好让这对贵人的痕迹更深邃。网页显示有二十七个人关注他，我不太明白，就从隔壁房间叫来女儿。

"关注是什么意思？说明有二十七个人在经常搜索他吗？"我问女儿。

"不是。人家就是随手点的'关注'，点完也许就忘了。"女儿淡淡地说。那时她已度过三十岁生日，在一家国有企业当行政专员。至于婚恋问题，我们几乎从无交流，稍一侧击，便见她脸上浮起嫌恶。

"哦。"我点头，尽管没完全听懂女儿的意思，但还是追问，"那我要怎么关注他？"

"你又没账号,注册起来很麻烦的。而且也没什么意思,多一个关注又能说明什么?"女儿说。

那天女儿心情不错,没有明显露出不耐烦。我请她帮我下载《小楼昨夜又东风》,又适逢消夜的钟点,饥肠辘辘,我去厨房煮了两碗青菜肉丝面。我们端着面坐在桌前,热气扑簌簌迎上来,一种久违的联结重新变得牢固。电影时长一个半小时,放到最后,乔乔特写的脸在屏幕里逐渐缩小,演员表慢慢滚动,就像鱼群所吐的泡泡正往水面涌去。

"你觉得电影怎么样?"我问女儿。

"很烂。"女儿边说边打起了哈欠。"而且我不喜欢乔启明,自以为是得要命。"

"怎么这样讲,你们见过吗?我记不清了。"我说。

"当然啦。那时你带我去上影厂的新年晚会,回来吹了好几年牛,怎么可能不记得?"女儿一顿抢白。

我不知该如何接话,愣在原地。

"那天我本来也很高兴,到处都是电视里的熟面孔,可能看我年纪小,一直有人来逗我。你不在的时候,我还偷偷喝了黄酒,一时错觉上来,以为自己已经是个大人了,身体也轻飘起来。后来我出去找你,看见你和乔启明在聊天。我开玩笑地问乔启明,我说,乔叔叔,我长大能不能也当明星,和你一起拍电影?你还记得他怎么说吗?"女儿继续说。

"这么多年,我实在不记得了。"我推脱道。

"乔启明低头看我一眼,很快笑起来。他说,不可能的,你长得太丑了。当时我才十岁出头,只觉得胸口受到一记闷锤,眼泪失控地落下来。我竭力克制,不哭出声,怕他更加看不起我。我对他说,不要紧,我可以演丑角。他也没再理睬我。"女儿说得轻描淡写,听来却让人心惊肉跳。见我不搭腔,女儿又说:"你不会忘记的。他说这话时,你就在我旁边,脸都发青了。"

我跟跟跄跄站起来,收拢碗筷,往厨房的清洁池走去。

我的双腿虚浮,仿佛连接身体和腿的螺丝被人拧松了,又像是踩在极为柔软的毯垫上。恍惚间,我重温了从上影厂礼堂走出来的那段路。我喝多了,酒精对我做出柔和的肢解。他们说,李老师,这酒是我们从茅台厂里直接拿的,学校里可喝不到。我说,好的,今天特别高兴。我说了好几遍,拼命感谢他们。背景音乐越来越轻。"是这般奇情的你,粉碎我的梦想。"梦想——乔乔说,不要谈梦想,说起来难为情的,但《小楼昨夜又东风》我以后一定会拍。于是满堂喝彩,器皿血脉偾张,叮当响个不停。人人嬉笑不止,老费、"油爆虾"也在其中,眉眼弯成弧形,笑到猩红牙龈都露得精光。这是极限,再也不能更真实一分了。老费说,李老师,我女儿不懂事,请你千万多担待她。乔乔说,说出来就俗气了,李老师这么好的人,该提拔的怎么会少?我说,好的,今天特别高兴。我喝多了,看每个人都身沾白光,四处是往人间裂变的贪婪白日。妻子也是白色的,一块即将破碎的冰凉白玉,或是一个失望透顶已决心融化的雪人。妻伸出五指枯骨,这些年总算都过去了,欢乐也无,苦楚也无,熬到最后竟什么都没有了。但是乔乔说,没关系的李老师,还有下次,下次我有空一定来——他走的时候尚且英挺,一件荡着仙气的中式白褂穿过摄像机组、工作人员与演员同僚,一转头却是中年发福的模样。我和女儿追过去,我喝多了,跑不动,这些沉重都是从酒里来的。女儿说,乔叔叔……乔乔却打断她,你太丑了。他根本不在意,甚至没有仔细看她,只顾殷切地露出那排被香烟熏出污垢的牙齿。李老师,乔乔说,演员到底见过世面,和普通老百姓不一样。我说,当然,乔乔说得对,今天特别高兴。他的指甲上闪着蒜香排骨的油渍,一如多年后他脱下司仪的衣服,回到婚宴的某个角落。他越来越擅于侃侃而谈,哪怕在一次性的社交场合,对孩童、年轻人释放自己已经不存在的影响力。可女儿还在原地等待他的回应,会有更诚恳的词语掉落吗,还是酒瓶早已见了底?刹那间,我已全然明白了,错不在我,也不在乔乔。人与人之间天然屹立着屏障万重,没有互相迫近的一刻,我们不过是从亦真亦幻中尽力揽收一切。女儿说,爸爸,那都是假的,我不要了。她的声音愈发轻盈,似被风扯裂的一团絮。《海上花》的曲调趁机鱼贯而入,不知不觉,已播到最后一句——"仿佛像水面泡沫的短暂光亮,是我的一生。"

【作者简介】三三,1991年出生,知识产权律师,毕业于中国人民大学创造性写作专业。作品发表于多家刊物,多有选载,曾获2020年"钟山之星"年度青年佳作奖,2021年度青花郎·人民文学奖新人奖,第七届郁达夫小说奖短篇小说奖等,著有短篇小说集《离魂记》《俄罗斯套娃》《山顶上是海》等。

老金的底牌

拖　雷

1

老金的样子把我吓了一跳。

他躺在病床上，鼻孔插着氧气管，身上也布满了监测他心脏的仪器管线。他两眼紧闭，嘴巴微张，这个样子看上去用不了多久就会离开人世。我真想不通，老金怎么会变成这个样子，昨天他还是好好的。

我问过主治大夫老金的病情，主治大夫文质彬彬，戴着一副金丝边眼镜，他告诉我是脑梗，面积不大，幸亏送医及时，晚一点儿就会脑溢血，怕是抢救不过来了。大夫说这话时，我听得心惊肉跳，我从来没面对过这么危重的病人。及时？这词想想都后怕。我正在走心思的时候，大夫突然问我是病人的什么人。对这个问题，我迟疑了一下，怎么说呢，有点难堪，但我还是如实告诉他，我是老金的前女婿。

我能看出大夫眼镜后面不易察觉的笑，不管是嘲笑还是讥笑，总之他是笑了。

这么多年，我一点儿也不在乎这点，我告诉大夫，在这座城市，我算是他唯一的亲人。说亲人不对，算是熟人吧。

主治大夫应付地说了句,只是随便问问,很显然他并没在意我和病人是什么关系。接下来他嘱咐我,脑梗这种病就怕激动,以后出了院,绝对不能让病人饮酒。

大夫说得没错,这次老金住院,就是跟喝酒有关系。

说来惭愧,昨天跟老金喝酒的人就是我。老金爱喝酒,我呢也爱喝几口,没事我俩就在一起喝酒,喝着喝着,我俩就成了一对忘年的酒友。老金是唐山人,说起话来一套一套的,很有意思。昨天晚上,老金有点高兴事,招呼我过来喝点。我从家过去后,才知道他的高兴事是房子要拆迁,一个鄂尔多斯来的房地产商看中了老金住的那片地,于是开始征地,老金家的房子大,约有半亩,加上地上的建筑,折合下来能给老金的补偿款将近五百多万元。这么一大笔钱从天而降,老金心里自然高兴,他就把我叫来,陪他喝酒。

我俩喝酒时,话也不是很多,主要是老金说,我呢,侧耳倾听,这是我的习惯,自己不爱说,就爱听。老金有时候也说我,你的话怎么这么少,这一点很像我以前的朋友王正国,他这个人就话少,我俩在唐山是邻居,每次喝酒都是我在说,他在听。

有关王正国的故事,老金提到时,走了心思,没继续讲下去。

我当然不知道王正国是谁,明白老金这是跟我开玩笑,说实话,我喜欢老金这样开玩笑,听他说话,能忘了很多烦恼的事。

我先交代一下,我既然是老金的前女婿,怎么会跑来跟老金喝酒呢?这话我得慢慢说。我与老金的女儿金静红离婚五年了,按道理,离婚后,我与金静红基本没什么往来,与作为她爸的老金更没有什么来往。一些往来的缘由是我的女儿,也就是老金的外孙女。离婚以后,女儿一直住在他家,金静红跟着新男友去了日本,她不管孩子,交给了老金,开始老金也没什么怨言,等孩子高三了,他有点管不了这孩子了,没办法,他把我叫回到呼市。老金电话里豪气地说,只要你回来,吃住我全管,另外,你在北京赚多少钱,我给你补。

这么大的诱惑,我当然愿意回来,本来我早就不想在北京干了,一是赚得少,二是想女儿,一听老金这么大方地给我开出条件,我立刻答应了老金。如今我孩子刚考上大学,我本来决定要离开,可老金死活不让我走。

昨天老金很兴奋,喝了酒人更兴奋。他人胖,两只眼睛属于金鱼眼,就这对眼睛昨天在酒精的刺激下,发着往日都没有的亮光。他的话滔滔不绝,开始时,跟我讲着他当年搞工程赚了多少钱的事,房后的孙大爷还欠了不少钱,可说着说着,不知道怎么了,他说到最高兴的时候,突然不说了,人就那么憋着,可能有个十秒钟,他突然哇的一声哭了起来。这个举动吓了我一跳,我不知道发生了什么,以前老金也有喝醉的时候,可从来不这样,今天反常了。他的反常太大了,从高兴到悲伤仿佛是一瞬间,后来他哭得很伤心,像个孩子一样,鼻涕眼泪一起流。

等到他的情绪平稳下来,他开口说话。他跟我说,金静红不是我亲生的。

老金的话把我吓了一跳。我呆呆地看着老金。

你是不是以为我老糊涂了?我跟你说,我没有,很清醒,真的,金静红不是我的亲生女儿。

接下来老金慢慢地把话说开了。他告诉我,金静红的妈是他的后老婆,他找金静红妈的时候,金静红已经快一岁了,他们组建了家庭,后来又生了大虎二虎,正因为金静红不是亲生的,他从小就有点溺爱金静红,导致这个孩子长大后我行我素,根本不听他的。

我完全理解老金的话,可我俩已经离了,这话对于我来说意义不大了。

接下来,老金又告诉我一件事。他在找金静红妈之前,还找过一个女人,而且生过一个孩子,是女孩。后来,老金好赌,把家底都赌光了,女人被他活活气跑了,他呢,一个大老爷们儿不可能带一个孩子到处跑,于是一狠心,就把这个女孩送进了儿童福利院……说到这儿,老金的泪水顺着眼角流下来。我本来想问问,那个小孩现在什么情况,可老金的身子突然不动了,与此同时我看见老金口眼歪斜,一条明亮的涎水快速地从左侧嘴角里流了下来。

我叫了声老金,只见老金除了眼睛在眨,身子根本动不了。我心想,坏了,老金是不是得了脑梗?于是赶紧打120电话。等把老金送进医院,我从大夫那里听到了答案,老金果真得的是脑梗。

2

老金已经醒了过来。他一见是我,人一激动,嘴上的氧气罩呼哧呼哧地直响,能看出来,他看见是我来了,想摘掉氧气罩,我赶紧帮他摘了下来,老金脸颊两侧被勒出两道深深的印子。据大夫说他脑梗压迫了神经,他说不了话了。他抬起头看着我,跟个孩子一样,啊啊的,我意识到他可能是口渴了,赶紧给他喂了点水。

喝完水后,老金的眼神舒缓了一些,然后伸出手握住我的手,老金的手很绵很暖和,但就在这时他的手突然用力了,我的手被越捏越紧。我看见他张着嘴似乎要和我说什么,我把耳朵贴在了他的嘴边,除了啊啊的声音,我根本听不清他要表达什么。

他抬起手,从身上掏出一张照片,颤巍巍地递给我。

那是一张一寸的黑白照片,上面的小孩像是刚出生,眼睛还没完全睁开。

老金的眼睛瞪得很大,看着我。

就在我准备要说什么时,他突然又不动了。这可把我吓坏了,我以为他就这样死了,赶紧把大夫喊过来。大夫检查完了,说是轻度昏迷,问题不大,但告诉我,以后尽量少跟病人说话,病人不能太激动,他需要休息。

从医院出来后的几天,我一直在琢磨老金给我的照片,还有他的表情,他到底要跟我说什么呢?我想来想去,突然想起老金犯病前跟我说过的事,他曾经提到有个孩子,被他送到了儿童福利院,是不是他希望自己在最后的日子里,能见到这个孩子,也就是弥补他内心的亏欠?老金今年七十八岁,岁数不算太大,可这次突然的脑梗,让他一下子垮下来,是不是他已想到所谓的后事?

我反复回忆着那天老金比画的手势和神态,更加确定了这一点。

目前老金可以信赖的人,在这座城市里,只有我一个人。我的前妻指望不上,她就是不去日本,也不会来看他,她和老金以前就闹翻了,基本不怎么来往。老金还有两个儿子,因为老金后娶的老婆死得早,那时老金又忙着赚钱,两个孩子基本就是放任自流,在村里号称"金家二虎"。据说小儿子出手快,下手狠,大儿子正跟人争执,小儿子已经拳打脚踢将对方放倒。让老金痛心不已的是小儿子先出的事。小儿子大前年因为酒驾出了车祸,人没了。在老金家里,大儿子算个顶梁柱。后来大儿子搞拆迁,成立拆迁公司,头剃成了青皮,看谁都是眼神冰冷。那段时间老金总觉得大儿子飞扬跋扈的,就告诫他不要做违法的事,可大儿子那会儿根本听不进去。

后来大儿子出事了,在征地的时候,他为了强迫人家搬走,跟搬迁户打了起来,他下手重,失手打死了人家,就这样进了监狱,不出意外的话,他会被枪毙。

这么说吧,老金现在就是个孤家寡人,家里没有一个能指望上的,除了我能帮他,谁都帮不了他。

自从我踏进老金家之后,老金就没把我当成外人对待,也就是说他把我当成亲儿子一样。我呢，心里很清楚，老金再家大业大，可这一切都跟我无关。

3

中午回到老金家，我告诉小兰阿姨赶紧把老金的饭做好，特别嘱咐她做点稀的，比如粥呀或是面疙瘩什么的，老金这情况，做再好的，他也吃不进去。

小兰阿姨是老金雇的保姆，我回来之前，她就来了。这个女人虽说老金叫她小兰阿姨，但是从孩子那儿论的，后来我也这么叫她。事实上她岁数也不是太大，跟我年龄差不多，四十岁出头，人很瘦弱，干活儿麻利。她是外地的，至于什么地方，我也没问过她，她在老金家里很少说话，每次做完饭，洗刷完毕后，她就默默地回了她的屋。

在小兰阿姨做饭的空当儿，我到了老金的屋子门前，我就是想在老金屋子里找找有没有当年他孩子的蛛丝马迹。老金的屋子从来不让别人进来，小兰阿姨也不能，这是他立下的规矩，打扫屋子都由他亲自来做。事实上，我这么进他屋子，心里还是有点紧张，仿佛老金正在屋子的某处，愤怒地盯着我。

我还是放弃了进他屋子的念头。

我掏出老金给我的照片，因为时间久远，照片上襁褓中的孩子面容有些模糊，在照片的下端印着"儿童福利院"的字样，我还注意到照片的背面，写着两个字"红梅"。

就在我举着照片发呆时，小兰阿姨叫了我一声，她把饭已经做好，放在一个保温饭盒里，同时，她还给老金收拾了几件换的衣服，放在一个塑料袋里。

我到了医院，老金颤巍巍地把他的手机递给我，他说不了话，但他的眼神告诉我，可能刚才来过一个电话。果真，在手机上我看见一个未接电话，于是我打了过去，电话里传出一个女声，她告诉我，金大虎明天开庭，通知家属出庭。挂断电话，我担心老金会激动，有心不把这件事告诉他，可转念一想，毕竟是人家的儿子，我算什么，于是我贴着老金的耳朵，把刚才电话的内容告诉了他。

我看见老金听完后，慢慢闭上眼，眼泪顺着脸颊流了下来。

这个场景让我难受，我能感觉他的孤独与无助，本来他这辈子应该过得挺顺，要钱有钱，可没想到老了老了，这不如意的事一件接着一件，每一件麻烦事都像一座大山。

过了一会儿，老金睁开眼，我看见他眼角溢出的眼屎，我用毛巾帮他擦了一下。现在他的情绪已经平静下来，他用手指指电话，又指了指我，瞬间我明白了，他的意思是让我代表他去出庭。

老金的眼神里有点闪闪躲躲的，我知道他也是没办法，现在他已经成这样了，但要是家里没人去，他儿子心里一定不好受，他只能求我去一趟。

老金的要求我难以拒绝。怎么说呢，我毕竟还在人家这里白吃白住，再说这件事对我来说不算为难，于是我答应了。

回了家，我的脑子还在想老金的事，想着想着我的头就开始疼。因为无聊，我打开电视，电视里正播放着中国即将要发射嫦娥五号的新闻，看着看着，我有了一种幻想，飞行员要是我该多好，我坐在飞船之上，穿越无尽的黑暗，成为一个夜行者，到达了月球，身体出了舱门，我一蹦一跳地到了一片类似戈壁的地面，我的每一次跳跃，都会带起一片像雾一般的尘土。

4

出庭那天，我早早地去了看守所。那个看守所在郊区，是个大院子，大院周围种着一圈杨树，杨树叶子落了厚厚的一层。院子里面很安静，几乎看不到什么人。快十点的时候，我办了手续，进了看守所里一个小型的审判庭。审判庭里光线不好，有点发暗，里面有七八排椅子，前面有法院检察院的人坐了一排，后面坐了不到十个人，是家属。那些家属个个都是面带悲戚，一脸愁容，我一听口音，这些人都是郊区的农民。

过了一会儿，我看见两名身材高大的警察，带着大虎进了审判庭，大虎剃着光头，穿着犯人的衣服，耷拉着脑袋，跟电视剧里审判的场面基本无异。

接下来，一方是检察院出示大虎的犯罪证据，一方是律师在辩护。问到大虎时，他就抬起头老老实实地回答问题。大虎的拆迁公司雇了很多社会闲散人员，对拆迁户强行拆迁。案件的焦点是钉子户王某是否是被大虎雇凶所杀，双方开始了激烈的交锋，检察院认为大虎曾给他手下打过电话，律师则认为这不是直接证据……

审判休庭的时候，我和大虎见了面。

当大虎第一眼看到我时，愣了一下，然后又用诧异的目光看了看我的身后，确定没人后,他问我怎么会来。

我很理解他这样的神情,我和大虎已经有五六年没见了,换成我是大虎,也会诧异,于是我如实地把老金得了脑梗住在医院只能让我来的前因后果告诉了他。说话时,大虎不时地抬头看着外面的太阳,那天阳光刺眼,眼前虚腾起一阵不真实的气浪,气浪之中,他的脸上没有任何表情,我不知道他有没有听我说话。

我说完后,大虎有段时间是沉默的。

不知过了多长时间,他突然问我,那个保姆还在家吗?

大虎的话让我愣了一下。我当然明白他在说那个小兰阿姨。

我点点头,并把小兰阿姨每天给老金做饭的事告诉了他。

怎么了? 我问。

大虎张了下嘴,本来想说什么,可声音还是没有发出来。

没过一会儿,大虎突然对我说,你是不是以为我真杀人了?

大虎的话让我不知道该怎么回答。

我告诉你,我没杀,是他们杀的。

那你实话告诉他们呀?

大虎苦笑了一下,再也没说话。

那天快结束休庭的时候,大虎对我说,这次看来是出不去了,就是不判杀人罪,我也要在牢里坐十年八年的,家里的事,我是管不了了。

我拍了下他的肩。我的意思是说,还有我呢,这话我没说出口。

大虎突然似乎想起什么,他说,我爸的房子是不是快拆了……

我点了点头,这事我听老金说过。

他呀……有些事,你不知道……就是知道也没用。

我一点儿不明白他在说什么。

我看见他眼睛发红,像是要哭出来,他用一只脚踢着地面,地面是水泥地,根本踢不出什么,可他就在那里一个劲儿地踢。

那天大虎临别时,声音彻底哽咽,他动情地说,他再怎么也是我爹,他要是有个三长两短,我估计连个送终的机会都没有了,我求你了,你就替我多照顾照顾他,我出去后一定会好好感谢你的……

从看守所出来,我感觉自己的头大了一圈,里面像是飞舞了无数的苍蝇,乱哄哄的。说实话,当我再次踏进老金的家门时,我就不想掺和前妻家里的任何事,别说房子什么的,就是有金山银山我也不想掺和。说到老金有钱,再有钱也是人家老金赚的,人家想给谁给谁,那是人家的自由。

想着想着,眼前突然有一个瘦弱的人影引起了我的注意,我觉得很熟悉,正要想看仔细时,那个人已经上了一辆公共汽车。

5

我能干什么? 我想了半天,我能干的就是帮老金尽快把女儿找到,完成他最后的心愿。

看着那张小小的照片,我能想象到当年的老金抱着这个孩子,徘徊在福利院的门口,那孩子已经睡着了,他一边流泪,一边张望着福利院的大门,他把包裹的被角用手拨开,看了眼里面正在熟睡的孩子,然后咬了咬牙,大步走进了福利院……

我没费多大的力气,就找到了位于城西的一家儿童福利院。这家儿童福利院我觉得在我小的时候就是这个样子,多少年过去了,它还是老样子。据说这家儿童福利院在1949年以前就有, 以前是由一个瑞典的传教士办的,那时还叫救济院。从外观看,这里尽管进行了改建,可依然能看出有哥特式建筑的痕迹。

在那里我找到他们的院长,院长是个岁数不太大的女人,估计三十五六岁,短发,人看上去很干练。我把我的来意跟她说了,她说,这都是什么时间的事了,四十年前的事了,怎么查?

我就把老金的情况告诉了她,希望她能给帮帮忙,这是老人最后的愿望。或许我的苦苦哀求打动了这位女院长,她带着我进了档案室,当我把那张照片递给档案员的时候,档案员似乎想起了什么,她说这个人,以前来过一个唐山口音的老头儿查过。

她的话让我愣了一下。我急忙问长什么样。

接下来档案员描述了一下老头儿的模样,我一听这不是老金吗,原来他一直也没闲着,也查找过这孩子的档案。

档案员找到了那孩子的档案,档案记载得很简单,她的名字叫红梅,祖籍确实是唐山,十个月大的时候被送到福利院,一直待到十六岁,中间上小学和中学,高中没毕业就去了一家毛纺厂上班,后来那家毛纺厂改制,工人全部买断工龄回家了。

有关红梅的信息就这么多,这么大的城市,我去哪儿找这个下岗女工呢?

我问她们,毛纺厂能查到吗?

档案员叹了口气说,我听那个老头儿说,他已经查遍了,光我们这里他就来过不下十次,可查来查去,根本查不到她的一点儿踪影,一种情况是这孩子可能早去了外地,还有种情况⋯⋯

档案员没有把话说完,可我明白她没说完的意思。

那天离开福利院时,年轻的女院长似乎心里有点过意不去,就安慰我说,我再问问其他人,看看有没有知道她的,一有消息,我就给你去电话。

我知道她的好意。

头顶的天气和我的心情差不多,灰蒙蒙的,像是要下雨,可始终没下,云层很厚,厚得有点让人喘不过气来。风是冰冷的。老金的身影仿佛就在我的眼前晃动,我能想象到多年前,老金从福利院出来时失魂落魄的样子⋯⋯

一想到老金,我的心就有点焦急,真不知道他的身体能不能扛过这个冬天,要是扛不过,万一有个三长两短的,我该怎么办?我又不是他家亲人,我能给人家做主吗?

这时我突然想起了金静红,尽管我俩已经离婚,可毕竟老金是她爸呀,我不跟她说是不对的,现在老金家能联系上的人也就只有金静红了,大虎在牢里,什么都别指望了。

我看了下时间,猜想这个点儿,金静红也睡醒了,于是我给金静红用微信电话打了过去。接通了,电话另一端乱哄哄的,什么都听不清,我喂喂喂地喊了几声,就是听不到金静红的声音,我火冒三丈,把电话给挂了。没想到过了一会儿她打了过来,说她正在跟一个客户聊事呢,她还没等我说什么就滔滔不绝,现在日本的网购特别火,真是个赚钱的好机会,我来晚了,早来几年,我估计赚得能在北京买套房⋯⋯

我不得不打断了金静红的话,如果不打断,她会说个没完没了。现在火烧眉毛,我就把老金的事跟她说了,说这事时我尽量把事情说得严重些,希望能得到她的重视。可让我没想到的是,她只是淡淡地说是吧,是吧。我不是想听她说是吧,我想听说我该怎么办,我就问她,金静红的回答是能怎么办就怎么办,不能怎么办就不怎么办。她说的全是废话,就在我要进一步问她时,她说,我跟他已经断绝了关系,是死是活,跟我没关系,这就是我的态度。

挂了电话,我胸口一团怒火,我真后悔打这个电话,什么东西!不管老金以前再怎么不对,现在他都这么一副样子了,你金静红也不能是这么一个态度吧?这让我不由得想到,假如有一天我的女儿要是对我这个态度,我真的就去跳楼。

我捂着头,希望自己尽快冷静下来,只有这样我的思路才会变得清晰些,看来目前能管老金的人,只剩下我了,我要是不管他,在这个世界上没人会帮他。事情已经到了这一步,我呢,再怎么说,也算个大老爷们儿,这个时候,抛开前岳父的关系,我俩还是个酒友,我能见死不救吗?我的良心告诉自己,不能。

6

连日来的奔波,我多少感觉有点累,我需要睡上一觉。

回家后,我先洗了个澡,然后昏昏沉沉地睡去。

我睡得很死,还做了一个奇怪的梦。梦中,我看见老金笑眯眯地打开酒瓶,喊着要我陪着他喝点儿。他说,这是三十年前的宁城老窖,是我那会儿做买卖时人送的,家里还有十几瓶呢,这酒是纯粮食酿的,喝完一点儿毛病没有。

我俩就一杯接着一杯喝了起来。喝了酒,人就热乎起来,说的都是掏心窝子的话。他对我说,以后,你哪儿也不要去了,就跟着我,我保证你有发财的机会,你看看,我这么大的家业没人守,儿子儿子不争气,女儿女儿不孝顺……我都想好了,以后谁对我好,我就给谁。马子,你也看见那个小兰了吧,你别看她是我请来的保姆,可你知道吗,她孝顺我,以后我死了,就把家产给她了……老金越说越激动。他说,我已经是死过一回的人了,钱是什么?就是纸,你这个岁数应该知道唐山大地震吧?我就赶上了,告诉你,我是死人堆里爬出来的,我为什么来这地方,是没办法……梦里老金好像有点醉了,他的声音越来越小,后来小得让我听不清什么……突然,他喊了一声,地震了!这一声很响亮,把我吓了一跳。猛然间,我感到地动山摇,眼前陷入了一片黑暗……

这个时候,我从梦里醒来,醒来后我感觉房屋还在摇晃,好像还沉浸在刚才的梦中。我缓了一会儿,这时我注意到窗外彻底暗了下来,我想看看外面的情况,打开窗,随着一股刺骨的冷风吹过来,有湿润的雨点落在我的脸上,我这才发现外面正在下着雨夹雪。

也就是那天,我收到法院的信息(上次我给法院留过我的电话),大虎被判了十二年有期徒刑。这个消息对于我而言,简直成了喜讯,至少大虎没被枪毙。我猜想,他没被枪毙,也就是说,他雇凶杀人的理由不成立⋯⋯

接下来我犹豫着,这个消息是不是要告诉老金?我去法庭是老金的主意,现在结果出来,理应告诉老金。可我想来想去,觉得还是不说为妥,如今老金只剩下一口气,说不定脑子也糊涂了,告诉他也没什么用了。

尽管如此,我还是心里不踏实,仿佛老金的一双眼睛正在暗处看着我,我决定到了医院看看老金再说。

到了医院,老金还在昏睡。主治大夫跟我说,这几天已经给老金用了进口的药,希望能很快把他堵塞的血管疏通了。我问大夫,老金什么时候能说话?大夫告诉我,这次脑梗引起语言中枢神经受损,开口说话的可能性从西医上说不大了,下一步医院想在中医上想想办法。

大夫还说,根据他现在的情况,明天医院准备给他上流食和营养液了。

大夫没再说别的,但我从他的说话中听出了一丝无奈。大夫走了以后。我默默地坐在老金的身边,看着熟睡中的老金,老金那张皱纹纵横的老脸,此时很平展,看上去无比安详。看着看着,我产生一种错觉,怀疑老金此生再也不会醒来了,他会永远地这样睡着。

我想错了。随着老金咳嗽了一声,他突然睁开眼睛,醒了。醒后他看了我半天,仿佛不认识我一般。等了有很长的一段时间,他才恢复了意识。他朝我笑了一下。这个笑容看上去有点羞涩,也有点不自然。

我俩就这么对视着。

突然老金抬起手臂,指了指他的裤子。我按照他的意思摸了一下,裤兜里是一把钥匙,钥匙的一端系着一根红绳子。

我看着他,不知道这把钥匙是干什么用的。

老金将大拇指和食指相互搓了一下,然后又指了下外面。我大概明白了,医院要钱,他让我从家里取些钱来。

我看了眼手里的钥匙,这也许就是他开保险柜的钥匙。

我问他,保险柜在什么地方?

让我没想到的是,老金闭上眼睛,又不说话了。这个场面让我感到为难,我不可能趴在他耳边大声地问保险柜到底在哪儿。事实上上次我找他孩子的照片时,大致翻腾过他的屋子,在他的屋子里,我并没有看见什么保险柜之类的东西。

此时,我握着这把钥匙,能感受到它的冰凉。

7

让我没想到的是,第二天小兰阿姨突然提出不干了。

太突然了,突然得让我有点怀疑自己是不是听错了。当接到老金家的电话,我还以为是小兰阿姨把饭做好了。没想到,电话里小兰阿姨的声音支支吾吾的。

怎么了? 我问她。

这时她才告诉我,她不打算干了,准备要走。

这个话把我整蒙了,好好的,怎么说不干就不干了? 等我再想问问什么原因时,她的电话已经挂断了。

我心急火燎地跑到了老金家。

一进门,老金家里已经被小兰阿姨收拾得干干净净,连窗户都擦了一遍,仿佛准备过大年。小兰阿姨安静地坐在沙发上,身边有一个不太大的箱子,这个情景不用问,她已经做好了离开的准备。

我问她,怎么了? 干得好好的,为什么要走? 是不是给的钱少?

开始小兰阿姨情绪还算平静,她说家里父母岁数大了,需要照护。这话显然不是她回家的理由,她父母又不是一下子岁数大了,现在老金还在医院,正需要帮手,她怎么会在这个时候选择离开呢? 在我的不断追问下,小兰阿姨开始抽泣起来,她的表现让我觉得好奇,这里面一定有别的隐情。

果真,小兰阿姨断断续续地说了实情。

原来小兰阿姨的男人就是被大虎打死的那个王某,小兰阿姨一点儿也不知道老金竟然就是大虎的爹。

我的头嗡了一下,一点儿不相信小兰阿姨说的是真的,难道世界上的事会这么巧?

这一切都得从昨天说起。原来昨天房后的孙大爷来了趟老金家,他来找老金谈这里要拆迁的事,让他没想到的是老金竟然住院了,他就跟小兰阿姨说了一会儿闲话,说着说着,就说起了大虎,小兰阿姨来老金家这两年内,根本就不知道老金就是大虎的爹。等老孙说完以后,她才明白,她住在了杀她男人的凶手的爹家,而且还给人家当保姆,自己傻不傻?

说着,小兰阿姨又激动起来。

她说自从大虎雇人打死了她家的男人,她就哪儿都没去,就等着冤案昭雪,罪人得到应有的惩罚。用她的话来说,就是要亲眼看见大虎被枪毙,她才能安心地走。

我还是有点想不通,问她,那你是怎么找到老金家当保姆的?

小兰阿姨说,不是我找的,是老金找到我的。

原来是她的男人死了以后,一天老金不知道怎么找到了她家的地址,他说他是她男人的朋友。她当时也纳闷儿,男人活着的时候,并没有提起过他。老金给她放了些钱,就问她愿不愿意到他家当保姆,工资比别的地方要高,管吃管住。小兰阿姨一想,反正自己也没营生可做,就跟着老金来到他家。

这两年,你没察觉到他就是大虎的爹?

小兰阿姨说,没有呀,金大爷对我也特别好,我怎么会往那里想呀?现在我明白了,老金把他儿子的照片全收起来……昨天要不是孙大爷过来,我还蒙在鼓里呢……大兄弟,你说说,我还能在这儿干下去吗?他是杀我男人的凶手的爹,我能在他家当保姆吗? 要是你,你会这么做吗?

现在我才明白了一切。可我还是想不明白,老金明明知道小兰阿姨是这样的情况,他为什么要花钱雇她当保姆呢?

那天,我没有再挽留小兰阿姨,一切都是顺其自然。外面已经飘起了雪花,这是今年的第一场雪,小兰阿姨拎着箱子,脚步缓慢地走进了雪的世界。我能听见她的脚步在雪地里发出嘎嘎的声响,每一步,仿佛都带着她的仇恨。

8

不知为什么,我站在老金的家里有点发慌。

这个曾经充满了欢声笑语的家庭,现在什么都没有了,冷冷清清。那一晚,我一个人坐在沙发上,喝着啤酒,看着电视,电视上还在介绍着嫦娥五号的事情,可我没有一点儿心情看它。我坐的这个位置,就是曾经老金爱坐的位置,恍惚之间,老金家里有三个孩子在他眼前打闹着,他们分别是大虎、二虎和金静红。老金喝着酒,眼睛眯着,一副享受的样子……

一切都是幻觉,屋子里只有我。

老金卧室的门对着我,说实话,我缺乏走进去的勇气,不是我胆子小,而是我怕接近老金的生活。那里仿佛就是黑洞,我只要走进去,就会陷入无尽的黑暗之中。以前我听小兰阿姨说过,老金有个古怪的毛病,晚上睡觉不关灯。我问过老金,他说习惯了,一关灯就睡不着。也就是说老金这个人惧怕黑暗,黑暗中他也许会看到令自己恐惧的往昔。我在书上看到过,有这样习惯的人是对周围的人不信任,他总觉得不安全。

不管怎么说,我得按照老金的意思,找到保险柜。

我仔细地看过手里的这把钥匙,它是把普通得不能再普通的钥匙,这样的钥匙,也只能开启一个普通的锁头。可这把锁头它到底在哪儿呢?

有关老金保险柜的事,我以前听金静红跟我讲过,那时候我俩没离婚,她没事就给我讲她家稀奇古怪的事。金静红说她从小就知道她爸有一个保险柜,就在老金住的那间屋里,可她从来没见过这个保险柜,有好几次她怀疑是老金把保险柜安装在墙里面了,她趁老金不在的时候,偷偷跑进老金的屋子里检查过,墙面上平平整整的,根本就没有放保险柜的痕迹。有时候她觉得老金根本就没有什么保险柜,可当她看见老金腰上悬挂的钥匙时,又打消了这个念头。遗憾的是,金静红直到出嫁,也没发现老金的保险柜。

老金的保险柜成了一个谜。

我站在老金的屋子中央,把该打开的灯都打开了,屋子亮如白昼,我相信老金能把钥匙给我,他的保险柜一定就在这间屋子里。可我环视了一大圈后,什么都没发现。

我有点泄气。

我闭上眼睛,慢慢回想着跟老金在一起的日子,看看能不能想起一些蛛丝马迹。说起这间屋子,我曾进去过几次,是打扫卫生。有一次,老金上了厕所,我在墩地,墩到他的屋门口时,也没多想,进了他的屋子。他的屋子光线很暗,有一股老年人常有的体味,在屋子中央,摆设了一个花瓶,有一人来高,这种花瓶一看就是大街上那些景德镇瓷器的仿品,图案混乱,颜色轻浮,老金却坚持说这是他祖上留下来的,价值连城。因为这个花瓶让我没法墩地,我正考虑着怎么去挪动它时,门突然开了,门口站着老金,显然老金对我擅自进入他的屋子很不痛快。他面色发青,皱着眉头,目光阴冷地看着我。我赶紧向他解释说,我就是进来墩墩地。老金一瘸一拐地走进来,这会儿脸色缓了过来,他说,你墩吧,别动我的那个花瓶。

我故意说,这花瓶是老古董,我碰坏了,赔不起。老金没再说话,目光似乎煞有介事……

一阵刺耳的门铃声,打断了我的回忆。我很奇怪,大半夜了,谁会这么晚来老金家?我赶紧到了门口,打开门。

外面站着一个老头儿。

我认识他,是房后的老孙头。

9

老孙头没说话,像个幽灵一般进了屋,他的身上裹挟着外面冷飕飕的风。

他站在屋子中央,一边搓着冻僵的手,一边看着我。就你一个人?他问。

说实话,我不太喜欢眼前这个老头儿。老孙头七十多岁,小个子,天津人,说话很快,而且还带点转弯。他长着一双精明的小眼睛,看人的时候,总是不停地转,让人能想到评书里的一句话,眼珠一转,计上心来。

我朝他点点头。

这么冷的天,你也不给我倒杯水?他坐了下来。

能感觉老孙头没有走的意思,他要多坐一会儿。

我赶紧给他沏了杯茶。

老孙头喝着茶,一副没把自己当外人的模样。他先问了问老金的病情。不过从他的表情可以看出,这显然是敷衍,他来这里的真正目的肯定不是关心老金。果真,我没猜错,没一会儿他便说了自己大半夜来的目的。

我是过来看看房子的。

我并不清楚他所说的看房子是什么意思。

老孙头见我没明白,他就说,是这样的,这处房子老金五年前已经卖给我了,这不是要拆迁吗,我过来看看,顺便量量面积,别让拆迁办的人把我骗了。说完老孙头跷起二郎腿,继续喝着茶。

我的脑子有点蒙。

怎么会呢?我赶紧跟老孙头解释说,这事老金从来没跟我说过,他现在病了,竟然会出来这么大的事?

老孙头从怀中取出一个房本,里面还夹着一张纸条。

纸条上确实是老金写的字,他把房本抵押给了老孙头,从老孙头那里借了一百万元,字条的下面有他的签字和手印。

老孙头见我还是不相信,他说,这事你是外人,他家大虎知道这事。很显然老孙头不愿让我多插手。

我赶紧告诉他大虎还在牢里呢。

老孙头嘴角掠过一丝轻蔑的笑意,他说,这个我知道。

事情到了这一步,我有点无话可说。我说什么呢?这一切都是老金的家事,他什么时候把房子卖给了老孙头,我怎么会知道?

我见老孙头有点咄咄逼人,仿佛就是黄世仁在世,为了缓和下情绪,我递给他一根烟。烟雾中,我便跟他说起了闲话,没想到这样一来,老孙头的态度渐渐地也变了。

我问他,老金干吗要借这么多钱? 是做生意?

老孙头摆了下手说,做什么生意,你看老金那样,是个做生意的料儿吗? 不是! 他平常是不是跟你说他过去总出去包工程?

我点点头。

那是他吹牛,他什么都不会,除了爱喝酒,你问他会什么? 别人我不知道,他老金,跟我房前房后有三十年,他什么德行,我最了解。

我还是不明白老金为什么要借钱。

老孙头把话说开了,也就不再隐瞒,他说,老金为了找女儿。

我注视着老孙头,他一点儿都不像是在开玩笑。

他说老金当年有个孩子, 就是跟静红她妈结婚之前生的, 他认识静红她妈后,说自己没结过婚,没办法他只好把那小孩送进了儿童福利院,他说是送,其实是把孩子放到了人家福利院的大门外,他躲在不远处看着,等到人家福利院的人发现时才走了。后来静红她妈死了以后,老金不知道犯了什么病,死活要找到这个孩子,为了这事别的孩子都不跟他来往了,尤其是静红,连声爸都不叫他。

这事我记得,确实是,我俩结婚的时候,金静红真的没叫他一声爸。

老孙头越说越来劲,仿佛老金的故事,都是他经历过一般。他继续说,那会儿的老金像是中了什么魔,谁劝也没有用,能找的地方都找遍了,他不光是在本地找,而且还在全国各地找,只要听到一点儿线索,他就像疯了一样……后来,儿子也跟他闹翻了,闹翻就闹翻,他根本不在乎了,钱不够了,他就借,借不上了,就想着抵押他的房子。

随着老孙头的话,我能想象到老金的模样。

老孙头把当年老金要把房本抵押给自己的情景讲了一遍,连老孙头都劝他好好想想,以后这房子这地段的价格说不定会涨起来,老金根本听不进去,他告诉老孙头,如果找不到这孩子,他会一辈子心不安的,要这房子有什么用……

那他找到了吗?我问。

要是找到,他能每天喝成那样?老孙头讥讽地说。

10

我一点儿不清楚老孙头跟我说的这番话是真是假,现在唯一能把事情搞明白的,只有大虎。

我必须要找到大虎。

大虎被判了之后,人关在离市区有两百公里远的地方,为了见他,我还咨询了一个熟人。熟人听完我的情况后,对我说,按道理见犯人只能是直系亲属,鉴于大虎的这种情况,他给问问有关领导。这个熟人很快给了回复,说监狱那面同意我见大虎。

我雇了一辆出租车,一大早出了城。没走多久,雪便下起来,大片大片的雪花像鹅毛一样,沿路的山峦与树木,到处都是白茫茫的,我倚靠着车窗,根本无心欣赏眼前的雪景,心里还在想着老金的事。窗外的雪地上,影影绰绰地看见一个黑影,那黑影在白雪之中摇摇晃晃,我看清了,那是人,我不知道为什么,觉得这就是当年老金的背影。

在监狱里的会见室,隔着一层玻璃,我和大虎见面了。大虎一点儿不像上次那样心事重重,人看上去精神很多,话也比上次多了起来,他没想到我这个已经离了婚的姐夫对他这么上心。

他说话的声音有点激动。

玻璃下面有一个电话,我俩各举着话筒进行交流。

我把眼下发生的事情跟他说了一遍,我说的时候,大虎在默默地流着泪,等我说完后,他才止住悲伤。

他说,孙大爷说的没错,房子确实已经卖给他了。

啊? 我呆呆地看着大虎。

接下来大虎把一切原委讲给了我。原来老金为了找曾经丢弃的女儿,女儿名叫红梅,几乎不顾一切。他从福利院找起,一会儿北方,一会儿南方,快把大半个中国找遍了,在张家口的一个公安局他找到了一些线索。原来这个红梅毕业后,跟着几个女孩去张家口打工,没想到遇到了人贩子,把她们几个女孩卖到了南方,其中一个跑了回来,报了案,警察才知道里面有一个叫红梅的女孩,公安局派人去了几次也没找到,后来这个案子就成了悬案。老金一听,立刻动身,找了好几次,中间没钱了,就不惜把房子卖了,也要去找。

我问,他找到了吗?

大虎说,找到了。那个女孩在我爸找到她的前一年,因为想往出跑,结果跳进河里淹死了。那次是我和我爸去的,我俩还去她坟上看了看。

我的心如刀绞般疼痛。

大虎的话并没有完,他说他爸从那儿以后彻底变了,变成一个大家都讨厌的人。他每天喝酒,有时候一瓶,有时候两瓶,因为总喝酒,他就幻想出自己当初有钱的样子,见谁都说,他家里有很多钱,他当年如何如何辉煌……后来他的记性越来越差,有时候,连他们儿女都认不出来。他去医院查过,医院的人告诉他这是一种叫遗忘综合征的病,医学上叫柯萨科夫综合征。

我一边听一边回想和老金的交往,说实话,老金的表现并没有大虎说的那么严重。

大虎似乎看出我的顾虑,说,他是不是让你帮他找红梅?

我愣了一下,然后点点头。

大虎沉默了一会儿,说,我爸得了病后,以前的事情都忘得一干二净,他坚持认为红梅根本没死,他还要找。

还要找?

大虎叹了口气说,也就是两年前,他旁听我案子的一审时,在法庭上无意间看见小兰,他觉得小兰很像他那个丢弃的孩子。

小兰? 我愣住了。

大虎继续说,他不知道怎么就找到了人家,想让人家给他当保姆,那个小兰根本不知道他是我爸,就这样小兰就成了我爸家的保姆,我爸呢,找他孩子的念头才渐渐打消。

经过大虎这么一说，我才彻底明白了一切。原来小兰是这样走进了老金家的，现在我也理解了，小兰为什么不干了，她发现自己被老金骗了。

我问大虎，上次你为什么不跟我说呢？

大虎很真诚地看着我，他说，你要是我，你会把家里这些破事儿说出来吗？

大虎的话让我哑口无言。

11

我决定走进老金的屋子看个究竟。

老金住的屋子二十平方米，不算很大，床下及桌子、衣柜等处我都检查了个遍，没有找到保险柜，我甚至也学着当年的金静红，在墙上摸索了半天，万一老金学古人在墙上弄个暗门什么的呢！可摸了半天也没有。奇怪了，他这么一个病重的老人不会跟我开玩笑吧？

我点了根烟，像个侦探一样，希望自己静下来，只有静下来，我才会察觉到不易察觉的细节。我用目光扫视着屋里的一切，这时我的目光落在了那个巨大的花瓶身上。它就摆在离窗台不远的位置，我走了过去，挪动了它一下，底部松动，并没有发现什么，就在我准备离开的时候，突然看见在花瓶的口部，有一根黑色的绳子，它和瓶子上画中的花茎融为一体，如果不仔细看，很难发现。我用手拽了一下，绳子的另一头很沉，瓶子里一定有东西！于是我用力拽绳子，不一会儿从花瓶里拽出一个黑色箱子。

这个箱子一定就是老金的保险柜，把它放进花瓶里估计也是老金苦思冥想的结果。我暗自佩服老金，他是怎么想的，会放在这里！

这个箱子很普通，就是不到一百块钱的那种小旅行箱，上面挂着一把小锁头。我取出钥匙，打开锁。

我以为里面放着整齐的现金，一万块钱一捆的那种，还有数不尽的金银首饰什么的，可我打开后，傻眼了，里面是几张白纸。那几张白纸是几张欠条，欠条上有具体金额，其中一张跟老孙头手里的那张一模一样。很显然，这是一式两份，一张给了老孙头，一张留给了自己。看来老金不光是借了老孙头的钱，还有其他人的。

在箱子的底部，我还看到两张照片和一个笔记本。照片都是黑白的老照片，我仔细辨认了一下：一张照片是老金的家庭照，居中的人一看就是年轻时的老金，样子像是二十多岁，这是一家三口的照片，他身边的女人抱着一个刚出生的孩子，照片下面标注的时间是1976年3月5日。另一张照片时间是一样的，照片上也是一家三口。我突然看见两张照片背后有字，老金家庭照那张上面写着老金、老金老婆的名字，让人奇怪的是孩子名字叫红梅，而另一张，男主人就是老金曾提到过的王正国，孩子的名字叫静红。

我举着照片，愣住了，猜想一定是老金的笔误。

这时我打开了笔记本，才明白了一切。这个笔记本是老金的日记本，原来老金早就知道自己有爱忘事的毛病，于是养成了记日记的习惯。在这本日记里，老金记录着，他家和王正国一家是邻居，他和王正国也是无话不说的好朋友，可让他俩谁也没想到的是，唐山大地震发生了，那一夜，老金的老婆和王正国两口子都没了，只有他和两个还没断奶的孩子活了下来。后来老金走投无路，带着两个孩子跑到了呼市，来投奔他家亲戚，可那时候他家亲戚也生活困难，家里也是一大堆孩子，经过反复权衡，他家亲戚答应他只能留下一个孩子，并且亲戚给他出主意，把另一个孩子送到儿童福利院，兴许在那里孩子还能活得更好……

我看到这里，泪水彻底模糊了视线。我有点读不下去了，我想起老金曾说的话，他根本不是爱赌，而是生活太难了……

日记里是这样写的：

那天是小年，我看着两个孩子，实在没法选择。一个是王正国留下的唯一骨肉，一个是自己的骨肉，两个我都舍不得，可只能留下一个。于是我狠心地把亲生女儿红梅送到了福利院，而把王正国的孩子留在了身边。送红梅走那天，我的两条腿软得像面条，每走一步都要跌倒。我的心更是难受得要命，我觉得她死去的妈就在不远处，用眼睛狠狠地盯着我，可我能有什么办法……我抱着孩子，边走边哭，我觉得自己根本就不是个男人……被子里的孩子睡得真香，她什么都不知道，我担心把她放在福利院门口，没人发现，会被野狗叼走，就在她身上捏了一把，她哇哇地大哭起来，我才慌忙跑到一根电线杆后面。我再也站不住了，用头猛撞着电线杆，孩子的哭声像刀子一样剜着我的心。不知道过了多长时间，我看见福利院里出来一位老奶奶，她望了一下四周，把孩子从地上抱起来，亲热地哄了哄，然后走回了院子……

我一边读着一边流着泪,在泪水中,我明白了原来金静红是他好朋友王正国的女儿,而老金的女儿竟然就是那个早早离世的红梅。我想不通,那么爱说爱笑的老金竟然对这件事守口如瓶四十多年!没人理解他,他只有自己默默承受……

12

临近傍晚的时候,我接到了医院的电话。医院的大夫告诉我,老金在下午的时候颅内又出血了,她说考虑到病人的情况,建议住进重症监护室。

放下电话,我疯了一般往医院跑,我想立刻见到他,告诉他我所知道的一切,告诉他,他一辈子的隐忍是值得的。天下起了雪,雪花不是一片片的,而是很密集,像受了惊的飞虫,四处乱窜。没一会儿,我的身上湿乎乎的,雪把我的眉毛都冻在了一起,我一点儿不在乎。就在快到医院时,因为视线原因,一辆汽车差一点儿把我撞飞,一个长得像大虎模样的人打开车窗,对我怒吼着,你他妈的是不是不想活了?

我从雪地上爬起来,没有理睬他的叫骂。

到了医院,我见到那个女大夫,她告诉我老金目前的病情很危险,因为颅内出血,会导致病人猝死,所以建议转到重症监护室里更好一些。

她说话的口气冷冰冰的。

我的眼皮不停地跳,一种不祥的预感笼罩了我。

女大夫见我发呆,于是就实话实说了,她说现在病人已经认不出人了,你们家属要做好思想准备。

我明白大夫的意思,她就是让家属给老金准备后事。

离开了大夫,我进病房见到了老金。

老金上着呼吸机,正在昏睡,满脸花白的胡须,人已经衰老得很厉害。我在他耳边轻轻叫了他一声,他睁开眼,因为眼皮上有眼屎,他睁眼有点困难,我赶紧用毛巾蘸了蘸水,擦了擦他的眼部,他才彻底睁开眼。

他用手示意我,让把他的氧气罩摘下。

摘下氧气罩,老金明显感到了气短,他的眼睛里一点儿光泽都没有了,看上去他像个受了气的孩子,有点低眉顺眼的。因为雾化,舌头干得已经发不出声,只能从嗓子里发出唑唑的声响。

他呆呆地看着我,仿佛根本不认识我一样。我想起了大夫的话,老金这个时候,估计已经想不起来我是谁了。我有点不敢看他,看他的模样,我的心会难受。

我突然想到了什么,伏在他耳边说,我是王正国。

果然这一声起了作用,老金的眼睛一亮,随后他的脸上浮现出温暖的笑意,这笑意跟他以前的一点儿都不一样。

老金抓了下我的手。

我不知道老金要说什么,他还在瞪着眼睛看着我,他的嘴微微地张着,似乎要说什么,又说不出来。我就对他说,你是不是想见见红梅?

他的眼睛里似乎有了泪水,他把我的手攥得更紧了,生怕我跑了似的。我对他说,你放心,我现在就联系她。

老金的手还是不愿撒开,我贴在他耳边说,明天,等到明天,我一定把红梅叫到你的跟前。这时,我感觉老金的手开始松软了,他的眼角又溢出一行泪来。

从医院出来,外面的天已经黑了,在路灯下,雪变得轻缓多了,飘飘洒洒的,如同杨絮。我点着根烟,看着眼前的一切,觉得这个世界有点虚幻。老金怀里抱着亲生女儿的背影仍在我的眼前摇摆。我知道这是老金的最后时刻,就是骗他,我也要想办法,找一个所谓的红梅出现在他的眼前。可是找谁呢?

离开的时候,我还是忍不住回头看了看重症监护室的窗户,它的位置就在二楼,那里灯光明亮。我的鼻子一酸,眼泪又忍不住流了下来。

13

我突然想起了小兰阿姨,现在只有她能帮我。

这个念头让我重新振作起来。我想象着小兰阿姨走到老金的床边,告诉他,我就是你要找的红梅。老金会多么高兴!尽管这一切都是假的,假的他也会高兴。我手机里存着小兰阿姨的电话号码,于是我给她打了电话,让我没想到的是,手机是空号。怎么会呢?我又拨了几次,每次回答都是如此。看来小兰阿姨已经把这个号码注销了,她一定是在迈出老金家门的那一刻,就发誓再也不跟老金家有任何来往了。她的出现和消失,可能都是天意。

我什么都做不了,只能这么跟时间耗着。我相信此时病床上的老金也在跟时间耗着……

我整个人都陷入了黑暗之中。

黑暗中,老金仿佛就坐在我的对面,他用手捋了下稀疏的头发,说,马子你现在什么都知道了,你觉得我这样做对不对?

我说,有些事没有对错,你心安就行。

老金自言自语地说,我现在不能安心,一想起红梅,我心里就难受。我知道自己很快就要见到她们娘儿俩了,很快。你说我见她们,她们会不会埋怨我?

我没说话。

老金还在说,还有大虎妈和二虎,我也不知道跟他们怎么说。

黑暗中,老金坐在我的面前长吁短叹,他说,死了好,我活着就是造孽。

夜就是这么一点点深了下来,我的身上已没有半点力气。当我慢慢躺下来的时候,我猜想,窗外的大雪已经停了,空气清冽,此时的老金,眼里一定有一弯残月。

【作者简介】拖雷,本名赵耀东,中国作家协会会员。1972年出生于呼和浩特,祖籍山西。先后在国内文学期刊发表百万余字的作品,著有《寻仇记》等多部长篇小说。

流动法庭

盛可以

1

　　这里除了一座小佛塔，几乎没有固定的建筑。交错的车轮在稀疏浅草与灰白泥石中碾出的印痕，显示这是一条交通要道。远处浓淡相间的山脉层次分明，如水墨晕染。风疾速，时而匍匐时而腾飞。山石静默。山上生长着密密麻麻、永不开花的碎石。灰蒙蒙的天空，没有鸟飞过。随风而动的只有尘灰烟雾。一辆越野车刺穿苍茫的帷幕，跌跌撞撞，扭着屁股驶向荒凉深处，黄尘炸散中，隐约可见车身印着国徽，以及"流动法庭"的藏汉双语。污渍斑驳的汽车带着一股模糊的正义与肃穆的气息。

　　"流动法庭"在一片开阔平坦的地方停了下来。山岚在远处挽紧了手，无云的天幕扣在头顶。这里已经聚集了一些牧民，神情和远景一样苍茫，他们像山岚围住平地般围住了流动法庭。车门打开了，身穿蓝色制服的女法官措果先下车，脑后绾着一个发髻，她转身从书记员手中接过三岁的女儿，两个法警随后，最后下来的是一个浑身上下全是兜的纪录片导演——那就是我。我有一半藏族血统，会藏汉两种语言，这给我的工作带来了便利。我是以拍摄西藏野生动物为主的，得知流动法庭要在羌塘办案，处理一件家喻户晓的案子，我突发奇想，决定拍一拍

368

人的故事。

他们打开后备箱搬行李,着手搭建流动法庭——一个白色的帐篷。女法官措果叉开腿,双手擎住缆绳与劲风拔河,好几次连帐篷带人几乎要被吹上天去。她娇小的身躯灵活且顽强,有足够的经验对付风。书记官将最后一根铁钎钉进泥石地,流动法庭生下根来,但依旧随风摇摆,时瘪时鼓,看上去就像一个小小的、充满悲伤的灵堂。一切按法庭模式布置妥当,桌子上面铺了绣着"流动法庭"的朱红绒布,电脑、打印机、法槌等必需物品,均摆放在合适的位置。最后,女法官措果认真地在两扇假窗间挂上了国徽,她的样貌并不威严,就像初中的班主任老师正准备上普通一课。

2

事情要追溯到五月的某个上午,我们面色黑红的原告次旺那张阔嘴正贴着牦牛屁股后面的器官使劲吹气,这头名叫梅朵的白色母牦牛可能是产后抑郁,影响了乳汁分泌,一点奶水都没有。它鼓着眼睛淡然地盯着某处,似乎对生子哺乳这类琐事毫无兴趣,它甚至都没去舔一下小牛崽,也许它的心里隐藏着人类不懂的更宏伟的志向。次旺偏爱梅朵,梅朵健硕美丽,肌肉像公牛一样结实,一身白毛被次旺梳理得顺滑飘逸,整个儿看上去洁净高贵。

有一个人影走进了梅朵的瞳孔,阴影渐渐放大,很快就覆盖了梅朵的眼睛。那正是我们的单眼皮被告贡布,他把马拴在树桩上径直走进来,高大结实的身板挡住了光线。贡布轻轻友好地拍着梅朵的脑门儿,像是对畜生说道:

"忙着催奶哪?吃一些大豆兴许更管用。"

"这个办法目前是最经济实惠的。"我们面色黑红的原告次旺擦掉嘴边糊着的一些不干净的东西,说完话依旧将脸埋进牛屁股,仿佛在操作一台箱式照相机,或是饶有兴味地观看西洋镜。

我们的单眼皮被告贡布看着脸部消失的次旺,神情犹豫不决,像是由于自己帮不上忙而感觉尴尬。静静地过了半晌,这才开口说道:"你卖给我的农用车电瓶有问题。"

"什么有问题?"许是吹气用力过度,次旺脸上的红色部分涨得薄亮,黑色像油画的底色隐隐透显出来。

"是电瓶有问题。"

"昨天你开回去时不是挺好的吗,有什么问题?"

"我也说不清,总之是不好使了。"贡布底气不足,但他素有快刀斩乱麻的理智,于是横下心来说道,"我想还是退货吧,电瓶可是车的心脏啊。"

我们黑里透红的原告次旺听了之后没说话,继续在牛屁股后忙碌。贡布的要求让他感到不快,同时也感到十分为难。买卖这种事情,一手交钱一手交货,不应该出尔反尔。但是车款不是小数目,邻里乡亲,反悔交易,他也得讲点情面。可是车子卖掉时,电瓶是正常工作的,没发现有什么问题,没准是贡布操作不当,损坏了电瓶,好车出售,退回一台坏车,这也是他想不通的。更何况,妻子央真已经拿着卖车的钱带岳母进城看病去了,可怜的老妇人腹中胀气,排便困难,肚子憋得鼓鼓的了,偏方也不管用。

次旺鼓起腮帮子大力吹气,好像贡布并不在场。这时候距贡布使劲压价,最终带着胜利的愉悦开车回去不过二十四小时。他和妻子央真还处在无奈出售爱车的伤感之中,他们一直非常爱惜那台车,经常保养,到处擦得放光放亮,像极了他们的人生态度。人们说,假使他们有一个孩子的话,也不会超出他们对车子的用心。

贡布也没走开,等着次旺的回答。远处是灰蒙蒙的山脉。放眼看不到一顶帐篷。他骑马到这里来之前,妻子拉姆叮嘱他态度要诚恳,但不能低声下气;意志要坚决,但不要居高临下,要显得不卑不亢。要让次旺接受退货,避免让他觉得是他们损坏了电瓶,占人便宜。不过她也满脑子疑问,电瓶到底是怎么坏的?难道在他们买车时它已是濒死状态,直到行驶完十公里山路后才寿终正寝?如果不惮以最坏的恶意来揣测次旺卖车的行为,也许是他意识到电瓶已经有问题了,才急于脱手。但拉姆也嘱咐贡布这种话千万不能说,这会挑起矛盾,使退车的事变得更为棘手。

我们的单眼皮被告贡布正要再次张嘴快刀斩乱麻的时候,次旺的弟弟格桑和妻子白玛赶着马车唱着歌儿到了来了,他们放下草料和牛奶,说了句祝母牛和小牛平安健康,就甩着鞭子唱着走了,简直像一阵风打了个旋。令贡布晕头转向的不是这阵风,想到某年的赛马节上,次旺带着辫子长长的白玛,介绍说这是他的妻子。"也许是我记错了。"贡布望着马车上那对男女的背影,为自己的糊涂沮丧。

"这样吧,你弄好电瓶,我就同意退货。"我们黑里透红的原告阔嘴次旺突然说道,"但我手上没有这么多钱,只能分两次给你。"

梅朵眨了眨眼睛。

"行,那就这么定了。"贡布点了头。

3

我们的单眼皮被告贡布在谈判的成功中没欢喜多久,就为电瓶的事伤起神来。县城太远,去一趟要耗掉大半天,买新电瓶要花一笔钱,平白无故地损失这些,莫说妻子不能接受,他自己这会儿也是越想越懊悔。为什么次旺从牛屁股后面抬起头来那么一说,自己想也没想就同意了呢?为什么他不咬定电瓶质量问题,坚持要无条件退货呢?他只需耐着性子站在那儿,静静地抽着烟,望望天空,瞧瞧远方,让在牛屁股后面劳动的次旺明白,要是不退货,他就会原地生根。

贡布的心思和他的生活一样的简单,他想不了多远。马慢腾腾地走着,他的身体一颠一颠,脑子里只剩下电瓶的模样。那匹棕色牝马似乎颇通人性,自作主张来到一个海子前面,刨蹄子打响鼻。单眼皮被告贡布翻身下马,伸出一双大手,捣碎天幕,掬水洗颈抹脸,经凉水刺激,脑子里的电瓶顿时与村长家的电瓶合二为一,于是精神抖擞,快马加鞭,回到妻子拉姆身边。

"我去的时候,次旺正在吹牛×。"我们的单眼皮被告贡布向妻子描述退车情况,"我说电瓶坏了,他没有觉得奇怪,好像他知道电瓶原本就有问题。"

"我猜到了吧,他就是急于脱手这台烂车。"妻子拉姆身上鼓胀,脸上栗褐色,眼角和嘴边刻了几道"劳苦","平时顶诚实的一个人,没想到也坑起别人来了。"退车的附加条件让她心里有点不痛快,但要是次旺不同意退货,他们买台烂车,吃了哑巴亏,心里会更难受。拉姆并不懦弱,遇事不慌,通常息事宁人,一旦钻进牛角尖,也不太拉得出来。她也知道村长家有的是闲得发慌的电瓶,于是催促丈夫:"赶紧去借,快快把这事了了。"贡布刚一转身,拉姆便叫住了他,端给他一碗甜茶,顺势在他脸上啄了一嘴。拉姆胸前的果实熟透了,再熟就要掉下来烂在地上了,平时贡布总像是与地心引力争夺熟果似的,随时都想干点什么,此刻要不是急着去借电瓶,他真想躺下和拉姆腻一觉。

我们的单眼皮被告贡布带着对妻子醉醺醺的肉欲,骑着摩托车在弯弯扭扭的山路上盘绕了二十分钟到达村长家里,村长穿戴整齐,正准备骑马出门赴寿宴,听说要借电瓶,二话没说就开了仓库门。我们的单眼皮被告贡布第二天一大早开着换了电瓶的农用车,一路上车轮滚滚,轰轰烈烈,碎石欢蹦乱跳。我们的黑里透红的原告次旺这一次没有在吹牛×,而是用奶嘴给小牦牛喂奶,显然他的科学实践遭遇了失败。村长正是这个时候脑梗倒地的,来不及抢救。在寿宴席上帮忙的村民自动转到村长家,帮忙料理村长的丧事。村长的妻子哭得十分响亮,儿子扎西的眼睛一直是红的,他有点后悔没让父亲看到他结婚生子。

4

我们黑里透红的阔嘴原告次旺接了丈母娘出院。在医院待了十多天的妻子央真身上也有股药水味,但这股药味又仿佛是她高兴的情绪散发出来的,因为母亲康复了,车子不用卖掉了,回到家一眼看见它乖巧地趴在墙垛边,像一只养亲了的小动物,就忍不住伸出瘦长的双臂先抱了抱它。

"电瓶好用。"好像妻子问了什么似的,我们黑里透红的阔嘴次旺露出憨厚的笑容,"比我们自己的那个还好用。"央真一听,清瘦的脸上立刻变得严肃,她叮嘱丈夫不能这么说话,因为那听起来好像是占了贡布的便宜。接着从布袋子里拿出一些现金,说钱还剩了一些,部分医药费可以报销,尽快凑齐了还掉车款。次旺微笑点头,显示出对妻子的温情与信任。

有天下午扎西过来了,拎着青稞酒和牦牛肉,他是来向次旺讨教练习马术的。次旺曾经获得过赛马冠军,扎西想从他这里学点绝活,为了村里最美的姑娘,他要赢得比赛,父亲的突然离世,使他想到要让他妈妈早点抱上孙子。次旺待人诚实,教起来不遗余力。马儿来回奔驰,扬起沙尘和草屑。人和马累得气喘吁吁。喝酥油茶休息时,扎西看到农用车,很惊讶,因为这桩买卖是他牵的线。次旺就将贡布买车反悔的事情详细说了一遍,说他也正是考虑到扎西是中间人,才同意贡布弄好了电瓶退的车。

"我认得这电瓶。"扎西看了一眼电瓶,说道,"我说呢,原来是贡布偷了我家的电瓶。"

我们黑里透红的阔嘴原告次旺惊呆了,他半晌没有说话,想来想去,觉得这件事情自己也有责任,是他把贡布逼作了贼,他请扎西不要戳穿贡布偷电瓶的事,那会让他的生活变得难堪,而且贡布平时也不是这种偷摸成性的人,想必这次也是迫不得已。扎西同意假装此事没发生过，保全贡布的尊严，但是没过多久，关于贡布偷东西的事仍在村里流传开来，这就像某人出了轨，人尽皆知，唯独那个做丈夫（妻子）的蒙在鼓里。

出事是在杂货铺门口，男人们抽烟、打桌球，谈论赛马节上诞生的英雄，称赞谁的技术了不得。有人说次旺在赛场上表现得像匹种马。"不能生小马驹的种马，这可是自相矛盾的。"贡布阴阳怪气的话正巧被买茶叶的央真听到，她当场指出贡布是个偷东西的贼。贡布受不得这种抹黑与侮辱，伸手往央真的脸上打了一拳，央真倒在地上。杂货铺门口瞬间乱成一团。

此时次旺正在下村观看斗牦牛，听说妻子挨了打，打人者竟然是贡布，立刻意识到这事和电瓶有关系，当即骑了摩托车风驰电掣赶到现场，看到眼角瘀青的妻子，一句话没说，就冲上去和贡布拼命，两个男人像愤怒的牦牛，抵着头，又开腿，都想将对方撂倒，但势均力敌，状态胶着，围观者沉浸于这场角力与争斗中。不久次旺失败倒地，贡布欲施以拳脚，央真扑了上来，被贡布猛然推开，摔倒在乱砖石上。央真的失血终止了这场战斗，次旺带妻子到县医院治疗，同时着手将贡布告上流动法庭，要求他赔偿一笔医疗费以及精神损失费。

以上就是开庭前我所了解到的全部情况。

5

我选了一个最佳角度架好摄像机。穿深蓝色制服的法庭工作人员坐在条桌后，措果居中，胸别着一枚国徽，她没戴帽子，风撩动她散落额前的头发。左右两侧的条桌呈"八"字状分布，分别坐着次旺夫妻和贡布夫妻。年轻的措果眉头紧锁，因为她事先知道这桩案子中，原告和被告像两头牦牛顶上了角，村里多次出面调解，但都没能和解，双方都很轴，明里暗里动员家族势力，扩大战斗阵容，做出最终决斗的准备，如果事情真发展到那一步，势必会出现两败俱伤的惨局，这会使法院失去公信力，措果本人面临良心和职业上的双重麻烦。措果是一个人带着孩子，女儿几乎是在这辆"流动法庭"上长大的。开庭前，我看见措果带着女儿在不远处摘花，用草根打架拔河，在草地上打滚。

我将镜头推移到原告席，黑里透红的次旺有一张阔嘴但沉默寡言，他穿朱红色衣服与黑袍，戴着一顶宽檐卡其布帽，绳子紧紧地系在下巴底下，就算是八级台风也不能从头顶上刮走它。他的妻子央真一身五颜六色，满脑袋长时间没打散过的小辫子，凌乱蓬松的碎发像野草，她身上挂满装饰品，发带、腰带、佛珠、耳朵、脖子、手指上都是蜜蜡、玛瑙、绿松石之类的东西。她挨着丈夫坐着，眼里有股笃定与淡然。从镜头里看过去，这对夫妻脸上并没有显露出那种你死我活的刚烈性格。被告席上的那对夫妻几乎是盛装出席，贡布穿着白衣，戴着白礼帽，蓝围袍，拉姆浑身华丽的刺绣与银饰，头顶披着一条夕阳一样绚烂的头巾，边沿悬垂肩头，头巾外戴着一顶奇怪的像簸箕的空顶帽，帽子上镶着符纹。拉姆有一种有理走遍天下的自信，她一直在说话，当措果宣布开庭的时候，她也没有停下来。她的语速极快，快到我都不太明白她的藏语。这时候帐篷里也挤进了旁听的牧民，他们交谈、抽烟，说着与案件无关的话，这个流动法庭，一时间就像村里开会一样。

"今天，我们在这里，为次旺、央真和贡布、拉姆两家发生的纠纷进行调解，首先我要说，在这里，村民们不要再继续传谣言，更不要相信那些关于迷信的传言，社会主义国家没有迷信。"措果大声说道，"村长死亡是偶然事件，是脑溢血，与拉姆无关，拉姆不是巫婆，她也没有能力咒死别人。原告不应再提供这些不科学的无依据的材料。"

"你怎么证明拉姆不是巫婆，怎么证明村长的死与拉姆无关?"次旺不同意措果的话。

拉姆非常生气，挥舞着手大声反驳次旺的污蔑，身上饰品叮叮当当地响。她的嘴像一架机关枪，对准原告席突突突突地扫射，她说她要是有那样的本事，就会咒他立刻闭嘴。

"次旺，拉姆是不是巫婆，与本案无关。我们现在是来协调关于打人，以及赔偿医药费用的纠纷。"措果耐心地提醒，她已经习惯了流动法庭这种纷乱的场面，她知道这也是一个供牧民发泄情感的场地，很多时候原告被告双方在互相宣泄过后，梳理了自己的思绪，从而迅速达成和解，或至少有助于顺利结案。

措果给予双方充分的时间陈述、辩驳，她不打断任何人，耳朵朝向他们，眼睛从窗口望着草地上的女儿，她正在和新认识的小朋友一起玩耍。孩子这些天似乎长大了不少，知道怎么照顾自己。措果的脸上露出一丝欣慰。她打算在这个案子了结之后，带孩子去海洋公园。虽然没法去大海，但看一看从海里来的动物，对孩子也是一种弥补。

一队褐色喇嘛经过,念着经文。

最前面转着转经轮的喇嘛扭头注视着流动法庭。措果的目光落在这张轮廓分明的脸上。村里人都认得,他是大堪布多杰才仁。

原告和被告之间的争执越来越激烈——不对,应该是说拉姆一个人的辩论越来越高昂。戴簸箕帽的拉姆看上去像一条眼镜蛇吐着红芯子,既盲目又充满攻击性。她说贡布的手指被次旺折了,腰也扭伤了,他们已经花了几千元的医药费。她现在要告次旺打人,告央真污蔑毁谤,损害了她和丈夫的个人名誉,要求公开道歉,也要经济赔偿。拉姆高分贝的吼叫震落了国徽,发出"哐当"的声响。

这引发一阵哄笑。措果弯腰捡起国徽,一边吹掉尘灰,一边用戴白手套的手擦拭,并重新挂好。镜头聚焦措果面部,我看见她眼里有晶莹的东西闪烁。她心里藏着一个悲伤的故事,故事的脉搏就在这山间里震颤,故事的余温还残留在她的指尖。

我将摄影镜头对准次旺,他的阔嘴沉默着,面色流露出对流动法庭的怀疑,并试图将这怀疑的讯息传递给妻子。事情完全不是他想象的那样,妻子被打的正义还未得到伸张,诉诸法庭的正义性反受到了挑战,更荒唐的是,他和妻子瞬间还成了被告。次旺不相信能从这里得到他们应得的补偿,他做好了遵循古老的传统解决纷争的准备。

我们的单眼皮被告贡布像个绅士,神色平静,似乎时刻小心地维护着一身白衣不被脏污。他们家的火力全集中在拉姆嘴里,他无须发射一粒子弹,他们便由被告转为原告,占了上风。这一戏剧性的变化引起了新的混乱。

"我宣布……暂且休庭二十分钟。"措果重重地敲了一下法槌。

6

上半场以拉姆毫无中心目标的机关枪发射为主,作为被告情绪得到了充分的发泄与反驳,气势上也压倒了对方,贡布和拉姆在中场休息时显得分外轻松。下半场伊始,央真便以一种深思熟虑的从容夺取了阵地。她总结了上半场被告的种种荒唐言论,不讲道理,东拉西扯地瞎胡闹,弄掉国徽,破坏法庭的威严,将案件审判引导到错误的方向。她说贡布的手指如果骨折了,那也是打到她央真的脸上骨折的,充分证明了被告出手凶狠;如果贡布的腰扭伤了,那是因为他将央真当铅球甩出去,因此误伤了自己的腰,总言之,贡布身上的伤,恰好是他打人的佐证。

"但是,现在我们不告他打人了,"央真话锋一转,对措果说道,"我要告他偷窃。他偷东西,犯了偷窃罪。"

拉姆站起来尖声说道:"你竟敢在法庭公然进行污蔑……你能不能拿出证据来。"

"他偷了村长家的电瓶。"央真不急不躁,"这电瓶现在在我家里。"

"胡说!"单眼皮贡布说道,"电瓶是我找村长借的,不信你去问……"

"问村长?谁能叫死人出来做证?明摆着是抵赖了。"央真摇摇头,仿佛被告开了一个拙劣的玩笑。"村长的儿子扎西早就确认了这件事,只不过为了保护你们的尊严,我们都没去揭穿。但是你们自己好像并不觉得丢脸,那就索性公开了吧。因为人干了坏事,如果不受到惩罚,就会干越来越多的坏事。"

"不对,完全不是这么回事,我们没有偷电瓶,"拉姆说道,"那天下午,还是我催促丈夫去村长家借电瓶的……我不得不说,是他们心肠坏,将坏的农用车卖给我们,开回家电瓶就烂了,还不肯退货,一定要我们把电瓶弄好……我们是吃了哑巴亏……"

"真是好人做不得呀,你们买了车,好好的开回去,第二天又要退货,我们念在邻里乡亲,不计较你们的出尔反尔,怎么反咬我们一口了?"次旺解开下巴上的绳子,一把抓下帽子,拍在桌子上。

"车开回来就坏了,你们隐瞒了车子的问题,做人要诚实,不能欺骗……"拉姆的声音盖过了一切,开始了对次旺他们的道德批判。

"贡布,你是当事人,"措果打断了拉姆,"你从头至尾讲一讲,你当时找村长借电瓶的情形,一定要有更多的细节,包括村长当时的反应,以及他说了什么话等等。"

单眼皮的贡布就从次旺在牛屁股后面给母牛催奶说起了电瓶的故事,也说出了自己在返程路上的一系列心理活动:

"次旺正在吹牛×……当我说电瓶坏了时,他一点都不奇怪……我不想把人想得太坏,只要车退了就好了。他好歹同意了退货,前提是得弄好电瓶……去县里买一个新电瓶不划算,我想到村长家有多余的电瓶,就回去和妻子商量,结果我俩想到一块去了。那天下午我本想和拉姆睡一觉的,但是电瓶的事情要紧,我就骑摩托车去了村长家。村长当时正在刷马毛装马鞍,准备骑着那匹油光放亮的黑马去赴寿宴,他老婆和儿子扎西都不在家。我说村长,我是来借电瓶的。村长二话没说就打开了仓库门,一没问我借去做什么用,二没问什么时候还……"

"村长当时穿的什么衣,穿的什么鞋,戴的什么帽?"措果问道,"你是否记得他用了一副什么样的马鞍?"

"村长当时穿的一身紫色和红色,喜气洋洋的,刮过胡子,没戴帽子,头发往后梳得溜光的,像一个嫖客……至于马鞍什么样子,我没留意。"

"法官大人,一个贼在偷东西时,随便躲在什么地方也能观察到这些情况。"聪明的央真意识到措果的用意,"只等屋主人一走,贼就能顺利下手了……"

"而且我们并不知道电瓶是他'借'来的,这是对我们的欺骗。'借'的东西是要还的,他们显然并没打算还……这要是有人说我们偷了电瓶,我们跳进黄河也说不清了。"

"你后来为什么不把借电瓶的事告诉村长的家人?"措果问道,然后扭头吩咐,"请把扎西叫来……"

有人应声,骑着摩托车飞驰而去。

"不管怎么样,电瓶不是偷的,我可以对天发誓。"贡布拨弄着手中那串珠子,"我们的清白绝不容这么玷污,这是污蔑,这是毁谤。我们会不惜一切来维护这种清白。"

措果低声与身边的法警交谈。我的摄像机在他们之间移动,捕捉每个人细微的表情变化,拍下了很多朴实的、人性的瞬间。我观察到他们之间没有撒谎者,每个人都是真实的,像石头、像花草一样真实。

扎西很快赶到现场,身上穿着射击的服装,手里还握着一张弓,看得出他正在为赛马节夺冠苦练。

"扎西,你家是否丢了电瓶?"

"是的。我在次旺家的农用车里发现了我家的电瓶。"

"贡布说,电瓶是他向你父亲借的,你父亲生前是否提起过这件事?"

"没有,没提过。"

"有没有证据表明,贡布偷了你家电瓶?"

"没有。就像他没证据证明他没偷电瓶一样。"

"贡布有没有偷窃的历史?"

"没听说过。"

"你父亲赴寿宴那天,是不是一身紫色和红色,"措果照着前边贡布的供词描述,"……喜气洋洋的,刮过胡子。没戴帽子,头发往后梳得溜光的,像一个……咳咳……是不是这副……行头?"

"是的。没错。我父亲骑马到达时,正是这副装扮。"

"谢谢你,扎西。你可以走了。"

"法庭不冤枉好人,也别放过坏人。赛马节见。"扎西颇具英雄气概地撩开帐篷门,消失在法庭外。

气氛松动了。似乎可以结案了。书记员的手指头在键盘上飞舞。

"法官大人,现在,我倒要告诉你一桩真正的犯罪,"贡布的声音突然冒出来,"次旺和央真是重婚,他们犯了重婚罪。"

帐篷里顿时鸦雀无声。只听见外面传来小孩子的嬉笑打闹。

"次旺真正的老婆是白玛,但白玛又是他弟弟格桑的老婆;央真是他弟弟格桑真正的老婆,但同时却又是次旺的老婆。"贡布差点把自己也绕晕了,"他们犯了重婚罪。"

"重婚罪?你可真会随便扣帽子。"央真拉长了脖子说道,"我和次旺在一起更快乐,格桑和白玛在一起更幸福,我们四个人都觉得这样更好。我们不偷不抢,我们没有伤害任何人。我们有权利选择自己的生活。碍你什么事了?你何不先把电瓶的事说清楚? 别人的道德问题能洗干净你身上的脏污吗?"

"我妻子说得没错。"阔嘴次旺露出羞涩的黑里透红的微笑,"我们觉得这样更合适。生活都很顺利。"

"而且,白玛一直想当母亲,她和格桑在一起,才完成了这一心愿。而我对于生不生孩子无所谓,只要我和次旺两个人在一起日子过得舒心,有更多的时间到处旅游,看看不同的风景。"

"听听,听听呀,都生了孩子了,他们自己都承认了。"拉姆尖声说道,"他们应该马上去坐牢。"

法庭气氛瞬间到了巅峰。更多的人钻进了帐篷。人们第一次听说这种事情是犯罪,不觉惊讶与紧张,他们迫切地想知道两兄弟三兄弟共用一个老婆算不算犯罪;一个男人有两个老婆这类情况是不是犯法;一个有妇之夫和一个有夫之妇偶然睡过一觉,会不会判刑?

现场一阵骚动。人们议论纷纷。一名法警走到次旺身边，询问着什么，次旺摇了两次头。法警回到座位，对措果说了几句话，措果微笑着点了点头。

"次旺，你们去做过婚姻登记吗？"措果问。

"登记什么？"

"结婚和离婚都要到民政部门进行登记。"

"没有。"

"一次都没去过？"

"一次都没去过。"

"那不是法律意义上的夫妻。这样的关系不受法律保护。"

"只要不犯法就行了。"

"没有进行婚姻登记，也没有生育孩子，只能算同居关系。构不成重婚罪。"措果这话是对次旺和央真说的，更是告知贡布和拉姆，"不过，应该尽快到民政部门完成婚姻登记手续。"

案子审了大半天，似乎又回到了原点。这时已经没有人提出新的控告。空气里有股疲惫与茫然。

措果朗读结案陈词。

人们仿佛进入电影赞助鸣谢的谢幕阶段，边议论边往外走，没有谁再瞧一眼大屏幕。

"……经过充分了解与协调……本庭现在作出裁决，判原告与被告双方互赔对方两千元……了结此案。"随着一声脆响，措果用法槌把自己的话钉在了桌子上。

流动法庭被拆掉了重新塞进车尾箱，车歪歪扭扭地开出很远，原告和被告的人马仍然聚在原地没散。在灰蒙蒙的云空下，风撩舞人们的衣摆、腰带和头发，撕扯着那些七嘴八舌、愤愤不平的交谈声。

"自从堪布多杰才仁打这里经过，法官大人的心思就不在法庭上了……那副眼巴巴的样子，恨不得跟着他去。"

"她心里一定在等着多杰才仁回家。"

"那不见得。当年她是百分之百支持丈夫出家的，她从来没有为这事哭哭啼啼。"

"一个女人，自己带着孩子，心里总归还是孤独、心酸的吧。"

"我觉得，她把个人的情感问题带到了工作中，影响了审判，这种各打五十大板的判决，毫无公平公正可言。"

"判决无效，我们不同意。"

"要决斗，用咱们最传统的方式决斗。"

7

羌塘深处，最好的夏天，植被也是浅短稀疏，呈现营养不良的枯黄色，到九月刚染秋意，就更是早早地投降缴械了。大地上越来越了无生机，一派绵延不绝的苍茫。次旺并没有注意到自然的变化，或者说对于这季节迭换已经习以为常，心思全在与贡布的决斗约定上。不能输给贡布。妻子央真是这么说的。但是要从家里选一头牦牛去和贡布家的牦牛决斗，次旺很伤脑筋。因为贡布家那条叫多金的黑色种牦牛，是令其他牦牛们闻风丧胆的家伙，而且清心寡欲，对母牛十分挑剔，很难动情。它曾经是斗牛节上的冠军，一天斗赢十五头牛，自己却毫发无损。次旺清楚地记得那畜生如同野牦牛一样四肢强壮，凶猛善战。它犄角粗长，比一般的牛角长出一大截，腹部长毛垂地，像穿着毛裙。它的舌头上有肉齿，舔食时发出刀一样的刮擦声，吼叫起来像猪，怒目圆睁时能让人不寒而栗。

次旺仔细盘点了自家的牦牛，他清楚每一头牦牛的性格与力量，养得体格健壮，却一个比一个温驯，缺乏争强好斗的野心，虽说偶尔也会为了维护自身尊严而与别的牛顶角较劲，但只要对方表现出顽强凶猛的势头，就会掉头离开。

"一生总要有放手一搏的时候啊。"次旺在牛群中走来走去，与其说是在开导牦牛，不如说是在自言自语，"当别人打了你的老婆，还骑到你脖子上，公然嘲笑你，污蔑你，你就得拼了命拿出点颜色来给别人瞧瞧，是不是？"次旺停在梅朵面前，抚摸着它额前的毛发，"退一步海阔天空，但要是退一步便是悬崖呢？你也会选择前进的吧。"

梅朵扫了扫尾巴，眨着清澈的大眼睛，鼻孔里重重地喷出一口气。

"你这头倔牛，有的是力气、好胜心，还有坚强的意志，"次旺捏走梅朵身上的一根小草屑，摸着它的毛发，继续说，"贡布家的多金不过是头笨牛，靠的就是一股死牛劲。你多聪明啊，一定能把多金打得落花流水……唉，可惜你是一头母牛。"

"母牛怎么了?"央真端着一盆喂小牛的粥糠,头巾角一飘一飘的,"花木兰还替父亲从军作战呢。"

"哪里有用母牛参加决斗的呢。"次旺说道。

"那是性别歧视。"央真把饲料盆放在小牦牛面前,"甭管是公牛还是母牛,只要是牛,都有权利参加决斗,母牛也应该有获得荣耀的机会。咱们就派梅朵上阵,前几天它不是还打败了一群公牛吗?对付多金这种只知道用角死顶的笨牛,咱们灵活的梅朵就是它的克星。"

梅朵用脑袋蹭次旺,次旺觉得自己就像一个雪山下的小矮人。他从来没怀疑过梅朵的力量,只不过因为梅朵的性别而限制了想象。他了解梅朵的性格,它不是一头只懂得交配、生育、哺乳的普通的母牛,它好战,有野心,它常常放眼辽阔的草原,注视太阳升起的地方。

央真开始给梅朵缝制专用的决斗服装。她从箱子底下翻出了珍贵的五彩丝绸和秃鹫皮,把蓝天和白云绣进去了,把希望和荣誉绣进去了,一同绣上去的,还有次旺家族的尊严。次旺受妻子影响,决定放手一搏。按照传统做法,在梅朵的食物中加入牛血、青稞酒、蝎子粉、红糖、牛奶、奶渣……甚至把梅朵单独圈起来,让它养精蓄锐。给梅朵试斗牛装的时候,英姿飒爽且斗志昂扬的梅朵美得让次旺说不出话来。他同样惊讶妻子的手艺和审美。他知道这是梅朵一生中的第一次决斗,也可能是最后一次决斗,也许它会胜利,也许它会战死。

8

这天阳光明媚,白雪耀眼。大朵大朵的白云聚集在盆地上空,俯瞰着即将上演的决斗。我是在最后一刻打听到地址赶过来的,一个藏族小伙用摩托车载着我一路颠簸狂奔,寒风刺骨。到达时决斗双方已经到齐,彼此相距百米远,人和牛都已经摆好了阵形。雪白的梅朵温驯地挨着次旺站着,望向远方,悠闲地摆动它的绸缎长尾,华丽的披挂使它看上去雍容华贵。次旺一手拽着牛绳,一只手抚摸着梅朵的头,远看庞大的多金,心里紧张。他知道,自从定下决斗时间,贡布家里经常发出"霍尔霍尔"的磨角声,多金的牛角已经磨得锐利无比。

多金骄傲地站立,脑袋大幅度地摆动,眼睛鼓着,眼圈红红的。它裙边似的黑毛不太洁净,沾着土色和草屑,贡布并没有打扮它,除了一件简单的旧披挂,没做任何别的装饰,这暴露了贡布内心的骄傲与对对手的蔑视。妻子拉姆穿得像过节似的,一身五颜六色,与央真质朴的藏青形成了鲜明的对比。

措果带着女儿站在人群中。她没穿制服,一身蓝红相间的藏族服装,长发披垂下来,头上戴着一些饰物,额前贴着一颗玛瑙。措果很美,美得让人不禁要为她打抱不平,这么美的女人不该一个人带着孩子生活,或者说,生活不该让这么好的女人身边缺席男人。

大堪布多杰才仁到了,在为他特意安排的座位上坐下,他是这场决斗的主持人。他目光环视,在措果脸上略一停顿,微微颔首表示礼貌,措果微笑着回应,脸上洋溢着满足与幸福。

扎西站在多杰才仁旁边,这意味着他保持中立与公正的态度,不偏袒任何一方。他牵着本村最美姑娘的手,他在赛马节夺了冠,而且赢得了姑娘的心。

堪布多杰才仁作为主持说话时,犄角粗壮的多金,黑色火把一样的大牛尾在臀后高举,它很不耐烦,拉开了架势,俯下头来,发红的眼珠狠狠地瞪着前方。它用力甩了一下头——这个进攻的动作让人们尖叫起来——得到命令,便像团熊熊燃烧的黑焰弹射出去。另一边,比哈达还要洁白的梅朵就像神仙下凡,它的冲刺灵活稳健,自信而又谨慎,腾云驾雾,长毛荡漾。

距离几米远,双方停了下来,观望对手。梅朵保持打照面时的姿势和角度,如同沉稳的高手识破了对手的伎俩。很快,两牛头又不约而同地发起攻击,低头用牛角刺向对方,只听"嘭"的一声,牛头相撞,随即是"咔嚓"一响,四只牛角拧合。牛蹄在草地上蹭出很深的蹄印。

两只牛头死死地衔接在一起,鼻孔里喷出雾气。

风轻轻拂动牦牛雕塑的黑白长毛。

白云已经散开,变成纷乱的丝絮。天空是近乎透明的蓝。阳光使地上的一切都十分耀眼。

这时,令人意想不到的情况发生了。黑白两牛同时分开,各自退后半步,它们放下了戒备,解除了武装,专心嗅着对方身上散发出来的迷人气味。多金高举的尾巴渐渐放成水平。它缓缓靠近梅朵,试探性地蹭着梅朵的毛发,发出重重的喘息声。梅朵似乎被突如其来的感觉弄蒙了,温驯地眨着大眼睛,也回蹭着多金的身体。

黑白两头牛互相首尾相触原地转圈，像一幅缓慢流动的太极图。

多金的嘴鼻停在梅朵的屁股后，闻到了令它振奋的气味，随即以迅雷不及掩耳之势，轻盈地跃起上半身，趴上了梅朵的后背。

听说九个月后，梅朵产下一头黑色牛崽，这一回它奶水充足，且积极哺乳。小牦牛骨骼粗壮，酷似多金。虽然大堪布多杰才仁当时宣判决斗打平，不分胜负，与流动法庭的裁判结果一致，但人们私下认为，次旺是真正的大赢家。

【作者简介】盛可以，湖南益阳人。著有《北妹》《水乳》《野蛮生长》《女佣手记》《息壤》等十部长篇小说，以及《福地》《怀乡书》等多部中短篇小说集及散文绘画作品集。作品被翻译成十五种语言在海外出版发行。曾获华语文学传媒大奖最具潜力新人奖、人民文学奖等。

出 城 去

柳 营

1

四月，两个女人吃完晚饭，从第二大道往列克星敦大道走去。

阴冷的夜晚，各自都还穿着大衣。四月的天气变化多端，时冷时热，一月里有四季，雪与中央公园里灿烂的樱花同在。

风大，将头发吹得凌乱，大衣一次次卷起，双手护包护衣服，两个女人也顾不上说话，顶着风往前走。曼哈顿穿街而过呼呼响的冷风，让两个矮小的亚裔女子显得比平常更为单薄。

街头有浓郁的烟火喧嚣之气，整个城市相比起前两年，似乎完全活过来了。这个"活"里，有着一种将过往经受过的一切都统统覆盖住的气势，有着习以为常的从容不惊。

酒吧人头攒动，餐厅以及街道两边临时搭出来的桌位全都挤满了人。酒与食物，将城市里的孤独个体连接在桌子前。年长的、年轻的，与朋友、与家人，大家一起喝，一块吃，一起说话。食物的香气里混合了人气、酒气，在这样真实鲜活的氛围里，个体不知不觉地便有了温暖的安全感，不再觉得孤单，周边的世界也就变得正常平静有次序起来……

走到第三大道83街时,看到一对年轻情侣牵着手从马路对面走来,风将女孩金黄的长发吹到嘴边,男孩伸出手去想将头发从她嘴边撩拨开,可不知为何惹得她突然大笑起来。她笑得那么肆意,竟抱着肚子在风里弯下腰去。男孩半拖半拥着她穿过绿灯,在街角的花店门廊下停住,搂住她,继而吻住她。

他们旁若无人。对于热恋中的他俩而言,全世界都在那个街角,或者全世界只有那个街角。不,没有街角,没有城市,没有人群,唯有他们彼此。其他的一切,全在热吻之外,包括他们身后花店里那些灿烂的花儿。冷风里,那种热烈与专注,感染了经过他们身边的行人,两个女人发出会心一笑。

穿过几条街道,很快就到了列克星敦86街。

地铁口,挥手告别。

一个坐地铁回布鲁克林,另一个正准备转身再走几条街回家。钻进地铁站的女人,突然回过头来对地铁口的女人喊道:"周末,我们出城去,在外住一晚。"

2

坐在回布鲁克林的地铁上,女人感觉头晕脸热,拿出镜子照了照,看见浮在脸颊上的绯红。

她将镜子放回口袋,环视了一眼车厢里的人。他们有着不同的肤色,不同的年龄、体型、衣饰、发型,他们来自不同的地方,他们是全然不同的个体,是完全的陌生人,却也是别人的孩子、别人的父母或长辈。每一张脸的背后,都有属于他们自己的世界,那里有他们的亲人、宗教、文化、语言。

她闭上眼睛,耳边充塞着不同的语言。他们各自用自己的语言与旁边人或者电话里的人交流,表达日常里的爱与抱怨。

她在纽约已经生活了二十多年。她的先生是法国人。孩子除了说英文,还说中文和法语。孩子已经有几年没回中国了,他们的中文比以前更差。他们的法语比中文好,父亲在家里的时间多,带他们回法国的时间更多。中文的退步使得他们越来越拒绝用中文与母亲交流,母亲试着用中文提问,他们却用英文回答。每周一次的中文班几乎起不了作用,做母亲的既焦虑又无奈。

她用流利的英文处理工作和生活,但她更喜欢讲中国话。她每天都会与住在中国的母亲通话,通话时她与母亲讲特殊的南方土话。母亲的土话里,盛载了当地全部的新闻,所有的婚嫁与生死,以及院子里草木的生长。

布鲁克林的家,是她世界的中心。母亲住的地方,是世界的另一个中心。

她的家在布鲁克林博物馆附近,从86街坐四号或五号线可以直达。不同站台,总有人出车厢,有人进车厢。犹如车厢门的开与合之时,有人生,有人死。

她静静地坐着,这样的安静里夹杂着些疲惫发呆与麻木。好些天里,她的神志总会处在这种不清晰的迷离状态。她神情恍惚地看着车厢里的人,她不知道,这一张张脸的背后,除了享受着普通人正常的生活,是否还藏有隐秘的幸福以及承受着巨大的痛苦。地铁再次停下来,她身边两位一直不停说话的墨西哥女子下了车,另一年轻的妈妈抱着两岁左右的孩子进来,挨她坐下。

年轻妈妈自顾自与手机里的人讲话,孩子眼睛清澈,歪过头来看她。她朝小孩笑了笑,那小孩受到鼓励,朝她伸出手来。她本能地也伸出手去,那肥嘟嘟肉乎乎的小手便轻轻地落在了她的掌心。也就在那一瞬,她突然感觉到了眼角滚烫的湿润。

这是自知道母亲去世后,她的眼泪第一次流淌出来。她怕吓着眼前的孩子,连忙低下头来,任凭泪水哗哗流淌。

2022年4月4号,母亲迎来了她生命中"必然要到来的"突然死亡。那天傍晚,母亲结束了一整天的工作(记忆中的母亲,永远都在忙碌,手头一直都有活儿。她夏天带孩子们回去,母亲总是早早起来,站在水池边用肥皂搓洗孩子们头天换下来的衣物,在太阳底下热热闹闹地晒出来。母亲从来都不信任洗衣机,除了那些已无力对付的床单被套,她极不愿意将衣服往洗衣机里随便扔,她老认为洗衣机太吃衣服,而且洗不干净。这样,每次从中国回来的最初一段时间,当她往洗衣机里随便扔孩子们的贴身衣物时,总会想起母亲站在水池边专注地搓洗衣服的样子),与家里的小狗玩耍了一会儿,然后如平常一样,盛了半碗自己酿的甜酒,放松地坐在那张属于她的椅子上,一勺一勺慢悠悠地品。晚餐后的半碗甜酒,是她多年朴素勤劳生活中最为奢侈的习惯。吃完,她站起来,想将手里的空碗送回厨房。

站起来后,她摇晃了一下,忽然双手抱头,呻吟一声,之后,她又快速地朝靠大门边坐着的丈夫说:"完了。"说话间,她已经跪倒在地上。手里的碗摔在水泥地上,伴着脆响四分五裂。脑出血使她失去了意识,她被家人抬到床上。救护车很久才到,她没能再醒来。母亲快速地被非正常化地告别了。事实上没有告别。就连走路只需半小时住在另一小区的小女儿都不被允许前来，这是历史性的特殊时期。

她，这个得坐十几个小时飞机才能回到中国的大女儿，更是无法抵达。

坐在地铁站里的她，想到生命中这种无能为力的无法抵达，想到现实中的母亲已经被烧成了灰，梦一样从这个世界上消失，她第一次剧烈地从这些天半痴半麻木的状态中感知到迟来的揪心剧痛。这种痛会快速生长，鲜活到让她胃部抽搐，产生出极为不适的呕吐感。

也许是方才喝了酒，路上又吹了冷风，也许是僵硬了几天的胃突然因酒精而苏醒，也许被婴孩肥嘟嘟的手触及了被本能包裹起来的反应，她的身体再也无法容下积蓄多日的悲痛与忧伤。

她强忍着胃里剧烈的翻江倒海与阵阵绞痛，一出地铁，便蹲在地上痛苦地呕吐起来。她在呕吐物里，闻到了酒的余味。

她脸上的红晕还在，记录了酒后的微醺。

3

目送女友进入地铁站后，她转身回家。经过一家杂货店时，发现灯还亮着。透过窗户，看到有应季上市的深粉红芍药花，是她最喜欢的鲜花之一。推门进去，选了几枝，又选了少量的满天星，搭配盛放的芍药花，有着清爽与华贵之美。除了花，还买了一盒鸡蛋与新鲜的豌豆。新鲜豌豆怎么做都好吃，清水煮，放点油与盐，便能吃出属于春天泥土地里生长出来的鲜嫩感。

她捧着花、鸡蛋与新鲜的豌豆，重新踏进冷风灌脖子的街道，好在再走两条街就到家了。

她一个人独住。很清冷的家。熬过漫长的冬日，四月的寒冷里涌动着明媚的春意。她的情绪就如这挣扎与剧烈蜕变的季节。最近，每天早晚她都会在卫生间小哭一会儿。会哭挺好，至少哭完后，整个人能放松不少。早上哭完，洗把脸去厨房煮咖啡；晚上哭完，冲个澡上床躺下。

睡着了就是另外一个世界，那个世界里，有情节有感受有笑有哭有紧张有惊恐，但无重量无责任无逻辑无因无果。醒着的世界里，有重量，有层次，有空间，去一个地方，必须走路或乘车与飞机；出门见人，得洗脸，得体面，得有次序。因为这个世界,有逻辑有因果。

从梦里出来的那几秒钟,就如浮在雾般的没有完全清醒过来前的两个世界的间隙中,她总能无比清晰地看到自己老去的肉身被推进火里烧掉的样子。这个场景让人全身发软,不是紧张,不是惊恐,也不是焦虑,是无边无际空荡荡的虚无感。这短暂却膨胀的几秒,也许只有半秒或一秒,她就如沉在水底,得使劲让自己挣扎着浮出水面。浮出来,长长透口气,使尽力气从床上爬起来,摇晃着去厨房磨咖啡,在热咖啡的香味里缓缓开始新的有重量的一天。

这晚,她卷了一身冷风进楼,门卫与她亲切地打招呼,道晚安。这世间,每天都能与她见面并且聊上几句话的人似乎只有门卫了。

坐电梯上楼,开门,屋里清寂得很。

她先将鸡蛋与豌豆放进空荡荡的冰箱。她害怕被食物塞满的冰箱,害怕那种一个人无法及时吃掉它们时带来的挤压感。一个人过日子后,她的冰箱总是处于空的状态,有限的食物排列有序,一目了然,这让她显得放松,也让她有理由出门走走。有时没动力去别的什么地方,至少可以去趟超市。

她将花去叶剪枝,插进结婚二十周年时先生送的水晶花瓶里。她抱着花瓶,站在客厅里,环顾一番,想找个摆花瓶的地方。有几处可以选择,儿子之前在家时每天必弹的钢琴,平时几乎无人坐的长沙发前的四方茶桌,洁净无物的长餐桌。她想了想,最后决定将花瓶放在餐桌上。

这清寂的屋子,因了颜色明艳的花,一下子生动了起来,就像四月从雪地里冒出来的嫩芽与春花。她站在那里,细细地品味了一会儿,心里涌起难得的柔软与莫名的期待。因了这心爱的芍药、冰箱里鲜嫩的豌豆,也因了方才餐厅里与女友的对话以及酒。

可当她关掉客厅的灯,独自走进主卧卫生间时,眼泪还是止不住地习惯性地滚了出来。

卫生间里的猫砂还在,柜子里还有猫粮,窗前挂着逗猫的羽毛玩具,空气里浮游着猫留下的气味,但猫已不在了。

猫在这个家里生活了九年。她对它精心照顾,平时注重饮食规范与营养均衡,还给它买了医疗保险,定期做检查。最后半年,她花大量时间陪它去宠物医院。肉身在时间里衰老,衰老本身也是一种疾病,无论爱着的人如何坚持,都无力对抗时间之魔力。

388

爱有时是执念。陪着猫猫经受很多的痛苦、无法细诉的过程，直到医生最后通知她，癌细胞已经扩散到猫的大脑和脊椎时，她才下决定不再费尽心力又明知徒劳地与时间拉扯。打安乐点滴时，她一直陪伴在它身边，给予它最后的抚摸与安慰，就如当初送走她的爱人一样。

　　宠物与人，人与人，当在日常生活里建立起陪伴与内在深厚的连接时，一方的离去对另一方是割断，是失去平衡的无力日常，以及一时无法消散的痛楚。

　　这世间有太多不同形式的离别，将自己抚养长大的父母，相依数十年的枕边爱人，亲密的朋友，日夜相处一室的猫咪，也包括自己膝下一手养大的唯一的儿子。

　　儿子，住在"遥远"的旧金山。

　　猫离世后，她情绪低落，黄昏时会显得格外无助虚弱。有那么几次，她有强烈地想抓住某样东西的冲动。这世间，对她而言，儿子是最真实的存在。她几次想找儿子谈谈搬去旧金山住的念头。她爱儿子，他是她在这世间最亲密的亲人，搬去旧金山，能时常见到儿子，是安慰。可每当话到喉咙，都被她自己硬生生地吞咽回去。

　　她做事谨慎，考虑周全，尽力做到自律和克制。她担心搬去旧金山这件事，会给儿子带去压力。他大学刚毕业，刚有自己的新工作新女友新生活。他生活在他的世界里，她害怕自己突然挤进去，乱了他的生活。

　　她感觉自己越老越脆弱伤感。她清楚地知道，这一生中，多少人来人往、人聚人散，时间如河流，总有些人与物无法一直同行，只能留在记忆的河岸，可有些伤感会时不时地扑面而来，如旷野里的风，将自己紧紧包裹，然后席卷。

　　她二十多岁离开父母出来留学，在这个国度生活了近三十年。她之前在银行上过班，开过贸易公司，后专做风险投资。她会说好几种语言，去过很多国家，吃过不同国度的食物，遇见过奇异有趣的人和事。这些年，她处于半退休状态，偶尔仍会参与做些感兴趣的项目，闲时自学钢琴，试着写点东西，画点水彩。所学这些，对她而言，是一种需要，她需要一些事物来建立有序的内心世界。

　　猫的离世，让她一时乱了方寸，白日聚不起精力做任何事，晚上老是失眠。她比之前更想念那些早已不在身边的亲人。她特别想回一趟中国，去给父母扫扫墓，在墓前坐坐，陪陪他们。老家还有几个亲戚，其中有个堂姐，虽然还不到六十岁，但早已做了奶奶。这个堂姐直率热情、口无遮拦、没心没肺，笑起来声音脆响，就像母鸡刚下过蛋似的，咯咯咯、咯咯咯。她念想着去堂姐家住几天，听她爽朗的笑声，帮她一起带孙儿，说说家乡土话，与她一起去乱哄哄的菜市场买菜，听她大声欢快地讨价还价，吃她做的家乡菜。堂姐能做一手色浓味重、热闹下饭的土菜，最合她的胃口。

她几次做梦，梦到老家的河与街道，在梦境里，有很多熟悉的旧面孔、老店铺，她一直努力往前走，却不知道为何，无论如何使劲，她就是走不回"家"门。

总是听说，人脆弱的时候，需要出门接接地气。

对她而言，真正的地气，是家乡的那些山和水，是空气里特殊的味道与湿度，是耳边亲切的土话、扣进碗里的土菜、吞进肚子里与血液相连的最初滋味。她太想在这样的滋味里歇息几天，养养心气，缓缓心境。

可是，现在回去需要找些强大的理由，可她找不出理由。她在等待不需要理由的日子，但不知道要等到何时。她已经好几年没回去过了，也许等到真正可以时，她已断了想回去的念头。

人生总是这样，阴差阳错，一错就时过境迁。世事总是重复与相似，偶尔被降生，在不同的时间里沉浮轮回。

哭过，冲过热水澡，心情似乎平复了不少。

刷牙时，她闻到了嘴里散发出的酒味。

4

她从地铁站出来，蹲在马路边对着垃圾桶呕吐。呕吐完后，身体轻松了不少。她掏出消毒纸巾，擦了擦嘴唇，顺手另抽出一张，擦掉垃圾桶边缘的呕吐残留物。

她站起来，身后就是咖啡馆。她每天进地铁前，习惯在这家咖啡馆买热咖啡和三明治当早餐。她将身体靠在咖啡馆的玻璃墙上，泪在眼眶里噙着。她站了会儿，等到胃部的不适感稍稍褪去，便朝家的方向走去。家离地铁站很近，两三分钟左右。

孩子们已经睡着，先生还在客厅的餐桌前坐着，面前堆了一大沓资料。他是律师，巨蟹座。按她的话讲，是居家实用型丈夫，但也不失浪漫与幽默。他的幽默似乎是与生俱来的。她在中国长大，成长过程中极少遇到真正放松风趣的人。来美国后，他是她的第一个追求者。第一次见面，她就被他身上的纯净与幽默吸引。

两个人对上眼,愉快相处,彼此尊重,结婚生子。他工作忙,她的工作更忙。因为孩子,她曾经在家待了两年,但她很快决定重新出去。她开了自己的室内设计公司,拼命投入,雪球一样地滚动,变得更加忙碌。好在他很支持,接送孩子,给他们做饭,还陪玩,陪聊,他都心平气和且乐在其中。与他一起生活了近二十年,如今大儿子十八岁,小女儿十二岁,她极少听到他抱怨或者指责什么,他对日常生活的处理似乎带了天然的禅意,这让她觉得自在。这个家,是这孤独星球的复杂人间,她安置身心的温暖所在。

她有很强的包容力与适应力,不属于多愁善感的那种类型,但生活总还是会让人心有凄凄,譬如这些年外部的环境、因环境带来的公司运营压力、此起彼伏的坏新闻、无法对抗的无常与潜藏在暗处的不可预测(有同事在地铁里被陌生人枪杀,有熟人跑步时被疯子拿刀捅死,有朋友半夜心梗而死,有结婚二十多年一直努力付出并幸福着的密友被突然决定搬出去住的丈夫通知离婚,等等),时不时会让她甚觉无力。

这晚,在与女友享用完美食美酒之后,在四月的寒风中,在触碰到陌生小孩子柔软的手掌之际,母亲离世的事实与体内因无形之力受压受困的某处互相结合起来,让她瞬间溃塌。

哭过的眼睛是红肿的,呕吐让人虚弱,她稍稍弯腰侧过脸,与先生快速打了个招呼,直接往主卧走去。先生埋头文件中,也没顾得上细看她,只是说晚上给孩子们做了牛肉汤,还陪小女儿玩了会儿游戏。她边应着边进了卫生间,脱去衣服,站在淋浴间里,将水量开到最大,任凭温水从头而下,冲刷虽瘦但稍显结实的身体。

她平时喜欢运动,冬天去健身房练肌肉,夏天去公园跑步。随着时光流逝,她知道,这样的结实里,含着早已缓慢进行的衰老,这是必然要接受并且已经在接受的过程。

冲过热水澡,走出浴室,看到手机里有新信息,是大学同学发来的短信与照片。因为工作关系,她与先生长久生活在萨拉热窝。

她在短信里写道:为了陪先生打羽毛球,这些天我们涉足了萨拉热窝西北部一个从来不曾到过的街区。在体育馆附近的居民楼里,我看到了一面墙,拍下了这张照片。尽管墙面上的弹孔在萨拉热窝司空见惯,但我还是被这面墙惊到了。这些密密麻麻让人惊恐的弹孔,是人类多么深的恨与狭隘呀。

她将照片放大,看到满墙蜂巢一样的弹孔,一阵鸡皮疙瘩,身体重浮起虚弱感。

　　她坐下倚着沙发,回道:不用站在地球之外,只稍稍往后退几步,我们全都活在虚无与荒诞之中。好在,牵挂、陪伴与爱,精神上那点追求以及对神性的向往,让巨大的虚无变得真实,有了具体的意义。短信发送出去后,她意识到,经过这些年,似乎越来越不会像年轻时一样执着地追问些关于人生的宏大意义了,踏实地过着每一天似乎变成了全部。

　　喉咙干涩,走去厨房烧水,想起方才进地铁站前与女友说的话:周末,我们出城去,在外住一晚。

　　第一次见到她,是在切尔西一家画廊的开幕酒会上。那天画展的主题是什么已经忘记了,也许是场人体摄影展,但她在人群中看到了她。她全身黑白两色,衣服与长裤子整体呈现出来的图案与线条,形成阴阳相交的简单造型。黑短发、长腿、大眼。最吸引人的是,她虽眼神明亮,表情却很是淡然。作为一个设计者,她对美极为敏感。她被吸引,径直穿过人群,朝她走去。

　　她先自我介绍道:"我叫耳朵,来自中国南方。"

　　她笑着回:"我叫云,喜云,也来自中国南方。"

　　喜云比她大十来岁,成熟内敛。自从在画廊认识后,她们便一直保持着不松不紧的联系。几个月见一次有时甚至一年见一次,喝杯咖啡,或者吃个简餐,有时也约着一起看展听音乐会。她们之间没有那么多家长里短,不热衷八卦,也不热衷于谈论孩子与老公,偶尔也谈,也只是粗粗带过。更多的时候,她们只是安静地坐着,说些不着边际的话,回忆童年往事以及南方的食物,有时也会具体到最近看的电影或者读的书。见完面,也就散了,各忙各的,想起来,也会发条短信互相问候一下。

　　就这样,松松散散地,一转眼就二十年了,彼此都还在那里。

　　过去两年大多数人都在家办公,今年开始,又陆陆续续地回到办公室。早上去办公室的地铁上,她想起了喜云,意识到两个人似乎已经有一年没见面了。

　　她拿起手机给她发短信:下班后,去找你,如果你没有安排的话。

　　那边回复道:好的。

　　…………

　　水开了,耳朵给自己泡了杯暖胃茶。她端着水杯从厨房回到房间,打开电脑,在网上搜到一处有意思的地方,Mohonk Mountain House,在那里可登高望远,她觉得正适合此时的她们。随即,她就在网上订了房间。

关电脑前,她将地址转发给了喜云。

5

在卫生间刷牙时,喜云听到叮咚一声响,手机屏幕上跳出一条短信,是耳朵发来的一条链接,她随手点开,看到起伏的群山、山顶上的湖,以及依湖而建的酒店。

随后又跳出一条短信:周末,去这里,房间已定。

这是耳朵做事的风格。没商量,没废话,果断快速。喜云习惯了耳朵的方式,简单省心。

早上起床正处于茫然状态之中的喜云接到耳朵发来的短信:下班后,去找你,如果你没有安排的话。这似乎正是喜云此时特别需要的,她立马回复道:好。

为了见面,她特意冲了澡洗了头(她向来三天洗一次头发,按日子,应该要到明天才洗),让自己看起来更清爽一些。最近情绪极度低落,脸上浮有动荡不安之神色,是一种肉眼可见的灰暗之气。因此,与人见面,洁净的状态是体面。到年龄后,无论精神还是肉身,喜云总担心会给人一种衰败之气,警惕中变得更加自律。

出门前,她选了条黄地蓝色小碎花裙穿上,化了淡妆,涂上可以提神的口红,披上黑色长大衣,喷了清雅的香水。出门前,又抓了条灰色大围巾,有风时可以用来裹脖子。

先是约了在中央公园南七十二街见。

下午四点左右,阳光还是很明艳。往公园里走,有些树已盛放出大片纯白色的小花,好多情侣在树下拍照。草地上,到处躺着晒太阳的人和狗。四月的天气,忽冷忽热,早晚温差大。阳光一出来,人与宠物也就跟着出来。公园里因流动着的人气,以及露出嫩芽和花朵的树,一副春意盎然的样子。阳光里的一切充满了活力,让人也不由得生气勃勃起来。

喜云说:"经了这漫长的寒冬,春天似乎终于冒出头来了。"

耳朵回:"就像娘肚里的胎儿,总是要出来的。"

两个人绕着公园里的湖走了一圈后,阳光的劲儿开始弱了下去,草地上的人也陆续卷起轻便的毯子准备离开。从公园出去,经过一家咖啡馆。这是耳朵很喜欢的一家咖啡馆,绿色暗花壁纸,漂亮的水晶吊灯,她曾与喜云在这里见过面。咖啡馆关闭两年后,最近刚刚开放。买了咖啡,可室内室外全坐满了人,两个人就拿着咖啡继续往前走,想就近找一家餐厅吃晚饭。

"我们往第二大道去吧,那条街全是餐厅。"耳朵提议道。

"好,找一家舒服的。"喜云道。

到了第二大道,两个人沿着街走,经过一家又一家餐厅,都没有想要进去的欲望。继续走,见到一家外墙刷成淡蓝色,桌子与椅子是纯木色的餐厅,在一众深色调的老派餐厅中,显得格外亮眼。最重要的是,所有门窗都临街开着,透气、安全。走进去,靠有暖气的地方坐下,环顾四周,是地中海式的风格,她觉得满意。

时间还早,没那么多客人,一对靠窗坐的中年夫妇,还有位八十岁左右独自在吧台旁喝酒的老人。耳朵说:"老了,最好住在城里,冬日漫长的夜晚,有好多去处,一杯酒,就可以在灯火通明的人声喧哗处消耗掉几小时难熬的清冷时光。"

"人有时需要吸人气。"喜云道。

看菜单,点酒、点菜。

服务员很帅。反正没什么客人,就交流了起来。他在伊斯坦布尔长大,来纽约前是个舞蹈演员。"我还会继续跳,夏天真正到来的时候,我会找个现代舞蹈社团,去跳舞。"他有个女朋友,也来自伊斯坦布尔,她在纽约上学,再过一年,就可以去当护士了。他给她们看手机里的合影:在红色Love的雕塑下,他们笑得无比灿烂,阳光打在他们露出的牙齿上,亮晶晶的,以至于周围的一切看起来都闪着光。

耳朵道:"真美。爱能反光,能照亮周围的事物。"

他羞涩起来,道:"谢谢。"

6

这两年来,喜云很少与人在外吃饭喝酒。

她向来谨慎,平时和人谈事,大多定在午后,买杯咖啡在户外坐着,或者去博物馆边转边聊。在博物馆里,人人都被要求戴口罩,都查疫苗卡,至少比封闭的餐厅好很多。再则,她生性内敛,心里难受也不太会主动找人倾诉,觉得会打搅到别人。

她一直认为，这世上，没人有义务去倾听他人的苦痛或者去分享他人艰难的人生时光，即使平时交往甚久的朋友。特别这几年，周围人都各有不易。她是那种宁愿去找心理医生，也不想给周围人添麻烦的人。

两个人坐下，点了鸡尾酒：一杯Cucumber Cooler，喜云的；另一杯Pineapple Mojito，耳朵的。

酒端上来，色彩艳丽诱人。喜云特意让人在酒里加了新鲜的辣椒，酒杯边沿撒有一层盐，是她喜欢的口味。酒精入胃，各自脸上泛红，空气似乎也开始变得柔顺起来。

菜也陆续上来：新鲜牡蛎、四季沙拉、三文鱼、鳕鱼。

往嘴里送沙拉时，耳朵直接来了一句："我妈去世了，前几天。"

喜云放下酒杯，握住耳朵搁在桌子上的手，说了声"抱歉"，她原本想站起来抱抱耳朵，但耳朵却将脸转向街道，表情黯然。街头很热闹，正是大家出来觅食的时间。她与耳朵一起看了会儿街景，然后转过头来，感觉有点不合时宜，便压低了一点声音道："几周前，我家猫猫去世了。"

耳朵说了声："抱歉。"

一时不再说话，各自安静地吃着菜。

好一阵子后，耳朵才道："母亲喜欢喝她自己酿的甜酒。"

喜云问："你喜欢吗？"

耳朵回："小时候，母亲让我尝过。贪甜，母亲不在时，偷喝了小半碗，喝了便出门玩耍，走着走着，觉得头晕，就躺在路边的大石头上睡着了，后来才知道是酒劲儿上头，醉倒了。这事，被人笑话了很久。"

喜云说："我会酿这种酒，下次我试试，酿好了，你来家，一起喝。"

耳朵声音稍显轻快："好呀。"

酒有时真是好东西，让原本僵硬的身体开始变温暖，让原本自闭受困的心境裂出一道能透气的缝隙，让不多话的人开始絮絮叨叨，让原本不爱笑的人能够放声大笑，让压抑着的人学会哭泣，让不安紧张的人变得放松，让时光里的孤硬转化成柔软……

耳朵说："我妈有一把专用的椅子，是她结婚时我外婆专门找人给她做的。只要有可以坐下来干的活儿，她就会端坐在那把椅子上，手里忙着她的活儿。她吃苦耐劳,沉默寡言,总是为他人着想,几乎从不在自己身上花钱,即使孩子长大了,她手里有很多闲钱也不花。她老说,有钱也没地儿花,衣服不破,身体健康。孩子们都已不在身边,屋子空寂很多,但她仍旧不停地找活儿干,屋里收拾得洁净有序,屋外院子里种菜种花,养鸡养狗养猫,她在劳作里专注而平静。每天最让她安心的事是她可以坐在自己的椅子上吃饭,这辈子最让她骄傲的事是,她有一把专用的、属于她的椅子。"自耳朵知道母亲去世后,她第一次开口与人诉说自己的母亲。

"没了猫后,整个人都空寂寂的,走在街上,周围喧闹,身体却有冒着寒气的孤独感,家里比之前更加空荡,特别是黄昏的时候。实在无法停止思念那只猫,无力抵抗它的可爱狂野妩媚。每次我抚摸它,它都会发出愉快的呼噜声,像个孩子。它看着我,那认真的眼神,让人心变暖。人与人交流并非容易,有时会很困难,可跟它的交流与互动让人放松。你甚至意识不到,它只是一个奇异的生灵,你会觉得,它是困在猫身体里的人类。"自猫去世后,喜云第一次开口谈猫。她极少与别人谈自家的猫,就像不过多谈论自家的孩子一样。谈多了,别人都不爱听。

"我一直记得母亲有过一件白地蓝碎花衬衣,那时她还留有两根长辫子。某天放学回家,远远在街上见到她的背影,我边跑边喊妈妈。她听到声音,猛地回过头来,两根辫子随之舞动,看到我后,笑立马溢满了她整个脸庞。那天,她穿着的正是那件白地蓝碎花衬衣,衣服素雅合身,让她显得更加白净。我第一次发现,原来母亲是那么的美,笑起来如此动人娇艳。那天也许是我第一次意识到,她除了是整天忙碌的妈妈,还是个鲜活而生动的女人,她有属于自己的美。"耳朵沉浸在自个儿的回忆中,记忆中妈妈的美,让她眼神发亮。

"先生离世的头一年,那只猫有天跑到我先生办公室的楼道里,很瘦,很谨慎。先生买了香肠喂它,它吃饱后在办公室外的楼道里闲逛,饿了又回来找他,应该是只流浪猫。几天后,先生将它带回了家。我后来想,这是他留给我的特别的礼物。"喜云回忆道。

原本互相倾听,各说各的。

可是耳朵肯定地附和道:"这猫绝对是天意,是礼物。"

"他带它回家后,我替它洗澡送它去体检打针,儿子那时还在读高中,也喜欢抱它抚摸它。它曾流离失所,但身上仍保有一种稀少的优雅。这种优雅绝对是野生的,被自然地保存着。当它想被抚摸时,会跳到你的腿上;可你想主动去抚摸它时,它会逃开。它很有性格,绝对不会因为你给予它食物、住所和爱,就会听从你或者妥协你。"喜云描述她的猫时,感觉身体某处硬而冷的疼痛不再像石头一样顶着,这是一种难得的释放。喜云相信,耳朵在讲述她母亲时,有着相同的感受。

"孩子也一样,不是你生养了他们,他们就会对你顺从听话。"城市里的风从对面的街道吹进餐厅,耳朵边说边理了理被风吹乱的头发。

"养猫让我体会到一种单纯地去爱且不念回报的放松,事实上,它也确实给我带来情感的慰藉,无数次融化和温暖过我,我对它很感恩。"喜云边说边举起酒杯。

耳朵也将杯子举起来。

"我之前虽不是那种特别叛逆的孩子,但青春期的时候,也是相当的敏感和易怒,记不得是母亲的一句什么话,反正那句话让我相当生气,我差不多有整整一个多月不跟她讲话。母亲照样给我洗衣叠衣(每天早上醒来都有干净的衣服摆放在床旁边的板凳上),照样给我盛饭夹菜。之前她如何对我,在我不与她说话的日子里,她一切照旧。我当时就像是一只刺猬,随时准备着与人针锋相对。她不说教,也不主动靠近,更不唠叨,只是做着她的本分,默默承受着我的冷漠与神经质。现在我自己做了母亲,遇到同样青春期的孩子,才真正感受到她的不易。孩子生气时,我有时比他们还生气,有时会哭,感觉我付出那么多,他们竟然敢如此对我。情绪过后,想起母亲,会觉得自己做得远不及母亲,我一直在学习调整自己,学习更耐心地对待孩子。养育释放了我们身体里的爱,也教会我们不要一厢情愿。"耳朵用手托住自己的下巴,眼眶泛着红。

餐厅外面的街灯已亮,四月的夜色比以往来得迟了些,街灯里混入了黄昏最后那抹艳美,周围的一切因此显出了别样的意味来,喧嚣里含了夜幕真正到来之前的宁静。

两个人喝着酒,继续聊天。

"因了环境,我从小习惯了压抑自己的天性,学会与自己的女性气质对抗。小时候,连穿条漂亮的新裙子都怕,怕被人骂'妖精'。发育出乳房后,不敢挺着胸走,得驼着背走,怕被人嘲笑。似乎整个成长的过程,是身体自然呈现女性气质而内心却为之遮掩和对抗的过程,直到遇见儿子的父亲。在他的赞美、欣赏和尊重中,我缓慢建立起来内在的自信,呈现出原本与生俱来的自在放松。儿子父亲走了后,内心里那些因爱而生长出来的东西,似乎有了枯萎的感觉。"喜云表情落寞。

两个人的酒杯都已见空,又各叫了一杯白葡萄酒。

"知道吗,第一次被你吸引,是因为在人群中看见你独特的美与优雅,我朝你走过去,和你说话。一晃二十年过去了,你比那时更内敛更有气质,眼神更有内容。只是你有时太顾及别人的感受,太敏感太含蓄。我倒是希望我们老去时,能一边敏锐着,一边没心没肺着。就像你养过的猫一样,保有优雅也保有野性。"耳朵习惯了用直接的方式说话。

"竟然二十年了。不过也是,那时我孩子才上幼稚园,现在已经有工作有女友了。"喜云淡淡地笑,极力控制着内心的情绪。

耳朵知道,这是喜云的方式,她总是如此,感情不外露,努力做到什么都恰到好处。她身上有一种强烈的疏离感,带着淡淡的孤独,特别自她先生离开后,更显得郁郁寡欢。"你要重新生动起来。"耳朵道,"我们都要更简单直白起来,要从冷冬里出发走向春天。"

餐厅外面,红灯处,站着位穿运动鞋、短衣短裤的年轻姑娘。绿灯亮起时,她小跑着穿过马路,朝中央公园的方向去。隔几条街外的教堂传来悠扬清脆的钟声。喜云一边听着城市喧闹里"幽静"的钟声,一边看姑娘矫健妩媚的身姿,既恍惚又美好。

喜云想起猫的妩媚。那种妩媚,是猫身上特有的自足与野性,它不在乎主人的看法,更不会自己去评判或者阉割自己。它泰然处之,无论在大宅或者在小公寓抑或在野外,它们应该都是一样的自在。

"自由的生物,有着自由的意志。做一只外表温柔内心倔强的猫,很好。"喜云吞了最后一口嚼细了的鱼,抿了口酒,细声道,"猫看起来神秘,它只是有自己的方式。就像你母亲的沉默,也是方式,很羡慕她一直有一把属于自己的'椅子'。"

耳朵接住了这句话,她伸出手去,握住了喜云的手。

7

喜云一边抹去刷牙时留在嘴唇上的泡沫,一边看着耳朵发来的酒店链接。那是位于山顶上的一家古老酒店,酒店被湖与群松环绕,视野极为开阔,远方风光连绵。她想象自己站在山顶的感觉,心里荡起难得的涟漪。

"好。"喜云回复道。

吃了助睡眠的药,上床躺下。在黑暗中,脑袋里全是周末要去的酒店和那片无限辽阔的风景,以及自己站在山顶远眺风景的样子。想起多年来穿过不同人生境遇的自己,一时心潮起伏。也不知有多久没出城去了,太需要好好站在无限之地,长长吸气,长长吐气。这眼睛,需要看见更为明亮的开阔之地。

窗外有喝醉酒的年轻人在街头大喊大叫,不远处有车子的鸣笛,还有那些不知来自何处也不知为何而起的只属于城市特有的声响。这些声响一直隐隐地不断涌起,之前听着让人心烦,而此刻,喜云却感受到一种别样的生生不息之力。

喜云把一个小靠枕抱在怀里,将自己如婴儿般卷起来。这是她独自一人生活后最喜欢的睡觉姿势。她试着做了几个深呼吸,身体柔软地放松下来,继而进入类似冥想的状态。

喜云知道是药物起作用了,就在将要跌进睡眠之时,她想起耳朵晚餐时对她说的话:"我们都要更简单直白起来,要从冷冬里出发走向春天。"便放松了脸部原本僵硬紧张的肌肉,于是,嘴角自然地泛起了一丝意外的笑意。

喜云带着这抹笑意,滑进自由之梦境。

【作者简介】柳营,著有长篇小说《姐姐》《阿布》《小天堂》《淡如肉色》《我之深处》,以及《阁楼》《窗口的男人》《蘑菇好滋味》等多部中短篇小说集。作品被译成多种文字并被改编成电影。现常住纽约以及特拉维夫。

卢娜与我

君　婷

1

刺目的白光迎接我来到醒来的世界。我知道窗外依旧是暗夜，但却无从判定究竟是凌晨还是黎明。

我的位置最靠近走廊，而走廊里明晃晃的白炽灯向来是整宿整宿地亮着，坚定地扰乱一切人的生物钟。说一切人也许并不精准，屋内另外九个女人似乎还都纹丝不动地陷落在各自的酣眠里。

我很想掌握时间，但屋内唯一的一块钟表却高悬在我身后的那面墙上。我若想看表，必须最大限度地坐起来。

然而，那不可能办到。

我的四肢全部被麻绳质地的约束带紧紧捆绑住。我每次想挪哪怕一寸，皮肤都会被约束带勒得生疼。在我短暂的睡眠里，我只能老老实实躺成一个"大"字——我不能屈膝，我不能枕手臂，我不能左侧躺，我不能右侧躺。当然，我最不可能的就是坐起来。

我想着那块表上昭然若揭的分秒，胸口有种百爪挠心的焦躁。死死锁住我的约束带，如欲将我五马分尸的刑具，而楼道里最明亮的光源却带来最黑暗的绝望。我很想尖叫。

从今天起，我的名字再无用武之地。我不再叫"卢娜"，我叫57床。

2

卢娜39岁了。请不要误会，这并不是表明39这个数字很老，而是在面对一些特殊语境时，显得为时已晚。比如"婚"，比如"育"——卢娜就是个39岁的未婚未育的姑娘。她住着父母早年单位分的一居室公寓，父母则在几公里外住的依然是单位分的两居室。当初，单位要给她家分个崭新的三居，但父母坚定地要了两处旧房——虽说加起来依旧是三居，但腾挪起来自由度要大得多——父亲尤其为自己当年的决策感到得意。然而最近，卢娜我行我素的自在日子宣告结束了，年过七旬的母亲和父亲闹分居，前者隔三岔五就要到卢娜家里和她挤在一起。

"我见这个人的时限不能超过两天。"母亲说。

"看见这个老头儿，超过两天就要爆炸。"

父母在这个年纪要决绝地丢弃彼此，背叛"老伴儿"这个词所暗含的一切含义，这让卢娜深深地伤心。且父母在最近的这个阶段，异口同声说的最多的，除了"我这辈子婚姻失败"，就是"我这辈子教子无方"。卢娜只能臊眉耷眼地听着，没有一句可辩解与安慰的，回天无力。因为自己无论是在事业上还是婚恋上，都拿不出像样的成绩单给父母签字。

三年前，卢娜供职的影视公司因涉嫌欺诈而退市并倒闭。卢娜在就业的汪洋中，乘桴浮于海，一直在挣扎与呛水，唯一的一段再就业经历还没有通过试用期。就这样，她三年没有工作，每个月不情愿到"肝儿疼"地自己给自己缴纳着数额逐渐攀升的社保。

婚恋这道人生命题更是难上加难。难到卢娜和自己唯一的闺密马雅，这两年都有了不再去涉及相关话题与人物的默契。其实，卢娜有时候是很想聊一聊的，哪怕就是再提起前男友的名字，让那庸常的两个字再在舌尖滚动一遍。因为寂寞，或仅仅是因为她还想。想他，有错吗？卢娜很想问马雅。但马雅面对这个话题却似乎只想让卢娜自欺欺人——未来几十年，就稳穿铁裤衩，稳坐尼姑庵，稳健地进行自己的养老规划。

前男友的概念也是三年前的老皇历。一个比卢娜小五岁的男孩，方方面面没毛病,可就是一个不婚主义者,而且还铁了心此生不育。所谓不婚不育。可结婚生子明明就是卢娜脑袋里超100分贝、可损伤一切人听觉的最强音啊。他们恋爱谈了半年,分手却用了一年。在那一年里,卢娜体内所有积极向上的细胞几乎全部精尽人亡了,她坠入了焦虑、躁郁、痛苦的深渊。隔三岔五她便感到胸口发紧发酸,那种慌张恐怖感,犹如自己下一个小时就要宣誓就职美国总统,或是在联合国气候变化大会上发言,再或者就是高考交卷前三分钟才发现没有涂机读卡。就这样,卢娜被诊断为"惊恐发作",一犯病就要吃一片叫作"劳拉"的天蓝色小药片。

"这是神经病。"医生说,"就是说你自身的神经调节能力很弱、很差。"

自从得了神经病以后,卢娜想起恋爱这事就觉得怕,怕得要命。在恋爱的擂台上,近二十年来,她频频、无一例外地被一拳放倒。然后恨不得裁判数一百下都不起来。放倒她的男人有和她动手的,有出轨的,总之,每每被问起为何依旧单身的问题时,"遇人不淑"是卢娜觉得最烦心却也最好用的答复。

每一位把卢娜当小三轮一脚蹬、摩托车一脚踹的男人都会得出这样一个结论——卢娜单纯。这是因为卢娜依旧怀揣炽热的梦想。也许,这也是总有人夸赞卢娜的眼睛漂亮的缘由。卢娜长了一对又细又小的丹凤眼,可眼球却十分晶亮,看上去有种一直在闪烁也一直在闪躲的样子。

首先,卢娜想当一名在舞台上演出的演员。然而,就连"演员"这两个字她都不敢触碰,只感到审视与讥笑已从四面八方涌来。十年来,卢娜一直在各类民间爱好者组织的话剧社学表演,然而却连一个在正式舞台上跑龙套的机会也没能争取到。她利用之前在影视公司工作的机会,结识了一名副导演,而对方却首先要求她去照一套照片,最终,一套明明标价三千的艺术照,收了她一万二。其次,卢娜还想成为一名剧本作家。只可惜,虽身在一家影视公司,做剧本作家的梦想却远在天边。原因是她的本职工作和内容创作毫无关联,她是一名公司总裁的行政助理,翻译成直白的话,就是给大名鼎鼎的公司老大——方总当保姆与跟班。为了照顾好方总,她连轴转并失眠,根本无暇顾念"剧本作家"这个梦了。那些年,她常常觉得自己已原地变身成一个"衣架"。方总的Hermès手拎包最重,其次是Chanel的单肩包,以及LV的斜挎包——每每方总将这几个包一一挂在她身上后,她能感觉到自己已经几乎不是人类了。而后还要在身体保持精妙平衡的间隙,掏出小本,殚精竭虑地为方总的会议、演讲及一切场合做笔记。

人到中年,梦想碰壁,恋爱落败。多么俗套的故事——如果,没有后来的五十天。

3

斜对面床的"大块头"还在睡——你知道她根本就不是闭目养神,而是真的呼呼大睡。之所以叫她大块头,是因为四十六岁的她躺在床上就像一条搁浅的巨鲸。立冬在即,她依旧光着干燥皲裂的一双大脚。医生查房的时候,她要是高兴,兴许会套上一条行将融化的破秋裤。其他时候,她下半身只穿一条几乎要耷拉到膝盖的肉色裤衩。据说她七个月前住进医院后,一直在不间断地睡觉。这点我可以部分证明,至少在我入院后,她除了必要的摄入与排泄,一直是散着脏拖布一样的长发,身穿同一件严重起球的深棕色松垮毛衣,长眠不醒。

我将目光收回。我躺着跷起二郎腿,将双手交叉放在脑后——这应该是我能想到的最放松的姿势了。而我用这个姿势在报复,报复那曾捆我三天三夜的约束带。今天一早终于"解约"。"解约"带来难以言表的、排山倒海的幸福感,以及一种终极的唯唯诺诺——只要别再把我捆起来,你让我干吗我都乐意配合。如我这般院区里的新面孔,若是吵闹,若是踢打,若是没完没了地哭爹喊娘,总之,只要你的行为举止恰恰像个疯子,就会被约束起来。继而所有"解约"的新人都对再度自如活动而感恩戴德,且宁可去品尝大便也不想再被"约"起来。

手脚得到自由之后,能做的事很多。比如,整理我那仅有90厘米宽的逼仄床榻。核心的问题是:被罩和被子二者根本过不到一块儿。严格地说,是双方尺寸上存在巨大差异。总之,我稍微翻个身,上述二者便解体,各奔东西。当然,和被捆起来相比,这根本算不上我住院生活的主要矛盾。我如是奉劝着自己。

屋中十个人,每个人床畔都有一个小小的灰色铁皮柜子。那柜子上,无一例外摆放着一个塑料脸盆。在这所医院,盆,非常重要。对于我来说,几乎住院所需所有家当都在盆里。盆是存在感很高的所在——洗漱要拿盆,洗澡要拿盆,有朝一日走出医院,依旧得抱着盆。

我凝视着自己那淡粉色的小塑料盆,里面无论是洗面奶还是洗衣液,瓶身上都被医院工作人员用深黑的马克笔写上了"卢娜"——我的名字。

我要把它们都扔掉。我对自己立誓。心说只要出了院,这些写着我名字的日化产品我都要扔干净。那些笔画黑漆漆的"卢娜",看上去就像监狱犯人的编码。我必须和它们一刀两断。

这样想着,我的胸口又是一阵发紧,惊恐感再次来袭。我脑中的念头失控地狂奔——如果现在八级地震了,如果第三次世界大战爆发了——外面的世界一旦发生任何巨变,我便会完蛋在这张90厘米宽的床上,永远不可能出院。

我的身体速度企图反超思维速度,我迅速从铁皮柜里拿出药盒,将一粒淡蓝色的药片含在口中,飞快地用水吞咽下去。

药片被冲下食道、落入胃中后,我几乎是瞬间有种缓释的感觉。就像被他抱在怀里。当然,我们才刚刚开始,拥抱的桥段还未发生呢。

就在蓝色药片开始发挥功能的那几分钟,我突然很想他。但是,我没有手机。新病人的手机一律被没收,而归还的时间则在一周或两周后,视表现而定。

大块头竟然翻了个身。而我试图掐算起手机归还的时间来。

4

卢娜从手腕上挂着的玫粉色小水桶包里掏出手机。她和马雅对接着时间。两人讲好要一起在餐厅吃晚饭。

"艾荣老师很快就要走了,你要是到早了,就直接来咖啡厅吧。"马雅还陷在上一局里,而她口中的艾荣是个不够出名的小说家,在马雅供职的文学期刊频频发表作品,有自己的工作室,做自己作品的影视化项目。

卢娜径直来到咖啡厅,马雅对面的男子在与她从未谋面的情况下,轻轻冲她挥了一下手。她打心底喜欢他的亲切。

"你喝什么?"他主动问。

"我喝不了咖啡——没事,您不用管我。"

可艾荣已经起身去了柜台,不一会儿端回一块奶酪蛋糕。

他将蛋糕递给卢娜。"让自己有点幸福感。"他打趣地说。

艾荣既不高大威猛,也不英俊耐看。卢娜觉得他长了一张间谍脸,会随时淹没在茫茫人海里无从辨认。他胸前交叉着暗条纹的围巾。卢娜喜欢戴围巾的男人,觉得围巾让他们看上去很温柔。艾荣讲话的声音低沉和缓,没有任何迫切,仿佛是在邀请前来打断自己谈话的人,仿佛随时准备做倾听者。

当晚，艾荣便约卢娜次日去郊游。

艾荣再次出现在她面前的时候，显得睡眠不足。卢娜自告奋勇开车。驾车开往郊区的路上，卢娜妥帖地将车速控制在60迈，她能感到艾荣在她开的车上沉沉地睡去。每一次刹车、每一次转向，卢娜都如操控精密仪器一样温柔又精准地驾驭着这辆不属于她的、男性化十足的黑色轿车。

一个半小时后，艾荣才醒来。他俩在郊县的小馆子里吃午饭，在大桥上看野湖畔钓鱼的男人。卢娜因咽炎发作而不停地咳嗽，艾荣递给她绿色小铁盒装的喉糖。

"我有对象了。"卢娜在那晚握着母亲的手亢奋地说。

那是在她与艾荣共度一天中的十小时后。原本，还可以是十二小时、十四小时、二十小时——一切都因傍晚时分，艾荣说自己必须回家吃片药。卢娜依旧像个女童一样坐在车里不想离开。

"这年头谁不吃药啊，我也得回家吃个药。"

那晚开始，卢娜又听到"结婚生子"——自己灵魂深处那超过100分贝的最强音在颓然数年后再度激越地响起。

卢娜的世界在一夜之间全部变成玫粉色。晚上，她轻趴在自己卧室的床上，手里紧紧攥着那个绿色的小铁盒，感到自己如同心形的一半，而另一半则是艾荣，仿佛后者也与她一起轻趴在床上，凑成一个心形。

她的玫粉色幸福变得越来越不合比例的巨大。喉糖早已吃完，但小铁盒却一直在她身边。某天，母亲要将小铁盒当成垃圾扔掉，卢娜一把抢过来，"那是我男朋友给我的"。

她开始很少睡觉，对睡眠的需求微乎其微，但精力却上百倍的充沛。

人生头一遭，卢娜感到自己生龙活虎，甚至无所不能——不知惧怕为何物，不知分寸感为何物。她仿佛突然活得明白了、清晰了；又仿佛仅仅是陷入一场漫长的酒醉，酒精让一个"尿人"感到舍我其谁。

"艾荣要做的那个网剧不是就缺两千万投资吗？我给他找，打几个电话的事儿。"这是卢娜能清楚记得的自己和马雅说的最后一句话。

原来人可以活得这样扬眉吐气。卢娜发现，当"害怕"两个字从她生命中被彻底划掉后，所有老掉牙的俗套年节祝福语都真实不虚。她心想事成，她万事如意。

5

办理住院手续那天,父母和马雅都来了。

他们每个人都对我柔声细语、无比亲切,像是在哄,或者说哄骗一个小宝宝。我发自内心地觉得那是我人生中最幸福的一天。我沉浸在自己高昂的情感世界里,根本无暇顾及,也无兴趣顾及"住院"这两个字的含义。父母和闺密的眼神,让我觉得等待我的将是更加美好甚至令人惊喜的未来。

事实证明,惊喜确实谈不上,惊吓却是此起彼伏。

首先,入院第一天,手机便被没收了。没有手机我就没办法联系上艾荣,这让我百爪挠心。我开始顶风作案——借其他老病号的手机。医院规定,借手机给他人者,一经发现将立即被没收手机。于是,可以想见,几乎所有我问过的人都连连摆手且噤若寒蝉。我们屋除了长睡不起的大块头,我几乎都问遍了,也受够了拒绝。就在这时,一道炙热的目光及时地回应了我的请求。简明干脆的一句"给你",手机已经交到了我的手上。就这样,我遇上了在之后的一个多月里对我最重要的人——郭会计。

郭会计四十五岁,入院前曾是国内某大财团的财务总监,是财团实控人左膀右臂般的人物,但她只喜欢自称"郭会计"。不同于这世界上所有无趣并刻板的会计,郭会计极富激情,且易冲动。她犯病的时候,常常抱着自己的洗脸盆,不顾一切往外冲。医护人员只好组成人墙来阻挡她。但郭会计不会善罢甘休,她认为我们屋所有的病友都已经痊愈了,她要首当其冲,抱盆带领大家离开这个鬼地方。

"放我们的人走!"抱着洗脸盆的郭会计在门口怒吼。医护人员则一边拦她,一边笑作一团。

每次试图抱洗脸盆"越狱"之后,郭会计都会被"约"起来——被约束带五花大绑。

我屡屡对她说:"应该叫你'激情燃烧的郭会计'。"

"你知道,"郭会计一板一眼地说,带着她特有的真诚与投入,"你要是个老总,或任何一个老总,你可能会想要一个激情燃烧的女秘书,你甚至会想要一个激情燃烧的合作伙伴,但你绝不会想要一个激情燃烧的会计。"

"哈哈哈哈……"

我俩一起大笑起来。

"所以，会计必须是扑克脸，且一丝不苟。"郭会计总结道，"不过，我认为任何人都不会介意一个患有重度焦虑症或中度强迫症的会计——这也许还是加分项。"

在医院里，我们不缺时间聊天。往往是郭会计盘腿坐床上，我坐床沿。有时候，"大仙儿"会蹑过来加入我们。大仙儿是个二十六岁女生，但头发全白。她能给人相面算命，也能与你侃侃而谈佛学，继而可触碰一切玄学话题。

这天，住院部楼道里鬼哭狼嚎，我们仨都很悚然。

"新来的抑郁症。"大仙儿说。

只听那撕心裂肺的声音不断地喊"我要回家"，以及"我想我女儿"。

"听说年龄不大，三十。孩子三岁。"大仙儿继续说，"这刚来没几天就这样了，后头的大把日子怎么熬啊。"

"听说她天天做无抽。"郭会计说。

见我俩一脸蒙，郭会计迅速补充知识点："就是'无抽搐电休克治疗'，那玩意儿抽完了连家门牌号都记不住，大量丧失记忆。"

"不过我刚从'无抽'身边过的时候，感应了一下。"大仙儿说，"这女的磁场很不好。磁场不好你懂吗？"大仙儿白发飘飘地看着我。

"不懂。"

"我现在远离一切不好的磁场。"大仙儿总结。

"无抽"的哭声中甚至带有跪地求饶的意味，因为她的小女儿，那声音里全是末路的绝望。

"就不能让她待一礼拜，然后就快点出院吗？我的意思是，做完一个疗程的无抽，给她带上口服药，让她走。"我实在听不得"无抽"的哭喊声，说道。

"你还是太单纯啦——"小我十三岁的大仙儿向我普及，"无限江山，别时容易见时难——我说的这个'江山'你可以领会成任何你想再见到的地方，比如，你的卧室。只要你踏进这个九院区，成了57床，你再想见你的'江山'可就难喽。你比如说我，都住了五个月了，早没事儿了，还让再'调调药'……"

"'调调药'是最经典的，"郭会计打岔，"我个人最喜欢的是'再查查血药浓度'，以及'再看看指标'。"

"'再看看'，这句真的太百搭了——"郭会计继续，"只要他还不想放你，那么一切他都可以'再看看'。你看我,这都'再看看'四个月了。咱们屋有一个算一个,哪个不是已经住了小半年,'大块头'更惨,都住七个月了。她爸八十大几了,把她送进来就走了,他俩这七个月也没打过一次电话。"

我看着依旧在对面酣睡的大块头,心中对两个病友谈话中的信息量消化不良。

半晌,我问:"那我也得住那么久吗?我男朋友还在外面等我。"

"我能感知到,外面有个男人在等你。"大仙儿言之凿凿,"我能感知到这个男人愿意承载你的一切。"

"承载一切——你懂吗?"大仙儿继续道,"就是他能接得住你的一切。"

"接得住是什么意思?"我的确不解。

大仙儿显得要暴怒了,压着火气跟我解释:"所以跟你们这些人有时候就是说不通——接得住,意思就是能接住你所有的这些生病啊、住院啊之类的幺蛾子。"

他是这样的。我感觉自己幸福得都两颊绯红了。我手握方向盘,他在副驾上静静地滑进一团云朵一般的睡眠。

"所以,你得早点出去,出去见你男朋友。"

"聊上啦——"

未见其人,先闻其声——这句开场白来自罗素,我们病区的总负责人、主任医师,年轻有为的罗主任。

我们几个赶忙和这位喜欢"再看看"的罗主任问好。

"最近有病毒,咱不让串病房啊。"

这一句便撵走了大仙儿。

"卢娜,你的诊断和用药方案整体出来了——"罗主任说。原来他这次莅临专为找我。

我几乎是咬着后槽牙听着他和他的团队对我的诊断。我被严丝合缝地戴了两顶精神疾病的帽子——它们不仅是我不熟悉的,也是我根本不可能得的。一派胡言。我心头升腾起愤怒的火苗。

如果说郭会计是激情燃烧的,那么我就是惊心动魄的。

我被"判刑"后,每天早中晚三次服药时间可谓我最殚精竭虑的时候。护士会在三个时间段按时于饭后35分钟推着一辆铁皮送药车进入各个病房,嘴里振振有词地喊着:"吃药了!57床吃药了!"

其实护士们大可不必喊叫。那送药车的几个轱辘行进起来发出震耳欲聋的声响,听一耳朵,就知道是药来了。

护士会将配好的药倒入你的手中,所以你得提前伸出手,且掌心向上。那感觉有点像等待施舍。

我能清楚地记忆和辨认对方给我的一堆药片里,哪几粒是起主导作用的核心药,哪些又是无关紧要的配角。

每次吞药一仰脖之前,我都会要么将核心药藏在舌头下面,仅吞咽配角;要么将核心药始终紧紧捏在手心一隅,仅将手中其余药片送入嘴里,故作认真地咽下配角。

这个仅需两步的动作,其实需要极强的心理素质、精湛的技术,以及表演才华。三者缺一不可。

第七天,我被发现了。那晚,我实行的是第二套动作,即将核心药片死死捏在手里,任由其余药片滑入嗓子眼的流程。一切原本出神入化,但一个皮肤黝黑的护士突然说:"57床,你手里的药为什么不吃?"

她强行掰开我的右手,然后说:"现在吃,我们看着。"

剩下九张床的病人齐刷刷凝视我。

"往下咽!"

"对,都咽了。"

"喝水,再喝一口。"

在黝黑护士频密而强硬的命令下,我一败涂地,吃了所有的药。

"你再这样,就算'藏药'了!"护士临走丢下一句。

每天,医院都有"水果时间",其实就是大家坐在一个小多功能厅里,各自吃从医院小卖部网购来的零食,同时还可以彼此交流感情。唯一的电视里,永远在播放近五年的谍战题材电视剧。

"我真的没得那种病,根本就不合理。"我对郭会计说,"我不认同对我的诊断,我为什么要吃相应的药?"

"患者对于自己为什么得了某种病应该有知情权。"

"但罗主任他们就是不跟我解释,只是给我扣两顶帽子。要么就是让我自己在网上百科里查去。"

"别着急,"郭会计诚恳低沉的声音总能安慰到我,"只要你是好好说话的,和他们讲道理的，他们就不能把一个理智的人怎样。换句话说，他们就不能强迫你。"

话音未落，罗主任已伫立在我身后——显然，是为我而来。

"药不吃不行啊。"

我沉默。

"你的这个病,用药以后情况改善都是比较理想的,但一定要用药控制,不能再耽搁。"

"我并不认同我是这种病。"

"你认同不认同也已经确诊了。"

"对不起,我对您的说法持保留意见。"

罗主任两个鼻孔冒气地拂袖而去。

我有些担心,问郭会计自己表现得如何。郭会计说:"有理、有据、有节。"

我才算把心搁肚子里了。

6

终于拿到手机的卢娜,陷入一种巨大的惊恐,后者不仅攫住了她的大脑,更攫住了她的呼吸。她感到一种紧张与酸涩在胸口蔓延。

自己是从来没有,也没记忆过艾荣的手机号码的。那么,在没手机的日子里,她的那些甜言蜜语的信息都发到了哪里?还有,那些同样甜言蜜语的回信她又是在哪儿读的?

她摇着郭会计,这个唯一曾借给自己手机的人,试图明白个究竟。但郭会计说,细细查过了,手机里没有卢娜收发的任何一条信息。

卢娜疯狂了,她用刚刚归还给自己的手机给马雅打电话,好在,电话很快就通了。

"马雅,快点给我找艾荣,把他找出来,呜呜呜……"卢娜哭了起来。

马雅那头是一片静谧。半响,对方说:"够了,卢娜。虽然你有病,但也真的够了。"

卢娜的眼泪瞬间干涸,她内心震动地听下去。

"你一进医院,就用借来的手机每天不停地联系我,让我给你把艾荣找出来。

三四天前,你开始在电话里骂我,还要求我辞职,要求我离婚。最要命的是,你竟然怀疑我和艾荣有一腿。"

"我的生活也一脑门子官司,我的承受力也是有限的。"马雅语速急促起来,"我都得心脏病了!天天背着holter动态心电记录仪。"

卢娜一点也不想哭了。她屏住呼吸,试图去回想那个被她当作男朋友的人的脸,却只有一片虚无。

"你知道为什么我没法把艾荣给你变出来吗?你知道他为什么从来不联系你吗?因为你有病,你把他吓坏了。住院前几天,你就开始不止让我一个人去联系他、去找他,满城风雨地动员了你身边所有的人脉——你知道什么叫'社死'吧?他就是你最巨大的人生'社死'现场。他根本不会再联系你了,也不可能再见你,对你唯有避之不及。因为你有病。你可以说他是缩头乌龟。没错,他没有在你最困难的时候选择帮助你,没有温柔地握着你的手与你共同面对,他只是有多远躲多远。但,这一切都无从责备、无可厚非,人之常情嘛。因为你有病。"

两个女人在电话两端,都是沉默的。

卢娜什么也没说,缓缓摁断并放下了电话。

她陷入沉思。方才马雅说的大部分桥段,她完全没有形成丁点记忆,也就是所谓的全"断片儿"了。她将手放入病号服的上衣兜,拿出里面那个绿色的小铁盒。如今看来,这铁盒确实只是一块垃圾了,还不太好分类。

当你无法再依赖自己的记忆,当你的记忆呈现大片大片的空白,而你又无法对那些空荡荡的下划线进行完形填空时,你便无法再为自己的人生辩驳分毫,你无法再捍卫自己的立场,你也没法像任何一个正常人那样去不断编纂内心自圆其说的故事。

卢娜一边想一边明白了,无论是轻松拉来两千万的网剧投资,还是和男友亲密地在床上睡成一个心形——都没有,也都不会发生。原来,自己并没有事业扭转,也没有鸳鸯蝴蝶,自己只是有病。

7

罗主任和他的医护团队像一座山一样横亘在我面前。

晚饭吃罢已有两个小时,医院的一天接近尾声,是用药的时候了。

"罗主任,我对目前给我的用药方案依然无法认同。"我壮着胆子,尽量和缓地表达。对,就像郭会计说的,只要我尽量表现得理智,他们就不能勉强我做任何事情。

"你用不着分析或知道你为什么吃这些药,你又不是医生。"罗主任说,一脸的不厌其烦,频繁地更换两腿的重心。他团队的核心成员一人怀抱一个iPad。

"我还是保留我的意见。"我说出自己最喜欢的句子。

只见罗主任整张脸都轻微扭曲,"我跟你这么说,你不要以为自己会好好说话就可以不吃药。这个药今晚你是吃也得吃,不吃也得吃。如果你不吃,就把你'约'起来,然后打针。"

"'约'起来"三个字胜过世间一切刑罚。我的眼泪夺眶而出,仿佛整个人都是一种不战而败的耻辱。

"我吃药。"我说。

罗主任的团队如一阵风离开了,赶至下一个病房。病房开始熄灯,我在黑暗中啜泣着拨打电话。这个时候,年届四十的我,只想打给爸爸妈妈。然而两个人的电话都是忙音——他们经常这样,耳背听不见,或调成静音和飞行模式后忘了调回来。

"57床,别在那儿打电话了,大家都休息了!"查体温的护士高声警告我。

我所有的憋屈此刻要全部爆发,我冲着护士说:"你告诉我都谁休息了,啊?"我环视病房一周,多双眼睛在暗中晶亮。"有一个算一个,"我说,"你们谁现在介意我打这通电话? 觉得我打这通电话影响你休息的,给我举手!"

一片死寂。

"57床,你把电话放下。"护士的声音阴冷。

"测你的体温吧。"说完,我蹲在地上哭起来。

这时,有一只很有力的手将我从地面上搀起来。是郭会计。我抬脸仔细看郭会计,她眼眶里晃悠着泪水,感同身受的难过。

郭会计把我扶出病房,来到一处方便说话的角落。

"你知道这是哪里吗?"她问。

"知道。当然知道。"

"没病的人,谁到这儿来。"

我心里如反胃似的反上来马雅对我说的话,"因为你有病"。

"其实我挺对不起你的……"郭会计不无动容地说,"还怂恿你不吃你弄不清楚缘由的药。我这样做,也许是出于我的懦弱——我自己办不到的事情我希望你能办到。因为你这个人身上有种很珍贵的东西。"

"是什么?"

"勇气。"

"那么我问你,你想不想快点出院?"郭会计话锋一转。

我专注地看着她,像个想要冰激凌的小孩一样回答:"我想。"

"所以,绝不能让他们看出来我们有病。相比正常人,我们要伪装得更好。打个比方,正常人可以偶尔骂个娘,做些让人匪夷所思的事,情绪不好时甚至大打出手——这在外面的世界都是可以被接受的。但我们不可以。我们哪怕有丝毫苗头,都会被认定是个疯子。"

今后,我要做这世界上最伟大的伪装者。我心里找到了方向。

"全世界最一致的一件事,就是对精神病的歧视。"郭会计的语调开始变得严厉,"你对一个人最大的侮辱和嘲讽,无非就是说对方是精神病。当我们想从社会层面彻底放弃一个人的时候,我们就说她疯了,脑子有病。只要你和别人暗示'这女的有病','这女的'也就彻底完了,一切人对她唯有四个字——避之不及。"

一番话说完,郭会计和我都掉下了眼泪。郭会计紧紧拥抱了我,那拥抱似来自母爱,也似父爱,是超越性别的我这一生拥有过的最好的拥抱。

8

罗主任再见到卢娜时脸都变了——表情肌放松,面带微笑。

"你看,早这样多好——"他说卢娜配合服药后,恢复的情况非常好。"这样下去,有个两三周就可以考虑出院了,到时候咱们再看看。"

用罗主任的话说,卢娜现在有着"开放的态度"和"合作的精神"。

卢娜也讶异于自己的一些转变。自从开始按要求服药后,自己的内心仿佛垂垂老矣,一切较劲与斗志都默默融化掉,整个人柔弱起来。

她很讨厌那种感觉:自己吃药的时候,被别人用防贼的眼光死死盯着舌头看。她每每只能告诉自己:管他病的名称是什么,管他药的副作用是什么,一闭眼,吃吧。

9

水果时间,我吃着香葱味的苏打饼干,悠然地看着对面的"油头美女"。她的短发油腻得打绺,而且成天戴一副一千五百度的近视眼镜。可是我知道,二十二岁的她,只要摘下眼镜,就活脱脱一个倾倒众生的大美女。油头美女曾告诉我,自己前几年在南方一个二线城市当坐台小姐,但只是"被翻牌",从来没有"被带走"。据她讲,连号称演奏某乐器的世界第一把交椅的人也都曾翻过她的牌子。"不过还是没带走。"

油头美女对吃零食有一种疯狂的依赖。她将医院三顿饭的订餐费全部省下,投入零食购买,导致自己没饭吃,只能在正餐时让后厨给她盛一勺"大锅饭"。小卖部每天给她配送大量零食,而我也常常眼睁睁看着她干掉两升桃汁、五罐奶茶、三袋麻辣魔芋。

很多病人都喜欢和油头美女交往,原因也很简单:她非常静,从来不在乎是否要表达自我。与她对话,她没有要形成观点的迫切,大部分时间都在边吃零食边倾听。我很讨厌急迫地形成自我观点的人。所以我也喜欢油头美女。

每天,油头美女都会帮我确认我的眼神。她认为,自从规律服药以来,我的眼神常在涣散与呆滞两端徘徊。

"我今天是涣散还是呆滞?"我问。

"呆滞。"她答。

油头美女的拥趸中,有一个很特别的人——"恋爱脑"。一言以蔽之,人如其名,而且只有十四岁。

恋爱脑的恋爱对象十分专一,就是罗主任。她每天见到罗主任都要表白,而且憎恶罗主任已有老婆的事实。她就"罗主任"这个话题迫切找人提问、与人交流。于是这个人便成了我。恋爱脑动辄有任何问题都会叫一声:"姐姐——"然后认真向我提问。

"姐姐,你说罗主任他会不会真正喜欢的人是我,他就是不好意思说呢?"

"罗主任已经有家室了,是爸爸了,他不适合你。"我竭尽诚恳地回答,"你还小,别胡思乱想啊,多看看咱们书架上的书。"

每每我回答完恋爱脑的问题,她都会特别听话地说一声"嗯",然后走开,继续回到油头美女的监护中去。

恋爱脑的眼睫毛又密又长,而且常常眨动,导致你根本看不清那睫毛背后细小的眼睛里究竟有什么内容。

有一天,在罗主任查房的时候,恋爱脑突然犯病,质问罗主任为什么不是处男。在场者均不知该如何管理自己的表情。面对恋爱脑,罗主任向来保持最大限度的克制,但这回,罗主任终于恼羞成怒,命令护士将恋爱脑"约"起来!

我其实颇有些忌惮恋爱脑。因为她与我之间的每一次提问和回答都是那样乖巧,简直是一种不自然的、可怖的乖巧。

一个夜晚,我已戴着眼罩睡下,忽然她狠狠地拍我的床沿,而即将入梦的我从眼罩缝隙中看到两只手,惊吓得跳了起来。

"姐姐,我刚看见罗主任一直陪着我,拉着我的手。"

罗主任在倒休啊,根本不在医院。我意识到事态的严重。

"你看见他了?"

"我经常看见,还总听见他和我说话呢。"

我赶紧起来,拉着恋爱脑去找郭会计。

"怎么办啊,这孩子开始幻视幻听了。"

郭会计让我冷静下来,继而问恋爱脑:"你因为什么入院?"

"抑郁。"

"你现在完全不是抑郁了,"郭会计说,"得赶紧带你去护士站找大夫。"

事情的后续非常利索。我在次日就找不到恋爱脑了,听说她被强制出院,被父母接回河北老家了。

没有两天,郭会计也出院了,留给我大量的牙膏和洗衣皂。眼看着郭会计踏出这方囹圄后,我好好哭了一场。这里再也没有人会像她那样拥抱我了。

距我出院还有两周的时候,我和"彩虹屁"成了朋友。这个三十一岁女生曾经遍地地捡烟盒,只为能写诗和谱歌曲。刚入院时,她曾不吃不睡为院区里每一个医生和护士写夸大其词的赞美诗,并在半夜三点送到护士站,后被生擒活捉,判定为"轻躁",直接给"约"起来了。夸人不打草稿的她也便由此得名"彩虹屁"。

无论任何场合,她只要一见到医生和护士经过,就开始动情朗诵她写的赞美诗。她还为罗主任演唱了一首三分五十六秒的赞歌。

因为彩虹屁真挚而动情地夸我"漂亮",我才和她做朋友。但没两天我便发现她前脚夸张三五官标致,后脚便夸李四美艳不可方物;她前脚和我说"你是我最要好的朋友",后脚便对别人说"你离开三秒钟我就开始想你"。

这样的一个人,却是个不折不扣的社交恐惧症患者。她不敢进入公共场所。因为害怕自己余光看到的东西而只能快走或快跑。

彩虹屁是"七进宫",进出医院对她来说已属稀松平常。

"你觉得你这次恢复得怎么样?"我问她。

"还可以。未来只要不再和雄性动物发生关联——就没问题。"

我俩同时大笑。

她忽然目不转睛看着我问:"你出院后会不会也把我删了?"

我知道她为什么问"也",因为她朋友圈里的一切人,包括她最好的闺密,都在她犯病后把她删了。

"当然不会。"

其实,我内心深处明镜一样知道,自己不仅会把她删除,还要先拉黑她。我心里说:对不起、对不起,但你实在是有病,且病得太重了。我知道,有多少人同样忌惮并侧目而视着有病的我。但当我站在一个相对健康的制高点时,我一样会将那些我认为"病态"的人弹出我的象限。这"无可厚非",就像马雅说艾荣。而我不仅要做正常人,而且要做得比正常人还要好。就像郭会计对我的叮嘱——不能让他们看出你有病。

然而,我没想到,彩虹屁会在众目睽睽之下犯病。

多功能厅,病人们都在各自吃零食、看电视。彩虹屁"嗷"地叫了一声,栽倒在地。谁也不知晓她这样做的原因,只是继续往下看戏。彩虹屁在地上打滚,并发出一声声惊恐的惨叫。她大喘着粗气,全身上下都在失控地发抖。几十个病人全部冷眼看着这一幕,护士企图将她从地上拽起来却未果。油头美女第一个上前去扶她起来,然而弄不动。

我远远看着这一幕,心中感到压力,毕竟大家都知道我和彩虹屁走得比较近。这个时候不出手是不对的。但我内心真的不想过去,老实说,发狂的彩虹屁只让我感到恐惧。

一番短暂的思想斗争后,我走上前去,拽住彩虹屁的另一条胳膊。让我自己都难以置信的话从我口中一句一句冒出。

"起来!"

"你给我把自己组装起来！"

"你给我振作一点！"

这些话毫无温情，但彩虹屁就是在这三句话里站了起来。

她的脸是绛红色的，四肢依然哆里哆嗦，喘息频次像一只高烧的兔子。

"我没事了，我没事了，我没事了。"她甚至挤出了一个微笑。周围的看客收回目光，继续投入下午茶或电视剧中。

后来，连续几天，都有人问彩虹屁的同屋，她怎么了。而同屋人的回答，是异口同声的一句：犯病了。

距我出院大概五天的时间，彩虹屁不再理我，她开始殚精竭虑地为各个有望成为新朋友的人写赞美诗、唱赞歌，并大夸对方漂亮。我心中并非没有对她的厌烦，但知道她是多么希望能有一个朋友。

出院的前一天，长眠的大块头起来了。她踱到我的床畔，问我是否要出院了。我如实回答。

"那我是不是也能出院了？我都住这么长时间了，我什么时候能出院？"

大块头一口一个出院，而我相信，没有人会认真回答她的问题，就连医生每次查房的时候都对鼾声大作的她连连摇头，也曾说过"没治了"这样的话。

我深吸一口气，叫住了正欲转身离去的大块头。

"你相信我吗？"我问。

大块头不置可否。

"相信我的话，就听我接下来告诉你的话。

"从今天起，开始梳头，把你的头发给理顺，梳个马尾。其次，换一身干净衣服。你每天的精神面貌要像去工作单位面试一样。最后，起床。和其他所有病人一样作息，该醒着的时候你就移动，该熄灯的时候你再躺下。如果你按照我说的做，我保准你一个月内可以出院。"

大块头用非常诧异的目光看着我，仿佛我在教她西班牙语的动词变位。

她什么也没说，只顺走了医院发给我的毯子。

10

通往外面世界的通道尽头，站着她的父母。五十天来，他们似乎都小了一圈，脸上的沟壑更深,白发更亦步亦趋夺取黑发仅有的一点领地。一对原本闹分居的老两口儿,因为卢娜的病,似乎又团结了起来。这让卢娜觉得自己的病也没白生。正如所料,卢娜抱着她的粉色塑料脸盆。只要你抱着塑料盆,你就是穿一身香奈儿,也不会有气质的,卢娜想。

入院前那一周自己分外欣快与亢奋的状态让卢娜怀想。她这辈子没有那样快乐过,虽然让很多亲朋好友感到不适和担心,但于她自己,有过这么几天,好像这辈子也值了。

被捆缚住手脚的夜晚是绝望的。在自己卧房做的梦里,她依旧常常被捆住,眼看着大块头、油头美女、恋爱脑、彩虹屁,甚至郭会计,都陷在见死不救的酣眠里。

卢娜觉得,五十天像一条巨流河,将过往熟悉的生活与自己永远隔开。因为这五十天,她感到自己的前半生甚至都已被打包、封印,丢入了忘川。

出院后,卢娜总在早晚高峰看路上行色匆匆的人,看着那些迈着坚实步伐、举着手机讲话的男男女女。他们都是只会冷眼旁观的正常人。然而他们真的正常吗? 这世界上根本没有"正常"这回事。

卢娜再次暗下决心,要像郭会计告诫她的,绝对不能让他们看出我们有病。

既然全世界都是形形色色的伪装者,那么我要比他们伪装得更好。从今往后,卢娜在心中起誓,自己将永远闭口不谈:我的神经病与精神病。

【作者简介】君婷,作家,编剧。毕业于北京外国语大学西班牙语系,后赴美获新闻学硕士。曾供职于外交部、中央电视台及《华尔街日报》,后于TMT板块上市公司负责投资者关系业务。曾出版并发表多部聚焦国内"新中产女性"及"一线都市症候群"作品,包括长篇小说《女北京》《朝阳门》《我心中被删除的姑娘》,中篇小说《女神牛开丽》《在巅峰上高潮》《一次失业》《大西洋上的胡会计》《闺密得了抑郁症》,以及杂文集《我忍无可忍的青春》《从矫情小公主到欢乐老母鸡》等。

抠绿大师II·陨石

孙　睿

1

刚说睡会儿觉,门铃响了。我看了眼手机,十二点半,主要是看看错没错过老板的信息,如果有人约他看棚,他会通知我,并告诉我接待规格。

没有老板的留言和来电,看来按门铃的人没跟老板约过,应该是临时起意过来的,这种人跟逛商场只是为了试试尺码,然后回去从网上买最便宜的那类人没什么区别。我刚吃完午饭,正犯困,决定不去开门。当院里没人,他按够了就会走,我需要瓷瓷实实睡上一觉。

以前这里是一处荒地,被我们老板包下,围成一片大院子,搭出几个摄影棚,还盖了一条七拐八拐的胡同,搞成影视拍摄基地,接待剧组。这两年大环境不好,剧组数量骤减,这里也冷清了,用不到那么多人,老板就打发掉除我以外的其他人,剩下我在院里跟那些用作影视道具的鸭鹅牛狗做伴——每天我还得喂它们。

昨天有个网大剧组在这儿拍到凌晨,清完场都快四点了,我送走他们,锁上院门倒头便睡;没睡多一会儿,被蚊子咬醒,不止一只,打不干净,索性坐起来,在手机上买蚊香和驱蚊液。不到七点下完单,送货尚早,也没再睡,煮了一包方便面。各种不舒服的早上,我都会吃一碗面,卧不卧鸡蛋视心情而定,这次卧了。

面吃完开始干活,给老板做请柬。他儿子两个月后结婚,让我做个带背景图的邀请函。他把我留下看守这个院子,也是看上我这点,能文能武不拒绝吃苦。本来一开始我就在他公司的制作部上班,除了提供影视拍摄的硬件,公司业务也包括制作,先从小片儿起步,比如街道办的普法宣传片,或幼儿园的招生展示片。现在大家效益都不好,没闲钱拍片儿了,哪怕是小片儿,于是公司无片可制,我也顺势转了岗。老板说,都是暂时的,一切都会好起来,"相信未来"。

请柬图做好,收了下单的快递,我弄了个牛腩西红柿,蒸一锅米饭,吃饱出去喂完那些道具牲禽,正要睡,门铃就响了。响了两遍,我没管它,在床上躺下,估摸再响两次,人就该走了。可响了得有四五遍,还在响着,不得不去看看了。

我爬起来,摘掉对讲,"谁?"对方答:"来看看科技棚。"我们这儿有六个棚,科技棚是其中之一,还有生活棚,也就是各种居室棚、酒吧餐厅棚、医院棚、法院棚和办公室棚,一般的影视剧故事都发生在这些场景里。知道有科技棚,说明有备而来。在行业通缩的现实下,顾客更是上帝,我在对讲里说:"您稍等。"

一名男子戴着口罩,立在门外,肩上挎着帆布包。

"以前来过? "我边开门边问。

"俩月前跟着一个导演来看过。"男子半侧着脸说,注意力还在他面前那条唯一通往我们这里的路上。

说的是哪个导演我也对不上号,不重要。我拉开门,迈到门外,冲他注视的方向看了看,光秃秃的一条柏油路上空荡荡,又回过头往后看,同样如此。路是今年村里刚修好的,树还没来得及种。

门口没停着他的车,我问他怎么来的,他说打车。特意打车来,这单活儿十拿九稳,我把他让进院里,掏出烟:"您是制片?"他摆摆手:"谢谢,不会。"说想用一下科技棚。我问是再看看吗?他说上次看过了,心里有数,现在想用一下。我一下蒙了,问:"怎么个用法? "

我们这里提前置景也是收费的,连同置完景后的拍摄时长,要一起计算费用的,这些他都没问,也没带人来,一个人就说要用,连掌机员都没有,关键是也没看见摄影机。我对他是不是真用存疑。他却迫不及待又问出一个问题:"你们这儿能抠绿吗? "

为了不耽误睡觉的时间,我说:"只要有费用,什么都能做。"他问连拍带抠绿,得多少钱?说完又望向门外,略带慌张。我直接问他:"你是干这行的吗?得看怎么拍,用什么机器,拍多久,抠多少。"他的口罩一直没摘,说他是编剧,就想现在拿手机自拍一段,片长最多三五分钟,然后我们在后期帮他把窗外变成星空或银河系之类的就行了。我们这座科技棚,搭成了太空飞船的内部结构,曾有科幻网剧和太空员指定牛奶的广告来这儿拍过,飞船的窗口都贴着绿布,拍完后期人员会把那些绿色抠掉——电脑最容易识别出绿色——然后贴上导演想用的宇宙背景。每个剧组这么干的时候都力图逼真,在远近景的虚实、窗内外光影比的设计上颇费工夫,技术人员多达数十人,没有像他这样拿个手机说拍就拍的。我索性说:"手机自拍也得收费,拍之前先付一半,拍完支付另一半棚费,如果后期抠绿交给我们做,开干之前也要给预付。"

他掏出手机,问棚多少钱?我说三万一天,拍半天也按一天算。他说拍一个小时呢,我说提前布置也算时间,他说不用布置,里面有什么道具陈设就用什么。我说那也得算半天,一万五。他问抠绿怎么收费,我说看镜头量。他说就是自拍的时候,如果扫到窗口了,就把窗外做上,给孩子看的,不用弄特细。我说那也得一万。他说:"片长不超过五分钟,尽量少带到窗口,减少合成的工作量,总共两万吧,现在转给你。"

从没遇到过这种情况。我掏出手机,调出收款码,真伪一试便知。

2

我们搭的太空舱分成三个区域,中段是一个综合厅,具体干什么用,视剧本的需要,昨天那个网大把这里当成太空拳击场,给中央加了个拳击台,两派人物在此过招,每出一拳,飞船随之摇摆,挺有想象力。现在拳击台被撤走,显得有点儿空,还有些日用家具堆在角落,明天派车来拉。这个空间的两侧设有楼梯,通往二楼,仿佛上面别有洞天,其实楼梯就是个摆设,压根儿没二楼。把边儿的两个空间,一个是狭长的飞船通道,在这里取景的广告剧组尤其多,贴合大家对飞船的想象,空间封闭,易于做光效。另一个是环状空间,也是三组区域里最大的,真的有二楼,可以吊威亚,飞上飞下——万有引力定律在有些剧组那里不成立,他们就是敢让人物在太空里飞檐走壁。

这么搭建没什么设计道理,就是根据常见的影视大片里太空飞船的样子大体一搭,比较俗套,能满足常规拍摄要求,让剧组各取所需。

从头到尾又看了一遍这个棚,他问我哪边是飞船的船头? 问完自己又说,也无所谓,飞船应该两头儿都能飞。我说:"随你怎么飞,到时候我让窗外的行星显得在往后走就行。"

我把手机上别的组在这儿拍完做好的样片给他看,供他参考,一共十多条视频。他真心诚意,我也服务到位,刚才他把两万一笔都转给了我。视频只看了两条他就不看了,让我帮他把综合厅角落里的家具抬出来,给环境陈设一下。我说我可以叫两个专门干这活儿的人过来,拍完还能帮着收拾,半天每人给两百就行,等人来的时间不计入棚时。我觉得他花两万那么痛快,不会在意这四百的。他说不用了,选几件轻便家具,简单布置布置就行了。说完自己动手去搬,我也只好去帮他。

倒也没太费力,摆出五六件家具,有点儿家庭气氛了,他站在原地左看右看盘算了盘算,说先这样,走戏试试。说着掏出手机,调出自拍模式,正上方三十度冲着自己举着,边走边看效果。我在一旁问他全程都这么拍吗? 他说对,自拍,显得真实。我说,这样晃来晃去,镜头不稳,后期抠绿不好做,增加工作量。他把手机往下扣了扣,说这样能避开窗口,除了必须展示窗外的时候,他会尽量躲着窗口。然后问我,如果想给画面里再添上一个人,可以做到吧,简单露下脸就行。我说哪怕是简单人下画再出画,也是动态的,比给窗外加银河宇宙那种空镜要难,首先得有这个人的动态素材。他说有,给我看他手机里的视频。都是同一个孩子和同一个女人玩耍的视频,孩子从摇晃着走路到在草地上奔跑,明显看出成长,也能看出女人的变化,不是变老,是脸部线条愈加清朗,多出阅历感,当然也算是一种变老。

他说,从这里抠出一段这个大人的动作,加到现在这个环境中,没问题吧?我问用配合你现在的画面内容吗?他说得配合,显得是发生在一个时空里。我说,抠可以,但不一定能匹配上,这人的注意力都在孩子身上,真抠出来用的话,也得在你拍的画面里,安排一个吸引她注意力的元素,才显得不假。他说,那要是凭空合成出一个人呢,然后贴上这女人的脸,电影里那些妖魔和外太空生物不就是无中生有出来的吗? 我说那需要3D建模,费用就高了,贵得不是一星半点儿。我大专就是学这个的,虽然没干过这方面的大片儿,原理都懂。他说他看有的半人半魔的形象也像是真人演的,不是彻头彻尾合成的。我说没错,有真人来演这事儿就好办得多,真人会穿上一身绿色的紧身衣,从头到脚,只露出眼睛看路鼻子呼吸嘴巴说话,相当于全身裹着绿色的泳装和泳帽,还要在这片绿中贴上点,方便在电脑上做轨迹跟踪,然后按照造型设计,替换上相应的服饰或非人类的身体,以及发光的眼睛或烂掉的半张脸。换成另一个人的脸当然也没问题,现在软件的功能越来越强大,AI换脸甚至可以一键完成,但前提是得真有一个人拍摄时出现在那里,完成剧情所需的基础动作。

"这种绿色紧身衣你们这儿有吗?"他问。我说:"肯定是有,我们这儿提供全流程服务。"他说,那就找这么个人来拍。我说,这是单独收费的。他问得多少钱,我说套着紧身衣,还得按要求做动作,最少五百一天,哪怕就拍半个小时,来一趟就得五百,后期费用也得跟着涨。涨多少?他问。我说,那要看人物出现在画面里的时长了。他说,不超过十秒,也不用特逼真。我说只是简单替上日常衣服,贴上脸,至少两千。

他立即调出两千五百块的付款码让我扫。我说别着急,得看看能不能找到人来演。因为干这个不露脸,不是所有人都愿意干,本质上是一种幕后,再加上我们这个基地在郊区,尚未通地铁,城里赶来不堵车也要一个小时,往返费另议。一连打了三个电话,一个没接;一个接了,说正拍着呢,今天来不了;第三个说不干这行了。

挂了电话,我说,不好办,没人。他说:"要不您受累,亲自上阵。"说着把付款码的数额变成三千。我说:"不是钱的事儿,关键是我不是干这个的,各人有各人的生存之道。"他看出我的坚持,不再强求,问了一个技术问题,说如果他自己来演这个穿绿衣服的人行不行,拍两遍,第一遍举着手机自拍,第二遍是同角度拍摄——需要我帮他拿着手机拍一下——他再换上绿衣服,出现在相应的位置,完成第二个人的动作,然后把他这遍的身形抠下来,合上女人的衣服和她的脸;他有女人各个角度的照片,大概其能让脸的方向和做出的动作显得不假就行,最后把组合好的新人物插入第一遍的视频中,就等于画面上有了两个人。

我想象着那种效果,以及是否可行。他显出急迫,说如果一时半会儿没有更好的办法,"就这样搞吧!"我大概知道他的需求和标准了,去取紧身绿衣。

他站在那片通道区域,用手机对着自己,准备开拍。我站到他面前不远的地方,不会穿帮,第二遍拍他的时候我也能大概给到同样的机位和角度。

我保持安静,他开始了,摁下拍摄键。

"看,豆豆,我在哪里?对啦,宇宙飞船上!"他说着走到一扇挂着绿布的舷窗前——未来的视频上从这里向外望去，能看到辽阔的宇宙——指着某个方向说，"看，那是地球，我们和你的位置关系，就是现在你看到的这样，咱们离得越来越远了。"他的手指敲打着绿布，我知道，后期需要在这里加个地球。

然后他换了个位置，避开窗口，继续对着手机说："我和妈妈突然接到出差任务，来不及去幼儿园跟你告别，我们会暂时在太空里住一段时间，就像你在电视里看到的宇航员叔叔阿姨那样，吃饭睡觉都在这个太空舱里，这是派给我和妈妈的工作。"

我随着他倒退，他一步步往前："来，让妈妈跟你打个招呼，妈妈呢，快过来，让豆豆看你一眼。"不知道为什么，我突然从他的话语里听到一丝哭腔。

我好像看到他的手在抖，他停止拍摄，垂下举着手机的胳膊，调出刚刚拍摄的画面，看回放。他低着头说："你给看看，哪儿需要改进。"

我凑过去，感到他身上涌动着一股奇怪的能量场，强大悍猛，似乎真有什么被喷发出来，一下下撞到我的身上。我看着视频，控制着呼吸，不敢也不想干扰到他。可能是我在疑神疑鬼。

视频看到结尾处，他说："这块，我说话的时候，插一个孩子妈妈进画打招呼的画面，打完就可以出画了，我一会儿套上绿衣服来一遍妈妈的动作。"

我给他建议，行是行，但是他说完话的时候，不能立即关机，需要举着手机，留出妈妈在后景入画出画的时间，他这时候还在镜头的前景，如果表情能呼应上后景人物的动作，效果会更好。

于是又来了一遍，还是刚才那些内容。说完差不多同样的话，他没有放下手机，保持冲着镜头的微笑，并稍稍侧扭了下头。我猜那应该是在给此时入画和孩子打招呼的妈妈在画面上留出更多位置。持续了五六秒，他收起笑容，对着手机说："妈妈又在做PPT，让她忙去吧，爸爸继续给你介绍飞船。"说完这句话，关掉了录像。

我记住他所在的这个位置，一会儿拍他我也站这儿，保持距离和角度跟他刚才大体一致。

然后他套上了绿衣服，线条消瘦，紧身衣让身形毕露。第一次穿这个衣服的人都会很兴奋，就穿在身上的感受议论不停，他没有表现出来，穿好就拍。我站在他刚才的位置，举着手机，开始录像。

他在画面纵深的后景入画，左手捧着从帆布包里拿出的笔记本电脑，右手在键盘上敲打,抬起头冲着拍摄的手机挥手微笑,便做出很忙的样子,继续低头敲打键盘。虽然会被替换掉脸,他还是做出全神贯注状,保持了两三秒——应该是在他刚才说的那句话"妈妈又在做PPT,让她忙去吧,爸爸继续给你介绍飞船"之后——又昂头冲镜头摆摆手,便退出画面。我也暂停了录制。

他放下用作道具的笔记本,问我拍的能跟他拍的那条画面合上吗?我说差不多,让他看看。他说不用了,往下拍。然后去脱绿衣服,脱着脱着,他突然问我,在太空舱里走路,是不是应该一跳一跳的,引力小了,行进姿态随之改变。我说当然,但是你能演出那种效果吗?他问,别的片子里是怎么做到的?我说那都吊威亚了,演员身上拴着绳子,上面挂着滑轮,旁边有人一拽绳子,人就飞起来,显得脱离了地心引力。他想了想说,那算了,孩子也未必知道引力的事儿。

他换回自己的衣服,继续往下拍。还是边拍边移动,冲着镜头讲话,为孩子展示着飞船丰富的内部空间和窗外世界——现在那里还是一片片绿色,我会结合他所说,在那些位置上做出轨迹复杂、命数叵测的行星。

3

他说,豆豆你知道我和妈妈这次来太空的任务是什么吗?是维持行星们在运转中不要发生碰撞,相当于太空里的交警。每个行星都有自己的运转轨道,大多数时候它们不会相撞,但个别时候,比如受到一股奇怪力量的吸引——大海涨潮就是因为地球外部天体引力的干扰——有的行星会脱离原来的轨道,跑到别的行星轨道上,跟那里的行星发生碰撞。碰撞的力量特别大,两个星球都会完蛋,变成无数的小碎石块。咱家不是有块陨石吗,暑假带你去新疆玩的时候咱们买的,那就是星体的碎片,落到地球上,被人捡到。没想到吧,陨石听起来很神奇,其实就是星球和星球撞车后的爆炸残骸,知道了这些,你是不是希望宇宙里少些陨石才好?

他说,有时候,大家会流行一种情绪和论调——赶紧毁灭吧!豆豆,你看看窗外,这么美,多辽阔,值得我们活下去,所以不要悲观,无论什么时候,无论多难,都不要放弃,不要想着去制造爆炸。我和妈妈就是来负责疏通太空的交通的,如果有星球快撞到了,通知它们及时刹车,在星球多的地方安放红绿灯,或修建立交桥,让它们各行其道,避免碰撞。

豆豆,可话说回来,宇宙的形成恰恰是因为大爆炸,产生出行星、彗星、恒星,以及地球、月亮和太阳。所以,爆炸是好事儿还是坏事儿,很难说清,就看怎么理解了。给你讲了这么多,其实我也不是很懂,咱们人类太渺小,不要说搞明白宇宙的事儿,就是人和人之间的事儿,都不可能完全搞懂——今天你可能和这个小朋友好,明天说不定你就会和那个小朋友好,没准儿后天他俩都不和你好了,然后过几天你们又和好了。人就是善变的。

再告诉你一些你现在还不懂,但可以帮你理解爸爸妈妈的话:保持一个开放的心态,才能接受新鲜事物,帮你打开格局,平静面对一切。你不是喜欢太空吗,那就要勇敢去探索未知的宇宙领域,包括探索自己和同类。

说到这,他摊开另一手的掌心,那里似乎打着小抄儿。他看着手心说,在这个宇宙中,人类能够看见的物质只占百分之五,其余的百分之二十三既不能发光,也不能反射光,还有百分之七十二的物质更神秘,人类都没有机会靠近,所以,这个世界的百分之九十五是未知的。当然,也许有一天你可能不再喜欢探索宇宙了,也正常,刚才说了,人就是善变的。

星球的脱轨是因为引力,人失控也是如此,造成人脱轨的原因很多。情绪、欲望都是一种引力。

比如一只蚊子咬了你,晚上没睡好觉,心里不爽,出门没准儿就会和人打一架,闹不好还头破血流。你在幼儿园和小朋友有过这种情况吗?因为一个玩具汽车的轮子掉了,就干一架?千万不要这样,轱辘掉了可以安上,玩具坏了可以修好或再买,友谊坏了,就不太好办了。要学会控制情绪。

再比如贪心,也能使人偏离轨道。"一战""二战"怎么爆发的,就是第一次和第二次世界大战,好几个国家联合起来打另外几个国家,世界都乱套了,所以叫世界大战。就是因为有的国家利欲熏心,先去霸占别人家的东西。想要的太多,这是大多数争端的根源。

你要知道生活中这些事随时都有可能发生,真发生后,也不要手忙脚乱,更不要寻死觅活,那样一点儿都解决不了问题,反而会更糟糕。

他在录制这些话的时候,并非流畅完成,中间断了好几次,问我后期能给接上吗?需要抠绿的镜头量超出预期,我也没提出异议,正准备回答他,手机振了,老板来电,我先接了电话。

老板问我在哪儿呢,我说在公司基地。老板又问,你身边有人吗?我说有。老板说,是不是一个四十岁左右的男的?我说对,您朋友吗?老板说,现在我问你答,你别多讲话,只说"没事儿"和"不是"就行,他现在威胁到你了吗?我说没事儿,反问老板,怎么了?老板重申,让我别讲话,只需回答他。老板再次问,这人有没有抢劫的苗头? 我说,可能没有。老板问,他现在在干什么? 我说拍片儿。老板问,拍什么? 我说,在科技棚。老板说,你现在安全吗? 我说,应该没事儿。一直被这么问,我也慌了。不敢抬头看那个人,还怕被他听到。老板说,你要是能脱身,赶紧把院子大门打开,警车就在门口。我听清了,还是又问了一遍,什么车?

警车。

我瞬间蒙掉。如果有车来,不应该是精神病院的车接这人回病房吗?

我问老板,怎么回事儿?老板说,你是不是被他控制了?我说不是,现在挺好。老板放低声音说,千万要当心,然后跟我说了门外的情况,以及警察来此的缘由。说完不让我挂电话,他要实时掌控里面的情况,并用另一部手机告知院门口的警察,让他们翻墙或破门进入院子。

我举着手机不知所措,听着老板在电话里把我所在的这个摄影棚的空间结构和当下的状况说给警察听。余光扫到,那个男子朝我走了过来。

我赶紧对电话里说,好,先这样,这边要抓紧拍摄了。然后把手机拿离耳边,并没有挂断。我回答男子刚才的问题:"你刚刚的话都挺有画面感,我想好了插什么画面,可用的太空素材很多,再靠叠画组接到你带脸的自拍,顺滑肯定没问题。"

"是不是警察来了? "他突然变得不着急了。

我不知道该撒腿就跑,还是怎样。

他说:"来根烟。"

我迅速掏出烟。打火机就在烟盒里,他自己点上了。

"我从没为一件事这么后悔过。"他深吸一口,吐出烟雾,"但一切都晚了。"

我没有感受到危害,悄悄挂掉老板的电话。

"主要是我俩还有一个孩子。"他的眼睛已经赤红。

我说:"时间不多了,抓紧拍完。"

他连抽了两口,扔掉烟踩灭说:"来吧!"

我问他接下来打算怎么拍,他说该拍结尾了,跟孩子告个别。他环视影棚,看到环形区域那里有张大圆桌,有的剧组把这个当成会议桌,有的剧组用作陈设展示台,他要把它当作饭桌,和孩子妈妈在那儿吃饭,以菜要凉了为由,跟孩子挥手再见。然后问我,菜能PS上去吗？我说可以,但这次不能手持拍摄了,镜头会晃,合成上去的菜是静止的,容易穿帮。我去棚外的道具库找来手机支架,让他把手机架在一旁,稳定拍摄,"应该让孩子看到你们吃了一顿平静、舒适的晚餐"。

与手机支架一同拿来的还有几个绿色餐盘,我问了他一家三口都喜欢吃什么,日后这些绿盘子上会出现他告诉我的那些食物。此刻绿色紧身衣已套在我身上,颇使他吃惊。

我说刚才出去取这些东西的时候,看到两名警察已经翻过铁门,正朝这边跑来,现在只有拍摄一条视频的时间了,"需要我怎么演,快告诉我"。

录制开始。我和他面对面隔桌坐好,面前是丰盛的晚餐——日后的效果。为了准确塑造我代表的人物,我的面前摆了他刚刚用过的笔记本电脑,并把自己上午设计的那份婚礼请柬蓝牙传到电脑上,真的像在做PPT一样,盯着屏幕修改起来。

与此同时,他冲着镜头开始说话:"豆豆,再见,爸爸妈妈要吃饭了。明天我们去的地方,信号可能不太好,不能随时和你视频了,你要听幼儿园老师的话,听所有陪着你的叔叔阿姨的话,他们是爸爸妈妈的朋友,爸爸欠你的,他们会替我实现,乖乖的,你是男子汉,想我们了不要哭！"

他的双臂压在桌上。我觉察到桌面的颤抖,拉起他的手,想象日后将P出的那张笑脸,努力像她那样笑着,看着他,然后在手上提示他,该冲镜头挥手再见了。

他向手机摆起手:"儿子,菜要凉了,我们得抓紧吃饭了。爸爸会把妈妈正在用的这台笔记本发太空快递寄给你,这里存着跟我们来太空有关的一切。"

我瞄了一眼笔记本,屏幕上是我改完的婚礼请柬,一块陨石碎片替换了之前的花束背景底图,看上去高级多了。

"开机密码是你的生日,你长大后想起太空,可以随时打开电脑看。"说完这句话,他上前取下手机,将拍摄素材隔空投送到我手机上,笔记本装回帆布包,请我转交豆豆。

这时摄影棚的大门被打开,猛烈的自然光灌了进来,门口站着呈剪影的两个人。

我走上前,和两人握手。伸出手的一瞬间,看到自己的指尖出现暗红色,应该是刚才修图的时候,在键盘上蹭的,正欲收回,其中的一人问我:"两个小时前是你报的警吗?"说话的同时眼睛上下扫量,我的一身绿让他俩都有些准备不足。

这时我的身后传来一个声音,丝毫不像刚才那个男人所能发出的音调,仿佛来自太空:"我报的。"

【作者简介】孙睿,北京电影学院导演系硕士毕业,写小说为主,也写剧本。出版过长篇小说《草样年华》系列、《我是你儿子》《路上父子》《背光而生》《斜塔》等及小说集《酥油和麻辣烫》,首届《当代》杂志年度青年作家。

椿舍里

王　琛

那晚的月亮大得出奇,满眼清晖在夜风中摇荡,写有"椿舍"的木牌子轻轻拍打着门楣。蛩声低沉,两棵椿树站成一帧晃动的剪影。

我怀里的姑娘,柔软得像一只羔羊。

一

传说,香椿的原名叫香玲子,臭椿叫木砻,是天上的一对恩爱夫妻,为寻找丢失的孩子流落人间。月影轻摇的时候,在树下可以听到他们的私语和叹息。

第一次路过小院,我透过门缝往里看,单凭这两棵树就爱上了这里。小院建在半山坡,有依势垒就的围墙和纹理粗硬的木门,五间石头房有些破旧,却异常坚固,融成了山体的一部分。两棵椿树摇曳在风里,独自寂寞,又彼此陪伴,像一幅老画撩动人心。

我们是在屋主搬走两年后住进来的。空了几百个日夜的小院,新闯入的野草肆虐而轻狂,经年的南瓜秧则已枯萎成骨。草丛里窜着松鼠和野兔,窗上趴着壁虎,雀儿把白腻腻的粪便拉在门把手上,肥大的蜘蛛编织着惆怅。一切的一切,写就着一段无人问津的荒芜的历史。

请工人干了三个多月才装修出来,又花一周时间收拾妥当。有一间侧屋漏了雨,干脆掀了尖顶的旧瓦,铺上水泥斜顶。晴朗的没有风的夜晚,在屋顶铺个大大的防潮垫,我跟一一躺上去,四周是星星和萤火虫在飞舞,分不清哪颗是星,哪只是虫,夜晚静谧又奇异。

风水上讲究前有照后有靠,小院背依青山,门前是一条蜿蜒的小溪,可谓风水宝地。三年前,山下村子在屋后建了公墓,站在床上透过窗子往外望,就能看到那一排排肃穆的石碑。这个世外桃源般的所在,也是规划中公墓的用地,只是暂时没排到这里,也就没有拆。我花很少的价钱租下来,像得了个宝,高兴得只想对着那些墓碑叩拜称谢。

一一的青春期来得有点儿晚,但还是来了。眼见着体态越来越丰满,肌肤不再稚嫩,性情也变得古怪。医生说,像她这种病,智商是停下了脚步,身体发育却和常人无异,那种叫作"性荷尔蒙"的物质不会放过她。它们随着血液的流动,从大脑出发,奔向女孩的卵巢,指挥身体变得和从前不一样,也让人变得暴躁。她的体内,仿佛有一只受困的狮子,四处乱撞,无可遁逃。她会大喊大叫,会摔东西,会撕咬,甚至会扒光衣服来宣泄。

我也和从前不一样了。月经量越来越少,还时常爽约,头发忽然就不可控地白了,身体一阵一阵冒虚汗。从前一一听话,我的脾气也不错,现在不行了,她无理取闹,我也难以自控,我俩像那种连炮,一个爆了另一个也爆,好端端的家快让我俩炸飞了。在一次鸡飞狗跳之后,我甚至生出了拉着她从窗户跳下去的念头。看着先生疲惫的眼神,不知所措的样子,我想也许带着一一躲到一个清静之地,才是最好的选择。这个家,总得留一个正常人。

先生怕不安全,不同意我们搬来住,可耐不过我的软磨硬泡。有什么不安全的呢?家里不放值钱的财物,谁会冒险抢一堆锅碗瓢盆?人呢,是一个更年期妇女和一个青春期唐宝,不值得多看一眼。当然,在这样一个离人远离鬼近的地方,谁也免不了会害怕。怕孤单,怕黑,怕鬼,怕诸多的不方便,对我而言却全是虚无。自从接受了一一的病,我就知道,害怕是生活里最无用处的情绪,选择一种恰当的方式,顺利度过每一天,才是我看得到摸得着的幸福。勇敢,是我对抗,或是驯服于命运最有力最顺手,也是最廉价的武器。

"永夜依山府,禅心共寂寥。"我享受这样的寂寞时光。小院有着自己的时间。第一天我们打扫庭院,第二天迁于乔木,第三天晴耕雨读。山上的三餐四季,就像匆匆流淌的小溪,不徐不疾,没有变化,却绝不单调。

——什么都不懂,却通天地之合。来小院后,变得乖顺了很多,像鱼儿遇了水和尚进了庙,有一种大自在的超脱。还是会不分时候地闹闹脾气,但大部分时间是安静的。已经不错了,在城里时,她成日成夜地闹,小区好几个保安被她打过,在派出所都挂了号。

她状态好,是我们家最大的福气。我的更年期症状也缓和了很多。心情像一块洗净了的旧抹布,难得的爽利。

二

山里信号弱,微信时有时无,不定哪个角落能收到新消息,也没规律可循。幸好这么多年,我早没什么社会活动了,有没有微信也不打紧。先生每周五下午来,住一晚就走。是准时来吃晚饭,还是晚些到,都会提前知会一声,实在来不了,就请朋友帮忙,送些生活必需品。其实大可不必,我有辆电动三轮车,日常采购在山下小超市就能完成。但也表明人家一个态度,我领这个情。

从中午开始,我就举着手机满院子转。

先生说,他准时来,还带个帮忙的,让我多做一个人的饭。打从知道一一得了这个病,我辞了外面的工作,一心在家照顾她,家里就没请过保姆。倒不是请不起,是心里没底。将来我俩都走了,只能把她托到机构,谁知道需要多少钱。可能多少钱都不能顾她周全,但能多留点儿是点儿,万一有用呢。我也不是纸糊的,总忙得过来。所以这没头没尾的话让我有些糊涂,我在微信里问,"帮忙的"是什么意思? 他没有回我。

先生一人在外打拼,不能每天回家,这么多年总是有人提醒我提防点儿,说什么男人是下半身动物,何况他还是个大老板。怎么防呢,让他放下工作回家陪我们吗? 那谁来养我们,谁给孩子准备后半生的倚仗?

"什么大老板,一个小公司。"我打着哈哈。我们俩,是把后背交给对方,与命运抗争的战友,一丁点儿的不信任都会让我们一败涂地,我可没多余的力气面对那样的不堪。世上本无事,庸人自扰之,我懂这个理儿。

盛夏时节,山里的气候非常舒适,四五点钟凉气就已到访。我取一件长外套,给一一披了,和她坐在院子里,边择菜边等先生。

两棵椿树差不多粗细,臭椿高大香椿矮小,却一样浓荫蔽日。听说,这两棵树是野生的,当年不知是谁先围着它们圈了院子,又慢慢盖了草棚,再后来,才一块石一块石地垒了屋,到我把"椿舍"的木牌子挂上门楣,这里便成了我们的家。我上网查到,香椿和臭椿属不同的植物科系。香椿为楝科,以气味讨人喜,却木质脆弱,民间有"不怕有蛇进家门,就怕香椿高过房"的谚语。臭椿属苦木科,以气味惹人厌,却异常坚韧,是绿化造林的好物种,在很多国家和地区作为行道树,被美誉为天堂树。我怕香椿易折,坚持让石桌离它远些,却没想到——喜欢拽着树打转转,臭椿旁边有石桌,转起来受影响,香椿树成了她的玩具,一眼看不到她就转起来。

——又撅着树转起来,怎么劝都不听。我得留一半的心思关注她,也是没辙了。

大门被敲响,我起身去开门。——已欢快地叫着爸爸,抢在了前面。我心里有些纳闷儿,怎么带个帮忙的还客气起来?回自己家敲什么门嘛。

我听到——大叫一声,转身就往回跑,差点儿跟我撞个满怀。门开处,是个眉眼俊俏的小姑娘,高马尾有些凌乱,也因此带着朝气,在夕阳的光影里镀了一层辉光。她的身后,是一个大大的行李箱。

——躲进了屋里。她从小怕人,青春期暴躁伤人,也多是缘于恐惧。我忙将小姑娘请进院,又出门向山路那边张望。上山的路只有一条,绕过小院通向墓园,再从墓园围着山绕下去。山路太窄,仅能一车通行,停车也只能在路上。好在农村上坟的习惯是上午,平日也少有开车上山的,所以先生傍晚来不会挡路,周六一早就把车开走。

山路上空空荡荡,清冷中带着几许神秘。

"吴总没来,我叫小路。"身后的声音细声细气。

"为什么?"我瞪大了眼睛。他还从没有说来又不来的情况。

"他临时有事,叫我先过来,他办完事才来。"姑娘顿了顿,又补充说,"估计近些天来不了了。"

我低头看手机,才见他发过微信,是我没看到。他说姑娘是他们公司的实习生,听说了我家的情况,主动过来帮忙。他的确遇到突发状况,紧急飞上海出个差。

"你怎么上来的?"回桌前坐定,我一边倒茶一边打量眼前的姑娘。她可能和——年纪差不多,气质样貌甚至眼神里的东西,却是——没有的。我看着窗里那张躲躲闪闪的脸,禁不住叹了口气。

"我坐地铁倒公交,下了车直接求个开电动车的大爷拉我上来的。"姑娘的脸上带着一丝得意,像极了帮我扫完院子得到表扬的——。

"吴总没帮你打车吗?"我感到奇怪,先生过得节俭,人情世故却是懂的,否则也不会那么好人缘,我们需要的时候,总有人来帮忙。

"打了啊,但我看到地铁站就下来了。距离那么远,打车得花多少钱啊,坐地铁很方便。"姑娘低头饮茶,凌乱的发梢垂在脸旁,掉进茶杯里。

我伸手帮她把头发捋到耳后,心里涌动着歉意。"这么沉个箱子,你又地铁又公交的,多不方便!"

"这算什么,地铁里有电梯,上公交就那一下子,都不是个事。"姑娘微微笑着,眼神扫过窗户,"这不是省钱嘛,下午这个点车上人也不多。"

懂事的姑娘,总会让人心疼。但太过伶俐,又让人生疑。我心里有种说不出的复杂。

晚风如扫,我听到两棵椿树窃窃私语的声音。

三

她站在树下,头仰着,让风像把梳子那样把头发往后吹,露出一张光洁的脸。太阳光穿过树叶的间隙,像一支支凌厉的箭射向地面。有束光打到她脸上,为她镀上一层神秘的光晕。她的眼睛微闭,神情是种经历过挫折的坚毅,带着心事重重的复杂。

有种文艺片的既视感。在这个全民娱乐的时代,敢站在镜头前的都是好演员,别看一个二十岁出头的孩子,已经能把成熟和沧桑演绎得看不出真假,让人心生敬畏。

她已经住下好几天了,没有要走的意思。我有些不解,不解之后,是隐隐的担忧。

以前先生也会有事脱不开身,托朋友送些东西来。他们都是来了就走,说是怕车挡道,我懂是怕近旁的墓地。这鬼地方,除了我们母女,没什么人能待得住。

434

先生说,小路想住多久就住多久,让我别问也别管。他确实忙,下了飞机才告诉我,小路是新来的,得知我俩搬到了山上,主动提出要来陪我们。她说一一需要与人相处,避开人群对她没好处。这当然是我们希望的,要不是一一无征兆地攻击旁人,还不懂得女大避父,我也不至于出此下策。

一个这么年轻的小姑娘,刚来公司就了解了上司的家事,还能主动来帮忙,让我心里有些别扭。我不由得想起人们常说的,现在的小姑娘可现实了,都喜欢年纪大的男人,有经济基础,懂照顾人,她们可不管人家有没有家庭。是这样吗? 看着小路满脸的胶原蛋白,我不敢再往深里想。

小路住得很安心,我便什么也不问。快五十岁的人了,若还没个孩子有城府,我也是白活了。

"这叫丁达尔效应。"小路接过一一递过的手机,一起翻看刚刚拍过的照片。"山上容易抓到这样的镜头,因为湿气重,太阳光投射到水分子上,发生散射作用。"

一一照得不错,她完全贯彻了小路的意图,让镜头里的光拥有了一种神圣的力量。但她显然听不懂什么叫丁达尔效应,只用崇拜的眼神看着小路。

小路仅用两天就和一一熟络起来,很快把这孩子变成了小跟班。她指挥着一一擦桌,洗碗,叠被子,教一一拍照片和视频,还带着一一跳房子,跳绳。看着一一不协调地伸展着四肢,努力又怪异的样子,我觉得好笑又心酸。

我是个不合格的妈妈。想到这一点心里很难过。

这么多年我尽心尽力,以为自己把一一照顾得很好,也最大限度地开发了她的潜能,现在看来,缺失的太多了。仅仅几天,一一就学会了很多新技能,情绪也越发稳定。青山绿水的滋养,小路的引领,让她感知的触角慢慢伸展,懵懂的灵魂开始复苏。

看来,她是真的需要除我之外的陪伴,特别是同龄人,她需要正常的交往和成长。在我眼里,一一是个长不大的孩子,可是在小路面前,一一变成了正当好时候的姑娘。

有些唐宝在某个方面是天才,像澳大利亚姑娘玛德琳是超级名模,美国姑娘杰米是个演员,中国也有个乐队指挥舟舟,他们的成功让我看到过希望。我也曾从各方面去试探,希望能有所发现,开发出一一的一技之长。结果总是令人失望,一一虽不至笨得什么都不懂,却看不出有哪方面的天分。现在小路来了，教一一拍摄，我才发现她是个摄影天才。

小路会提前给一一摆好角度，告诉她要怎么拍。听不听得懂不知道，但她拍出来的片子总会让人满意。有时候她也会随手拍，带来意想不到的惊喜。

我的憨一一，变成了一个见到一滴露珠、一片云朵也心有所动的摄影师，这是一件多么令人兴奋的事。

看着小路捧着手机指指点点，一一在旁边不明所以地笑，我也忍不住凑上去看个究竟。

原来她是个旅游博主，网名叫小鹿，作品都是分享如何一文不花游遍大好山河，粉丝有几万个。小小年纪的她，居然去过那么多地方。在海南分界洲岛，她住在一艘简陋的渔船上，戴个斗笠同渔民摸黑去打鱼。船主大姐满眼对她的喜爱，说着我听不懂的话，她给翻译出来：我儿子在北京上大学，你留下等他回来认识一下吧！小路眉眼带笑地答应着。

在内蒙古，她去拜访一个牧民。那是个三十来岁的汉子，看起来憨厚又粗笨，却性格温和。他手把手地教她灌制羊肉肠，带她骑马去赶集，当她在草丛中方便的时候，就在不远处守候。入夜，她睡在他的帐篷里，中间搭着汉子的大袍作分界。我问她这样安全吗，她说男人是个网红，全程都是直播的，会有各种各样的女人去和他同住，他从来不会越界。"况且，"她嘻嘻笑着，"越界又怎么样，要不是实在受不了他身上的味儿，我还想越界试试呢。"我有些瞠目，现在的孩子，胆子大，心也大。

看她那么在意粉丝量，我假装内行地问："涨粉很难吗？"她说很难，在自媒体时代，谁都能拍短视频，流量红利让很多人发了财。可是做的人太多了，自然就内卷，作品没有新意谁也不会看，再想发财可太难了。

一一学会了按小路的指令为她拍摄，自然也希望自己成为镜头中的主角。像过家家一般，她按照小路安排的角色，努力学着摆拍。奈何智商不够，总是达不到要求。但发自内心的热情是挡不住的，在她呆滞的外表下，竟然藏着一颗想当明星的心。

我既为一一掌握了新技能而高兴，又有着深深的不安。

小路来这里是不是因为一一的与众不同，她想拿一一挣钱？或者，这里也是她穷游的一个点儿？

想到这些可能，心里就有些不快。网络上什么人都有，还有网络暴力，我不得不防,我不能让我的心肝宝贝任人消遣,受到一点点伤害。

但我制止不了,一一的热情已经完全被小路调动起来了。我唯一能做的,就是适时地插进去打岔,破坏一下进度。有时候,也会举着自己的手机给她们拍,确保这些视频不外流。

我像一只护崽的老母鸡,一有风吹草动立刻张开翅膀。可是小鸡却在努力跑出我的怀抱。

小路看起来并不急,她把镜头转向了我。她说她喜欢我温婉慈爱的样子,故事里母亲的形象就是这样的。谁信呢,我素面朝天,一身家居服邋里邋遢,有时还会大呼小叫。但得说,这话听起来很受用。

我做饭的时候,小路要我一边操作一边讲解,添多少油,放多少葱花,炒到什么火候放酱油。她则指挥一一将这些全拍下来。想起没有一一那会儿,我是县电视台的出镜记者,什么样的阵仗没见过,哪里知道怯场为何物。可是此时,面对小小的手机镜头,我竟慌了,丢三落四不说,还总是笑场。从什么时候起,我变得没有自信了,完全是一个围着锅台转的妇女?

心里难过,于是拒绝拍摄。奈何一一闹起来,非要我听从导演的安排。为了安抚她,我只好稳住心神,在镜头前装模作样。一一在旁边看得仔细,还伸出手跟着比画,有一次我忘记放盐,居然被她指出来。

任何母亲都会这样吧,对孩子有好处的事,再难再不愿意,也不会拒绝。我于是认真起来,努力克服心里的胆怯,把步骤提前默演多遍,拍摄的时候尽量不打磕巴。假如真能教会一一做饭,哪怕是最简单的,她将来也能少受点儿委屈。

小路拿着手机忙了一晚,剪出一个小片。镜头虚构了一个我。松散的发髻自然地垂在脑后,一点儿不显凌乱,也看不出丝丝缕缕的白发。笑容浅浅,鱼尾纹并不明显。说话慢条斯理又字正腔圆,特别柔和。

有了音乐的加持,配上两棵椿树适时的捧场,太美了,我都被惊住了。我忽然想起了自己的模样,想起那个喜欢漂亮喜欢玩,在镜头前大方得体的女记者。

先生出差回来,一进家门就被一一拦住,举着手机让他看,像小孩子展示好不容易得来的奖状。先生惊喜地赞叹着,他每次用这样夸张的表情都是为让我们高兴,但这次,我感觉他是发自内心的。

那日傍晚，我们四人在椿树下饮茶。先生说该专为我和一一建个号，拍我们的日常，我是如何做饭的，如何带一一做事的，一一是如何学习、如何进步的，说不定能火。落日余晖洒在他脸上，他枯黄的皮肤有了亮度。

小路的眼睛有一种清灵的美，笑起来尤其生动。她说她也是这么想的！可以做一个系列短剧，起个名字。先生说，就叫《椿舍里》吧，一对母女在小院的日常。小路迎合着说："哇，这个名字好。我在湖南旅游的时候，听房东老先生说过，椿庭萱草代表父母之爱。"

先生说："椿也代表长寿。"

他俩的眼神都有光，碰到一起就有了水波一样的流动。小路比平常更爱笑了，周身散发着快乐的气息，像一尾活泼的游鱼。先生的表情里有藏不住的喜爱和欣赏，像包容的溪水。

我本是参加讨论的，却发现没一句能说到点儿上。有那么一瞬，我住了嘴，觉得自己像个多余的人，和一一一样智商不足。那感觉就像被人迎头泼了盆冷水。

没有人发现我的异常。

我端起桌上的茶杯，茶已微凉。杯中青绿的叶子半卷着，或沉或浮，像一个古老的预言诉说着俗世的悲欢。

四

很久以前，我问吴先生，放学后能不能帮我出板报？那时候我们十二岁，我是宣传委员，他写得一手好字。那一期板报出完后，我们心里都住进了小秘密。

中学六年，我们一直在一个班，虽尽量避嫌，绯闻却没断过。同学们说，我俩只要在同一个场合出现，浑身上下都长出眼睛望向对方。高考前，因为平时成绩相差不多，偷偷填报了同样的志愿，却阴错阳差地分别考到黑龙江和广州。但天与地离得再远，雨也会把它们相连。一封封长了翅膀的书信，让遥远的天涯变成咫尺。毕业后，没有任何犹豫，我放弃了在大城市打拼的机会，他违背了父母让他娶县长女儿的意愿。

我们像炭与火，不能相遇，相遇便燃烧。原以为那是最美的人间烟火，却忘记了烟火熄灭后，是灰烬。

我看着先生鬓角的白发,看着他额头的皱纹、眼神里的疲惫,有种说不出的滋味。一一的出现,彻底改变了我们的生活。如果说婚姻是人的第二次生命,那么只有天定的缘才会被祝福。我们之间,难道是逆天而行?

先生没有注意到我情绪的变化,自顾自说着话。他说他最近总梦见父母,得明天一早去上个坟。我有些惭愧,墓地离我几百步的距离,我都没说带一一常去拜拜。

小路说她也想去,她想看看先生的血脉传承。先生热情地回答,好啊,一起。

身体里像钻入了一条冰冷的蛇,让我有了生理反应。我冷下脸来。扫墓是家里的活动,外人不适合跟着。小路这孩子不懂事,先生可不应该,他是成年人,边界感总要有的。

椿树的密叶里有鸟儿惊飞的声音,一摊湿漉漉的鸟粪落到我手臂上。

我起身回屋,边走边说:"你们去吧,我就不去了。"

从前我不高兴,先生立刻就能看出来,总是想办法把我哄好。可是这次,他木讷得像个桩子。他的目光不再放在我身上。

一条小溪蜿蜒而下,流经墓地,绕过我的小院不知去了何方。冬天的小溪是干涸的,到了草盛时节,忽然有一天就会水声叮咚,也不知是从哪儿冒出来的。水质清澈,小小的游鱼在石缝中穿行,像从时间的源头顺流而下。

我喜欢牵着一一的手,踩着石头穿溪而过。我们会花大半天的时间在山上,让所有烦恼和压抑被山风吹得无影无踪。可是此刻,我正站在床上,透过后窗向外张望,看到的是小路和一一手拉手,踮脚踏过小溪。先生走在旁边,小心保护着两个姑娘别跌倒。画面唯美,像一幅文人水墨画,却针一样扎我的心。

我看到他们在公婆的墓碑前站定,先生将烧纸用的大铁桶挪过来,小路将冥币放进桶里,先生点燃了打火机。然后,先生擦拭墓碑,小路则拉着一一,给公婆深深地鞠了三个躬。一切结束后,三人并没有回家,一起向山上爬去。

我像个观众,看着屏幕里温馨的家庭剧。我更像个小偷,鬼鬼祟祟窥视着别人的生活。

我颓然地坐在沙发上,身上抽了筋一样无力。我觉得自己很多余。先生需要我吗?他关心的问题我不懂,他需要的帮助我给不了,他从来没跟我说过他的困惑、他的喜悦，因为说了也没用，他从不向我提任何要求。他每周回来吃一顿我做的饭，那是我需要的，对他来说，更像是责任。——还需要我吗？也许情感上还有依赖，但她也在成长，她更需要小路那样平等的、可以带她飞翔的陪伴。

我打了个寒战。我忽然想到，既然我不像自以为的那样不可或缺，那么就有可能被替代，真到这个地步，我得怎么办？

我攥紧拳头，能抓住的只是一把风。

门外，传来他们的嬉笑声，他们把采来的野花插在空啤酒瓶里。

我换上笑脸迎出去，卑微又懦弱。

五

我列了书单给先生，请他下周带过来。我想我可以看书写作，把我对生活的感悟放到网上。艾丽丝·门罗就是家庭主妇，安妮·埃尔诺退休后专职写作，她们都是优秀的小说家，生活的一地鸡毛牵绊不住向前的脚步，反而提供了更多的素材和动力。我为什么不可以？

我请先生带些笔墨纸砚来。我还可以练练书法和画画，这些我有童子功，那么多年不是白训练的。

这是我拿得出手的所有技能了。就如用躲进深山来面对更年期危机一样，蛰伏在我心底的某种力量又开始动起来。我知道生活就像暗渠，在不知处藏着不可见的危险，那么遇到的时候我要用力跳过去，而不是毫不抵抗地陷进去。

我要让小路看到，我不是个普通的粗鄙的无知妇女，也有独立的人格，有能力活得精彩。我要让小路看到，没有家庭的羁绊，我也一样光彩夺目。也许这仅仅是一种自我疗愈或麻痹，但我无法抗拒，因为这是我作为一个觉醒后的女性本能的自我防卫。

有时候，女人之间的战争是看不到硝烟的，一切都在无形中进行。

我不再拒绝小路为我拍视频，并且主动向她请教。拍镜头，剪片子，配音乐，加动画，有时候，还像模像样地安排一些有趣的桥段。我要跟上这个时代，不能躲在深山中，随便一个小姑娘就能把我打败。

假如命运安排我做一棵树，我就站成树的姿态，哪怕挪不动脚步，也要把枝丫伸向蓝天。

原来一切并不难,难的就在迈出第一步,克服自己的惰性和胆怯。

我独立操作的第一个小片,是一一写字。

我告诉过小路,一一原名叫吴伊,因为写不出这么复杂的字,只好改成两个横道。就是这两个横,一一都写成两条射线。那天下雨了,我们没法到户外玩,小路就在房间里教一一写字。"伊伊",一一一笔一画地照着写,把纸都戳破了,还是记不住下一个笔画是什么。但她没有放弃,一张张白纸被划出大大小小的窟窿。

当她最后不用人提醒,也可以把那些奇奇怪怪的笔画拼凑到一起,勉强能看出是个"伊"字时,我的眼泪比窗外的雨滴还密集。

这是"椿舍里"出品的第一个作品。一个温和的,却坚持不让用"一"代替"伊"的老师;一个笨拙的,把"伊"用无数个"一"拼凑出来的学生。没想到视频经小路一转发,两三天就吸引了上万粉丝。大家热切地留言:伊伊真可爱,伊伊真漂亮,伊伊真棒! 原来伊伊的特殊可以获得的,不仅仅是人们猎奇式的关注或恶语相向,更能激发善良人心底的爱。

"伊伊适合本色出演,以后就让她做自己。"小路开心地说。

小路说我有天赋。她那么努力才攒了几万粉丝,我很快就能追上她了。伊伊的特长也在此,她拍出来的片子质量都很高。

不知是不是真的,但我当真话来听。我的一一,不,是我的伊伊,原来也是个天才,只是被我的拙目埋没了。开心是可以传染的,成功可以驱走阴霾。那时候天空放晴了,太阳还有些湿漉漉,树影摇曳出一片清凉,我们仨笑成风铃的模样。

我在石桌前向两棵树神祈愿,希望我们能得到更多人的关注,让所有无助都有希望,让所有等待都有结果。

六

下午开始,就感觉小路没精神,喜欢熬夜的她早早睡了。侍候一一睡实,我也准备休息,隐约听到另一个房间的小路在翻身,动静和以往不一样,还伴有轻声的呻吟。我披衣来到她面前,一摸头,烫手。

"路儿。"我轻声叫。

清冷的月光下,她的面色更显苍白。

取一杯水递到她的唇边,问要不要去医院。

她摇头。"我休息一下就好了。应该是受了凉。"她让我放心,说自己身体好着呢,发个小烧不算回事。

我取来退热贴贴在她额上,然后俯下身,坐在床边,嘴里念叨着:"还是去医院吧。"

坦白地说,我跟小路相处得不错,并且虚心向她学习,却还是心存芥蒂的。虽然我时时在克制自己的多疑,但已经冒头的猜忌就像荒草,在隐蔽的地方疯狂生长。无论她是想借一一的特殊性吸引流量,还是想取代我成为这个家的女主人,我都在冷眼旁观中保持着警惕。

何况,我的能力确实退化得厉害,半夜三更的去医院,我还真有点儿发怵。

想带她去医院这样的话,不过是一个虚伪的成年人刻意的表演。

她费力地坐起,突然靠在我身上。她的身体单薄又柔软,还在微微发抖。我没理由推开她,就那样任她靠着,心里有种说不出的感觉。

"路儿,听话,咱这就去医院,让医生看看什么情况就放心了。"她的柔弱让我害怕。我忽然想到,万一就医不及时,出点儿什么状况,我还真担待不了。

我看到有一滴泪从她眼角滑落,那一刻,她像个受了委屈的孩子。她转身面向我,把头埋在我怀里,轻声说:"抱抱我。"

我的心脏莫名地一动,眼泪一下子模糊了双眼。我强忍着,把它们逼回去。

七

发现伊伊异常,是在她半岁之后。

一直觉得她就是婴儿丑,长开就好了。那些一出生像个小老头儿,或者像只猴子的小婴儿,不是都长成帅哥美女了吗?何况我和先生的颜值都不低。我们为她起了好听的名字:吴伊。"南窗读书声吾伊,北窗见月歌竹枝。"吾伊,吴伊,她承载着我们对一个美丽聪明的小公主全部的希望。

可是她没有变美变聪明,还被确诊得了永远不会变美变聪明的病。

那时候,她在我怀里用力吸吮,吸得我的奶头生疼。我整天以泪洗面。我后悔极了,孕期因为工作忙,因为盲目自信,也因为做羊水穿刺要到市里大医院,我嫌麻烦也觉得没必要,就没有进行唐筛。

先生默默陪在我身边,怕公婆埋怨我而带我们到外面租房住。他还毅然辞去了县委机关的工作,一头扎进商海。他说公务员工资太低了,伊伊需要大量钱,他要让我们过上衣食无忧的生活。

发现伊伊和我们没有血缘关系的时候,我们如五雷轰顶,却没有互相埋怨。多方寻找无望后,也坦然接受了这个现实。

我们无数次复盘伊伊出生时的情景。那时候,我生产完被推进病房,看了一眼身边那个喂手喂得香甜的小婴儿,就昏睡过去。生下她,耗尽了我所有力气。我的奶还没有下来,医生也不让喂奶粉,先生就等我醒来让伊伊吸奶,他说他一直没忍心叫醒我。

还好伊伊不爱哭,饿了就啃手,啃着啃着就睡着了。由于她的黄疸好久不褪,别人三两天就出院,我们足足住了一个星期。

伊伊的小手腕上戴着个手环,上面写有我的名字。

伊伊采足跟血的时候被抱出去过,还有每天早上九点来钟被抱去洗澡。先生在忙单位的一个报告,离开过病房一段时间。

到底是哪个环节出了问题呢? 我们怎么也想不明白。更想不明白的是,我们整天盯着孩子看,却都没有看出她的异常。

在寻找伊伊的过程中,我们偶然听说了一件事。大约在我生伊伊的那阵子,医院接过一个急诊。男人是个流浪汉,女人有精神病。他们本是偷着混上火车回老家的,谁知女人临产,被中途送下车直接到了医院。生下孩子后,院方与民政部门对接,准备做完常规检查,就把他们移交收容机构。可是那个流浪汉,不知是怕被收取医药费,还是不想被送到收容所,趁人不备将女人和婴儿偷了出去。

虽然只是个传闻,我俩却当真事来调查。可是医院并没有他们的就诊记录。到派出所报案,我们也提供不了有用线索。我的女儿,像流星一样消失在夜空里。

我们在"宝贝回家"网站登出了寻人启事。可是连张孩子的照片也没有,孩子的任何特征都说不出来,只能把我俩年轻时候的照片放上去。我把流浪汉的事写了进去。虽然不确定是不是真有其事,但这是唯一能够接近真相的信息了。

曾经有一天，先生问我，如果我们真的找到了女儿，要不要换回来。我看着熟睡中的一一，她那么柔弱，又那么安详。我泪流满面。不，不换！我的一一，是一口一口吃着我的奶长大的，这么多年，我和她分开的时间最长不超过八小时，她一会儿见不到我就会发狂。我也离不开她，只有在她面前，我才能觉出自己存在的价值。

但想到我怀胎十月的女儿，想到流浪汉和精神病女人，我的心就一揪一揪地疼。我亲爱的女儿，她面临的到底是怎样的人生，她要经受怎样的苦难才能长大？

"两个女儿我都要。"我说，如果余生还能有愿望的话，我唯一的希望就是能找到女儿，补偿她，给她我的所有。如果要拿命来换，我也愿意。

"别瞎说，"先生抱紧我，"等找到闺女，咱四个好好过日子，永远不分开。"他替我擦去满脸的泪，接着说，"就算真要拿命换，也轮不到你，有我呢！"

窗帘半掩，有一束月光斜斜地照进房间，地面上泛起一片白光。床头灯光线有些昏暗，我看不清怀里姑娘的脸。

那时候，月亮也是这样趴在窗口张望，昏黄的台灯下，先生眼睛里有一闪一闪的泪光。我懂他心里的疼，比我更甚。

先生除了自责还是自责，他后悔护士抱孩子出去的时候，他没有跟着去，后悔为了一个不那么重要的工作，离开过病房一段时间。他变得敏感脆弱，只要我情绪有变化，他就小心翼翼，患得患失。对我的愧疚，让他自我惩罚，变成一个赎罪的人。

而我，除了要克服思念女儿的焦虑，还要小心翼翼地应对他。我怕我的情绪或话语伤到他，就如他觉得他深深地伤到我一样。张爱玲说，生命是一袭华丽的袍，爬满了虱子。果真如是。别人眼里相敬如宾的我们俩，其实就像两枝荆棘，一边拥抱一边疼痛。我们的婚姻很牢固，我们的婚姻也很脆弱。

小路望向我，她的瞳孔里有一个沉默的我。

"我是特意找到吴总的公司实习的。"她说，"有一天我看到你们的寻人启事，就想来看看。"

她告诉我，她是奶奶带大的，她不记得爸爸妈妈的样子了。奶奶告诉她，她是爸妈在路上生的，所以奶奶叫她小路。

奶奶说,她妈妈脑子有毛病,在她一岁多时掉进水库里淹死了。爸爸在家里待不住,在妈妈去世后不到半年,没留下一句话就离开了家,再没回来过。她十六岁上,奶奶得了尿毒症,她才知道她和奶奶完全没有血缘关系。

她的头发蹭着我的下巴,像——在我怀里撒娇。"我羡慕——,她有这么好的妈妈,有爱她的爸爸。我也想像她一样。"

窗外月色很好,山里的月亮特别静谧,初来的那一晚就是这样的。冷冽的月光投在两棵椿树上,暗沉的风在清光里摇荡,椿舍的木牌拍打着门楣。

我抱着怀里的姑娘,一低头,泪便流了满面。

【作者简介】王琛,北京作协会员,北京老舍文学院首届中青年作家高研班学员,2021年北京大学中文系与北京老舍文学院骨干作家高研班学员。作品见于《北京文学》《青年文学》《作家》《人物传记》《北京日报》《北京晚报》等报刊,其中《离家出走》获第七届金贝壳未来影像季年度优秀原创剧本奖。

做梦发财三题

林　希

前言

世上最欢喜的事，是做梦发财。

世上最坑人的事，也是做梦发财。

做梦发财何以是世人最欢喜的事情？不必深究，道理只有一条：人人都想发财。只是，这发财一事实在太难太难了，你身无一技之长，祖上没有硬核人，那白花花的银子能稀里哗啦地往你脑袋瓜子上砸吗？也许有时候一个什么硬邦邦的东西砸了你一下，你满心欢喜，心想，天上掉下大元宝来了，伸手一摸，是楼上落下来的花盆。幸亏是个塑料盆，要真是个瓦盆，妈妈的，小命就完犊子了。

只是，做梦发财怎么又是世上最坑人的事呢？

你想呀，世人皆知，世上不如意事十之八九，这也就是说，人人想发财，而其中80%到90%的人发不了财，想发财，使出了九牛二虎之力，最后没发成，那岂不是落了个一场空吗？

一场空就一场空，豁达的人哈哈一笑：生来穷命，发不了财，拉倒了，该引车的引车，该卖浆的卖浆。能养活一家老小，自得其乐，"认"了。

其中也有人犯"拧"：你能发财，为什么我就不能发财，找人算命，命中无财，

446

死了那份心吧,或者拿小镜子端详自己,鼻子没长好,鼻主财帛运,鼻梁不正,一生穷命;有骨无肉,一生活受罪。完犊子去吧,去韩国整容,整出个好鼻子,晚了,一步赶不上,步步赶不上,没指望了,还是穷光棍一个。

于是,世上就有人专门研究发财的学问,这一研究,还真研究出理论来了,而发财学的第一分支便是做梦发财,做梦发财理论上最是通俗易懂,实践中也最是简捷明快的事,如此一来,做梦发财的故事也就最多,而做梦发财到一场空的结局也最好看。如是,老朽就记下做梦发财的三则故事,呈读者诸君品阅。文中一切胡言乱语,恭请家乡父老宽恕。

唯唯此言,老朽先在此谢罪了。

老河沿儿"飞来横福"

世上有"飞来横祸"一说,莫非还有"飞来横福"者乎?

有!

别处没有,天津卫有,老天津卫真有。

老天津卫何人遇到飞来横福之事?

老天津卫老河沿儿先生者,就遇到了飞来横福。

老河沿儿者,无家无业无居所,凿凿实实老天津卫穷员外一人也。

老河沿儿先生识得大字一斗,为人老诚,不存非分之念,早过知天命之年,无家无业,形单影只活在世上。有人说,老河沿儿先生好像有过妻儿,那一年发大水不幸罹难,葬身于波涛之中。也有人说。老河沿儿先生的老妻实在忍不住寒饿,毅然携子一起去了,从此没了消息。无论是怎么一回事吧,反正这些年人们就没见过老河沿儿先生搭在河沿儿上的窝棚里出现过第二个人影。如此,多少年来老河沿儿先生就一直住在河沿儿,睡在河沿儿,也就吃在了河沿儿。

住在河沿儿、睡在河沿儿没人管你,绝对享受个人自由;吃在河沿儿,谁养活你呀,没有人施舍你窝头白菜,天上掉不下来馅饼。老河沿儿先生如何活呀?

如此,年轻人就不知道了,天津俗称九河下梢,九条大河汇合成海河,由西向东奔流而去,河东河西皆是天赐的福地,天津人依河而居,靠水吃水,除非你有不良嗜好,诸如吸毒、赌博之类,好歹只要动动手,就不会挨饿,而这位老河沿儿先生连手都不必动,他过得也还滋滋润润,算得上是其乐无穷了。大家会想,海河里鱼虾成群,不必用渔船,立上一根竹竿,挂上个渔网,三下两下,一天吃喝就有了,还能换得一壶老酒。

老河沿儿先生不撒网,左岸不种高粱,右岸不种黑豆,就是海河的无限财富,养活了他这大半生时光。

封建时代不知有"治理"二字,皇帝老子住在紫禁城,往东两百里有个天津卫,天津卫设县,封了个县太爷,县太爷负责收捐收税,有人犯法,捉到县衙门,扒下裤子打屁股,由此天下太平,万岁万岁万万岁了。

天津府这样偌大一个城市,住着十几万百姓,大河没有堤坝,下雨没有排水管道,随便一场小雨,大街成河,小路成洼,满城一尺深的薄泥,走出家门,双脚陷在泥巴里,用出吃奶的力气也拔不出脚来。

至于垃圾,更没人管了,每条胡同倒也有个垃圾堆,各家各户每天倒出的垃圾堆成山,有人按时将垃圾装大车运走,扔到哪里去,扔到河边就完了。河边堆积如山的垃圾堆,倒也养活了许多生计无着的穷苦人,老河沿儿先生就是此中一员也。

垃圾堆里有菜帮子、尚未腐烂的食物、破衣服、一只一只的破鞋子,老河沿儿先生每天就是从垃圾堆里拣出些破衣服、尚未腐烂的食物,拿到更穷的人堆里换几个小钱,借以为生,活到今天,还对付着喘气吃饭喝水的。

这一天入夜,大马车倒垃圾的声音把老河沿儿先生惊醒,他急急爬起来,唯恐误了时辰,有用的东西被别人扒走。河沿儿没有灯,急忙跑到河沿儿,凑到新倒下来的垃圾堆,双手忙乎着扒拉。

今天的垃圾,太脏、太脏了,垃圾堆散发出一股恶臭,唉,命苦,垃圾还有香的吗?捡些破烂衣服,有人收去,做鞋的作坊用来纳鞋底。果然好运气,粗一看,今天的垃圾堆里就有好多的烂布头。

什么地方扔出来这些破布头? 管他呢,老河沿儿先生不就是捡破烂儿吗?

捡了一大阵,运气不错,看着足有五六斤。一斤破布头卖给收破烂儿的,八分钱,心中一算,今天可以卖到五毛钱了。

忙乎一大阵,丰收丰收,太累太累了,坐下来歇会儿,装满一袋烟,打着火石,才要吸一口,哎哟,手上一股恶臭,捡垃圾,手还有香的吗?好在就在河沿儿。往下移一步,洗洗手,俗话说,放着河水不洗船,河水是不要钱的。

于是,老河沿儿往下动动身子,再弯下腰,手伸到河水里,没有肥皂,多涮会儿嘛。

就这样,老河沿儿蹲在河边涮手,涮几下嗅嗅手,还有臭味,再涮再涮……

老河沿儿聚精会神地蹲在河边涮手,一艘大船远远驶了过来,抬头看看,这船好大,一看就是从远地方过来的,好在天津人见多识广,多大的船都见过。如今又是一艘大船,好像是从南洋过来的大船,见得多了,没什么好大惊小怪的。

只是,说不怪也怪,远远地,大船突然停住,一个人从大船下来,换到小船上,船夫摇着双橹向自己缓缓地划了过来,可能是向自己问路的吧,也好,好歹答上几句,至少也要给几个铜板。老河沿儿先生何等样人,面对有人求到自己身边,故作镇定,依然不紧不慢地将手泡在河水里,一下一下地涮手,涮一下嗅嗅手指,再涮再涮……

恭问官人早安。

哟,大船上过来的人停在老河沿儿面前,恭恭敬敬地向老河沿儿施了一个大礼,老河沿儿头也不抬:我这里手指一股恶臭,你美滋滋地划小船过来,还施礼鞠躬,叫我什么官人,拿我找乐儿,官人有这么早蹲在河边涮手的吗?

大官人在上,小民这厢有礼了。说着,来人又向老河沿儿施了一个大礼,看见老河沿儿正要点烟袋,马上送过来一个荷包:请大官人尝尝爪哇国的上等烟叶。

哟,爪哇国的烟叶,听说过没见过,听说那是袁世凯老哥的特贡品呀。

说着,来人取过老河沿儿的烟袋,给老河沿儿装上一袋爪哇国的烟叶,嚓地一下,来人划着一根小棍棍。老河沿儿吓了一跳,那小棍棍居然冒起火苗,哎呀哎呀,东洋南洋,光出各色的玩意儿。

老河沿儿见来人在自己面前如此低三下四,知道此人一定有有求于自己的大事,不就是问路吗? 南洋商船进入中国内河,这弯弯曲曲的河道早把他们绕迷糊了。

今天,老河沿儿打算狠狠地宰他一刀。

有话直说,老河沿儿没好气地抢白着来人。

大官人在上,小民自南洋远道而来,不过是做点小生意,恳请大官人高抬贵手,给小民一些方便。

什么方便,大河驶船,你随便走呀,没有人设卡收税。小民知道,小民知道。

说着,老河沿儿已经发现来人的身子已经有点哆嗦了。

你哆嗦什么呀,既然来了,来者不善,善者不来,该怎么着你自己看着办呀。

哎哟,黑话,官场黑话,明明告诉你没有不好办的事,应该怎么办,你自己看着办就是了。

只是,只是小民自南洋远道而来,不知道天朝的规矩。

嘻,天朝有什么规矩呀,拿钱买路呗。

哦,明白,明白了,只要把钱拍出来,天朝没有办不成的事。

官人好痛快,恕小民放肆,这里,这里……

说着,来人将一只大元宝放到了老河沿儿大官人的面前。

滚,老河沿儿一声怒吼,将来人吓得"扑通"一声跪在地上,大官人恕罪,这里这里……

说着,来人又掏出来一只元宝,这次可把老河沿儿大官人气坏了。

你小子拿我找乐呀。你以为我没见过元宝吗?

大人息怒,大官人息怒,小的身上只带着这点零锞子,只等小的做罢生意再回来,一定还得孝敬您。

少啰唆,快滚快滚。

老河沿儿向来人吼着。

来人真吓坏了,全身哆嗦着跪在地上,给老河沿儿磕头,大官人息怒,大官人息怒。

你还啰唆嘛呀,滚,滚,开船走你的呀,从我这儿过去,你就嘛事没有了。

千恩万谢,来人将两只大元宝放在老河沿儿先生面前,回身返到大船上,扬起大帆,一船人扬长而去。大船经过老河沿儿身边,全船老少一齐跪在船上向老河沿儿磕头致礼。

嘿嘿,就这么一会儿工夫,老河沿儿身边就堆放下了两只大元宝,真的大元宝。太阳出来,一片刺眼的贼光,刺得老河沿儿先生眨巴一阵眼,再睁开眼,大元宝就在自己面前,哟,天下之大,无奇不有,老河沿儿发财了。

瞎掰吧,天下哪有这等奇事?

天下绝无此等奇事,只是此等奇事,天津有,天津真有。

天津真有这等奇事,明天我也蹲河边去涮手指,看有人往我身边放元宝不。

唉,此一时彼一时,放元宝的时代过去了。

可是,你得说说,那南洋商船,为什么将元宝放在老河沿儿先生面前呢?

一艘南洋商船,不远万里迢迢而来,好不容易驶进天国内河,看见一个衣衫褴褛的老人蹲在河岸边洗手,立即换乘小船驶过来,先是鞠躬施礼,随之送上两只大元宝,辞别而去,见鬼也。

如是,老河沿儿先生找到一位明白先生恭询,此中莫非有些道理?

就是就是,此等奇事莫说是读者群君觉得不可思议,就连老河沿儿先生自己也晕头转向稀里糊涂想不明白。

明白先生听过,向老河沿儿先生解释说,尔知彼南洋商船何以向大人恭呈两只大元宝乎?

不知。

我来说说此中缘由。

洗耳恭听。

那南洋商船的人向你施礼送上元宝时,尊称你为大官人。

是呀,他以为我是天朝大臣了。

对了,对了,既然他称你为官人,那两只元宝就是向天朝官府送上去的买路钱,知道买路钱是做什么的吗?他送上买路钱,就是恳求天朝官府放他自由行走。

明白明白。

如此,他必有不能自由行走的缘故。

他何以不能自由行走呢?

他船上藏有私货。

哦,这是一艘走私船。

对了。只是他走私什么货物呢? 鸦片?

鸦片,那是洋人大摇大摆,冠冕堂皇,操着洋枪洋炮,开着轮船运进来的,沿途大吏跪迎尚恐礼貌不周,何惧你一个在河边捡拾破烂儿的老河沿儿乎?

所以老朽我才一头雾水,百思而不得其解。

如此,大白话告诉你吧。这南洋商船走私的货物,是天下奇珍,沉香木也。

哎呀,那沉香木是天朝的贡品,民间藏有沉香木是要被杀头的。

对了,汝子可教也。

运载沉香木,不得明放在船上,莫说是朝廷官员检查,就是沿途土匪也要下手先烧了你的船,再将你的沉香木洗劫一空。

那他何以怕我一介穷鬼老河沿儿呢?

你不是在河边洗手了吗,而且最最重要的是,你不是洗手,是涮手指。

那有什么可怕之处?

你要知道,走私沉香木,必得将沉香木置于船底,只是那沉香木奇香无比,船在河中行驶,满河的河水都是奇香袭人。

哦,明白了明白了也。

他走私船在河中行驶,看见岸上一人正在嗅河水的味道,涮涮手指,再沾些河水,放到鼻子下面嗅嗅味道,哎呀哎呀,遇到老奸巨猾的官府行家了。眼看着小命完犊子了,停船,停船,快送上买路钱,天朝的事情好说,一个字。

钱!

哈哈,老河沿儿先生飞来横福,做梦发财,确有其事了。

许小六小秃命苦

许小六者,家住天津南市大杂院。自幼懒散,一不肯上学读书,二不肯吃苦学艺。长到十七八岁,身无一技之长,手无缚鸡之力,只坐在家里啃爹。

他爹卖煎饼馃子,虽然不是大生意。到底也能挣上一家人的吃喝。卖煎饼馃子是桩辛苦活儿,每天后半夜就得起床准备、磨浆。炸馃子,准备小料,一切准备停当,天时已到五点,赶忙推车上街,天津码头夜半船来船往,赶到码头卖力气扛活儿的苦力们,不到五点,人人举着煎饼馃子赶到码头,匆匆登船扛活儿。

许小六老爹看儿子不长出息,只好带着他一起上街卖煎饼馃子。也是小秃命苦,没几年时间,他老爹一命呜呼,这份卖煎饼馃子的重担就落到许小六的肩上了。

到底长大了几岁,许小六终于懂得了一条人生大道理:原来这人生在世的第一要务,竟然是挣钱买棒子面,买了棒子面蒸大饽饽,有了大饽饽才能填饱肚皮,肚皮填饱了,才能娶妻生子。再往下,也许还有几步好运,说不定发笔小财,混出个人五人六的来,招摇过市。

只是这许小六生来小秃命苦,多少年一切好事都轮不到他的头上,最后明明逮着一只肥鸭子,才要咬一口,飞了。

小秃命苦,小秃命苦,天津民间有一句俗语,凡是一辈子沾不上好事,都叫"小秃命苦"。

许小六小秃命苦的故事发生在1949年的1月15日后半夜,准确地说,就是

1949年1月16日凌晨。

且慢，这日子听着耳熟，当然，老天津人有不记得1949年1月15日是个什么日子的吗？1949年1月15日是天津解放的日子，更是天津人民翻身做主人的日子，那个日子眼儿，许小六干什么了？

那时节许小六正在西马路卖煎饼馃子。

解放军围城一个月，炮声由远及近，中国人都知道，老蒋的天下已经完犊子了，解放军只等攻城，一声令下，天津人就迎来新时代了。

只是这一个月的日子太难太难了，满天津卫大小商店都关了门，倒不是怕解放军的炮弹。解放军的炮弹只往国民党守军的圈圈里打，民间社区平安无事。商店关门，怕的是国民党败兵抢劫，解放军攻进来了，国民党败兵四处逃窜，顺手牵羊，随便进来几个人，就把你一生辛辛苦苦挣下的一点家业洗劫一空。商店不仅关门上锁，还在门外砌上一道砖墙，谁也不会发现那道砖墙后面是商店大门。

老百姓苦了，没处买东西去了呀，粮食早储备下了，就是一时不够吃，好在邻里间也有个掇换。解放军快来了，解放军一来大米白面就都有了。

只是煎饼馃子实在买不到了，天津煎饼馃子天亮前出摊，如今正值三九，天寒地冻，炮火连天，谁肯把脑袋瓜子别在裤带上出来卖煎饼馃子呀！

偏偏许小六就出来卖煎饼馃子了，许小六不是比别人多一个心眼儿嘛，平时一套煎饼馃子五万元，别吓着，1948年天津煎饼馃子真他娘五万元一套，用的是金圆券，完犊子了，印着大总统玉照的金圆券满天空飞，没人要了。

许小六不是想发点小财吗？满天津卫只有他一个人卖煎饼馃子，那就漫天要价了。头一天，一个倒霉的军官，官不小，肩膀上的肩章好几颗星，好像是逃跑的路上，拿手枪逼着许小六快快做一套煎饼馃子，飞机就要起飞了，军官心想，妈妈的，别人早早地都飞走了，就扔下我一个，最后一架飞机，连丈母娘都不让上。妈妈的，你们连五六个小姨子都带走了，我就一个丈母娘，才三十来岁，不让上飞机，买煎饼馃子，金圆券没有了，给你一根条子吧。哎哟，许小六发财了，一套煎饼馃子卖出了一根金条的价钱。

所以，今天早早的，许小六又出来了，若是再遇见一个倒霉的军官，婆媳妇的钱都有了。

等呀等呀，等了好半天，一个人影都没等来，可能带兵的军官都逃光了，突然，许小六眼睛一亮，一个人影慌慌地跑了过来，越跑越急，跑到许小六身边，一把将许小六抓住,许小六知道这小子想干吗,准是饿慌了。漫天要个价,一根条子,许小六是规矩孩子,公平买卖,还是昨天的价儿,一套煎饼馃子一根金条,物价保持平稳。

抬头一看,今天这个倒霉蛋不是将军,官不大,肩章没花,只是手里提着一把手枪,看得出来,是临阵跑出来的。

哎哟,今天遇见鬼了,吓得许小六腿肚子转到前面来了,长官长官,我我我没钱,许小六猜想这小子想劫几个钱,逃跑的路上买大馉馇吃。

脱下来。

一把手枪顶着许小六的脑袋瓜子,这个倒霉蛋命令许小六脱衣服,许小六是个何等机灵的人呀,这个倒霉小子,要看脱衣舞,准是在军官俱乐部看脱衣舞入迷了。妈妈的,你看错人了,我是大老爷们儿。

脱,脱,脱。

倒霉蛋一面逼许小六脱,一面慌慌张张地回头张望,看得出来,后面有解放军打进来了。

脱,脱,脱。

脱嘛,许小六急了,直着脖子向对方问道。

妈妈的,和老子装傻。

说着骂着,倒霉蛋败兵把手枪顶在许小六脑门儿上,另一只手抓着许小六大棉袄领子,使劲地往下拽。

干吗干吗?

许小六抓着大棉袄领子使劲挣扎,你打算怎么着呀?我就是一个卖煎饼馃子的穷老百姓,你抓我干什么呀?

大棉袄! 国民党败兵向许小六喊着。

大棉袄,大棉袄,这时候你要这玩意儿有吗用呀?

妈妈的,真你娘的傻王八蛋,快脱下来。

许小六似是开窍了,明白明白,这个国民党败兵要我的大棉袄。

好说,好说,长官,您老先把手枪放下,有话好好说。

没工夫和你啰唆,我就是要你的大棉袄。

我我我,棉袄里面没衣服,多冷呀。

给你给你。

说着，国民党败兵先脱下他的皮大衣，送到许小六面前。

哎哟哎哟，许小六到底是个明白孩子，这个国民党败兵要逃跑，逃跑不能穿着国民党的军服，他要换上一件百姓衣服。

立即，保命要紧，许小六乖乖脱下脏兮兮的大棉袄，国民党败兵把他刚脱下来的军服披在了许小六身上。

得了吧，爷，你不就是要我这件破棉袄吗，快穿上逃跑吧，您老这件老虎皮，我不敢要，后边追兵眼看着追上来了，冲着您老这件军服给我来一枪，我我小命就完犊子了。

拜拜吧您老。

如此这般，三九寒冬，许小六光着膀子，哆哆嗦嗦拉着他的煎饼馃子小车，急急忙忙往回家的路跑去了。

才走出几步，突然一拍脑袋瓜子，哎呀，不好，丢了大棉袄不心疼，只是前天一套煎饼馃子换到手的那根金条还在大棉袄兜里揣着呢。

喂！喂！许小六大声喊着要追那个逃跑的国民党败兵，妈妈的，早看不见人影了。

东瞧西望，哪个方向也看不见国民党败兵的身影，这才不到一分钟的工夫，人就没影儿了。

呸！

许小六狠狠地啐了一口唾沫，更是狠狠地骂了一句，妈妈的，小子跑得真快呀，再快，你也没有枪子儿跑得快。

许小六小秃命苦，大棉袄被人扒走了，兜里的一根金条也他娘的落他手里了。

找他小子去，上俘虏营找他去，大棉袄我不要了，那根金条还给我。

…………

喊呀，喊呀。

那个吃煎饼馃子不给钱，还抢走大棉袄的国民党军官，早跑得没有影儿了。

许小六光着膀子哆哆嗦嗦拉着煎饼馃子小车跑回家来，一步闯进家门，把老妈吓了一跳。

哎哟，儿呀，大冷天你怎么光膀子出摊，你那三面新的大棉袄……

不等老妈说完话，许小六狠狠地一拍大腿，立即向老妈说道，唉，别提了，大棉袄不值钱,大棉袄口袋里还揣着一个大元宝呢。

怎么,你还有大元宝?

唉,别提了。

许小六一五一十地把昨天得手一只大元宝,今天又被人拐走的经过,对老妈详详细细地说了一遍,老妈看儿子为丢失大元宝万般悔恨的神色,便立即劝说儿子道,嘻,是儿不死,是财不散,天上掉下来的钱财,留不得。外面兵荒马乱的,能平安回来就是福,算了吧。如今解放军已经进来了,那帮土匪终于恶有恶报,完犊子了。

早早睡觉,明天早早出摊卖煎饼馃子。再没有人吃煎饼馃子不给钱,还抢人家孩子三面新的大棉袄了,那个欺压劳苦百姓的社会完犊子了。

许小六小秃命苦,天上掉下来个大元宝,反被国民党败兵拐走,最后迎来了翻身过好日子的新时代,许小六的命,不苦了。

张四连做梦发财

张四连做梦发财的传说荒诞不经,绝对无稽之谈。但老天津人绝对信以为真,而且有人见过此人,有人知道此事,谁不相信,他跟你抬杠,甚至跟你急,还骂你不是天津娃娃,不相信天津是一方遍地淌黄金白银的宝地。

张四连者,穷光棍儿一个,无家无业,无妻无子,是北马路宝和轩水铺送水的穷苦人,每天拉着一辆水车,挨家挨户地送水。那时候比利时自来水公司刚刚成立,自来水管道只通到有限的地界,一般居民区,每条大街有一处自来水龙头,这处地方建立一个水铺,谁家来挑水,收一份钱。就是代替自来水公司收水费的。

位于北马路西边的宝和轩水铺是一个大水站,除了看管自来水管道之外,还有几个人夫每天推着大水车给附近人家送水。送水自然要收报酬,一挑水,比自己挑水的水价贵十几倍,这贵出来的钱,有送水人夫一份,水铺更要收一份。

张四连就是一名送水的人夫,送水的人夫每人有自己的路线,张四连送水的路线是老城里南门内大街几百户人家。

送水的人夫收入极微,每天能挣上二斤棒子面就算日子不错了,所以直到快三十岁,张四连还没娶上媳妇。

天津送水都是早晨。从天未明时,送水的车子就咕噜咕噜响了起来,到了一户人家,水车停下,放满两大木桶水,吆喝一声"水",推开院门挑水进去。好在天津人家的水缸都放在院里,将大缸倒满水,回头就走,把院门带上,也不收钱,按月收钱。

这样的劳苦人,何以会一夜暴富呢?每天送完水,回到水铺倚着水铺外面的老槐树美美地睡一觉,再睁开眼,发财了,做梦去吧。

你还别不信,这样的事,就让张四连碰上了。

一天中午,张四连正倚在宝和轩水铺外面的老槐树旁睡觉,就觉得有人摇他的脑袋,小声地询问,这位爷,您老是张四连老爷吗?

张四连睡得正香,被人推醒,一脑袋瓜子不高兴,冲着推醒他的人就问,找谁?

我们找张四连老爷。

别拿我找乐,找张四连,就是我,找张四连老爷,你们哪儿凉快哪儿待着去。说完,张四连又合上眼睡觉了。

张四连老爷,张四连老爷,不是天大的事,我们不敢打扰您老人家。

我说,你们几个人吃饱了撑的,拿我一个穷光棍儿开的什么心?再不走,我可要出言不逊啦。

张四连老爷,您老息怒,这可是天大的事呀。

说着,一个文质彬彬的人走上前来,毕恭毕敬地向张四连鞠了一个大躬,更毕恭毕敬地向张四连禀告说,张四连老爷,我知道您老一时高兴,到如此平民居所,享受享受在老槐树下小憩的清福,可是这桩百年的旧事,您也不能就此放弃了呀。

我说你这个人看着像个书生,该不是闲得难受,你跟我一个穷光棍儿找的什么乐儿?

张四连站起身来,打了一个哈欠,重重地瞥了他一眼,万般生气地向书生模样的人说着。

张老爷,张老爷,打死我也不敢和张老爷开玩笑呀。实言相告,我本是江南一个小书生,家里逼我进京赶考,也是命运不济,半路上遇见强人,将我洗劫一空,一步步好不容易快走到京城了,已经到了身无分文的境地,这一天,好歹吃上一个饼子,夜里无处安身,只好露宿街头。偏偏这一夜下起了暴雨,我匆忙中走进一处大院,这处大宅院门洞很深,正好可以避雨。一天无食,虽然饥肠辘辘,到底有了一处避雨的地方。只是后半夜我被饿醒,只听到门洞后大院里一片噼里啪啦打算盘的声音,我想这一定是一户富有人家,便想进去向主人讨块干粮。

只是,我才走进大院,大院里的景象吓得我出了一身冷汗,只见这大院里各个房间灯火通明,透过明亮的玻璃窗,更看见各个房间里都有几位留着长白胡须的老人,都在认真地拨打算盘,明明就是在算账,我一时受饥饿所迫,便大胆推开房门,先向各位老前辈鞠躬致礼,并开口言道,各位大人请了,小可乃一江南小生,如今路过贵乡,不幸遭强人劫掠,只想向各位大人暂借几分银子,待我……

我的话还没说完,几位老先生便打断我的话说,小先生,你来得不是时候,我家主人外出多年,杳无音信,我们只是替他看管钱财,哪里敢做主借钱给你呀。

你家主人在哪里,我去求他。

我家主人如今不知游玩至何处,我们更是等他回来。你看我们一个个已到垂暮之年,他回来我们也应该告老还乡了。

你家主人是谁呀?我可以代你们寻访。

我家老爷大名张四连。每天在北马路宝和轩水铺门外晒太阳。

他妈的,张四连火了,跳起身来破口大骂,抢着胳膊就要打人。此时,坐在身旁的人立即好言相劝,连说,既然来人说得如此真切,反正你也没事,你就随他去看看,如果此人取笑于你,到地方你再揍他也不晚。

也罢,张四连说着,就要那人带他去那宅院。走,到地方再说,你若拿我找乐,我可是挑水的人夫,抢起扁担来,当心你的小命。

哈哈哈哈,说罢,张四连拉着那人就找他的老宅院去了。

大步流星,小书生引领张四连老爷一口气跑到他昨天晚上避雨的大宅院,才推开院门,一声喊叫吓得张四连老爷打了一个哆嗦,若不是有穷书生在身旁,张四连老爷几乎就要摔倒在高台阶下边了。

张四连老爷回府!

我的天,张四连不光是老爷,如今还"回府"了。

壮足了胆子。张四连老爷举步就往院里走,豁出一条穷命,大不了让老狗咬一口,回府就回府吧。

几个老用人簇拥着张四连走过门洞,穿过二道门,过假山,过小桥,绕过花圃,踏过遍地落花,终于走进正院。

给张四连老爷请安。

458

举目一看，又吓了一跳，齐刷刷几十名账房先生跪在院中央，一位年纪最大的老先生，颤颤巍巍地向张四连禀告。张四连老爷云游天下多年，我等在院中侍候多年，今天张四连老爷回府，也到了我们交差的日子了，一切金银财宝都结算清楚，钱财就放在正房大木柜里，请张四连老爷过目。

如此这般，这般如此，再一抬头，满院跪在地上的老先生们不见了，只看见各个房间里的金银财宝闪着点点光斑，张四连狠狠拍拍脑袋瓜子，没错，活着，醒着，眼前的一切一切都是真的，我张四连穷光棍儿发财了。

宝和轩水铺门外老槐树下一个月没看见挑水的人夫张四连的身影，突然一天，一辆大马车丁零丁零跑过来，停在宝和轩水铺门外，一个仆人先下车，拉开大马车车门，躬身搀扶着张四连走下马车，再看这个穷光棍儿张四连，人模狗样了。

一挥手，宝和轩水铺我买下了，凡是宝和轩水铺挑水的人夫，每人发二十两黄金，宝和轩水铺掌柜去账房领一百两黄金，重新看地方开一家买卖，这地方铲除旧房，盖起一片民居，满天津卫凡是没房子的老百姓每家一套新房，原来六扇门当差的衙役、县长和幕僚除外。

哈哈哈哈，全天津卫老百姓都乐了，只有原来做官当差的人后悔了。

无稽之谈，无稽之谈。

没有人信你的鬼话。只有老天津人说，绝对确有其事。那一年在工厂劳动，挖防空洞，挖着挖着，挖出一口棺材，好大好大，有人说是金丝楠，一定是大富人家的棺材。找来找去，这户人家的后人来了，一问，是张四连家的后人。你说说，谁说张四连做梦发财的故事是无稽之谈，是好事之徒信口开河编出来，写成小说，骗稿费的？

幸亏天津有一位高人，无事不知无事不晓，此人名"小神仙"，雅号"鬼难拿"，俗称"鬼难拿小神仙"也。

据鬼难拿小神仙老哥考证，张四连做梦发财一事，确有其事也。

鬼难拿小神仙老哥说，张四连此人，家住西门外小西庄，在世时挂过千顷匾，是津门首富，后人有出息，长子已经去世，二子、三子皆为国家栋梁。孙辈更是杰出精英，天天上电视，报上登照片，了不得也。

张家后人最最不得了的人物，国家一级作家也。

那么张四连做梦发财，又是怎么一回事呢？

据一级作家考证说，张四连人品好，每天往南门里一带人家送水，天津卫南门富,西门穷,南门里有好几户财主。就说张四连送水的这户人家吧,老两口儿没儿没女,张四连见这老两口儿孤单无助,每天送水之余,还帮助老两口儿扫院子,买菜购物,邻居们都听老两口儿说过,有个挑水的人夫张四连可是好人呀。

每天早晨,老两口儿都在院里打太极,这一天,张四连挑着水桶走进院来,没看见老两口儿打太极,奇怪,张四连才要询问,就听见老太太在房里喊叫,老爷子老爷子,你醒醒呀!再听,也没听见老爷子的声音,不好不好,张四连急忙向屋里大声询问,奶奶,有用我的地方吗?

屋里的老太太听见张四连的声音,万般着急地回说,四连呀,你快进来看看吧,老头子不出声了。

闻声,张四连一步闯进房来。一看,果然,老头子出事了,脑袋瓜子歪在炕沿上,嘴也歪了,眼也斜了,嘴巴咕噜咕噜冒泡,不好,中国人说"紧痰火",洋人说脑梗,赶紧抢救,晚一步就没救了。

老太太慌了,没主意了。四连呀,好儿子,你老爹的命就交给你了,你想想办法吧。

奶奶,我有什么办法呀,救命要紧呀,这样吧,我试试,听说河东一位先生,针灸专治中风不语。

你快去请医生呀,无论多少钱都行,请先生放心。

只是现在不是正发大水吗,先生住河东,东浮桥让大水淹了,河上早就没有渡口没有船了,哎呀哎呀,这可怎么办呀!

老奶奶急得抓着张四连放声大哭,有人遇到难事,张四连一定挺身而出,刀山火海,在所不辞。

奶奶奶,您老别急,给我一条绳子,我摸着桥栏杆蹚过河去,把医生背过来。

哎哟哎哟,儿呀,老爷子保住这条命就靠你了。

如此这般,这般如此,张四连腰上系着一根绳子,摸着大桥栏杆,一步步渡过大河,来到河东,更将医生背到南门里大街。一番针灸,老爷子坐起身来,唤了一声,儿呀,多亏了你呀,小鬼已经把我拉到阎王殿门口了,就听里面阎王爷喊了一声,送回去,此人还有十年阳寿也。

立马又拉着我回来了。

哈哈哈哈,就这么一回事呀。

老爷子起死回生,张四连照常给这户人家送水,老两口儿表示感谢,给他什么金银财宝他也不收,张四连只说,见死不救,那还是人吗!

　　东拉西扯,说了大半天,这和张四连做梦发财有什么关系呢?

　　有关系呀。

　　据一级作家考证说,多少年后,一天早晨,张四连又推开这户人家的院门,走进大院,悄无声息,张四连想老两口儿睡沉了,故意咳嗽一声,没有反应,敲敲窗户,爷爷奶奶,天时不早了!没人应声,扒着窗子一看,不得了了,老两口儿安安静静地睡得好沉呀,张四连明白发生了什么事,立即跑到警察局报告,警察局来人闯进住房,没什么大惊小怪的,老两口儿驾鹤西去了。

　　警察看过情形,转身走了,把老两口儿的尸身留给张四连了。

　　张四连不避责任,老两口儿生前唤过自己儿子,那就尽孝子之责吧,当着街坊四邻的面儿,打点老两口儿入土为安。张四连转身要走,街坊四邻们伸开双臂将张四连拦下,交给他一纸公函,上面有天津市和平区区公所大印。

　　老两口儿遗嘱:一切动产、不动产全部归义子张四连所有。

　　哎哟哎哟,张四连做梦发财的事,你还能说是瞎掰吗?

【作者简介】林希,1935年生于天津。师范学校毕业,做过老师、编辑,后为天津作协专业作家,曾获得中国作家协会诗集奖,小说《"小的儿"》获得第一届鲁迅文学奖。出版有长篇小说五部,小说集数十种,最近出版《林希自选集》八册。作品被翻译成英文、法文、俄文。现居美国。